U0657393

汪海洋

姚丽梅

李小娜

孙元凯

付大勇

中國創造

赵晏彪 著

作家出版社

主要人物表

汪海洋：男，国梦集团总公司党委书记、董事长、总经理。

马　成：男，国梦集团总公司党委副书记。

程子龙：男，国梦集团总公司副总经理。

姚丽梅：女，国梦集团总公司副总经理。

李杏花：女，国梦集团总公司职工，汪海洋的妻子。

汪军娃：男，国梦集团总公司泉水鞋城继任总经理，汪海洋的儿子。

汪小丫：女，国梦集团总公司丰盛鞋城总经理助理，汪海洋的养女。

吕银勺：男，国梦集团总公司职工，汪海洋战友的弟弟。

苗玲玲：女，广州某部军医。

付大勇：男，绿岛市国胶一厂安全科科长。

史大牛：男，绿岛市国胶一厂安全科副科长。

兰丽华：女，绿岛市国胶一厂质检科科长。

兰丽中：女，绿岛市中心医院眼科医生，汪海洋的嫂子。

汪龙洋：男，绿岛市国胶公司党委书记兼总经理，后任市房产局党委书记，汪海洋的哥哥。

老经理：男，绿岛市丰盛县物资公司经理。

刘启明：男，国梦集团总公司丰盛鞋城首任总经理。

卢宝花：女，卢家村鞋商，张大元的妻子。

郑秀兰：女，国梦集团总公司泉水鞋城首任总经理。

大老郭：男，国梦集团总公司职工，郑秀兰的丈夫。

黄部长：男，驻军某部部长。

小　黄：男，国梦集团总公司职工，汪海洋的专职司机。

张大元：男，美国鞋商，姚丽梅的表哥。

孙元凯：男，英国帝豪集团总裁。

郭　凯：男，绿岛市市委书记。

刘　昆：男，绿岛市继任市委书记。

张惠新：男，绿岛市继任市委书记。

何书记：女，绿岛市纪委书记。

李小娜：女，国梦集团总公司公关处副处长，汪军娃的妻子。

姜托尼：男，美国鞋商，绿岛海洋大学外教，国梦集团总公司人教处的副处长。

孙辉南：男，国梦集团总公司办公室主任。

李秋阳：男，绿岛市丰盛县县长。

章含言：男，绿岛海洋大学校长。

戎小川：男，绿岛市泉水县县长。

李汉生：男，某装备部副部长，苗玲玲的丈夫，李小娜的父亲。

小石匠：男，石匠。

温海奇：男，温州鞋商。

刘中华：男，新华社驻纽约分社社长。

钟鼎军：男，国梦集团总公司轮胎总公司总经理。

冯铁山：男，国梦集团总公司丰盛鞋城继任总经理。

孙部长：女，国家某部部长。

目 录

第1章　滚滚硝烟里记下战友的临终嘱托

盛夏的省城天空灰蒙蒙的，时不时地下着小雨。在郊北的射击场上，一辆摩托车由远而近，像子弹一样飞驶而来，轮边水花四溅。车上坐着两个人，驾驶员是绿岛市国胶公司技术科科员姚丽梅，车座上打靶的是转业军官，绿岛市国胶公司技术科科长汪海洋。只见汪海洋举起“五四”手枪，对准三十米开外的靶子，三声枪响过后，摩托车轰鸣着画了道完美的弧线停在靶前。

姚丽梅摘下头盔，露出漂亮的长发，说：“汪大科长，我的摩托车开得不赖吧？”汪海洋指着靶子没有说话，三枪都是十环，显示枪法不赖。汪海洋由此得到了特等奖，拿到了领奖票。他乐滋滋地打量着姚丽梅苗条的身材，眼光落在了脚上，眼珠就不转了。姚丽梅抬起脚说：“好看吗？美国货，名字叫‘抛尼’，是我表哥从美国寄来的。”

汪海洋说：“好看，不错，咱俩领奖去。”两个人来到领奖的地方，奖品是各式各样的鞋，汪海洋看中了一双带带儿的花布鞋。汪海洋说：“小姑娘，把带带儿的花布鞋拿过来。”姚丽梅就明白了，脱下鞋试穿着花布鞋，还在地上走几步。汪海洋说：“山区女人穿的鞋，漂亮不漂亮？”

“请汪大科长实事求是地说，是穿这双鞋帅气，还是穿美国的‘抛尼’鞋帅气？”姚丽梅歪着头问道。

汪海洋拿起“抛尼”鞋同带带儿的花布鞋来回比量着，口是心非地说：“各有特色，都挺漂亮。”

姚丽梅说：“表里不一的人不但狡猾，说出话来也圆滑。”

入夜，在省城国胶宾馆里。姚丽梅在客房里穿着带花的浴衣，趴在床上对着小镜子描眉打鬓。雪白的小腿露在外面，白白的脚丫相互拍打着，很有韵味儿。敲门声传来，姚丽梅就知道谁来了，连动也没动。门开了，汪海洋进来，看着姚丽梅的模样就往外走。

姚丽梅翻身下床，一步跨上前拦住汪海洋说：“跑什么？谁能把你吃了？”

汪海洋上下打量着姚丽梅说：“到洗漱间换件衣服，一会儿我儿子军娃来，看上去不雅观。”

“有啥不雅观的？裹得够严实了。”

汪海洋没有回答姚丽梅的话而是坐在沙发上，喜上眉梢地说道：“姚丽梅，我要到国胶一厂去当厂长了。”

姚丽梅不以为然地说：“正营职转业当个科长，六七年都过去了，也该提拔提拔了。再说近水楼台先得月，朝中有人好做官。谁不知道你亲哥是干什么的，往下的话我就不想说了。”

汪海洋说：“我就要走了，你是跟我走还是留在这儿?”

姚丽梅说：“天底下没有不散的宴席。”

汪军娃在省城读中专，得知爸爸来开会就来到了宾馆。汪军娃即将中专毕业，这次要和爸爸一块儿回绿岛市。他要到大伯家去，让大伯使足劲儿，在绿岛市分配个好工作。还有，妈妈就要随爸爸的户口进城了，他们爷俩要回到乡下，迎接妈妈进城，三口人就团圆了。

汪海洋指着姚丽梅说：“这是……”

汪军娃说：“爸，是叫姨还是叫姐?”

姚丽梅说：“叫姨。”说着拿出一双“抛尼”运动鞋送给汪军娃做见面礼，递过鞋去看着汪军娃的表情，笑眯眯地说：“送给你了，漂亮不漂亮?”

汪军娃说：“太漂亮了!”

雾霭刚刚散去，九龙湖面上波光潋滟，一艘小船从碧绿的芦苇荡里划出来，划船的是汪海洋的妻子，葫芦村的李杏花，船头坐着汪海洋，夫妻俩在湖里挂鱼。汪海洋摘着鱼挂子，船舱里就有了活蹦乱跳的鱼。看着活蹦乱跳的鱼，汪海洋却是眉头紧锁，心事重重。这次把妻子接到城里，乡下的爸妈怎么办？虽然和养女汪小丫谈过，孩子也通情达理。她是在爷爷奶奶身边长大的，由她来照顾老人是再好不过了，可汪海洋还是放心不下。

汪海洋无可奈何地长叹一声说：“农转非政策太严，不然小丫和爸妈一同进城多好?”

李杏花望着丈夫说：“军娃和小丫结了婚，就可以名正言顺地进城了。小丫进了城，爸妈就好办了。”

“军娃中专毕业是国家干部了，汪小丫是村姑，这桩婚事怕要费周折。杏花，婚事随缘，万万不可强求，尤其你这当妈的不能胡来。”

“我是村姑，你不是照样娶了?”

“那个年代的产物，你就不要再提了。”

李杏花没有再言语，小船慢慢地向岸边靠拢，船的后面，拽出奇妙变幻的涟漪。

汪海洋的家里，嫂子兰丽中正从院子里往外走。汪老爹拎着鸡在后面追着嚷嚷：“老大媳妇不能走，爹给你杀鸡吃。”

在绿岛市中心医院工作的兰丽中，嫌乡下的环境太差，连厕所都不好上，不走咋办？她就不顾汪老爹嚷嚷，紧着往外走。汪海洋开着吉普车过来，见到兰丽中就下了车，拦住兰丽中，不让她走。

兰丽中很不客气地说：“二弟，做事不要没深没浅的，让你哥为难。”

一句话把汪海洋说得愣在了那儿，递不上词了。兰丽中钻进上海牌轿车，轿车开出了村子。汪海洋从汪老爹手中抢过鸡扔了出去，鸡飞过了墙头，然后钻进一片树林。

汪海洋和李杏花进了屋，街坊邻居们都来探望。汪海洋把包裹打开，里面装的是解放牌胶鞋。他把胶鞋分给了众乡亲，众乡亲都欢天喜地的，说一会儿拜年话就离开了。

汪海洋陪着汪老爹聊天。汪老爹不高兴地问：“你哥怎么没回来?”

“我哥是市橡胶公司一把手，享受着副厅级待遇，比县太爷官还大呢。他现在忙得很，没时间来。”

“回去告诉你哥，做事搂着点儿，出头的椽子先烂。”

“树叶掉下来怕砸脑袋，就什么事也做不成了。”

汪海洋顶嘴，把汪老爹惹恼了：“小兔崽子，不听老人言，吃亏在眼前。烟袋锅敲在你的头上，起个包才有记性。”汪老爹举起了烟袋，见李杏花进来了，就无力地把烟袋放下了。

晚饭很丰盛，一家人欢声笑语的，唯独汪小丫闷闷不乐，低着头一句话也不说，还掉下了几滴眼泪。

李杏花问：“小丫，妈看你不高兴。”

“妈，闺女不是在想事吗?”

汪军娃说：“闺女闺女的，老土样儿。”

李杏花板着脸说：“就你多嘴，家雀子似的，咋咋呼呼的烦死人了。”

汪海洋赶紧搅局说：“爸，咱爷俩喝一盅。”

汪军娃说：“爷、爸，咱爷仨喝一盅。”

汪老爹端起酒盅说：“好，好，三代同堂，这酒喝着喜庆。”

第二天早上，汪海洋、李杏花、汪军娃就要离开葫芦村了。汪小丫依依不舍来到汪军娃的面前，拿出一双圆口布鞋。

汪小丫说："喜欢吗，我做的鞋？"

汪军娃嫌圆口布鞋土气，看着脚上的"抛尼"运动鞋不想要，就没有伸手接，汪小丫又急又羞掉眼泪了。

李杏花接过鞋说："小丫，你和军娃的婚事，妈做主了，时间不会过得太久，妈就接你进城。"

汪小丫听李杏花这么一说，脸上就有了喜色，忙说："爸，妈，有小丫在，一定能伺候好爷爷奶奶。"

吉普车开出很远了，汪小丫还站在村口招手。天空下起了小雨，吉普车在泥泞的路上陷住了。汪海洋几次挂挡加油都无济于事，爷俩下车推也是纹丝不动，汪军娃把"抛尼"运动鞋弄成了泥猴样，垂头丧气地上车再也不肯下来了。汪海洋前瞻后望，不远，一辆牛车缓缓过来了。

汪海洋像见到了救兵一样兴奋，向来人打招呼："老乡，请帮帮忙好吧，帮我们把车拉出来。"

赶车的小伙儿穿着破蓑衣，黑红的脸膛，看上去很憨厚，是个敦实的庄稼把式。小伙儿二话没说，在吉普车前后端详着，然后从车上拿下来一把铁锹，在车轱辘前挖了个斜坡。小伙儿把一双补丁摞补丁的破解放牌鞋脱下来挂在脖上，用绳子把吉普车拴在后车辕上，光着脚在泥泞的路上拽着牛缰绳，随着"哒哒"的吆喝声，吉普车被拽了出来。

汪海洋感激地问："小伙子，叫什么名字？"

"吕银勺。"

汪海洋听到名字就愣住了，机械地喊一声："金勺，穿上祖国产的解放牌胶鞋。"

吕银勺听到也愣住了，汪海洋上前抱住吕银勺流下了热泪——

南方热带丛林中，掩映着野战医院。野战帐篷里有两个床铺，高射炮部队的连长汪海洋在养伤，另一张床铺上养伤的是他的老乡、排长吕金勺，两个人是坐一列火车来到部队的，是坐一辆炮车越过了友谊关，是在一个炮位上受的伤。此时，两个人在摞着的子弹箱上摆上罐头，茶缸子里装着水算作酒，吃着喝着。

汪海洋问："金勺，家里几口人？"

吕金勺回答说："爸妈，还有个弟弟叫吕银勺。"

汪海洋想到部队再有几天就要撤回国了，吕金勺就要看见爸妈还有弟弟了。

汪海洋举起缸子说："祝一家人早日团圆！"

吕金勺喝得高兴，拿出一张照片让汪海洋看，说："汪连长，这是我的未婚妻，看看咱家乡的姑娘美不美？"

汪海洋拿过照片仔细地端详，军医苗玲玲趴在帐篷门口向他招手道："汪连长，你出来一下。"汪海洋从帐篷里走出来。苗玲玲说："心里闷得慌，找汪连长说说话。"汪海洋和苗玲玲走在林间小路上。苗玲玲说："汪连长就要动身回国了，我所在的野战医院还要在热带丛林里坚持几个月。如果我能活着回国，汪连长有机会到广州的话，打听307医院，到那里就能找到我了。"

汪海洋还没有来得及回答苗玲玲的话，突然防空警报拉响了。汪海洋、苗玲玲早已司空见惯，若无其事地在丛林中走着、聊着。几架美军B52轰炸机俯冲着向野战医院飞来，进行疯狂的轰炸，野战医院周围的高射炮喷着火舌射向了天空。突然，离汪海洋不远处的高射炮停止了射击。汪海洋和苗玲玲跑到高射炮前，操纵高射炮的战友牺牲了。汪海洋马上操纵着高射炮，苗玲玲充填着炮弹。

汪海洋大声喊："兔崽子，该死的美国鬼子！"

一发发炮弹飞向天空，一架美军B52轰炸机被击落，在丛林中燃起熊熊大火。这时，一架飞机朝高射炮阵地冲来，一颗炸弹投了下来。汪海洋觉得一个人将他撞出阵地，当他醒来时，发现自己被一位战友压在身下。这时，汪海洋才发现压在自己身上，保护了自己的战友是吕金勺。汪海洋抱着血肉模糊的吕金勺，吕金勺用微弱的声音说："帮我回家看看父母和弟弟……"话未说完就闭上了双眼。

吕金勺就要下葬了，汪海洋拿出家乡绿岛市国胶一厂生产的解放牌胶鞋。大声地吼着："金勺，穿上祖国产的解放牌胶鞋。"

看着一动不动的吕金勺，汪海洋含着悲痛为他穿上鞋，仔细地系着一只鞋的鞋带，苗玲玲系着另外一只鞋的鞋带。吕金勺的遗体被抬了起来，汪海洋扑到身上号啕大哭，几个战友拽都拽不下来。汪海洋流着热泪，向牺牲的战友敬了最后一个军礼。心里说："金勺，你的父母就是我的父母。只要我能活着回去，一定替你尽孝，为二位老人养老送终。"

天空依然下着蒙蒙细雨，汪海洋从回忆中缓过神来，摘下吕银勺脖子上挂着的千疮百孔的解放牌胶鞋扔到一边。

汪海洋问："银勺兄弟，这么破的鞋怎么还穿呀?"

吕银勺把鞋捡回来说："是哥哥留给我的，舍不得扔。"

汪海洋问："你爸妈还好吧?"吕银勺说："好。挺好。"

汪海洋脱下自己的新解放牌胶鞋要给吕银勺穿上，吕银勺擦干净了脚，才穿上了解放牌胶鞋。汪海洋再一次抱住了吕银勺，李杏花拿出二十元要送给吕银勺，被他婉言谢绝了。牛车晃晃悠悠地走远了，汪海洋还站在那里流着热泪。

汪海洋感慨万千地说道："山区的百姓很苦呀。"

汪海洋站在大海边，任凭海风吹拂着脸颊，身后是万家灯火的绿岛市，眼前的港湾里渔火点点。姚丽梅出现了，把厚实的毛衣披在他的身上，然后拿出一张卡片，把卡片背在身后说："猜猜，卡片上写的啥?"汪海洋摸着厚实的毛衣，海风吹来很凉，身上却很暖和。他笑盈盈地看着姚丽梅，不肯猜卡片上的字。两个人僵持了一会儿，谁也不说话，只有海风在耳边呼呼地吹过。姚丽梅终于忍不住了说："你没有上过大学，技术科长该充电了。"说着拿出卡片，是两张听课证。汪海洋才知道，清华大学的高材生要陪着他去听课。

第二天，绿岛海洋大学的阶梯教室里，姚丽梅陪着汪海洋在听课。汪海洋有听不明白的地方，认真地向姚丽梅请教……下课了，姚丽梅送着汪海洋，在离汪海洋家不远的地方分开了。汪海洋的新家安置在国胶公司的家属楼，是依山傍海的一幢人字房。房子很陈旧，砖墙裸露了，红得有特色。汪海洋没有进家门，而是拐进了蔬菜市场。

李杏花在收拾着房间，上海牌轿车停在门口，汪龙洋从车上下来。

汪军娃隔着玻璃窗户看见了汽车大声地喊着："妈，我大伯来了。"

李杏花忙迎出来，见到兰丽中没有来，脸上现出了阴影儿。

汪龙洋看出来说："本来说好和你嫂子一块儿来的，她临时有手术去医院了。这回你们团圆了，我也省了一份心，好好地过日子。军娃的工作分配有眉目了?"

汪军娃说："报告大伯，我学的销售专业有点偏，分到党政机关怕是难

了。您是老革命了，又是大领导，侄子这点儿事……”

汪龙洋说：“给大伯戴高帽也管不了用，自己的梦要自己圆。”汪龙洋掏出钱包说，“杏花，这一百元拿着买点儿炊具啥的。大哥还有事，改日再和你嫂子来看你们。”说完钻进轿车走了。

汪军娃见母亲脸色不好看，就宽慰着说：“妈，靠棵大树好乘凉。您就放心吧，我的事大伯不会不管的。”

李杏花仍然是一副不悦的样子，严肃地说：“军娃，妈告诉你，靠山山倒，靠河河干。啥事都要自己长志气，都要靠自己长本事。”

汪海洋从菜市场出来了，拎着两条鱼来到姚丽梅的宿舍门前，轻轻地敲着门。没等姚丽梅说请进，他就推门进来了。

姚丽梅歪着头说：“汪大科长，家搬了过来，就不要老来蹭饭了。过几天，我去见见嫂子，一个村姑，是怎么把你这头牛魔王降住的。”

汪海洋把鱼放下却没头没脑地问道：“公司里有什么动静吗？”

“先不要说动静不动静的，看看我捏的泥人。”

姚丽梅说着把屋子里的一块隔布拉开了，里面是个斗室，斗室的桌子上摆放着泥人，面部都是朝里，后脑勺露着。汪海洋拿起了泥人，看着看着就笑了。泥人捏的都是汪海洋，一个泥人一个姿态，夸张得很。

汪海洋说：“工作这么忙，咋还有闲心捏泥人？”

姚丽梅说：“科长大人只知其一，不知其二。本人的舅舅就是大名鼎鼎的泥人张，三辈不离姥爷根，况且到我这儿才一辈子，再让你见见我的绝活。”

姚丽梅搬出了纸壳箱，把一双双手工制作的小鞋拿了出来，在桌子上摆得整整齐齐，是十二生肖的童鞋。汪海洋拿着童鞋翻来覆去地看，还夸张地在自己的脚上比量。

汪海洋问：“这些鞋都给谁穿？”

姚丽梅反问道：“给谁穿？当然给小孩了。进一步说，给我儿子女儿穿的。”一句话就把汪海洋说笑了。姚丽梅拉上隔布说，“这是隐私，只能给你看，其余的人就没这福分了。”

汪龙洋坐在办公桌前，正戴着眼镜看文件。电话铃声响了，他拿起了电话，电话一头传来汪海洋的声音：“哥，找我有什么事？”

“还有点组织性纪律性没有？找你两天了，连个人影都没见到？”汪龙洋假装气愤地说。

汪海洋赶快向哥哥解释说："这几天我特别忙，正在搞科研。哥你应该知道，老弟没有多少科学文化，但刘启明、郑秀兰却是大科学家，没有他们这些人做柱脚，一天也撑不下去。所以……"

"少跟我这儿穷白话，命令你，跑步前来。" 汪龙洋没等汪海洋应答电话已经挂断了。

汪海洋见哥哥生了气，官大一级压死人，况且好几级了。撂下电话还是磨磨蹭蹭，到了下班的时间才来到了汪龙洋的办公室。汪龙洋正在送一位客人，汪海洋就顺着门缝挤了进来。

汪龙洋往外推着汪海洋说："下班了，明天早上再来。"

汪海洋嬉皮笑脸地凑上前说："哥，看看我手里的塑料袋，大闸蟹。蟹子是哥的最爱，凭票排队买来的，这才来晚了。"

汪龙洋说："把蟹子撂下，和你说说正事。在部队你就是个营职干部了，来到橡胶公司当上科长，今年是第几个年头了?"

"档案上都有，问我干吗。"

汪龙洋瞪着眼睛说："有这样和领导说话的吗？我要不是你哥，你就要倒大霉了。你当了七年的科长了，我和有关领导碰过头了，提拔橡胶公司副经理的资格还不够，我的手下已有七个副经理，再提一个就是八'盅'全会了，提了你也没有用武之地。哥也是没有办法的办法了，只得安排你到国胶一厂去挑个头了，这个你也知道了。"

汪海洋给汪龙洋敬个军礼，他知道哥哥受用这个。果然，汪龙洋脸上露出了笑容。

汪海洋敬完军礼说："革命战士是一块砖，东西南北任党搬。"说完，提出了条件说，"哥，姚丽梅同志该提拔提拔了，最好是副科长主持工作。"

汪龙洋心里明白，姚丽梅清华大学毕业，按理说是公司的骨干，工作也干了五六年，该提拔副科长了，汪海洋说得没错。但汪龙洋还是说："这个我个人做不了主，等党委会研究了再说。"

汪龙洋心事重重回到家，家是海滨的一幢独院，四周砌有高高的围墙，安有一扇铁门。二层小楼房，房山子爬满了青藤。汪龙洋进了客厅。兰丽中倒上一杯蛇、蛤蚧、五味子泡的酒端给了汪龙洋。

兰丽中说："老汪，在二身上千万不要感情用事，不要因小失大。作为革命老干部，保持晚节要紧。"汪龙洋听了心烦，他的原则是内室不要干涉

公司的事。兰丽中可不管这个，继续提醒汪龙洋说，“当哥哥的管得也算够意思了，两口子团圆了，从今往后，你就不管了行不行？”

“不行。二是我管辖的干部。”

兰丽中见汪龙洋有些急眼，换了温柔的口吻说：“听听群众的反映吧？汪海洋是个军转干部，根本不懂技术，还当上了技术科长，没有他哥哥罩着行吗？眼下领着刘启明、郑秀兰两个小技术员，把一台好好的日本原装的机械拆得七零八落，堆在车间里面成了废铁，那可是八十多万美金买来的。这回好了，彻底报废了，群众的意见大了去了。”

“这件事我知道，机械从日本买回来就不能用了，得想法子让它发挥作用，放在那里不是更大的浪费吗？二没做错。”

兰丽中还是不依不饶地说：“二真够缺德的，整天和那个女大学生姚丽梅黏着，把人家女大学生的青春都耽误了。”

“你放心，咱家二不是那种人，他是靠谱的。再说了，两个人都是人才，都需要保护，我们正在采取组织手段争取把他俩调开。”

“这才是老八路，这才是明智之举。”兰丽中说着打开了衣柜，给汪龙洋找着衣服说，“李副院长宴请，这个面子你得给。”

汪龙洋正想转移话题，急忙说：“给，给。”

第二天，国胶公司党委会上，会议接近了尾声，与会的党委委员脸上都很凝重。

汪龙洋说：“我说得够多了，你们能够理解就理解，不能够理解的慢慢去消化。老张已调到市经委工作，国胶一厂不可一日无主。汪海洋是我的弟弟不假，但他是最佳人选，我就举贤不避亲了。他是战斗英雄，有思想、有魄力，敢想敢干，这些年干得怎样你们大家都应该比我清楚。位置就是他了，党政一把抓，党委书记兼厂长。下面就举手表决。”各位党委委员望着汪龙洋那坚定的目光，大家不由自主地交头接耳了一阵子都高高举起了手。汪龙洋见状马上吩咐组织部长说：“马上行文，交给我签发。散会。”

马部长回到了办公室，就给汪海洋打电话说：“汪海洋，请你到组织部，党委委托我跟你谈话。”

电话另一头传来汪海洋的声音，只听他说道：“马部长，我提出来的问题你解决不了，我要当面和汪书记对话，党员和党的书记直接对话，符合党性原则……”

公司调动干部，还没有一个敢和马部长这样说话的。马部长握着电话的手在哆嗦，心里想："这还了得，敢跟组织提条件？"马部长想听汪海洋继续说啥，电话里已出现了忙音。马部长敲敲话筒，气呼呼把电话摁在了电话机上。

姚丽梅坐在办公室里看着红头文件，她已被公司党委任命为技术科副科长，括号里写得明明白白是主持工作。姚丽梅撂下了红头文件，拿起电话要通了汪海洋。

姚丽梅声音柔和地说："汪大科长，看见红头文件了吗？"

汪海洋说："恭喜，恭喜！"

姚丽梅洋洋得意，声音依然柔和地说："汪大科长，你一天没有离开技术科，我就得一天管着你了。我这里有件急事要你去办，你赶快过来吧。"

汪海洋说："不要拿着鸡毛当令箭。"

姚丽梅声音更加柔和了，说："严肃点，党委的红头文件可不是鸡毛，现在由我主持工作了，快点过来吧，耍脾气没用。"

汪海洋来到了姚丽梅的办公室，姚丽梅坐在椅子上跷着二郎腿，说出来的事差点没把汪海洋气死。

"汪科长，我口渴了，请到下面的小卖部去给我买一瓶矿泉水。"

汪海洋伸出手说："钱呢？"

姚丽梅阴阳怪气地说："还要钱？过去我是怎么孝敬你的，你现在得怎么孝敬我。"

汪海洋看着一副严肃面孔的姚丽梅，哭笑不得地走了出去。姚丽梅隔着窗户往外看，汪海洋根本就没有去小卖部，而是一步三回头地走出了公司的大门，还特意向姚丽梅挥挥手，扬长而去，气得姚丽梅狠狠地敲了敲窗台。

刘启明坐在海堤上钓鱼，汪海洋沿着海堤走来，手里攥着一块石头。他悄悄地来到了刘启明身边，将石头抛向大海，就把鱼惊跑了。搁在往日，倔种的刘启明早就翻了。这回却不然，他知道就要被汪海洋直管了，就把屁股底下的破工作服抻巴抻巴："不怕油了屁股就坐。"汪海洋也不客气，一屁股就坐在破衣服上。刘启明发着牢骚说，"现在清闲了，我只是一个技术员，不是工程师。人家信不着我，我就不伺候猴哥了。我是宁给好汉提鞋，也不给赖汉子当祖宗。"刘启明起着鱼竿，结果一条鱼也没钓上来。他的倔劲又上来了，从兜里拿出小锤把鱼钩全砸直了。刘启明把鱼钩甩到海里说："姜太公钓鱼——愿者上钩了。"接着又补充一句说，"我知道你来干啥，是让我去请郑秀兰。"

汪海洋笑笑说："知我者刘工也。我最喜欢跟聪明人打交道，晚上七点，在‘五四广场’黄蚬子烧烤店见，你和郑秀兰一起来，咱们不见不散。”

刘启明从海边回来，来到了郑秀兰的家。郑秀兰拿着角尺在桌子上量着图纸，听见脚步声连眼皮都没抬。

刘启明见状风言风语地来了一句：“郑技术员，都说同行是冤家……”郑秀兰没有说话，只是拿着角尺指指椅子，示意刘启明坐下说。刘启明坐在椅子上说：“你还真以为你是啥贵人了？”

刘启明俏皮话刚刚说完，郑秀兰的丈夫大老郭就回来了。大老郭在铁路上扛大个，红头涨脸的是喝过酒了。刘启明想见郑秀兰，但怕的就是这大老郭，因为上次也是来她家就让大老郭撞见后，差点挨了揍。今天他一见大老郭回来了就想溜。大老郭瞪着布满血丝的眼睛看了一眼郑秀兰，拦住了刘启明的去路，不由分说一拳就打了刘启明个乌眼青，打完了还不解气，撸衣服挽袖子还要揍。刘启明哪是大老郭的对手，跑到院子里连鱼竿都顾不上要了，撒丫子跑出了大门，大老郭还是不肯罢休，追出了大门。刘启明一口气跑到了海边，才顾得上回头看看，发现大老郭没有追上来，一屁股坐在礁石上喘气。过了一会儿，郑秀兰来了。刘启明强作镇静，说句俏皮话儿。

郑秀兰说：“不要说了，让人家打了个乌眼青，就不要装疯卖傻了，说说找我有什么事?”

“什么事？好事。汪大科长请咱俩到‘五四广场’黄蚬子烧烤店去吃烧烤。”

郑秀兰不解地问：“汪大科长请咱俩吃烧烤，葫芦里卖的啥药?”

刘启明从怀里掏出了图纸，刚想说日本进口机械的事。大老郭就跑过来了，刘启明怕挨揍，撒丫子又跑了。大老郭没有去追刘启明，而是拽着郑秀兰的脖领子往回拉。

第2章　新官上任削沉疴，险些丧命

汪海洋来到了“五四广场”黄蚬子烧烤店，吃烧烤的人很多，店里已经装不下了，店外摆着许多张临时的桌子。汪海洋找个地方坐下，左等右等刘启明没有来，郑秀兰先到了。

“汪科长，有啥事快说！我不能在这儿吃。”

“为什么？”汪海洋疑惑地看着郑秀兰。

“我家的醋坛子要是来了一准儿会掀桌子，让人扫兴。”

汪海洋听后哈哈大笑说：“不会的，大老郭是通情达理的人。来了就喝酒，喝上酒什么事也没有了。”

汪海洋这样说了，郑秀兰就不得不坐下了，大老郭真的就跟踪而来了。郑秀兰的脸色立马就变了，起身要走。汪海洋把郑秀兰摁在凳子上，大老郭见到这架势，识时务者为俊杰，面对五大三粗的汪海洋，可不同于刘启明，哪还有一点的脾气。汪海洋给大老郭倒上啤酒，大老郭的屁股就坐不住了。

大老郭一杯啤酒下肚后说：“郑技术员嫁给我，一辈子都要屈死了，这个我知道。可她既然嫁给了我就得守妇道。大老郭不是光扛大个的粗人，人情世故也都知道。汪科长，吃烧烤，大老郭请客，我还给你预备了两条黄花鱼也带来了。”

“大老郭，你老打刘启明是怎么回事？” 汪海洋没有顺着大老郭的话茬往下说，而是拿出领导的派头反问道。

大老郭又一杯啤酒下肚了，然后说：“刘启明长得猴头猴脑的，一肚子坏下水，见到郑秀兰就是一个劲儿地抛媚眼，揍他还觉得不解气，总有一天我要把他的腿打断。”

汪海洋见到大老郭是在心里发狠，知道这种人是越劝越没出息了，就不再提刘启明的事了。汪海洋和大老郭划拳喝着啤酒，郑秀兰的脸上才露出了笑容。

汪海洋满嘴喷着酒气，拎着两条黄花鱼来到了姚丽梅的宿舍，他把鱼放进了厨房，出来说："听科里的人说，你找我有事？"

姚丽梅拿着一张纸条让汪海洋看，上面写着几十行字，都是一样的："汪海洋想溜，把我留下，多么可怜。"

汪海洋一看就明白了，顺水推舟地说："我俩搭档了多年，天下没有不散的宴席，这是客观规律。"汪海洋说着扎上了围裙，要去做饭。姚丽梅拽住了汪海洋，眼睛好像在说话。汪海洋眯缝着眼睛说，"从你的眼神里我感悟到了，我走你也要走，生死在一起，行不？"

姚丽梅没有说话，向着客厅走去，然后披上一件披风就出去了。汪海洋心有灵犀一点通，这是给他买酒去了，就美滋滋地进了厨房。汪海洋和姚丽梅吃着喝着，就传来了敲门声。姚丽梅拉开门，来人是李杏花，姚丽梅一见脸就红了。

汪海洋喝在兴头上，见到妻子李杏花来了就说："来得正好，过来陪当家的喝两瓶。"

李杏花瞪了汪海洋一眼说："大哥来了，在家等着你，看脸色挺急，不然我不会来这里找你。"

汪海洋听说汪龙洋来找他，酒就不能再喝下去了，跟着李杏花出了门。

姚丽梅送到门口说："嫂子，有空来串门。"李杏花连头都没回，更不要说回话了。姚丽梅望着两个人掩映在夜色中，在心里想："男女之间都有排他性，这也是客观规律。"

李杏花回到家去厨房炒菜，屋子里就汪海洋、汪龙洋哥俩了。汪龙洋阴沉着脸，拿着笤帚疙瘩打了汪海洋几下。

汪海洋并没有躲，看着汪龙洋问："哥，你为什么打我？"

"打你还新鲜。你有出息了，敢跟马部长叫板了？"

"马部长算什么？在公司还不是大哥说了算？既然大哥说了算，他跟我吆五喝六的，我当然不尿他了。哥，马部长不同意调姚丽梅去国胶一厂任技术副厂长，这事儿你一定要再协调一下，没有她我相当于缺一只手。"

汪龙洋想了想说："这事儿好办。"

汪海洋要到绿岛市国胶一厂走马上任了，厂子的司机小黄开着桑塔纳轿车来接他了。汪海洋刚刚拉开车门，李杏花从院子里走了出来，把暖水袋塞给了汪海洋。

汪海洋倍感温暖，调皮地说："夫人，官人就要走马上任了。"

李杏花说："都是大厂长了，说话正经点。"

汪海洋说："怎么不正经了？"

"啥夫人夫人的，就是媳妇。晚上正点回家，包虾爬子韭菜馅的饺子。" 李杏花说着转身走了。

桑塔纳轿车行驶在绿岛市的滨海大道上，前面是个停车场。汪海洋说："小黄，把车开进停车场。"小黄应了声："好的。"车停稳了，汪海洋说，"小黄下车吧，徒步回厂子。"小黄迟疑了一下。汪海洋说："我在部队炮车都开过，这小乌龟壳算得了什么？"

小黄下车走了，汪海洋开车直奔姚丽梅的宿舍。宿舍的门口停着一辆130客货两用车，几个装卸工在为姚丽梅搬家。汪海洋摁着车喇叭，把姚丽梅从宿舍里叫了出来。

汪海洋摇下车窗说："姚副厂长，你这是干什么呀？"

姚丽梅说："人调走了，管房子的人一天来八趟，催命鬼似的催着搬家。房子有了主儿，是一对新婚的夫妻。既然不是橡胶公司的人了，就不能当二皮脸了，趁早搬家，省着人家说三道四的。"

汪海洋摇下车窗朝着姚丽梅说："上车。"

"上车干什么？" 姚丽梅站在原地不动。

"哪儿那么多的话呀，让你上车你就上车得了。现在不是你管着我了，是我又管着你了。"

姚丽梅能摆正这种关系，就不得不上了车。汪海洋把车掉了头，姚丽梅把头探出车窗眼巴巴地看着130客货两用车。

汪海洋说："破东西值几个钱，看什么？"桑塔纳轿车在滨海大道上疾驰着，一个一个海滩在车窗前闪过，一幢一幢高楼在车窗前闪过……汪海洋春风得意地说："姚丽梅，我在橡胶公司是龙得盘着，是虎得闲着。这回到了国胶一厂，我就不盘着不闲着了。"

姚丽梅接过话茬说："不盘着就站着，不闲着就干。"

汪海洋来了情绪，狠踩油门，车飞快地向前猛跑，似乎从牙缝里挤出了话："我敢说用不了二十年，就会打拼出一片新天地。"

姚丽梅见汪海洋真的来劲儿了，就有意激他说："国企不能掌握在喊口号的人手里，喊口号的人最终都是败家子。"

汪海洋不但没有生气反而高兴地说："天高任鸟飞，海阔凭鱼跃。"

姚丽梅不再说啥了，看着车窗外的景色。桑塔纳轿车来到了军事禁区，一面小旗挡住了去路。

哨兵说："请出示证件。"

汪海洋把证件递了过去，哨兵看看证件，把小旗做了个准予通行的姿势。汪海洋没有开车，瞪着眼睛盯着哨兵。哨兵"啪"地敬了个军礼，汪海洋才心满意足地把车启动了。在黄海驻军军需总部练兵场的哨卡前，哨兵撂下栏杆挡在了车前，桑塔纳轿车停下了。

哨兵问："请问找谁？"

汪海洋说："黄部长。"

哨兵拿起电话要通了黄部长，捂着话筒小声在说话，时间长了，汪海洋就心里不舒服了，脸上就表现了出来。姚丽梅拍拍他的肩膀，他才把火气压了下来。

哨兵撂下电话说："请出示证件。"

哨兵看过了证件，才把栏杆打开放行。桑塔纳轿车一直开到练兵场，士兵们正在练刺杀。汪海洋从车上下来也不穿防护用具，拿起教练枪一连刺倒了几个士兵。士兵们一见都来了兴头，与汪海洋展开车轮大战。汪海洋毕竟是上了点岁数，累得一屁股坐在了地上，一群士兵扑了上来，把汪海洋压在身下，教官夹着小旗在旁边看着热闹，也不给汪海洋解围。

汪海洋喊："好狼架不住群狗，有能耐一个一个单挑？"

姚丽梅站在旁边看着热闹，也不搭言。黄部长来了，教练忙挥动着教练旗，士兵们才算饶了汪海洋。黄部长把汪海洋拉了起来，拍拍身上的土。

黄部长笑着说："你的脾气永远改不了，走，到办公室说话。"

三个人走进黄部长的办公室。汪海洋说："黄部长，我遇到了困难，你要帮助解决。一会儿送来五千双解放牌胶鞋，要现钱。"

黄部长毫不迟疑地说："职权范围之内的事，可以办。"

绿岛市国胶一厂的大铁门紧紧地关闭，门外有一百多人围着，里面的十几个人急得团团转。桑塔纳轿车开到门前，随着"嘀嘀"的鸣叫声，围着的人自动让开了一条路。桑塔纳轿车开到大铁门前，里面的几个人急得向车挥着手，意思是大铁门不能打开。

姚丽梅问："汪厂长，咋办？"姚丽梅从汪海洋眼神里看出来了，再丑的媳妇也得见公婆，是让她下去打开大铁门。姚丽梅下了车，冲着守护的门卫说："汪厂长说了，把大铁门打开，把客人请进厂子。"

安全科科长付大勇跑了过来说："不能开，坚决不能开。这么多要账的人，把大铁门打开了，还不得把厂子给砸了。"

姚丽梅说："让你打开就打开，出了事我负责。"

安全科副科长史大牛跑过来，吐口唾沫在手心上写个"副"字，意思是说付头开门吧？就你那个破姓永远是个副的，车里坐的那个才是正的。大铁门"哗啦啦"地打开了，要账的人就往里面拥。汪海洋把桑塔纳轿车横在了众人的面前，就从车上下来了。

汪海洋望了望眼前的人说："我今天第一天来上任，你们不能这样没有礼貌。有事可以说，聚众闹事不好，闹出事来谁也兜不了。"

史大牛说："大家不要吵吵了，吵吵也没用。汪厂长来上任，你们就是债主了，他就是欠账的人了，你们就冲着汪厂长说话。"

人群中拿出了白条子，是白花花的一片，人群还有往上涌动的迹象。姚丽梅真为汪海洋捏了一把汗，一百多号的讨债人，眼睛都有红的了，可比那帮士兵厉害多了。

汪海洋显得很镇静地说："大家静一静，让我说几句话。国胶一厂欠的债一经核实，我会一分不欠地还给大家。大家把欠条都复印好，交给这位女同志，她是新上任的副厂长姚丽梅。三天之后还钱，到时还不上，你们可以拆厂子，也可以在厂区内什么值钱就拿什么。"

汪海洋刚说完，几个小伙儿就把汪海洋围上了，一个小伙儿抢过汪海洋手中的车钥匙。厂子的桑塔纳轿车就这样要让人开走了，几个人想上去拦住，汪海洋把那几个人拦住了。

国胶一厂的小会议室的墙上贴着"欢迎新厂长到来茶话会"，圆桌上摆着各种各样的时鲜水果。

汪海洋拿起盘子里的水果并没有吃，而是环视着大伙儿说："我说话不中听，可是你们也得听，谁让我是你们的厂长了。把会标撤下来，把水果端走。从今往后，厂子就立下规矩了，厂领导开会就是清茶一杯。大家没有意见，给本厂长呱唧呱唧。"

掌声过后，副厂长程子龙端起眼前的水果说："汪厂长，水果往哪儿送？"

"都送到生产车间，让当班的工人师傅尝尝，但就这一次，下不为例。"

在办公楼通往生产车间的路上，程子龙凑到汪海洋的身边说："汪厂长，你这样做是不是太冒险了？"汪海洋迟疑地看着程子龙。程子龙说，"一

百多人拿着白条，究竟厂子欠了多少外债都不清楚。你答应三天之内还清，是不是时间短了点？到时……”

汪海洋说：“不这样办还能怎么办？难道让债主围在大门口不走？让人堵门过日子，我没有这样的生活习惯。当时若把时间说长很容易，五天、八天、半个月……讨债的人能饶得了你吗？这叫缓兵之计。”

程子龙说：“地上不长钱，天上不掉钱……”

“船到桥头自然直。” 汪海洋胸有成竹地走了。

汪海洋的新办公室里，办公桌上堆放着表格。汪海洋看了几张扔到了一边，对坐在沙发上的姚丽梅说：“这些表格我看不懂。你去把原始凭证拿来。”姚丽梅出去一会儿回来，抱着一堆原始凭证放在了汪海洋的办公桌上。汪海洋一张一张地看着，姚丽梅耐心地等待着。将近一个小时过去了，汪海洋看完了凭证抬起眼皮说：“姚副厂长，你去把办公室主任叫来，这里就没你的事了。”姚丽梅坐在沙发上不肯起来。汪海洋说，“二十几万，对了，就是这个数。”姚丽梅看着汪海洋苦笑：“我就是要看你值二十万不值？”姚丽梅出去了，办公室主任孙辉南随后走进来。汪海洋说：“孙主任，我想请教个问题，你知道厂子里有多少枚在用的印章吗？”孙辉南做梦也没有想到新上任的厂长会问这件事，眨巴眨巴眼睛不说话。汪海洋说，“不知道就好，下去问问就知道了，要领会好领导的意图。”孙辉南还是不说话，汪海洋说：“是让你把印章全部收上来，至于下一步咋办，我还没有想好。”孙辉南明白了，就往外走了。汪海洋说，“听清了，一个工作日办结。”

孙辉南说：“知道了。”

汪海洋来到了程子龙的办公室，正好党委副书记马成也在。汪海洋说：“厂子里的两位老领导都在，我想问问，厂子清仓挖潜，是不是能挖出一大笔钱？如果真的能挖出钱来，就能解燃眉之急了。”经马成、程子龙介绍，汪海洋就知道了，厂子大门两边的二十几个店铺房，厂子租出去好几年了，房租一个子儿也没有收上来。马成和程子龙也不知道房租是该收还是不该收，主要是社会关系太错综复杂了，惹了谁厂子的日子都不好过。汪海洋宽慰两个人说：“我知道应该咋做了。咱们这次就是要摸摸老虎的屁股。但事情得做在理上，租赁合同是不是都健全？”马成和程子龙把汪海洋领到了档案室，档案室的合同保管得很齐全。汪海洋翻看着合同，合同一签五年，还没有过法律的追溯期。汪海洋把合同蹾齐了说：“你们看这样办好不好？通知欠租户，今天下午开会，两位都要到场。”程子龙看了一眼马成，马成点了点头。

到了下午，二十几个租赁户走进了国胶一厂的小会议室，有的抽烟，有的喝水，就是不说话。程子龙大话不敢说，小话也得掂量着说，还没等说出口，已是急得头上冒汗。马成到公司开会没有来，只能指望汪海洋了。汪海洋进来了，程子龙赶忙把正位让了出来。汪海洋把窗户打开了，屋子里面的烟开始往外散，新鲜的风就吹了进来。汪海洋拿出了合同复印件，把人名和所欠的租金念了一遍，然后说："把大家请来，大家都知道是怎么回事，我就不多说了。你们租赁厂子的店铺房做买卖，钱挣了不少。现在厂子里有困难了，也该为厂子想想了。明天早上租金必须交上来，不交的，厂子将实施两项措施：一是国胶一厂的户头拿掉；二是法庭上见。我还有事要办，散会。"

付大勇伸手拦住汪海洋，说："不能散会，话没说完咋能散会，请教汪厂长一个问题，现在汪厂长是厂子的法人代表，前几天还不是厂子的法人代表，这没有错吧？租赁户签订的合同是同张厂长签的，汪厂长追在屁股后头要租金，是不是给张厂长的脸子看？张厂长还没有下台，是调到市经委工作了，还管着厂子。汪厂长，你做事要三思而后行。"

汪海洋说："你们和厂子签订了合同，就在《合同法》的管辖之下了，不交租金就是犯法了，这个应该明白。想挑拨我和张厂长之间的关系，我只能对你笑笑，无话可说了。"

付大勇像斗败了的公鸡坐下，史大牛"捅咕"身边的兰丽华。质检科科长兰丽华小声说："汪厂长，我有话不能在这里讲，我想和你说点悄悄话。"

汪海洋说："明天必须把房租款交上来，这才是硬道理。至于有啥话要说，必须遵循这个先决条件。"

散会了，兰丽华没有敲门就进了汪海洋的办公室。汪海洋看了一眼兰丽华说："出去，敲完了门再进来。"兰丽华很听话，二话没说就关上门出去敲门，得到汪海洋的允许才进来。兰丽华坐在沙发上，拿出一盒烟抽出一根叼在嘴上点着了，然后把烟扔到了办公桌上。汪海洋拿起烟，是一盒上海产的中华烟。街面上有这样的流行语："一中华，二牡丹，处级干部当地烟。"这是厅级待遇的烟，可见是来头不小。汪海洋把烟扔给了兰丽华，抬起头盯着兰丽华。

兰丽华神神秘秘地说："兄弟，市橡胶公司的汪龙洋你可认识？"

"认识。"

“你们哥俩究竟谁管谁？”

汪海洋看了看面前的这个女人，觉得她好像要说出什么似的，就实话实说：“在家长兄为父，当然是汪龙洋管着汪海洋。国胶一厂是橡胶公司的下属单位，当然还是汪龙洋管着汪海洋。”

“你知道我和汪龙洋的关系吗？”汪海洋怎么会不知道呢，但他摇摇头。兰丽华直白地说，“不知道，我可以告诉你。汪龙洋是我姐夫，咱两家是亲戚关系。”

汪海洋早就猜到她会这样说，问兰丽华：“两家既然是亲戚关系，我可就要问个问题了，你可要认真地回答。”

“当然。”

“你是绿岛市国胶一厂的质检科长，你该归谁管？”

兰丽华就结巴了，说：“这，这……汪海洋，你等着。”说着兰丽华甩甩袖子气鼓鼓地走了，出门时使劲地摔了一下。

兰丽华虽然碰壁走了，但出于礼貌，汪海洋还是出门相送，不经意间发现走廊里面摆着许多家具，还有锅碗瓢盆。

“这是谁的家具和炊具，怎么搬到这儿来了？”

姚丽梅从办公室里探出头来说：“我的。”

汪海洋没好气地说：“添堵。”

姚丽梅来到汪海洋的面前问：“汪厂长，我在厂子担任什么职务？”

“白纸黑字写着，是副厂长。”

“这么大一幢办公楼，凭啥两个副手挤在一个办公室里办公。宿舍也不给安排，家具也没处放，不放在走廊里，你说放在哪儿？”

汪海洋来了气，喊：“孙辉南，你过来。”

孙辉南进了办公室，把办公室里的几个工作人员请出了门，然后说：“汪厂长，厂子工作不好做。”

“给姚副厂长安排办公室、宿舍，有什么不好做？”

“办公室应该有，宿舍也应该有。”

“那还废什么话，赶紧给姚副厂长安排呀。”

“按照规定分配下去了，斗胆说句话，有劲儿可就不敢使了。”

“含着冰吐不出水的干部，我告诉你孙辉南，你有可能成为国胶一厂第一个下岗的科级干部。”

“一层楼被安全科占了，是一个人一个办公室，会议室就有七八十平方米。还配有打字员、放映员……”

汪海洋见到孙辉南不往下说了，就催着说：“说呀。”

“安全科的办公室，上面有明确的规定。再说正副科长谁都惹不起，怕是汪厂长也惹不起。” 孙辉南说着话软了下来。

“把安全科的小会议室简单地装修装修，做姚副厂长的办公室兼卧室。”

孙辉南怯场地说：“汪厂长，撤了我的职，我也不敢去，那些人都是爷，当孙子的能把他们怎样?”

“好，你不去我去。”

孙辉南把汪海洋送出了门说：“汪厂长注意点，那帮人心狠手辣，上面有根子。老虎屁股摸不得，到时丢官弃职不算，还兴许落下终身残疾。”

汪海洋把付大勇、史大牛叫到办公室说：“事情是我定的，安全科赶紧把办公室腾出来。厂办给安全科另准备了两个办公室，你俩去和孙辉南接洽吧。”

付大勇说：“汪厂长，办公室不能搬。”

汪海洋问：“怎么就不能搬?”

付大勇说：“安全科在厂子里面很重要，有关规定上级都下发了文件，厂子是按照文件执行。这都是上边下派的事，希望汪厂长不要和上级顶牛。”

汪海洋说：“让安全科搬家安全科就得搬家，要是在部队上就是命令，不搬就是砍脑袋的罪。请你俩来商量，是看得起你俩。”

付大勇说：“史副科长，把文件都拿来，让汪厂长开开眼。”

史大牛去了不大一会儿就把红头文件拿来，放在了汪海洋的面前。汪海洋翻看着文件，都是五年前的文件，就把文件撕碎了从窗口扔出去。

“明天下午，安全科必须搬出现有的办公室，否则，厂子会对你们不客气。” 汪海洋说着扬长而去。

史大牛说：“就不搬，气死猴。”

付大勇说：“对。就不搬，气死他。”

在家具的夹缝中，汪海洋碰到了姚丽梅。他怕姚丽梅发脾气，尽量温和地说：“咱们各让一步，还是先把东西搬走了为好。这叫什么摆设，让我看了扎心。”

姚丽梅问：“东西往哪儿搬?”

汪海洋把孙辉南叫来了说：“去找几个人，先把东西搬到安全科小会议室暂存，容我下一步想办法。”

姚丽梅说："这话当真?"

汪海洋说："当真。"

孙辉南和几个工人搬着姚丽梅的家具来到二层走廊，就被史大牛拦住了。

史大牛踢着家具说："从哪儿搬来的搬回哪儿去，把我惹急了，你们都知道史爷的脾气，有的人零件可就不全了。"

孙辉南说："汪厂长说的，有啥话你跟汪厂长说去。"

史大牛大叫说："把沙袋搬出来，把楼梯口封住，我要练习打靶了。"安全科的几个科员很听话，就把沙袋搬了过来，把走廊的楼梯口封住。史大牛拎出双筒猎枪趴在沙袋上说，"闪开，闪开，练枪了。练好了枪法，好陪市里的领导去打猎。"史大牛"当"的就是一枪，孙辉南和几个工人吓得扭头就往楼上跑，再也顾不上家具了。

汪海洋听见枪声一愣，刚刚拉开门，姚丽梅、孙辉南跑了进来，孙辉南结结巴巴地说："汪，汪厂长，史，史大牛动，动枪了，快，快报，派出所。"

"有什么大惊小怪的。"汪海洋不屑地说，"面对美国鬼子的轰炸机我都毫不畏惧，猎枪的子弹，还能和美国鬼子的B52轰炸机的炸弹相比吗？姚丽梅，你再一次通知安全科，明天下午六点前不搬出办公室，安全科长就换人了。"姚丽梅晕晕乎乎地走了出去。汪海洋开始训目瞪口呆的孙辉南，"不要什么事动不动就动用警察，动用警察是无奈之举。孙辉南，你记住，镇不住这俩小子，厂长我就不当了。"

姚丽梅鬼使神差地走进了安全科的科长室，史大牛指使几个人又是推又是搡，姚丽梅已是披头散发了。

姚丽梅仿佛明白过来了说："这样闹下去会出乱子的，侮辱了我个人好说，一旦厂子不再保护你们，生活出路就没了。"

史大牛阴阳怪气地说："你这个披头散发的样子，可不是我们撕扯的。我们不是推卸责任，凡事得有个讲究。你回去告诉汪海洋，要撅两根棍，得付出代价。我哥哥不在话下，付大勇的舅舅是绿岛市分管工业的叶副市长，只要他上下嘴唇一动，你想想，汪海洋的金銮殿还能坐稳吗?"

付大勇进来说："汪海洋新官上任啥都不懂，竟敢这样对待安全科。工厂出了安全事故，他吃不了就要兜着走。我现在就去告他，他得灰溜溜地滚蛋。"

史大牛开始玩邪的，一脚踢翻了麻将牌，将两颗子弹压进了弹仓，胡乱地瞄着准。

姚丽梅说："公事公办，你们到底搬不搬？"

史大牛说："不搬，就是不搬，谁搬谁是龟儿子。"

姚丽梅拢拢散乱的头发说："这也好，我回去复命就是了。"

汪海洋见到姚丽梅披头散发地回来了，发怒得像头狮子，要去找付大勇、史大牛算账。姚丽梅紧紧抱住他不松手，怕的就是那杆猎枪。

汪海洋挣着说："不废了两个小子，我就不姓汪了。"

"消消气，到了这个年龄，要斗智不斗勇。"

汪海洋不挣了，说："松开我……你说怎么办？"

"行使行政手段最有效。"

汪海洋立即召开了党委临时会议，撤销了付大勇、史大牛的安全科科长、副科长职务。国胶一厂党委的红头文件放在了桌子上，付大勇、史大牛看了暴跳如雷。

史大牛说："只要我哥哥你舅舅一出马，这算啥，就是一张揩屁股的纸。"

付大勇说："想不到汪海洋真敢这样做，这是公开在进行挑衅，你我只能是背水一战了。"

史大牛说："就是不搬出办公室。"

付大勇说："虽说胳膊拧不过大腿，能坚持到什么时候就是什么时候。"

两个人来到了窗前，发现汪海洋坐在厂子的大门口，拿着蒲扇扇着，正和守门人说着话。坐地钟"咔哒，咔哒"走着——三点半、四点半、五点。

付大勇站起来无奈地说："去会会汪海洋。"付大勇在前，史大牛背着双筒猎枪在后，两个人从安全科的办公室出来，来到了汪海洋的面前。付大勇两眼冒着火说："小子你等着，我倒下一根汗毛，你得跪着给我扶起来。"

史大牛举起了双筒猎枪对准汪海洋，手指紧紧地扣在扳机上，身边的人都吓傻了。史大牛把双筒猎枪从汪海洋的身边移开，冲着天"当"地开了一枪，然后两个人走出了厂子大门，拦住一辆出租车扬长而去。汪海洋意识到，这只是一个下马威，事情还没算完结。

第3章　侠义女副手，手举存折应对堵门债主

在国胶一厂大礼堂召开的全体职工大会上，汪海洋新官上任还是烧了三把火，第一把火在与会人的眼前架起了一口锅，锅里有172枚印鉴和个人名章。

汪海洋对着麦克风说："大家看看这口锅，里面的印鉴和个人名章都是厂子给刻的，外债为啥二十几万，就是这些印章和个人名章盖出来的。从现在起，厂子只保留两枚印章，一枚是厂子的公章，一枚是厂子的财务用章。"

孙辉南把划着的火柴扔进了锅里，火就熊熊地燃烧起来了。在火光的映衬下，汪海洋的第二把火燃烧起来了。

汪海洋说："请前排的人站起来。"前排的人就站了起来，其中包括付大勇、史大牛、兰丽华。汪海洋指着这些人说，"这些人都是厂子的职工，可不是前来披红戴花受表彰的。他们租赁了厂子的店铺房，所欠租金，明天早上必须交上来，否则，开除厂籍。"汪海洋停顿了一下说："点的第三把火，就是厂子的生产必须搞上去，要定岗定责，多劳多得，有关细则会后下发。"

下班了，130客货两用车从国胶一厂驶了出来。汪海洋坐在车里面，车行驶在回家的路上。后面两辆凌志轿车悄悄地跟了上来，司机小黄从倒车镜里看出了不妙，把车开得飞快。

汪海洋说："你疯了，把破车开得慢点。"

小黄说："有两辆凌志轿车尾随上来，看来凶多吉少。"

汪海洋往后面看看说："前面不远有个胡同，你把车拐进去。假如凌志车跟了进去，就是跟咱们有过节儿了，再想办法。"

司机小黄把车拐进了胡同，一辆凌志轿车紧跟着驶进了胡同，后面的一辆凌志轿车奔着前面驶去。130客货两用车在胡同里穿行，后面的凌志轿车紧紧咬住不放。这时，前面驶来一辆凌志轿车，就是奔着前面驶去的那辆车，两辆车对130客货两用车形成了夹击之势。

小黄害怕了，说：“汪厂长，得罪人了。史大牛的哥哥特牛，在绿岛市讲究的是黑白两道，说让你今天死，你就活不到明天了。”

汪海洋说：“那是讹传，吓唬人的。小黄，只要咱心里不虚，阵脚不乱，你就啥都不要怕。”汪海洋说着摇下了车窗，探出头前后看着。

两辆凌志轿车的车门打开了，两个穿着黑皮夹克拎着猎枪的人下了车，来到汪海洋的面前摘下了墨镜。小黄判断得不错，果然是付大勇、史大牛找上门来了。

史大牛指着车牌说：“汪海洋你看明白，两辆车是0号打头的车，都是公安局的警车。我们哥俩在绿岛市没有这样的本事，敢和你对抗吗?”

付大勇说：“废话少说，汪厂长请下车吧?”

汪海洋下了车说：“你们俩是我的手下职工，敢胡来?”

付大勇说：“你想想，你还有退路吗？明天，要账的一上来，你拿啥还？要账的不但把厂子砸了，还得把你轰下台。不识时务的政治宠儿，你红不了几天啦。”

史大牛“咣”地冲130客货两用车的轮胎放了一枪，就把轮胎给打爆了。汪海洋见状气得牙齿咬得“咯咯”响，但也无计可施。两辆凌志轿车倒出了胡同，把瘪了胎的130客货两用车撂到了那儿。

汪龙洋家的客厅里，兰丽华没等说话就满眼是泪地说：“姐，你家二索要租金，跟催命鬼似的，我的家境姐也是知道，一时半会儿凑不齐全。”

兰丽中拿起电话要通了说：“喂，是司机小胡吗？我是你兰姨，请把车开到家门口，越快越好。”

兰丽中、兰丽华听到了汽车的鸣笛声，就走出了家门，坐上车直奔汪海洋家。汪海洋家的门大敞四开，兰丽中、兰丽华下了车径直走进去，进屋坐在炕沿上。李杏花不敢怠慢，忙端来了水果瓜子，还给每人沏上一杯热茶，再就是拿来小褥垫，让两个人坐在屁股底下，省得炕沿硌着了屁股。

李杏花夸着兰丽中说：“嫂子是个文化人，我家海洋和他大哥都比不了。他们哥俩办事太较真，只有嫂子能劝动他们哥俩。”

兰丽中听了不是滋味儿说：“哼，未必。”

李杏花说：“国胶一厂这么大，让我干点啥不好，偏偏把我分配到废品车间。一天打扫废品，乌烟瘴气的呛得难受。”

兰丽中没有好气地说：“这能怪谁？怪你丈夫的思想水平高，精神可嘉。”

李杏花听兰丽中话中有话，就说：“撇下我家海洋不说，大哥做得也不对。军娃分配工作，我家海洋官小说不上话，大哥官大能说上话，可是大哥就是不肯说这句话。军娃被分配到了市橡胶公司，大哥一句话就能留在机关工作，人事部门却把军娃分配到了国胶一厂工作。刚才军娃还说，要找大伯去说道说道。”

兰丽中“捅咕捅咕”兰丽华，意思是说：“赶紧走吧，汪海洋回来也没有好话。”

兰丽华没有走的意思说：“姐，‘捅咕’什么呀，等汪厂长回来，店铺的事能免点就免点，过日子蚂蚱腿也是肉。”

兰丽中见到兰丽华不动地方就换了语气说：“杏花，嫂子告诉你，军娃就不要去找他大伯了。孩子在基层锻炼锻炼有好处，没啥坏处，这可能是他大伯的真正用意。”

随着时间的推移，兰丽华开始坐卧不安了。她几次到门口去张望，还是不见汪海洋的踪影儿。兰丽中、兰丽华终于等不及了往外走，李杏花送到了门口。汪海洋就回来了，把两个人堵在了门口。

汪海洋说：“嫂子，坐一会儿再走吧。”

兰丽中说：“二，嫂子来看你，就是想告诉你。事情有方有圆，该着方的时候就方，该着圆的时候就得圆，你千万不要把方的整圆了，把圆的整方了，太过火了，就是不方不圆了。”

“嫂子，不是我装听不懂，其实我真的没有听懂。”

“听不懂就得学，不要不懂装懂。丽华，咱们上车。”

兰丽华还有些话没有说完，犹豫地说：“姐，汪厂长……”

兰丽中说：“姐什么呀，姐的话都说到家了，还能有什么可说的？丽华，上车。”兰丽中上车没有马上关车门，扶着车门说，“二，你听清楚了，我是你亲嫂子，车里的人是我亲妹子，就是你亲妹子，和你嫂子差不了多少。”兰丽中说完“哐当”一声把车门关上了，上海轿车鸣着一连串的笛声开走了。

夜深了，汪海洋还没有睡。李杏花端着一碗打卤面进来了，放在汪海洋的面前。

汪海洋自言自语说：“国胶一厂，山雨欲来风满楼。”

李杏花就往窗外看看，天晌晴晌晴的，不但没有下雨，连一丝丝风也没有啊。这个人瞎叨咕啥，当了几天的厂长就得了癔病？她就用筷子敲着碗，碗敲得很响。汪海洋拿过筷子，就要吃打卤面了。

李杏花说：“吃完打卤面就睡觉，养足精神，明天好出去惹祸。”

“嫂子来了说些什么啦?”

“嫂子说了，你哥能把你扶上去，也能把你撤下来。嫂子还说舟啥，覆啥，我就记不住了。”

汪海洋边吃边安慰着李杏花说：“不要听嫂子胡说，大哥不能那样做，那是嫂子一厢情愿。”汪海洋吃完打卤面说，“老婆，你先睡觉，我到海边去转一转。”汪海洋披上一件衣服，向着海边走去……

国胶一厂的院子里面要账的人越集越多，已把办公大楼的门堵得水泄不通。付大勇、史大牛、兰丽华也在人群中。厂子的那辆桑塔纳轿车开来了，就停在办公楼的楼前，六个戴着墨镜梳着小平头，一身短打扮的小伙儿，一边三个守护着，很有派头。车内的讨债人穿着一身西服，戴着茶色眼镜，抽着中华烟。

付大勇喊：“厂子糊弄你们了，厂子根本就没有钱还账。大家千万不要学阿斗，要学张飞丈二长矛捅上几下，疼了厂子就有钱了。”

史大牛说：“汪海洋是个兵痞，是个大骗子，放个屁得带两个谎儿，大家千万不要上当。”

在两个人的鼓动下，讨债的人群开始往楼里涌了，大门被挤坏了，门卫已顶不住了。

程子龙急匆匆地走进汪海洋的办公室说：“汪厂长，不该答应三天还账，这种混乱局面在预料之中。事态发展到这种程度，恐怕难以控制了。”

汪海洋果断地说：“你去告诉债主们，谁敢跨进我的办公室一步，债还就不还了。你再告诉债主们，今天夜里十二点前，是三天截止的终点，到时再还不上钱，任凭债主们处置。”

这时，走廊里传来了杂乱的脚步声，还有嘈杂声。程子龙忙出去应付局面，面对着愤怒的讨债人，程子龙说了汪海洋的两点意见。说完强调说：“你们前进一步死，就是讨不到债。后退半步生，就是能讨到债。”讨债的人开始后退了，付大勇、史大牛却是拼命地往前推，结果被挤得丢盔卸甲，许多人从楼梯上滚了下来，摔得鼻青脸肿。

电话铃声急促地响了，汪海洋抓起了电话，电话是黄部长打过来的。黄部长说：“汪海洋，五千双鞋款已打到厂子的账户上。基地首长说了，你还

是部队上的人，部队将全力支持你和你企业的发展。”

汪海洋激动地说：“我以一个老兵的名义，向中国人民解放军致以最崇高的敬礼！”汪海洋面向着大海敬了个标准的军礼，然后说，“感谢各级首长的全力关怀和支持，等到厂子富裕了。我一定报效……”汪海洋擦着眼泪说不下去了，他放下了电话，洗把脸把姚丽梅叫过来说：“这几天清欠，加上卖货的款，还有部队打到账面上的款，合起来有多少了？”

姚丽梅说：“12万。”

汪海洋说：“去做一百多个阄，按抓阄的顺序号还债。钱肯定不够，可以用解放牌胶鞋顶账。”

汪海洋来到院子里，马成拿来了一只凳子，汪海洋终于可以直着腰站在凳子上面向着讨债人了。汪海洋说：“我是厂子的法人代表，当然是代表厂子说话，先是道歉，对不住诸位了。下面说的话儿是还债，同大家商量商量，由于时间紧迫，钱筹集得没那么多，要拿出一半的货顶账，大家看如何？”讨债人的表情可是五花八门。汪海洋见状又起调说，“厂子有关领导商量过了，每双解放牌胶鞋照市面上的价格让利1元，愿意的照抓阄的顺序号办理，不愿意的站在一边儿等，等到什么时候我就说不准了。”

讨债的人还有啥办法，就开始抓阄了，结果又是挤得人仰马翻。坐在桑塔纳轿车里的讨债人没有参加抓阄，还是悠闲地抽着中华烟。程子龙喊着抓阄的序号，财会人员开着现金支票。刘启明领着一帮工人推着三轮车往这边运鞋，马成看着条往外付鞋。

到了傍晚，院子里讨债的人只剩下十几个人，这些人不要解放牌胶鞋要现金，包括坐在桑塔纳轿车里的讨债人。

姚丽梅来到桑塔纳轿车前说：“先生，你为何无动于衷？”讨债的人把手伸到车窗外，姚丽梅接过了欠账单，原来是个讨债的大户，怪不得这样牛。姚丽梅拉开车门说：“先生，付给你一半现金，一半货，你看怎样？”

讨债的人拎着文明棍下了车，看样子是个瘸子，走路又看不出来。

他态度坚决地说：“一双鞋我都不要，我全要现金。”

姚丽梅拿着欠账单来到财会人员面前说：“算算总账，还欠多少？”女会计“噼里啪啦”打了一阵算盘珠子，欠账的数额就算出来了，把算盘珠子推到姚丽梅的眼前。姚丽梅一看，再有3万元现金就足够了。她眼睛一亮说：“等着，这就去取钱。”姚丽梅“噔噔噔”上了楼，又“噔噔噔”地下了楼，手里攥着一本存折。她把存折举着说，“这是中国建设银行的存折，存款额度远远超过欠款的额度。现在我就给你们打欠条，明天上午到厂子来取欠款。本副厂长一言九鼎，绝不食言。”

讨债的人哪里肯听姚丽梅的话，嚷嚷着要看看存折，面对焦灼的讨债人，姚丽梅就把存款公开了。存折在讨债人的手上传递着，看过后谁也不说话了，自动地排成了一排，换着欠债的单据。

拎着文明棍的讨债人来到了姚丽梅的面前，要过了欠债的单据，瞄了姚丽梅几眼说：“请问，你就是新来的姚丽梅姚副厂长？”姚丽梅没有回答，只是撇了撇嘴。拎着文明棍的人说，“个人存款，为啥用在公家的还账上？”姚丽梅还是没有说话，只是笑笑。拎着文明棍的人说：“我坚信，有姚副厂长这样的领导，厂子定会前途无量。这笔债我还就不讨了，就算与厂子交了个朋友。”说完，他把讨债的欠条撕了。姚丽梅刚想说话，拎着文明棍的人说，“姚副厂长，什么都不用说了，以后你就会明白的。”他又一挥手说：“桑塔纳轿车奉还了，我们走了。姚副厂长，后会有期。”两辆奔驰轿车开进了厂子，一行人上了车，奔驰轿车很快驶出厂区。

姚丽梅望着地上的纸屑，扪心自问说：“这是一伙什么人，一万元的欠债说不要就不要了？”

当天晚上，付大勇、史大牛在绿岛市帝豪大酒店请客，雅间的转动餐桌上，摆着满满的一桌子菜，一帮哥们儿吃着喝着，骂人声和划拳声接连不断，不绝于耳。

付大勇举着扎啤说：“汪海洋交上了桃花运，有漂亮的小娘儿们跟他肝胆相照，破财相助，才躲过了这一劫。”

史大牛借着酒劲儿说：“这几年我碰到的娘儿们都是贱货，除了伸手要钱，还是伸手要钱。看看人家姚丽梅，漂亮仗义，就是一个佩服了，巾帼英雄，啥话都不说了。”

付大勇红着脸问史大牛：“你喝多没喝多？”

史大牛舌头已经有些大了，结结巴巴地说：“大哥，没喝多，还得瓶对嘴喝呢。”

付大勇的脸就阴了下来，看着顺了拐的史大牛举起了酒杯说：“为了史老弟的进步干杯！”众人把酒干了。此时谁也没有想到，付大勇突然摔了酒杯大吼道，“把史大牛拿下，该修理修理了。”几个穿着花格子衣服的就动手了，架起史大牛向门外走去。付大勇瞪着红眼睛说：“教训教训就行了，罪在肉上，不在骨头上。”

国胶一厂安全科的小会议室经过简单的装修，外间是个小会客室，中间是姚丽梅的办公室，里间就是姚丽梅的宿舍了。汪海洋过来检查，实际是让姚丽梅看的，发现姚丽梅低着头在写字。汪海洋来到了姚丽梅的身边，要看看姚丽梅写的字。姚丽梅把写的字推给了汪海洋，汪海洋见到信纸上写的是英文，他连一个字也不认得。

“英文字认识我，我可不认识它。”

汪海洋不好意思地将信纸推了回去。姚丽梅又写了几行英文才停下笔说：“给美国的表哥写封信，具体内容厂长就没有知道的必要了。”姚丽梅将信封好装在了抽屉里。

“厂子就这个条件了，鞍子也就配到这个程度了，做厂长的是尽力而为了。”

姚丽梅知道汪海洋说的不是假话，但也是前来讨功的，就没给好脸说：“这叫求贤若渴，本副厂长就应该享受这样的待遇。一个厂子想发展，科技是第一生产力，有合适的科技人才，就不要怕花钱请进来，不要怕花高薪聘过来，本副厂长就是这样的人才了。”

“我这次来，不想讨论科技是第一生产力的问题，是想弄清你哪儿来的那么多钱。”

“我就知道，本人一露富，果然引来了你的怀疑。过去，你就知道我是个大学生，不知道我是个大家闺秀。打开《绿岛市市志》，里面有人物篇，有个叫姚天啸的企业家，不是家父是家爷。钱是家爷留给孙女嫁人用的，说得够详细了吧?”

汪海洋这才知道姚丽梅是绿岛市太平洋人力车行董事长、绿岛市虎标印染厂厂长、绿岛市大华鞋厂大老板姚天啸的孙女。姚丽梅把汪海洋让进了宿舍，拿出一套老式投影设备装好，屏幕上出现了各式各样的宫廷鞋、民间鞋……

汪海洋看着看着突然指着屏幕说：“停下，停下，这样的鞋我认识。”姚丽梅停了下来，等着汪海洋往下说。汪海洋盯着屏幕说，“我小时候穿过这种鞋，这种鞋叫毡疙瘩。”

姚丽梅听了倒吸了一口冷气，心里瓦凉瓦凉的。汪海洋没有理解她的用意，她实在是不愿意把这种用意说出口。但姚丽梅还是说：“随着人民生活水平的提高，厂子开发新产品迫在眉睫了。解放牌胶鞋过时了，就要寿终正寝了。”

汪海洋喊：“你真敢说？解放牌胶鞋是功臣鞋。”

姚丽梅见到汪海洋同自己喊，抬起身就走了，汪海洋也随后跟了出来，发现姚丽梅去了食堂，就来到了厂子大门口，想到小饭店吃口饭，迎面碰见一个大胡子扛着纸壳箱子走进了厂子大门。

大胡子见到了汪海洋，说：“这位先生好！请问姚丽梅姚小姐在吗？”

汪海洋愣了一下说：“你是谁，姚丽梅是你什么人？”

大胡子说：“美籍华裔学者张大元，姚丽梅是我的表妹。”

张大元把纸壳箱子撂在地上，拿出一张烫金的名片恭恭敬敬地递给了汪海洋。汪海洋看着名片上眼花缭乱的头衔，转身就向院子里面看去，发现姚丽梅端着饭盒走进了办公楼。

汪海洋说：“张先生，我替你拎着箱子，去见姚丽梅小姐。”汪海洋说完叨咕说，“先生、小姐，怎么随口就说了出来？”

在姚丽梅的办公室里面，张大元和姚丽梅见了面，相互之间进行了热烈的拥抱。拥抱完了，姚丽梅把汪海洋介绍给张大元说：“表哥，这位就是厂长汪海洋。”张大元就过来拥抱了汪海洋，一脸的大胡子贴了过来。汪海洋拥抱着张大元，不自觉地舔了一下张大元的耳朵。张大元拥抱完了汪海洋，扒拉着耳朵让姚丽梅看，意思是说这是哪国的礼节。姚丽梅机智地说：“耳鬓厮磨，这句话表哥听说过吧？这是汪厂长给予表哥最高的礼遇。”张大元听了眉飞色舞，看上去很高兴。姚丽梅提醒说，“表哥，丑话说到头里。这样的礼遇只能是在这种场合才能出现，表哥千万不要到外面去说，那样，汪厂长脸面上就挂不住劲儿了。”张大元刚想问为什么，姚丽梅就打开了纸壳箱子，拿出一双双鞋，都是世界名牌鞋。朝着汪海洋说：“汪厂长，这是美国布瑞克公司生产的名牌运动鞋‘抛尼’，英文名字是PONR；这是美国CVD的硫化鞋；这是美国国际名牌鞋布鲁克，英文名字是BROOK……”姚丽梅介绍完了世界名牌鞋，高兴地抱住了张大元说，“表哥，看到你带来的鞋，我真是高兴极了。”

汪海洋来到车库前，司机小黄在洗车。汪海洋说：“小黄，你出来。”小黄扔下水管子出来。汪海洋说，“姚副厂长来了个亲戚，这两天我就不用车了。你拉着两个人在绿岛市逛逛，有什么情况及时汇报。”

小黄说：“听厂长吩咐，一定把客人伺候好。”姚丽梅、张大元从办公楼上下来了，朝着大门走去。小黄追上去问：“姚副厂长，用车不？”

姚丽梅说："小黄，不许说谎，是不是汪厂长让你来的?"

小黄说："这事你咋知道?"

姚丽梅"哼"了一声说："汪海洋，汪大厂长，一撅屁股我就知道他拉几个粪蛋。"

张大元半开玩笑地说："表妹，像你这样一个高级知识分子，怎能说出这样粗鲁的话?"

姚丽梅很诡谲地笑了笑，说："走，我们不坐车，我们用十一轮大卡车去轧马路。"

张大元疑惑地问："坐十一个轮的大卡车去轧马路，十一个轮的大卡车在哪里?"

姚丽梅说："过一会儿我就告诉你，什么叫十一个轮的大卡车了。"

姚丽梅和张大元走出厂子的大门，小黄无奈地往回走着。此时，汪海洋就站在办公室的玻璃窗前面，看着外面演的戏，他见到张大元和姚丽梅渐渐远去的身影，跺着脚说："小黄，你个笨蛋，看我怎么收拾你。"

该吃晚饭了，汪海洋痴呆呆地坐着，没有吃饭的意思。李杏花过来说："老汪，你不吃饭孩子也不吃，饭菜就要凉了。"

"你们娘儿俩先吃，我不饿。"汪海洋说着拿纸笔写着，"大胡子，表哥……"

李杏花看见了说："魔怔了？啥大胡子，啥表哥的?"汪海洋这才知道泄露了嘴，摸摸脸上的胡子。汪海洋的胡子长了，是该刮刮了。李杏花似乎明白了说，"是先吃饭，还是先刮胡子?"

汪海洋站起身来说："先刮胡子，然后就吃饭。"

李杏花拿来刮胡子的家什说："胡子不算咋长，你这是抽风。"李杏花往汪海洋的脸上抹满了肥皂沫，细心地刮着胡子。好久没给丈夫刮胡子了，手法就生了，刮出几道细微的血道。汪海洋洗净嘴巴照着镜子，摸着光溜溜的下巴欣赏着。李杏花说："对不起了，这手艺……"

汪海洋来到饭桌旁，看着汪军娃气呼呼地问："军娃，脸上阴阴的，这又刮得什么风?"汪军娃从兜里掏出一盒磁带，扔到汪海洋的眼前，上面有三个字"西北风"。汪海洋拿起磁带说，"小子刮得好，量你也刮不出东南风。"

汪军娃没头没脑地问："爸，我是不是你的儿子?"汪海洋就莫名其妙地看着李杏花，看得李杏花有点发毛了。李杏花越是发毛，汪军娃越是添堵，说："我是我妈带来的孩子吧?"

汪海洋说："扯淡，你长着南北脑袋，你爸长着南北脑袋，爷儿俩长得酷像，是一个模子脱出来的坯。"

李杏花说："军娃，不要跟爸绕圈子，有事直说。"

汪军娃说："听姚副厂长说了，厂子要把我分配到车间工作，是所学非所用了。"

汪军娃拿出毕业证书让汪海洋看，汪军娃虽是橡胶学校毕业，学的却是销售专业，是当下最热门的专业。汪军娃的做法很明白，这样的人才放在车间去干大头活，是屈了才呀！

汪海洋对儿子是百依百顺，他同时也有点跟姚丽梅赌气，就说："销售专业就是市场营销，好了。儿子，话不说不明，蜡不点不亮，爸还就改变了主意，谁爱说什么就说吧，我的儿子到厂子销售科工作。这叫专业对口，这叫尊重人才，谁管他是儿子还是孙子。"

绿岛市街头的夜晚，商家的橱窗灯和街灯都亮着，到处如同白昼。张大元、姚丽梅走在人行道上。

张大元说："表妹，都快三十的人了，是个大姑娘了。也该嫁人了，是不是……"

"表哥，先不要说我了，说说你的婚姻状况？"

"美国人很开放，不像中国人那样保守。我试过了几次婚，有黑人也有白人，怎么也过不到一块儿。还是黄皮肤的女人好，看着顺眼，性情也温顺。"

"美籍华人也不少，不要太挑肥拣瘦了，只要脾气秉性和文化水准不差，做太太就行了。"

"媳妇不能将就，将就日子就不好玩了。"

付大勇和几个小痞子跟了上来，付大勇掏出几张十元的票子，分给每个小痞子一人一张。几个小痞子得到钱眼圈都在笑了，可还是按兵不动。付大勇又拿出了几张五元的票子，分给了几个小痞子。

付大勇指着姚丽梅和张大元说："前面那对狗男女，羞辱羞辱就行了，不要太过火了，过后还有奖赏。"

几个小痞子得到了钱，就前去为付大勇消灾，凑到了姚丽梅身边，就往姚丽梅的脸上吐瓜子皮。姚丽梅见是几个穿得花里胡哨的小痞子纠缠，拉着张大元加快了脚步。

张大元说：“跑什么？几个小痞子不在话下，你让开，别碰着你就行了。”

张大元话没说完拳头就打了出去，把一个小痞子一拳打倒在地上。几个小痞子立刻围了上来，张大元出的都是重拳，就把几个小痞子都打倒在地上了。几个小痞子从地上爬起来，纷纷亮出家伙，有钢丝鞭、弹簧刀、牛角刀……

姚丽梅大喊：“表哥，注意了，他们手里有凶器！”

突然，几个小痞子把凶器扔了，装着没事人一样，一个个吹起了口哨。几个警察过来了，不由分说把张大元、姚丽梅和几个小痞子带进了派出所。在派出所的空屋子里，张大元、姚丽梅和几个小痞子被铐了一宿。

天亮了，张大元喊：“我是美国人，你们为什么要抓我？我要向美国大使馆申诉。”

姚丽梅说：“不要喊了，这是中国不是美国，不到8点上班，不会有人来理会你的。”

几个小痞子掏出兜里的饼干，就着纯净水吃着，像是早就有了准备。

留着长头发的小痞子说：“啥美国人？顶天就是个二转子。”

剃着光头的小痞子说：“皮肤黄了巴唧的，还美国人，装，就装吧。”

姚丽梅说：“你们哥几个惹祸了，这位就是大名鼎鼎的美籍华人著名学者张大元先生，在人民大会堂给中央领导都做过讲座。你们把他打了，一旦有关外事部门过问，后果可想而知。”

几个小痞子听了，就把饼干和纯净水扔了过来。张大元吃着饼干喝着纯净水说：“表妹，不吃白不吃，你也吃。”姚丽梅哪里还有心思吃，盼着上班时间快点到来。

到了八点，进来一个警察说：“大胡子，出示你的证件。”张大元掏出证件递给了警察，警察翻翻，忙打开了铐子，态度和蔼起来说，“张大元先生，请到办公室说话。”

张大元活动活动手腕说：“警察先生，我不是一个人进来的，还有这位小姐，她是我的表妹。”

警察说：“表妹，表妹也得出示证件。”

姚丽梅说：“对不起，我的身份证没有带来。”

警察说：“说出单位的电话，让单位来人把你领走。”

姚丽梅说：“没有这个必要，还是我自己回去吧。”

警察就来了脾气说：“你不是美国人吧？既然不愿意回去，可以待上几天了。所里有个关于整顿治安的学习班，去学习几天也好。”

姚丽梅看到警察动真格的了，不得不写了一个电话号码递给警察。汪海洋接到了电话就来到了派出所，在所长室里面见到了姚丽梅和张大元。

汪海洋一脸的坏笑说：“姚副厂长，是不是‘扫黄打非’进来的？”

姚丽梅瞪着汪海洋说：“闭上你的乌鸦嘴，不要胡说八道。”

张大元听不懂，问：“什么叫‘扫黄打非’？”

姚丽梅满肚子气说：“也闭上你的乌鸦嘴，在这种地方不懂的就不要问。”

所长走过来对他们说：“我们已经了解清楚了，这是一起一般的民事斗殴事件，双方没有受啥伤害，建议调解解决，你们看咋样？”

汪海洋说：“把人关上一宿，还怎么调解？我要通知市外事部门，派出所得给个说法吧，外事部门得给个说法吧，斗殴的对方也得给个说法吧？”

所长看着站在眼前的这位气宇轩昂的大汉，问了一句：“你是谁呀？”

汪海洋字正腔圆地说：“我是国胶一厂党委书记兼厂长汪海洋，这位女士是副厂长姚丽梅，再就是美籍华人著名学者张大元先生。凭姚丽梅、张大元的身份能斗殴？这里面一定有问题，派出所难道不给个说法吗？”

所长说：“汪厂长，不要把事情搞大，这样对谁都不好。”

“派出所不怕损伤形象，想曝光好办，我在电视台和报社还有几个朋友……”汪海洋说着一屁股坐在沙发里了。

“我就去请示领导，三十分钟内给答复。” 所长感到这件事有点棘手。

汪海洋步步紧逼：“这两位一宿没睡觉是又困又饿，我们就到派出所对面的宾馆去休息，一切费用由派出所承担。”

所长说：“没关系，花吧。”

汪海洋、姚丽梅、张大元坐在宾馆的咖啡厅喝着咖啡，汪海洋是一副幸灾乐祸的模样。

姚丽梅最见不得汪海洋这副德行，对着张大元说：“咱们三个人，现在谁最高兴？”

汪海洋说：“我呀，当然是我呀！厂子派司机照顾你俩，你俩不肯接受，结果怎样？进局子了吧。”

“不要鬼画符了，不想揭穿你也就罢了，总不能蹬着鼻子上脸吧？”

汪海洋见姚丽梅有些急眼了，就换了个话题说：“服务员，来杯毛尖，苦了巴唧的咖啡喝不惯。”

舞池子里响起了《溜冰圆舞曲》，张大元拿出一枚戒指，是一枚祖母绿的

订婚戒指。张大元说："表妹，把手伸过来吧，让汪厂长给咱俩做个证人。"

姚丽梅把手伸了过来，汪海洋看着祖母绿订婚戒指抓耳挠腮。张大元伸手去抓姚丽梅的无名指，要把祖母绿订婚戒指戴上。

姚丽梅握住拳头说："表哥，时间和空间都不合适。这枚订婚戒指既然是给我的，我给你保存着，到合适的时候再戴上，好吗?"

张大元有些尴尬了，事情做到了这种地步，不这样做还能咋样做？他把祖母绿订婚戒指装进首饰盒交给了姚丽梅。舞池子里响起了莫扎特的《弦乐小夜曲》。张大元就来了兴致，邀请姚丽梅去舞上一曲，这回姚丽梅没有拒绝。

所长走了过来坐在汪海洋的身边，事情彻底调查清楚了，斗殴后面确实有人指使。派出所要拘捕这个人，市政府的叶副市长打来了电话，事情就不好办了。

所长只能说："汪厂长，双方偃旗息鼓比较好，继续纠缠下去能咋样?这是1000元，算是对方对张大元的补偿。你从中做做工作，我就告辞了。"

所长说完走了。汪海洋看着姚丽梅、张大元两杯还没有动的雀巢咖啡，把一杯举了起来喝净说："死贵死贵的东西，扔了可惜。"他又把另外一杯也一口喝净了说，"死贵死贵的东西，扔了可惜。"汪海洋喝完了两杯咖啡，又把一杯毛尖喝光了……"汪海洋到吧台结完了账，大摇大摆地走出了宾馆。

第4章　商业局断绝后路，子弟兵出手相救

在程子龙的办公室里，付大勇、史大牛西装革履坐在沙发上，两个人是前来停薪留职的，面对着两个吃螃蟹的人，程子龙说："吃完了螃蟹可不要嫌腥，办完了手续可不要后悔。"

付大勇说："好马不吃回头草。"

史大牛更狂，跟着付大勇的话茬儿说："自古以来，好汉子不挣有数的钱，我们哥儿俩就要去当好汉了。"

付大勇摇晃着一条腿，满脸不服气地说："市里的领导说了，国胶一厂的命运岌岌可危，下一步不走合并的路，就是一个黄摊子了，没有啥可留恋的了。几千职工要下岗，看汪海洋美啥？够他喝一壶的。"

程子龙说："扯淡，国营大厂咋能说黄就黄了？你们这是道听途说，就到此为止了，千万不要张扬出去，那样会动摇军心的，对谁也没有好处。"

付大勇说："哥们儿，有用得着兄弟的时候尽管说出来。你出钱，我出力，这宗买卖咋样？"

程子龙站起来走了一圈说："赶紧到人事科去办手续吧，至于……"程子龙停顿了一下说，"用得着时，可不要拉耙。"

付大勇、史大牛从程子龙办公室出来，迎面碰到汪海洋。付大勇说："汪厂长，停薪留职了，我就是个自由人了。你就管不着我了，说句当下时髦的话，可就拜拜了。"

史大牛说："人活着要是没有敌人，活着也就没意思了。"

汪海洋说："厂子虽说管不到你俩了，法制还得管着，说话做事还是要有分寸。好了，拜拜了！不过，祝你俩发大财！"

史大牛信心十足满脸放着光，拍打胸脯说："汪厂长，等到我们富得流油了，就给汪厂长挑来两桶油，不管是炸丸子还是炸套环，吃起来保管满嘴流油。"

付大勇、史大牛连蹦带跳下了楼。汪海洋走进了程子龙的办公室，孙辉

南随后跟了进来，将市商业局的红头文件送到汪海洋的手上。汪海洋看完了，马成、程子龙、姚丽梅自然看到了。文件的标题是——“关于停止收购绿岛市国胶一厂二百万双解放牌胶鞋的通知”。这无异于一声惊雷，把所有的人都轰傻了。这等于断绝了绿岛市国胶一厂的后路，也等于说把吃饭的碗给打了。汪海洋知道，这是市里有人跟他对着干，好呀，他汪海洋就不怕这个邪！

汪海洋把孙辉南叫到办公室说：“通知厂领导到小会议室开会。”孙辉南出去了，汪海洋拿起了电话放下，放下又拿起来，想拨电话号码，究竟要打给谁呢？汪海洋就没了主意。他来到了姚丽梅的办公室，望着天花板。

姚丽梅见汪海洋一副失魂落魄的样子，反讽地说：“天就要塌下来了？”姚丽梅说完话，发现汪海洋并没有着急，就给汪海洋倒上一杯水说，“我说过解放牌胶鞋就要寿终正寝了，这回验证了吧？经济工作要遵循市场的规律，凭感情用事是不行的。你不用问我咋办，前面的路就是摸着石头过河。”

汪海洋说：“废话。”

姚丽梅推开了窗户说：“你还要我怎么说，请看看外面。”

市商业局停止收购厂子解放牌胶鞋的消息，像长了翅膀一样，全厂职工都知道了。整个工厂不等厂长发话就停工了，楼前站着黑压压的人群。

汪海洋来到了楼外，站在职工们的面前说：“多年来，国胶一厂作为国家大型的胶鞋生产厂，一直在计划经济的模式里运转。原材料由国家统配，产品由国家包销，企业只是一门心思做鞋就行了。现在就不行了，负责统销的商业部门不要厂子做的鞋了，后路就堵死了。可是，大家要明白，厂子不能停产，停产就更没有出路了。大家回去继续生产，至于销路由厂子来解决。”

人群渐渐地松动了，车间里的机器又开始运转起来。不到一个月，工厂的走廊里面、办公室里面，连篮球场都堆满了卖不出去的解放牌胶鞋。

汪海洋记不得这是第几次了，他走进了市商业局统购处处长的办公室。处长正在写着对联，汪海洋要上前说话，处长摆摆手示意不要说，汪海洋只好耐心地等待着。处长挥毫写完了最后一笔，拎起对联让汪海洋看。对联上写：“石鼎煎香俗肠尽洗，松涛烹雪诗梦初灵。”

处长洗着手说：“汪厂长又来了，知道我让你看这副对联的寓意吗？这是我写给一家茶楼的对联，茶楼是个体企业。”汪海洋张嘴要说话，处长示意闭嘴说，“不要说我是个处长，就是局长也顾不了你们了。收购解放牌胶鞋分配不下去，你说商业局咋办，也不能做赔本的买卖呀？汪厂长，此一时彼一时了，过哪河脱哪河的鞋吧！本处长的字写得咋样，还想开开眼吗?”

汪海洋知趣地离开处长室，要直接找局长对话。在市商业局局长的办公室里面，局办的工作人员在请示春节的福利待遇问题，刚说到水产品时，汪海洋就走了进来。局长摆摆手，示意办公室的工作人员出去。他热情地给汪海洋倒上了一杯水，然后坐在椅子上抽烟，一句话也不说。憋了一会儿，汪海洋终于憋不住了说：“局长，生产解放牌胶鞋的计划是国家下达的，怎能说不收就不收了？国家的大型企业，职工们发不出工资咋生活，在社会上会造成不良影响的。”汪海洋说完了，局长还是不吭声。汪海洋继续说，“局长，局里实在有困难，出面和银行协调协调，帮助解决贷款也行。”

局长终于开口了：“女人要分娩，分娩就有阵痛，阵痛过去就会好了。汪厂长请回吧，要钱局里是一分也没有，今后也要免开尊口了。”

汪海洋走投无路了，沿着海滩拼命地跑。他冲着大海喊：“厂子到底是谁家的，生产计划到底是谁下达的？现在生产任务完成了，你们说不要就不要了，还讲不讲诚信，还讲不讲道德?”汪海洋跑到了租船场，沿着机动艇来回地走着，就过来了一位工作人员。

工作人员问：“租机动艇?”

汪海洋说：“我对机动艇不感兴趣，想租舢板。”

工作人员把汪海洋领到舢板前说：“出示你的游泳健将证。”汪海洋拿出了证件，工作人员核实好了，租给了汪海洋一条008号舢板说，“要在十海里的范围内划行，绝对不允许超过水域。这是一部呼叫机，遇到危险时要及时呼叫。”

大海上，汪海洋奋力地划着舢板，很快地就划出了十海里的规定范围。汪海洋躺在舢板上了，舢板就在大海里漂荡着……但见海天一色，海鸥翱翔，心旷神怡。汪海洋休息够了，又开始划动舢板，远处一座孤岛渐渐地就靠近了。

李杏花、汪军娃吃着晚饭，吃完了饭，李杏花掰着指头算着，汪海洋已经三天没有回家吃饭了。

“军娃，这几天见到你爸了没有?”

“没有。”

李杏花觉得不对头，说：“我到厂子问过马书记和程副厂长了，都说没见到你爸，这可就怪了。军娃，你到厂子去问问姚副厂长，妈不好去找她

问，还是你去问好。”

姚丽梅还没有休息，郑秀兰也没有回家。两个人把国际名牌鞋都大卸八块了，以国际名牌鞋为蓝本，一种新型鞋的设计图，正在趋于完善。

汪军娃敲门进来问：“姚姨，见到我爸了吗？”

姚丽梅眼珠一转说：“你爸到省城开会去了，明后天回来。”

姚丽梅说完就慌了神，见到汪军娃、郑秀兰离开了，立马拿起电话叫来了马成和程子龙。马成、程子龙急匆匆赶到了姚丽梅的办公室，三个人商量着咋样才能找到汪海洋。三个人煞费苦心地想着，还是姚丽梅想到了一个地儿。

姚丽梅说：“离海岸二十几海里有一座孤岛，名字叫‘英雄岛’。汪厂长几次跟我提过孤岛的名字，他可能就在这个岛上。”

程子龙望着外面天海一色，风急浪涌，就坐在沙发上说：“天气这样的糟糕，不管是‘英雄岛’还是‘狗熊岛’，等到天亮了再说吧。”

马成端来了棋盘和程子龙下着棋，姚丽梅睡不着观战，三个人一直熬到了天亮。到了上班的时间，马成、程子龙、姚丽梅就急急忙忙来到了租船场。海面上刮着六七级的大风，场子里一个租船的人也没有。三个人来到了租船办公室，一个小伙子摆着扑克牌算着命。

姚丽梅急切地问道：“小伙子，三天前，是不是有一个高高大大的男人来到这里租过船，租的是机动艇还是舢板？”

小伙子停下手中算命的扑克牌说：“你一打听，我还就想了起来，是有这么一个人，租了一条008号舢板出海了。我办完了租船的手续就下班了，不巧连着休了两天，又请了一天假，今天才上班。刚才我还查过舢板，008号舢板还没有回来。糟了……”小伙子拿起呼叫机调着频率呼叫着，“008号舢板，008号舢板，听到了请回答，听到了请回答……”小伙子呼叫了一会儿没有得到应答。

姚丽梅说：“不要呼叫了，呼叫也没用。”她站在海图前问，“离岸边几十海里的地方，是不是有个‘英雄岛’？”

小伙子指着“英雄岛”的位置说：“就是这座岛，不知道哪个朝代，中国人在岛上抗击过外敌的入侵，最后全部英勇就义了，后人就给岛起了个名字叫‘英雄岛’。”

几个人来到了海边，暗暗祈祷着汪海洋不要当英雄，当上英雄可就惨了。小伙子跟在姚丽梅的身后，可能感到了责任重大，身子在不停地哆嗦。

马成、程子龙观察着风向，还有涌起的很高很高的海浪。

姚丽梅问小伙子说："凭你的经验，这样恶劣的天气，机动艇能靠到岛上去吗?"

小伙子说："不要说机动艇，小型舰艇恐怕都靠不上去。"

汪海洋果然就在"英雄岛"上，一块礁石上，只留下了拴着舢板的绳子，舢板已不知去向了。他趴在最高的岩石上，三天滴水未进了，身子已是极度的虚弱。海鸥在头顶上飞过去了，一架架飞机从头顶上飞过去了……是谁也救不了他。汪海洋调整着呼叫机，呼叫机超过了呼叫区，咋呼叫也没有回应。汪海洋预感到危机渐渐地逼来……

一艘海军的快艇劈涛斩浪向着"英雄岛"靠近，靠近……马成、程子龙、姚丽梅、黄部长下了快艇。

几个人一起喊："老汪，你在岛上吗？请回答……"

汪海洋挣扎着站了起来，想喊"我在这里……"可是嗓子哑了，喊不出声来了。汪海洋挣扎着站着，听到喊声露出了一种欣慰，却又是一头栽倒在礁石上了……

在黄海基地某部医院里面，汪海洋躺在病床上打着点滴。姚丽梅拎着花篮进来了，把花篮放在床头柜上。

汪海洋看着花篮说："厂子搞成这个熊样子，姚副厂长还挺浪漫?"

姚丽梅往花上喷水说："真没想到，我浪漫不算，汪厂长更浪漫，是不是犯了哪根神经浪漫过劲儿了？请问，划着舢板到'英雄岛'上干什么呀?难道这就是你常说的，部队上的浪漫主义的革命英雄主义吗?"

"你想听吗?"

"我想听。"

"脱胎换骨。"

"我明白了。"

汪海洋抬起胳膊说："把点滴给我拔了，我得走了。"

姚丽梅拦住汪海洋说："这个不能听你的，得遵医嘱。"

"天生的大傻蛋，我的体格你还不知道，饿上三天算得了什么？瓶子里的水不管用，还不如喝两碗疙瘩汤。快拔，一会儿护士来了，想走也没有机会了。"姚丽梅仗着胆子拔下了针，两个人偷偷地溜出了病房。

在国胶一厂的小会议室里面，汪海洋的脸色苍白，在组织召开党委会。

他说："厂子怎样才能步入市场呢？说白了，就是自己出去推销产品，当一个真正的卖鞋匠！厂子要生存，职工要吃饭，看来只有自救了。"汪海洋讲到这儿喊，"孙主任，你进来。"孙辉南带着几个职工搬着几箱子解放牌胶鞋进来摆在了地上。汪海洋望着各位党委委员说："我们都是厂子的带头人，人人要穿厂子生产的鞋，去卖厂子的产品。国胶一厂从今天起，就是要穿厂子的鞋走自己的路。现在有后悔的人可以走了，不情愿的人也可以走了，谁提出来我都放人，绝不耽误各位的前程。"

汪海洋开完党委会回到办公室闷闷地坐着，姚丽梅敲门进来了，发现汪海洋面色凝重。

"你知道今天是什么日子吗？"姚丽梅望着汪海洋寻思一下，没有想出来。汪海洋说，"今天是全厂开工资的日子，这个日子当领导的不能忘了。"

姚丽梅若有所思地说："苦不苦，想想红军两万五；累不累，想想抗日战场上的老前辈。"

姚丽梅说得汪海洋善意地笑笑，就来到了财务科，财务科门外的走廊里，堆着装满了解放牌胶鞋的纸壳箱子。职工们拿着工资单领着解放牌胶鞋，汪海洋见到憨厚朴实的职工眼圈就更红了。

汪海洋哽咽着说："作为厂子的主要领导，我对不起大家……"汪海洋说完了，女职工们心都软，走廊里已是哭声一片了。汪海洋假装笑了笑说，"有人就要穿鞋，关键在工作，只要大家齐心协力，鞋一定会卖出去的。职工们放心，一年内不改变现状，我就辞职。"

刘启明拍着背包说："汪厂长，背包里的干粮和水都备足了，我就要到九龙山中去了。当着厂长表个态，不把鞋卖出去绝不回来。"

姚丽梅也来了，拿出背包里面装的鞋说："半个月回不来，我就在大山里喂了狼，希望厂子给我树碑立传。"

汪海洋蹲在地上眼里含着泪说："我就在这里做主了，凡是销售出去一双鞋，厂子奖两毛钱。"

绿岛市某杂货市场上很热闹，有崩爆米花的，有焊桶焊盆的，有卖糖葫芦的……汪军娃戴着大口罩摆着地摊，地摊上摆着解放牌胶鞋。

过来一个小伙问："你有多少双鞋要卖？"

汪军娃说："家里还有几箱，厂子里有的是。"

小伙子说："把家里的几箱鞋运来，我全部买下了。厂子里的鞋太多了，我的店铺铺面小，卖不了那么多。"

汪军娃高兴地用手推车把几箱鞋运来了，买鞋的小伙子把几箱鞋倒放在另外一辆手推车上，然后给汪军娃付了钱推着走了。到了傍晚，汪军娃在桌子上数着卖鞋的钱，李杏花拎着菜篮子进来了，里面装着几棵白菜、几个土豆。

汪军娃把一摞钱交给了李杏花说："妈，我把鞋卖出去了，这个月的工资就到手了。"李杏花没有吱声，从柜子里拿出汪军娃的毕业证书，眼泪一滴一滴地落了下来。汪军娃把钱放在桌子上说，"妈，你哭什么?"

李杏花擦着泪珠说："孩子长大成人了，能自食其力了，当妈的能不流泪吗?"

汪军娃说："我还要去卖鞋，说不定卖鞋能卖上瘾。"

李杏花说："卖吧，不偷不抢来的钱，挣着光荣。"

此时，桑塔纳轿车离开了驻扎在山中的部队，奔驰在返回绿岛市的路上，车上坐着汪海洋、马成、程子龙，三个人谈论着厂子里最近发生的事。

汪海洋说："厂子发生了动荡以后，几路卖鞋的大军还没有回音，我最担心的是职工的现状。"

马成说："郑秀兰好几天没在厂子露面了，这种现象极不正常。"

程子龙说："她的丈夫大老郭是个粗人，说不定干出啥事来。"

马成说："顺路去郑技术员家看看?"

汪海洋说："要解决一些职工的实际问题，首先要从职称下手。刘启明、郑秀兰都是业务骨干，任职资格都够了。"

程子龙说："这个我去办。"

马成说："刘启明不是晋升工程师，而是晋升高级工程师。"

汪海洋说："马书记说得对，职称不要怕高，要就高不就低，我的职称也得考虑在内。有朝一日，我到国外去洽谈业务，书记、厂长的头衔就不管用了，教授、高级工程师的职称才管用。还有姚丽梅的职称也一并考虑进去，能破格就破格。"

三个人猜想得不错，郑秀兰正在遭受着家庭暴力，脸上被打得青一块紫一块的，躲在屋角哆嗦着。大老郭打完了老婆美滋滋的，在郑秀兰的面前舞着跳着唱着——

驱散乌云见太阳，
革命道路多宽广。

翻身农奴把歌唱，
幸福的歌声传四方。
……

大老郭正得意地唱着，汪海洋、马成、程子龙就进来了。郑秀兰见到娘家人，就“哇”的一声哭了。

郑秀兰哭着说：“厂子不开支了，我在家里就没有地位了，大老郭就把我往死里打。”汪海洋见状吼了一声，三个人就上手了，把舞翩翩的大老郭摁在地上就是一顿揍。郑秀兰拉着汪海洋说：“汪厂长，可别打坏了大老郭，还指望着他挣钱养活一家老小呢。”汪海洋气喘吁吁地带头走出了郑秀兰的家门。桑塔纳轿车司机按照汪海洋的意思停在了大海边，汪海洋、马成、程子龙下了车，三个人站在礁石上望着波涛汹涌的大海。

汪海洋气愤地说：“现场你们都看到了，这叫什么？这叫受穷就要挨欺负，落后就要挨打。选个日子，你俩陪着郑秀兰去市妇联。这个王八蛋，连老婆都舍得打。大老郭不给郑秀兰赔礼道歉，绝不能轻饶了他。”

第5章　历尽艰险，跨出改革第一步

刘启明来到九龙山深处的村镇卖鞋，已是第十六次被拒绝在门外了。这一天的傍晚，他来到山脚下的一个地方，身上的钱已经花光了，就坐在一块裸露的石头上，吃着风干了的面包，喝着小溪里面灌来的水。刘启明吃喝完了，面对着苍凉的大山，自找乐趣，拿出家什说着山东快书——

好家伙，这只猛虎真不瓤。
这只虎，站着直过六尺半，
长着八尺还硬棒。
前蹿八尺惊人胆，
后坐一座令人忙。
身上的花纹一道挨一道，
一道挨着一道黄。
血盆口一张簸箕大，
俩眼一瞪像茶缸。
脑门子上有个字，
三横一竖就念王。
……

刘启明说着说着眼睛直了，一条狼来到了身边，足有半头驴驹子大。他忙把家什揣进怀里，顺手捡起了一根木棍，边跑边喊："狼来了，狼来了……"刘启明慌慌张张地往山下跑去，狼在身后不紧不慢地跟着。他回头回脑地看着狼，一头撞进了一个人的怀里，抬头一看还是个姑娘。

姑娘站稳说："啥东西把你吓成这样？"

刘启明说："狼，狼……"

姑娘说："哪里来的狼，那是我家养的大狼狗。大黄，大黄。过来，你

过来。”大狼狗过来就趴在姑娘的身边了。姑娘说，“看装束你像个要饭花子，这里有一元钱，拿去买点吃的吧。”姑娘拿出一元钱要塞给刘启明。

“我不是乞丐，是绿岛市国胶一厂的推销员，到这里来推销鞋的。”

刘启明打开了包裹，把一双一双崭新的解放牌胶鞋摆在了姑娘的面前。姑娘看着鞋说：“大叔，你根本就不是一个推销员。”刘启明想辩白，姑娘摸着大狼狗耷拉出来的舌头说，“看你的手指，夹笔的地方都是茧子了，应该是个玩笔杆子的人。”

“姑娘好眼力。我是厂子的技术员，是搞科研的。可是现在市商业部门给工厂断了奶，技术员也得出来卖鞋了，不然就没有饭吃了。姑娘，能告诉我你叫啥名吗?”

“卢宝花，住在山下的卢家村。大叔，你跟我来。”

刘启明跟着卢宝花来到了卢家村，进了卢宝花的家，卢宝花倒上一杯水端到了刘启明的面前。刘启明四处看着，卢宝花开了一家鞋店，门脸不算大，看样子销售量有限，不会对他有多大的帮助，心里就凉了半截。

卢宝花说：“大叔，厂子能给个批发价，让我挣点，我一个月订购厂子三千双鞋。国胶一厂是正规的厂家，我信得过，现在就可以签合同了。年前，给厂子打过去两个月的鞋款。”

望着“有救命之恩”的卢宝花，刘启明来了精神头，说：“我代表绿岛市国胶一厂几千名职工，向姑娘表示表示，表示点啥呢？我是个山东人，就说段山东快书。”刘启明掏出了家什，说起了山东快书——

要喝酒有状元红，
要喝酒有葡萄露，
还有一种是烧黄，
还有一种出门倒，
还有一种透门香。
要吃菜，有牛肉，
我的牛肉味道强。
要吃干的有大饼，
要喝稀的有面汤。
……

刘启明说着山东快书，小鞋店里面已经是挤满了人。刘启明的山东快书说得好，人们都拍着巴掌为他叫好。

这是九龙山区的一个小客车站，一辆中巴开了过来，姚丽梅抱着一包鞋挤上车。车上已经没有了座位，上车的旅客都得站着，她确实累了，两腿一软就坐在了包裹上。都出来快半个月了，还没有啥结果，咋有脸回去？姚丽梅头一歪靠在车的座位上迷糊着。不知过去了多长时间，一个中年男人喊："到站了，到丰盛县城终点站了，都下车吧。"姚丽梅被唤醒了，擦着嘴角流出来的口水下了车。姚丽梅一路打听来到了丰盛县生产资料公司的大门口，被门卫的一个老头拦住了。

老头问："姑娘，你找谁?"

姚丽梅说明了情况，门卫的老头很同情，正在指点着时，一辆轿车从大门开了出来。门卫老头就指了指轿车，姚丽梅就明白了，疯也似地追赶着轿车，就追到一扇铁大门的门口。老经理下车进了门，姚丽梅敲着门，铁大门上的小铁门开了，姚丽梅走了进去，突然觉得头晕目眩，一头栽倒在了老经理的怀里。

老经理忙喊："老婆子，快过来帮把手。"两位老人把姚丽梅抬到了炕上。老经理说："孩子的脸色不咋好看，弄点米汤和红糖给她喝下去就好了。"姚丽梅喝完了米汤，渐渐地苏醒过来了。老经理问，"孩子，你是从哪里来的?"

姚丽梅说："我是从绿岛市来的，是国胶一厂的副厂长姚丽梅。眼看着年关近了，市里的商业部门不要我们的鞋了，几千名职工就等着工资买米下锅，等着工资过年买点年货。可厂子生产的产品卖不出去了，当领导的愧对职工啊！我走了十几家乡镇，连一双鞋也没有卖出去，只得来到了丰盛县城，我说的老人家有可能不信，这是我的毕业证书。"

姚丽梅拿出清华大学毕业证书，老经理捧着毕业证书看着，转而眼光落在了姚丽梅的身上。老经理长这么大了，还是头一次看到这种高等学府的毕业证书，老经理望着脸色苍白的姚丽梅流泪了。

老经理说："孩子，你是党的好干部。请放心，人心都是肉长的，我马上就落实买鞋的事，一定让职工过个好年。"老经理拿起电话打了过去，女会计不一会儿就来了。老经理说，"不用合计了，我就决定了，挪用明年春耕的化肥钱买一部分鞋。"

会计说："胶鞋一时半会儿卖不出去，再挪用了化肥款……"

老经理说："不要说是挪用了化肥款，今天就是割了我的肉卖钱，也要买下四万双胶鞋。到时化肥款不够我去张罗，用不着担心。"老经理从里屋叫出了姚丽梅，姚丽梅带来了合同书，老经理在合同书上签了字，姚丽梅也在合同上签了字。

汪龙洋坐在沙发上迷糊着，电视播放着电视剧。兰丽中端来了一盅药酒，放在汪龙洋的面前说："喝药酒。"汪龙洋喝完了药酒，关上电视要去就寝了。兰丽中说，"这个月，你是不是干了不正常的事？"

汪龙洋听了愣一下，汪龙洋这个月不但工资一分没有交给兰丽中，还向兰丽中要钱花，真的不正常了，他觉得东窗事要发了，还是狡赖说："省里来了几个老同志，钱下馆子就着酒喝了。"

兰丽中哪里肯信，说："那么大个橡胶公司，还用你掏腰包？"兰丽中说着揪住了汪龙洋的耳朵说，"你必须从实招来，否则就不会轻饶了你，一宿别想睡觉。"

"钱花了，怎么着吧。"

"哎呀，把钱胡花了，你还有理了？两口子这是明明白白过日子吗？分明是掖着藏着过日子。快过一辈子了，我对你咋样，你还有了外心？丧尽天良了！"

"小声点不行吗？让孩子们听到了不好。"

"谁愿意听谁听，再不说实话，我可满街喊了。"

汪龙洋怕事态扩大了，说："军娃到杂货市场上摆地摊卖鞋，满街都是卖鞋的，孩子没有经商的经验，一天卖不出去两双。我这个当大伯的不能干看着，不能让孩子上火，就使了点小伎俩。"

其实，兰丽中早就了解得一清二楚了，就看汪龙洋说不说实话了。她见汪龙洋说了实话，就说："明天我就去找二说道说道，半屋子里堆满了鞋，这些鞋究竟咋办？如果作为遗产传下去，可够你们老汪家几十辈子也穿不完了。"

汪龙洋说："假如你不能理解我，咱俩就离婚得了！"

兰丽中说："离婚谁怕谁？现在就可以分居，我到书房去睡。"

在汪海洋的办公室里面，汪海洋、马成、程子龙都在，焦急地等待着刘启明、姚丽梅传来消息。办公桌上的电话铃声响了，汪海洋拿起了电话，电话是兰丽中打过来的，话语中出现了少有的客气说：“二，请到你哥的办公室……”兰丽中的电话还没有打完，汪海洋就听到了电话掉在地上的声音。

汪海洋预感到事情不妙了，忙撂下了电话，跟马成、程子龙打个招呼说：“我到橡胶公司去一趟，去去就回来。姚丽梅一旦有了消息，你们马上要告诉我。”

汪海洋风急火急来到了汪龙洋的办公室，兰丽中掐着腰，推开汪龙洋休息室的门，里面装着半屋子解放牌胶鞋。兰丽中说：“二，我们家不开鞋店，要这些鞋干啥用？汪龙洋啊汪龙洋，汪海洋有家难道你就没有家了，这日子今后还咋过?”

汪海洋问明了情况，十分愧疚地说：“嫂子，你看这样好不好？我把鞋都卖出去，然后把钱还给我大哥。不过有两件事老弟很为难，嫂子还是依了老弟吧？一是一时半会儿鞋卖不出去，得容老弟一点时间；二是这件事不能让军娃知道，他知道了，会伤了自尊心。”

兰丽中说：“你想到的是孩子，我的家怎么过，就守着这堆鞋过日子吗？这件事必须让军娃知道，年前必须把钱还给我们。”

汪海洋虽然刚强，打小就给爷爷、奶奶、爸和妈跪过，但还没有给别的人跪过。如今老嫂比母，又是为了孩子的前途，汪海洋就不得不“扑通”一声跪在了兰丽中的面前。汪龙洋见状大吼一声，拿起砚台一下子就把心爱的鱼缸砸两半了。鱼缸里的水喷了出来，几条铅笔鱼在地板上活蹦乱跳着。兰丽中见到汪龙洋真的发火了，而且发得这样大，马上转变了态度。

兰丽中急忙上前去扶汪海洋，语气也变了说：“快起来，嫂子说的都是气话，一家人不说两家话，这事就算了。”

腊月二十八，国胶一厂在大礼堂召开了隆重的庆功表彰大会。姚丽梅、刘启明、汪军娃等披红戴花站在台上。

汪海洋对着麦克风说：“大家都看见了，台上这些人都是国胶一厂的功臣。本厂长下面就发红包，红包是透明的，我不惧怕啥人去告发我。姚丽梅同志奖励人民币1万元；刘启明同志奖励人民币1200元……以下奖励的钱是越来越少了，还有那么一大串儿，我就不往下念了。请全厂的职工放心，只要肯干肯吃苦，你们里面就有可能出现万元户，甚至会出现上百个万元户。我说的不是诳话，历史将给予证明。下面，请这次销售状元姚丽梅副

厂长讲几句。”

姚丽梅在掌声中走到麦克风前说：“我就说两句话，一句是丰盛县的人民让咱们厂过了个好年；一句是我们厂子将来要是富了，不要忘了第一桶金是从哪儿淘出来的，就是致富不要忘了九龙山区淳朴的老百姓。”姚丽梅离开了麦克风，掌声经久不息。

腊月二十九，姚丽梅从车间刚回到办公室，付大勇、史大牛就尾随着跟了进来。姚丽梅说：“恭喜二位发财！但是我还要说，大过年的是不是走错了门？如果走错了门，门还开着，就请换个门。”

付大勇关上门说：“没有走错门，是前来给厂长拜个年。”

史大牛递上了精致的手提兜说：“过年了，挣钱了，没给领导买啥，就是一件红色的羊绒衫，新产品。厂长看看喜庆不喜庆，市面上标价一千多，是托门子才买来的，不知道厂长喜欢不喜欢。”

姚丽梅从手提兜里拿出了羊绒衫，她还真的喜欢这种色泽的，就把羊绒衫在身上比量着，比量完了，拿出一个带“囍”字的信封，从抽屉里拿出一摞钱，数出1500元装进了信封。

姚丽梅把信封递过去说：“大过年的别白来，本厂长发红包，1500元，你们拿去，多少就这些了。”

付大勇接过红包借题发挥说：“我们走了两天半，厂子就开始发红包了，听说厂长得到了一个大红包。”

姚丽梅说：“不要偷换了概念，那不是发红包是奖励。”

史大牛不失时机地说：“我这个人说话直，听说姚厂长一下子就成了万元户？”

姚丽梅说：“全厂的职工都知道了，你们才知道，未免有点太落后了。二位，我还有事，请吧。”

付大勇、史大牛见到姚丽梅往外请了，就走出了姚丽梅的办公室。姚丽梅把门关上了，还在里面上了暗锁，来到宿舍躺下想：“这是黄鼠狼给鸡拜年——没安啥好心！得找汪海洋谈谈，明枪好挡，暗箭难防，时刻得提防着点。”

大年三十，汪海洋没有在家休息，刚进办公室电话铃声就响了。汪海洋拿起了电话，电话是姚丽梅打进来的。

姚丽梅说：“是汪海洋汪厂长吗？”汪海洋想回答我不但是汪海洋也是汪厂长，可话还没有出口，姚丽梅又说，“汪厂长，不要跟我玩深沉了，请到车间里来。第一双新设计的新产品鞋就要下线了，是全厂职工的新年贺礼，难道你不想分享吗?”汪海洋还想听下去，电话里面传来的就是忙音了。

车间里面热火朝天，喜气洋洋，机声隆隆。汪海洋、姚丽梅、刘启明、郑秀兰站在机器旁边，一双新型的漂亮的运动鞋从机器上下线了。汪海洋跑过去拿起了鞋，左看右看看不够，还放在脸上贴了贴。

姚丽梅说：“汪厂长，我们终于有品牌鞋了，下面就看市场的效应了。老百姓如果喜欢，厂子就能站稳脚跟了。”

汪海洋说：“这样新颖的鞋，老百姓穿着一定喜欢。”

姚丽梅说：“这是一双43号码的鞋。”

“为我特制的吧，我可要收藏好了。这双鞋是绿岛市国胶一厂的里程碑，我这样说不为过吧?”汪海洋抱着鞋就往外走了，姚丽梅紧紧跟在身后。汪海洋说，“这些日子，你有些瘦了，咱俩出去补补?”

姚丽梅笑笑说：“傻帽厂长，今天是大年三十，是阖家团圆的日子。嫂子、军娃都在等着你，还是回家，省得家里的人惦着。”汪海洋抱着鞋还是不想走，意思是要陪姚丽梅过年。姚丽梅不得不撂下脸说，“汪厂长，这样做有点过了，情理上也说不下去。我一个人过惯了，有人陪着还就过不惯了。赶紧回家，以后的日子还长。”姚丽梅推了一下汪海洋，然后扭着头就跑了，洒了一路的泪珠。

姚丽梅站在办公室的窗前，望着外面的万家灯火。到了家家吃年夜饭的时候了，但见爆竹声声，礼花漫天。姚丽梅又流泪了，想着逝去的爸爸妈妈。妈妈就缓缓地来了，端着一碗热气腾腾的饺子。

妈说：“女儿，过年了，尝尝妈包的饺子。三鲜馅的，有虾仁、韭菜、鸡蛋。孩子，趁热吃了，这是我女儿最爱吃的饺子了。”

姚丽梅香甜地吃着饺子，是那样的幸福。姚丽梅揉揉眼睛，眼前的妈咋就没了?

姚丽梅喊：“妈!”就满世界地找着妈，哪里还有妈的影子了。

爸老态龙钟地缓缓地走了过来，手里还拿着一本书。爸说：“丽梅，看看这本书?”姚丽梅看清了，是一本《绿岛市工业发展史》。爸又说，“丽梅，看看鞋业发展史。”姚丽梅伸手去接书，怎么接也接不到。姚丽梅就急了，扑过去把书抱住了，结果抱住的是郑秀兰，郑秀兰的手上端着一碗饺子。

郑秀兰把饺子举得高高的，说：“哎哟哟，大姑娘应该抱着小伙儿，抱个老婆子有啥用项?饺子掉到地上就吃不得了，姚大厂长。”姚丽梅不好意

思地松开了手，抓起一个饺子扔进了嘴里，是三鲜馅的饺子，她就小口小口地吃着。郑秀兰说，“大美人，谁娶了你做老婆，算是烧了八辈子高香了。”

姚丽梅说：“烧高香？可惜香还没有生产出来。”

郑秀兰说：“我家大老郭粗是粗点，可心眼好，这不是他让我过来的？陪着大美人来过年了。”

姚丽梅说：“饺子有味道，好吃。”

郑秀兰说：“三鲜馅的饺子，有油梭子、白菜、蒜苗。”

郑秀兰提到了三鲜馅饺子，姚丽梅就流下了泪。郑秀兰用袄袖擦去了姚丽梅的泪，自己也流出了泪。

年很快就过去了，日子还得接着往下过。正月十六这一天，姚丽梅拿着一本书来到了汪海洋的办公室，把书放在了汪海洋面前，书的名字叫《世界著名商标汇集》。汪海洋翻着书看，就看到了花花绿绿的商标。

“汪厂长，好马得配好鞍子。新下线的鞋，再印上国胶一厂的商标很不般配了。我不是说国胶一厂几个字不好，是说它应该有属于自己的商标。商标是一种隐形的资产，也是一种民族品牌的标志，有的能值好几百亿。”

“好几百亿，你说悬了点吧？” 汪海洋半信半疑地看着姚丽梅。

“记得日本首相中曾根康弘说过：‘在国际交往中，索尼是我的左脸，松下是我的右脸。’其实，世界名牌产品是一个民族的荣耀，一个国家的荣耀。”

“你是说，绿岛市国胶一厂的厂名？”

“对。厂子不但要更名，还要设计出一个新的商标。”姚丽梅拍着《世界著名商标汇集》说，“我到市里的商标注册部门去了，查了有关商标注册的档案，咱们的企业应该叫国梦，至于商标……”

汪海洋抢过话来说：“商标也就有着落了？”

姚丽梅摆摆手说：“不是的，关于商标的设计，不是一个简单的事。我建议在全市做广告，征集商标的图案。一旦应征了，要给设计者重金酬谢。”

汪海洋立刻否定说：“这样做恐怕不合适吧。”

“合适不合适的，我只有建议权，没有决策权。”姚丽梅说完回到了办公室，孙辉南就进来了，显得有些故弄玄虚地说：“姚副厂长，我的一个朋友迫切地要见你，不知道你有空没空？我的朋友说了，姚副厂长若是不见他，恐怕要后悔一辈子。”

姚丽梅说：“那就请吧。”

进来的人穿着一身雪白的西服，拎着一根文明棍，使姚丽梅眼前一亮，这不就是撕毁了万元讨债条的那个人吗？姚丽梅上前握手，握过手一张名片就递了过来。姚丽梅看着名片，眼前的人叫孙元凯，不但是绿岛市英国帝豪集团的总裁，还是全国著名的书法家，省书协的副主席。

孙元凯说："姚副厂长做事大度得体，元凯佩服。适逢新春之际，特地前来献墨宝。"两个人抬着横联进来了，上面写："道可大可久，德无思不为。"姚丽梅看字体果然是好字，有欧阳修的影子，怀素的筋骨。寓意颇深，足够人享受一辈子了，姚丽梅就高兴地笑纳了。孙元凯见大功告成了，又说："烦劳两位师傅，选个合适的位置挂好。"横联挂好了，孙元凯抱拳说，"告辞。"

姚丽梅说："孙总，能否为厂长留下墨宝?"

孙元凯狮子大开口，说："留下墨宝可以了，可厂长与小妹就不同了，是要按字收钱的，一个字不多收就收500元。"

姚丽梅说："好吧，500元就500元。"

姚丽梅陪着孙元凯来到了汪海洋的办公室，汪海洋一听就来了兴趣，脱口而出："就写'敢为天下先'五个字吧。"孙元凯饱蘸着墨汁，在带来的宣纸上挥毫而就。汪海洋见字连呼："好字，好字！"随后就拿出信封装进了2500元。他又把孙辉南叫进来说，"去取一双新鞋来。"孙辉南拿来了鞋。汪海洋将信封和鞋摆在桌子上说："鞋是厂子新设计下线的运动鞋，二者可选其一作为字的报酬。"

姚丽梅提醒说："鱼和熊掌不可兼得。"

孙元凯毫不犹豫地拎起了鞋，随手把一个材料兜扔到了办公桌上，一步三回头地走出了汪海洋的办公室。

在姚丽梅的坚持下，厂子出万元征集商标图案的广告刊登在了《绿岛日报》上。马成的办公室成了征集商标图案的办公点，每天都有不同的商标图案寄来。再有几天，就要在市书画院敲定商标的图案了。

汪海洋到马成的办公室来得勤了，主要是来看商标图案的。他突然问道："马书记，姚丽梅来看商标图案了吗？如果她来了，都提出些啥意见?"

马成说："姚副厂长来了是来了，可贵人语迟，就说了三句话，一是要有抽象思维；二是要有形象思维；三是要有动感思维。"

汪海洋听了脑袋有点晕，说："高级知识分子说出来的话，就是让人难以琢磨。"

马成说："汪厂长没有琢磨透，我也没有琢磨透。"

“书画院召开的商标敲定会，你们邀请没有邀请姚副厂长?”

“邀请是邀请了，姚副厂长说了，她有事不能参加。”

“光屁股奶孩子，她倒是脱得光溜。”

汪海洋的话还没有落地，马成看着汪海洋的身后脸就红了。汪海洋见状也回过头来，发现姚丽梅就站在自己的身后，脸也红了。

姚丽梅已经习惯汪海洋这样说话了，她说：“汪厂长说的话，虽粗野但很到位，我就是愿意听。我明天不去书画院了，是前来跟马书记告假的，确实有事推不开了，希望二位不要有节外生枝的想法。”

汪海洋从马成的办公室出来了，就被姚丽梅拉进了办公室。姚丽梅想了许久才说：“汪厂长，从减少经费支出的目的出发，我看挂牌仪式、商标发布、新闻发布三个会一齐开为好。”

“我不反对，就是日子还没有定下来。”

“你不是自诩为彻底的唯物主义者吗？啥日子就无所谓了。”

“我这辈子就是想在绿岛市、全国乃至全世界立根棍儿。既然要立根棍儿，选哪个日子开会好呢?”

“日子我都选好了，是2011年11月11日。可惜了，汪大厂长能等得起吗?”

汪海洋算计着说：“九为大，十为满，我就不要立根棍了儿，就选大的日子吧。”

姚丽梅摇了摇头说：“你呀你，属孙猴子的，真是没法说你了。”

商标敲定会在市书画院如期地召开了，经过与会专家几轮的争论，有五幅商标图案脱颖而出，都挂在了墙幕上。孙元凯正襟危坐，双手拄着文明棍看着图案。第一幅图案是一双大鞋，鞋上画着五颗星；第二幅图案是大海卷起了浪花，浪花推出了鞋的轮廓；第三幅图案是一面旗，飘扬的旗上画着一颗星；第四幅图案是雄伟的九龙山，山尖上顶着一双鞋。孙元凯看到第五幅商标图案时眼前一亮，空旷的纸上只是画着两只飞翔的抽象的海燕，一只海燕瞪着大眼睛，一只海燕没有画上眼睛，而是眯缝着。整个图案是英文字母大写的W，看上去不但大气，而且磅礴。

孙元凯胸有成竹地说：“各位同仁，这款商标有抽象思维，是商标的内涵；有形象思维，是商标的前观瞻性；有动感思维，是商标的决斗性。还有国梦，一只海燕在做梦，梦醒来时，就要展翅翱翔了。让我定就是这款商标了，不知道各位同仁认可不认可？主持人，能否公布商标的设计者?”

主持人说：“孙总裁，对不起了。商标设计者不让公开姓名，但是一旦中的了，有四句话设计者让读上一读：第一句是英文字母‘W’，形似雄鹰大鹏展翅，寓意在市场上的企业家要成为不屈不挠者；第二句是企业垮在市场上，倒在管理上，死在决策上，败在创新上；第三句是市场企业家要根在市场上，魂在文化上，本在管理上；第四句是要学习鹰的气质、鹰的风骨、鹰的精神。”

极其挑剔的孙元凯听完了这四句话，也就不得不拍手叫好了。商标图案就这样定了下来，很快十天就过去了，商标领奖的期限就要超过了，设计者还是没有露面。

汪海洋来到了马成办公室，问：“马书记，商标奖励款还是没有人前来认领?”

“没有。”

“你把整理出来的商标材料给我，我去兑现奖金。”

汪海洋拎着文件袋来到了姚丽梅的办公室，姚丽梅看着汪海洋的脚下说：“汪厂长，请允许我这样说你了。你今天脚上穿的鞋，在成熟女人的眼中，更是个帅气的男子汉了。”

“此话大错特错。女人和男人不管俊与丑，就是情人眼里出西施。”

“诡辩论。”

“不管是诡辩论还不是诡辩论，今有一事不明，特地前来讨教。”汪海洋说着坐在沙发里。

“揣着明白装糊涂是你的一贯做法，就不要在我的面前装神弄鬼了。”汪海洋蘸着水在沙发上写了英文字母“W”，后面是个大大的问号。姚丽梅探过头来说，“你想让我说，就是打死了我也不能说。”汪海洋从兜子里拿出一本《小学生字典》，翻到“W”的字母点点，又翻到“汪”字点点。

汪海洋说：“难道这就是你打死了都不能说的理由吗?”两个人你看看我，我看看你都会心地笑了。

帝豪大酒店是绿岛市标志性的建筑物，孙元凯的办公室就设在大酒店里。他把办公室布置成了一个大花园，温馨而且可爱。孙元凯邀请汪海洋来到了办公室。

汪海洋刚落座，孙元凯就开了腔，说：“每一天，我都要生活在这样的大氧吧里，呼吸着充了氧的气体，血液里的氧分子就多了，一天就能多活上两个小时。”

汪海洋一向我行我素，他却说道："我对大氧吧不感兴趣，是受到你扔到桌子上的那份材料吸引，才被邀请来的。企业借鸡生蛋不是没有道理的，生下个双黄蛋才好。"

"我邀请你，就知道你能来，你不来就是个大傻蛋，还当啥厂长企业家，还办啥企业？"

"奸人没有饭吃，傻人有傻命，我天生就是一个愿意做大傻蛋的人。"

"汪厂长，银行你打过招呼了？"

"我不想去打招呼，就是想享着清净了。一切由你去打理，一切按市场上的明码标价，一丁点都不能含糊的。"

"汪厂长真的这样做，双方都会感到惭愧。这件事如果不能暗箱操作，一块瘦骨头就没啥啃头了。下面我就备车，陪着汪厂长到碧海花园去逛逛。"

碧海花园坐落在海边，是正在开发的小区。孙元凯站在居室的落地窗前，窗外就是一望无际的大海了。随着大海的波澜，孙元凯的心情就好了起来。他侧过身看着汪海洋，汪海洋的脸上也出现了笑的模样，孙元凯就断定此时的汪海洋心情一定很好。

"用不了十年、二十年，这里就是本市的黄金地段了，房价就会翻番地飙升。只要双方合作愉快，我绝对不会亏待汪厂长的。汪厂长在这里选一套房子，我可以分文不取。"

"地段是不错，我也相中了。不过我不要一套，要六套，房子要比市面价格降低30%。"

"好吧，祝双方合作愉快！"

"银行贷款一旦下来了，我会派人来办房屋的过户手续。你可不能反悔，我要的是三层和四层。"

孙元凯急得有些结巴地说："不不不……三层四层已经订购出去了，都在五层以上安排，你看怎样？"

"那就两户在一层，四户在五层。"

孙元凯痛快地说："OK！"

汪海洋从帝豪酒店回来了，接连几天都是在极度兴奋中度过的。在召开的厂领导干部工作会议上，汪海洋宣布："大家都听明白了，从明天开始，我就是国梦集团的总经理了。本总经理向各位吹吹风，要在厂子的空地上建一座进出口鞋大楼，投资2800万元，想听听各位的意见。"

这时姚丽梅突然说："汪厂长，请你抬头看看。"汪海洋抬头看看啥也没有，正在疑惑时，姚丽梅似笑非笑，说，“还看啥，还不快跑，头上的一座大山就要压下来了。”小会议室静了一会儿，与会的人突然都笑了。

马成说：“汪总，再复述一遍，楼叫什么名?”

汪海洋又重复一遍说：“进出口鞋大楼。”

马成说：“厂子生产的鞋，在国内刚刚打开了销路。至于出口，是不是掩耳盗铃?”

汪海洋拍着桌子说：“好你个马成，我告诉你，盖大楼你是支持也得支持，不支持也得支持，没有梧桐树就引不来金凤凰。企业家没有眼光，企业还想做大做强？散会。”

汪海洋气冲冲地走出了会场，出了会场又回来了，弯弯腰算是致歉了，然后又走出了会场。马成、程子龙和姚丽梅交头接耳，最后一致公认汪海洋太霸道，咋能这样主观武断，一点油盐进不去。玩的是部队上的一套，官大一级压死人。但该着进言还得进言，至于听不听就是汪海洋的事了。汪海洋像是有心事又回来了，马成、程子龙、姚丽梅挤坐在了一个沙发上，汪海洋坐在了对面。

姚丽梅开始发难：“厂子的账面上没钱，盖楼会累吐血的!”

“头发长，见识短。”

“作为一厂之长，你咋能这样说?”

“女人头发长见识短，人们都这样说，我哪儿说错了?”

“一个鬼头，执迷不悟。”

汪海洋说：“大学生能说出一个鬼头的话，咱俩算是扯平了。”程子龙刚要张嘴，汪海洋指着他说，“程总，你去办件事。我在碧海花园订下了六套房子，价钱要比市面上贱百分之三十。四套在五层，两套在一层。你要和售房的客户斤斤计较，办差了就扣你的……不行，把你开除出厂。”汪海洋布置完了任务，马成还想提意见，汪海洋看出来了发话说：“马书记，你不要跟我论理了，我看理字你也不会写。都过来，我跟你们掰扯掰扯这个理字。”三个人不得不洗耳恭听了。汪海洋大手一挥说，“‘理’字是先有王后有里，都回去好好理解，最好都要写出心得笔记。”

姚丽梅回到办公室屁股还没坐稳，就传来了轻轻的敲门声。姚丽梅知道是汪海洋来了，怎么敲也不开门。门外的敲门声消失了，不久传来了杂乱的脚步声。

孙辉南问：“汪厂长，真的撬门呀?”

汪海洋说："撬，快点撬。姚总在办公室里面出了问题，谁负得起责任。"

姚丽梅听见了要撬门，她知道汪海洋说得到做得到，过去猛地拉开了门说："海盗，请上船吧！"

"姚总没事就好，你们该干啥干啥去吧。"汪海洋把人打发走了，随手把门关上说，"读读世界各大企业的发展史，有哪一家没和银行打过交道，说白了就是借鸡生蛋，说穿了就是借贷兴企。没有一座形象工程，就现在的破办公楼，还有几幢破车间，老外来了能跟我们谈生意吗？"

"我的汪总，银行的贷款不是白花的，有大量的利息跟着，是企业的硬性支出。"

"你研究过国有企业的优越性吗？研究过就知道了，这叫无风险投资。各家企业都想盈利，没有想亏损的，盈利就把贷款还上了，亏损了还有一幢大楼顶着。领导拍拍屁股走人了，和去市经委的老张一样，什么事不管了，继承人愿意怎么揩屁股就怎么揩屁股。"

"这就是你所谓的无风险投资？企业照这样干下去，非把银行干黄了不可。"

"黄与不黄是银行的事，我是铁路警察管不着这段。"汪海洋说完走了。

姚丽梅想了一宿，第二天来到了汪海洋的办公室，进门就问："汪总，六套房子是怎么回事？盖进出口楼手续繁杂，该怎么办？请你回答我的问题。"

"咱们厂几个主要骨干住着破房子，改善住房条件是主要领导的责任。孙元凯答应贱卖咱们几套房子，这样的机会不多，干啥不舀他一勺子？至于盖楼办手续的事，我知道要盖36个章，没有两年办不下来，就甩手扔给孙元凯那个孙子了。半年就验收楼，其余的我就不管了。"

姚丽梅站起身来往外走，边走边说："作吧，往死里作。"

在国梦集团的建楼基地上，奠基石都埋好了，十几把铁锹上绑着红绸带，就等着主人的到来好锹舞人欢。锣鼓手们望着渐渐升起来的太阳，就等着汪海洋一声令下，八面威风地敲响了。孙元凯拎着文明棍踌躇满志地站着，汪海洋陪伴在身边，拿着一张纸单，等着前来祝贺的客人到了，好照单说些拜年话。都快到晌午了，还是不见几个客人来，尤其是请的市里有关部门的领导一个都没有来。汪海洋的脸面上挂不住劲儿了，就见一支队伍浩浩荡荡地开了过来，少说有十几辆车。汪海洋笑脸迎了上去，发觉有点不对头。市政府的一位副秘书长从车上下来了，紧接着是各媒体的记者，还有各部门的执法人员，这是联合执法来了。

副秘书长说："有人举报你了，我就得公事公办。你不要霸王硬上弓，办完了各种手续再建好不?"

汪海洋说："好，也不好。"

孙元凯拎着文明棍过来说："听说市政府正在设立行政事务办理大厅，要对市民和企事业单位做出承诺，无论办啥手续，只要合理合法，不超过三天必须办理完结。请问副秘书长，你对此事作何解释?"

副秘书长说："行政事务办理大厅不是还没有设立起来吗？一切还得按照老规定办。还愣着干啥？把非法建筑封了。"

副秘书长一声令下，各个执法部门都拿出了早已备好的绸子封条，拉扯完了用大钉子钉在木桩上，就算把奠基石封上了。市里联合执法的人员撤光了，围观看热闹的人也都走了，只剩下汪海洋和孙元凯了，两个人围着奠基石数着封条，不多不少正好是36条。孙元凯无可奈何地摇摇头，拎着文明棍走了，汪海洋一屁股坐在了奠基石上。

第6章　纪委查“四菜一汤”，市场是企业最高领导

汪海洋站在办公室的窗前看着进出口鞋大楼的工地，工地上冷冷清清的，只有几个人在走动。姚丽梅见汪海洋办公室的门大敞四开就进来了。

姚丽梅还没有走进门，见汪海洋站在那里一个人发呆，幸灾乐祸地说：“我就跟你说过，不听好人言吃亏在眼前。”

汪海洋从来不服输：“你不是有面子吗？就到帝豪酒店去问问孙元凯，进出口鞋大楼承建的手续办得怎么样了？这回是出去办公事，我给你派车。”汪海洋是个硬汉性格，越挑战，越有斗志。

姚丽梅并没有买汪海洋的账，一个电话打给了孙元凯，让他派车来接她。过了一会儿，一辆奔驰轿车进了院子。

姚丽梅捋捋头发说：“汪总，这回我是去闯龙潭虎穴，一旦出了事，你可要负全责。”

“女人要自尊，什么事都不会出。” 汪海洋成心气姚丽梅。

姚丽梅白了汪海洋一眼：“驴。”

“你再说一遍？” 汪海洋假装生气地指着姚丽梅说。

“驴脾气。”

姚丽梅说得汪海洋无话可说，就来到了帝豪酒店，孙元凯早就预备好了豪华的小包房。孙元凯进了小包房就脱下了风衣，服务员接过风衣挂在了衣架上。姚丽梅也脱下了风衣，服务员接过去也挂在了衣架上。

孙元凯说：“请你出去，没有吩咐不要进来。”服务小姐做了个礼节就出去了。孙元凯看看腕子上的瑞士表说：“汪海洋不讲道理了，我是一而二再而三地让着他，他还是得寸进尺，还让我说不出话来。”

姚丽梅反讽地说：“孙总，你这是不知道好赖了。谁远谁近都闹不清楚了，不怕我把话过给汪海洋。”

孙元凯套着近乎说：“你奶奶和我奶奶……”孙元凯大喘气看着姚丽梅。既然孙元凯提到了两家的奶奶，姚丽梅就想起了张大元跟她说过，她奶

奶和孙元凯的奶奶虽然没有任何血缘关系，但却是非常要好的干姐妹。不等姚丽梅说话，孙元凯继续套着近乎说：“表妹不想近便了，我可是想近便，亲戚走动走动就近便了。”

姚丽梅想到这次来的目的，既然孙元凯想套近乎，何乐而不为呢？就半心半意地叫了一声“表哥”。

这声“表哥”叫得孙元凯心里半麻不麻的，孙元凯就说：“表妹，这就对了，表哥希望你加入帝豪集团，除了总裁的职务你可以随便挑。我手下的几头蒜，跟表妹不能比。”

“请问表哥我的年薪几何?”

“现在还无可奉告，表哥只是让你先考虑考虑。一旦有了想法就跟表哥说，表哥跟英国总部打个招呼，这件事表哥一个人做不了主，还得听总部的指示。”

姚丽梅不想跟孙元凯绕圈子，说：“表哥，进出口鞋大楼啥时候复工?”

“就在明天。”

“表哥不是在做梦吧?”

“我说明天就是明天，不会有错的。省里的领导有批示了，表妹，你看。”

姚丽梅看着省里领导的批示：“帝豪集团反映的情况很普遍，如果工厂确实需要厂房生产，可以先建设后审批。你市行政事务审批大厅要尽快建立起来，如经验好，可以在全省推广。”

姚丽梅看完就站了起来，孙元凯却学着姚丽梅的腔调说：“表妹，改日再会吧。”

第二天，国胶一厂厂区到处挂起了条幅：“热烈庆祝绿岛市国梦集团有限责任公司成立大会!”大会主持人程子龙拿着市工商局的批件，找了一遍也没有“集团”二字。

程子龙就来到了汪海洋的跟前说：“汪总，条幅上的字是不是搞错了?”

汪海洋说：“没有错，是我让写上去的。孙元凯麾下的企业叫帝豪集团，咱们干啥不叫国梦集团。”两个人说着来到了主席台上，汪海洋转一圈看出了问题说，“程总，孙元凯桌签后面的椅子我看有点高，给他换上一把矮一点的。”

程子龙说：“这样做不妥吧?”

汪海洋说：“有什么不妥？我们是国企，帝豪集团是私企。”

程子龙只得硬着头皮派人拿来了一把矮一点的椅子，放在写有孙元凯桌

签的后面了。

基建工地上，孙元凯拄着文明棍在和汪海洋较着劲儿，他派人把司机都叫过来说："你们都听好了，只要听到汪海洋讲话，你们就可劲儿地摁汽车喇叭，让汽车喇叭欢快地叫着以示敬意。时间就限定在五分钟，差一秒钟也不行，差了就不要怪我不付工钱了。"孙元凯想了想又说，"你们都看着主席台上，我要是举起了文明棍，你们就不要摁了。"

司机们觉得这事不难，就齐声喊："孙总放心，不就是摁喇叭吗？我们都听你的。"

庆典的仪式就要开始了，孙元凯来到了主席台上。他左右张望着，悄悄调换了汪海洋的桌签，然后坐了下来。汪海洋台上台下忙活着，当马成来到麦克风前说："下面，庆典就开始了……"汪海洋才来到了座位旁，发现孙元凯把桌签调换了就"捅咕"孙元凯，孙元凯当然明白了，就指指桌签。意思是说："大会是这样安排的，我没有坐错。"这时，马成对着麦克风说："下面，有请汪……"马成满头是汗地跑到汪海洋面前说，"汪总，不对，汪经理，这是谁篡改的？不能这样称呼呀？"

汪海洋说："不管是谁改的，照着念。"

马成跑回了麦克风前说："下面，请汪海洋汪总讲话。"

司机们早已憋足了劲儿听着这句话，汪海洋讲话就是命令，立即摁响了喇叭，整个会场喇叭声震天。

会场上声音分贝很高，说话也听不清楚了，叶副市长不得不走过来说："汪海洋，你吩咐司机拉响了警笛，是有敌机来轰炸呀，还是'九一八'勿忘国耻呀?"

汪海洋把头扭向了孙元凯，孙元凯早把头扭了过去。马成跳下了主席台，跑到一位司机面前，挥着手不让摁喇叭了。司机可不信邪，马成越是不让摁他们越是摁。马成见镇不住了，在喇叭声中又往主席台上跑，就跑到了孙元凯的面前。

马成说："孙总，请不要让司机摁喇叭了。"

孙元凯就举起文明棍，汽车喇叭声就戛然而止。接着是汪海洋讲完了话，叶副市长讲完了话。

马成端着麦克风说："欢乐喜庆的时刻到了，锣鼓尽情地敲起来吧，秧歌尽情地扭起来吧。"锣鼓敲得震天响，北方的大秧歌扭得欢实了……马成说，"下面，请市政府叶副市长和国梦集团总裁汪海洋共同揭牌。"

汪海洋、叶副市长走到了大门口，付大勇挤到了跟前。汪海洋、叶副市长揭牌，各路记者在不停地拍照，付大勇抢着镜头。汪海洋看着付大勇就别扭，当着叶副市长的面又没法说。拍照时，还让付大勇挡住了半个身子。

翌日，汪海洋坐在办公室里看着《绿岛日报》，报纸的头版头条刊登了“绿岛市国梦集团有限责任公司”成立的消息，并配有揭牌时的大幅照片。照片上，付大勇的位置比汪海洋的位置还要显赫，汪海洋拍着报纸，心里想就是要揍这个王八蛋。汪海洋赌着气来到了进出口楼工地，倒背着手视察着，他的身后跟着孙辉南。

“孙主任， 你去把马书记、程总、姚总叫来，在这里开个现场会。”孙辉南去叫人了，不一会儿和程子龙、姚丽梅来了。汪海洋说：“马书记呢?”

程子龙说：“到市里去开会了，一时半会儿回不来。”

汪海洋坐在土堆上说：“回不来就不等了，现在开会，我先说说。咱们厂始建于1921年，建国后，成为国有制鞋的大企业，咋说制鞋也是制了几十年，可是至今产品名不见经传。前几个月我去西北考察，我说我是绿岛市国胶一厂的党委书记兼厂长，人家愣说是香蕉酒厂，还说我是个冒牌货，你们说我窝囊不窝囊?”

姚丽梅不以为然地说：“没有啥窝囊的，企业无名没有人会搭理你。”

汪海洋说：“现在是信息年代了，不是烽火台的年代了。我们要利用信息平台召开新闻发布会，向普天下的人宣传国梦鞋，让人都穿国梦鞋。”

程子龙说：“当今国企，还没有召开新闻发布会的先例。我建议请示政府，以政府的名义召开。”

汪海洋说：“不用请示政府了，那样会更麻烦，要敢为天下先。”

姚丽梅说：“国企召开新闻发布会，经费上可没有这笔支出，这是我要说的其一。让记者们大老远来开会，总得吃顿饱饭。国家对请客吃饭有明确规定，就是四个菜一个汤，一桌子10个人能吃饱吗？这是我要说的其二。”

“有些人没缝的蛋还要下蛆，有缝的蛋更会下蛆。”程子龙补充道。

“现场会就这样定了，就看你们两个举不举手了。”程子龙、姚丽梅被迫举起了手。汪海洋接着说，“三天后召开新闻发布会。”

三天后的早上，绿岛市迎宾馆中型会议室里面，程子龙正在组织人挂着会标。

汪海洋过来问：“老程，有多少家新闻单位报名来参加新闻发布会?”

“43家，包括两家国外媒体。”

汪海洋看看表说："再有半个小时就要开会了，你们加紧布置会场，要把水果和茶水预备足了，不要让记者们小看了咱企业。"

程子龙说："汪总，水果可以上，茶水就不要上了，现在召开会议都上瓶装的纯净水。"

汪海洋说："喝水花不了几个钱，每位记者上两瓶。记者们都灌个大肚，吃饭的时候就省了。"

说话间，许多记者已经拥进了会场，纷纷上前把汪海洋围住。姚丽梅把一双鞋递给他，汪海洋把鞋举得高高地说："记者先生们、女士们！首先看鞋，这是国梦集团新开发的记者鞋，每位记者发一双。本集团可是郑重声明，每双鞋配上一个试穿证，这不是送礼，是让你们这些无冕之王试穿。试穿这个概念，我在这里就不解释了。三个月后，每位记者必须返回穿记者鞋的质量信息，这是个硬性的要求，请记者们不要误解了本企业的一片苦心。"记者们领到了记者鞋在试穿着，有的鞋码不合适，嚷嚷着换鞋，有的吵着要换颜色。

姚丽梅就在记者中间穿梭，把不合脚的鞋拿了回来，把合脚的鞋拿了过去。汪海洋过来贴着她的耳朵说："怎么这样死性？每位记者发两双。女记者的丈夫不穿吗，男记者的老婆不穿吗？还没有老婆丈夫的，爸妈兄弟姐妹不穿鞋吗？"姚丽梅就听明白了，就走到每一位记者的身边，把一双双鞋送了出去。汪海洋凑到了姚丽梅身边说，"这样就好了，拿人手短。记者们穿着鞋，拎着鞋，这些代言人在电台、报纸上一吵吵，不火一年也得火上半载。待一会儿吃好喝好，吃人嘴短，还有不替咱们说话的？"汪海洋来到了台前说："每位记者到前面拿上一份材料，这次新闻发布会就算结束了。下面的节目是到一楼大厅就餐，都要吃好喝好，出了门就不管饭了。"

在迎宾馆的大餐厅里面，国梦集团在招待新闻界的朋友，每桌上都有一名公司的人员陪同。桌子上摆着四个菜：小鸡炖蘑菇；猪肉白菜炖粉条；猪肉炖豆角；海货有螃蟹、虾蛄、海螺……

汪海洋挨着桌敬酒说："抱歉，抱歉，本集团的条件不好，只能上这四样菜了。"

《经济周刊》记者开玩笑地问："汪总，咋看咋像百鸡宴，我们都成了土匪了？"

《绿岛晚报》记者部主任与汪海洋很熟，他问道："老汪，说你是农村出身不假吧？是个大实惠人。菜饭敞开肚皮吃，还是头一次见到。"

《新闻月刊》记者问："汪总的盆是比碗大，放心一定吃饱了，喝足了，我们一定把盆装菜的效应报道出去。"

"……"

姚丽梅来到汪海洋身边说："再说上两句，一会儿人都散了，你还跟谁说去。"

汪海洋悄声对姚丽梅说道："说什么话得看火候，这阵儿说话谁还愿意听，再好听也没有螃蟹的味道鲜。"

"汪总的办事之道，真是不敢恭维。"姚丽梅见汪海洋油盐不进，转身走了。

汪海洋在办公室里跷着二郎腿，欣赏着孙元凯的墨宝"敢为天下先"。电话铃声就响了，汪海洋拿起了电话，挺冲地问："请问找谁？我是汪海洋。"

电话里传来了一个中年女人的声音："我知道你是汪总，我也知道汪总的翅膀硬了。绿岛市纪律检查委员会发出的通知，你汪海洋总该听听吧？请记住，后天听你的工作汇报。地点，市纪律检查委员会的小会议室。"

汪海洋还想问上两句，对方就把电话撂了。这回汪海洋坐不住椅子了，二郎腿也不跷了，穿戴整齐地走出了办公室。汪海洋在走廊里兜了一圈，就走进了姚丽梅的办公室。姚丽梅看着汪海洋忐忑不安的样子，就知道有大事了。你不是不说吗？我也不问。汪海洋憋了半天抬屁股要走，姚丽梅快步上前堵在了门口。

"有事不说出来，容易憋出毛病的。"

"有麻烦事了，市纪委要找我汇报工作。"汪海洋停了一下说，"不怕没好事，就怕没好人呀。"

"汪大总裁，最近你是不是做了对不住人的事了？"

"对不住人？瞎扯，哪能呢。"

姚丽梅敲山震虎地问："请问，在大酒店喝醉过酒吗？常言道酒后无德，'三陪'全到。"

汪海洋把几个兜布翻过来说："兜里比脸还干净，不要说是'三陪'了，就是连吃顿饭的钱都没有。"

姚丽梅就想到了孙元凯说："对了，孙元凯你俩之间……"

"我和孙元凯绝对清白，连一顿酒都没喝过。上次在基建工地咱仨开会，我是想砸孙元凯一顿，但没有砸成。"

“心里没病不怕冷干饭，该吃就吃，该喝还是喝。” 姚丽梅为汪海洋打气说。

第二天，在汪家的祖坟地里面。汪海洋、汪龙洋缠着黑纱，一个人坐在一个石磡上。

汪海洋说：“哥，我有话想对妈对哥说，不说心里憋得慌。你说一个人活在世上，做人为啥就这样难？”汪龙洋没有回话，汪海洋就继续说，“哥，市纪委要让我汇报工作了，是凶是吉说不清楚了。”

汪龙洋说：“汇报工作就好好说，哥等着听下文。”

哥俩给刚刚过世的母亲烧炷香，磕了三个响头，然后向汪家的老宅走去。汪老爹坐在炕头抽着烟，一口一口往外吐着浓烟。汪小丫打来了一盆热水要给汪老爹洗脚，汪海洋、汪龙洋就脚前脚后进来了。

汪龙洋说：“爸，我妈过世了，您的岁数大了，就不能在葫芦村生活下去了。我和我弟刚才到村长家里去了，老院子托付村上照看。临来前，我已经把小丫的户口和爸的户口办到我的户口本上了。汪小丫是老弟的孩子，自然要和老弟过了，我这个当哥的就不管了。爸，您看……”

汪老爹说：“我的心里有个谱儿，儿子咋说也是儿子，养活老爸不能说出不行的话，可大媳妇兰丽中我是过不到一块儿的。一天吐口唾沫她都得管着，我受不了，我不能离开李杏花和小丫。”

“爸，二家里的住房条件不宽绰。”

“不宽绰不兴挤着睡吗？”

汪海洋见爸不高兴了，接过话茬儿说：“哥，嫂子的脾气我也知道，爸住进去再搬出来，到时可就好说不好听了。”

李杏花挎着一篮子鸡蛋进来，往炕上摆着双黄蛋说：“爸，还是老家的溜达鸡鸡蛋好，用城里人的话说是绿色食品，尤其是双黄蛋，看上去多稀罕人。”

汪老爹立刻阴转晴了，说：“馋了，煮鸡蛋吃。”

李杏花答应着：“爸，就去煮。”

汪龙洋用手碰了一下汪海洋说：“二，到院子里说话。”

圆圆的月亮挂在了空中，院子里的一切都清晰可见。哥儿俩看过了仓房看牲口棚子，汪海洋拿着一把红缨鞭子甩了两下。

“哥，有事你就说。”

“汪小丫进城了，你准备怎么安排？”

“小丫没有学历和技术，只能到公司做临时工。”

“我没有问这个问题，我是问汪小丫在家里怎么住，爸要住一个房间，你们两口子要住一个房间，军娃要住一个房间。小丫也长大了，也要住一个房间，鸽子窝大的房子咋能挤得下?”

“要想房子宽绰，军娃和小丫可以到公司的集体宿舍去住。”

汪龙洋长叹了一声说：“只能这样了。”

汪老爹、汪小丫迁到了市里，汪海洋的家里实在是太挤了，但谁也不愿意搬到集体宿舍去住，汪老爹就想出了一个主意。他的手里拿着一粒苞米，炕上扣着两个碗，就唤来了汪军娃和汪小丫。

汪老爹说：“房子太小太挤了，你们哥儿俩得搬出去一个。爷爷舍不得孙子，更舍不得孙女。你俩都背过身去，爷爷把苞米粒放在碗里，揭开了碗，里面没有苞米粒的就得搬出去住。”汪军娃、汪小丫听话地把身子背了过去。汪老爹拍拍碗说，“好了，都转过身来。臭小子，你是个爷们儿，你先揭碗。”汪军娃揭开了碗，里面没有苞米粒。

汪老爹说：“认赌服输，臭小子搬出去住。”

汪军娃、汪小丫来到了爸妈住的屋子。汪小丫咂着舌说：“哥，刚才你看明白了？爷爷……”

汪军娃说：“小伎俩，还能看不明白，只是不愿意伤了爷爷的自尊心。”

汪小丫说：“爷爷两个碗里都没有放苞米粒，就是个偏心眼。哥，还是我搬出去住吧。老儿子、大孙子，老人的命根子。他们一天见不到你，心里就难受死了。”

汪军娃自有打算，他在外面读过3年书，住惯了集体宿舍。汪小丫一个姑娘家，刚进城哪儿都不熟，住集体宿舍会带来很多麻烦。

汪军娃就说：“妹子，别争了，我住的屋子归你了。虽是在厨房里面截出来的一间小北屋，住着也很舒服的。”

“哥，不说这些了，我送你的鞋穿了没有?”

汪小丫送给汪军娃的圆口布鞋，其实他连一天都没穿过，单位扶贫时送了人。为了满足汪小丫的意愿，汪军娃还是撒谎说：“都穿掉底了，有空儿再给哥做一双。”

“鞋厂里有的是鞋，我可不给你做了。打袼褙费事，城里针线上哪儿去找?” 汪小丫嘴上这样说，心里却布满甜蜜。

汪海洋走进了市纪委的小会议室，情景让他大吃一惊。女副书记正襟危

坐，两个文书分坐在两旁，每个人都板着脸，冷冷的目光盯着汪海洋。汪海洋拉过一把椅子大大方方地坐下，其实就是一个被审问的位置。

女副书记面无表情地说：“我姓何，是市纪委副书记。来者自报姓名、单位和职务。”

“自报姓名？我叫什么名字你不知道？你们调查清楚再来查我。”汪海洋来气了，起身就要往外走。

“汪海洋同志，这是纪委，是你说来就来说走就走的吗？”何副书记威严地说，“跑了和尚跑不了庙，你还是坐下为好。”

汪海洋也不示弱：“你我都是共产党的干部，我没有犯法，你应该跟我说话客气点。”

何副书记见汪海洋态度很强硬，现在也只是个问话，就换了口气：“问名字只是个程序。”

汪海洋很快就明白了，公司在市委有关部门没有允许的条件下召开了新闻发布会，有违常规。在新闻发布会上的罪状是假公济私、捞取功名、大吃大喝、挥霍无度……

汪海洋不得不维权说：“召开新闻发布会不是犯罪，而且我不是为了个人，是为了企业，为了全集团几千名职工的生活。至于说大吃大喝，更是子虚乌有的，财务上有明确规定，公司一年的招待费是两万元，开会只花掉了7000元，就是说我没有违反财经纪律。假公济私也不符合事实，给记者的两双鞋是试穿的鞋，每双鞋都登了记，而且配有试穿证。挥霍无度更是无稽之谈，四菜一汤符合国家规定的标准。”

“四菜一汤没有错，但你偷换概念，菜有用脸盆装的吗？” 何副书记步步紧逼。

“哪个文件上规定菜非要用碗装？” 汪海洋一步不退。

“强词夺理，没有一点认错的态度。我告诉你，这是中共绿岛市纪律检查委员会，不是你一手遮天为所欲为的公司。”

汪海洋见这位女书记拿职务和权力压他，不禁火冒三丈：“何副书记，请你注意你的用词。我不是罪犯，我是一名党的干部，在政治上我们是平等的。事情已经说得再明白不过了，你尽管去查。对不起，我还有很多事要做，我该走了。”

汪海洋大步流星、雄赳赳地走出了市纪委的小会议室，没有一个人上前阻拦。他来到了市委大院，徘徊了一阵儿，汪海洋心里想，一定要得到市委书记郭凯同志的支持。这样想着来到了市委书记郭凯办公室的门前。在秘书的引导下，见到了郭凯书记。

一见汪海洋来了，郭凯笑笑说："汪海洋，你不来我也要找你了。"

汪海洋一听心里咯噔一下。只听郭书记接着说："这里有你的匿名举报信，不是一封信是十一封，主要反映三个方面的问题：一是你滥发奖金，副经理姚丽梅得的最多，还说你俩关系暧昧；二是没有经过有关部门的审批，私自乱建进出口鞋大楼；三是没有经过有关部门的批准，擅自召开新闻发布会。你有什么话说吗?"

"我……"汪海洋刚说出一个字来，就被郭书记打断了："你不用解释。这三个问题我派人都调查过了，你做得不完全对，但很有超前意识。我代表市委、市政府支持你对的一面，错的一面自己去领悟吧。"

汪海洋有些委屈地说："郭书记，市纪委何……"郭凯没有等汪海洋把话说出来，用手制止了他："经过市委、市政府联席会议研究，决定在国梦公司召开全市企业改革的现场会。在会上，你要做主旨发言，要把改革的骨头东西都叨出来。"说完郭书记又补充一句，"做事敢为天下先是好事，胆子大勇创新也是好事，但也要心细，只要你为企业摸出一条改革路，我会为你一路开绿灯!"

汪海洋从郭凯书记的办公室出来了，就变了一副模样，脸上是春风荡漾，来到海边看了一会儿钓鱼，天也就黑了下来。汪海洋来到公司门前的小吃部，抻抻懒腰坐下了。

汪海洋对老板娘说："肚子饿了，来一碗过水面，辣椒卤就行了。"

老板娘问："青椒卤行不?"

汪海洋说："不辣口的不过瘾，你看着办。"过了一会儿，老板娘端上来一大碗过水面，汪海洋就着辣椒卤吃个溜光干净，已是辣得满头汗。吃完了过水面，他就挨个儿摸着兜儿，竟然没有摸出一分钱。汪海洋不好意思说："老板娘，我没带钱，记账吧。"

老板娘笑盈盈地说："我认识你，国梦集团的大总裁，这碗面算我请了。"

老板娘把汪海洋送出了门，汪海洋路过公司的大门口，发现姚丽梅办公室里的灯还亮着，就拐进了公司的大门。姚丽梅在办公室里面痴呆呆地坐着，眼前放着一碗泡好了的方便面，她是连一口都没有吃。汪海洋走了进来，姚丽梅发疯似地扑了过来，紧紧地抱住了汪海洋，吓得汪海洋扭头往门的方向望去，发现门关着，吊起来的心才算撂了下来。姚丽梅流泪了，泪水

打湿了汪海洋的前襟。

汪海洋说："松开我，不可以这样的。"姚丽梅松开了汪海洋，汪海洋擦着姚丽梅的眼泪说，"不要学你大胡子表哥，说搂就搂，说抱就抱，让人看见了会产生误解的。"

姚丽梅委屈地说："人家不是激动的吗。"

汪海洋知道姚丽梅的心思，就转移了话题说："市纪委找我汇报工作，我汇报完了，一点事都没有。"说着得意洋洋地向姚丽梅吹嘘说，"郭书记见了我，鼓励我好好干，还要在咱们这儿开现场会呢。"

在车间里面，职工们听说汪海洋进了市纪委，心里都不咋得劲儿，没等到吃夜餐的时间就停了机。

刘启明见工人们有些情绪，担心他们会影响产品质量，大声说："我的嗓子又痒痒了，说段山东快书咋样?"

职工们都愿意听刘启明说山东快书，就端着饭盒围拢过来，边吃饭边听刘启明说山东快书——

> 老虎没有吃过这个亏啊，
> 老虎不干啦。
> 老虎前爪一摁地。
> 老虎说："我不干啦。"
> 武松说："你不干可不行啊。"
> 老虎说："我得起来呀!"
> 武松说："你再将就一会儿吧!"
> 老虎说："我不好受了。"
> 武松说："你好受我就完了。"
> ……

刘启明说到这儿嗓子就不好受了，就有一些哽咽了。突然，传来了掌声。刘启明往职工们的身后一看，立刻就破涕为笑了，原来掌声是汪海洋拍的。刘启明收起家什来到了汪海洋的身边，瞪着眼睛流着泪说不出话来了。

汪海洋对职工们说："大家以为我去了市纪委，就是犯了错误，或者说是犯了罪，不是这样的。从市纪委出来，我见到了市委书记郭凯同志。根据市委、市政府的部署，就要在我们公司召开改革现场会了。郭书记表扬咱们，勇于创新的精神，希望大家继续努力。”汪海洋看着职工们饭盒里的饭，大多是高粱米饭，菜也就是咸菜条子，最好的是大米饭拌块白豆腐。汪海洋就深情地说，“以后，夜餐都由公司负责了，保证两个菜一个汤，职工们的福利待遇一定要搞上去，谁爱说什么就说什么。”职工们拍起了巴掌。汪海洋高兴地说：“说句大实话，我们的职工太可爱了，给点实惠就容易自满自足，这是个最大的优点也是缺点。今天，我还在这里许愿。年末，对有特殊贡献的干部职工，要奖励彩电、房子，还有小轿车。”

大家一齐鼓掌，可有一个小伙子起哄说：“汪总，奖励媳妇不?”

“只要你把小轿车往滨海大道上一开，准有大姑娘钻进车里来。但现在我得给你们定个尺度，找媳妇嘛，要找像姚总这样美丽聪明又能干的姑娘。”

汪海洋说完就跑，他怕姚丽梅出他的洋相，刘启明却是追了上来。汪海洋一直跑到了锅炉房，再往前跑就没有路了。他回头看，只有刘启明追了上来，心里就稳当多了，坐在绑着狗皮的凳子上。汪海洋见到没有锅炉工值班，刚想问咋回事，刘启明说：“找不到锅炉工了吧？远在天边，近在眼前。”刘启明说着摘下墙上挂着的兜子，拿出一厚摞纸说，“汪总，我在这里蹲了有小半年了，对燃煤层的厚度、配送时间、配送量等进行了认真的测试，这摞纸上是测试的一万多组数据。其结果是八台导油热锅炉，每天节煤达到了1吨，一个月就可以节约30吨，一年就可以节约360吨，吨煤成本按500元计算，一年就能节省18万元。”

汪海洋连连点头赞赏地说：“这就应验了，科技就是生产力的说法。”

“科技就是一大摞子一大摞子的人民币。到了年末，奖励我一台彩电不为过吧?” 刘启明笑眯眯地望着汪海洋。

在绿岛市委大报告厅里面，正上方挂着会标——全省工业企业改革现场会。参加会议的有省领导、各市领导，还有省市发改委、经委的主管领导，再就是各大企业的经理。

汪海洋慷慨激昂地做着主旨发言：“中国改革前的国有企业，是生产巨人与经营侏儒的结合体。一方面是生产全过程的大而全，辐射面广，但这个巨人却是过度的虚弱，缺乏广泛的活力；另一方面则是产品销售、市场信息在企业肌体中的反馈功能严重的先天不足。在计划经济的拐棍支撑着两者的平衡时，矛盾尚不觉得十分突出，可一旦撤掉这根拐棍，畸形人便会立刻失去重心，无法正常行走。因此，在由计划经济向市场经济转型期，要想生

存，要想发展壮大，只有一条路可走，就是要调整机制，积极面对市场。这是一条规律，谁违背了这条规律，谁就要受到惩罚。市场是检验企业一切工作的唯一标准，市场是企业的最高领导……”

汪海洋讲到这里，满以为会引来热烈的掌声，哪承想连一个巴掌声也没有。汪海洋再讲下去心里发虚，把一些慷慨激昂的话都砍去了。

会议茶歇期间，省里来了许多老领导，汪龙洋来到迎宾馆拜访。他进了贵宾室，几位老领导都在，一位老领导可能是满腔怒火失控了，正拍着桌子骂：“奶奶个熊的汪海洋，简直是胡说八道！市场是最高的领导，市场在哪里？最高领导是市场，要我们这些人干啥？”汪龙洋也在场，听了一句话都没说，坐在一旁生闷气。

半夜了，汪龙洋还坐在沙发上生闷气。兰丽中穿着睡衣从寝室出来说：“水不喝，饭不吃，觉不睡，在跟谁生气?”

“跟谁，有谁敢让我这样生气，还不是我家那个不争气的弟弟。”

“二又惹祸了？他不惹货，他就不是二了。”

“二把天捅了个窟窿，就有好戏唱了。”汪龙洋气冲冲地说。

兰丽中添油加醋地说：“二的天性就是好斗不服输，还能不得罪人？老实在橡胶公司当个技术科长，哪有这八十出戏可唱。”

汪龙洋愤愤地说道：“二在会上的发言，造成省里领导的不满，不该发生的事情终于发生了。”

“老八路，学学，二是咋发言的?”

“在几百人的会上，这小子竟然敢说市场是最高的领导，满会场都是领导，全得罪了。”

“二就是不知天高地厚，得意忘形。本来就不是啥总裁，非要和帝豪集团的孙总裁比个上下高低。谁要是叫上他一声总裁，没看美得鼻涕泡都出来了，再不撤撤火，他一把火敢把九龙山给烧了。”

汪龙洋怒不可遏地说：“明天我就去找他，实在不听劝，我就把他的职撤了。看看市场是二的领导，还是我是二的领导。”

“我说老八路，你早就应该这样做，我为何嫁给了你，就是因为你有老八路的派头。”兰丽中是不怕事情搞大，一通地煽风点火。

汪海洋办公室的电话铃声响了，姚丽梅正在汪海洋的办公室。姚丽梅指着电话让汪海洋去接，汪海洋挥挥手不肯接。电话铃声就断了，接着又响了，姚丽梅就不得不拿起了电话。

只听话筒一端传来汪龙洋的声音："汪海洋，你跑到哪儿去了？连你哥的电话都不接。市场是最高的领导，你把我往哪儿搁，省、市的领导往哪儿搁？给我滚过来，我有话跟你说。"

姚丽梅捂住了话筒说："大哥打来的。"汪海洋急得摆手，意思是说他不在，赶紧把电话撂下。姚丽梅松开了话筒说："汪经理，不，汪总他不在，等他回来给您回电话。"

汪龙洋大声吼道："什么狗屁汪总，就是个破经理。"

姚丽梅撂下了电话说："你哥的脾气发得可不小呀？"

汪海洋急切地问："声音太小了，我没听清，我哥都说了些啥？"

姚丽梅俏皮地说："照实说，还是带点水分？"

"照实说。"

姚丽梅往门前移动着脚步说："把你骂了个狗血喷头，还骂你是啥狗屁的汪总裁。"

汪海洋攥紧了拳头，正想找个人发脾气，姚丽梅见状关上门走了，汪海洋就打了桌子一拳。

晌午，汪海洋回到家里，正在往兜子里面装着东西。李杏花进来说："老汪，公司里的风言风语我都听说了，都说打仗亲兄弟，上阵父子兵，看样子不是那么回事呀？"

"老八路在火头上，新兵蛋子还是出去躲躲为妙。"

"光躲也不是办法，躲了和尚还躲得了庙？"

"我在研究《左传》兵略，里面有篇文章叫《曹刿论战》，文章里说得好：'夫战，勇气也，一鼓作气，再而衰，三而竭。彼盈我竭，故败之。'"

李杏花听不懂汪海洋说的之乎者也的，可能又是姚丽梅那个小妖精借给汪海洋的书看的。李杏花就不愿意了，嘴噘得能挂上油瓶子。汪小丫的哭闹声救了汪海洋，他就大步来到了汪小丫的住屋，汪小丫一头栽在他的怀里哭得更惨了。

汪小丫抽抽搭搭地说："汪军娃，大骗子。汪军娃，大骗子。"

汪海洋安抚着问："军娃咋骗小丫了，告诉爸，爸揍他。"

汪小丫抹着眼泪说："我给汪军娃做的鞋，他说穿坏了。我听小姐妹们说，他根本就没有穿，是扶了贫了。汪军娃撒谎，明摆着在骗我。"

汪海洋拿起了笤帚疙瘩说："军娃，咱爷儿俩在手上写字，写对了，爸就不揍你了。写不对，爸就揍你。"爷儿俩拿着笔在手上写着字。

第7章　痴迷靓女潮鞋，警察误抓“老流氓”

花城夏季的一个大晴天，烈日当空。汪海洋、汪军娃一大早就坐飞机飞到了广州。没想到这里如此湿热，爷儿俩光着膀子，把脱下来的衣服罩在了头上。汪海洋偏着头看着汪军娃，汪军娃的个头长相酷似汪海洋，没有一点像李杏花的地方，就连走路的样子也跟汪海洋八九不离十，这就是汪海洋引以为自豪的杰作。再就是在家里，两个人都亮开了手掌，都是“走为上策”四个字，父子俩心有灵犀一点通，汪海洋的脸上没笑，却把笤帚疙瘩扔到了一边，抱着汪军娃亲上一口。就这样爷儿俩在“走为上策”的策略下，来到了花城市场。

大热的天，街头闹市还是人来人往，人头攒动，汪海洋、汪军娃就在人群中穿行。这时汪海洋眼前出现一位高条条的姑娘，穿着一双很特别的鞋，汪海洋的目光就落在了鞋上。姑娘快走，他也快走……姑娘慢走，他也慢走……姑娘走进了商店，他也跟着走进了商店……姑娘看到汪海洋光着膀子跟踪自己，一副莽汉的形态，吓得有点慌神了，就是一溜儿小跑，汪海洋也是跟着一溜儿小跑。这时再看汪军娃，已是不知了去向。姑娘跑进了派出所，汪海洋也跟着跑进了派出所。

姑娘惊叫：“有流氓，抓流氓……”

屋子里跑出来几个警察，姑娘指着光着膀子的汪海洋。几个警察就把汪海洋团团围住了，不由分说推进了囚室。不管汪海洋怎样喊叫着解释，就是没人搭理他了。汪海洋不再喊了，躺在了光板床上。审讯汪海洋的是派出所的张所长，他审视着光着膀子追赶姑娘的汪海洋。这个人真是胆大妄为，在光天化日之下……

张所长声音不高但很威严地问：“哪里人?”

汪海洋看了看面前问话的警察，没有回答他却来了一句：“看你的作派是个转业军人，在部队上任什么职务?”

张所长很自然地回答说：“营职。”张所长说完似乎觉得不对劲儿，突然瞪起眼来，“哎，是我问你，有没有搞错!”

“我在部队也是营职干部，到地方晋升为正团职干部，你个小营长……”汪海洋根本不理张所长，自己说自己的。明摆着按照军队的规矩他张所长比汪海洋级别低。

张所长斜着眼睛望着汪海洋说：“就你光着膀子在街上瞎逛，还是正团职，谁信呀？骗傻子呢。”

“你们这儿的天气又闷又热，不光膀子我得热死。光着膀子的北方爷们儿就是流氓呀，全国得有多少流氓呀?”汪海洋不服气地回答着张所长。

张所长一见此人话锋很锐，摆了摆手说：“谈远了，出示你的证件。”

汪海洋歪着头说：“证件落在宾馆了。”

张所长正想去核实，来人找张所长有事，张所长就出去了。张所长出去再也没有回来，而是来了两个警察，把汪海洋推推搡搡地又推进了囚室。

两天以后，姚丽梅接到了电话，是广州市公安局青山路派出所打过来的，问姚丽梅是不是绿岛市国梦有限责任公司的领导，姚丽梅感到奇怪，派出所打电话有啥事？接着又问公司是不是有个叫汪海洋的人？口口声声说啥党委书记、总裁。姚丽梅的神经就有些紧张了，汪海洋在广州犯了事，派出所才来过问的？派出所确认了汪海洋的身份，就通知姚丽梅了，这个人是个流氓，公司马上派人来广州处理这个流氓，否则就把汪海洋送进拘留所，那样会更麻烦。姚丽梅哪里肯信，想问个明白，对方就把电话撂了。姚丽梅坐下来静静地思考，既然派出所说汪海洋是个流氓，汪海洋就是个流氓，这个表里不一的东西。这时，电话铃声又响了，姚丽梅拿起了电话。

“姚姨，都两天了，我那个活爸还是没有消息?” 对方传来汪军娃焦急的声音。

“你们分手时你爸喝酒没有?”

汪军娃急得都快哭了说：“我和我爸谁都没有喝酒，根本谈不上喝多了。”

“没喝多，我还放点心。你爸在大街上耍流氓，被公安部门拘留了，具体地点是广州市青山路派出所，赶紧过去，不然会有更大麻烦了。如果需要公司出面，公司马上派人到广州。”姚丽梅挂上了电话。

汪军娃来到了青山路派出所，坐在了张所长的对面，出示了汪海洋的证件。张所长看完了证件说：“身份是确定了，下面还要取得当事人的理解和支持，派出所才能放人。如果当事人还是指认汪海洋是流氓，证据就确凿

了，汪海洋就有可能被拘留。”

汪军娃说：“我要见见当事人。”

汪军娃是公司派来的人，见见当事人当然可以。其实当事人李小娜接到派出所的通知就过来了，张所长在前面带路，汪军娃跟着去见李小娜。李小娜略施了淡妆，还是穿着那双怪怪的鞋。汪军娃进屋就把眼光落在李小娜的鞋上，李小娜就奇怪了，这个人的眼光怎么会和那个流氓的眼光一个样？

汪军娃看到了李小娜的表情，知道了其中的奥妙说：“这位女士，那个流氓是不是盯着你的鞋看，一副痴痴呆呆的样子？”李小娜像是明白了什么，抬脚看那双怪怪的鞋。汪军娃说，“看看你的鞋就是流氓，这样是不是有些牵强附会？”

李小娜脸有些红了，回答说：“不是这样子的，老流氓在后面跟踪我。”

“不跟踪你，怎能把鞋看清楚？”

张所长看出了门道问：“汪军娃，你们公司生产的产品是鞋？”

“你们押着的那个人是我爸，他是绿岛市国梦有限责任公司的总裁。我们公司是生产鞋的，我爸就是个鞋痴，我们到广州来，就是找市场的。看到这位女子怪怪的鞋，他不跟着才怪呢？”

张所长听明白了，这是一场误会，笑笑说：“你俩继续谈，我这就去办放人的手续。”

应汪军娃的邀请，李小娜走进了“米西兰西餐店”。汪军娃早就到了店里，在座位上站起来向李小娜招着手。李小娜走了过来，两个人面对面地坐下了。

李小娜好奇地问：“你爸为什么没来？”

“我爸说他身上快生虱子了，在宾馆里面泡澡呢。其实他是不好意思来了，你说他是老流氓，他得忍着，有脾气也没处发泄。我要是说他是个老流氓，他得把我揍零碎了。”

李小娜感到不可思议地说：“当爸的对儿子这么凶？”

汪军娃借题发挥说：“公司的干部和职工有六千多人，没有脾气的人怕是领导不了。不是我在这里吹，我爸在广州该着有这个难。在绿岛市就不会有了，连市委书记也得让他三分。”

“真不好意思，不能当面和汪总赔不是了。”其实，李小娜也有准备，就把一个塑料袋交给了汪军娃，里面装着那双怪怪的鞋。李小娜说，“这双鞋就算小女赔不是了。下面吃西餐，我请客，你白吃，也算是对你赔不是了。”李小娜唤来服务员说，“上两份牛排、两份浓汤、一份法式面包、一份蔬菜沙拉、一瓶红酒。”

两个年轻人吃着西餐。汪军娃举起了酒杯说：“不打不成交，今后咱俩就是朋友了。”

李小娜拿出小巧的记事本，撕下一张写上电话号码说：“汪军娃，再到广州办事，遇到什么难处就打这个电话号码，我兴许能帮上你们的忙。”

一座宏伟的进出口鞋大楼竣工了，孙元凯拽着汪海洋来到了大楼里面，是让汪海洋来看他的杰作。

“汪总，大楼下的都是真材实料，扶手是金的。”

汪海洋四处摸摸、看看，然后说：“言过其实了，要说全称，不是金的是镀金的。”

凉风从头顶上吹了下来，给人一种凉爽的感觉，孙元凯就从尴尬中返回来说：“中央空调是小日本鬼子的产品，冬天热气‘呼呼’吹，夏天冷气‘刷刷’吹，楼里的人是冬暖夏凉。”

对于中央空调汪海洋不懂，但是汪海洋懂，目前国内还没有能力生产这种产品，肯定是舶来的东西无疑，孙元凯爱说啥就说啥了。对面横梁上还空着，汪海洋就是满脸的不高兴了。

“我不说了，让在横梁上挂块匾，咋还没挂上?”

孙元凯自知理亏说：“小事一桩，马上就办。”

“内容有所改变，就写领先半步，海阔天空。落后一步，寸步难行。”汪海洋看似随口一说，但却是语出惊人。

孙元凯念叨着挂在横梁上的内容，两个人就来到了客厅。望着米黄色的沙发，孙元凯眼睛一亮说：“意大利的真皮沙发，很贵的。”

汪海洋掀翻了单人沙发，拉开沙发腿上的拉链，里面露出“浙江青阳制造”的字样。孙元凯看了更加尴尬地“哈哈”笑了，两个人就坐在了松软的沙发上，孙元凯掏出核算完的工程单请汪海洋过目。

汪海洋看上几眼说：“都讲好了的，工程取费按最低标准，咋按最高标准了？”孙元凯往汪海洋的身边靠靠，一副亲昵的样子。汪海洋挪挪身子说，“靠也没用，该着你挣的你挣，你也得吃饭。不该着你挣的你就别挣，挣到嘴里也得噎住。”

在碧海花园的单元房里面，汪海洋、马成、程子龙一个居室一个居室地看着，结构不错，南北通风。

马成站在阳台上望着平静的海面，心里想着："房子好是好，这可是块烫手的年糕，抓到手上就要粘住了。"

程子龙的心里也是不平静："能够住上这样的房子，一辈子就心满意足了。"

汪海洋想得深远，他声若洪钟地说："二位，不要说是公司的总裁，就是作为公司的副总，将来都要住上独门独院的小二层楼。现在国家发展的趋势用不上30年，就能赶上世界中等发达国家的生活水平。到了那个时候，就不是住上二层小楼的问题了。"

马成说："汪总，不是我说话损，你说的是月球上的事吧？"

"那就不说月球上的事了，说说眼前的事。眼前的事就是给马成分套房子，国梦集团就这个条件了，希望马书记不要有过高的要求了。程总，说说你的意见？"汪海洋见程子龙不吭声逼着他说，"集团是正县级的单位，就有两个正县级的指标，你们心里明镜似的，一个是党委书记，一个是总裁。我不愿意把这两个指标吐出来，你俩就当不上正职。可我也不能把你俩憋死在这里，要一个一个来。我向上级领导汇报了，马成就要调到正县级的岗位上去工作了，临走没什么赠送的，就赠送一套房子，程总你看怎样？"程子龙不好表这个态。汪海洋突然提高了嗓门儿说："我说句粗话，你俩听了可不要上心，有意见茅房提去，我就这么定了，怎的？"

程子龙无可奈何地说："现在是二比一，我还能怎的。"

汪海洋从碧海花园回来刚进办公室，孙辉南就领着一个打扮时髦的女人来见。原来，公司的一部分机器要搬到进出口鞋大楼里去生产，需要一家搬家公司来搬家。

"汪总，这位是'家家乐搬家公司'的花经理。我跟她谈价很难谈妥，她就要面见汪总，我就把她领过来了。"汪海洋把李小娜穿的那双怪怪的鞋放在了桌子上，审视着不说话。孙辉南接着说，"我也不认识这位花经理，她是慕名去的。厂房里的机器搬到新建楼的四层，一般的搬家公司搬不了，只有这家搬家公司搬得了，价码是四万。"

汪海洋还是不说话，举起了五个手指头。花经理一见就笑了说："汪总是个开明人，当家的人就是好说话，不当家的人就是小家子气，支支吾吾的办不了啥事，5万就5万，两位肯定有好处。"

汪海洋又重新伸出左手微笑着说："花经理领会错了，不是5万是5000。"

花经理一听有些失态地说："抠门儿，这活儿我可干不了。要记住，楼上楼下搬机器，小心别砸了脚。"

汪海洋头连抬也没抬地说："谢谢提醒，送客。"

孙辉南和花经理走了，也快到吃午饭的时间了，汪海洋就来到了职工食堂，他是来看汪小丫的。汪小丫拿着拖把拖着地，汪海洋也拿过一把拖把帮着拖地。

汪海洋关心地问小丫："工作累不累?"

"这里的活儿照比乡下，比打碎鸡蛋壳还轻巧呢。"

"小丫，你军娃哥常来看你吗?"汪海洋一边拖地一边问道。

"爸，军娃哥说他工作忙，没有时间来看我。明天我抽出时间去看他，我心里想他了。爸，你跟我来。"汪海洋跟着汪小丫来到了厨房，厨房里雾气腾腾的。汪小丫喜气洋洋说，"爸，张嘴。"汪海洋把嘴张大了，汪小丫把鱼丸塞进嘴里，汪海洋使劲儿地嚼咽着。汪小丫问："爸，好吃吗?"

汪海洋美滋滋地说："好吃。"

"这是鱼丸，好吃再来一个。"

汪海洋就把嘴又张开了，汪小丫将鱼丸塞进了老爸嘴里。汪海洋把鱼丸咽下去说："还是有闺女好，闺女惦着爸妈，闺女就是爸妈的小棉袄。"汪小丫就很幸福地亲了一口汪海洋。

第二天，汪小丫蹑手蹑脚地来到销售科的门口，故意弄出响动，汪军娃抬头看了一眼汪小丫却没有动地方。汪小丫招手示意汪军娃出来，科室里的人都看着汪军娃，他就不得不出来了。

"今天咋有空来看我?"

汪小丫咬着辫梢说："下夜班了，我就来看你了。"

"咬辫梢干啥？把手放下。"

汪小丫把辫子放下说："哥，有时间吗？咱俩出去溜达溜达。"

"工作时间，没见我忙得头不抬眼不睁吗？哪有闲空出去溜达。" 汪军娃一脸的不耐烦。

汪小丫还是一脸的喜气说："晚上，就在门前的小吃部，我请哥吃饭。哥，你把胳膊伸过来。"汪军娃就把胳膊伸过去了，汪小丫把一块表给汪军娃戴上说，"哥，妹子攒了几个月的工资，才买了这块上海表。"

汪军娃往下撸着表，汪小丫就跑了。到了晚上，汪小丫来到公司门前的小吃部，等着汪军娃的到来。小吃部墙上挂着的石英钟，告诉汪小丫该上夜班了。汪小丫等不得了，就着急忙慌地向公司跑去。

这几天，汪海洋躺在床上，是长一声短一声地叹着气。李杏花睡了一觉醒来，发现汪海洋还没有睡。

“怎么还不睡，又想姚大姑娘了？”说完翻个身睡了。李杏花再次醒来，天已经快亮了，发现汪海洋还在翻着烙饼，就气鼓鼓地说，“老婆有了，儿子有了，一宿干眨眼不睡觉犯得上犯不上？”

汪海洋坐起来说：“你别瞎说了。我是在想咱家闺女的事，这孩子从小就没爸没妈了，你又惯着她，没见到这孩子有多任性。军娃的心里没有她，这件事将来处理不好，我老想着是个事。”

李杏花吃惊地问：“两个孩子能出啥事？军娃是我生的我养的，我说话他就得听。这辈子军娃不跟小丫结婚，我就不认他这个儿子。”

汪海洋把被子蒙在了头上，还是唉声叹气睡不着。汪海洋又折腾了几天，终于想出来一个好办法，要想汪小丫的心里不对汪军娃产生躁动，就给她找一个如意郎君。带着这种心情，也是为了完成另外一个夙愿，汪海洋来到了九龙山腹地小镇上的派出所，走进了户籍室，年轻的女户籍员就过来了，把汪海洋让到长条椅子上坐下。

汪海洋对女户籍员说：“此次来，我想找一个吕姓的人家，具体说找一个叫吕银勺的人。”

户籍员说：“吕姓的人家很少，我有记忆。这家人家就住在大山里面，一个光棍儿子、一个病爸、一个病妈，还是烈属。听说光棍的儿子很孝顺，把房子和家产都变卖了，给爸妈治病。不过，这家人家没了房子就搬走了，现在下落不明。”

汪海洋见没指望了，就谢了户籍员走出了派出所。小黄开着吉普车在大山的盘山路上盘桓，就要盘桓到山顶了，车速减了下来。小黄看着身边的汪海洋，还没有停车的意思，就继续往山顶上开，就把吉普车开到了山顶上。汪海洋下车坐在一块大石头上，望着山下烟雾缭绕的村子想着心事。他就想到了因救自己而牺牲的战友吕金勺，想到了李杏花拿出钱来要送给吕银勺，想到了苗玲玲流着眼泪向牺牲的战友敬了最后一个军礼……汪海洋就站在大石头上，把手圈在嘴上喊：“兄弟，你在哪里呀？我想念你和爸妈呀，想得好苦好苦啊！”喊声在山谷中回荡着撞击着。

汪海洋舍不得5万元，公司的职工利用休息时间开始搬家。机器套上了绳子，很多人拿着杠子抬，小心翼翼地走得很慢。汪海洋抬着杠子挨着刘启明，他的心里也没有底，照这样的搬迁速度，得几天才能搬完。

汪海洋就问："刘技术员，照这样的速度，几天才能搬完?"

刘启明说："不是吹，一个晚上完活。"

汪海洋对身后抬杠子的程子龙说："程总，抬完了这趟你就不要抬了，到职工食堂去压阵，就说是我说的，多加上两个菜，白酒不能喝了，每人两瓶啤酒。"

当刘启明拧紧最后一颗固定机器的螺丝，大海在彩色的云层下就开始波涛汹涌了。孙辉南来了，告诉汪海洋厂房里分别挂了三块匾，匾上分别写的是："市场是国梦集团一切工作的标准"；"等待别人给饭吃，不如自己找饭吃"；"人是兴厂之本，人是财富之源"。

职工食堂里面很热闹，程子龙就喝多了，还拿着啤酒瓶子和汪海洋拼着酒。程子龙又嘴对嘴地喝了一瓶，胆子也就大了。

"我就是对姚总有意见。" 程子龙红着脸，舌头有些大地说。

"这种欢乐的场合，不宜提意见。"汪海洋用手势制止着。

程子龙显然是有些多了，接着说："这样火热的劳动场面多么的动人，就像是列宁在参加星期日的义务劳动。姚总为啥不参加，难道她比列宁还要伟大？科研啥时搞不行，这就是一种逃避劳动现象，值得深思。"

"姚总搞科研是我特批的。"

"不管谁特批的，领导干部都要到火热的斗争生活中去锻炼，不锻炼就是不对的。"汪海洋见到程子龙喝多了较死劲儿，要是姚丽梅来吃饭就得吵起来，那可就在职工面前出尽了洋相。汪海洋赶忙起身叫来了几个职工，把程子龙架走了。程子龙挣扎着说，"我这一走，汪海洋的左膀右臂就都没了。"

汪海洋忙问："停，停。程子龙，你说说怎么回事?"

程子龙摇晃着身子说："马成砸伤了，住进了医院。"

汪海洋就想起了花经理说的话，真是巧得很，让她言中了。姚丽梅并没有像汪海洋想象的那样，她没有到职工食堂吃饭，也就没有看到这一幕，汪海洋就算心安理得了。吃过了饭，汪海洋去姚丽梅的办公室，办公室的门关着，门上贴张条子，上面写："汪海洋，你累了，找个地方去休息吧。我到医院去看马书记了，回来有事咱们再谈。"

汪海洋撕下条子说："马成，生死有命，富贵在天。我去看你也是没

用，就是一个揪心。医院里爱咋治疗就咋治疗，公费医疗，反正是公司不掏钱就行。”汪海洋回到办公室，就传来了文明棍拄地的声音，听到这种声音，他就知道谁来了，拉开门孙元凯就走了进来。汪海洋揉揉眼睛说：“要账鬼又来了?”

“要的就是欠账，不管是阴间阳间欠钱都得还，这是一个做人的道德规矩。汪总，那个程总不是个东西，一天跟屁虫似的，见了他我就头疼。今天我把事办了，我可再也不想见到他。”孙元凯掏出六个房本放在桌子上说，“这是六套房子的房本，一并交给你。还有两部‘掌中宝’，是摩托罗拉的新产品，一部上万元。汪总和马书记一人一部，再多了也就买不起了。”

汪海洋接过房本和“掌中宝”，又上前摘下了孙元凯腰间的“掌中宝”说：“道理是，请亲戚落下一村可不能落下一人。我对我刚才的强盗行为深表歉意，但是我不能不这样做。三部‘掌中宝’，一部归马书记所有；一部归程总所有；一部归姚总所有。就这样分配下去了，孙总没有意见吧？有意见也没用。”

孙元凯将“掌中宝”的装套从裤腰带上拿下来，看着空空的装套说：“混世魔王。”说着举起了文明棍来到汪海洋的面前，又把文明棍轻轻地放下了说，“告诉你一个重要的信息，‘广交会’就要召开了，赶紧去淘换一张门票，过了这个村可就没有这个店了。”

姚丽梅从医院回来发现门上贴的条子不见了，就知道汪海洋来过了。她打开门刚进办公室，汪海洋就跟了进来。

“马成的伤情怎样了？拣重要的说。”

“股骨头蹾裂了，做了牵引。伤筋动骨一百天，没有一个月下不了床。” 姚丽梅喝了口水说，“受大罪了。”

汪海洋倒吸了一口冷气说：“一个活蹦乱跳的人，死巴巴地在床上躺着，还不得难受死了?”汪海洋掏出一部“掌中宝”问，“姚总，这个喜欢不喜欢?”

“喜欢是喜欢，可是钱不少。”

“送给你的。”

姚丽梅用疑惑的目光看着汪海洋问道：“是给我一个人配备的，还是班子的成员都有？如果就我一个人有，我奉劝你收回去，风言风语我可受不了。”

汪海洋挥挥手说：“放心吧，我的姚总，马成、程子龙都有，就是我没有。”姚丽梅这才接了过来，看上去爱不释手。汪海洋说，“我还想跟你说说

‘广交会’的事。”

姚丽梅对“广交会”很了解，这是国家牵头办的，参展的企业是各省市组团，就是说公司送去几双鞋，在“广交会”上摆摆，客商们看看也就算完事了。至于能不能卖出去，就是个未知数了。

姚丽梅还是说：“参加‘广交会’可以，得先到市外贸局去摸摸底细。”

汪海洋就来到了市外贸局，一个办公室的门上贴着“广交会筹备处”的字样，他就走了进去，见到一位工作人员，在摆弄一箱子一箱子的衣服。

汪海洋自我介绍说：“我是国梦集团的总裁汪海洋。”

工作人员纠正说：“应该是国梦有限责任公司的汪经理，不是啥汪总。以后来这儿说话要注意着点，这是外贸局，不是吹牛的地方。”

汪海洋不高兴了，说：“汪经理和汪总是一个屌味儿，你就不要挑礼了。我来找你，是想到‘广交会’去办鞋展。”

工作人员听了，笑了，说：“这是不可能的，是汪经理异想天开了。整个‘广交会’分配给绿岛市一个展台，你们公司很难排上号的。”

汪海洋说：“企业是国家的企业，为何有先有后？干部是国家的干部，为何有厚有薄？”

工作人员说：“你跟我发火没有用，有能耐你去找局长。局长说了，把一个展台全给你们公司，我倒省劲儿了。”

汪海洋来到了局长办公室，没等他说话，局长阴阳怪气地发话了：“市场是企业的领导，你还到这里来干啥？到市场去找领导去呀。”

面对局长的讥笑，汪海洋不但没有发火而是降低了身段说：“我们公司想去参加‘广交会’，希望局长大人给斡旋一下。”

局长见到汪海洋来软的了，杀人不过头点地，口气也缓和了，就道出了事情的缘由：“广州市不是绿岛市，去找郭凯书记也没有用。局务会已经商量过了，参加‘广交会’根本就没有国梦有限责任公司。”汪海洋刚想要发脾气，局长说，“汪经理，你知道理字咋写吗？”汪海洋听了就想笑了，就不得不离开了外贸局。

汪海洋在外贸局碰了壁，躲在办公室里烦恼着。姚丽梅过来说：“汪总，我托同学把‘广交会’的须知传真过来了。公司不管参加不参加，还是得赶紧把柜台费打过去，否则就更不好办了。”

汪海洋一听这事儿有门儿，立马就来了精神，说：“打过去，你现在就办，一刻别耽误。”

姚丽梅刚走，电话铃声就响了。汪海洋拿起了电话，是汪龙洋打过来的："二，晚上就不要做饭了，你嫂子请你和你媳妇到家里来吃饭。"

下了班，汪海洋满心欢喜地回家来接李杏花，准备到哥哥汪龙洋家里去吃晚饭，一进门李杏花就火冒三丈地说："小丫满嘴都是泡，我心疼呀，你咋就不心疼呢?"

汪海洋也心疼小丫，下班前到卫生所开了些药，边从包里往外掏边向妻子解释道："牵着耳朵连着腮，你当我不心疼吗?"说着把"牛黄清胃丸"递给李杏花说，"你是当妈的，你把这药给小丫送过去，吃了火就撤了。"

李杏花仍然没有好气地说："小丫不在家，说是去上夜班了。"

汪老爹过来说："小丫是回葫芦村了。临走时把一块新买的手表都摔了，我给捡了起来。你们两口子看看，这表摔了多可惜。小丫临走时，还嘟囔亲生的就是比后养的强，这次回葫芦村想必就不回来了。"

汪海洋立马脑袋就疼了，说："这孩子怎么能想一出就一出呢?"

汪老爹说："你们不把汪小丫接回来，我也就回葫芦村了，不回来了。"

汪海洋哪儿敢不答应，说："听爸的，这就把小丫接回来。"汪海洋把汪老爹扶回了房间，回来说，"你把爸的饭菜打理好了，咱俩去大哥家，嫂子请咱们去吃饭。"

李杏花没好气地说："好事，太阳从西边出来了。"

第8章　巧用反思维，广交会一战结硕果

在广州城里，汪海洋、姚丽梅、汪军娃一行六人沿街找着宾馆，就来到了“九条龙宾馆”的楼下。姚丽梅见到“九条龙宾馆”几个字就显得格外亲切。她朝着汪海洋说：“九龙山，九条龙，就住这家宾馆了。”

“住在哪儿我不管，我和我儿子住在一个房间就行了，其他人你们安排好。”汪海洋拿到了宾馆的钥匙，就和汪军娃上了楼。客房里面，汪海洋把东西撂下说：“军娃，爸想问你个事，你千万不要瞒着爸。”汪军娃点了点头。汪海洋说：“你和小丫的关系处得怎样了?”

“爸，我的岁数还小，我不想处对象。小丫是有那个意思，可是兄妹在一起待惯了，谈这种事就觉得别扭。”

“儿子，这种事当断得断，当成则成，时间拖长了，一旦有了变故，彼此双方都要受到伤害。想当年你妈追我时，又是哭，又是闹，又是吃药，又是要上吊的，可把我弄惨了，还差点受到组织上的处分，这才有了你这么个东西。儿子，难道这种事也遗传，咱爷儿俩就是一样的命。”

汪军娃说：“小丫的脾气太暴了，和她搞对象少不了挨欺负。”

“两口子打是亲骂是爱，这都没有关系，关键是你爱不爱小丫。”汪军娃望着父亲说不上来了。自从上次来广州遇见李小娜后，他就动了心，再也装不进王小丫了。虽然汪军娃还不知道人家李小娜是不是喜欢他，但他现在是一门心思喜欢李小娜。

汪海洋自然从汪军娃的眼里看出了门道，觉得也就是这个程度了，就同汪军娃商量说：“不爱也没有关系，‘广交会’结束了回到家，咱们爷儿俩到葫芦村把小丫接回来，家里的事好说。”

汪海洋给三个随从放了一天假，就同姚丽梅、汪军娃来到了“广交会”的会场，在角落里找到了组委会的办公室。办公室里面十分拥挤，三个人就挤上前去。

汪海洋对工作人员说：“我是绿岛市国梦有限责任公司的总裁，前来参

加‘广交会’的，请问我们的柜台安排好了吗？”

工作人员翻完了簿子说：“你们绿岛市就安排一个展位，没有其他的展位了，这个展位上没有你们公司，就是说你们市里没有安排，我们也就没有办法了。”

“我们公司已经交了展位费，咋能没给安排？你再翻翻簿子，是不是搞错了？”

汪海洋说到展台费，工作人员说：“你们到那边问问，展台费的事不归我管。”

三个人就挤到了另外一位工作人员的面前，汪海洋问：“我们绿岛市国梦有限责任公司交了展台费，为什么没给安排展台？”

工作人员是个南方人说不好普通话，说了好几句，三个人也没有听懂。最后一句话，姚丽梅看口型是看明白了，没有展位就不要参展了，请回吧。三个人觉得这里不是说事的地方，就挤出了组委会的办公室。

姚丽梅望着熙熙攘攘的人群说：“参展的人这么多？这回算是白来一趟，人吃马喂的，回去怎么交代。”

汪海洋望了望，除了人还是人，他似乎有了主意，说：“回宾馆，车到山前必有路。”

第二天，汪海洋、姚丽梅、汪军娃等六个人，早早就来到了“广交会”的会场。明天就要开展了，楼上楼下摆满了柜台，北京、上海、天津、重庆、沈阳……省市直辖市来参展的企业开始布展了。绿岛市的一个展台也在忙活。外贸局领头来参展的李副局长见到了汪海洋，他认识汪海洋就招呼他过来。

李副局长说：“不让你们公司来参展，你们就不要来了。你这个死爸哭妈的拧种，到了架子根底下，还是没有着落吧？我到这里也是屎壳郎哭它舅舅——两眼一抹黑，帮不上你啥忙了。”

汪海洋从李副局长的口气中就知道，他帮不上忙，就是能够帮忙，他也不会帮，于是说：“好吧。我们另想办法。”

汪海洋带队又来到了组委会的办公室，这个临时的单位撤了。汪海洋蹲在了地上，急得抓挠头发。

姚丽梅说：“这回不叫你汪总叫你汪祖宗了，这里人山人海的，可找哪个爸来帮忙呀？”

汪海洋想了想说：“去广州市的外贸局，别无他法了。”

汪海洋、姚丽梅、汪军娃坐着出租车来到了市外贸局大楼的大门口，本想闯进去，却被保安拦住了。

保安问："请问三位找谁?"

姚丽梅挺冲地说："你说找谁？找局长。"

保安说："正副局长六七个，请问找哪个？我好通报一声，你们再进去。"

姚丽梅随口说："梁局长。"

保安说："整个外贸局也没有梁局长，请三位靠边站了，不要妨碍办公的人员进出。"

正在三个人进退维谷、无计可施时，汪军娃想起了李小娜，他有点兴奋，反正是死马当活马医，而且她上次说过，再来广州有事找她。汪军娃来到外贸局对面的公用电话亭，拿出塑料本，在夹皮中摸出一张纸条，上面有李小娜的电话号码。

汪军娃拨通了电话问："请问是李小娜吗？我是汪军娃。"

对方传来李小娜的声音："啥娃，四川人吧？你打错了电话，我不认识你。"

汪军娃急了说："别别别，别挂电话。我不是四川人，我是绿岛国梦的，上次在广州我爸追着看你的鞋，还进了派出所，就是那个被你说成老流氓的儿子汪军娃。"

李小娜听清了咯咯地笑了说："是老流氓的儿子呀，嘻嘻，想起来了。"

见李小娜调侃着，汪军娃更急了，说："我们都要急死了，你还说着风凉话。你快到市外贸局的门口来，我有要紧的事求你。"

李小娜问道："什么事还要急死了，能不能简明扼要地说说?"

"我们公司来参加'广交会'，没有展台了，你得帮助找一个。"

李小娜爽快地说："这件事我能帮上忙，大约一刻钟就到了。"

汪海洋张罗得有些累了，主要还是心累了，就坐在马路牙子上歇息。汪军娃打完了电话，就站在马路边东张西望，果然也就是一刻钟的时间，李小娜坐着出租车到了。汪海洋一见是李小娜，在广州街头那一幕又浮上脑海。他毕竟是久经沙场的人，丝毫没有不好意思，热情地招呼着，向姚丽梅介绍着，大家一听一阵大笑。

李小娜有些不好意思地说："上次有点误会，不打不成交。请跟我去见叶副局长，这件事能成。"

李小娜来的路上已经同叶副局长通了电话，叶副局长就在办公室等着。

汪海洋进屋说明了来意，叶副局长拿起电话说：“武处长，我接待了从北方绿岛市来的客人，他们是来参加‘广交会’的，千里迢迢来到这里也不容易，麻烦你给安排个展台。”李小娜比画着一个大圈儿，玩着口型不说话。叶副局长就笑了，说，“他们希望展台越宽敞越好。再说一遍？展台没了？没了你也得想想办法，人家来了六七个人，得有多大的花费，再说展台费也早就打过来了。啥，暂时安排在楼梯口行不行？”叶副局长捂住了话筒问：“展台真的没有了，把你们安排在楼梯口行不行？”

“楼梯口有啥不行的，现在就是厕所也得认了。”汪海洋就做了个认可的手势。叶副局长说：“楼梯口就楼梯口，就这么定了。北方来的客人他姓汪，是我的一个战友的朋友，你要好好接待。”叶副局长放下电话，“你们来晚了，只能是这样了，我也不能太难为下属。小娜，叶叔叔还有事要去办，回去给你爸妈问个好。”

汪海洋在“广交会”的楼梯口转上了一圈，用步量量，能摆下两张桌子，还算是挺宽绰的。转眼之间，汪军娃、李小娜就不见了。

“姚总，那两个孩子呢？”

姚丽梅笑笑说：“汪总，你就是一门心思地卖鞋，忘记了两代人有鸿沟的事了。”

汪海洋俏皮地说：“咱俩有没有鸿沟？”

姚丽梅笑盈盈地说：“有，当然有了，不过是一道浅浅的沟，咋的也没有鸿沟深。”

汪海洋得到了满意的回答，肚子里面开始“咕咕”地叫了，就想猪蹄吃了，说：“姚总，陪着我去啃猪蹄。”

姚丽梅说：“你这个人卖鞋卖疯了，连吃的东西都是鞋里面装的东西，真有意思。你愿意吃，我可不愿意吃。”

汪军娃、李小娜从粤菜馆出来了，汪军娃拍拍吃饱的肚皮，斜睨了一眼李小娜说：“可不要白吃了我的粤菜，明天你一定要来，有你在这里压阵，我的心里就踏实了。”

李小娜没有明说来不来，只是“拜拜”就上出租车走了。汪军娃目送着出租车走远了，心里痒痒的，自言自语地说：“小丫跟小娜没办法比，真的没有办法呀。”一边嘟囔一边向“九条龙宾馆”走去。此时的汪海洋正穿着短裤，蹲在沙发上啃着猪蹄，茶几上摆放着一瓶半斤装的酒。

汪海洋见到汪军娃回来了，劈头盖脸就是一句夸赞：“儿子，你今天的事办得挺智慧挺漂亮，当老子的也感到脸上有光了。”

汪海洋从来没有这样夸赞过汪军娃，这次他觉得父亲也在变，就得意地说：“爸，人家李小娜帮了公司的大忙。我招待人家吃了顿饭，没有通过爸的批准，发票我拿了回来，你得给我报销。”

“这是应该的，为公司办事嘛。”汪海洋话锋一转问，“儿子，爸问你，把爸整成老流氓的那丫头明天还能来吗?”

汪军娃硬着头皮壮着胆子说：“吃了我的，喝了我的，她敢不来吗?”

汪海洋见儿子这气势心里特别高兴，说：“这口气，才是我儿子呢。”说完，蹾着酒瓶子说，“过来，陪老爸喝两口，喝个一醉方休，不然你姚姨就会来找麻烦了。”

“九条龙宾馆”的小会议室里面，圆桌上摆着水果，还有可口可乐。汪海洋主持战前动员会，他的嘴里喷着酒气说：“大家不要垂头丧气的，都把精气神儿打起来。我琢磨着，把我们安排到了楼梯口，表面上看不成体统，细想想还是有有利的一面。你们想呀，人们要上楼，上楼就得经过楼梯口。第一眼看的是什么，不就是咱们国梦鞋吗?”

汪海洋说着停顿了下来。姚丽梅就催促说：“往下说，往下说，大家都困了。”

“有的人精神不集中，我还说个什么劲儿?” 汪海洋说着眼睛瞪着儿子。

汪军娃见大家都看他，知道老爸在说他，就找辙解释说：“爸，不要敲山震虎了，是我的精神不集中，我在想着怎样才能让李小娜出现。”大家一听都哄堂大笑，不愧是汪海洋的儿子，太像他了。

汪海洋也笑了，他接着说：“大家集中精力，我们就在楼梯口摆阵，命运从来就掌握在自己的手里，就是说我们的机会来了。机会是永远给有准备的人准备的。我们要好好利用这次难得的楼梯口机会，大力地宣传国梦鞋，一定会有出奇制胜的效果。”

会散了，汪海洋睡得像个死人一样，一夜算是安宁。第二天早上，吃过了早餐，汪海洋一行人来到了“广交会”会场的楼梯口，刚把两张桌子摆好，就见李小娜来了，还带来了七条绶带，上面写着：“穿上国梦鞋，潇洒走世界!”

李小娜给每个人佩上了绶带说：“昨天晚上，我是冥思苦想，才想出来这样的十个字。”

姚丽梅夸奖着李小娜说：“字字值千金。”

汪军娃打心眼里赞许着李小娜，说：“北方人做买卖，就是赶不上南方人的思路。南方人做买卖，就是脑袋瓜子机灵。”

汪海洋相中了绶带上的字，说：“我已是酝酿了很久，也没有酝酿出这十个字，就凭这十个字，李小娜我们爷儿俩算是尽弃前嫌了。”

李小娜说：“汪总，我和单位告了假，陪着汪军娃玩上几天。不过不能白陪着，得按天数支付工钱。”

汪海洋笑哈哈地说：“这次在‘广交会’上推销产品，李小娜是最大的功臣，支付工资的事小，奖励的数额一定要大。”

参加“广交会”的客商进门就来到了楼梯口，国梦鞋的柜台前是人山人海。汪军娃、李小娜同三个随同来的年轻人撑着门面，汪海洋的脸上露出了笑容，凭他多年的经验，国梦鞋要卖火了。

望着人头攒动，汪海洋得意地用胳膊肘儿碰了碰姚丽梅，说：“国内外的商家没有政府和企业之分，他们一是看货是否便宜，二是看款式是否新颖，见利益就会上的。公司开发的国梦鞋，比同档次的鞋要便宜10%，样式不说超前也不太老套，只有傻子才不跟国梦签合同，所以，我断定鞋卖火了，一定能卖火了。”

姚丽梅是个务实的人，也是一个讲究实效的人，她打击着汪海洋说：“汪大总裁，请不要沾沾自喜，我不看过程只看结果。”

晚上收了摊位，一行人回到了“九条龙宾馆”。小会议室圆桌上摆放着一张纸，纸上打好了小格格。李小娜拿着订货的合同念着，汪军娃拿着碳素笔在表格上填写，其余的人都是满脸的笑容，嗑瓜子的嗑瓜子，喝饮料的喝饮料。

“长白鞋帽商场订货一万双；百货鞋帽商场订货五千双，黄河鞋帽商贸公司订货一万双……”

汪海洋喜滋滋地喝着甜饮料，姚丽梅不无担心地说：“汪总，你一天又是啃猪蹄，又是喝酒，又要喝糖分浓的饮料，饮食结构是不是该调整调整了？”

汪海洋不以为然地说：“营养学家说过，人爱吃什么身体就缺什么。”

姚丽梅反问道：“哪位营养学家？”

“是一位海洋生物营养学家说的。”

姚丽梅这才知道上了当，气愤地说：“你说假话为什么不笑？”

“说假话笑啥？一笑可就不真实了。”

汪军娃落下了最后一笔说：“第一天订货突破了十万双。”

汪军娃上前高兴地抱起了李小娜，李小娜贴着他的耳边说："咱俩去打保龄球吧?"

汪军娃放下李小娜说："去就去，谁怕谁?"

在保龄球馆里面，汪军娃、李小娜在打着保龄球，两个人都打得很笨拙。李小娜打着打着眼睛就往不远的地方看，一个男士穿着米黄色的保龄球服，要多帅就有多帅。汪军娃看的却是一位女士的保龄球服，紫色的更帅，更加飘逸。

李小娜说："我到体育专卖店问过了，这种男士穿的保龄球服价钱在上万元。"李小娜说完就把保龄球扔了出去，意想不到竟然是个全中，她就得意地拍着手跺着脚。

汪军娃小心翼翼地问："羡慕了?"

"羡慕?我想买就买。"

"上万元，说买就买?"

"当然了。"汪军娃不相信地看了李小娜一眼，就把保龄球抛了出去，就打碎了几个保龄球棒。李小娜见惹了祸，说："这哪儿像玩保龄球，简直就是在扔炸弹。还看什么，快逃吧，让保安逮住是要索赔的。"两个人就悄悄地离开了保龄球馆。

在客房里，汪海洋、姚丽梅并排坐着，中间隔个茶桌，背后窗外就是万家灯火的广州城。

这天晚上，碍于李小娜父亲的面子，叶副局长又给武处长打了个电话，指示一定要给汪海洋帮忙，找个好展位。一大早，汪海洋一行人刚刚摆好了鞋摊，武处长就匆匆地走了过来。

武处长说："汪总，展位我安排好了，你过去看看。合适了可以搬过去，不合适了可以调整。"

汪海洋就跟着武处长走了，不一会儿就回来了，同众人说："武处长够意思，安排得不错，展台是很牛的，是111号，收拾收拾咱们赶紧搬过去。"

李小娜说："汪总，搬家是喜事，你得出俩钱。"汪海洋不明白出啥钱，瞪着眼睛看着李小娜。李小娜说，"到对面的牌匾室做块牌匾，派人站在楼梯口举着，这样的广告效应就会更好。"

姚丽梅说："小娜，你赶紧去做牌匾。以后有啥事，不要跟他说了，费那份死劲儿，跟我说就行了。"

在牌匾室里面，李小娜问汪军娃说："你是主，我是客，说说牌匾上

写什么?”

“还是穿上国梦鞋，潇洒走世界。”

李小娜说：“这就不妥了，有鞋在可以这么说，现在没鞋了，剩下一块牌匾就不能这样说了。牌匾上的词语一要夸张，二要醒目，三要中英文并举。”李小娜拿起笔在纸上写：“人牛发大财，请到111展台。款式新颖牛，价格低全球。绿岛市国梦鞋业集团宣。”李小娜写完了很谦虚地说，“汪军娃，还是那句话，你是主，我是客，谈谈想法吧。如果定不了，赶紧去找汪总疏通。”

汪军娃就来了倔劲儿说：“将在外君命有所不受，就这么写。”

两个人做完了牌匾回来，李小娜在楼梯口举着牌子，客商们路过都是指指点点。李小娜举累了，汪军娃换着举。这一天的客流量猛增，指指点点的人就更多了。再看111号展台前更是人挤人了，几个年轻人都忙活不过来了。

一个外国人举着名片，用蛮地道的中文喊：“请问，哪位是姚丽梅姚总?”姚丽梅赶忙迎上前去，外国人见到了姚丽梅，挤过来说，“姚总，张大元，张大元你可认识?”姚丽梅点了点头，外国人围着姚丽梅看着说：“长得果然漂亮，过来拥抱拥抱吧。”两个人就拥抱了，吸引了很多人的眼球。拥抱完了，外国人就快人快语地说，“我叫姜托尼，虽然生长在美国，祖籍却是绿岛市。我爸是美籍华人，我妈是地道的美国人。我爸不像北方汉子，长得很瘦很小。我妈却是长得丰满，由于基因的影响，两个人的爱情结晶，我，姜托尼就长成了这个样子。”

姚丽梅很客气地说：“我开始夸你了，你很健谈，请问找我有何事?”

姜托尼也正经起来，他说：“我在纽约经营一家鞋店，还没卖过中国品牌的鞋。这次来参加‘广交会’，就是奔着中国品牌鞋来的。张大元让我来找你买鞋，我就来找你买鞋了。”

展台前太吵了，姚丽梅拎着鞋样，两个人来到了一个清静的地方。姜托尼是个很挑剔的人，翻来覆去地看着鞋样，还不时地掏出手电筒里外照着。汪海洋就走了过来，两个人耐心地陪着姜托尼。姜托尼终于放下了鞋，坐下来进行一番试穿。

姜托尼穿着鞋走着说：“鞋是好鞋，价钱也可以接受，就是品牌不能接受。”

姚丽梅说：“想压价，说说压价的理由?”

“不是我想压价，是品牌在压价。假如说这是世界知名的品牌鞋，我可以毫不犹豫地掏出高于十倍的价钱来购买。实话实说吧，看着姚总的面子，一双鞋压价0.5元。看着张大元的面子，一双鞋再压价0.5元。”

“是人民币还是美元?”

“我是一个美国人，当然说的是美元。”

姚丽梅追问道：“压价1美元，那你想订购多少双鞋?”

姜托尼伸出五根指头说：“5000双。”

双方谈到了这里，姚丽梅就不住地看着汪海洋。汪海洋也在盘算着，为了打开美国的市场，就是再降低两美元也值了。汪海洋就说：“这个面子我得给，不但给，我还要热情地招待这位国际友人。”

“九条龙宾馆”的豪华包房里，汪海洋、姚丽梅在宴请着姜托尼。汪海洋拿着海螺，用牙签往外挑着肉，自言自语地说：“壳硬有啥用，不还是露出了一面吗？老子照样将你吃掉。”

姚丽梅看了一眼姜托尼，发现姜托尼不咋高兴，就在心里想：“这个美国人咋了？我和汪总在这里答谢你，这应该是你的荣幸。”姚丽梅想着就和姜托尼眉来眼去了，想用这样的方法撬开姜托尼的嘴。

姜托尼终于说：“我是客商答谢你们才对，如今，完全弄反了。”

汪海洋把海螺肉咽了下去，看到两个人眉来眼去的，下面的节目就是让你们演了，我老汪退出就是了。汪海洋站起来要走，姚丽梅就拽住了他，他带着姚丽梅来到了门外。

汪海洋说：“你的任务很艰巨，要把他拿下，我要更多的美元。”

汪海洋说完走了，姚丽梅回来坐下。姜托尼就问：“姚总，请问什么叫拿下?”

老外的耳朵很尖，姚丽梅惊诧了一下，随机应变说：“拿下就是推下台的意思。汪总说的是我们公司的事，这对你无关紧要。有表哥张大元在里面牵线搭桥，我们才有幸见面了，拿起酒杯干上一杯，今后就是朋友了。”

两个人干了一杯酒，姜托尼有些兴奋地说：“姚女士不想和我交朋友，我也要和姚女士交朋友了。为啥？是因为国梦鞋吸引了我，以鞋为媒介和姚女士交上朋友，很值，咱们喝酒。”

姚丽梅举起酒杯说：“一醉方休。”

姜托尼说：“东方女神太美了，一醉方休。”

装裱师将一块牌匾钉在了汪海洋办公室的墙上，上面写：“现代企业家的战略眼光要四盯：一盯住市场；二盯住管理；三盯住创新；四盯住商略。”装裱师挂完牌匾就出去了。汪海洋在欣赏着自己的杰作，LDS电视台记者就把他堵在了屋子里。

记者问：“汪总，尽管公司为了适应市场的需求，率先推出了中国第一双高档旅游鞋，远远地超过了国内的制鞋水平。这样我就要问了，仅凭眼下国梦的实力，还是不能与世界的名牌鞋相比的，差距不仅不会在短时间内缩小，有可能还会不断地加大。对于这个问题，汪总有何感想?”

外面传来了汽车的喇叭声，汪海洋趴着窗户往外看，一辆悍马吉普车停在了院子里，车前插着美国国旗。汪海洋感到要出大事了，又不好谢绝记者的采访。

汪海洋急中生智地说：“记者同志，我虽身为总裁，也要出恭，请你稍稍等候。”

汪海洋就来到了姚丽梅的办公室，姚丽梅在往眼睛里滴着眼药水。汪海洋说：“外面来了一辆悍马吉普车，车上挂着美国的国旗，像是北京美国大使馆的车，你出去接待先垫个台阶，不到万不得已，我是不能出面的。”

姚丽梅说：“汪总不要怕，这是来找我的，不是来找你的。你赶紧躲起来就好了，就算狗肉丸子上不了台面。”

汪海洋“哼”了一声说：“跟我使激将法，没门儿!”

汪海洋前脚出了门，张大元、姜托尼就后脚进来了。姚丽梅起身说：“两位是尊贵的客人，请到进出口鞋大楼贵宾室。那里便于说话，也很舒适。”

姜托尼忙着出去找厕所。张大元借着空儿说：“表妹，这次我俩从北京赶来，乘坐的是姜托尼从北京美国大使馆要来的悍马吉普车，可见这个人神通广大。”

姚丽梅说：“把大使馆的车放回去，表哥和姜托尼在绿岛市放松几天。等到事情谈得四平八稳了，公司会把你们送回北京。嫌公司的车破不愿意坐，可以乘坐飞机飞回去，费用由公司报销。”

张大元说：“你是让悍马打马回山?”

姚丽梅坚定地回答道：“是这个意思。”

进出口鞋大楼贵宾室的墙上挂着一块挂毯，挂毯上绣着一只下山的猛虎。挂毯左上角有跋：“我是老虎我怕谁?”姚丽梅、张大元、姜托尼坐在了沙发上，喝着新茶。

张大元说出了姜托尼的内幕："姜托尼在'广交会'上没有说实话，他是美国哈佛大学毕业的博士生，是美国布瑞克公司驻中国的首席代表。姜托尼老早就是我的朋友了，在我的引荐下，姜托尼才见到了国梦鞋。布瑞克公司总裁看到国梦鞋很感兴趣，现在国梦鞋在美国卖得不温不火，但是应该说很有潜力。该公司看准了国梦的技术实力和管理模式，准备和国梦合作生产，特委派姜托尼前来谈判。"

姜托尼嘴很甜地说："我第一次见到汪总就很欣赏，这个人做事很地道的。"

姚丽梅故意追问："怎个地道法?"

姜托尼很坦白地说："护着女人的爷们儿就很地道。"

姚丽梅怕引火烧身急忙朝张大元说："姜托尼也是很地道的，看到东方的女人眼睛就直了。"

姜托尼见到再说下去对自己不利，忙改口说："挂毯上的猛虎很威武，尤其是那两颗虎牙。但中国有武松，老虎终究会被打死。"

姚丽梅说："我可不这样看，凭女人的细腻有个说法。武松打虎只是个例，大多数人碰到老虎都要被吃掉的。前几天，虎园的一位职工因违反操作规程误入虎洞，结果被老虎咬死了。无论是中国人还是美国人，都没有例外的。老虎吃人可不认得人，只是为了填饱肚子。"

姜托尼说："还有这样的事，简直是太可怕了!"

这时，悍马吉普车开到了门口，汪海洋招手让车停下，车就停下了。汪海洋说："师傅，搭个方便车行不?"

司机表现出极不耐烦的样子说："少废话，闪开，闪开。"

门卫走过来说："闪开啥？这是我们公司的汪总。"

司机立马就改变了态度，说："对不起，请上车，上车。"

汪海洋通过司机了解到，美国大使馆的车不是特意来送两位美国人来公司的，两位搭的也是便车。车是来拉水的，九龙山上的"天乙泉"、"神水泉"、"圣水洋"是有名的矿泉水。悍马吉普车开到了帝豪大酒店的停车场，汪海洋就下了车。

LDS电视台的记者，在办公室左等右等不见汪海洋回来，就来到了办公室问："汪总干啥去了？"都说没见到汪海洋的面。记者就回到了汪海洋的办公室，看着满桌子的鞋说，"鞋痴，鞋痴，顺着尿道跑了。回答不回答问题无所谓了，为什么要跑？"记者照了几个镜头，又到办公楼

外面照了几个镜头，上车就来到了大门口，停下车来问门卫："见到了汪总没有？"

门卫说："看样子是有急事，坐插着美国旗的车走了。"

记者们坐着车失望地离开了公司。此时，孙元凯在办公室里面给金鱼喂食，汪海洋就走了进来。孙元凯见到汪海洋扶了扶眼镜腿，有感而发地说："我以为汪海洋就是一条肥鱼，早就下了鱼饵，哪知汪海洋一口把鱼饵吞了进去，不但没有钓上这条鱼，反而将鱼饵都搭上了。"

汪海洋更对比着说："看看这座金辉碧灿的大厦，再看看我们穷酸的办公楼，一个是在天上，一个是在地下，就不要说些不耐人听的话了。"

孙元凯说："笑谈，笑谈。"

汪海洋又有了引诱的味道，说："想吃肥鱼不难，就有一条肥鱼在等着孙元凯。市中心十字路口的几栋楼就要拆迁了，谁拿下来都是一本万利。"

孙元凯来了兴趣急忙说："你听谁说的？"

"听我哥汪龙洋说的，他调到市房产局任党委书记了。"

"这么说，办这事还得仰仗着汪总了。"

"好呀。不过你得付信息费。"孙元凯见到汪海洋又在自己的身上打主意，就不敢往下说了，怕落进了圈套。汪海洋说，"集团来了两个美国鬼子，开着一辆破悍马来显摆了。我要借用你的奔驰轿车，在车上插一面中国的国旗，跟国宾车是一样的。"

孙元凯提高了警惕说："不会肉包子打狗一去不回吧？"

"紧张什么，用个十天八天就送回来。"

孙元凯瞪着眼睛说："说话算数。"

汪海洋伸出一只大手说："说话算数。"

在进出口鞋大楼的贵宾室里面，国梦派出了代表姚丽梅、程子龙，在和美国布瑞克公司代表姜托尼谈判着。双方各为其主，姜托尼的态度就特别的强硬。

"双方在合作中，布瑞克公司只是提供样品和有限的技术资料。临来前，总裁特意召见了我。总裁的意思是让你们做做看，如果第一批产品质量不合格，就会遵循中国的一句老话，叫作另请高明了。"

程子龙见姜托尼话里软中带硬，说道："在8美元的基础上，能不能再提高几美元？"

姜托尼说："总裁定在7美元，我磨了好几天，才提高1美元。"

姚丽梅皱着眉头说："那么利润分成……"

姜托尼毫不相让地说："70%是红线。"

程子龙、姚丽梅向汪海洋汇报了谈判的结果，三个人的心里都很明白，合作生产实际上就是来料加工。汪海洋曾经问过张大元，一双高帮的"抛尼"鞋，在美国市场上卖100美元，只付给国梦8美元的加工费，再有70%的利润也要归布瑞克公司所有，简直就是做奴隶的条件。

汪海洋一时没有决断，他心里正忙着另外一件事，同样也是件大事，就模棱两可地说："我现在下不了决心，等我从乡下回来再说吧。"

汪老爹患有严重的眼疾，眼神一天不如一天。他摸摸索索来到了汪海洋、李杏花的住屋，坐在炕上喘了半天的气。

"杏花，汪海洋回来了没有？"

李杏花一肚子气，说："晚上回来了，不是死睡就是唉声叹气，我都不是他的老婆了。"

"这几天我更是想念孙女了，想得心都疼了，心里有火，眼睛又不济，身子骨怕是熬不动了。"

"爸，没事的，您的身子骨挺硬朗的。"

"你告诉海洋，我是一天见不到孙女，死了都闭不上眼睛。"

李杏花见爸说了狠话，忙说："海洋叨咕了，一两天就到乡下去。一准把汪小丫接回来，爸见到小丫心就不疼了，眼睛也就亮了。"

汪老爹又叹了口气说："进城有啥好的，屁股大块地方，憋屈死了。"

看到汪老爹的样子，汪海洋再忙，还是抽出空来同司机小黄来到了葫芦村的老宅。汪海洋屋里屋外地走着，由于长期没有住人的缘故，屋子里有一股发霉的味道，是连一点生活的迹象也没有了。

邻居大哥过来说："海洋，过屋坐一会儿？"

汪海洋来到了邻居老哥的家，喝着茶说："大哥，是该常回家看看，故土难离呀！"

邻居大哥说："进了城的人都是这样说，就是几间破土房，哪里有城里的楼好住？汪老爹进城算是享福去了，我可就没这个命了，儿女们都生活在乡下。"

汪海洋说："我爸、我媳妇、小丫都想你们，让我给老哥带个好！"

邻居大哥说："汪小丫回来过了，到院子里打个照面就走了。小丫有点

憨呆相，咋还披头散发的了?”

汪海洋听到这里再也待不下去了，出门叫上了小黄，车就出了葫芦村行驶在乡土路上。汪海洋摇下了车窗，望着车窗外面说：“小丫，苦命的孩子。你知道爸有多想你吗？告诉爸，你在哪儿呀?”

汪小丫坐在九龙潭旁边巨石的平台上，眺望着四周的群峰。上来了一群人，孙元凯拎着文明棍也在其中。汪小丫看着这帮人穿着的工作服，就知道是帝豪宾馆的员工了。

员工A吹捧说：“听说孙总会吟诗，来一首。”

员工B吹捧说：“听说孙总会作画，来一幅。”

孙元凯把文明棍挂在腕子上说：“我来到了山上，有你们这些员工陪着，心情自然好。在这里画是画不成了，吟诗还是可以的。”孙元凯摇头晃脑地想了一阵子说，“下面吟诗一首。”孙元凯面对着斜阳吟道——

凌空乱溅沫，疑是玉龙飞。
白挂虹千仞，青山环一回。
抛来珠落落，舞处雪霏霏。
游客贪清赏，斜阳不忍归。

孙元凯吟罢，只有汪小丫在鼓掌，孙元凯脸上就出现了不悦，说：“这样好的诗，我吟咏了出来，你们怎么就一个人鼓掌?”

员工A说：“孙总整得太深了，我们听不懂，咋鼓掌?”

孙元凯笑了说：“是有点整深了。”

天渐渐地黑了下来，汪小丫下了巨石平台，望着清晰见底的潭水，流下了一长串的眼泪。天更黑了，汪小丫大喊着“汪军娃，你欺负人”，纵身跃入潭中。

第9章　今日给美国贴牌，明天创民族品牌

在进出口鞋大楼的贵宾室里面，订单摆在了桌子上，张大元、姜托尼还没有到。汪海洋、程子龙、姚丽梅坐在沙发上，面对着订单感到很无奈。国梦鞋不具备与世界名牌鞋竞争的资格，这就是中国制鞋业的现状，不满足美国鬼子的条件，国梦就不能乘上快艇，就没有乘风破浪驶向世界的契机了。

汪海洋首先打破沉默，他语气凝重地说："没有一时的委曲求全，就要永远处于奴隶的地位，从奴隶到将军是要有个过程的。"

姚丽梅如释重负地说："我一直担心你不会屈就，想不到你这样想得开。"

程子龙也应和着说："居在屋檐下，安敢不低头?"

汪海洋指着那些鞋，信誓旦旦地说："两位老总，你们一定会看到咱们抬头的那一天。"

姜托尼红光满面地走了进来，和汪海洋拥抱，说："你这个鞋匠终于露面了，让我感到很欣慰。汪总，我们公司的高档运动鞋，远非你们的胶鞋能比，光鞋面料就是三十多块。再有整鞋是由牛皮、PU革、天鹅绒、尼龙绸、塑料压条、丝织刺绣、高弹性海绵七种原料混合而成的，要求精度很高。现在还没签订合同，一旦落笔就晚了。我们索赔就是打官司，你们是不是再考虑考虑?"

面对着姜托尼的忠告，汪海洋拍拍他的肩膀，说："我就是这个脾气，凡是答应的事准能办成。姜托尼，你就等着与国梦签订第二批加工合同吧。"

到了晌午，汪海洋在职工食堂招待技术骨干，就是两个炖菜，两个炒菜，一张大桌子围着十几个技术人员。汪海洋坐在了下首位置，谁也不肯坐在主位上，姚丽梅就被迫坐在了主位上。

汪海洋边吃边说："这次和布瑞克公司签订了合同，不单单是合同的问题，最主要的是不能让美国鬼子看笑话。国梦能不能成为世界级的企业，就是要看咱们的科研是否世界一流。"

姚丽梅接着说："世界上最聪明的人种有两个民族，一个民族是犹太

人，另外一个民族就是中国人。从古代四大发明，到没有任何人的帮助下研制出原子弹，说明中国人是最有聪明才智的人种。国梦人都是中国人，绝不能当孬种。”

汪海洋用力拍了一下桌子，说：“从穷到富要有过程，我们现在给美国人贴牌，总有一天，我们会有自己的品牌，全依靠大家啦。”

大家异口同声地说：“我们一定会有自己的品牌!”

汪海洋离开了餐桌，来到厨房里面装有鱼丸的大盆旁边，又想起小丫眼睛湿润了。姚丽梅随后跟了过来，问道：“汪总，心里不好受?”

汪海洋忙掩饰着说：“想小丫了。”

姚丽梅劝导着汪海洋说：“儿孙自有儿孙福。过些日子，小丫一旦想开了，就自动回家了。”

汪海洋说：“我家的丫头我知道，那个孩子死犟死犟的。她还能回来……”汪海洋感觉一阵头晕，不得不蹲在地上了。

在车间里面，国梦的技术人员在刻苦地攻关，高温下的平板硫化机前是忙忙碌碌的。汪海洋时常来到这里，有时亲自指导操作，经过反复实践，终于硫化出来和样品一模一样的“三色大底”。最难的技术一关终于被攻克，汪海洋看着“三色大底”很是开心。“三色大底”的问题解决了，鞋面开胶的问题就接踵而来了。

汪海洋经过反复考虑，说：“这款鞋是皮质材料，是用黏合剂代替了过去刷的胶浆，如果说开胶方面有问题，要从时间上想办法。”

刘启明亲自操作，汪海洋给他打着下手，将硫化时间由过去的45分钟延长到了60分钟乃至80分钟，最后达到了90分钟，奇迹终于出现了，开胶的问题解决了。汪海洋看着鞋还是气得扔到了地上，原来鞋帮又黄了。

躺在办公室的沙发上，汪海洋眼角斜视着黄帮鞋说：“你个黄脸婆，难道我就修理不了你?”

姚丽梅进来听个正着问：“谁是黄脸婆，你想修理谁?”

汪海洋见姚丽梅误会了，说：“误会，纯属误会。姚总，说谁我也不能说你，你是个很健康的姑娘，咋能是黄脸婆呢?”说着拎起黄帮鞋让姚丽梅看，姚丽梅就笑了。

姚丽梅把一堆演算纸推到了汪海洋的面前说：“这是我计算出来的结

果，是动用了华罗庚教授的‘优选法’，要想鞋帮不黄，温度应该控制在100.333度。”

汪海洋拿起演算纸看着，上面公式套着公式。他摇摇头说：“我的文化浅，这得猴年弄懂。”姚丽梅指着台历，台历上的几个小猴画得惟妙惟肖。汪海洋看着小猴说，“对，今年是猴年，是猴年也是看不懂。”说着拎着黄帮鞋就走了。汪海洋来到车间操纵着机器说：“鞋帮为啥发黄了？我认为常态下的东西，在温度高的情况下才能变黄，还是在温度上做文章。”汪海洋把硫化温度由145度一下降到了100.333度，硫化结果就出来了，鞋帮真的就不黄了。汪海洋拍着巴掌跳着舞，就跳到了郑秀兰的面前。

郑秀兰不相信说：“一下子降了将近45度，这绝对不可能?”

刘启明却说：“神了，神了。汪总，难道是有神人相助?”

汪海洋说：“是有神人相助，神人就是华罗庚，一选一个准。”

“抛尼”是国际上的名牌鞋，经过六十多个日日夜夜的试制，终于在国梦的车间里试制成功了。这在中国的大地上，还是第一次出现了由中国人全部研制生产成功的具有国际名牌质量的鞋。正应了汪海洋的那句话：“栽下了梧桐树，还怕引不来金凤凰。”国际名牌鞋“凯斯皮帮CVO”、布鲁克斯相继来到国梦寻求合作。当年，返销欧美市场的鞋就有四百多万双。

130客货两用车拉着新家具在路上行驶着，郑秀兰美滋滋地坐在驾驶室里面。司机怕把新家具损坏了，车速很慢。郑秀兰把头伸出车窗外，见到熟人就会说：“今天搬到新家了，碧海花园的三室一厅，那可是神仙居住的地方。”

在打扮一新的新房里面，大老郭把郑秀兰的工程师证书放在床头上，虔诚地拜上了几拜，然后拿进来几根树条。大老郭上了床，把工程师的证书放在胸口，脱得只剩下了一条短裤，在床上撅着屁股等着郑秀兰。郑秀兰从外面进来了，看着大老郭在床上撅着屁股，心里想这又是耍什么邪风。

大老郭见到郑秀兰脸就红了，说：“老婆，过去我净收拾你了，这回你要狠狠地收拾收拾我。地上有树条，就是狠狠地抽屁股。我看过了小人书，叫作负荆啥了？你看我这记性，还他妈的给忘了。”郑秀兰挑一根粗的树条拿在手中，照准大老郭的屁股就抽了一下，抽得大老郭剧烈暴跳，从床上跳起来喊：“哎呀！你是真他妈的抽呀?”

郑秀兰打完就哭了，她把大老郭拉到了跟前，讲着负荆请罪的故事。讲

完了故事拿出细绳，把树条绑在大老郭的背上说：“若是有那个心，你就跪下请罪吧！”

大老郭跪下了，像祈祷一样说：“我跟工程师的老婆请罪带发誓，以后绝不会动我老婆一个手指头，动一个手指头，就要天打五雷轰。”郑秀兰一听哭得更凶了。大老郭就跪着趋前，擦着郑秀兰的眼泪说，“老婆不哭了，老婆不哭了，我大老郭就是喜欢工程师的老婆，我的老婆就是百里挑一。”说着说着，像猛虎一样把郑秀兰扑到了床上。

与此同时，在绿岛市“家家乐”大酒店里面，为了庆贺乔迁之喜，刘启明摆上了两桌。刘启明小脸喝得红扑扑的，挨个儿倒着酒说：“汪海洋这小子说话算数，奖励了我一套房子，我是旧貌换了新颜。从今往后，生是国梦人，死是国梦鬼。”

熟人A说：“刘技术员可谓是双喜临门。”

刘启明睁开醉眼问道：“咋叫双喜临门?”

熟人B说：“程总给你发了高级工程师的聘书，汪总给你发了住房钥匙，这不叫双喜临门叫啥?”

熟人C说：“回去买两篮子炮仗崩崩吧！”

刘启明乐呵呵地说：“崩崩就崩崩，干啥不崩。”

市拆迁办公室给汪海洋家打来了电话，让汪家明天到市房产大厅去办理拆迁登记手续。李杏花翻出了房本对汪海洋说：“大哥不给面子，咱们找找熟人也好。房子增添那么几平方米，老少三辈挤着也是太难受了。”

汪海洋说：“拆迁有政策，按政策办，不要去当二皮脸。”

李杏花一听就火了，说：“你在家当甩手自在王，这个家就快撑不下去了。”

“我知道你的心里不好受，你当我的心里好受？昨天，我爸打了我两个嘴巴，我的泪都流进了心里。”

汪海洋这么一说，女人的眼泪就多了。李杏花哭着说：“我想我的心肝宝贝闺女，爸当然想他的宝贝孙女，爸打你两个嘴巴你不屈，谁让你是当爸的了。”

汪海洋说：“明天我就去报社登寻人启事。”

手机铃声响了，汪海洋接了电话。姚丽梅说：“汪总，请到市房产交易大厅，我有要事找你。”汪海洋刚要回话，姚丽梅把电话挂断了。

在市房产交易大厅的玻璃幕墙后面，姚丽梅站着往外看，就见到汪海洋走了过来，姚丽梅就迎了出来。

“约我到这儿来，想倒卖楼房赚钱吧？”

姚丽梅说：“如果倒卖楼房挣钱当然好了，学问不深，学学也就会了，但我没有底垫，得汪总出资。”

“一个月开一千多块钱的工资，除了养家糊口所剩无几，不要说是倒卖楼房了，就是给军娃娶媳妇买房子都犯难。”

“这个不要犯难，请跟着我走。”说着姚丽梅在前汪海洋跟在后。

李杏花来到房产交易大厅办拆迁手续，发现了汪海洋和姚丽梅的行踪，就悄悄地跟在后面。

房产交易大厅房屋过户台前人并不多，姚丽梅排了一会儿就排到了。汪海洋感到很蹊跷，问：“姚总前来办理房屋的过户手续，把我叫来干啥？”

姚丽梅拿出房本说：“容我学一次雷锋，这个机会也是难得。我一个人好办，吃饱了一家不饿。你的一大家子就不好办了，房子小得像鸽子笼，真是难为了嫂子。这次公司重奖，房子本应该有你的，你硬是不要，承让了，或者说是发扬了风格。奖励了姚丽梅一户，房本就在我的手中。我是房主我就说了算，这房子过户给军娃，军娃娶媳妇就有房子住了。”

汪海洋急得连连摆手说：“万万不可。”

“为什么？”

“这样做跟此地无银三百两有何区别？有的人就会骂我，骂得我腰都直不起来。赶快把房本拿回去，咱们赶紧走。不要把我往火坑里推，我还想多活两天。”

姚丽梅拿着房本说：“你说得也有道理，房子还真的不能过户了，不过户也可以，就让军娃过去住。”

李杏花听到这儿几乎流下了眼泪，就悄悄地来到了拆迁户的窗口前，拆迁户排着长长的队伍，都很长的时间了，李杏花还未办理。她就挺不住了，只好坐在了地上。又过了很长的一段时间，就听见里面喊：“汪海洋！”李杏花站了起来，来到了窗口。

工作人员问：“房本上57平方米有误吗？”

李杏花几乎把头探进了窗口说：“没误，没误。不过，我想多说一句。我的家老少三辈，上面有老人，下面还有两个孩子，还是差样的，能不能多给增加几平方米？我家出现钱买。”

工作人员说：“出示你的户口本和身份证。”李杏花就把户口本和身份证

递了进去。工作人员看了说，“你都岁数不小了，咋当面撒谎呢？户口本上明明是三口人，老少两辈，咋能说是老少三辈？明明就一个儿子，咋又多出来一个女儿?”

李杏花这才想起来说：“我家的老爷子和闺女的户口，都落在我大哥的户口本上了，我大哥是你们房产局的党委书记汪龙洋。”

工作人员听说是顶头上司的亲戚，可就不敢小觑了，赶忙拿起电话要通了汪龙洋。工作人员打了一气儿电话就撂下，毫不客气地把房本扔了出来，李杏花就什么都明白了。

汪海洋开着车，姚丽梅坐在车上，车行驶在绿岛市的滨海大道上。汪海洋说：“姚总，你有让房子的想法我很感谢。但一旦事成了，有的人就会说三道四了。”

“我觉得你有点多虑了，这有什么可说的，不就是住房子吗？谁家不住房子，不就是想住好一点吗?” 姚丽梅不以为然地说。

汪海洋边开着车边唠叨说：“你是国梦的领导，我也是国梦的领导，国梦有六千多干部和职工，合起来就有一万多只眼睛在盯着。假若一碗水端不平了，上告信就会像雪片一样飞到政府的信访办，到时怎么办?”

姚丽梅略加沉思说：“一个人要是生活在真空里面多好，既没有细菌侵蚀，又没有外界干扰。”

汪海洋侧目望了望姚丽梅说：“没想到你还是个不折不扣的乌托邦。”

“汪总，最近我的心情不咋好，想上九龙山去散散心。我都想许久了，这次你一定要陪着我去，还是你一个人陪着我去。我在这里不是要挟你，这次你要是不去，你就会后悔一辈子的。”

马成的伤好多了，可以拄着拐在地上溜达了。汪海洋拿着两个榴莲来看他，进了病房就能闻到榴莲的臭味儿。马成就奇怪了，汪海洋在他的身上心里粗得像根井绳，咋知道他愿意吃榴莲呢?

汪海洋把榴莲放在了床头柜上说：“马成，你是南方人，虽在北方生活了这么多年，南方的生活习性还没有完全改掉，就是喜欢吃南方的水果，特别是榴莲。榴莲虽闻着臭，嚼起来可香了。”

马成一听汪海洋的话，觉得领导对他关心又体贴，笑笑说：“榴莲在病房里面吃，会把病人臭走的。”

汪海洋放下榴莲说：“大夫不让你出院，你到哪儿去吃?”

“有个好地方，厕所。”

“臭味相投，亏你想得出来。”两个人哈哈大笑。

汪海洋拉过两把椅子，把马成扶坐在椅子上，挨着马成的身边坐下了，许久没好意思开口。

马成早就知道企业的情况，淡淡地说：“汪总，我是一切事情都知道了，是程总告诉我的。现在一个空闲的职务得有80个人盯着，我在医院住上了好几个月，职务也就付之东流了。面对现实，你若不嫌弃马成，马成今后死是国梦的鬼，活是国梦的人。”

汪海洋望着马成的眼睛问道：“你真是这样想的?”

“没有半句假话，是因为你办事公正，我无话可说了。”

“咱俩一样，我活着是国梦的人，死是国梦的鬼。”

这天晚上，汪海洋久久不能入睡，在炕上烙饼。他有话要跟李杏花说，可又说不出口。

李杏花就起来了，说：“三天两头这样地闹腾，我也快失眠了。”

汪海洋吞吞吐吐地说：“有件事想跟你说，又不想跟你说。”

“想说就说，不想说就不要说，不说我可要睡觉了。”汪海洋还是把姚丽梅的想法说了。李杏花挺理解地说，“姚总想把新楼让给我家的军娃，我看到也听到了。姚总是个好姑娘，以前是我误解她了。姑娘大了有心事想要说，不跟领导说跟谁去说。”

汪海洋迟疑地说：“不像是什么儿女私情的事，像是有什么大事要说。”

李杏花下了地说：“上山就上山，不过……”李杏花拿起彩色粉笔在地上画了一条长长的线。汪海洋看了，就抱住李杏花没头没脑地亲着。李杏花说，“满脸的唾沫，你这哪是亲呀！你这在啃猪头。”

李杏花松了口，其余的啥都无所谓了。汪海洋就开上车，同姚丽梅上了九龙山。玩了整整一天，太阳就要快落山了，两个人来到了三宫殿内。三宫殿内长着两棵耐冬树，其中一棵开着红花，一棵开着白花，拳头大的花开满了枝头，红的似火，白的似雪。姚丽梅看着花儿高兴得像个孩子，又像是一只飞舞的蝴蝶，围着耐冬树转悠。

汪海洋就着急了说：“祖奶奶，就不要在我的眼前晃了，再晃就把我晃蒙了，有什么事赶紧说，天这样晚了，还下不下山?”

姚丽梅就不晃了，坐在石凳上说：“今天我根本就没有想下山，这里山清水秀的，住在山上岂不美哉!”

汪海洋听姚丽梅这么一说，心里明白她的用意，就迎合着说："眼见着天黑了，开车下山有危险，只得舍命陪君子了。"

姚丽梅没有想到汪海洋如此痛快同意留在山上，也许是高兴的缘故，突然感到有些饿了，忙说："汪总，我饿了，想吃山上的特产拳头菜、仙胎鱼、王家庄的豆腐还有皱纹盘鲍，怎样？"

汪海洋望着得意洋洋的姚丽梅说："这些美味儿谁不想吃，可是我的兜里没有那么多的钱。"

"你的兜里没有钱，我的兜里有钱。人这一辈子，啥新奇的东西都得尝尝。这次我不但让你吃到特产，还要让你喝上千年灵芝酒。"

两个人边说边笑地走出了宫门，不远处就是帝豪大酒店的分店了，吃喝住一条龙服务，两个人就朝着帝豪大酒店分店走了过去。在情侣包房里，灯光柔柔的。果如姚丽梅所言，上来的是拳头菜、仙胎鱼、王家庄的豆腐和皱纹盘鲍，还有一坛子百年灵芝泡的酒。

姚丽梅看上去很有情趣，喝了一盅酒说："汪总，我们都穿了半辈子解放牌的胶鞋，你知道人们对它是怎么评价的吗？"

"那还用问，黄帮黑底，两天不洗，奇臭无比。"

"答对了，你说咱们该咋办呢？"

汪海洋觉得姚丽梅这是话里有话，问道："愿听指教。"

姚丽梅见汪海洋上了路，收起笑容，话锋一转说："停止生产解放牌胶鞋，不就一了百了吗？"

"这不是个好主意。"汪海洋不假思索地说，"解放牌胶鞋的产量占整个集团的70%，一旦停产了，得有三千多名职工去喝西北风，这些职工还不吃了你？"

姚丽梅是何等人，反应极快，她说："用你的话说，活人还能让尿憋死。"姚丽梅拿出来一份资料递给汪海洋，"你看看，看完了这份资料，你就深谙里面的道理了。"

汪海洋接过资料翻看着，姚丽梅知道他是聪明人，一看资料就会知道下一步应该怎样做了。她得意地说："汪总，有美女，有美酒，有山珍海味，你就不想好好享受吗？"

汪海洋没有接姚丽梅的话茬儿，指着资料说："你说的没错，这次不跟你上山，我准得后悔一辈子。"

"现在幡然梦醒还不晚。"

"天色不早了，你赶紧去订客房吧。"

姚丽梅订完了客房，汪海洋拎着半坛子百年灵芝酒来到了客房。姚丽梅解着衣扣说："汪总，都登了一天的山，出了一身臭汗，我该洗洗澡了。"

汪海洋见状有些急眼，说："你不能在这儿洗澡呀，这里是我的房间。"

姚丽梅脱下外罩说："对不起了，酒店就剩下一间客房了。你不愿意住在这儿，可以到院子里去蹲上一宿。我可不是吓唬你，这里遍地都是女鬼。"

汪海洋瞪着眼说道："我这辈子怕的就是活人，鬼有什么好怕的？"

姚丽梅往下褪着裤子说："我这辈子碰上了汪海洋，也许是最大的幸福，也许是最大的痛苦。"就在汪海洋陷入了沉思时，姚丽梅来到洗浴间开始洗浴……

汪海洋在办公室仔细研究着姚丽梅在山上给他的资料，资料的名字叫《鞋产品转移的设想》。汪海洋看得入神，姚丽梅进来敲了敲桌子，他才缓过神来。

"你不愧是国梦的总设计师，说说，这些资料的来源？"

"偶然的，那天我到车间去检查，发现一位女工抱着鞋盒，鞋盒上不是公司的商标，我就上前问是咋回事，女工告诉我是外加工的。就这样的一句话，使我茅塞顿开。鞋盒能搞外加工，公司的老产品就不能扩散出去外加工吗？"

"说完了？"

"说完了。"

汪海洋用手指着门口说："说完了，就往外请。"

姚丽梅来时满心欢喜，被汪海洋说得有些不好意思，红着脸说："你这是在卸磨杀驴。"

"杀驴就杀驴，天上龙肉，地下驴肉，好吃着呢。"

姚丽梅气得不行了，汪海洋却是站在了宣传栏的前面。宣传栏上贴着夸张的宣传画，画着一个女人洗刷着解放牌胶鞋，旁边还写着一行字："黄帮黑底，两天不洗，奇臭无比。"

汪海洋对围观的职工说："回去做做宣传，这种鞋再过两三年，就是站在街上拿它送人，恐怕也没有人要了。"

有男职工问："汪总，这鞋没人要了，我们是不是就不生产了？"

汪海洋向职工们做着思想工作："现在还不行，凡事得讲究循序渐进。"

一位女职工问："汪总，把谜底揭开吧？不要遮遮掩掩的，也让我们大家知道是怎么回事。"

汪海洋提高了嗓门儿说："用不了三年，老产品将会全部退役了，就是说解放牌胶鞋将终止生产。但是，"汪海洋突然停顿了一下说，"那也是我们有了新的产品，而且是拳头产品时，这老产品才能下线。"

人群中是嘈杂声一片，许多职工带着不信任的眼光走了。不管职工信任不信任，汪海洋开始在绿岛市周边的小型鞋厂搞调查。他来到一家小型鞋厂，一块牌子挂在门垛上，上面的字大多模糊不清，只有"鞋厂"二字还能看得清楚。汪海洋下了车，没等走进院子，就听到了几声狗叫，随着狗的叫声，从门房里面走出来一个中年人。

汪海洋走上前说："怎么搞的，好端端的厂子破败成这样？"

"生产出来的鞋没人买，厂子破产了，不破败成这样是啥样？"

"厂子管事的在吗？"

"你是有眼不识泰山。"

"你就是？那太好了，听说过绿岛市有个鞋匠叫汪海洋的吗？"

"报纸上看过名字，只是没有见过本人。"

汪海洋上下打量着眼前的中年汉子，问："你叫什么名？"

"冯铁山。"

"像你家这样破败的厂子，周边还有多少家？"

"十三家，家家都在家里蹲着。"

"我就是鞋匠汪海洋，你把十三家管事的找齐，星期五上午九点准时到国梦，过点就不候了。"汪海洋的话掷地有声，然后扬长而去。

孙元凯的消息太灵通了，得知国梦打算扩充厂房，转移产品，见到有油水可捞了，就拎着文明棍来到了汪海洋的办公室。他在办公室里面转悠了几圈，汪海洋没有搭理他。他就来到了汪海洋身边，又是拍肩膀，又是揉穴位，汪海洋就不得不搭理他了。

"知道我为何没有搭理你吗？"

孙元凯一边给汪海洋揉搓着，一边说："这个很简单，因为我不是姚丽梅。"

"胡拉乱扯，我真想抽你几个嘴巴。"

"汪总，要想人不知，除非己莫为。汪总风流啊，在山上宾馆有美女陪着，羡慕，真是羡慕！"

汪海洋冷笑一声说："你小子今天就是为这事来的?"

"汪总个人所好，与我何干？只是我的鼻子比别人长得长了点，这就没有办法了，爸妈给的。汪总，上回你让我啃了一块骨头，这回总得让我吃口肉吧？听说旧厂房要拆迁了，打个提前量总是可以吧?"

"八字还没有一撇，你小子就来黏糊了。"

"八字还没一撇没有关系，我是个书法家，愿意帮你描上两撇。"孙元凯抬身就往外走说，"话说透了，咱们改日见，晌午饭我就不请了。"

孙元凯刚走，电话铃声就响了。汪海洋拿起电话，是孙辉南打进来的。孙辉南说："汪总，有个叫冯铁山的带着人来了，张嘴就是骂骂叽叽的，有点不像话。"

汪海洋一反常态说："孙主任，不要怕他骂，让他到我的办公室来骂。他骂得越欢，我的心里就越高兴。不，把客人都请到小会议室。"

在小会议室里面，一屋子的人乱糟糟，抽得满屋子都是烟味儿。姚丽梅进来指指"禁止吸烟"的警示牌，有的就把烟掐了，有的就把烟扔到地上用脚踱，有的干脆把烟嚼巴嚼巴吞下去了。姚丽梅推开了窗户把头探到窗外，贪婪地吸吮着新鲜空气。吸完了新鲜空气，坐在圆桌下首的地方，汪海洋就进来了。

"不客气了，先自我介绍一下。我叫汪海洋，是国梦集团的总裁。下首的那位女士叫姚丽梅，是国梦集团的姚总，以后，你们和她打交道的时间就多了。姚总是清华大学毕业的高材生，是国梦集团的总设计师。下面，请姚总做指示。"

"谈不上指示，请大家看一盘录像带。"姚丽梅拿出一盘录像带塞进了收录机，绿岛市周边的小鞋厂，一个接一个地出现在屏幕上。姚丽梅放完录像说："各位同仁，在谈判中，希望你们能表现出诚意，以求双方达到一个结合点，只有这样，我们才能成为一个联合体。如果没有诚意，相信你们还是处于现在的无业状态。"

汪海洋接过话茬儿说："姚总说得很明白了，就是说不要玩邪的，人间正道是沧桑。"

"我都测算过了，国梦的机器和资金一到位，13家鞋厂的一年产值是两个亿。利润多少，各位都会算。但有言在先，各家鞋厂只能是国梦配套的厂子，一个鞋厂可能全部生产鞋帮，一个鞋厂可能全部生产鞋底。" 姚丽梅自信地说。

“只要能挣到钱，大家就不要挑肥拣瘦了。冯铁山，你作为十三家小厂的代表，说说你的想法?”汪海洋开始点将了。

冯铁山笑嘻嘻地说：“还用我说嘛？这么好的条件，这么好的前景。我们这些虾兵蟹将不听龙王爷的调遣，你们说听谁的调遣?”

十三家厂子认可了，下面还要得到全厂职工的认可，联营工作才能进展下去。如何做好联营好处多多的说明，实际上是国梦改革的前奏。在全厂中层领导干部工作会议上，汪海洋做着动员报告。

“在乡镇设置分厂，把老产品扩散出去。总部腾出手来，将能源、先进设备集中起来上新产品。企业不创新就是死路，企业不兼并拓展就不会壮大。这样做不需要投资，是一举两得。联营后，国梦既可以保住原有市场的份额，又可以开拓出一条新的道路，既给国梦带来可观的效益，又扶持了乡镇企业的发展……”汪海洋还没做完报告，就引起了轩然大波。

橡胶车间主任说：“这样做，不就是等于把厂子卖了吗，我们还拿啥吃饭呀?”

配套车间书记振臂喊道：“绝不能让国有资产流失，谁不让我们过好日子，我们就跟谁血战到底!”

“……”

在主席台上，汪海洋、马成、程子龙耳语了几句，主持会议的马成就不得不宣布：“散会。”

在汪海洋的授意下，冯铁山带着人来拆机器了，一溜儿大卡车停在门口。孙元凯也带着人来拆厂房了，一溜儿大型机械停在大门口。愤怒的工人把大铁门“呼啦啦”地关上了，把横幅打了出来，各个手里还拿着早已做好的小彩旗。办公楼前的职工是黑压压的一片，职工们要上街去游行，要到市政府请愿。箭在弦上，汪海洋感到事态严重，急得团团转。

第10章 以农村包围城市，扶贫扶企扶品牌

国梦领导班子兵分两路，一路由马成带队去做冯铁山的工作，马成见到了冯铁山，说："由于我们工作做得不细，出现了这样激进的状况，望冯厂长和各位能够谅解。联营的机会还是会有的，不过现在要暂时回避了。"

冯铁山说："国企就是国企，我们乡镇企业惹不起。"他说完带着一溜儿大卡车开走了。

另外一路由姚丽梅带队去做孙元凯的工作，姚丽梅见到了孙元凯说："表哥，你什么时候来不行，偏偏凑这个热闹?"

孙元凯得理不让人，说："按照合同办事，不来就得赔偿了，表哥就不得不来了。雇来了这些大型机械，哪个都得给钱，我们帝豪集团的钱不是大风刮来的。"

姚丽梅又叫了声表哥，说："啥都不要讲了，赶紧回去吧。"

"回去可以，损失由谁来赔偿?"

姚丽梅叫了第三声表哥，说："我还不是吓唬你，你就不怕我们单方面撕毁了合同，两个赔偿金可以给你，其他的损失可就大了。"

孙元凯说："跟你们办事就是觉得别扭，没有一件事办得顺心顺意的，表哥又得打掉牙往肚子里咽了。"

"咽吧，咽吧。"

"说是说，做是做，表妹的面子我得给。"孙元凯带着一溜儿大型机械走了。

在办公楼前，程子龙站在凳子上，险些被挤了下来，他大声喊："职工同志们，请静一静，静一静，不要把事情闹大，这样对谁都没有好处。在职代会上，你们提出的210条意见，领导将在适当的时机给予解答。我现在就保证，旧机器暂时不拆迁了，旧厂房暂时不推了。在这里我说的是暂时而不是长久，因为没有经过公司党委的研究，是我个人的意见。但我还是要说上一句，请大家看看进出口鞋的大楼，再看看陈旧了几十年的厂房，你们会有

啥样的感想呢？我相信甜酸苦辣都会有的，大家都回去仔细地想想吧！”

职工A说：“我们让改革改怕了，就图能够过上安稳的日子，没有别的想法。”

职工B说：“国梦刚刚步入了正轨，又要把铁轨拆了，你们说谁能不害怕？领导要体谅我们，我们就是个做工的能有啥办法?”

黑压压的人群开始松动，不一会儿办公楼前连一个职工都没有了。马成、程子龙、姚丽梅抱着扫帚打扫着垃圾，许多休班的职工也过来拿着家伙帮忙。

汪龙洋调走以后，市橡胶公司继任的新经理朱力坐在办公室里看文件。工作人员进来说：“经理，国梦有限责任公司的汪海洋汪经理求见。”

朱经理说：“他不来见我，我也得见他去了。工人们上街游行，到市政府请愿，我的屁股还能坐稳吗？屁股还没有坐热，就让他给我整凉了，那就请进吧。”

汪海洋进来说：“朱经理，我现在感到很孤单，这才来见见顶头上司。如果顶头上司给予了温暖，我就不孤单了。”

朱经理说：“假如汪经理不孤单，我这个经理就得孤单了。你说一个好好的国家大型企业，跟乡镇的小厂子勾搭啥，就不怕人家笑话咱们？职工们的表现说明真理在大多数人的一边，对不起，我就不能支持你了。汪经理，你就不要固执了，知错必改才是党的好干部，也就不孤单了。”

汪海洋说：“真理往往是在少数人的一边，我还是希望您出面给予支持。”

朱经理蔑视地看了他一眼，说：“识时务者为俊杰，你连这点道理都不明白，还当啥经理?”

市橡胶公司的路走不通了，汪海洋只能走上层路线了，他就来到了市委书记办公室。窗台上的一盆海棠花开得正艳，墙角的一盆凤尾竹枝繁叶茂。环境很温馨，郭凯书记热情接待汪海洋。

汪海洋硬着头皮说：“郭书记，又来麻烦您了，很不好意思。”

郭凯笑容可掬地说：“本来应该我前去解决问题，却让你来到了这里，不是你不好意思，而是我不好意思。”

汪海洋恭恭敬敬地说：“郭书记，您太客气了。”

郭凯坐在沙发上，对汪海洋说：“你们送来的材料，我一字一行地拜读过了。国梦想以点带面，带动绿岛市制鞋企业的发展，这是市委、市政府求之不得的。你分析的对，美国人和先进国家把生产线放在中国，我们为何不把生产线放在农村。眼下，上岗、就业的难度越来越大了，职工们怕厂子黄了，这种举动各级领导都应该给予理解和支持。你今天前来讨个说法，我就说说我的看法。既然你们插手了，先帮助十三家乡镇企业启动了，然后带着职工们去参观，事实是最有说服力的。中国工人阶级最通情达理，他们是创造财富的主人，只要主人们想通了，什么事情就好办了。你我都是服务者，服务者听被服务者的话是应该的，这个观念党的领导干部都应该有。”

汪海洋脑筋就活了，说：“这么说，市委、市政府……”

郭凯用手势打断了汪海洋，接着说：“你的这种具有开拓性的构思，是一条新的思路，前景是很光明的，我是举双手赞成的！你可以大胆放手地去实践，遇到问题直接来找我商量解决。如果你不愿意来，给我打个电话就行了，我到你那里去服务还不行吗？我今后就是为你们服务的书记。”

汪海洋感激地上前握住郭凯的手说：“郭书记，感谢您的理解和支持，有您做后盾，我们什么困难都能够克服。”

汪海洋从市委书记的办公室回来，发现桌子上扔着一封信，看邮戳是本市的信函。汪海洋打开了信，里面是一首打油诗，诗中这样写——

卖厂贼汪海洋你仔细地听着，
你是坏了良心出去到处游逛。
几代职工的技术拿来换酒喝，
工人的血汗钱拿来换鱼虾吃。
执迷不悟工人们绝不会答应，
砍下你的脑袋剜出瓤当鞋穿。

汪海洋看后将信扔进了纸篓。

早晨，上班的职工们发现宣传栏的半面用彩色粉笔写着“特刊”两个字，都觉得新奇，就围过来看。“特刊”的内容是：“两亿元产值要不要，请职工们参加大讨论！”许多职工边往车间走边议论着，汪海洋站在办公室的窗前看得清清楚楚。

市政府27号轿车开到了国梦的办公大楼前，车上下来一位市府女秘书，她“噔噔噔”地上了楼，来到汪海洋的办公室，把一封信亲手交给了汪

海洋，汪海洋签收后，女秘书就告辞了。汪海洋看完信，叫来了姚丽梅，把信扔给了她。

姚丽梅看过信说：“大好事啊！汪海洋这么大个总裁，从商以后还没出过国门吧?”

出国办公事本来是件高兴的事，可汪海洋咋也高兴不起来。信中的内容说明就是让你去办，企业是啥主权也没有。姚丽梅心里更明白，技改资金是上面拨下来的，假如企业不想要这笔资金，许多家企业都在争。

汪海洋拧着眉毛，在办公室里不停地走着，然后说：“我这次去日本，不是什么买机器的主人，就是个跑腿的。信上写得清清楚楚，拿部队上说就是下达了命令。”汪海洋又仔细地看了一遍信，说，“假如买回来的机器不适用，搁在那儿闲着，我得让职工们骂个狗血喷头。不要说是市里委派，就是省里委派，我也不去干这种下贱的事。”

“去还是要去，机会难得，但要想得周全。”姚丽梅说，“我已查过有关资料，制鞋机器日本不是最先进的。现在有一部分日商黑了心，把旧机器翻新卖给中国人，上当的已不在少数了。眼下最先进的制鞋机器，应该是美国和意大利的产品，国产的机器有的也不赖了。”

汪海洋还是做出决定说：“姚总，这次去日本做两手准备。我带队去日本买机器，你带队在国内考察，哪里的机器好，哪里的机器省钱，我们就买哪里的机器。”

汪海洋觉得去日本买机器前，要做些准备。他来到了绿岛市的环保局。环保处常处长的爱人在汪海洋的手下工作，常处长当然把他当贵宾对待。

常处长说：“汪总是我内人的领导，自然就是我的领导，既然是领导，有事就尽管吩咐吧。”

既然是来求人家，汪海洋也套着近乎说：“一家人不说两家话，这里有没有监测环境污染的设备?”

常处长笑着说：“不要开这样低级的玩笑，环保局没有环境监测设备咋工作?”

“我说的是便携式的，不是大型设备。”

“便携式的监测环境设备局里也有，小巧的放在兜里就可以监测了。”

汪海洋见常处长很爽快，就狮子大开口地说：“有就借一台，用过后归还。”

常处长说：“刚进来了几十台，反正是要发下去，就奉送给你们一台。

放在制鞋车间一定好用，羊毛出在羊身上，就不用归还了。”

一切准备就绪，连去日本的机票都订了。汪军娃却向汪海洋提着条件说：“爸，这回去日本，最好带回来一台彩电，东芝牌的、夏普牌的都行。日本彩电特棒，屏幕上的颜色特漂亮，没有票儿在国内根本买不到。”

“咱们是买设备去了，电视机看情况再说吧。”

汪军娃听汪海洋这么说就烦了，见汪海洋在系领带，就把气撒在这儿了：“爸，不会系领带就不要学了。”汪军娃把领带团巴团巴扔在了汪海洋的身边，就出了门。汪海洋正怄着气，汪军娃拎着几条领带回来，扔到了汪海洋面前说：“‘易拉得’领带，连死人都会拉。爸，你将就着用吧。”汪海洋往脖子上套着领带，真的不错，一拉就得。

飞机飞上了万米高空，在平流层飞行着。汪海洋望了一会儿舷窗外赤裸裸的太阳，回头提醒随行的人员说：“下了飞机就是日本国了，到了日本国，我的头脑要是发热，你们一定要泼冷水。尤其是郑秀兰，几个人里就你是工程师。这次买机器要坚持两条原则：一条是坚持高起点，只引进属于当今世界上最高水准的制鞋设备；一条是以看为主，要反复进行对比，了解哪些设备确实是先进的必须引进，哪些尚待自己去开发，或有可能自行超越就不要购买了，国家的外汇奇缺。”汪海洋提醒完大家拉着“一拉得”，就把拉链拉豁了，气得他把领带塞进裤兜说，“妈的，劣质产品害死人。”

飞机在平稳地下降着，汪海洋的耳膜有点鼓。播音员甜甜地说：“各位旅客，日本的横滨机场马上就要到了。请旅客们整理好自己的物品，系好安全带。下面播放歌曲《祖国颂歌》。”随着优美高亢的歌声，汪海洋算是脚踏实地了。

在横滨机场的接机厅里面，日本商人冈正泽举着牌子，上面写：“牌子的主人冈正泽先生，欢迎来自中国绿岛市国梦公司的客人！”汪海洋带着一行人来到冈正泽的面前，伸出大手说：“冈正泽先生，我就是你要接机的汪海洋，绿岛市国梦集团总裁。”

冈正泽很有礼貌地说：“汪总一身休闲服很漂亮，让我耳目一新。”

汪海洋客气地说：“我没有穿西装，你不会介意吧？”

冈正泽很得体地回答道：“穿衣戴帽，各好一套。”

汪海洋大手一挥说：“这样有什么不好吗？”

冈正泽吓了一跳说：“好，好。你们的毛主席不是说过，百家争鸣，百花齐放吗。”

面包车行驶在横滨的路上，冈正泽一直说着中国话，而且没有任何障碍，看来是个地道的中国通。冈正泽说：“横滨是日本四大工业区之一，是京滨工业区的核心，工业发达。主要以钢铁、炼油、化工、造船业为主。全市现有大小工厂八千三百多家，工业生产总值居日本国第三位。横滨山下町的‘中华街’是华侨居住的地方，区内有一百三十多家中式餐馆……”面包车停在“黑鹤旅馆”前，一行人往旅馆里走，冈正泽也不放过机会，说：“横滨文化教育事业发达，设有横滨国立大学、市立大学、神奈川大学。汪总的孩子要是到日本留学，我愿意从中帮忙。”冈正泽说完，正好办妥了入住旅馆的手续。

汪海洋暗自思量：“小日本鬼子鬼精鬼精的，做事精明得分秒不差，要万分小心防止上当。”

以后的几天，冈正泽领着汪海洋一行人在横滨旅游。第一天，中午进广东特色餐馆吃一顿，下午进四川特色餐馆吃一顿……第二天，登上了296米高的横滨路标塔，眺望完横滨市的全景，又眺望东京湾和富有诗意的富士山。晚餐在塔内就餐……第三天，散步在海湾大桥和空中走廊……汪海洋好像很适应环境，一天吃得红光满面，尽情地旅游着，只是一个字不提买机器的事。

郑秀兰有些急了说，“汪总，到日本三四天了，啥事不办，咱们是旅游来了，还是买机器来了?”

“既来之则安之，”汪海洋说，“来一趟日本不容易，说不定一辈子就来这一次了，不溜达溜达太亏了。”

郑秀兰说：“连吃带喝带逛荡，冈正泽安的是什么狼子野心?”

汪海洋非常自信地说：“日本人有千条妙计，我有一定之规。”

第五天的头上，冈正泽带人往客房里搬电视机，包装箱上标明，是20英寸的东芝牌彩电。

汪海洋见这情形就问：“冈正泽先生，你这是什么意思?”

冈正泽说：“日本的土特产品，就是一点小意思，相信汪总和同仁们一定喜欢。”

郑秀兰较真儿地问：“这是给我们买的，还是我们自己出钱买?”

冈正泽脸微微一红说：“电器产品很便宜的，就算是本人送给你们的礼品。”

郑秀兰来了脾气，说：“冈正泽先生，这叫商业贿赂，赶紧搬走，不然我就不客气了。”郑秀兰的做法，使冈正泽陷入了进退两难的境地。

汪海洋见状打着圆场说：“郑工程师，既然冈正泽先生送来了，再拿回去多不好意思。谢谢，谢谢冈正泽先生的好意，我们全部照收。”

在姚丽梅的办公室里面，姚丽梅和刘启明都很高兴。公司搞的两亿元产值大讨论很管用，大多数职工的弯子都转了过来。姚丽梅就有所考虑了，汪海洋没在家，是等着汪海洋回来搬迁，还是让汪海洋回来有个惊喜，她自己不说，眼睛却是看着刘启明。

刘启明心有余悸地说：“这件事不可盲目，必须办稳妥，想搬迁也不能你一个领导牵头，马书记和程总必须出面。一旦出了事，集体承担扛硬，一个人承担就不扛硬。”

姚丽梅好像考虑成熟了，说：“只要认真地为大家做事，任何人都能够理解。”

刘启明说：“前车之鉴，不可不鉴。我可告诉你，大意失荆州。”

到了下午，姚丽梅驱车来到冯铁山的厂子，厂子已焕然一新，门垛上挂着“绿岛市国梦有限责任公司一分厂”的牌子。冯铁山听到了汽车声，就从厂子里面跑了出来，见到姚丽梅拍着巴掌喊：“热烈欢迎，热烈欢迎姚总到厂子来视察!”

姚丽梅纠正说：“我是副经理，汪海洋才是党委书记兼总经理。再说你们的牌子挂得有些超前了，我现在不好说摘掉与不摘掉，但是要和有关部门协调好，千万不要闹矛盾，惹出麻烦。”

冯铁山还是叫着说：“姚总放心，船小好掉头。下面，你就看我怎样处理好这块牌子。”冯铁山把牌子摘了下来，扛在肩上说，“姚总，这样总可以了吧？请到厂子里面视察，厂子是处处换新颜。”

姚丽梅被冯铁山的情绪感染，断然下决心说：“冯厂长，明天13家小厂一齐动手，把总部的旧机器搬迁过来。以前签好的合同继续生效，谁违背了合同，就按照《合同法》执行。”姚丽梅给冯铁山下了通知，又马不停蹄地来到了帝豪大酒店。孙元凯的办公室里挂上了鸟笼子，姚丽梅走进来，他正在逗一只黄羽毛的鸟玩。姚丽梅说：“孙总真的是有闲情逸致，在钻研和欣赏鸟的习性和神态，这是常人所不能做到的。”

孙元凯说：“知我者，表妹也。我想构思一幅《鸟类和谐图》，作为礼品送给汪海洋，省得这小子老是算计我。”

姚丽梅笑笑说：“表哥，这样做不妥。你送过去的鸟儿，汪海洋不但会骂死你，用不了几天，鸟儿也得饿死。给汪海洋送礼，你要像揣摩鸟儿的习性一样，揣摩好了习性再送，才能达到预期目的。表哥，你知道他喜欢啥吗?”

“不知也，望表妹告知?”

“你别忘了，汪海洋是军人出身，他喜欢希特勒的手枪、袁世凯的战刀、墨索里尼的匕首、山本五十六的战机……”

孙元凯望着鸟儿为难地说：“这些都是古董，很难搞定的。”

姚丽梅说：“手枪、战机和匕首就不要说了，弄一柄小日本鬼子的军刀送给汪海洋得把他乐死了。”

孙元凯拍着手说：“这个不难，只要撒下兵马，不到一个月准有好消息传来。表妹，咱们不说这些了，你上次来，我邀请你到帝豪工作，不知道考虑好了没有？我给英国总部去了函，英国总部已回函了，年薪是10万英镑，不算多也不算少了。”

“让表哥费心了。”

“费啥心？表妹的事就是我的事。”

姚丽梅突然话锋一转，说：“把这件事先放放，明天你要去平整公司的场地，准备盖厂房，再也不能耽搁了。等到汪海洋回来，变了卦就不好办了。”

孙元凯高兴地拍了下鸟笼子，说：“表妹，你就是大功臣了，表哥代表帝豪集团表示表示。”孙元凯打开金柜拿出了一个盒子，打开盒子里面是两根金灿灿的金条……

在姚丽梅的斡旋下，机声隆隆，破旧的厂房被推倒了，卡车也拉着陈旧的机器出了大门，很快就在人们的视线中消失了。马成、程子龙送着一队队的职工，他们要暂时到乡镇企业去工作了。

在冈正泽的带领下，汪海洋一行人参观日本最先进的制鞋生产线。一行人看得仔细，郑秀兰叫大家一边看一边记着。从生产线回来，大家感觉到，所看的生产线没有想象的那么好，就是多了一条运输带，再就是两三个烘箱和几条三角带。经过环境监测仪的监测，职工们在操作时，到处弥漫着有毒气体，且浓度很大。正在大家七嘴八舌时，汪海洋眼光聚焦在了郑秀兰的身上。

郑秀兰明白汪海洋想听听她的意见，说：“汪总，整机上的扳帮机不是日本的产品，是意大利的进口货。咱们不买整机了，就买四台意大利产的扳帮机。”

汪海洋点点头说：“可以考虑。”

冈正泽再次来见汪海洋，汪海洋握住冈正泽的手，说：“我们这次来日本，十分感谢你的照顾，但就买机器一事，经过认真研究，也请示了国内，尽管价格由原来的60万美元压缩到27万美元，我们还是决定不买整条生产线了。考虑到方方面面的关系，要买四台意大利产的扳帮机。这样，你就可以名正言顺地挣3万美元。话说到这儿，你还要帮个忙，就是把剩余的美金……”

冈正泽何等聪明，他爽快地说：“汪总，权柄握在你的手里，你说怎么办就怎么办，我肯定帮你化解。但是在回国前，我想单独邀你到富士山去。到了日本不去富士山，等于没到日本来，不知道肯不肯赏脸?”

汪海洋想了想说：“可以，听说富士山的樱花很美。”

冈正泽略感遗憾地说：“到了这个季节，你就看不到日本的樱花了，只能是看看带有绿叶的樱花树了。”

在富士山下的“樱花旅馆”里面，冈正泽和汪海洋谈到半夜才离去。汪海洋洗完澡刚想入睡，就见到一个妙龄日本女人没有敲门就进来了。日本女人进来就让汪海洋躺下，汪海洋就顺从地躺下了，日本女人跪在他的面前。

汪海洋摇了摇头，自言自语地说：“小日本鬼子冈正泽真他妈的能整，我倒要看看他到底耍的啥花花肠子。”

汪老爹的病情日益地加重，已经是奄奄一息了，李杏花寸步不离地守在身旁。

这一日，汪龙洋来了，贴在汪老爹的耳边说：“爸，您还是到医院去住吧。现在的医疗设备先进，检查出来啥病，医生好对症下药。你老的身体好了，就是我们子孙的幸福。”

李杏花也贴在汪老爹的耳边说：“爸，您就听大哥一次，还是到医院治病，家里的条件咋的也赶不上医院。”

汪老爹还算清醒，说：“昨天晚上，我梦见了你妈。你妈跟我说了，老头子，你的病治不好了，就不要再麻烦儿女们了。老头子，千万不要往医院烧钱，医院是治得了病治不了命。我信你妈的，你妈一辈子说话实诚。”

汪龙洋拉着父亲的手问道：“爸，还有啥事让儿子去办吗?”

汪老爹睁开昏花的眼睛说："我就是想孙女，就是想看上孙女一眼。你是老八路，路子野，去把我孙女找回来。我孙女不回来，我是死都闭不上眼睛。"

汪龙洋和李杏花从屋子里面出来，汪龙洋用略带埋怨的口吻说："你说多不凑巧，爸病成了这个样子，二还到日本去买啥机器，弄得咱俩都没有替换的人了。弟妹，你嫂子是那个样子，我看是指望不上了。哥还有一大摊子的事去办，不能一天老待在这儿，就得你一个人多费点心了。"

李杏花含着眼泪几乎是在求汪龙洋，说："哥，啥事都好办，就是小丫她……"

"这是人之常情，小丫是爸看着长大的，还能不牵肠挂肚？但报纸刊登了寻人启事，小广告也偷摸地贴了不少，就是一点音讯都没有。爸这个心事是难了呀，哥也没有办法了。"汪龙洋说着迈出了屋门。

刚过晌午，市纪委刚刚提升的何书记，带着工作人员来到了程子龙的办公室。何书记亮出证件说："我们是市纪委的工作人员，来公司核实几个问题。"

程子龙问："是找我谈问题，还是找别的人谈问题？"

何书记说："我知道你是程副总，你去安排一个小会议室，我们要找个别人谈话，谈话的人重点有三个：一个是马成副书记；一个是办公室主任孙辉南；再一个就是你了。"

程子龙说："我想问问何书记，是不是找姚总也谈谈？汪总出国，她在家主持工作。"

"找这个女人谈？没有必要。"

程子龙把小会议室安排好了，随后叫来了马成说："何书记，你们谈着，我在办公室等着，随叫随到。"

程子龙走了，何书记开门见山地说："市纪委接到了匿名上访信一百多封，都是针对你们公司领导层的，就不能不引起我们的注意了。今天找你来，就是谈谈汪海洋的事，希望你要如实回答。"

"作为一名共产党员，理应配合好上级的工作。" 马成恭敬且严肃地回答道。

"汪海洋在经济活动中有违纪的地方吗？"

马成用眼睛看了一下何书记，说道："何书记，纪委要重事实，重调查研究，我希望市纪委领导到汪海洋同志的家里去看看，回来再和我谈这个问题，会别有一番滋味在心头。”

“为什么?”

“你们去看看就知道了，还用我回答这个问题吗?”

何书记有些气愤地说：“你是一言以蔽之。”

“我和汪海洋本来就是一丘之貉，我为此而感到骄傲。别人不是这样认为的，我自己是这样认为的。既然是一丘之貉，下面我该采取的就应该是回避了。” 马成说着站了起来，抻了抻衣服。

何书记咬着牙根愤愤不平地说：“好，既然你不想说，我们也会调查清楚的。你把程子龙同志叫来吧，我要问话。”

马成走了，程子龙进来了。何书记突然提高了声调问道：“看看外边，好好的厂房都推倒了，机器拆得乱七八糟的，都运到乡镇企业去了，这是不是汪海洋的决策?”

程子龙眯着眼睛望着眼前盛气凌人的领导说：“请何书记去问一个人。”

“什么人?”

程子龙也一副大义凛然的样子说：“市委书记郭凯。”

何书记脸上的表情有些微妙的变化，但她忽然指着程子龙说：“拿郭书记当挡箭牌你是打错了算盘！我遗憾地告诉你，就在昨天，郭凯已调到外省去了。”

程子龙也是寸步不让地说：“只要郭书记不到台湾去赴任，何书记就应该能找到。我说话轻如鸿毛，郭书记说话重于泰山，我还是不说为好。”

何书记气得脑袋涨得像个猪头，她气呼呼地说：“这就是你对市纪委的态度吗?”

“市纪委是来调查汪海洋问题的，我就是这个态度。态度是个人行为，我不能强加给任何人，任何人也不能强加给我。我可以走了吗？是否把孙辉南同志叫来?”程子龙连头也没回地跨出了房门。

第11章　市委书记扮记者暗访，探寻国资转移隐情

在“樱花旅馆”里面，日本女人在汪海洋的身上揉扯了一阵子，汪海洋感到再揉扯下去就要有麻烦了，突然翻脸了喊：“八嘎牙路！”日本女人忙站了起来，是连点头带哈腰，好像受到了惊吓。汪海洋瞪圆了眼睛说，“你听得懂中国话吗？”日本女人点了点头。汪海洋依然眼睛瞪圆了说：“你去把冈正泽叫来，我对你不感兴趣，你就不要再回来了。”日本女人弯弯腰就出去了。

冈正泽很快就进来了，连连说：“汪总，惊扰了，惊扰了，实在是对不起了。要是嫌刚才的女人不性感，可以换一个。”

汪海洋长喘了一口气说：“你把耳朵伸过来，我有话说。”

冈正泽：“还有话说？这家旅馆的女人都是名妓，日本有身份的人才能来这里享受。”

汪海洋说：“我是庄稼人出身，不用客气。我有些……”

冈正泽说：“汪总喜欢粗野口味的女人，不喜欢细腻口味的女人。旅馆刚来了个乡下女人，我这就去办。”

汪海洋摇摇头说：“不用客气了。我有些……”

冈正泽出去了，汪海洋想着那个日本女人睡不着，年轻轻的干什么不好，偏偏爱干这种事。他穿好衣服背着背包来到了院子，坐在樱花丛中的凳子上，看着满树的绿叶发呆。一轮皎洁的月亮挂在空中，望着圆圆的月亮，汪海洋思念家了，出来好几天了，爸的病咋样，小丫回家了吗？日本女人又来到了汪海洋的身边，跪在地上不肯起来。

汪海洋说：“起来，起来。你想怎样？”

日本女人说：“小费。”

日本女人说的是中国话，汪海洋听懂了，他起身进屋，从包里拿出一双国梦鞋送给了日本女人。日本女人高兴地试穿着，穿在脚上正合适。

汪海洋问：“这回满意了？”

日本女人哈着腰说：“快看西边的天空。”

一颗流星划破了茫茫的夜空，然后坠落下来。汪海洋再想寻找明亮的流星，已是寻找不到了。

这天夜里，汪老爹的病情加重了，他的手动了动，李杏花把耳朵贴在汪老爹的嘴唇上说："爸，有话就说，儿媳妇听着呢?"

汪老爹断断续续地说："军……军，军娃，小……小，小丫。"

李杏花听清了，说："爸，听清了，小丫一定会成为您的孙媳妇。"

汪老爹还是断断续续地说："我……我，想……小……小……"

李杏花再想听下去，汪老爹已溘然去世了。李杏花"哇"的一声大哭……

早上8点整，在日本横滨机场的候机大厅里面。播音员在播音："去往中国的乘客请注意了，131号马上就要登机了。请到5号口检票，请管理好身边的物品。"

虽然买卖没有谈成，冈正泽还是前来送行。在汪海洋的面前，他实在是难以理解。在中国，先由上级部门预约了进口的设备，而企业领导拒绝购买的，把几十万美元又拿回去的谈判代表，他还是第一次碰到。冈正泽握着汪海洋的手说："忠贞报国，值得尊重，你这个朋友我是交定了。我的儿子过些日子要到中国去，要让他到国梦去拜会汪总。"

汪海洋表示说："欢迎日本友人到中国去做生意，能帮上手的我们一定帮。"

在帝豪大酒店的小包房里面，付大勇、史大牛和孙辉南在一起喝着酒，已经是喝到了一定的程度。

史大牛红头涨脸地喷着酒气说："孙主任，嘴对心说，我们哥儿俩在厂子对你咋样?"

孙辉南也喝了不少的酒，拍着胸脯说："彼此之间是兄弟，有啥可说的。"

付大勇说："现在的政策灵活性强，不愿意在厂子干就到矿上干。我敢说，一年不挣一安全帽的金子，也挣半安全帽的金子。孙主任听说了？我舅舅叶副市长进了市委常委班子，下一步就是常务副市长了。有这棵大树罩着，还愁不发大财。汪海洋这次从日本回来，我听我舅说了，就是一个丢官弃职了。"

孙辉南还没有失去意识，把酒杯一举说：“市纪委何书记找我谈话了，汪海洋是有点悬了。但我现在还得走，他爸死了，得过去帮助张罗后事。”

史大牛说：“你小子不识好歹？”

付大勇说：“回来就下台了，尿他干啥，哥几个喝酒要紧，再喝一杯。”

孙辉南一饮而尽，放下酒杯后看了看手表说：“酒就不喝了，再喝下去过点了，我还得去接站。”

付大勇问：“去接谁？”

孙辉南突然把头往桌上一放，醉得趴在了桌子上断断续续地说：“汪总，从日本回来了。”

史大牛说：“倒霉蛋回来了，还接个屌，起来喝酒，喝酒。”

孙辉南真的喝醉了，几个人把他拖进了客房，扒光了衣服。客房里有个赤身裸体的女人，就把孙辉南抱住了，付大勇拿着相机“咔咔”地照着。

汪海洋一行人在绿岛市火车站下了车，来到站前广场，等着国梦的车前来接站。下车的旅客都走光了，还不见有车来接。

汪海洋回过头来问郑秀兰：“郑工，在北京机场，你给孙主任打电话了吗？”

“打了，是孙主任亲自接的。” 郑秀兰又补充一句，“孙主任办事还是很牢靠的，这次怎么……”

汪海洋有些急了，说：“说准了的事，为何还秃噜了？再给他打电话，问我下台了没有。”

一辆出租面包车停在了汪海洋的面前，姚丽梅从车上下来说：“各位请上车吧，我来接你们。上车后，我先去送各位，最后送汪总回家。”郑秀兰等人被送回了家，出租车上只剩下汪海洋和姚丽梅两个人了。姚丽梅沉默了一会儿，低声说，“汪总，我跟你说两件事，你可要挺住。一件是市纪委调查组已进驻国梦，没把你翻个底朝天，也算是翻个底朝上了。他们的所作所为给人的印象是你回来就要下台了；一件是你要节哀顺变，汪老爹……”汪海洋感到心里往外都在凉着。姚丽梅流下泪说：“汪老爹魂归故里，驾鹤西去了。”汪海洋再也抑制不住，双手捂着脸号啕大哭。

汪海洋从日本回来的当天下午，还没有来得及回葫芦村去祭奠汪老爹，就接到了市纪委联合调查组的通知，让他到公司的小会议室接受调查。在公司的小会议室里面，市纪委联合调查组坐在了一边，汪海洋坐在了一边。他的胳膊上戴着黑纱，脸明显地瘦了一圈。

汪海洋开门见山，又不温不火地说："鸡毛蒜皮的事我就不想说了，最重要的一条就是国有资产流失的问题。我认为没有问题，如果你们认为有问题，请去问郭凯书记好了。"

何书记见状使出杀手锏，她指着汪海洋大声嚷道："汪海洋，你就不要拈轻避重了。关于你和姚丽梅生活作风上的问题，上告信最多。说说在九龙山帝豪大酒店分店的客房，你敢说没跟姚丽梅住在一个房间吗？市纪委已取过证了。"

何书记把一张单据复印件扔给了汪海洋，汪海洋看是住宿的单据，心里叫苦不迭了。"这件事咋能说得清？姚丽梅呀你成全了我，也算把我坑苦了。"汪海洋心里是这样想的，但却反问何书记一句："这张单据能说明得了什么？"

"能说明什么？我可以告诉你，说你以权谋私也行，说你生活作风腐化堕落也行，说你目无党纪国法也行……"

汪海洋冒汗了，眼巴巴地望着窗外无言以答。汪海洋回到家里就开始发着脾气，摔了茶壶、茶碗和几个玻璃杯，还把新买的脸盆儿脚踢瘪了。

李杏花拿着踢瘪的脸盆说："爸刚去世，你这样又摔又踢的，是给谁脸子看呢？爸去世你连一句话都没跟他说上，你说你还有理了？"

汪海洋举起拳头咆哮说："老娘儿们，再叨叨就揍死你。"汪军娃运足了气，浑身上下都是练出来的肌肉疙瘩，像盾牌一样拦在了李杏花的面前。汪海洋就更火了说，"臭小子，连你一块儿揍。"

汪军娃说："别看你是我爸，撼汪军娃难。"

汪海洋气得跳起来就打，汪军娃是左挡右挡，汪海洋连一拳也没有打到娘儿俩，反而累得呼哧带喘，不得不坐下来喘粗气。汪海洋缓过气来，指责汪军娃说："你个不孝之子，还跟老子玩起了扑蝴蝶。"

李杏花说："我的儿子可不会扑蝴蝶，当爸的才会扑蝴蝶。在外面摆不平了，回家打妻骂子，算啥能耐？"汪海洋的火就更拱上来了，还要蹦着高打李杏花，又被汪军娃挡住了。李杏花有儿子撑腰，更来劲儿了，说，"老娘儿们养儿子不但防老，老娘儿们养儿子还能防揍。"汪海洋见占不到便宜，气呼呼地走出了家门。李杏花拿起一件风衣说："军娃，把风衣给你爸送去，海边的风硬。"

汪海洋坐在海边的礁石上，汪军娃来到身边轻轻地给他披上了风衣，然后依偎在身边。汪海洋抱怨说："工作不怕累，就他娘的平衡各种关系实在太累了。不但要防小人还要防暗箭，好人难当呀。"

汪军娃安慰着汪海洋："爸，儿子说句你不愿意听的话。国家没有忠臣支撑着，历史的悲剧就会重演了。但自古忠臣多磨难，古今是一个理儿，除非爸不想做忠臣。"

汪海洋长出一口气，回头望了望儿子，感慨万端地说："我儿长大了。"

汪军娃见父亲夸奖他，兴奋地说："有人说我们这一代人就会享福，个个都是人民币的奴才，爸，我从来就不这样认为，假如有一天外敌来入侵，我们个个是英雄好汉。在和平的条件下，日子一天天地好过了，我们不好好享受享受人民币的待遇，不是个傻蛋吗?"汪军娃停顿了一下接着说，"我们跟您那一代人有点差距，您是坚定的无产主义者，无产阶级就是无所畏惧……"

汪海洋听着儿子的话泪水流了出来，激动地说："军娃，爸刚才……"

"爸，谁不知道你是菩萨心肠，为企业付出了那么多。可菩萨也有发怒的时候，不是照样去降妖除魔吗？爸，你的铁拳可不是吃素的，该出手时就出手。"

冯铁山推着一推车鞋帮从车间里面出来，用袖子擦着汗，见到院子里进来俩爷们儿，一个中年人，一个年轻人，门口还停着一辆吉普车。

中年人自报家门说："同志，我是绿岛日报社特邀记者，姓刘，是主任，前来采访厂子和国梦联合的事。"

冯铁山见是记者说："采访对了，我是厂长冯铁山。请，到我的办公室，是得把事好好说说，报社好好宣传宣传。"

刘主任没动地方开门见山地说："我就采访一个问题，你们厂子是联合好，还是不联合好?"

"中央、省市领导……"

刘主任截住话头说："冯厂长，说点实在的，那些大道理就不要说了。"

冯铁山好奇地问："是不是让我说说汪总?"

"不是啥汪总，应该叫汪经理。国梦是国有企业，听说你们使用的都是国梦的机器，挣钱都揣进了私人腰包，这样做合适吗?"

"挣钱揣进了个人腰包，这个说法是对的。冯铁山个人的厂子，挣钱除了纳税外，不揣进个人腰包，揣进谁的腰包。对了……"冯铁山突然停下来不说了。

刘主任奇怪地问："咋不说了?"

冯铁山笑嘻嘻地说："有的人是揣进了小娘儿们的腰包，小姘，小姘这个新词你听说了吧？"

刘主任说："花边新闻不好听，还是说说具体的事吧？"

记者追问具体的事，冯铁山警惕性就上来了，推脱着说："对不起了，我很忙，恕不再接受你的采访。大黄，大黄，过来送客。"

一只大黄狗扑了上来，冲着两个不认识的人"汪汪"大叫。两位记者吓得跑出了厂子的大门，开着吉普车向山上去了。冯铁山转念一想，是死是活还得说说，不说憋得慌，就开着拉达车尾随上了山，还没开出多远就抛锚了，不得不停下来修车。吉普车顺着山路开了回来，来到冯铁山的面前停下了。

刘主任下车看看，对司机说："小柳，你在部队修过车，就在这里修车，我跟冯厂长到山上去逛逛。"

山坡上，冯铁山和刘主任坐在一块大石头上，望着西沉的通红通红的太阳出着神。

冯铁山拾起一块石头狠劲地向山下扔去，愤愤地说："我最烦的就是记者。"

刘主任问："这是为什么？"

"有的也说，没的也说，像老娘儿们没有遮拦的口舌，而且往往会把好人整垮。"

"冯厂长此话差矣。记者就是党的喉舌，宣传工作应该是一项很严肃的工作，不像你说的那样。冯厂长，像汪海洋这样的干部，把个国有大企业活活地搞垮了，记者就是不吐不快了。"

冯铁山一听就蹦了起来，指着刘主任说："汪海洋比猴子还精，说他把企业搞垮了，打死我都不信。"

"既然打死你不信，说说这只猴子怎么个精法？" 刘主任说着打开笔记本。

冯铁山一见刘主任来真的了，就说道："国梦集团给乡镇企业拿来的都是破旧的机器，是产业已经被淘汰了的产品，产品经销不畅，已是坚持不了多久。可乡镇企业还不能不接受，不接受就是个死，接受了还兴许搞活了。如果国梦集团把旧机器给我们，他们换了新设备，我们起死回生了，他们也就会更前进一步。等他们再发展壮大时，我们还会沾光，做企业家的得往长远看了。记者先生，我挣点钱除了给职工们开支，就是买零件修理机器，哪里还有多余的钱往兜里揣。我说钱给了小姘，是说了句玩笑话。"

刘主任听着频频点头，继续问道："十三家小的联合厂，一共安排了多少下岗职工，每年的产值多少?”

“一个厂子安排600人，就是7800人。产值预测2个亿，不只是这些，按现在的生产速度3个亿应该冒头。这样，我现在就要考虑了，国梦大发展了，我就算是投对了山头。不瞒刘主任，我们以前是无路可走了，是国梦给了我们希望，人在落水时，任何稻草都可以救命。”

“一家按3口人计算，就能解决2.5万人的吃饭问题，社会效益不错呀。”

冯铁山笑了，说：“记者就会吹牛皮，根本就不会算账，要从社会效益上讲，汪海洋功德无量。原材料、运输费、卖鞋的……哪一家不受益，这就是所说的社会的大盘子。要我说市委书记、市长就是死性，年终给汪海洋甩个大红包，十万八万的都不多。”

刘主任还是继续挖新闻材料，问道：“我听说汪海洋不但胆子大，很贪，色胆又包天。”

冯铁山说：“敢为天下先是汪海洋的性格，企业家没有这个性格就没有气魄了。至于说汪海洋很贪，是胡说八道，看看他家住的破房子，那么大个总裁，要是我早就住进小楼了；色胆包天说不清楚，一个有能耐的企业家，没有几个娘儿们追，那他太没魅力了。”

“你说得好像对，这是起码的人性。可是冯厂长，你不要忘了，我们是个法治国家，任何事都不能胡来。”

冯铁山耍着山大王的脾气说：“有钱难买乐意，法制条款虽多，谁管着乐意这条了？再说了，现在讲证据，反正我们觉得汪总不是那种人。”

刘主任看看天色已晚，也知道再问也问不出什么了，起身说道：“好的，能说实话就是个好厂长。你是个体的厂长，就祝你发大财了！”两个人走到拉达车前。刘主任问，“小柳，车修好了?”

此时小柳把车修好了，冯铁山掏出50元说：“给，修车钱，就是一点小意思。”

小柳往回推着钱说：“钱不能要，你还是留着吧。”

在帝豪大酒店的小包房里面，汪海洋、姚丽梅的脸色很沉重。孙元凯却是一脸的喜庆，端起红酒杯频频地劝着酒，劝得人都不好意思了。

孙元凯端着酒杯说：“这次把二人请来，就是说表妹的事?”

汪海洋说：“我知道，你是乘人之危挖墙脚。”

孙元凯假惺惺地说：“我知道你有难处，还是我表妹一手造成的。”

姚丽梅突然翻脸了，大声地问道："你说什么呢？"

"我说什么，我是说此处不养妹，自有养妹处。如果汪海洋先生也想此处不养爷，自有养爷处，我都可以接受。汪海洋先生的身价跟我表妹比不了，想想，充其量是个大老粗，我表妹可是中国最高学府的高材生。帝豪英国总部给汪海洋先生列出了价格表，年薪4万美元。"

"我可不喜欢当孙子。"汪海洋说完一饮而尽。

"你说话够噎人的，看不起我是怎么着？"

"我不是看不起你，我是看不起我自己。我今天告诉你个实底，我是个中国人就为国人干。我要活到99，干到88，再补十年的差。"

孙元凯转向姚丽梅说："人挪活，树挪死，表妹说说是不是这个理儿？"

姚丽梅知道自己说什么都不对，干脆一走了之："我要上卫生间了。"

姚丽梅出去了，孙元凯知道姚丽梅是不能回来了，这才是高人，谁也不得罪。

姚丽梅从帝豪酒店回来，在办公室里面写着几个字："我要活到99，干到88，再补十年差。"

姜托尼兴高采烈地走了进来，姚丽梅都没有注意到。姜托尼来到身边抢过纸条，像是看透了姚丽梅的心情说："我要活到99，干到88，再补10年差。想当东方长寿的美女，还要……"

姚丽梅拿过纸条说："姜托尼，以后千万不能这样说。我长的就是个一般人，不是什么东方长寿的美女，至于……"

姜托尼很兴奋，说："在美国，没有人敢限制我的语言自由。在中国，更没有人敢限制我的语言自由。我是个自由人，我的语言就是自由的。我就是要说你长得美丽动人，欧洲那个断了胳膊的维纳斯，跟我心中的东方美女根本没法比。"

姚丽梅见姜托尼越说越不靠谱，赶快打断他的话说："看看我的脸，让你捧臭脚捧得都发烧了。"

姜托尼上前去捧姚丽梅的脸，恰好汪海洋进来了，看个正着扭头就走。姚丽梅追上说："汪总慢走，我有话要说。"汪海洋止住了步，姚丽梅说，"姜托尼的提议不错，现在留学热在国内已经升温了，我看我该考虑离开了。"

"姚丽梅，你说的是真心话？"汪海洋用眼睛狠狠地盯着姚丽梅。

"至少现在还走不了。"

"为什么？"

“不能说，也许永远是个谜了。”

汪海洋说：“好好好，你愿意走就走。姜托尼这个勾死鬼，早晚我得把他掐死。”汪海洋几乎在吼。

姜托尼握紧拳说：“决斗，决斗，决斗！”

汪海洋没等决斗就败下阵来，因为他知道他没有决斗的资格。汪海洋从姚丽梅的办公室出来，回到了自己的办公室，孙辉南就规规矩矩地站在地中间了。汪海洋见到孙辉南的模样儿就开始激动了，头脑也在升温，抓起茶杯朝着“四盯”的条幅恨恨地砸过去，就把条幅砸了下来。

“孙辉南，你给我滚出国梦。我要让你体面地滚，是写辞职报告，还是开除你？”

“汪总，我做错了，今后改正就是了。”

汪海洋不是喊而是咆哮着说：“落井下石的小人，让你滚，你就快点滚。还改正什么错误，这里不需要改正错误的干部。”程子龙听到了汪海洋的咆哮声，跑到汪海洋办公室的门前，在外面使劲儿地拽门，门插得死死的，怎么拽也拽不开。等到门开了，孙辉南垂头丧气地走了出来。汪海洋也是垂头丧气地说：“该走的他妈的不走，不该走的他妈的想走，这工作还有啥干头？”

孙辉南回到办公室越想越窝火，恰好史大牛打来了电话，邀请他到帝豪大酒店小包房喝酒。孙辉南应邀来到了小包房，屁股刚刚坐在椅子上，就进来了两个小赖子，坐在他的一左一右。付大勇、史大牛随之进来了，坐在了孙辉南的对面。

孙辉南像见到了亲人一样说：“王八蛋的汪海洋，因为我没有去接站就不能容忍我了，我比你俩输得还要惨。你俩是停薪留职，哪一天想上班就上班了。我是割了根，不是自动辞职就是开除。”

付大勇斜了一眼孙辉南说：“㞞蛋包，汪海洋想剥夺你的劳动权利，有《劳动法》保护你怕啥？到劳动仲裁部门去告他，一告一个准，你还愁告不倒他。”

孙辉南说：“我可不愿意打官司告状，干那些没头没脑的事。再说办公室主任活计，就是伴君如伴虎太累了。我要向付科长学习，不挣有数的钱了。”

史大牛说：“你认了？”

孙辉南说：“我认了。”

孙辉南喝了两杯酒就走了，也没有人挽留他。孙辉南走后，付大勇拿出孙辉南“嫖娼”的照片说：“稳定没有变化快，打只兔子就算喂狗了，照片也是没有用了，留着还是累赘。”就把照片撕得稀碎扔进了垃圾桶。

史大牛拿出一摞钱扔到了桌子上，对两个小赖子说：“这是定金，事情做好了还有奖励。事情做不好，拉屎还得坐回来。看看纸条，上面有门牌号码，就是这几天的晚上，照门牌号码找到这个人家，把玻璃窗户砸了。你们要是让人逮住，就一口咬定是国梦办公室孙辉南主任让你们砸的。即使你俩进去了，我会想办法把你们捞出来。如果像条疯狗似的乱咬，你们就没救了。”史大牛又拿出汪军娃的照片说，“这小子是国梦销售科的科员，你俩教训他一顿，打残了不要紧，就是不要打死了，摊上官司就不好办了。”两个小赖子拿着照片和定金抱抱拳出去了。

两个小赖子守在国梦的门口，汪军娃从大门出来了，两个小赖子拿着照片确定了，就跟在了后面。汪军娃走到一个人少的地方，两个小赖子迅速地追了上来，不由分说就下手了。汪军娃身高体壮，身上肌肉块鼓鼓着，浑身有使不完的劲儿，两个小赖子哪是他的对手，三下五除二就被打趴在地上。汪军娃拍拍手刚要走，两个小赖子使使眼色，同时抽出匕首向汪军娃刺去。汪军娃冷不防挨了几刀，两个小赖子见到血就跑了。

姚丽梅悄悄来到了医院的妇产科，前瞻后顾，等到检查的妇女都走了，才走进了大夫的办公室。

姚丽梅红着脸说：“大夫，我要检查内诊。”

女大夫说：“老大不小了，有啥说啥，脸红不也得说出来吗?”

姚丽梅说：“我处了个对象，他老是嫌我有生活作风问题。怎样才能表白呢？我就想……”

女大夫说：“这样的爷们儿最讨厌，趁早拉倒，过上日子也是遭罪。天下的好男人有的是，凭妹子的模样还愁没有追求者。”女大夫发完了牢骚说，“跟我来吧。”

姚丽梅做完了内诊问：“情况怎么样?”女大夫的眼神很茫然，无奈地摇摇头。姚丽梅就急了问：“摇头是什么意思，你倒是说话呀?”

女大夫说：“你的主观愿望是好的，但我不能违心地开出诊断，希望你能够谅解，你可以走了。”

姚丽梅说：“意思我听明白了，你是说我不是姑娘了?”

女大夫说：“现实就是这样的残酷。”

姚丽梅说："这不可能，我自己的身子我能不知道？"

女大夫说："看身材你像个运动员，平时喜欢啥运动？"

姚丽梅说："骑摩托车，玩蹦极。"

女大夫说："问题找到了，可能是剧烈的体育运动所致。"

姚丽梅苦笑着说："快活到三十多岁了，还不是个姑娘了。汪海洋，这回你是沾上了，我可保护不了你了。我本不想出国的，这次也不得不出国了。"

汪军娃也在医院疗伤，护士在为汪军娃处理伤口。汪军娃的胳膊上吊着绷带，脑袋上缠着绷带，从外科处置室出来了，就见到李杏花慌慌张张地跑了过来。

李杏花扶着汪军娃左看右看，说："都长这么大了还在外面惹事，让当妈的操心。"

"妈，只是伤到了皮毛，养几天就好了。"

李杏花问："知道啥人打的吗？"

"打我的人不难找，回家问我爸就知道了。"

姚丽梅走了过来，脸色蜡黄蜡黄的，见到李杏花、汪军娃扭头就走了。李杏花追着喊："姚总，姚总……"姚丽梅拦住一辆出租车，钻进出租车走了。李杏花说，"这人咋了？难道耳朵聋了？"

汪军娃过来说："妈，不足为奇，人到了一定的地步都得犯神经病，包括我那个爸。"

在汪海洋的办公室里面，郑秀兰的情绪有些激动，她站起来想说啥又坐下了。刘启明情绪也有些激动，他没有站起来，而是手指碾碎了一支要抽的烟。

汪海洋说："你俩有话就说，出了门再说我就听不见了。"

郑秀兰说："国内第一条冷粘线，姚总是总操刀手。现在你撇开了姚总让我俩去办，就是喧宾夺主了。我就不想得罪这个人了，还是不去为好。"

刘启明说："郑工程师不去，我也不去，我也怕得罪人。"

汪海洋说："部队要开始总攻了，你俩想退却？"

刘启明说："汪总，不是我俩想退却，是攻不下山头。"

郑秀兰说："找死也没用，那是无谓的牺牲。"

汪海洋操起电话拨个号码，接通了司机小黄说："小黄，找几个人到我的办公室搬东西，把面包车停在楼下，随时准备装东西。"

小黄带着几个人进来搬东西，见没有啥东西可搬就问：“汪总，搬啥东西?”

汪海洋说：“办公室还有什么东西好搬，把两个人搬到车上，然后通知他们的家，什么时候完成了任务才能回家，就说国梦在造原子弹，谁都得拿出点牺牲的精神。”

小黄和几个人架起郑秀兰和刘启明就走，郑秀兰挣扎说：“汪总，你就不怕混蛋的大老郭来找你麻烦。”

汪海洋大叫着说：“来找我麻烦，借他几个胆?”

姚丽梅在办公室收拾着东西，电话铃声就响了，电话是郑秀兰打进来的。郑秀兰说：“汪总不知咋的了，把我和刘总工绑架了，说冷粘线的试制工作不让你插手了，那咋能行？姚总，你可不能扔下我和刘总工不管了。”

姚丽梅说：“我对汪总的做法很愤怒，可是他的驴脾气你也知道，就见怪不怪了。你放心，我不会扔下你们不管的。”姚丽梅撂下电话，依然流着泪收拾着东西，收拾完了东西，坐在办公桌前给汪海洋写信——

海洋：

我在九龙山上曾经说过，遇见你是我最大的幸福，也是最大的痛苦。我再也不能帮你了，还有可能让你背上一辈子的黑锅，事实就是这样的残酷无情。

我到岭南机械厂去了，冷粘线试制成功以后，我就去美国留学了。一切赴美的手续姜托尼都给办好了，我会在大洋的彼岸祝福你事业有成!

再见了，海洋!

丽梅

×年×月×日

姚丽梅把信用信封封好放在了桌子上，然后背起旅行袋走出了办公室，临出门时还留恋地看了一眼桌子上的信。

新任市委书记刘昆的办公桌上，摆放着市纪委上报的对汪海洋进行隔离审查的报告，上面有市委常委、分管工业的叶副市长的批示。刘昆用笔尾巴敲着报告沉思了一会儿，然后拿起电话要通了市纪委书记办公室。刘昆说：

"我是刘昆。请你马上到我办公室来一下，我要核实一些情况。"

何书记很快来到了刘昆的办公室，喝口水斜了一眼办公桌上的报告，先发制人地说："刘书记，你找我来，是不是和汪海洋隔离审查的报告有关？如果有关，是板上钉钉的事了，我就没有啥可汇报的了。"

刘昆犹豫了一下说："郭书记临走前，同我专门谈过这个汪海洋。我想问你4个问题，然后再决定在报告上签不签字。"

"刘书记尽管发问。"

"好的。第一个问题是汪海洋搞了个记者招待会，是为了企业还是为了他自己？"

"是为企业。"

"企业花的7000元钱，没有进汪海洋的腰包吧？"

"这个肯定没有。"

"企业有权没权花这笔钱？"

何书记犹豫了一下回答道："按照财经制度规定有，但是……"

"不要但是了，下面我问第二个问题，企业自营自销，自负盈亏以后，还要事事请示上级部门吗？企业有各项规章制度制约着，尤其是财经制度在制约着。我看不要事事汇报了，审计部门定期审计就可以了。如果审计出问题，该咋办就咋办。"刘昆一连问到了第三个问题说，"关于国有资产流失的问题，我现在还没有看准，这个问题你怎么看？"

"我的看法就是国家的财产任何人都不能动。"

刘昆停顿了一下，看了看何书记，试着问道："固定资产核销完，机器成为报废的机器，难道这些机器……"

"即使机器报废了，到废品站卖了废铁也不能动。"

刘昆突然笑了，用手敲着脑袋说："敬爱的何书记，这样做太机械了吧，是你的脑袋出了问题，是唯心主义在作怪。"没等何书记回答，刘昆问了最后一个问题，"关于汪海洋生活作风上的问题，你们搞准了？"

"还想怎么搞准？都睡到一个房间了。有人……"

何书记的"证"字没有说出来，就被"当当当"的敲门声打断了。

秘书送来了一个邮包，刘昆当着何书记的面就拆开了，里面是盘录像带。录像带上写着一行字："汪海洋风流记。毁坏录像带也没有用，是翻录的。"刘昆把录像带扔给了何书记说："你们看吧。如果情况属实，你们就过来拿报告，就不是隔离审查的问题了，是先要撤销党内外一切职务的问题。"

第12章　录像带揭出真相，知恩图报送金条救命

汪海洋敲着姚丽梅办公室的门，没有传出熟悉悦耳的声音。门虚掩着，他就推门进去了，就看到了桌子上的信。汪海洋拿起信仔细地看了几遍，把信捧在了胸口上说：“丽梅，我俩就是这样的感情吗？仅仅是一张薄薄的纸片而已？不过，我得到你身边再看上你一眼，算是告别，要不我就不能死心塌地了。”汪海洋拿起了电话，要通了司机小黄说：“把车开出来，灌足了油，我们要去岭南轻工机械厂。”

小黄开着车行驶在去往岭南轻工机械厂的路上，车速很快，一辆接一辆的车被闪在了后面。

汪海洋有心无心地问：“小黄，我想问你个问题，假如一个中年人误入了爱情的盲区该如何处理?”

小黄说：“这方面我有经验。”

“黄嘴丫子没褪，你有什么经验?”

“我爸就是个情种，误入了汪总所说的爱情盲区，让我妈逼得没招，躲在屋子里‘啪啪’打着嘴巴玩。”

汪海洋说：“打嘴巴是一种惩罚，但不过瘾。”

小黄问：“咋的才算过瘾?”

汪海洋说：“还没想好，想好了再告诉你。哎，拐弯，不去岭南轻工机械厂了，到丰盛县的AR兵工厂。”

小黄不解地问：“兔子不拉屎的地方，到那个地方去干啥?”

汪海洋说：“让你怎么开你就怎么开，哪来那么多废话。”

已经是晌午了，在岭南轻工机械厂的车间里面，机器还在轰鸣。车间一头的休息室里面，刘启明、郑秀兰吃着盒饭说着话。

刘启明说：“姚总再不来，我也没办法了。郑工程师，你也夹着包回娘家算了。”

郑秀兰说：“不怪大老郭对你有偏见，你说你做事很正经，说话可就不

行了，咋说说就走邪道了?”

刘启明说：“不说不闹不热闹，这叫革命的乐观主义精神。唉，老相好的，你又给姚总打电话了吗?”

郑秀兰说：“谁是你老相好的，你说话损不损?”

刘启明说：“请正面回答我的提问。”

郑秀兰说：“打是打了，办公室没人接，手机也关了。”

刘启明笑着说：“完了，这回是彻底完了。姚丽梅让汪海洋气的，可能在中国的大地上蒸发了。”

刘启明的话还没有落地，姚丽梅听个正着，就问刘启明说：“我在中国的大地上蒸发了，对你有啥好处吗?”

刘启明说：“对我啥好处都没有，但对一个人是有好处的，就是留下一个念想。”

姚丽梅换着工作服说：“刘总工，说话可要注意，否则会有人缝上你的嘴。”

郑秀兰解气地说：“破嘴该缝。”

姚丽梅、刘启明、郑秀兰来到了车间，姚丽梅观察着冷粘线的运转情况，不时地在本上记着数据。

姚丽梅突然说：“刘总工，停，停。”

机器停了下来。郑秀兰见到姚丽梅有些疲倦，搬过凳子说：“姚总，请坐。”

姚丽梅坐在凳上说：“刘总工、郑工，我们国家自行设计制造的第一条冷粘线终于试制成功了。它不仅无毒无害，而且好多性能优越于日本的流水线，你们可以打电话报喜了。”

刘启明明知故问地说：“姚总，我们跟谁报喜呀?”

姚丽梅说：“这个不在我的管辖范围之内，我就要出国去留学了，你们愿意跟谁报喜就跟谁报喜吧!”

AR兵工厂所在地是九龙山的腹部，四周都是莽莽苍苍的大山。如今，兵工厂已搬迁了，由于长期没有人管理，已是满目疮痍了。汪海洋和小黄爬上了房顶，汪海洋的手机铃声就响了，电话是郑秀兰打过来的。郑秀兰说：“汪总，姚总让我向你报个喜，国内第一条冷粘线终于试制成功了，各项性能优于国际先进水平。”

汪海洋说：“请姚总说话。”

过了一会儿，郑秀兰说："姚总不肯接，还踢了我一脚，说是人都要留学走了，接电话没有必要。"

手机的声音停了，原来是手机没电了。汪海洋望着苍天想："天意，天意不可违。姚丽梅走就走吧，离开谁地球还不是照样旋转？"汪海洋四周看看，问小黄："这样偏僻的地方，手机怎么能有信号？"

小黄说："我知道，服兵役时，我就在这里的警卫部队，还是个带班班长。汪总你看，不远处的山尖上建有一座差转台，时刻有人坚守，部队兵工厂的信号中断，可是重大的责任事故。"

汪海洋跳下房子想："这个地方山清水秀可以利用，废弃了实在可惜。"

小黄开着车出了大门，迎面驶来一辆轿车，小黄转动着方向盘要让路。汪海洋说："狭路相逢勇者胜。"

小黄说："明白。"

小黄驾驶着车照直开了过去，迎面过来的轿车果然就让了路，让了路不算，掉转了车头跟在了屁股后头。

汪海洋说："小黄，我在车上睡一觉，你跟后面的车飙飙，别把车整进山沟里就行了。"

两辆轿车在山路上飞驰着，小黄使尽了绝技，也没有落下后面的轿车。前面是个交通检查站，狼牙路障早已设置好了，小黄被迫停下了车。交警见到车停了下来，就来到车前面，一只脚蹬在车轮上，眼睛望着小黄。

小黄摇下车窗问："没违章，为啥拦车？"

交警说："不要脾气太大了，车超速行驶了。"

小黄就奇怪了，这里没有测速的装置，交警咋能知道车超速行驶了呢？这时，后面的车赶到了交通检查站。车停下了，丰盛县县长李秋阳从车上下来了。

交警敬个礼说："李县长，奉命已把车拦下了。"

李秋阳说："继续去执勤，这里没你的事了。"李秋阳扒着车窗说，"唉，唉，唉，不要睡了。起来，起来，我有话说。"汪海洋依然打着呼噜睡着。李秋阳说："司机，叫醒那个打呼噜的。"

小黄说："你叫吧，我可不敢叫。"

李秋阳就来到了交警执勤室说："凡是爷都这样，我这孙子就坐在这里等着，让爷睡个自然醒。"

执勤的交警过来说："李县长，牛逼车，对他执行处罚他就醒了。"

李秋阳挥挥手说："少来添乱，我就等他睡个自然醒。"汪海洋这些天都没有睡好觉了，这回他是真的睡着了。李秋阳在交警室里面喝着茶，耐心地等着汪海洋醒来。汪海洋终于醒了，伸着懒腰下了车，李秋阳就迎了过来，不阴不阳地说："神仙醒了？"

汪海洋不阳不阴地说："哟，钻出来个县太爷？"

小黄惊讶地说："汪……"汪海洋摆摆手制止了小黄说话。

李秋阳说："神仙，你咋知道我是县太爷？"

汪海洋微微一笑说："在这小地方谁有这样的权力，敢挂上武警的牌照，我当然知道你就是县太爷了。"

李秋阳说："不说了，不知道咋称呼？"

汪海洋回答得很巧妙地说："敢为天下先的汪海洋。"

李秋阳就不买账了，说："'敢为天下先'在这里没用，敢为天下后在这里也没用。汪海洋同志，你可知道，强龙是压不住地头蛇的。到了丰盛县的县境，你说你是听我的，还是我听你的？"

汪海洋说："悉听尊便。"

李秋阳说："还算识时务。"

晚饭后，汪海洋被安排到丰盛县城的迎宾馆休息。半夜时分，汪海洋从客房的床上爬了起来，使劲地掐着人中，望着窗外的天说："这天怎么了，怎么还没亮？"

小黄也没有睡，说："当地的小烧特有劲儿，我咋说汪总就是不信，就是和李县长拼酒。咋样，你都睡了一个夜晚，一个白天，半个夜晚了。"

汪海洋说："我高兴我就拼酒，我凭什么不拼酒？AR兵工厂旧址就要成为一座鞋城了，得省多少的建设资金，这是国梦的福音。小黄，本总裁睡足来了精神，陪着出去过过丰盛县城的夜生活。"

小黄说："丰盛县城不能等同绿岛市，哪里有啥夜生活。除了昏黄的路灯，周围飞着蠓虫外，是见不到几个人影的。"

汪海洋见小黄懒得出去，就想自己出去走走。汪海洋在前面走，小黄就不得不跟在后面了。在县城电影院的台阶上，一个乞丐盖着一条破被躺着。乞丐的个头有点大，破被就显得有点短了，一双脚全露在了外面。脚上穿着一双解放牌胶鞋露出了脚指头，破被里的乞丐睡得正香。

汪海洋推着乞丐说："醒醒，醒醒。兄弟，这样睡会得病的，得了病还怎么当乞丐？"乞丐没有动弹，他就从背包里拿出来一双运动鞋，在乞丐的脚上比了比，然后脱下乞丐的鞋给乞丐穿好了，把破解放牌胶鞋放进了背包。乞丐这工夫就起来了，汪海洋说，“你是有病还是家庭有困难，怎么沦落成了乞丐?”

乞丐说：“爸妈有病，我是在为爸妈乞讨治病。”

汪海洋说：“这么说你还是个大孝子，除了乞讨的方式，难道就没有别的方式挣钱了?”

乞丐说：“山里太穷了，啥办法也没有了，虽然这是下下策，但还能救活爸妈的命。”

汪海洋听到这儿含着泪花说：“小黄，把钱全部掏出来。”小黄掏出了两百元。汪海洋把钱交给乞丐说：“不要嫌少，瓜子不饱暖人心。我看你是个大孝子，不然一分钱也不会给你的。”乞丐接过钱泪水就流了下来，汪海洋看不得爷们儿的泪水，就拉着小黄走了。汪海洋走着走着突然说，“找到了，找到了，我们赶快回去。”汪海洋和小黄回到了电影院门前，乞丐已经没了踪影儿。汪海洋拍拍脑门说：“难道是幻觉，难道是患了夜游症吗?”

早餐，李秋阳又要设宴招待汪海洋。汪海洋揉揉红红的眼圈说：“李县长，按理说客随主便，可我的理念是‘敢为天下先’，这样就反过来说主随客便了。山里也不富裕，大鱼大肉我是吃不下去了，就是一饭一菜一汤，能吃饱了就行。李县长，我的想法如何?”

李秋阳问：“酒还喝不喝?”

汪海洋摇着头说：“不喝了，小烧儿太猛。”

“那就换换口味儿，一人一碗高粱米豆饭，一盘橄榄炒粉，一碗海带鸡蛋汤。”

“好，就这样了。”

“汪总，丰盛县和国梦合作的事儿?”

“话不能这样说，应改为国梦和丰盛县合作的事儿。李县长车轱辘一转，我的话就说一遍，我说这样定就这样定了。你可不要狮子大开口要钱，否则合作的事儿就会泡汤。”

姚丽梅坐着火车来到了北京，急忙打出租车来到了首都机场售票厅，排队买了一张去美国纽约的机票，是晚上12点起飞的飞机。姚丽梅孤身一人感到有些困倦，但是不敢睡觉，怕耽误了登机的时间，就坐在椅子上迷迷糊糊的，似睡非睡，脑子里还想着事儿——省城郊区靶场上的枪声；斗室里捏

的泥人；九龙山帝豪大酒店分店的客房……我这辈子碰上了汪海洋，也许是最大的幸福，也许是最大的痛苦……姚丽梅从似睡非睡中醒来了，就来到了售票大厅，来到了退票窗口要求退票。

售票员很客气地说："乘客，看看时间?"

姚丽梅说："飞机还没有起飞，退票就是退票，看时间有什么用?"

售票员站了起来，指着《旅客退票须知》让姚丽梅看。姚丽梅看着《旅客退票须知》，离登机还有一个小时，只能退百分之八十的票款了。姚丽梅点点头，很快就办好了退票的手续。姚丽梅退完票走出了售票大厅，眼前就是首都的万家灯火，身后是轰鸣起降的飞机。手机铃声响了，是姜托尼打过来的越洋电话。

姜托尼很幸福地说："姚总，再有半个小时就要登机了。飞机飞到太平洋的上空，你可一定要从舷窗看看绿莹莹的海水……"

姚丽梅不等姜托尼说完就把电话挂了，心里默念："实在是对不起了，姜托尼先生，我们还得在绿岛市见。"

天就要亮了，两个小赖子深一脚浅一脚来到了市橡胶公司的住宅，拿着付大勇写的纸条借着月光仔细地辨认着，字写得潦草，就找到了汪海洋家的隔壁。

小赖子A说："这家没错，把玻璃砸碎，咱俩就算完活。"

小赖子B说："我带来了一颗自制的火弹，窗窟窿露出来，把火弹扔进屋子试试威力。"

小赖子A说："哥们儿，可不能伤了人。"

小赖子B说："伤不了人，就是烟熏火燎猪头。"

小赖子A拿起石头砸窗玻璃，就把窗玻璃砸得粉碎。小赖子B把火弹扔了进去，只听"轰"的一声，火从里往外冲了出来。两个小赖子见惹了大祸，吓得撒丫子就跑。爆炸声震醒了李杏花，她趴在窗户往外望着，就见120急救车疾驰而来。李杏花穿戴好出了门，倚在门框上看着。两副担架从屋子里面抬了出来，抬上了120急救车，120急救车叫着呼啸而去。李杏花回到屋子里再也睡不着了，一直瞪着眼睛挨到了天光大亮。

两个小赖子当天就落网了，由于案情重大，在市公安局的审讯室里，审讯人员在审讯这两个小赖子。两个小赖子都戴着重罪刑具，分头接受着审讯。

审讯人员问：“你俩制造爆炸案，肯定背后有人指使。”

小赖子A狡赖说：“没有，没有啊。”

审讯人员说：“你说你跟汪海洋有仇，汪海洋根本就不认识你俩，显然是在说谎。你俩把母女俩炸伤了，几乎毁了容。如果不如实交代，过了坦白的期限，就有可能在监狱待上一辈子了。你们还很年轻，那可啥都耽误了。”

小赖子A如同坐在烙铁上说：“现在坦白，能从宽处理吗？”

审讯人员说：“能，还没有过宽大处理的时限。”

小赖子A说：“指使我俩做这件事的，是国梦办公室的主任孙辉南。”

审讯人员说：“一定说准了，诬陷孙辉南，可要罪加一等。”

小赖子A说：“孙辉南请我俩在帝豪大酒店喝酒，说是汪海洋逼着他不是辞职就是开除公职，因此对汪海洋恨之入骨，就雇我俩毁掉汪海洋的家。”

审讯人员问：“孙辉南给了你俩多少钱？”

小赖子A说：“一分钱还没给，说是事做完了看结果再给。”

在进出口鞋大楼楼顶平台上面，汪海洋坐在椅子上，孙元凯拄着文明棍站在身边。海风徐徐吹来，撩起了孙元凯的衣襟，也撩动着汪海洋的头发。

孙元凯说：“汪总看看，国梦的厂房就要竣工了。你的鸡生蛋蛋孵鸡的理论，经过实践检验，至少说在国梦是成功的。”

“拍马屁你都不会拍，那哪是我的理论，那是理论家的理论。”

“今天我高兴，就不想谈理论方面的事了，想问你一件事，我和姜托尼相互比较，我差在了哪儿？”

汪海洋反问道：“我和孙元凯、姜托尼相比，我究竟差在了哪儿？”

“你差在心不诚。”姚丽梅突然出现在他们面前，大家都惊住了。

汪海洋惊喜地站了起来，突然问：“姚总，你没去美国？”

“美丽的海滨城市绿岛，蒸蒸日上的国梦，这里就是我的家了，离家出走的滋味儿可不好受。”

汪海洋说：“既然姚总有这样的爱国心，这样爱家乡的愿望，去北京的来回差旅费报销了。”

孙元凯拎起文明棍说：“看你抠的，就是这点出息了。”

汪海洋、姚丽梅从平台下来就碰到了程子龙，三个人送走了孙元凯，姚丽梅回到了办公室，程子龙陪着汪海洋来到了汪海洋的办公室。办公桌上摆着一双破旧的解放牌胶鞋，汪海洋拿起来翻来覆去地看着。

程子龙就闻到了一股臭胶皮的味道儿，揉揉鼻子说：“汪总，都好几天了，你痴痴呆呆地看着这双破鞋，难道这双破鞋对你有这样大的吸引力吗?”

汪海洋闻了闻鞋说：“好香，很好闻的。”

程子龙说：“汪总，不但这双破解放牌胶鞋没有看点了，就是解放牌胶鞋的生产线，再有几天就要停产了。”

汪海洋抬头望着程子龙问：“关于生产线停产的问题，马书记和姚总都有何意见?”

“有哇，前面拆除了最后一条旧的生产线，后面就安装上新的生产线。”

“这些我都知道了，我是问最后一双解放牌胶鞋下线了，你们是怎么安排的?”

“没有啥安排。”

“没有安排就是没有道理了，解放牌胶鞋是民族品牌，虽然被历史淘汰了，但应该想到，这种鞋为祖国的各项建设事业立下了汗马功劳，所以说，最后一双解放牌胶鞋下线，我们国梦要举行隆重的纪念仪式。”

程子龙说：“好吧，我去拟订一个计划。”

全国橡胶行业工作会议在厦门大学召开了，在圆桌会议的讨论中，几乎人人都发了言。主持会议的副部长说：“你们谈的想法都很好，对部里今后的工作很有启发，部里会认真对待的。可是，还有一个人没有发言，这个人是绿岛市国梦有限责任公司经理汪海洋，请汪经理谈谈。”

副部长点了将。汪海洋说：“我对有关制定政策的部门提出两点意见：一点是允许三资企业办厂3年免税，政策优惠。但国有企业作为国家的经济主干，国家财政收入的支柱，却没有任何的优惠政策，这种竞争不在一个起跑线上，就是不合理的。二是外贸出口同样是给国家创汇，但国有企业的补贴与其他企业的补贴不一样，待遇就不平等了。一个放得很宽，一个卡得很死，这种状况啥时才能改变?”汪海洋越来越激动，说，“在市场竞争上，就好像是一场拳击比赛，人家的手脚都放开了，活蹦乱跳的。我们的手脚却是被捆绑着，想动弹也动弹不了，只有处在被挨打的份上……”汪海洋讲到了这儿，全场响起了热烈掌声。

会议组织与会人员登上了鼓浪屿，汪海洋在前面走，主持会议的副部长追上来说：“听了你的发言很有见地，还能谈谈吗?”

汪海洋借题发挥说：“鼓浪屿好啊！连一辆机动车也看不到，生态环境当然就好多了。”

副部长问：“汪经理，你究竟想说什么？”

汪海洋深有感触地说：“我家乡的九龙湖，本来是野鸭子最好的生存环境，但是有人要打它，有人要抓它，现在几乎是绝迹了。”

副部长说：“是啊，是啊，这都是人为的呀。”

汪海洋接着说：“中国的企业家就是野鸭子，相关部门对野鸭子不能再打、不能再抓了，应该给予极大的关注，创造一个良好的生存环境。比如自营进出口权等等……”

与会的代表们都围了上来，为这位敢说话的企业家鼓起了掌，鼓浪屿上掌声一片。

市纪委的何书记和两位工作人员在翻看着录像。屏幕上出现了汪海洋和姚丽梅的画面，汪海洋拎着千年灵芝泡的酒进了客房。姚丽梅穿着睡衣走进了浴室……

工作人员进来问：“何书记，叶副市长打来了电话，催问汪海洋处理报告下发的情况。”

何书记有些不耐烦地说：“咋下发？这不是工作还在继续吗？”

工作人员又问：“给叶副市长回话吗？”

何书记很为难地说：“刘书记来电话问这件事，你们就说正在处理中。叶副市长来电话，你们就说刘书记还没有批示。”

姚丽梅在办公室里面翻看着一本新书，看得津津乐道时，汪海洋走了进来，手里拿着从厦门带回来的工艺品竹斗笠，是给姚丽梅带来的纪念品。姚丽梅放下书试戴着竹斗笠，在汪海洋的面前摆弄了几下。

姚丽梅问：“我戴上了竹斗笠，像不像一个渔家女？”

汪海洋却一脸正经地说：“这个问题我不想回答，我是想说，你该着去美国留学就去留学，说不定我哪一天掉进去了，你一定会受到连累。”

姚丽梅把竹斗笠挂在墙上说：“我走与不走你说了不算，国梦一天天好了起来，我得分到一杯羹。”

“你在这里工作，我的心里总是不落地儿。”

姚丽梅坐下说：“你的工作做得蛮不错，我很满意，也很落地儿。”姚丽梅把书扔给汪海洋说，“我上了你的老龙当，把你的语录寄给了我的一位编

辑同学，都编在了这本教材里面了。拿去要认真地看，还要写出心得笔记。”姚丽梅站了起来说：“下面我就背背汪海洋的语录：‘有人就穿鞋，关键在工作；用户是上帝，市场夺金牌；两眼盯在市场上，功夫下在管理上；以质量保名牌，用名牌创效益；管理无句号，名牌无终身……’”

汪海洋手里拿着的是高等教育通用教材《管理心理学》，里面夹着一帧书签，他把书翻到夹着书签的地方，书签上有姚丽梅画得很夸张的汪海洋的头像，比她捏的泥人还要夸张十几倍。书里果然有一个章节，重点介绍了汪海洋的语录。汪海洋高兴地放下书张开了双臂，姚丽梅幸福地闭上了毛嘟嘟的大眼睛。汪海洋却是在后退，后退……等到姚丽梅睁开了眼睛，汪海洋已经没影儿了。她就恨恨地说：“认识汪海洋是一种幸福，也是一种罪恶!”

《管理心理学》作为教材发行面很广，国家某部的孙部长看着《管理心理学》，被汪海洋的语录吸引住了。孙部长轻轻地念着，这是她看书的习惯。“只有没管好的企业，没有管不好的企业；市场是检验企业一切工作的标准；人是兴厂之本，管理以人为主；干好产品质量是最大的积德行善；等待别人给饭吃，不如自己找饭吃……”孙部长笑笑说，“有点意思。小张，你进来。”秘书小张进来。孙部长说：“你跟省里有关部门打个招呼，过几天我要到绿岛市的国梦去看看汪海洋。”小张出去安排了。孙部长继续念着，“市场是企业的最高领导……”

孙部长要来国梦的消息传得很快，孙元凯来到国梦打探消息。马成、程子龙、姚丽梅、孙元凯坐在小会议室里面喝着茶水，等着汪海洋的到来。孙元凯问姚丽梅说：“表妹，听说部长要来看汪海洋，这条信息不知道是真还是假?”

姚丽梅说：“市政府下发了通知还能有假?”

说话间，汪海洋陪着李秋阳进来了，汪海洋把李秋阳介绍给各位说：“我身边的这位就是丰盛的县长李秋阳，以后就是国梦的常客了。”汪海洋又把孙元凯介绍给李秋阳说，“这位是绿岛市帝豪集团的总裁孙元凯。”

孙元凯立即就明白了汪海洋的意图，把文明棍挂在了胳膊上，来到李秋阳的面前说：“李县长，你是我见过的最年轻的县太爷。凭着时间熬鹰，你一定会前途无量。”

汪海洋说：“孙总既不让客人坐，又不让客人说话，是想怎样?”孙元凯就挽着李秋阳，两个人挨着坐在了沙发上。

到了晚上，李秋阳应孙元凯之邀来到了帝豪大酒店，孙元凯早已等在了小包房。孙元凯握住了李秋阳的手，真有相见恨晚的感觉，要是早一天认识了李秋阳，帝豪集团会更上一层楼的。在这种豪华的地方，李秋阳放下县太爷的架子说："孙总，丰盛县是个小地方，也是个穷地方，跟绿岛市没法比。以后兄弟蹚着水走路，仰仗着大哥给穿上一双防水的鞋。"

孙元凯当仁不让说："大哥认准的事没有办不成的，这不是吹牛，你信不信？"

李秋阳就举起了酒杯，尽管酒杯里面还没有酒，却十分认真地说："信任都在这酒里面。"

孙元凯借势张扬自己，说："都说汪海洋有胆识有谋略，还不是被大哥玩弄于股掌之中。"

李秋阳虽然没有变脸，但说了一句让孙元凯能够寻思半天的话："难道小弟也要被大哥玩弄于股掌之中吗?"

孙元凯忙赔着笑脸说："李县长，说句笑谈，何必上心。下面想喝啥酒，是喝'轩尼诗'，还是喝'人头马'?"

喝酒是李秋阳的强项，张口就说："可以呀，一样来两瓶。"

孙元凯听了说："好，好，酒仙。"

几个小时过去了，孙元凯扶着李秋阳来到了吧台。李秋阳看上去已是喝得烂醉，拿出手提袋里的钱包比比画画说："不要小看了你老弟，县太爷，你知道吗？几瓶洋酒值几个钱，小弟掏得起，掏不起让人瞧不起。"李秋阳掏出钱包里面所有的钱，才掏出了不到200元。

孙元凯示意女服务员说："把李县长扶到客房休息，账挂在我的头上。"

女服务员把李秋阳扶进了客房，李秋阳就躺在了床上。女服务员看着烂醉的李秋阳，见到无从下手就转身出去了。李秋阳立马坐了起来，下地插好了门说："拎根破文明棍，小样，还想和我斗?"

早上吃过了早餐，孙元凯、李秋阳坐着奔驰轿车来到了市中心路口临时售楼处的门前。车停下了，两个人一前一后从车上下来了。员工们一见孙元凯来了，站成一排弯着腰喊："孙总，早晨好!"孙元凯招手示意，员工们就散了，就见两个俊俏的女售楼员来到了孙元凯和李秋阳的面前。

孙元凯说："要把最好的楼花介绍给这位客人。"

女售楼员把李秋阳领到楼群示意图前，拿着电子光速器打着一户楼花说："这面是楼房的直视图，这面是楼房的俯视图，这面是楼房的侧视图……"

孙元凯说：“啥这个图那个图的，谁能听得懂，要简明扼要，就说多少平方米，楼间距咋样，采光咋样?”

女售楼员说：“楼里的二层楼，就是现在所说的楼中楼。建筑面积260平方米。楼间距是标准的26米。采光每天12小时。价钱每平方米15000元，全价390万元。”

孙元凯见到女售楼员介绍完了，鼓动着李秋阳说：“不贵的，这地段儿楼价看涨，转手就能赚上个几十万的。”李秋阳仔细地看着楼花，看完了被孙元凯请进了贵宾室。孙元凯站在贵宾室里面，望着车水马龙的窗外说：“李县长，市中心的地段不错，这套房子不知道兄弟满意不满意?”李秋阳不知道说啥好了，是刘姥姥进了大观园……孙元凯明白李秋阳在购房款上转轴，就提醒李秋阳说：“老弟，凡事要开动脑筋，不开动脑筋长个头干啥？县太爷只要动动嘴，这套房子就能落在老弟的名下了。”李秋阳更不知道说啥好了，干张嘴说不出话来了。孙元凯继续说，“我听市里的规划部门领导讲，小城镇开发将来是中国农民居住的方向。帝豪集团经营的主业有房地产，下一步有可能到丰盛县去发展。李县长不说话，恐怕我们想去开发也没有可能。”

李秋阳和孙元凯的关系，还没有发展到李秋阳放开胆子做事的时候，李秋阳就胡乱说：“孙总，帝豪大酒店到丰盛县去大展宏图伟业，作为地方一级政府，哪有不支持的道理。可是，有些事要县委班子集体决定，还不是我一个人说了算。”

孙元凯毫不客气地说：“在帝豪集团就是我一个人说了算，我要是说了不算，我就绝对不当这个总裁。县长和我这个总裁是一样，没点霸气不行。”

李秋阳听了点点头，孙元凯把李秋阳送到国梦大门口就停车了，然后就回去了。李秋阳来到姚丽梅的办公室回访，这是孙元凯给他出的主意。姚丽梅很忙，李秋阳只是说说话，就被姚丽梅送出了门。一个乡下老太太随之走了进来，姚丽梅忙迎上前去。姚丽梅问：“大娘，你找谁?”

老太太仔细地辨认着姚丽梅说：“这不是贵人好忘事吗？咋连我都认不出来了?”

姚丽梅仔细地辨认着说：“大妈，你是……”

老太太没直说：“有个姑娘到了丰盛县城，昏倒在我家的大门口了，还喝了我家的红糖拌米汤。”

姚丽梅几乎喊起来说：“大妈，是你，我想起来了。”姚丽梅把老太太搀扶到沙发上，倒上一杯茶水说，“大妈，我这里可没有米汤拌红糖，就有一杯清茶，我觉得清茶没有米汤拌红糖好喝。”

老太太没有喝茶而是焦急地说：“丫头，我是来求救的。”

姚丽梅说：“大妈，有什么事尽管说，只要我们能解决的，尽量给你解决。”

老太太就掉下眼泪说：“我的老伴就是老经理生病了，住进了绿岛市中心医院。马上就要动手术了，不动手术命就不保了，可是钱不凑手，想请丫头帮个忙。”

姚丽梅说：“这不是什么难事，我这就去找汪总。”姚丽梅走到门口又回来了，打开金柜拿出了红布包说，“我陪着大妈去医院，去探望老经理。”

老太太在前，姚丽梅捧着一束鲜花跟在后面，就这样在医院见到了老经理。老经理瘦多了，见到姚丽梅流着泪说：“姑娘，你能来看我是我想不到的。临死前能见上姑娘一面，算是咱爷儿俩有缘分。姑娘，你咋知道我在这里住院呢?”

姚丽梅没敢说大妈去找她，说：“现在通讯发达了，我把电话打到了丰盛县的物资公司，想跟老经理说说话，话没说成，就知道了老经理住院的消息，特地前来探望。恰巧在医院的走廊里碰见了大妈，就来到了这里。老经理病成这个样子，看看我能帮上啥忙。”

老经理依然流着泪说：“前来看看我就知足了，不用帮啥忙。单位把钱都拿来了。”

姚丽梅看着刚强的不想求人的老经理，病成这个样子还不想开口，心里流着血说：“老经理，单位是单位，国梦是国梦，咱们一码是一码。”

老太太哭着说：“老头子，我知道你刚强了一辈子，是个宁折不弯的劲儿。可一分钱压倒英雄汉，你就跟丫头说实话吧，我们看病缺钱，我们是借不是要，有借就有还。”

老经理很无奈地说：“老东西，你这是想让我早点死。”

姚丽梅把枕头垫在老经理的身下，扶着老经理半卧在床上，然后坐在老经理的身边久久没有说话。这就是能为六千多国梦职工过上好年的好人，好人应该幸福平安一辈子。姚丽梅眼泪流下来说：“老经理，滴水之恩，应当涌泉相报，我们应该给你治病。”

老经理还在推让着说：“那是公，这是私，公私要分明。”

姚丽梅掏出了红包打开，里面是两根金灿灿的金条。老太太看着愣住了，老经理看着也愣住了。

第13章　为市场化三次操刀，民族品牌剑出鞘

赶海的人回到了码头，鲜的海货都要摆在海滩市场上叫卖。汪海洋蹲在一个虾篓前不是看着活蹦乱跳的鲜虾，而是望着卖虾人脚上穿的鞋。卖虾的人见到汪海洋挡着生意道儿，蹲在面前像只公园里的猴子，是想撵又不敢撵，不知是哪方来的神圣。

卖虾人问："你买虾不买虾？"

汪海洋站起来活动着有些酸麻的腿说："我关注的不是虾，是你脚上穿的鞋，脚上穿的鞋感觉舒服不舒服？"

卖虾人把一只脚抬了起来，用秤杆子敲敲鞋说："不管舒服程度咋样，这是咱们绿岛市产的鞋，我就是爱穿。过去我穿绿岛市生产出来的解放牌胶鞋，可没这鞋好穿。"

汪海洋为卖虾人叫着好说："搁在抗日战争时期，几个小日本鬼子也不是你的对手，这叫什么？这叫民族精神。"

卖虾的人以为汪海洋有精神病，说："不要扯远了，你是买虾不买虾？不买虾赶紧让开一条道儿。"

汪海洋拿出了笔记本，在笔记本上写着字，然后撕下来交给卖虾的人说："你多走几步路，把虾篓送到国梦的职工食堂。"

卖虾的人拿出塑料袋，装了一袋虾要给汪海洋说："拿着吧，你是职工食堂的采买，以后咱哥儿俩好好处，双方都有好处。"

汪海洋没有要虾，按照约定来到了海碰子胡同口，就见到了姚丽梅骑在雅马哈上等着他。他来到了雅马哈前，姚丽梅把头盔扣在他的头上。汪海洋上了摩托车，紧紧地抱住姚丽梅的腰，摩托车轰鸣着沿着滨海大道疾驰。

汪海洋问："这是要去哪儿呀？"

姚丽梅紧着给油说："星期天，咱俩去洗海澡。"

摩托车的速度更快了，汪海洋腰抱得更紧说："洗海澡就去洗海澡，多少天没有工夫去洗了。"

前面是个超市，姚丽梅放慢了车速说：“洗海澡消耗体力，得去买点吃的，省得到时游不动。”

姚丽梅把摩托车停在超市门口下了车，就走进了超市。汪海洋见对面有个鞋店就走了进去，鞋店里的鞋琳琅满目，整齐地摆在货架上。汪海洋不厌其烦地看着，一个女服务员迎了上来。

汪海洋问：“鞋店里卖耐特、安踏、李宁牌鞋，怎么不卖绿岛市产的国梦鞋?”

女服务员说：“你不懂商家的规矩，远来的和尚会念经。”

汪海洋说：“噢，我还不懂商家的规矩了?”

女服务员很健谈，说：“想想，国梦鞋稀烂贱的，便宜没好货，好货不便宜，谁还肯卖。对面那家烟酒商店，10元一瓶的本地酒愣是没有人买，把本地酒装进茅台瓶子，100多元一瓶，还卖火了。”

汪海洋奇怪地问道：“商家应该讲诚信，那不是造假骗人吗?”

女服务员说：“这位大哥，你是缺根筋还是个傻子？钱装进兜里才是钱，伸进别人的兜里去掏钱那叫偷。唉，说了半天了，大哥买双鞋吧?”

汪海洋抬抬脚说：“我是个贱人，我愿意穿稀烂贱的国梦鞋。”

女服务员也把脚抬起来说：“这是给高档人开的商店，我也是穿不起，看看我穿的是啥鞋?”原来女服务员也穿着一双国梦鞋，两个人你看着我，我看着你，就会心地笑了。

姚丽梅拎着一堆食品出了超市，远远见到兰丽华走过来，刚想上前打招呼，兰丽华扭头钻进了超市，没有搭理姚丽梅。兰丽华进了超市借着柜台的遮掩，隔着玻璃窗户往外看着，就见到汪海洋从鞋店里走了出来。兰丽华恨在心里，说：“汪海洋，你就和小狐狸精绕吧，早早晚晚得绕进去。”

姚丽梅骑上了摩托车，说：“你猜，刚才我碰见谁了?”

汪海洋说：“我没看见，哪能知道你碰见谁了?”

姚丽梅打着摩托车的火说：“你家的亲戚兰丽华。”自从兰丽华办了退休手续，汪海洋可是一次也没碰见过她，这是第一次听到姚丽梅提起了兰丽华。汪海洋抱好了姚丽梅的腰，姚丽梅说，“你家的亲戚都恨死你了，听说在麻将馆打麻将扣停时就说，和的是啥，就和国梦总裁汪海洋那个头。”

汪海洋并没有生气，说：“说什么也没用，不够条件就是不能提升半格。”

摩托车轰鸣着，箭也似的向着海滨浴场飞去。汪海洋、姚丽梅来到了海滨浴场，换上了浴衣，走在松软的沙滩上。姚丽梅眼尖，前方出现了何书记

的影子。姚丽梅就想："今天是该碰上的一个没碰上，不该碰上的都碰上了。"姚丽梅想绕着走，不然又要摊上嫌疑。

汪海洋说："上哪儿去?"

姚丽梅说："绕着点走吧，市纪委的何书记在前面。"

汪海洋说："越躲越有猫腻，还是过去和何书记过过招。"

何书记见到了汪海洋、姚丽梅，一语双关地说："国梦的领导班子很团结，我早就有耳闻了。"

姚丽梅只好硬着头皮说："想不到在这里碰到了何书记，这话怎么说来着？应该说是三生有幸。"

何书记没有搭理姚丽梅，而是对汪海洋说："汪经理，事不算完，明天你到市纪委，我有事要和你谈。"

汪海洋、姚丽梅渐渐地离开了海滩，向着大海的深处游去。两个游着仰泳，看上去很自由自在。

姚丽梅说："李秋阳这个人很油滑，跟那张嫩脸可不一样。"

汪海洋说："是这样的，我也观察到了，这个人表里不一。唉，AR兵工厂的事谈得顺利吗?"

"不顺利，恐怕厂子在那里建不成了。"

"什么原因?"

"我都调查清楚了，代号AR的兵工厂已经完全移交给了地方，就是丰盛县说了算了，其他部门插不上手了。国梦不出600万，丰盛县是不肯出让的，这是李秋阳放出的口风。"

汪海洋气愤地说："600万？60万我也不给他。"

"实在不行得另选厂址了。"

"你一说，我觉得另选厂址的可能性就大了。过几天，我到窝棚山村去看看，那里也有一个废弃的军工企业，叫前进机械厂，如果合适就在那里建厂。"

一辆单人机动艇飞驰过来，在两个人的身边画着圈儿，由于弧度太小了，机动艇就翻了，艇上的人落入了水里。

汪海洋大喊："姚丽梅，赶快过去救人。"

汪海洋喊着就游了过去，姚丽梅观察着海面，一艘救生艇很快过来了，把翻了的机动艇翻了过来。姜托尼就从水里钻了出来，正好在姚丽梅身边。姜托尼抹把脸上的水说："姚丽梅，太平洋都淹不死我，这点水算得了啥?

让汪海洋在那里为人民服务去吧，他这个人就是愿意碰到这种机遇，好去当英雄。拜拜了，晚上咱们帝豪大酒店见。”

姚丽梅瞪了一眼说：“美国佬，快把人吓死了。”

姜托尼说：“把你吓死了，我还来干吗？记住，晚上帝豪大酒店见。”姜托尼说完沉进水里，在很远的海面露出了头，几蹿就蹿到了热闹的洗海澡人的中间去了。

姚丽梅游到汪海洋的身边说：“咱们往回游吧，掉进水里的人淹不死。我再不吃点东西，可就游不动了。”汪海洋听着，眼睛依然扫视着海面……姚丽梅在海水里踢了一脚汪海洋，在海水里翻个跟头说，“海水哪年不淹死人，淹死了谁，算谁命小。咱们回吧，不然你得拖着我走了。”

汪龙洋在文案前写着毛笔字，他已是市书法协会的副主席了，如今正练在了兴头上。兰丽中坐在沙发上看着中医书，不时地拿着银针对着小镜子，在眼圈四周的穴位上试着针。

兰丽中说：“老八路，再有两天就要办离休手续了。离休的老八路还有啥用？看看我们知识分子，院长都找我谈过了，要返聘我当科主任，每个月要开双份工资。”

汪龙洋探着笔说：“老八路退休了怎么的？还不是挂着市房产公司‘关协’主任的头衔，市书法家协会副主席的头衔吗？”

兰丽中说：“所谓的‘关协’‘书协’就是个安慰奖，谁心里都明白。老汪都折腾一辈子了，就不要折腾了，退休了就彻底地回家休息，伺候老婆，不要啥事都异想天开了。”

门铃声响了。汪龙洋说：“去开门。”兰丽中头不抬眼不睁地指指眼圈，啥都没说。汪龙洋就分了心，把钩写走了样，一张死贵的宣纸就算废了，只好撂下笔去开门。

进门来的兰丽华，坐在沙发上就说：“心气好容易顺了点，在超市就碰到了姚丽梅和你们家二啦，火就又拱了上来了。退休了，一个月差几十块的工资不算，到医院去看病进不了高干病房。姐，你说这个气我能顺得下去吗？”兰丽华说完“哇”一声委屈地哭了。

兰丽中说：“我们姐俩得认命，谁让摊上了两个拧种。哭当得了饭吃还是当得了钱花，能当你就哭吧。”

兰丽华“抽抽搭搭”地说：“汪龙洋，去给我们姐俩做饭。”

汪龙洋不愿意去做饭，又不愿意在家里受气，穿戴整齐地走出了家门。汪龙洋在街上溜达了一圈，就来到了汪海洋的家，想打听汪小丫的消息。院里院外破破烂烂的，李杏花在收拾着，汪军娃也是弄得灰头土脸的。娘儿俩见到汪龙洋来了，都去洗了手脸，拣一块干净的地方让汪龙洋坐下。

汪军娃说："妈，我该出去玩一会儿了。"

李杏花说："你妹子现在连个人影儿都没有，还有心思出去玩，抽出空来去找找。"

汪军娃说："连一点线索都没有，上哪儿去找？"

李杏花说："你的媳妇你不找，就打一辈子光棍吧。"

汪军娃说："凭儿子的长相，凭我爸是国有大企业的经理，凭儿子有张文凭，还愁找不到小妞儿。"汪军娃说到这儿，就想到了李小娜。李小娜过几天就要来了，这个破家实在是不像个样儿。即使是破家还是个家，过几天推土机过来一推，连个窝都没了，一家三口就得去串房檐了，到时可咋办，脸上就露出了愁容说："妈，房子没了，儿媳妇没了，你这日子可咋过？"

李杏花说："滚蛋，在你大伯面前也没个样子。"

汪军娃走了，汪龙洋问："弟妹，小丫真的一点消息也没有？"

"没有。"

"没有，我就走了。"

李杏花说："哥，吃完了饭再走。"

汪龙洋说："吃不下去。"

国梦办公室里的工作人员都躲了出去，孙辉南阴着脸在收拾着东西。几个警察进来，警察A打着招呼说："唉——我没有认错人，你就是孙辉南吧？"

孙辉南说："没错，我就是孙辉南。"

警察B拿出逮捕证说："孙辉南，你被批捕了。这是逮捕证，在上面签字吧。"

孙辉南跳着老虎神说："我犯了啥罪，你们要逮捕我？"

警察A说："你想拒签？我们就不客气了。过去，给他铐上。"过来了两个警察，就给孙辉南戴上了手铐。警察A问，"戴上了手铐，你该明白了，在逮捕证上签不签字？"

孙辉南说："我没有罪，我就是不签。"

警察A说："也好，有你签的那一天，带走。"

两个警察架起孙辉南就走，就把孙辉南架到了楼口，汪海洋听说就追了上来问："你们凭啥到国梦抓人?"

警察A说："我们逮捕的是嫌疑人孙辉南，请你不要妨碍公务，否则一切后果自负。"

汪海洋就恼了，说："这里是你说了算，还是我说了算？先把人放了，回头来话说。"

警察B说："放人是监狱的事，我们没这个习惯。"

孙辉南两眼里冒着火说："汪海洋你装啥蒜，你这是官报私仇。我进去了，你该好受了？一不用辞职了，二不用开除了。"

上来了两个警察夹住了汪海洋，孙辉南就被扭上了警车，还梗着脑袋看着汪海洋。警车鸣着警笛开走了，汪海洋有点蒙，孙辉南究竟犯了啥罪？孙辉南不管犯啥罪进了局子，对国梦都是个沉重的打击。到了年末，上级评奖就不会有份了。汪海洋立刻召开了紧急会议，马成、程子龙、工会主席、纪委书记都到齐了，唯独姚丽梅没有来。打姚丽梅的电话手机不开，汪海洋就等不及了。会议就是一个议题，孙辉南被抓了进去，就现状而言该咋办?

马成说："孙辉南犯罪被抓了，有这个可能吗?"

程子龙说："事实摆在那儿，还有啥可能没啥可能?"

工会主席说："老实巴交的，真看不出来，隐藏得够深。"

纪委书记说："赶紧想法子，说啥都没用了。"

汪海洋说："孙辉南被抓了，不管什么原因，国梦和上级主管部门签了合同，有违法违纪的就是一票否决了，况且还是个领导班子身边的人。现在当务之急，就是赶紧把孙辉南捞出来，咱们这一年才能一顺百顺。"

一班人"戗戗"了一阵子，才理出了头绪。先去了解案情，再有的放矢。这件事就由纪委书记牵头了，一天要三次向汪海洋汇报。

在帝豪大酒店的小包房里面，姜托尼拿出一份聘书交给了姚丽梅，姚丽梅看着聘书。姜托尼异常兴奋地说："小姐，再上一盘三文鱼，一份汉堡，越快越好。"姚丽梅合上了聘书，原来姜托尼辞去了在美国公司的职务，受聘于绿岛海洋大学当上了外教。姜托尼说："我是个学者，本来就不是做买卖的材料，来到绿岛海洋大学任教才是走的正道。"

姚丽梅不知道高兴还是不高兴，举起了酒杯说："为姜外教走上育人之道干一杯。"姚丽梅干了问，"姜托尼，这次你来中国任教，你爸妈同意吗?"

姜托尼说："我爸同意了，我妈不怎么同意。"

姚丽梅继续问："你家你爸、你妈谁说了算？"

姜托尼说："当然我爸说了算。"

姚丽梅又举起了酒杯说："为了真正的中国爷们儿干上一杯。"

姜托尼干完了杯说："绿岛海洋大学给我的待遇很好，我住在外教大楼的301室，有厨房、卫生间、卧室，还有个小书房。"

姚丽梅说："远来的和尚会念经，况且你是个洋和尚了，绿岛海洋大学给你的待遇算是可以了。"

姜托尼举起了酒杯说："我本来就是个中国人，我的根就在这里，为了我是中国人干上一杯！"

姚丽梅脸喝得红扑扑地回到了公司，汪海洋在走廊里等着她。姚丽梅走进了办公室，汪海洋就跟了进去。汪海洋拍拍桌子说："姚总，这是跑到哪里喝酒去了？"

姚丽梅不屑地说："脑顶上冒火需要灭火的家伙，走廊里有灭火器。不愿意用灭火器，去找牛魔王的媳妇铁扇公主，借把扇子扇扇也行。"

"我问你到哪里去喝酒了？"

"星期天，我到哪里去喝酒，这个领导也管吗？"

"班子召开紧急会议，你的手机怎么没开？"

姚丽梅掏出手机扔给汪海洋说："不是手机没开，是手机没电了。"汪海洋见到手机没电了，他也就没气了，拉开门就走了。姚丽梅得知孙辉南进了局子，公司聘用了市里知名的窦律师。窦律师和姚丽梅是高中时的同学，过去还追求过姚丽梅，念点旧情，姚丽梅就来到了律师楼。姚丽梅坐在律师楼里面翻看着画报，从头翻到尾，又从尾翻到头，还是不见窦律师回来。她就等不及了，刚来到了楼梯口，就见到了窦律师往楼上走。窦律师晃着个大脑袋，见到姚丽梅就是一个傻笑。姚丽梅迫不及待地问："傻笑什么，案子办得怎样了？"

窦律师边往楼上走边说："丽梅同学，到办公室里面说话。"姚丽梅跟着窦律师来到了办公室，窦律师泡上茶说："我刚才去了公安局，也去了看守所。孙辉南的案底摸清了，是一宗简单得不能再简单的案子了。两个在社会上混的小赖子招了，他俩去砸汪海洋的家，幕后的指使就是这个孙辉南。由于孙辉南在纸条上写的字潦草，结果还选错了地址，砸的不是汪海洋的家，而是邻居的家，还伤了两个人。这些都好说，谋害企业家的案子报到了市政府，分管司法工作的叶副市长就有批示了。对于孙辉南这样的罪犯，要在政治上搞臭，要在经济上搞垮，要切实保证改革企业家的安全。这样就麻烦了，不要说出来，不能轻判还要重判。”

姚丽梅听了窦律师的叙述，脑皮有点发麻说：“老同学，难道连一点斡旋的余地都没有了？”

窦律师晃着大脑袋说：“这宗案子给我多少钱，我都不能接了，接了也是一打一个输。官司打输了，面子丢不起，我还得吃饭，我决定和你们国梦解除合约。”

窝棚山村戎村长家的院子里，一棵大杏树下摆着平底锅。汪海洋、姚丽梅和司机小黄坐在树下的石凳上，看着锅底燃烧的火。戎村长看上去很憨厚，说话一口山艮子味儿。戎村长说：“我们这儿的山里穷，没有啥好吃的招待客人，一会儿让我媳妇烙饼，饮料就是井拔凉水。”

姚丽梅问：“什么叫井拔凉水？”

戎村长说：“用舀子从井下打上来的凉水就叫井拔凉水。”

姚丽梅还是不明白，问：“不就是井水吗，怎么叫井拔凉水？”

戎村长说：“细琢磨琢磨就知道了，从井下拔上来的凉水，不叫井拔凉水你说叫啥？”

小黄说：“村长，你可真逗。”

戎村长的老婆烙着发面饼子，桌子上摆着小青菜，还有一碗黄酱。汪海洋吃着热乎的发面饼，还有小葱蘸黄酱，吃得真香。姚丽梅可就不行了，把发面饼撕成小块放进了井拔凉水里面，一小口一小口地吃着。

戎村长看着姚丽梅的吃法说：“老婆，去做一碗疙瘩汤。”

姚丽梅说：“不必了，这样吃很好了。”

吃完了饭，汪海洋拎着一袋大米，小黄拎着一袋白面，戎村长拎着一桶色拉油要去扶贫了。姚丽梅跟在后面，走进了一户贫困人家。这家的老爷们儿不在，只有女人在家。

汪海洋问：“妹子，你家一共有几亩地？”

“好地薄地算在一起有20亩。”

“一亩地一年净剩多少钱？”

“去了化肥种子，人工钱不算，一亩地一年能剩50元。20亩地好算，整数是1000元。这还得摊上好年头，如果摊上了天灾，有时还会颗粒不收。”

姚丽梅说："在这里建个厂子，你们老百姓欢迎不欢迎？"

女人看了一眼戎村长，戎村长就说："说不上欢迎，也说不上不欢迎。"

汪海洋说："厂子建了起来，把村民们请到厂子去做工，挣工资，开现钱，不好吗？"

戎村长抠抠耳朵说："哪里有这样的好事？过去这里也有个厂子，还是个兵工厂，一点光儿都沾不上。"

从这户人家出来，戎村长在头里走，身后跟着汪海洋、姚丽梅、小黄，就来到了前进机械厂的旧址。但见厂区断墙残垣，院子里的蒿草长有半人多高了。

姚丽梅突然惊叫："蛇，蛇。"

戎村长跑过来说："不要害怕，看我把它逮住。"戎村长奔着蛇爬的方向追过去，不大一会儿，拎着一条肥蛇回来了。戎村长扒着蛇皮，姚丽梅吓得闭上了眼睛。戎村长把蛇皮扒下来说，"大家都不要走了，一会儿我给你们炖蛇肉吃。"

姚丽梅战战兢兢地睁开了眼睛说："戎村长，你家里留着吃吧。我不想吃，也不敢吃。"

国梦最后一双解放牌胶鞋的下线现场，前来助阵的冯铁山见到了市委书记刘昆，心怦怦乱跳，原来刘书记就是自称绿岛日报社采访他的中年记者。这位山大王就不敢上前了，知道自己的嘴犯了忌。冯铁山怕刘昆看见，就随着刘昆的视线躲来躲去，把身边的人挤烦了，几个人把他推到了前面，结果就被刘昆看见了。刘昆招招手让冯铁山过来，冯铁山耷拉着脑袋来到了刘昆的身边。

刘昆说："我最愿意听冯铁山说大实话，那才叫中听。话说冯铁山也算是个功臣，十三家厂联合就是他牵的头，这样就做了一件天大的好事，算是为市委、市政府分忧解难了。"

冯铁山低着头小声说："装啥不好，偏装个记者。"

这时，程子龙拿着手提喇叭说："各位领导，各位同仁，请注意了！国梦建厂将近八十年了，最后一双解放牌胶鞋要下线了。请市委书记刘昆同志，国梦有限责任公司经理汪海洋同志，为最后一双下线的解放牌胶鞋系上红绸带。这将是一个时代的完结，标志着一个新的时代就要开始了，相信大家的心情会格外激动，举起双手来为它送行吧！"下线的解放牌胶鞋缓缓而来，摆在了刘昆、汪海洋的面前。两个人共同为它系上了红绸带。程子龙说，“下面，请刘昆书记讲话。”

刘昆发表了热情洋溢的演讲：“现在你们可以这样叫了，汪总，汪海洋，就是这个人，树立了符合市场经济发展方向的市场观念、效益观念、人才观念、创新观念、质量观念、新产品开发观念和政治思想工作观念。这是国梦在市场经济上的三次革命，哪三次革命呢？就是革了保守观念的命，换了一个新的脑袋；革了计划经济框框的命，造就了一个新的机制；革了等、靠、要守业方式的命，创造了一个新的模式。”刘昆停顿了一下说，“我这次来，给你们送来了一块牌子，这块牌子就摆在大门口。希望国梦集团做大做强，成为绿岛市乃至全国全世界硬邦邦的民族品牌。”

国梦集团的大门口，停着一溜儿市工商局的面包车。面包车前，两个身穿工商制服的女工作人员捧着一块牌子，牌子上写：“绿岛市国梦集团总公司”。女工作人员身后是两个身材魁梧的男工作人员，就像是牌子的守护神。市工商局长擂响了战鼓，秧歌队扭了起来，氢气球飞上了天空……刘昆、汪海洋捧着牌子挂在了墙垛上。

汪海洋说：“请市委、市政府放心。在几年之内，国梦集团要解决全市五万人的就业问题。”

刘昆当场表态说：“真有那一天，市委、市政府将重奖国梦集团。”

孙元凯从国梦集团现场回来，拿起电话要通了李秋阳说：“李县长，我现在就告诉你，姚丽梅这回可不是姚副经理了，是名副其实的姚总了，这个女人你可得罪不起。你知道她和汪海洋啥关系吗？就是你中有我，我中有你的关系，因此说，姚丽梅能当汪海洋一半的家。”

李秋阳说：“没听明白，你到底想说啥？你说你是个爷们儿，还是个娘儿们？”

孙元凯把电话撂下了说：“乡野之人，还啥县太爷，说话怎能这样粗野？”孙元凯坐在沙发上，看着笼子里面的鸟儿在跳动着。李秋阳走了进来，孙元凯一惊说，“你没有回丰盛县？”

李秋阳很有感触地说：“根据孙总的启发，丰盛县政府很有必要在绿岛市设个办事处，除了协调各种关系以外，大小官员到绿岛市出差住在办事处，差旅费、食宿费得省下许多。如今办事处租了房子，就是还没挂牌子，我就住在租的房子里面。”

孙元凯说：“据我所知，国梦在乡镇建厂另选了地址，不是在丰盛县而

是在泉水县。”李秋阳听了像挨了一枪，脸色就灰暗了。孙元凯说，“确切说是窝棚山村，那里有荒废的前进机械厂。汪海洋这招够狠毒的，这是让你们二虎相争，其中必有一伤。”

李秋阳说：“请孙总给支个招？”

孙元凯说：“好办，去游说姚丽梅。汪海洋我太了解了，是个死榆木疙瘩脑袋，你想劈开他，难。”

汪海洋在办公室里面接着电话，是何书记打过来的。何书记说：“汪海洋，你现在又是上报纸，又是上电视，是不是忘乎所以了？今天都是第几天了，想想在海滩上我是咋对你说的？”

汪海洋忙解释说：“何书记，这几天确实很忙，可也没有忘了何书记说的事。这就过去，请何书记不要生气。”

何书记还是生气了，说：“我们这个部门没有人愿意来，我要是天天生气，八个肚子都得气爆了。”

汪海洋还想说几句道歉的话，电话里传来了忙音，就不得不把电话撂了。汪海洋就来到了市纪委，何书记对他还算客气，不但让他坐在了沙发上，还破天荒地沏上了一杯热茶，然后坐在椅子上端详着汪海洋。

汪海洋说：“何书记有话就说，在这里待久了心里长草。”

何书记意味深长地问汪海洋：“你知道这一次，是谁救了你吗？”

“何书记不说我也知道，我出差到过这样一个城市，城市里有很多人力车，俗称‘神牛’，坐着很便宜的。‘神牛’拉人一段路就收一元，人力车夫就收一元，下一次还是这样的。我认为我就是‘神牛’车夫，靠本事靠力气挣钱，心里没病就不怕冷干饭了。”

“你就跟我绕圈子吧，是这盘录像带救了你。”何书记说着拿出一盘录像带说，“汪总有种呀。坐怀不乱，还有你这样的男子。嗨，录像搁在我这儿也没啥用了，送给你做个纪念吧！汪总回去以后，一定要有则改之，无则加勉。这不是我说的，回去查查《毛主席语录》，不要待着没事老是造《汪海洋语录》，两个没有可比性！”

老经理的病痊愈了，在老伴的陪同下来到了国梦，直奔姚丽梅的办公室，要给国梦送一面锦旗，锦旗夹在腋下。

老经理见到了姚丽梅，说：“我的病治好了，全托国梦的福。”

姚丽梅说："是老经理正气凛然，死神见了也要躲开。"

老经理拿出腋下锦旗说："送来一面锦旗，上面的字是我求我县书法家写的。"老经理打开锦旗，只见上面写着："两根金条救条命，国梦辉耀后来人!"

姚丽梅一看就笑了说："锦旗做得不错，对联写得好，字也刻得好，就留在这里吧。"

老经理卷着锦旗说："丫头，我还是想见你们的领导，当面道谢，省得心里堵得慌。"

姚丽梅的心里有鬼，哪能让老经理去见汪海洋的面，一见面可就露馅了。姚丽梅于是说："我就是国梦的领导，道谢话不是都说了吗，二老还找谁去说呀?"

老经理说："丫头，要是没啥事，我和老伴就回丰盛县城了。"

姚丽梅没敢留饭，留饭汪海洋就得作陪，作陪就得露馅，就把老经理和老伴送到楼下。姚丽梅从楼下回来悔之晚矣，她没有把锦旗藏起来，被汪海洋看见了，正在欣赏着。

汪海洋见到了姚丽梅说："姚总，你这是玩的什么把戏？人长了几岁，心眼越来越多，我就有一种琢磨不定的感觉了。"

姚丽梅说："治人者以人为乐，治道者以道为佳。什么事都得慢慢琢磨，前面肯定是一头雾水，后面就是一片光明了。"

姚丽梅的一番话，彻底地把汪海洋说到雾水里去了。就在他五迷三道时，电话铃声响了。汪海洋拿起电话，是姜托尼打过来的。

姜托尼很直白地说："丽梅，我做了红烧鸭子，馋得直流口水都没有舍得吃上一口，快点过来尝尝吧，一定是香得不得了。鸭肉低胆固醇，女孩子吃了最合适。"

汪海洋说："姜托尼，你改做烤鸭生意了?"

姜托尼很滑稽地说："汪总，原来是你呀？你说得没有错，我是很会做烤鸭的。"

汪海洋捂住话筒说："姚总，是越洋电话，姜托尼请你到美国去吃烤鸭。"

姚丽梅接过电话不满了，说："当着面接别人的电话，简直就是缺德带冒烟了。"

姚丽梅接受了姜托尼的邀请，拎着几个苹果来到了绿岛海洋大学外教楼的301房间。房间里很热闹，几个女学生有说有笑，还有一个女学生拉着小提琴，"吱嘎吱嘎"的不是个声儿。

姜托尼扎着围裙从厨房里面出来，笑着说："我的学生就像是一群黄鹂鸟，我每天开心极了。现在才弄明白了，跟商人打交道太累了。"

姚丽梅说："请我来吃红烧鸭子，一共是几只？"

姜托尼说："只有半只。"

姚丽梅说："我俩吃半只红烧鸭子，让学生们在旁边看着？"

女学生A说："不用看着老师吃，我们都带来了吃的，是各式各样的小食品，吃饭实行AA制。"女学生A说完了，几个女学生从背包里往外拿着小食品。有怪味豆、薯条、鱼片、牛肉干……摆了满满一桌子。

女学生B说："姜老师，你还没有介绍这位大姐？"

姜托尼说："姚丽梅，是国梦集团的副总裁。"

女学生A说："年轻貌美的大姐大，在那样大的一个企业里面，副总裁是摆着花瓶让人看的吧？"

女同学B含沙射影地说："吃怪味豆，怪味豆味儿怪但是好吃。"

姚丽梅富有诗意地说："哪天让姜老师带着你们到国梦去走走。将来你们毕业，愿意到国梦去实现梦想的，现在我就可以把大门给你们打开。但国梦要的不是摆着的花瓶，而是插在花瓶里面争相斗艳的花朵。"

傍晚，李杏花收拾着汪海洋的背包就发现了录像带。李杏花看着录像带，就看见了上面写的字。李杏花看着看着泪就落了下来，恰好汪军娃回来了。李杏花说："军娃，录像带上写的几个字，妈咋看咋眼熟。"

汪军娃拿过录像带看着说："妈，这是从哪里搞来的，这是我妹子汪小丫的字。"

听到了"汪小丫"三个字，李杏花说："去把你爸叫回来，我有话要问他。"

汪军娃说："我在街上碰见了我爸，正在和老田头下棋，局势对他十分不利。我去叫他，准得挨顿臭骂。"

李杏花见支使不动汪军娃，心里着急，就走出家门来到了街上。街上摆着修理自行车的摊子、修鞋的摊子……一群人围着汪海洋和老田头在观棋，两个人正杀得难解难分。

李杏花看了几眼说："老汪，菜都快炖熟了，盐买到哪儿去了？"

老田头说："不行了，我是先轰了你的炮，再轰你的车，然后就杀了你的马……"

汪海洋说："老田头，悔个棋子行不行？"

老田头说："这不行，好马不吃回头草。"

汪海洋抬头看看李杏花说："再给我5分钟的时间，不击败老田头疯狂的进攻，我就不回家吃晚饭了。"

李杏花说："军娃回来了，有了小丫的消息。"

汪海洋一听说有了汪小丫消息，就推了棋盘回家了。饭菜都凉了，汪海洋、李杏花、汪军娃谁也没动一口，轮番看着那盘录像带，像是要把汪小丫从录像带里面看出来一样。

汪海洋说："字是小丫写的，是我的闺女救了我，还是我闺女亲。军娃，抽出空来，咱爷儿俩到九龙山上帝豪大酒店的分店去，把我的闺女找回来。"

李杏花催促说："还抽出啥空来，明天早上你们爷儿俩就动身。"

汪军娃不愿意去，说："找个大活人，兵在精而不在广，还是我爸一个人去好。妈，有空你也跟着去吧。"

汪海洋说："军娃，这次汪小丫回来，你对汪小丫的态度再不好，看我不把你的脑袋拧下来。"

汪军娃犟嘴说："爸，我最近看了一部动画片，叫《铜头铁臂锡脖子》，不要说是拧了脖子，就是踢一脚就冒烟了。再说我的媳妇就要来了，汪小丫算咋回事。"

省城招待所客房的里间是卧室，外间是会客室兼书房。孙部长坐在沙发上，中间隔着个茶桌，刘昆坐在另外一只沙发上，谈了有一会儿了。

孙部长说："刘书记，你到省城来专程接我，实在是不应该这样做。现在上级领导到各地去视察，要有长长的车队随同，要有众多的人员陪同，还要有记者采访，有电视台摄像，这样做能了解到真实的情况吗？"

刘昆说："孙部长这次来到我省了解情况，尤其是要到绿岛市去视察，我们无论如何也得接上一程，这是最起码的礼节。"

孙部长说："我这次来的主要目的，是去看看汪海洋。有人写信告汪海洋搞什么语录，是不是在搞个人崇拜，还不能下定论，也不好下定论。过去学过马、恩、列、斯语录，学过毛主席语录，真的还没听说过一个企业家有什么语录值得学习。"

刘昆见天色已晚，说："孙部长，天已经晚了，我还有事要去办，先告辞了。明天，我过来接你。"

孙部长说：“在厦门召开橡胶行业工作会议时，我见过汪海洋一面，只能说是见过了一面。汪海洋是个性格豪爽、有思想、敢作敢为的企业改革者。在他的领导下，国梦成为部里管辖的特优企业，对这样的企业家可不能只是听一面之词。领导偏听偏信多了，会得中耳炎的。我要亲自到国梦去，看看颇受争议的‘汪海洋语录’到底怎么回事。”

第14章　部长颔首称赞，企业家语录跨出国门

马成的脸色凝重，拿着一张汇款单来到了汪海洋的办公室，汇款单上的额度很大，是20万。汪海洋看着汇款单，也像双手捧到了刺猬。汇款单上的20万是汇给孙辉南个人，为何偏偏寄到了国梦，让人颇感费解。

马成说："汪总，咱们把汇款单上交公安局吧？"

汪海洋说："这20万元寄来得蹊跷，应该查查到底是什么人寄来的。然后再做决断也不晚。"

马成说："孙辉南的案子还没结，不管是寄来的啥款，最好不要沾边，免得惹上一身臊。"

汪海洋说："不管谁怎么说，我总觉得这是一宗冤案。凭孙辉南的人品，还不至于做出砸窗户门的事，伤人的事更不可能了。两个小赖子背后的指使人不是孙辉南，可又是谁呢？这可能是封嘴的款，也是对孙辉南入狱的补偿，还得让我们知道。假如我们把款交给了公安部门，就有可能算作赃款没收了，就是说，我们做的事是一枪俩眼。"

马成问："那该咋办？"

汪海洋说："等几天再说，派人把汇款单交给孙辉南的家人。既然这是一张不寻常的汇款单，要控制到最小的范围内，知道的人越少越好。"

马成拿着汇款单刚出去，电话铃声就响了，汪海洋拿起了电话。叶副市长问："喂，请问你是谁？"

汪海洋说："我是谁？我是汪海洋啊。"

叶副市长说："我是市政府的老叶，有件事要通知到你。孙部长已经带着人到了省城，不知道你们知道不知道。刘书记已去省城接孙部长了，作为被视察的企业是不是也该有所反应？"

汪海洋说："市领导的指示，我们坚决照办。"

叶副市长说："你们要准备好，千万不能在孙部长的面前献丑。"

汪海洋挂上叶副市长的电话，司机小黄驾车直奔省城，车里坐着汪

海洋和姚丽梅。汪海洋说："姚总，你我一起去见孙部长，你知道我的用意吗？"

"不知道也不想猜。" 姚丽梅双眼直盯着前方的路况说。

"孙部长是个女性，我不好在她面前说什么。你就不同了，一定要和孙部长搞好关系。现在企业跑省进京，就是朝政策要钱。这次跑省就行了，就不用进京了。孙部长来到门前，机不可失，时不再来，希望你不要放过这个最佳时机。"

"我都听明白了，你是让我去巴结孙部长。我可以告诉你，凭我的脾气，一定会让你失望。"

汪海洋有点失控了，说："我揍……"

姚丽梅耸耸肩说："你敢？"

路边是个瓜园，小黄赶忙把车停了下来说："两位领导，去买几个香瓜送给孙部长，算作见面礼该有多好。"这才为两个人解了围。

汪海洋、姚丽梅、小黄来到了瓜棚，瓜棚里面没有人。汪海洋、小黄摘了几个瓜，就听到了一阵狗叫，就引来了瓜园的瓜农，瓜农的手里还拿着一把锋利的镰刀，挥舞着说："不好好走路，到瓜园来偷啥瓜？"

汪海洋拍着瓜说："小伙子，你怎么知道我们是来偷瓜的，不是来买瓜的？"

小黄说："有这样明目张胆的偷瓜贼吗？"

汪海洋闻了闻瓜说："你是瓜园的瓜农，就应该是卖瓜的人了？给我们摘一筐上好的瓜，要是有一个生瓜蛋子，我就回来找你算账，到了那个时候，可就不会像现在这样客气了。"

姚丽梅跟在瓜农的身边，见到一个大瓜就要摘。瓜农说："那个蜜糖罐不能摘的，那个瓜愣，那是个大傻瓜。"瓜农一眼没有照顾到，姚丽梅一脚就把蜜糖罐踩碎了，然后狠狠地看了汪海洋一眼，算是对车上谈话的报复。

孙部长在洗漱，秘书进来问："孙部长，国梦集团总公司的汪海洋他们在门外求见，见还是不见？"

孙部长漱着嘴把漱口水吐出来说："见，见，快让他们进来。"秘书出去了，过了不大一会儿，汪海洋就拎着一篮子香瓜，身后跟着姚丽梅走了进来。汪海洋把瓜篮子放在了茶几上，满屋子就飘着瓜香了。孙部长问："这是什么瓜，这样的香？"

姚丽梅说："蜜糖罐，刚从瓜地里摘来的。我马上削瓜皮，请孙部长吃个香瓜。"

孙部长拿起瓜说："不用削皮，洗洗带皮吃就行了。"

姚丽梅去洗瓜了。汪海洋说："孙部长，我们知道的信儿晚了，也就来接晚了。"

孙部长坐着说："本来想轻车简从，还是把你们都搅扰了，心里实在是过意不去。"

汪海洋说："厦门一别，还真的很想念孙部长。"

孙部长笑笑说："跟我说实话，是想孙部长了，还是想钱了？"

汪海洋说："二者兼而有之。"

孙部长哈哈大笑，指着汪海洋说："大实话，还真是大实话。"

姚丽梅把洗干净的蜜糖罐用果盘端了过来，孙部长吃口瓜说："别说，这瓜才叫瓜，真是甜，吃一口满嘴都是香味儿。"

姚丽梅说："孙部长要是见到国梦民族品牌的鞋，心里一定比吃蜜糖罐还要甜。"

孙部长说："国梦集团还有试穿的鞋吗？我来了可不能白来，起码得试穿上一双。"

汪海洋拿过鞋盒："孙部长，咱们这就试穿。"

"原来你们真的有准备呀。"

在省长、刘昆书记、汪海洋、姚丽梅的陪同下，孙部长来到了国梦集团总公司。宽敞明亮的厂房，一架架崭新的制鞋机器，职工们在有序地工作……让孙部长耳目一新。孙部长一个车间一个车间地走着，都看得很仔细。

孙部长问刘昆说："刘书记，你发现了一个问题没有？"

刘昆说："管理得好，井然有序，焕然一新……"

孙部长颇有兴趣地说："咱们国人有个毛病，就是爱看热闹。可是车间里存在这样一个庞大的参观团，够吸人眼球的，竟然没有看到一个人扭过头来看咱们，可见职工们的素质有多么高。"

刘昆附和说："是啊，个个都工作专注，旁若无人似的。"

孙部长指着墙上的标语问："汪海洋，能说说你这些语录是怎么来的吗？"

汪海洋说："总结起来大概可以分为两部分：一部分是从失败的教训中得来的；一部分是从古人的思想中提炼出来的。"

孙部长站在一幅语录前轻声地读道："两眼盯在市场上，功夫下在管理

上。”边读边走到了一位女职工的身边，问：“小姑娘你说说，你怎么看汪总的语录呀？”

女职工并没有停下手里的活，也没有抬头看孙部长，低声回答说：“这些话不但能看得懂，也知道指的是工作中的哪些事情，汪总告诫我们，我们不是普通的工人，更不是商人，我们是手艺人。手艺人是凭手艺吃饭，凭手艺的精湛、凭产品的质量和美观赢得客户的。所以我们干起活来心里有数就不会走板儿了。”

孙部长点点头说：“我也是工人出身，能明白你说的话。”

参观完了厂区，孙部长和陪同人员来到了进出口鞋大楼的贵宾室，坐定后，省长说：“孙部长风尘仆仆地来了，就有关事宜给大家做指示。”

孙部长说：“我就不想喧宾夺主了，还是让汪海洋说。”

汪海洋才不肯放过这个机会，说：“我就拿市场是企业最高领导的语录说事，我不想强迫大家想，大家也得想了，市场不是企业最高的领导，谁是企业最高的领导？领导不给企业钱，也没给钱的道理。我的脸皮子又薄，也不好意思去要钱。智取华山一条路，只有指望老百姓掏钱买鞋穿……”姚丽梅用右肘轻轻碰了汪海洋一下，意思是说走板了。汪海洋甩了一下左胳膊，说，“你碰我干什么？”结果引起了一阵善意的笑。

姚丽梅赶紧打岔地说：“汪总，你的眼前……”

汪海洋说：“我知道，从中央到地方的领导都有。”

姚丽梅接着说：“机会难得，说说生产革新的事，不要说领导不领导的事。”

孙部长接过话来说：“既然大家心有余悸，我就说说。部里的一位同志到宝岛台湾去了，参观一家大型的制鞋厂。他感到很奇怪地问厂长，厂子怎么挂上了汪海洋的语录。厂长说：‘汪海洋的语录非常好，是国梦集团成功的奥秘，就偷偷地抄了回来，运用在工厂的管理上。’再有我到韩国去访问，参观韩国的制鞋厂，厂子也是到处挂着汪海洋的语录，我就问厂长也欣赏汪海洋的语录？厂长说：‘市场是企业的最高领导，则是让员工在产品质量和经营管理上要有新的认识和启发。’汪海洋的语录可以这么说，都是从市场中总结出来的，有什么不好的？企业的经营管理者，只有将经营理念深入地贯穿于职工的行为之中，企业才是一个团结的集体，富有战斗力的集体。大规模的生产企业，没有核心的凝聚力，很容易形成一盘散沙。那么，靠啥来形成万众一心、共同奋斗的思想基础呢？汪海洋的语录就起到了强化的作用，把上万职工紧密地团结在一起，为国梦的发展共同战斗。在这方面汪海洋是先行者，他的典型经验值得学习。不要小瞧一句口号，它是号角，是行为规范，是企业文化不可缺少的因素。”孙部长一锤定音了，汪海洋的脸上露出了欣慰的笑容。

在前进机械厂旧址的门前，一辆面包车停下了，汪海洋、马成、程子龙、姚丽梅、刘启明、郑秀兰下了车，走进前进机械厂的旧址，戎村长正等在那儿。

汪海洋看看表断定说：“现在有三路人马正在往这儿赶，所以，我就给大家五分钟的时间发表意见，但是我先说一句话，决心已定，别人下山我上山。”

刘启明赞不绝口地说：“花果山都赶不上这里，这是个养人的好地方。”

郑秀兰接着刘启明的话说：“这几天我就是心焦，可能是快到更年期了，是越来越看大老郭不顺眼了。假使能到这个山清水秀的地方工作，离大老郭远点就太好了。”

汪海洋哈哈大笑说：“宁拆一座庙，不拆一对鸳鸯，就凭这一条，也不能派你到这儿来工作。”

郑秀兰说：“你们看我这破嘴，啥都往外说，让汪总揪住小尾巴了。”

戎村长拿出一堆图纸，让汪海洋过目说：“图纸是我通过熟人拿来的，这个宝贝就如数地交给国梦集团了，我信得过汪总。”

汪海洋看了几眼图纸卷好说：“好了，可以回去研究建厂的事。”

面包车开出了前进机械厂的旧址，在山路上疾驰着。程子龙看出了门道，说：“厂子的空间很大，种点菜，栽上果树啥的都行。我过去在厂子是搞副业基地的主任，这方面我可内行。汪总，到时我可当仁不让。”

谈到了这些，马成就动了感情，说：“这里的水土好，是盛产水果的地方，苹果、梨、桃子、枣在全国都很闻名。只要栽上了果树，职工们就不愁没有水果吃了。”

姚丽梅说：“在厂区建个摩托车训练场，职工们的腰包富了，就路况而言，首选的交通工具应该是摩托车。”汪海洋在想什么？他在想不花一分钱把厂子给拿下来。姚丽梅看穿了汪海洋的把戏，就讲起了“欧也妮·葛朗台”的故事，最后归结说：“汪总就是个地地道道的吝啬鬼。”汪海洋使劲地敲着车窗玻璃，在警告着姚丽梅。

面包车前脚刚走，奔驰轿车就开进了院子，孙元凯从车上下来。他扶扶眼镜，把文明棍挎在了胳膊上，迈着八字走了几步，就来到了戎村长的面前。孙元凯说：“老头，我问你，你要说实话，有几个城里人来过这里没有？”

戎村长看不惯文明棍，说：“眼睛瞎，我是啥都没看见。”戎村长的话音一落，就在孙元凯瞪眼睛时，一辆轿车开进了院子。李秋阳从车上下来了，走到了孙元凯跟前。孙元凯文明棍敲敲地说：“李县长，进了嘴的肥肉，可不能溜了。”

李秋阳志在必得，说：“我了解到一个重要信息，县里生产资料公司的老经理对国梦有恩。国梦不在丰盛县境内建厂，就是忘恩负义。”

孙元凯问：“老经理对国梦有啥恩？”

李秋阳说：“啥恩，暂时处于保密阶段。”

孙元凯举起了文明棍说：“瞧把你能的，我揍你。”

孙元凯的文明棍还没落下来，一辆轿车开了进来，下车的是泉水县的县长戎小川。戎村长就跑过去，把戎小川拉到一边说：“大侄子，你来晚了，你要见的人刚刚走。要想见到他们，只得去绿岛市了。”

李秋阳过来说：“戎县长，我给你介绍这位拎着文明棍的先生。孙元凯，绿岛市帝豪集团总裁。”

戎小川的心早就飞了，说：“我还有事，就不奉陪了，再见！”戎小川说完拉着戎村长钻进轿车。

汪海洋居住的橡胶公司住宅已经被推平，这里是汪海洋租的一套房子，二层201室，两居室带个暗厅。自从得到孙部长夸奖以后，汪海洋是极度兴奋，每顿都要喝上二两。汪海洋有了笑模样，李杏花想汪老爹想得就少，汪小丫也只能是挂在嘴边了。汪海洋喝着小酒，李杏花就端上来一盘炒黄花菜。

李杏花说：“老汪，咱们家又有喜事了。”

“老爸刚去世，房子让人推了，串房檐哪来的喜呀？”

李杏花凑到汪海洋的对面说：“部长夸你是喜事吧。我听军娃说了，他在广州认识了一个女朋友，马上就要到家里来了，这不又是一喜吗。”

汪海洋得意地说：“军娃是我的儿子，和他爸一样情商高。”

李杏花兴奋地说：“咱这当老公公老婆婆的，也得给儿媳妇准备点礼品，是吧？”

汪海洋端起酒杯喝了一大口说："这个不难，不就是准备一件礼品吗？去把我随身背的包拿来，里面就有现成的礼品。"

李杏花翻着包说："就两双鞋，哪里有啥礼品？"

汪海洋说："送礼品就送鞋，38码的，儿媳妇穿着肯定合脚。"

李杏花摔了包说："开啥玩笑，现在的女孩子嫁人要的是'三金'，金项链、金戒指、金手链，得上万才能买到手。"

汪海洋继续喝着小酒说："要什么'三金'，我又不是金匠。我家是个鞋匠，就会做鞋，就送鞋，不干就算了。"

李杏花有些急了，她冲着汪海洋喊："送鞋就是送'邪'，你是真傻还是假傻呀。"

汪海洋来了浑劲儿，说："就送'邪'了，傻子就傻子了。"

李杏花又急又气地说："大傻子，你爱送什么送什么，赶紧把我闺女找回来。"

"这是一定的。"

在九龙山上帝豪大酒店分店的副经理室，副经理汪小丫的脸上红扑扑的，对着镜子梳着乌黑的大辫子，梳完后缠在了脖子上，缠完后又打开了。梳洗打扮完毕，去绿岛市的车还没有到，汪小丫就想到了孙元凯，那可是救命恩人，哪能不打扮好。那个晚上，汪小丫跃身跳进了九龙潭，孙元凯正好赶到，就纵身跳进了九龙潭，把汪小丫从水中托举上来……汪小丫还在沉思中，就传来了敲门声，接着是女服务员的声音："汪经理，车来了。"汪小丫轻轻地打开了门，又轻轻地掩上门。

在九龙山上的丛林中，史大牛背着猎枪走在小路上，后面跟着付大勇。两个人来到山冈上，坐在一块大石头上。史大牛用后脚跟磕着大石头说："大哥，把我整到这山沟里，就那么几个傻妞，我都玩够了，是不是该想想别的法子了？"

付大勇说："帝豪大酒店分店的梁经理是我的朋友，在山上散完了心，你就去帝豪大酒店分店，那里美女如云，兜里有的是钱，还愁找不到好妞玩玩。"

两只野兔出现在眼前，史大牛抬手就是一枪，枪不但打空了，两只野兔很狡猾，还从他的胯下逃跑了。付大勇看着狼狈的史大牛说："夸个屁，百发百中，就是抓屁的手。"

听到了枪声，几个看山的立即跑了过来，见史大牛手里端着猎枪个个都害怕了，连声称："史爷，就当我们哥几个没来过。"几个看山的说完就走了。

史大牛喊："都给我回来。"几个看山的就回来了。史大牛说，"都给我站好队，站直溜点。"几个看山的站好了队，史大牛上前就打了每个人两个嘴巴，然后掏出一沓钱，每个人分两张，都是新版的 百元面值的票子。史大牛说："拿去疗疗嘴巴上的伤，再买一副有色眼镜戴上。"几个看山的拿着钱走了，听到史大牛对着付大勇喊，"这叫啥？这叫打个嘴巴给个甜枣吃，现在的领导都这样做。"

快到半夜了，付大勇、史大牛在帝豪大酒店分店就完餐，梁经理陪着付大勇、史大牛来到茶座，喝着新茶消闲。史大牛不但喝茶，还把嫩茶叶嚼碎了咽进肚子里。

史大牛掏出一把手枪摆弄着说："梁经理，这是兄弟刚从云南边境上买来的，子弹已上了膛，梁经理不想试试好使不好使？"

梁经理连忙摆手往后退着说："大哥可不敢，走火了麻烦。"

史大牛就把枪收了，说："一会儿就要就寝了，老弟没有妞睡不好觉。梁大哥，你这儿有没有漂亮性感的妞儿，啥人也没有上过手的处女？"史大牛拿出一摞钱放在了桌子上，见到梁经理有些迟疑，又拿出一摞钱拍在了桌子上。

梁经理说："有是有一个，可是身上长着刺，怕兄弟不敢上手。"

史大牛牛气冲天地说："还有兄弟不敢上手的妞儿？"

梁经理说："是孙总的干妹子，我们这儿新来的副经理。"

史大牛说："你说的是拎着文明棍的那个瘸子吧？我怕他？梁经理，前面带路，就去见孙总的干妹子。"

梁经理说："你还得忍着点，漂亮的妞儿去了帝豪集团总部，究竟啥时回来，我可说不准。"

史大牛看着嘻嘻笑的付大勇说："他妈的，你给老弟开的是空头支票？"

汪海洋刚刚送走了一伙客商，回到进出口鞋大楼的贵宾室还没有坐稳，李秋阳就和老经理风尘仆仆地进来了。汪海洋看着李秋阳就有点不顺眼了，心里想："这小子没安好心，不就是想捞国梦一把吗？这样不知道好歹的人，得给点好瞧看看。"汪海洋说："李县长，客人刚走，茶杯里的水没有动，你就接着喝吧。”汪海洋说完了，把客人喝剩下的茶水往李秋阳的眼前推了推。

李秋阳说：“汪总，不说喝茶的事，先认识认识你眼前的这位老先生，他是县生产资料公司的老经理，国梦可不能卸磨杀驴。”

汪海洋仔细地打量老经理，过去紧紧地握住老经理的手说：“我知道你老人家是谁了，你是我们国梦的救命恩人。既然老人家来了，我就什么话也不说了。”汪海洋拿出手机拨通了姚丽梅的号码说，“姚总，请你到进出口鞋大楼的贵宾室来，这里来了一位尊贵的客人。”

老经理见状含着泪说：“汪总，国梦不欠我啥了，我的老命是国梦给的，没有那两根金条，我得愁死了。”

老经理谈到了金条，汪海洋自然而然就想到了姚丽梅办公桌上的锦旗，他刚想问个明白，姚丽梅就进来了，见到老经理激动不已，说：“老经理，你的身子骨可好？”

老经理握住姚丽梅的手说：“身子骨好是好，就是老来找麻烦，有点不好意思。”

汪海洋说：“老经理不要见外，一家人不说两家话。国梦派一辆车，由姚总专门陪同，老经理在绿岛市逛逛。送老经理回家，要送上一件珍贵的礼品。”

姚丽梅说：“汪总说到珍贵的礼品，是不是国梦鞋？”

汪海洋说：“当然了。”

汪海洋夹起文件包要走，李秋阳拽住他说：“留步，留步，我还有话要说。”

老经理的到来，逼迫着汪海洋做出了重大的决策。在国梦集团总公司召开的领导干部扩大会议上，汪海洋说：“一只羊也是放，两只羊也是赶，国梦同时要成立两个制鞋公司，形成更加够规模的集团。两个公司的名称我都想好了，一个是国梦A股份鞋业有限公司，一个是国梦B鞋业股份有限公司，简称就是丰盛鞋城和泉水鞋城。关于两个公司的领导人选，在这次会上也要定妥了。原则只有一个，总公司的主要领导不能前去担任，要从中层领导干部中产生。”

马成说：“汪总，你就不要卖关子了，我们都听着呢。”

“刘启明同志任国梦A股份鞋业有限公司的经理；郑秀兰同志任国梦B股份鞋业有限公司经理。马书记分管丰盛鞋城；程总分管泉水鞋城；姚总主抓

两个公司的技改扩建工作。”

姚丽梅一旁插话说：“汪总，这次大规模扩充，你扮演什么角色？”

汪海洋说：“与会的都明白，我是什么都不管什么也都管。”

姚丽梅说：“说来说去，你还是大拿一个。”

汪海洋说：“随便站起来一个人说说，我不大拿谁大拿？”

散会时，郑秀兰在前面走，刘启明紧着追上来说：“秀兰，快到晌午了，我请你吃顿饭，咱们去个大馆子。”郑秀兰没有拒绝。哪里是吃啥大馆子，刘启明把郑秀兰领进了公司附近的小吃部。小吃部里面很热很闷，刘启明把小型电扇摆在郑秀兰的对面，扇得郑秀兰舒舒服服的。刘启明这才翻开菜谱，唤来了老板娘。

刘启明说：“女士菜嘛？应该上女士菜。”

郑秀兰说：“刘总工，要多了吃不了，浪费了可惜。”

老板娘说：“女士菜多了，点吧。”

刘启明说：“糖熘白果、糖熘地瓜、咕老肉、雪绵豆沙，再来一碗萝卜海虾粉丝汤。”

郑秀兰说：“得点主食。”

刘启明说：“雪绵豆沙算不算主食？”

郑秀兰扒拉着耳朵说：“刘总工，你刚才说啥我没听清。”

刘启明探头看着窗外，没等回郑秀兰的话赶紧把头缩了回来。大老郭进来了，坐在桌子横头，刘启明想跑也是跑不了。刘启明警惕着大老郭的拳头，说：“大老郭，我请郑工程师吃饭，你来干什么？”

大老郭双手抱拳说：“还有什么说的，前来贺喜。”

刘启明问：“贺什么喜？”

大老郭说：“什么喜？我媳妇和刘总工升迁了，都是经理级的领导了，还能不前来贺喜。”消息传得可是真快，郑秀兰也是满脸的笑容。刘启明还是惧怕大老郭，粗人喝点尿水，再把他追到沙滩上打，那可是脱光了屁股推碾子——丢上一圈的人。大老郭见到刘启明的样子，握紧了拳头说：“我可不敢再打刘经理了。”

郑秀兰问：“这为什么？”

大老郭松开了拳头说：“打领导烂手。”

刘启明一听就高兴了大声喊：“老板娘，上来一箱绿岛啤酒，我要和大老郭妹夫喝个够。”

在国梦的职工食堂里面，汪海洋、马成、程子龙、姚丽梅围着桌子在吃饭。

马成喝了口冬瓜汤说：“既然两个分公司定了，签合同就摆上了工作日程，我认为嫁姑娘宜早不宜迟。”

姚丽梅听了就扎耳说：“马书记，你说的这是什么话?”

程子龙阴阳怪气地说：“姚总，你还没有出嫁，这个你不懂。”

姚丽梅反问道：“就你懂?”

程子龙想想扑哧笑了，说：“我也是不懂。”

汪海洋没有听他们在说些什么，却冒出一句：“我还有点头疼。”

姚丽梅奇怪地问：“为什么?”

“为什么？不是嫁姑娘的事，是签合同的事。李秋阳我是一分钱也不想给他，他绝不肯善罢甘休。土地佬怕是惹不起。不用说别的，只要他把路一封，不让咱们走就没辙了。再一翻脸，断水断电更是要命了。”

姚丽梅问：“汪总，你打算给两家多少?”

汪海洋早有打算说：“两家总共100万，二八分成。”

姚丽梅说：“我去给县长戎小川打电话，说一样的旧兵工厂，汪总偏着心眼做事，给丰盛县拨款80万，给泉水县拨款20万。”

汪海洋说：“姚丽梅你听着，自古以来，卖国贼没有好下场。”

司机小黄开着吉普车，沿着崎岖的山路行驶着。车上坐着汪海洋、姚丽梅、汪军娃。姚丽梅望着车窗外的山间沟壑，尽量缓和着姿势，减轻颠簸造成的不适。

姚丽梅就埋怨说：“死心眼儿，放着平坦的大路不走，偏偏走这羊肠小道，是想把人颠死了，你才解恨?”

汪海洋说：“姚总，你不知道我的心情。我是要看看贫困的山村贫困到啥程度，就算是一次访贫问苦，会使我建厂的信心倍增。大山里的百姓挣点钱不容易，一旦挣到山外送来的钱，就把10元当1元花了。”

汪军娃说：“爸，天下还有三分之二的人民没有解放，你应该去解放他们。”

汪海洋说：“伟人定出来的目标，想想也没什么不对的，没有想象哪有现实。孩子，人过留名，雁过留声，这就是历史。哎，小黄，停车。”

在半山腰上有一间土房，孤零零的，烟囱冒着烟，很符合汪海洋访贫问苦的口味儿。汪海洋下了车，撅根树棍拄着在前面走，姚丽梅、汪军娃、小

黄跟在后面，攀着陡坡向土房走去，这是一间遗弃的破房子。汪海洋弯腰走进了房子，见到炕上躺着两个老人。屋子里散发出一股发霉的味道儿，呛得姚丽梅不得不捂住了鼻子。炕上的被褥，都看不出来啥颜色了。汪海洋眯上眼睛，才适应了屋子里的光线。他的目光盯在墙上，突然，他发疯似的向墙上扑了过去，喊着说："爸、妈、兄弟，我可找到你们了。"汪海洋拿出了小刀，小心翼翼地抠着墙上贴着的一张发黄了的烈士证书，烈士证书被抠了下来，就放在了奄奄一息的两位老人的面前。汪海洋拉过汪军娃说，"孩子，快给爷爷、奶奶跪下磕头。"汪海洋、汪军娃跪下了，姚丽梅自觉不自觉地跪在了汪军娃的身后，三个人规规矩矩地磕了三个头。当汪海洋看着墙上挂着的一双崭新的国梦鞋时，摘下鞋来抱着泪如泉涌。

姚丽梅说："汪总，你怎么了?"

汪海洋哭着说："吕金勺兄弟，大哥对不起你呀，让爸爸、妈妈遭这样的罪。"

汪海洋哭着来到了屋子的外面说："军娃，爸爸把烈士证书交给你了，你要去完成一个神圣的任务，就是护送烈士证书进绿岛市，要找最好的装裱店，要用最好的材料装裱好，然后送到我的办公室。小黄，你跟着军娃一起去。"

小黄说："汪总，你……"

汪海洋说："我和姚总护送军娃的爷爷、奶奶去丰盛县医院。军娃，你和小黄到了市里，记住马书记打电话千万不要接。"

汪军娃和小黄开车走了，吕银勺乞讨回来了。汪海洋抱住吕银勺说："兄弟，困难到了这种地步，为什么不去找大哥呀?"

吕银勺说："我哥活着时来信跟我说过，人活着要有志气，不要去求人，更不能因为军属去麻烦组织。"

汪海洋嗓子沙哑着说："傻兄弟，爸爸妈妈病成了这个样子，得多少钱往里添呀，你还跟哥讲啥志气，这是一种迂腐。好兄弟，好风凭借力，才能上青天，这个道理你应该懂得。我马上给县医院打电话，请求120救护车来支援。"

在崎岖的山路上，120救护车向着丰盛县的方向驰去。姚丽梅看看表说："汪总，签字仪式的时间早就过了。马书记已打过了几次电话，你都不让接，难道你想撕毁合同吗?"

汪海洋说："李秋阳算什么县太爷，我有账要跟他算，算完了这笔账再说签合同的事。”

姚丽梅说：“那就通知马书记回绿岛市。”

汪海洋说：“这是多余。”

姚丽梅说：“汪总，你千万不能意气用事。”

汪海洋几乎是在吼：“再婆婆妈妈的，我就请你下车了。”

姚丽梅望望外面的大山说：“不让说就不说了，我可不下车，下车还不喂了狼。”

在丰盛县政府的小会议室里面，县里五大班子的领导都到齐了，陪着马成、刘启明喝着茶水聊着天。马成几次看了看表，又看了看外面的天色，就叨咕说：“汪总坐牛车也该到了。”

李秋阳说：“不要说坐牛车，就是走路也该到了。”

马成说：“汪总行伍出身，言必信，行必果，从来不食言的。”

李秋阳有些泄气说：“在这个项目上，汪海洋原本就是三心二意的，我的心里老是不落地，这是临上轿又出了事。”

马成来到小会议室外面打电话，打了一气电话也没有人接，回来见天色已晚，说：“各位领导，天都这样晚了，汪总还没有到，就是说法人还没有到，这个合同我不能签，签了也不生效，就实在抱歉了，各位请回吧。”

李秋阳生气地说：“没有这样不讲信誉的。”

马成说：“如果我没预测错的话，项目肯定发生了变化。”

李秋阳说：“汪海洋就是一只朝三暮四的猴子，让我这个县长的脸儿往哪儿搁，县里五大班子的头儿都在这里，只能是夹在裤裆里面藏起来了。”

第二天刚上班，李秋阳就给戎小川打电话问：“戎县长，泉水鞋城的项目签了吗?”

戎小川说：“签了，正热火朝天地干着呢。”

李秋阳撂下了电话，要通了马成的电话问：“马书记回到了市里，见到汪海洋了吗?”

马成说：“见到了。”

李秋阳说：“丰盛鞋城的项目上还是不上?”

马成犹犹豫豫地说：“暂时说不清楚。”

李秋阳问：“是不是汪海洋这小子变了卦?”

马成说：“汪总像是在气头上，我就不好过问这件事了，弄不好会适得其反。”

李秋阳说："我给他打了几次电话他就是不接，他是在跟谁怄气，难道是跟我怄气不成？"

马成说："解铃还须系铃人，你不能在丰盛县傻等了，赶紧来绿岛市找汪总疏通。"

李秋阳说："我知道了，还得去牵马坠蹬。"

李秋阳当天就来到了绿岛市，通过孙元凯的关系，把姚丽梅邀到了帝豪大酒店的小包房。

姚丽梅舌尖舔舔红酒咂咂味儿说："李县长，症结不在我这儿，我可没有出坏点子，一路上尽说好话了，差点让汪总撵到车下喂了狼。"

孙元凯说："表妹，谁也没有说怨你，拣点实际的说。"

姚丽梅说："汪总在半山腰捡了个爸捡了个妈，这火说上来还就上来了。我现在也摸不准他的脾气，不知道为什么不去签合同了。"

孙元凯说："表妹，李县长不是外人，看在表哥的面子上，无论如何你得帮帮李县长的忙。"

姚丽梅就出着主意说："汪总半山腰捡来的爸妈，现在在丰盛县的县医院住院了，李县长应该前去探视，这样效果会更好。还有，李县长应该去拜会汪总，人怕见面，树怕剥皮，汪总也不是不给面子的人。"

李秋阳说："我是懒得去见汪海洋了，一见到他我就头疼。"

姚丽梅说："我天天见到他也没有头疼过，是你的自我感觉不太良好了。人要讲天地良心，要知道汪海洋也是个人。"

孙元凯筷子点着菜说："吃菜，再不吃就凉了。"

汪军娃捧着一束鲜花，站在港口向远处望去，一艘客轮缓缓地驶来停靠在码头上。李小娜在客轮上出现了，向汪军娃不断地摆着手。李小娜戴着遮阳帽，穿着一身素白色的裙子，像一朵盛开的白色郁金香。李小娜下了客轮，欢快地来到了汪军娃的身边。

汪军娃献上鲜花说："天上有飞机，地上有火车，你咋偏偏从海上来了？"

李小娜娇声娇气地说："我天生就是喜欢大海嘛。"

汪军娃傻乎乎地说："难道就是这个原因？"

李小娜说："给你带来了一件礼物，飞机、火车上不肯托运。我认识客轮上的大副，走了后门才运过来的。"

汪军娃说："是什么礼物还不能运？"

李小娜说："到了货场你就知道了。"

汪军娃、李小娜来到港口货物领取处，李小娜把货物领取单交给了工作人员，工作人员从仓库里推出一辆民国时期的人力车。汪军娃看了看穿着一身素白的李小娜，又看了看这辆路面上根本就看不到的人力车，就不知道李小娜包子里面装的是什么馅了。汪军娃有些为难了，老爸是很传统的人，老妈也是很传统的人。这辆人力车加上李小娜的素白打扮，在两个老人的眼里能过关吗？脸上就表现出来了。

李小娜就看出端倪了，说："是不是给你掉价了？"

"谈不上，就是……"

"汪军娃，你可听好，一定要把车拉好，让本姑娘喜欢上你，李小姐就要上车了。"

汪军娃小声小气地说："港口离家那么远，把你拉到家还不得累死了？再说在大街上被警察逮住，还不得把人力车没收了。"

"你是不想拉本姑娘了？"

"不敢，不敢，小的不敢，请李小姐上车，我就是个人力车夫了。"

李小娜从背包里拿出一条白手巾围在了汪军娃的脖子上，细细打量着他，说："这才像个人力车夫的样子，出汗了拿手巾擦擦。"在滨海大道上，汪军娃拉着人力车，李小娜仰躺在人力车上，一路上就引来了无数注视的眼光。李小娜说，"都美死了，要的就是这个效果。"

汪军娃说："李小娜，你妈让你到绿岛市来工作吗？"

"我妈说了，让我到澳大利亚去镀金。"

"你唬你妈了？"

"为了爱情，该着唬也得唬。"

两个人说着警车就从后面追了上来，两个交警下车拦住了人力车。交警A说："下来，耍够了没有？"

李小娜下来说："两位警察叔叔好！"

警察B说："咋叫哪？我不比你大，论来论去还兴小呢。"

李小娜也不示弱，说："拦车干什么？"

警察A说："把破车扔到这儿，一会儿来车装走。"

李小娜来到了警察A的身边，掏出了小圆扇子扇着说："我们这是在拍电影，请问绿岛市的警察，就不兴行个方便吗？"

警察A说："你说拍电影就拍电影了，请问摄像机在哪儿？"

李小娜说：“这叫赶场子，就是所说的预热，得把车夫累得满头大汗，到了拍摄场地才真实。再者说了，一路上，我们俩还得练练台词儿，这叫一举两得。”

李小娜这么说了，警察A敬个礼说：“对不起了，这是我们的职责，我们就得这样做。既然是拍摄电影，是个特殊情况，你们靠点边儿拉，千万不要和机动车抢道，以免发生交通事故。拍摄完了电影，就不要来路上耍了。”

李小娜上了车说：“车夫，目标绿岛市汪家豪宅。”

人力车拉出了好远，两个交警还在张望。李小娜向后面摆摆手说：“追星族，拜了拜了！”

第15章　招模特儿美女如云，火爆新闻抢占头条

绿岛市帝豪大酒店洗浴室，汪海洋陪吕银勺洗澡，两个人在大池子里面泡着，头上雾气缭绕。

汪海洋说："兄弟，在县城电影院的台阶上，你就认出了大哥，大哥回头来找你，你怎么就跑了？"

吕银勺说："人穷志短，马瘦毛长。"

汪海洋说："兄弟，你怎么说话还一套一套的？"

吕银勺满腹牢骚地说："我考上了大学，因无钱上学，高中的恋人离我而去了。爸妈有了病，为了给二老治病，老房子和家里仅有的财产都变卖光了，定了亲的女人又离我而去了。我的心彻底凉了，人间哪里还有啥真爱。真爱没有了，就啥顾虑也没有了。大哥，人间的冷暖我都体验到了，就差去偷、去抢了。"

汪海洋说："女孩子追求物质上的享受离你而去，这不算过错。现在的广播宣传，影视传播，网络传媒，在年轻一代人的身上已经是根深蒂固，不好回转了。"

吕银勺说："都怨我无能，把爸爸妈妈的病耽误了，得病的时间太久了，怕是治不好了。"

"儿孙自有儿孙的福，老人自有老人的福，当儿女的尽到孝心就行了。" 汪海洋劝慰着战友的弟弟。

吕银勺洗完澡就容光焕发了，跟着汪海洋来到服装店。汪海洋陪着吕银勺挑选衣服，买了一身休闲服，吕银勺穿在身上显得很帅气。两个人又挑选着西装，吕银勺相中了一套咖啡色套装。

女售货员热情地说："先生，请到试衣间试穿，合适了就买下，不合适可以另外选择。"

吕银勺进了试衣间，穿好了西装出来，看上去潇洒大方。

汪海洋问："西装多少钱？"

女售货员说："1280元。"

吕银勺听了这话就往下脱："大哥，太贵了。"

汪海洋说："穿上，穿上，只要我兄弟喜欢就买了。"说着，就跑到收银台交了款。

两个人来到了菜市场，汪海洋说："兄弟，想吃啥就买点啥，回家让你嫂子露上一手。"

吕银勺说："烀几个茄子、土豆，拌上葱酱，烙几张饼吃就行了。"

汪海洋的手机响了，是刘启明打过来的。菜市场很嘈杂，汪海洋听不清，就来到了菜市场的外面接着电话。刘启明说："汪总，你的葫芦里究竟卖的啥药？我和马书记，在丰盛县党政领导的面前弄得灰溜溜的，好像是丧家之犬。"

"刘总工，一句两句话说不清楚。你买几样时鲜的水果带到我的家里，我的家里来了客人。我请你陪着客人吃饭，这顿饭可不白吃，就算拿水果顶了。"汪海洋关上手机说，"兄弟，咱俩去买海货。"

李杏花在吕银勺的面前还是露了一手，糖醋平鱼、清水煮虾蛄、小碗口大的蒸蟹，各种炒菜摆满了一桌子。一瓶陈年的"西凤酒"也拿了上来，没等倒进杯里就满屋子飘着酒香了。李杏花在厨房里面烙着饼，汪海洋就来到了厨房。

汪海洋说："军娃去哪儿了？"

李杏花说："到港口去了，说是去接女朋友。"

汪海洋说："这样大的事，你们娘儿俩也不告诉我，我还算个当爸的吗？"汪海洋气呼呼来到了客厅，刘启明就进来了，撂下了水果拿起筷子就要夹菜吃。汪海洋说："刘总工不能动，今天还有贵客。"

门铃声响了，汪海洋打开了门，汪军娃、李小娜就进来了。李小娜见到了汪海洋说："姨父，我从广州来了。我们早就认识，想是你一定欢迎吧？"

汪海洋半笑半严肃地说："认识是认识，欢迎也是欢迎，就是姨父是个流氓。"

李小娜说："姨父说对了，但流氓二字得有引号。"

刘启明说："姑娘你说话有点任性呀。"

李小娜说："是吗？"她四下看了看，说，"这住房可……"汪军娃有点难堪了，硬是把李小娜拉进了自己的卧室。汪军娃坐在板凳上，李小娜坐在床边。李小娜皱着眉头说，"这就是汪总公子的卧室？还不如好鸡窝。"

汪军娃说：“老屋拆迁了，这是临时住所。”

李小娜说：“我不是个嫌穷爱富的人，要是爱富早就嫁进豪门了，还来绿岛市干吗？汪军娃，你说说，你想让我睡哪儿？”

“你睡在床上，我在地上打地铺。”

“这是不可能的，看来我得另想办法了。”

李杏花拉开门说：“军娃，出来吃饭。”

李小娜择着螃蟹肉吃着，把一个螃蟹肉择得很干净，就再也不肯动嘴了。

汪军娃问：“小娜，吃完了？”

李小娜说：“吃完了。”

李杏花：“这孩子，吃得这么少？”

李小娜说：“作为女人不保持体形哪行，我在学校练习舞蹈，多长2斤肉教练就要罚我200元。姨，吃一个螃蟹腿就不少了。”

李杏花说：“你爸你妈是做啥工作的，孩子吃的这样少都不管？体形麻秆似的，能干动活吗？”

李小娜说：“我爸在政府机关工作，我妈是部队上的医生。姨，我这次来就不想走了，要在绿岛市找个适合我的工作。”

汪海洋说：“光凭浮才不行，好工作不好找。”

李小娜说：“请姨父不用操心了，工作我会自己解决的。”

汪海洋说：“端盘子，打扫卫生……”

李小娜说：“餐饮业我不会去做的，去做我也做不好。”

李杏花说：“人不大，心气挺高。”

这顿饭吃得还算高兴。饭后，李小娜张罗着要去住宾馆。汪海洋、李杏花就不好阻拦，汪军娃看了爸爸妈妈一眼，跟着李小娜就出了门。由于李小娜在里面搅局，刘启明就喝了两小盅酒，望着剩下多半瓶的“西凤”还有点恋恋不舍。汪海洋把酒瓶子塞到刘启明的衣袋里，把他拉进了卧室，然后关上了门。

汪海洋说：“刘总工，这次让你来，是想交给你一项任务。”

“什么任务？”

“看见客厅里面的小伙没有？他的名字叫吕银勺，和我就像亲兄弟一样，如今交给你了。你在丰盛鞋城给他安排个工作，就算我开一次后门。”

“总裁的兄弟可不好安排。”

“就是安排一个工人，你还有难度吗？”

“汪总给了尺寸，这样就好安排了。”汪海洋、刘启明来到了客厅。刘启明说，“吕银勺，汪总的家里太挤了，跟我走，到我家去住。”

刘启明领着吕银勺走了，李杏花送到了门口，然后回来收拾着碗筷。汪海洋却是躲进了卧室，眼睛看着《经营管理学》，心里想着汪军娃和李小娜的事儿，还没有理出头绪，李杏花进了卧室没好气地说：“老汪，你还有闲心看书。你看那个李小娜，打扮得像个小妖精似的，说话大大咧咧的不沾边儿，恐怕一般的人家养不住。军娃娶了她，可有好戏唱了。”

汪海洋说：“我的家就是不一般的人家，我的家就能养得住。你说有好戏唱了，这没错。”

李杏花还是不认可李小娜，说：“看看孩子的吃相，瘦得只剩下皮包骨头了，准是个病秧子，嫁不出去了才来找咱军娃。”

“我年轻时也瘦得可以，现在胖了，不是二百多斤的砣吗？有骨头就不愁长肉，凭李小娜的个头，用不了一年半载的，体重不愁不到一百八十斤。”

李杏花就泄了气说：“这样说，你同意了？”

“你同意我同意军娃同意都不行，还得人家姑娘同意。这个姑娘绝顶聪明，生个大胖孙子保你满意。”

“小丫怎么办？”

“小丫太痴情了，是个难办的事。但这种事我管不了，是你这个当妈的该管的事。”

李秋阳前来拜访汪海洋，汪海洋就把他拉下了办公楼，一行人到了晌午，就赶到了泉水县城。戎小川在政府食堂准备了一餐，一张大桌子上面的盖帘上放着苞米面大饼子，每人面前一碗猪肉炖豆角，再就是几个下饭的小咸菜了。

汪海洋咬着大饼子吃着说：“农家饭菜，好吃。”

戎小川脸上有了笑模样，说：“泉水县虽说穷，就这样的饭菜，汪总就是活到一百岁，恐怕也断不了顿。”

汪海洋边吃边问：“戎县长，制鞋厂动工许多天了吧？”

“是有好几日了，今天烧荒可是个大举动。”

李秋阳心里不服，嘴上也不饶人地说：“戎县长貌不惊人，语不压众，就这破饭破菜，咋把汪总给拿下了？”

“戎县长不算计别人，真诚抵万金。” 汪海洋说的既是话里有话，也是真心话。

李秋阳气呼呼地说："听说汪总给泉水县拨了120万？"

汪海洋不但没有回避反而提高了嗓门说："李县长，何止是这个数。我给泉水县解决了3000人就业的问题，制鞋厂的年产值可以达到1.5个亿。至于利润和税收，我就不会算计了，请李县长把县财政局的人请来算算，人就该知道啥是香啥是臭了。"

吃完了这顿农家饭，汪海洋带着一行人来到泉水鞋城。在锅炉房里面，见到大老郭撅着屁股拿着钩子在炉前钩着火，汪海洋来到他身边问："大老郭，你咋来了？"

大老郭直起了腰板说："秤杆离不开秤砣，老头离不开老婆。"

汪海洋逗着大老郭说："你来了，就会搅乱郑秀兰的心，她就不会安下心来给公司办事了。我再给你半天夫妻热乎的时间，请你马上离开这里。"

大老郭急了，说："这儿是你说了算，还是我老婆说了算。"

汪海洋说："口气不小。"

大老郭傻傻地笑着说："汪总，我老婆在被窝里跟我说了，我是她聘到公司里的第一个职工，就是个锅炉工。"

汪海洋拍着大老郭的肩膀说："第一个聘任的职工可是身兼多职，除了烧锅炉外，还是家务兼保镖，你这样的爷们儿上哪儿去找呀？"

大老郭让汪海洋说得红了脸，急得说不出话来了，结果是满屋子都是"哈哈"的笑声。在笑声中，汪海洋一行人离开锅炉房来到了工地。郑秀兰戴着安全帽蹲在地上看着施工图纸，身边蹲着孙元凯，还有工程项目经理。汪海洋来到他们身边，郑秀兰都没有察觉到。

郑秀兰指着图纸说："孙总，这样未免太浪费了，国梦家小业小花不起呀。"

一个工人跑来了说："郑经理，防火带打好了，点不点火？"

郑秀兰头也不抬说："点不点火我说了不算，再等等汪总。"

汪海洋说："我说了算。"

郑秀兰和孙元凯这才发现汪海洋就站在他们的身后。汪海洋说："孙元凯，图纸我看过了，在建设中要一边建一边改。现在谋篇布局不得当的，将来拆了重建损失就大了。职工宿舍一定要建好，要上宽带、上淋浴、上坐便……将来住宿的有本科大学生、硕士生、博士生、脖子后头的人。"

姚丽梅说："不是脖子后头的人，是博士后。"

汪海洋强词夺理地说："当我什么都不懂？幽默一下能怎样？郑经理，这把火我还就不点了，让姚总去点。姚总是什么都懂，我可不是。"姚丽梅毫不客气，来到火把存放的地方，拔下火把举着来到了蒿草前，点着了院子里面的蒿草，火就迅速地燃烧起来。汪海洋拍着巴掌喊："火烧旺运！"

李秋阳凑到汪海洋跟前说："汪总，丰盛县的火……"

"李县长，我还有几件要紧的事去办。10天后，研究丰盛县的事。你要有两手准备，建厂不建厂还是个未知数。"李秋阳听了这话，心就凉了半截。

至于国梦在丰盛县建不建厂，李秋阳还是在县医院院长的陪同下来见吕金勺的爸妈。吕银勺剥着香蕉喂着妈，妈咬了一口，转身又让爸咬了一口。李秋阳来到床前说："哎，你就是吕银勺吧？"

吕银勺见到是院长陪同的人，肯定是个人物，就没法回话了，继续喂着爸妈香蕉吃。院长说："吕银勺，这位是李县长，前来看望你的爸妈。"

吕银勺起来作个揖说："不知道县长驾到，没有前去迎接，失礼了。"

李秋阳说："我知道你的心里憋屈，说话就不着调了。有你大哥汪海洋的存在，不要说我不想让你憋屈，就是想让你憋屈，我也不敢了。按照国家优抚政策，县民政局给你家解决了两室一厅住房。房产部门把房本都办好了，我给你带来了。另外，我和院长商量好了，医院派个专门的医疗小组为二位老人治病，要住进高干病房，下午就可以搬过去了。"

院长说："李县长的指示院里一定照办。"

汪海洋在办公室里画着图，姚丽梅想看，他遮着掩着不让看，一定有内容。姚丽梅非看不可，看完不解地问："B31－W56－H84，这是什么意思？"

"名牌大学的高材生也有败北的时候。不懂了吧，这些数字代表女人的三围。"

姚丽梅不屑地说："你还懂得女人的三围？"

"小瞧人，不懂我不会学吗？"

"对，是得学。"

"国梦要招收八名女模特儿员工，就是图上画的这种身材的姑娘。这项工作就由姚总负责了。记住，明天要把广告打出去，让全市的人都知道。"

姚丽梅疑惑地看着汪海洋问："你到底想干什么？"

汪海洋说："这件事只可意会，不可言传。"

姚丽梅虽说不愿意干选模特儿的事，但还是认真地去做了，第二天广告就刊登在《绿岛日报》上了。李小娜兴高采烈地拿着报纸来到客房，拍了一下汪军娃的肩膀说："看看报纸，我要有戏唱了。"

汪军娃看看报纸说："招工广告密密麻麻的，没工夫看。"

李小娜说："看看我画了杠杠的招工简章。"

汪军娃看完广告说："工资待遇这样高，还不得挤破脑袋？再说条件这样苛刻，你未必能应聘上。"

李小娜很有自信地说："只要我想办的事，没有办不成的。"

在国梦集团总公司的走廊里面，挤满了前来应聘的姑娘。李小娜拿着英语特优的评聘单，敲响小会议室的门，传出了主审官姚丽梅"请进"的声音。李小娜推门进来见到了姚丽梅，跑上前扶着姚丽梅的肩膀。李小娜说："姚姨，我来参加竞聘了。"

姚丽梅用好奇的眼睛看着李小娜问道："羊城挺好的，到绿岛市干什么?"

"绿岛市好啊，起码比羊城凉快得多。而且还有你姚姨在。" 李小娜套近乎说。

姚丽梅笑了，继续劝说道："你可想好了，北方的这座城市，无论是政治还是经济，都是远远赶不上羊城的。做错选择，想改变也就难了。"姚丽梅说破了天李小娜还是无动于衷，既然是这样，姚丽梅就问，"你的英语口语过关了?"

李小娜说："特优。"

姚丽梅说："那就走下一个流程吧。"

李小娜兴奋地说："不叫你姚姨叫姚总了，这里有佳丽三千，走走后门很有必要了。"

姚丽梅听李小娜这么一说立马严肃起来："走后门？选拔模特儿的条件，凡是舞蹈学院的毕业生优先。考核的老师深谙舞蹈方面的技巧，我不能前去指手画脚，让人贻笑大方。李小娜，一定要凭实力，这个你懂吗?"

李小娜信心百倍地回答说："姚总，你就瞧好吧。"

八名拟录取的模特儿档案放在了汪海洋的面前，当看到李小娜的照片时，档案他是连看都没看就放到了一边。汪海洋要通了姚丽梅的电话说："姚总，请你过来。"

姚丽梅来到了汪海洋办公室，汪海洋把李小娜的档案扔给了姚丽梅说："这份档案不合格，国梦不同意聘用这个人。"

"凭什么?"

汪海洋又来了霸道劲儿说："不凭什么，就是退回去。"

姚丽梅也打横了，说："已经通知了本人，这是不可以的。"

"你不要感情用事!"

"我一没吃聘用人员的饭，二没收聘用人员的钱，三按要求聘用的模特儿，请问汪总裁，我怎么感情用事了?"

"聘用前，应该让我看看聘用人的档案。"汪海洋强词夺理地说。

姚丽梅也不示弱："你是当面授意我全权处理的，你想反悔吗?"

"李小娜英语过关吗?"

"特优。"

"是舞蹈学院毕业的学生吗?"

"上海舞蹈学院本科生。"

"说什么也不行，就是要退回去，省着人家说闲话。" 汪海洋的话刚说完李小娜推门进来说："汪总、姚总，你们说的话我都听到了。"李小娜上前抱住了汪海洋，亲上一口说，"姨父，你是总裁不假，你凭什么退了我?"李小娜把汪海洋问得哑口无言。

在绿岛海洋大学的外教楼301寝室里面，姜托尼把一盘干果摆在了姚丽梅的面前，然后坐下生着闷气。姚丽梅看着姜托尼的模样儿，又是疼又是爱，但这次不知道是刮的东南风还是西北风，就无从下口了。

姜托尼质问姚丽梅说："你为什么说话没准儿，让我傻汉子等老婆?"

姚丽梅一本正经地回击着姜托尼说："外教先生，说话要讲究点，谁是你的老婆?"

姜托尼说："开句玩笑而已。"

姚丽梅把干果倒进了塑料袋，避开了敏感的话题说："吃不了就兜着走了。"

姜托尼说："兜着就兜着，没有我再去买。"

姚丽梅说："你和你们的校长沟通一下，就说有一位姚丽梅女士求见他。"

姜托尼甩了一个响指，说："不用去找别人了，我一定能OK他。"

在绿岛海洋大学的校长室里面，校长章含言在看一份请柬，是国梦集团总公司的鞋展。他把请柬放在办公桌上说："这年头怎么了？去这个展那个展，我这个校长还干不干点正事了?"

秘书进来说："章校长，外教姜托尼求见。"

章含言感到这个姜托尼特有意思，见了他的面不谈学问而是大谈鞋，可能是一辈子怕光脚走路的原因。章含言说：“请他进来吧！”

秘书出去了，姚丽梅、姜托尼走了进来。姜托尼介绍姚丽梅说：“章校长，这位姚丽梅女士是个鞋匠，是国梦集团总公司的副总，人称姚总。”

章含言说：“姜托尼，你到这里不说鞋行不行？”

姜托尼干脆地说：“不行，人跟兽的根本区别就在于穿鞋不穿鞋。”

章含言被逗笑了，说：“既然把人和兽的根本区别都说了出来，作为人你们请坐吧！你们面前是苏打水，看看喝着味道咋样，姚总，来找我有什么事？”

“我几乎天天游览章校长的网站，章校长是1964年的清华大学毕业生，早我二十多年，我们俩应该是师叔和师侄的关系。”

“不敢，应该是师哥师妹的关系。”

“既然是这样，说话可就随便了。我是学理工的，和师哥不谋而合。”

“你是清华大学的毕业生，如果是来求职的，明天你就可以上班了。”

“我不是来求职的，我是来送学生的。”

“送学生的，我让你搞糊涂了？” 章含言听得一头雾水。

“看在师妹的面子上，国梦有8名员工要到学校进修一段时间。关于费用就好说了，由国梦出。”

“校企联办是好事，我当然同意，具体事宜可同分管的副校长去谈，谈妥了，我批几个字就行了。” 章含言一听是进修并且是国梦集团出钱，非常爽快地答应了。

姚丽梅在绿岛海洋大学顺利地办完事，兴冲冲地来到了汪海洋的办公室，汪海洋看着校企联办的合同，在合同上画着说：“一个月每人要交2000元的费用，你说学校抠门不抠门？去告诉那位姓章的校长，一个人每月就交500元的现金，剩下的费用不打赖，用鞋支付。”

姚丽梅说：“还说人家抠门，你就够抠门的。我每次出去谈事，回来又有几次没有坐蜡的？”

“企业是个大蛋糕不假，可也不能随便分呀，你拿一块，他拿一块，可就分没了。”

“做人要大气，做企业也要大气。你不用吐苦水了，我跟着你做事就是命苦，再去试一把吧。”

“我说的事没有不行的，不行回来你拧掉我的头。”

姚丽梅反应真快，回击说：“汪总，你可就一个头。”

汪海洋也不含糊，快语惊人：“ 我是孙猴子，脑袋随便长。”

刘启明从新配备的轿车里钻了出来，一步不停地来到了汪海洋的办公室。汪海洋正在同孙元凯叫着板，嗓门挺高，说：“丰盛鞋城的工期要控制到四个月。泉水鞋城的工期要控制在三个月。你不要跟我谈钱的事，建设资金还是实施鸡生蛋蛋孵鸡的办法。”

孙元凯叫苦连天地说：“汪总，银行不是我家开的，跑完了市行还得跑省行，跑完了省行还得跑总行，工期再宽限几个月，就算我求你了行不行?”

“你孙总掰指头算算，国梦欠不欠你帝豪一分钱，不是一分不欠吗？宽打窄用，你不会犯愁的，我摸到你的底了。”

“好了。刘总工来了，我就不和你计较了，改日咱们再谈。” 孙元凯知道在汪海洋这里捞不到好处，边说边往外走。

汪海洋也不饶人：“谈个屁，基建资金短缺时你垫上，决算一块儿算。”

孙元凯用手杖敲打着地板说：“臭无赖，哪回你给利息了?”

汪海洋说：“这回一定付利息，但要按活期算。”

孙元凯转身出门，关上门后用文明棍捣了两下子才走。刘启明汇报说：“我刚从丰盛县城回来，李秋阳已经把吕银勺的爸妈接出了院，住进了新房子，还给两位老人配备了医疗组。老太太的白内障复明手术就要做了，在市里已请好了最棒的眼科医生。”

汪海洋长叹一声，感慨良多地说：“作为县太爷，优抚工作做不好，就是忘了江山是谁打下来的道理，这样的人跟他合作还有啥共同语言。要不是考虑到山区的百姓太穷了，鞋城还真的不建了。”

“我马上通知李秋阳签合同。”

汪海洋摆了摆手说：“不用费电话费了，现在就有人通知了李秋阳。”

孙元凯坐在奔驰车里，给李秋阳打着电话说：“哥费了九牛二虎之力才把汪总说通了，就这一两天，他就会到丰盛县去签合同了。”

李秋阳投桃报李地说：“大哥，你是我的好大哥。这次县城的棚户区改造，我打算把三分之二承包给帝豪集团。这可是一块硬骨头，不知道大哥啃得动啃不动?”

“岂有啃不动之理。老弟请放心，大哥的心里有数，帝豪集团富了忘不了老弟。大哥哈腰干，老弟就骑在大哥的身上，大哥驮着老弟还不是轻飘飘的吗?”

九龙山上帝豪大酒店分店梁经理急忙跑进客房。客房里只有史大牛一个人，把酒店的枕头挂在墙上练着拳击，已经把枕头快打成了碎片。梁经理把史大牛拉到窗前，一辆奔驰轿车就进了院子，汪小丫从副驾驶的位置上下来，拉开后车门，孙元凯就从车上下来了。

史大牛看见了汪小丫说：“油黑的大辫子，哥们儿就喜欢这样的。”

梁经理慌忙往外走，说：“孙总来了，我得赶紧去陪。”说完就一路小跑着往外走。

史大牛坐在沙发上想：“跟在孙元凯的屁股后头转悠，汪小丫该是残花败柳了，不过残花败柳更有滋有味儿，就不会挑拣啥了，麻烦就会减少许多。”

整个九龙山笼罩在浓浓的夜色里，像一幅颇有趣味的水墨画。夜深人静了，汪小丫累了一天刚想休息，就传来敲门声。汪小丫问：“谁?”

梁经理的声音传来了：“我，梁经理，能进来吗?”

汪小丫打开门说：“梁经理还没有睡，请进!”

梁经理没有进屋而是站在门口说：“汪副经理，有位贵客要求见，不知道能不能给赏脸?”

汪小丫说：“从事的行业就是服务的行业，贵客想见咋还谈到赏脸不赏脸呢？梁经理，请问贵客在哪号房间，我一会儿就过去。”

“在408号房间。”

梁经理走了，汪小丫整理了衣服走出房间。汪小丫来到了408号客房，史大牛就把门反锁上了。汪小丫看到了史大牛的动作，但没有戳穿，而是镇静地坐下来。

史大牛单刀直入地说：“天底下的女人都爱钱，你跟大哥说爱不爱?”

汪小丫说：“爱。”

史大牛眉飞色舞地说：“痛快，这就好办了。”他掏出一沓钱拍在桌子上说，“一沓够不够?”

汪小丫摸摸钱说：“不够。”

史大牛又掏出一沓钱拍在桌子上说：“两沓够不够?”

汪小丫把两沓钱摞在一起说：“不够。”

史大牛又掏出一沓钱拍在桌子上说：“丫头，胃口不小，三沓够不够?”

汪小丫把钱摞在一起说：“不够。”

史大牛掏出手枪拍在桌子上说："事不过三，我看你是给脸不要脸。加上这把枪够不够？敢说不够，我就崩了你。"

汪小丫还是说："不够就是不够。我是死过一回的人了，难道还怕你不成？"

史大牛狂怒地喊道："小丫头片子，不知天高地厚了！"说着，向汪小丫扑了过去。

第16章　亲情、友情、企业情，总裁心里情似火

清晨，司机小黄把吉普车开得飞快，一个急刹车停在了九龙山帝豪大酒店分店的大门口，汪海洋、小黄从车上跳了下来。这时，从酒店里抬出来一具尸体，紧接着是汪小丫戴着手铐，被两个女警押着走出来，汪海洋忙迎上去。汪小丫惊恐地叫着："爸，救我！"汪海洋冲上前去，但却被拦住了。

汪小丫出了命案，汪海洋每天都瞪着一双无助的眼睛，只是几天工夫，两腮就明显地塌了下去。李杏花把疙瘩汤端到汪海洋面前说："发昏当不了死，喝口疙瘩汤吧。"

汪海洋揪着胸脯说："还能吃得下去吗？我的心疼呀。"汪小丫惊恐地叫声"爸，救我！"不时地萦绕在汪海洋的耳边，汪海洋几乎是歇斯底里地喊："小丫，爸让你受苦了，爸一定救你出来！"汪海洋的精神彻底失控了，在家里是连骂带咆哮，屋子里的东西被摔得一片狼藉，谁也不敢近前，近前就得挨他的拳脚。李杏花被打得不敢沾边了，就不得不把姚丽梅叫来当说客。

姚丽梅也是无济于事，把汪军娃拉出门说："军娃，姨让你去找一个人，这个人能治住你爸的狂躁。"

"谁?"

"李小娜。"

"怕她不肯来。"

"你去请她，她一定能来的。"

汪军娃来到李小娜的宿舍，李小娜正练着劈叉。李小娜见到汪军娃揉着膝关节说："辽兵入侵，烽烟渐起，熏着眼睛了吧？我就知道你要来找我了，大破天门阵，没我这个穆桂英挂帅不行。"

汪军娃说："快走，老爸在家摔东西，没有人能劝得了。"

李小娜将一封信揣进兜里，说："你爸就是我爸，我佩服你爸，这才叫作英雄家气概，我不去救谁救。我这一去，你爸的气一准就消了。汪军娃，到

时你该怎么谢娘子？”汪军娃就不知道说什么好了，只是深情地看着李小娜。

姚丽梅站在门口张望，屋里屋外很静。李小娜蹑手蹑脚走到姚丽梅的身边，想给姚丽梅一个惊喜，想不到姚丽梅看见了，说：“李小娜，不到万不得已，我不会去搬你这个救兵。说说，有什么计策能让汪总振作起来？”

“我敢保证，我要是出马，案情一准云开雾散。”李小娜信心百倍地说。

李小娜走到汪海洋身旁劝慰着说：“姨大，您的闺女您最了解，她不在万不得已的情况下，怎么能干傻事呢？再者说，史大牛是什么人，一个混混，流氓。这件事一定有隐情，您放心，有我在，一定查到有利小丫的证据，还她清白。”

汪海洋对李小娜有所了解，他知道这丫头有主意，能干大事，就站起身来，大喊：“老婆子，我饿了，来碗大米饭，再来一盘辣椒炒土豆片。”

李小娜来到姚丽梅的身边说：“姚总，你托的事办成了，我就告辞了。汪军娃，还愣着干啥？外面这样黑，半路上，我遇见了歹徒怎么办？”汪军娃就陪着李小娜下了楼。

汪海洋出去散心就来到了丰盛县城，在刘启明、孙元凯、李秋阳的陪同下，来到了吕银勺居住的小区。

汪海洋说：“孙总，那边有棵柳树，咱们到柳树下说话。”

孙元凯露出了笑容，说：“汪总想跟我说悄悄话了，求之不得。”

汪海洋、孙元凯来到柳树下。汪海洋说：“九龙山帝豪大酒店分店出了人命案子，想是你孙总比我更清楚吧？”

孙元凯说：“梁经理只是跟我略说了案情，一切打点就由梁经理去办了，这种事我也懒着管。如果汪总有求于我，该另当别论。”

汪海洋提高了嗓门，说：“我这一辈子很少求人，这回可是迈不过门槛了。汪小丫的事，你这个当叔的是管也得管，不管也得管了。”

“我是汪小丫的救命恩人，又是汪小丫的干哥。汪小丫又是我名下的员工，理所当然是要管的。可人命关天，我怕是管了汪总也不会满意。”

“假如汪小丫是我的女儿，你该怎么办？”

孙元凯吃惊地望着汪海洋，说：“你的女儿？不可能。汪总长得像熊瞎子，汪小丫长得杨柳细腰，这不可能。”

“你个混蛋，我的女儿长得像她妈，还不行吗？”

孙元凯见汪海洋有些急红了眼，迅速改变了态度，说：“要是汪总的女儿，我责无旁贷。”

在吕银勺的家里面，吕银勺妈哆哆嗦嗦地摸着汪海洋的脸，汪海洋索性坐在了吕银勺妈的身边。吕银勺妈说：“孩子，妈看不到你，让妈再摸摸。”

汪海洋捧着吕银勺妈的手说：“今天儿子坐在了这儿，就让妈摸个够。”

吕银勺妈摸着说：“金勺没了，我哭瞎了眼睛。他爸一急，一股火上来再也说不出话来了。银勺这孩子孝顺，有点钱都花在爸妈的治病上了，三十多岁还没娶上媳妇，就是妈的一块心病了。”

汪海洋安慰着银勺妈，说：“您放心，有李县长照顾，日子一天会比一天好的，银勺还愁娶不上好媳妇。”

李秋阳盼着建厂开工盼得眼蓝，见到汪海洋递来了橄榄枝，他就接过来说：“汪总是二老的儿子，我们都是二老的儿子了。你老人家有这么些优秀的儿子，还愁治不好病，还愁没吃没穿，还愁儿子娶不上媳妇吗?”

吕银勺爸干着急说不出话来，他拽着李秋阳的手，又把汪海洋的手拽了过来，将两只手重叠上，老泪一串串落在了上面。

汪海洋说：“您别急，我什么都明白了。”

吕银勺爸点点头“呀呀”说着，像个小孩在“呀呀”学语。

汪海洋说：“您说的事，儿子不敢不办，儿子就去办。”

在丰盛鞋城建设工地上，汪海洋、姚丽梅、刘启明、孙元凯、李秋阳站在前面，面对着准备施工的庞大队伍。这天风很大，汪海洋就迎着风说：“在战场上，眼看着战友阵亡了，当时只想着向前冲，根本就来不及想到死了。我毫发无损地从战场上下来，已是幸运儿了，我还有啥可怕的？我把‘冲出亚洲，走向世界’的标语，贴在了办公大楼的门口，有的人就不理解我了，讥笑我是吹牛，是不理解我的雄心壮志，不了解国梦在艰苦创业的同时，在锻造一支能吃苦、能奉献、能打仗的‘铁军’。下面有些人更不理解了，一个企业的名牌产品，不能让亚洲人知晓，不能让世界人知晓，名牌产品就不是世界级的，企业的竞争力和品牌竞争力就不可能达到世界最高水平！我在这里就不想多说了，下面举行授旗仪式，刘启明经理接旗。”汪海洋将绣有“国梦铁军”的红旗授予了刘启明，红旗在丰盛鞋城的旗杆上猎猎飘扬着。按照工期，具有年产800万双鞋的丰盛鞋城建成了，具有年产1300万双鞋的泉水鞋城建成了。

这一天，程子龙急匆匆走进了汪海洋办公室，法院发来了消息，孙辉南

的案子就要宣判了。汪海洋说："程总，这个替死鬼，难道真的就捞不出来了吗？"

程子龙很无奈地说："小赖子不肯翻供，没有一个律师敢出来伸张正义，孙辉南入狱服刑是铁定的了。"

"知道判多少年吗？"

"小道消息，可能要判3年有期徒刑。"

"你去通知全体班子人员，宣判的当天，都要到法院去看看孙辉南。"

法庭内坐着国梦集团总公司全体的班子人员，在静静地听着宣判。主审法官用法槌敲了一下桌子说："关于孙辉南故意伤人一案，本法庭宣判如下……"

法庭宣判完了，法警往外押着孙辉南。孙辉南举起了戴着手铐的手，对着汪海洋大喊大叫："汪海洋，是你让老子蹲的大狱，老子有出来的一天，我轻饶不了你。君子报仇，十年不晚，你就等着吧，你个王八蛋！"法警往外推搡着孙辉南，汪海洋望着孙辉南渐行渐远的身影，拿出面巾纸擦着流出来的眼泪。

孙辉南被收监了，汪海洋、姚丽梅来到监狱的接待室，坐在了硬板凳上，等待着和孙辉南见上一面。等了很长时间，狱警才喊："谁叫汪海洋？"

汪海洋上前说："我叫汪海洋。"

狱警说："回吧，犯人不想见你。"

汪海洋、姚丽梅只好拎着许多吃喝的东西走出了监狱的大门，还不时回头看着。

在绿岛市看守所里面，汪海洋、汪军娃、李小娜坐在接待室的长条凳子上，等待着与汪小丫见上一面。

狱警出来问："谁叫汪军娃？"

汪军娃应声说："我叫汪军娃。"

狱警说："你不可以进去，其余的两个人可以进去了。"

汪军娃对着狱警吼："那是我妹子，为啥我不能进去？"

狱警说："你问谁，你去问你妹子。"

汪军娃强行要进去，上来两个狱警把他挡在了外面。汪海洋、李小娜坐在了铁栏杆的外面，汪小丫坐在了铁栏杆的里面，汪小丫见到汪海洋就"呜呜"地哭了。

李小娜用急切的语速说："哭不管用，有事说事，时间就五分钟。"

汪小丫抹着眼泪说："爸，我是出不去了。"

"记住爸的话，要相信政府。"

汪小丫流着泪说："爸，你可能还不知道！市纪委的那盘录像带是我送过去的，希望爸不要责怪女儿，女儿是为了救爸才这样做的。"

"录像带还了爸的清白，爸感谢女儿。"

汪小丫向汪海洋使出眼色说："我出事的那天，客房408……"

狱警走过来警告说："有关案件的事不能说。"

汪小丫站起来弯着腰说："感谢政府，我知道了，我不说了。"汪小丫说完又"呜呜"地哭了。

探监回来夜深了，李小娜还是睡不着觉。屋子里面没有开灯，一切都在黑暗中。李小娜的眼睛瞪得老大，仿佛还在看着汪小丫向汪海洋使出的眼色，耳边还是想着那句话："我出事的那天，客房408……"直到天快亮了，李小娜才草草地睡了一觉。李小娜谁也没有告诉，第二天就出现在了九龙山帝豪大酒店分店。她穿着一身白色的休闲服，戴着一顶白色的前进帽，来到吧台前。

李小娜说："开房。"

女服务员翻着簿子说："307号房间咋样？"

李小娜说："矮点，我喜欢敞亮，四层有没有客房？"

两位女服务员商量了一会儿说："有是有的，是408号客房。客房里面曾经闹过鬼，难道小姐住进去就不害怕？"

李小娜假装害怕了，问："闹了啥鬼？"

女服务员说："不久前出了一宗血案，还死了一个人。"

李小娜长出一口气说："那怕什么，不是闹鬼就好了。医院病床上哪个没有死过人，不是照样有人住吗？就要这间客房了，给我办入住手续。"

李小娜打开了408号客房，在客房里面转上一圈，就躺在床上看着房顶。李小娜又从床上起来了，打开了客房窗户，望着外面九龙山壮观的景色……李小娜从九龙山帝豪大酒店分店回来了，在宿舍染着指甲，两只脚泡在热水里面。汪军娃拎着塑料袋进来了，塑料袋里面装着几块豆腐，还有活着的海泥鳅。

汪军娃把泥鳅放进盆子里问："小娜，这两天你到哪儿去了，连个招呼也不打？"

"这个阶段，我俩就算是认识了。我还不是你媳妇，你有什么权利对我这样说话?”

汪军娃嘟嘟囔囔地说：“好赖不知，越长越没有出息。”

李小娜突然翻脸不认人了，她指着汪军娃说：“我没有出息？是你脸盆子里面扎猛子不知道深浅。”

汪军娃小声小气地说：“假如地球上就咱俩了，你还挑肥拣瘦吗?”

“如果是那样，即使你是个小老头，我也会将就的。知道这是为什么吗？是我的心灵高尚，不想让地球上的人灭种。”

“为了不让地球上的人灭种，我还是去豆腐炖泥鳅吧。”

李小娜指着汪军娃：“等等，成人教育大学还上不上?”

汪军娃说：“我不感兴趣。”李小娜光着脚丫，跳出水盆拽住汪军娃的耳朵就把他请出了屋子，然后插上了门。汪军娃进不得屋子，就在外面敲着窗户，隔着玻璃做着口型：明天我就去报考成人教育大学行不？李小娜这才把他放进了屋子。李小娜吃完了豆腐炖泥鳅，就要到绿岛海洋大学舞蹈排练室去排练了。汪军娃说：“我还有事就不奉陪了。”说完就走了。

李小娜来到了排练室，7名员工正在练着舞蹈，额头上都冒出了细碎的汗珠。李小娜说：“姐妹们，额头上都冒汗了，该歇歇了。现在，我宣布一个大老汪的秘密。”7个小姐妹就围了过来。李小娜说，“大老汪到部队整事去了，说是搞啥军民共建。”

小姐妹A说：“军民共建有啥不好?”

李小娜说：“好，就把你们几个都共建出去。”

小姐妹B说：“你……”

几个小姐妹几乎同时张大了嘴，瞪大了眼睛，朝着李小娜的身后努嘴。

李小娜说：“本姑娘大老汪就不用寻思了，已是名花有主了，共建也共建不出去了。”

站在李小娜身后的汪海洋，听了就不顺耳，问：“请问，大老汪、汪总、姨父有什么区别吗?”

李小娜没想到汪海洋就站在她身后，但却镇定地说：“有区别，大老汪是民间称呼；汪总是官方称呼；姨父严格点说就是家族称呼。总的来说都算是昵称，没有一点恶意。”李小娜解释完了问，“汪总，你轻易是不到这儿来的，来了一定有喜事?”

汪海洋喜欢李小娜的聪明，笑着说：“应该说是喜事，搞军民共建、搞联欢晚会，首先就是演节目。我寻思了四个节目，刘启明爱说山东快书，就让他来一段《武松打虎》；李小娜爱跳舞，就来一段芭蕾舞剧《红嫂》；郑秀兰爱唱歌，就唱《红嫂》的主题曲。再就是鞋匠离不开鞋了，你们编一个《嫁新娘》的小品，大概的内容就是新娘要出嫁了，得挑一双鞋吧。鞋很多，是换了一双又一双鞋，最后换上了国梦牌的新娘鞋，新娘子就喜欢得不得了，然后上轿让人抬着去了婆家。这是我的主观愿望，你们可以出新，但不能推陈。”

汪海洋在小会议室等着，马成、程子龙、姚丽梅、工会主席、纪检书记相继走了进来，各就各位了。

汪海洋说：“昨天我看了新闻，全国WCBA篮球联赛就要打响了。我看这就是来了商机，今天把你们请来，你们怎么看这个问题?”

姚丽梅说：“舍不得孩子套不住狼。”

“姚总说得对。绿岛市要组建篮球队了，我们不但要出资助的资金，还要让他们都穿上国梦牌的运动鞋参赛。国梦现在还不富裕，一旦富裕了，就要组建国梦篮球俱乐部。”汪海洋接着说，“眼下最要紧的，一定要赶制出300万双高档的篮球鞋投放市场，这一炮肯定能走红。”

“鞋的价钱不菲，销不出去可就麻烦了。” 姚丽梅不无担心地告诫汪海洋。

汪海洋充满信心，说：“我拿定的事一定能成，我看就这样定了。国梦这次不是到九龙山的腹地去卖鞋了，而是到省城和周边的城市去卖鞋。再说省运会也要召开了，绿岛市也得参加，我不管有多少运动员参加，每名运动员送去一双国梦牌的运动鞋。我非常赞赏姚总的话，商业运作舍不出孩子就套不住狼。”

在省运会开幕式上，在国梦集团总公司的看台上，汪海洋穿着一身休闲服，戴着一副茶镜，带着队伍挥着彩旗，彩旗上写着：“国梦名人，潇洒世界。”国梦人在整齐划一地喊着口号：“国梦名人，潇洒世界……”开幕式结束后汪海洋他们一行人回到宾馆，汪海洋看完了省电视台播出的国梦集团总公司的专题节目。晚上，他也没有睡好，心里老是惦着国梦高档篮球鞋的销售情况。

第二天早上，汪海洋从宾馆的床上爬了起来，打电话给姚丽梅，要到省城最大的鞋帽商场去看行情。两个人连早餐都没吃，就驱车来到了鞋帽商场，见到了喜人的场面，人们在疯狂地抢购国梦牌篮球运动鞋，有的柜台都

被挤倒了。

汪海洋站在旁边看着热闹，似唱非唱："我站在城楼观风景呀……"

姚丽梅见汪海洋得意忘形的样儿说："汪总，毛主席教导我们说，要戒骄戒躁。"

这时过来了一位商场营业员，很有礼貌地站在两个人的面前问："请问二位，是汪总和姚总吗？"

姚丽梅说："是。"

营业员说："二位楼上请，鞋帽商场的张总求见。"

三个人来到了鞋帽商场的经理室，张大元把目光从监控器上移开，就从老板椅上站了起来，大步向姚丽梅走了过来，握住她的手说："表妹，多日没见，高就了没有？"汪海洋就假装"吭吭"地咳嗽。张大元扭头问，"汪海洋，你咳嗽啥？咳出痰来卡在嗓子眼里可是难受。还是请坐吧！汪总。"张大元说完磨着咖啡豆，每人沏上了一杯。

"表哥，不在美国做学问，跑到这里来卖鞋了？"

"表哥这样的学问家，在美国遍地都是，就显不出表哥的水平了。现在，美国人在中国就是高一等，表哥干吗不来中国做买卖？"

"不做学问卖鞋，还说什么高出中国人一等呀？"

"表妹，商场卖鞋免税，利润干挣。中国人不是都在说，改革了，开放了，搞导弹的不如卖茶蛋的了。"

"这样说来，表哥和姜托尼相比，一个充满了铜臭味儿，一个充满了学术味儿，两个人就不可同日而语了。"

"你不要高看姜托尼，我的商场里面有他50%的股份，这小子一只眼睛盯着美人，一只眼睛盯着人民币。"

汪海洋不喜欢听这些片汤话，急忙打断他们问："你卖了多少双国梦高档篮球运动鞋了？"

张大元打开微机看看销售表说："不多，30万双吧。"

晚上，张大元以地主之谊招待汪海洋、姚丽梅。他的一个电话打了过去，姜托尼就从绿岛市驾车来到了省城。在酒桌上，张大元、姜托尼好像有难以张口的话要说，两个人就来到了走廊里面。

张大元小声说："姜托尼，高档篮球运动鞋已经卖完了，你跟汪总走走后门，再进10万双鞋如何？"

"没有这个必要，花钱买鞋还求人，哪有这个道理？"

两个人回来了，有柔和的灯光照着，张大元就显得红光满面了，夹着腰果送到了姚丽梅的碗里说：“表妹，不要干看着。吃，吃腰果，嚼嚼更香了。”

姜托尼夹着一块锅包肉放进了姚丽梅的碗里，敲敲碗边说：“姚总，女士菜，尝尝甜腻的味道如何?”

汪海洋把煎饼合子放进了姚丽梅的碗里，姚丽梅夹起煎饼合子一小口一小口地咬着，看上去很讲究也很文雅。张大元看在眼里，感到表妹和汪海洋的感情纠葛是不可救药了。姜托尼看着姚丽梅碗里的锅包肉浑身不好受，知道是这样的，何必从绿岛市跑到省城来捧场?

张大元说：“汪总，吃得可合口味儿?”

没等汪海洋回答，姜托尼说：“自从经商以来，张大元很有长进了，花钱很会算计，就在低档的酒店招待客人。”

张大元说：“站着说话不嫌腰疼！这顿饭……”

姜托尼截住话头说：“你就不要说了，这顿饭很贵行不？可我还要汪总开开眼。”姜托尼把脚伸到有亮光的地方说，“我这次来省城，特意穿上一双美国朋友邮来的鞋，200美元一双的，不贵也不算便宜了。”姜托尼见到鞋上沾了一点尘土，拿着餐巾纸掸了下去。

汪海洋弯下腰看了看鞋，笑哈哈地说：“你是上了美国朋友的当了，穿的是一双国梦产的鞋。”

汪海洋“捅咕”姚丽梅看鞋，姚丽梅就蹲下看鞋。姚丽梅就看明白了，说：“姜托尼，在外教楼研究中国姑娘研究昏头了吧？什么美国的名牌鞋，纯正的中国货，它的名字叫国梦。”

姜托尼的脸立马让姚丽梅说红了，这样就形成了尴尬的场面。为了打破尴尬的场面，汪海洋说：“咱们不说鞋了，咱们喝酒，喝酒。”

都到下半夜了，汪海洋发现姜托尼赖在姚丽梅的客房还没有走，就过来轻轻地敲门。听到了敲门声，姚丽梅就知道谁来了。姚丽梅说：“汪总，门没插。”汪海洋推门进来，姜托尼见是汪海洋，知道再待下去也无意义，就告辞了。

客房里只剩下两个人了。汪海洋问：“刚才的电视你看了吗?”

姚丽梅说：“我在和姜托尼说话，一心不可二用。”

“刚才新闻播过，真是太可惜了，一个年轻的电工不幸以身殉职，就是触电身亡了。”

“你是想说……”

“回去立即着手成立国家级鞋类技术研发中心，要吸收众多的技术人才加入，增强自主创新的能力。同时设置鞋类国家级检测中心，运用检测的技术手段，促进产品质量和档次的提高，使国梦产品迅速跃入高端领域，迅速占领国际市场。”汪海洋一副兴致勃勃的样子。

姚丽梅听了心里很高兴，嘴上还是不让份儿说：“不就是这点事吗？非得晚上来说，白天说有多好。”

汪海洋、汪军娃迫不得已来找孙元凯了，孙元凯皱着眉头，文明棍也扔到了墙角说：“我到公安局、法院上下沟通，可一提到汪小丫的案子谁都摇头。我是没辙了，你们爷儿俩想辙吧？”

汪海洋用手指着孙元凯说：“我们要是有辙，还来找你这龟孙子干吗？”

汪军娃却是一副可怜又着急的样子，问：“孙总，说说法院想咋判我妹子？”

“还咋判？保住命就不错了。要判20年的有期徒刑，还得附带民事赔偿，赔给死者家属30万。”

汪军娃又问道：“孙总，说说案件的焦点在啥地方？”

“这还用问吗？一是作案用的枪，枪认定是汪小丫的了，就是个开枪害命。二是案件的现场有十几万，就有图财害命的嫌疑了。汪小丫不会有这么多的钱，钱应该为死者所有。”

汪军娃继续问：“案子里的知情人都有谁？”

“屋里只有他们两个人，知情人是史大牛，但已死无对证了。”

汪海洋、汪军娃从帝豪大酒店出来，汪军娃驾驶着吉普车在滨海大道上行驶，由于心不在焉，险些与迎面而来的车相撞。汪海洋就有点害怕了，心里想：“年轻人很容易冲动，到时后果就不好收拾了。”汪海洋就对汪军娃说：“在小丫的案子上，切不可轻举妄动，如果你再触犯了法律，就更不好办了。”

汪军娃说：“我不信我妹子有手枪，我不信我妹子能故意杀人，这就是一个栽赃陷害。”

汪海洋说：“我也知道是栽赃陷害，可法律讲究证据，没有证据想推翻案子是不可能的，证据咋能拿到，是一点线索也没有。”

汪军娃说：“爸，你放心，我一定能找到证据。”

休息日，汪军娃、李小娜来到了绿岛市中心公园。李小娜去买冰糕了，汪军娃倚在桥栏杆上，想了一会儿就摸出了手机，给吕银勺打电话。

吕银勺问："汪军娃，你有啥事?"

汪军娃说："你跟刘启明请几天假，来绿岛市找我，咱俩确实有事要去办。"

李小娜端着冰糕回来了，汪军娃就挂了手机。李小娜看着汪军娃神色有些不对头，就问："刚才你给谁打电话了?"

"给吕银勺打的，我想他了。"

李小娜不屑地说："你想吕银勺了，谁信?"

当天下午，吕银勺就赶到了市里。汪军娃把吕银勺请到了家常菜小饭店，要了一盘猪头肉、一盘皮冻、一盘凉拌豆腐、一盘凉粉炒辣椒。一箱绿岛牌啤酒摆在了地上，汪军娃、吕银勺瓶对着嘴喝着。

汪军娃说："不采取非常手段，我妹子得蹲20年大狱了。"

"跟我哥商量商量，姜还是老的辣。"

"要是跟我爸商量出结果，黄花菜都得凉了。"

"那你说咋办?"

汪军娃早就琢磨好了，说："九龙山帝豪大酒店分店的梁经理肯定是个关键人物，这个人可能知道底细，只是隐藏不露而已。我俩把他擒住，主要是证明手枪的来源。"

吕银勺说："这很简单，找他来问问不就行了?"

汪军娃说："事情那么简单找你来干啥？这几天正好没有月亮，趁着夜黑咱俩就动手。"

吕银勺担心地说："动手时轻点，不要把他弄死了。"

到了傍晚，汪军娃、吕银勺来到了九龙山帝豪大酒店分店的大门外，就见到梁经理夹着文件包走了出来，汪军娃、吕银勺立刻跟踪而去。到了半山腰，汪军娃、吕银勺蒙住了脸，上前就把梁经理挟持进了一片密林，汪军娃将锋利的匕首横在了梁经理的脖子上。

梁经理吓得瑟瑟发抖说："好汉饶命，好汉饶命……"

汪军娃说："想饶命好办，就照我说的办。如果不想活了，走出这片林子就是悬崖了，推下去了事，你可是自杀。"

梁经理腿抖似筛糠说："好汉说话，我照办就是。"

汪军娃问："说……汪小丫打死史大牛用的枪，究竟是史大牛的枪，还

是汪小丫的枪?”

梁经理一听是为了汪小丫的案子而来的，心里还算淡定，说：“这事我哪儿能知道，真的是不知道。”

吕银勺说：“奶奶的，你还敢嘴硬。”说着刀子就扎进了梁经理的肚皮，血就流了出来。

梁经理见来人要他的命，还是先保住命要紧，说：“史大牛跟我说过，手枪是史大牛从云南边境上花钱买来的，还让我试射几枪，我怕走火了没敢。”

汪军娃拿出纸笔说：“实事求是地写。”天亮前，汪军娃就把一封信扔进了绿色的邮筒。

第17章　连锁店私有化受阻，外教授课解谜团

黄部长陪着一位少将谈笑着走进了汪海洋办公室，汪海洋端着两杯茶放在了茶几上说："黄部长，接到电话，两杯茶就沏好了。"

黄部长介绍说："汪总，这位是李汉生，某部副部长。"

李汉生握着茶杯说："听黄部长说了，汪总也是行伍出身，如今成了企业家就很感兴趣，特意前来拜会。另外，汪总这里是改革开放的典型，我也是不得不前来拜会呀。"

汪海洋说："叫我汪海洋，不要叫我汪总。"

李小娜叫着"姨父"进来了，见到黄部长和李汉生转身就走了。李汉生扶着窗台望着李小娜走出了大门，才把眼神收回来。

傍晚，在驻军的大礼堂里，李汉生、汪海洋、马成、程子龙、姚丽梅和部队的领导坐在了第一排，后面坐着部队的官兵和国梦集团总公司的职工。

黄部长拿着麦克风站在台上说："今天就说点实在的，军民联欢应该说是军民共建的重要内容。我是这样想的，部队上的小伙子可以和地方的姑娘联姻，我们做领导的愿意牵线搭桥……"台下就响起了热烈的掌声。黄部长继续说，"我和某装备部的李副部长、汪总商量过了。他们就不上台讲话了，领导讲多了大家都烦。下面就开始联欢，请主持人上台。"黄部长的话音刚落，就有一男一女身着部队的服装上了台。

男主持说："沂蒙山，我心中的母亲。"

女主持说："红嫂，滴滴乳汁是多么的甘甜。"

男主持说："受了伤的解放军战士就要伤愈归队了，他流着泪轻轻地呼唤着，沂蒙山啊——"

男主持说："请听。"

女主持说："请看。"

男女主持和声说："歌伴舞，蒙山高，沂水长。"

郑秀兰站在台前唱——

蒙山高，沂水长。
军民心向共产党，心向共产党。
红心迎朝阳，迎朝阳。
炉中火，放红光。
我为亲人熬鸡汤，
续一把蒙山柴炉火正旺，
添一瓢沂河水情深意长。
愿亲人早日养好伤，
为人民求解放重返前方，
哎，哎，重返前方！

台上，李小娜领舞，八个姑娘伴着舞。台下，李汉生对黄部长说：“黄部长，联欢会结束了，你把领舞的姑娘叫来见我，我有话要跟她说。”黄部长看上去有些为难了。李汉生就沉下脸来说，“黄部长，这是命令。”

台上，女主持说：“我们的小伙谁最棒，当说打虎英雄武二郎，请听山东快书《武松打虎》。”刘启明来到台前打着板说……

啊，好家伙！
这个大个咋长这么长，
他看武松身子高大一丈二，
膀子扎开有力量，
脑袋瓜子赛柳罐斗，
俩眼一瞪像铃铛。
胳膊好像房上檩，
皮槌一攥像铁夯，
巴掌一伸簸箕大，
手指头支支棱棱棒槌长。
……

在海滩上，一轮明月让海水推了上来。篝火在熊熊地燃烧，部队指战员和国梦的职工在尽情地联欢着。李小娜和李汉生离开了篝火，在海滩上散着步。

李汉生很惆怅地说："小娜，你是我的独生女，还是一个不听话的女儿。你来到了绿岛市，你妈一直以为你出国了。我也是一直在瞒着你妈，这种事何时才能瞒到头?"

李小娜说："爸，回去可以和我妈说了，我已经在这里就业了。"

李汉生说："小娜，汪军娃就值得你这样爱吗?"

李小娜脸上洋溢着爱意说："爸，我刚才给汪军娃打过手机了，汪军娃的手机关了。我告诉他我爸来了，这小子可能是躲了。爸，汪军娃不但长得高大魁梧，思维也很睿智，将来是当不上将军了，一准是个大老板，女儿不嫁给大老板你说嫁给谁?"

李汉生反问道："你就这么自信?"

"爸，不要老惦记着我了。男大当婚，女大当嫁，回家把我妈哄好就行了。"

这天夜里，汪海洋回到家里说："李杏花，李小娜小丫头崽子可是说了谎话。"

李杏花一惊说："这么说她是一直在骗我家的军娃？军娃可是个实木疙瘩，扛不住骗的。"

汪海洋说："她爸根本就不是政府机关的干部，是某部副部长李汉生。"

李杏花说："怎么知道的?"

汪海洋说："黄部长告诉我的，看节目时，挨着我坐的那个少将就是李汉生。"

李杏花叹了一口气说："完了，婚事就不妥了，人家是将军的家庭，我家是做鞋的鞋匠。"

汪海洋说："那丫头我打心眼里喜欢，要不然还真的成不了。李汉生算啥？我的集团马上就要扩充到五万之众，一家按4个人计算，我的部队就有20万人马了。我是商海里的将军，在部队上也是个集团军的司令，亮出来的也是将军剑，所向无敌。"

李杏花闭上眼睛说："你就吹吧，把牛皮吹上天了。"

"这叫吹吗？这叫实力。"

李杏花就和汪海洋商量说："小娜的爸来了，孩子的婚事不管成不成，是不是得安排一顿，表达一下咱们的心意，不要让将军小看了鞋匠。"

汪海洋听后大笑着说："老婆子，你这一辈子就做了一件聪明的事。"

第二天上班，汪海洋就给黄部长打电话说：“军民联欢得够不够劲儿，请黄部长谈谈感想？”

黄部长说：“汪总，这只是个开头，实效还没有显现出来，我不好回答问题。不过新的问题又来了，我就不得不跟你说了。部队上每年都有大批转业的干部和复员的战士，工作安置的矛盾很突出。汪总，你能不能腾出手来，解决一部分部队干部和战士的安置问题。”

汪海洋说：“我的心没有放在这个上，就先撂下。李汉生走了没有？如果没走，我想请他吃上一顿，进一步联络感情，黄部长得作陪。”

黄部长听了高兴地说：“李副部长还没走，既然汪总请客，我就省一顿了，这就去安排。”

汪海洋撂下了电话，盘算着在帝豪大酒店招待李汉生的事，电话铃声就响了。李秋阳给汪海洋打来了电话说：“汪总，你不是个大孝子吗？吕银勺妈就是汪海洋的妈，你妈就要做复明手术了，再不来可就晚了。”

汪海洋说：“知道了，马上就过去。”李秋阳这边逼宫，李汉生那边咋办？汪海洋左右为难了。汪海洋从办公室里面出来，只有舍弃李汉生了，以后还会有机会。老妈做手术只有一次，以后就没有机会了，他就一边走着一边打手机说：“黄部长，我有件急事要到丰盛县城去处理，招待李汉生的宴席就算取消了。”

黄部长急了，说：“你让我坐蜡，这个蜡我坐得起吗？我都通知了李副部长，李副部长一口答应了。再者说了，我是在提职的关口上。这次提拔不上就得转业了，汪海洋你这样做，算作啥嘛子事呀？”

汪海洋就安慰黄部长说：“关于你提升的问题，李汉生在里面打横，我去跟李汉生说，一说一个准。”汪海洋撂下电话就赶到了丰盛县医院，手术就要开始了。汪海洋拉开了手术室的门，兰丽中穿着白大褂戴着口罩，在院长的陪同下来到了门前。汪海洋见到问：“嫂子主刀？”

兰丽中摘下口罩说：“二，你跑到这儿来干啥？”

汪海洋说：“嫂子，做手术的是我战友的母亲，他为了救我牺牲了，我能不来吗。我可以进去吗？”

兰丽中回头和院长商量，院长很会说话，说：“汪总同意，兰教授同意，我没有意见。”

兰丽中说：“手术期间，你必须要遵守手术室的规矩，不能说一句话，否则就会影响手术的质量。”

汪海洋说："这个要求那个规矩，我怕办不到，影响了手术的质量我担当不起，我还是在外面守着吧。"

兰丽中就笑了笑说："二呀二。"

吕银勺妈做手术的事，很快就过去了几个星期。一天，李杏花打开了门，发现吕银勺搀扶着妈，挎着一篮子鸡蛋进来了。吕银勺妈坐下说："汪海洋不在家，啥时间能回来?"

李杏花说："啥时回来没个准，但回来不回来没有关系，我们娘几个照样想吃啥吃啥。我知道你们要来了，让军娃去买海货了。"

说话间，汪军娃拎着海货进来了。吕银勺妈说："孩子长的大个真是喜欢人，还长着一脸的福相，谁家闺女给我当孙子媳妇，可是烧了高香。"吕银勺妈说完到篮子里去抓螃蟹，就被螃蟹夹住了手，屋子里是一片忙乱。忙乱过后，李杏花就给汪海洋打了电话，汪海洋还是因事没有赶回来吃饭。晚上回来了，吕银勺妈还没有睡。

汪海洋俯下身关心地问："妈，手术后视力恢复得可好?"

"好多了。"

汪海洋又问："病也就治这样了，您还有什么心事吗?"

"银勺成了家，心里的一块石头才算落了地。"

汪海洋宽慰着老人说："银勺在丰盛鞋城上班，有房子、有钱，媳妇扒拉着挑。"

吕银勺妈说："可不是那么回事，说媳妇得随缘。"

汪海洋就想到了汪小丫，说："我的心上可有一个好姑娘，但时机还不成熟。等到成熟了，我给我兄弟做媒。"

吕银勺妈说："你说到做到，我信得过。"

这天晚上，汪海洋和李杏花谁也没有睡，都在眨巴眼。李杏花已经是气得不行了，连胸脯都在呼扇着。汪海洋还在和李杏花沟通着说："承包国梦下属的卖鞋门市店，从长远来说是一件好事。条件我也都说了，是必须离职。经营自己的产业挣一分是一分，挣一毛是一毛，将来肯定能抱个大金娃娃。"

李杏花说："我从乡下进了城，得惹多少乡下的人眼红。进了城想找个好工作，到乡下说起来有多少人羡慕。可现在就是一个鞋厂捡破烂的，到了乡下都没法张嘴说话，你还让我辞职，不等于是要了我的命吗？我不想抱大金娃娃。"

汪海洋安慰媳妇说："干部家属若是不带头，工作就难做了。"

“让我带头？再说跟你拼命。”

“你敢！”

这下子就把李杏花惹火了，说：“不擀是煎饼擀是饼，有能耐你就等着。”李杏花跑进厨房拿出菜刀，汪海洋见状忙拽住门拉手不肯松开。李杏花拽不开门，就在门外不管不顾地喊，“你不是有权吗？你把我砍了我也不辞职。”

吕银勺妈听见喊声从屋子里面出来了，见到李杏花手里拿着菜刀，忙叫吕银勺说：“银勺，海洋没的说，媳妇可不行。这是嫌弃我们娘俩儿，才弄出这个响动，咱娘儿俩得赶紧走。”吕银勺也没有办法了，只得跟着妈出了门。

汪海洋、姚丽梅驱车来到了市中心，在一家国梦鞋业连锁专卖店的门口停下了。两个人下了车，见到铝合金门关得严严的。汪海洋使劲儿地敲着门，把门敲得“哐当，哐当”响。

姚丽梅说：“别敲了，里面没有人。”

汪海洋用脚踢着铝合金门说：“我让你没有人，我让你没有人。”

姚丽梅说：“门又没碍着你，跟门生什么气。”

汪海洋踢门更来劲儿了，说：“就是踢，就是踢。”

姚丽梅见拦不住说：“踢就踢，不怕脚疼你就踢。”

对面茶楼里面跑过来一位姑娘，抱着茶壶对嘴喝口茶水说：“唉，犯抢了咋的，使劲儿踢门干啥？”汪海洋见到是茶楼里的姑娘来管，这不是铁路警察管不到这段吗？就又“当当当”地踢了几脚。姑娘说，“再踢，我就打110报警了。”

姚丽梅问：“姑娘，你是店里的什么人？”

姑娘来气了，说：“我是店员，这个门归我管。你们是来买鞋的，还是骑在脖颈子上拉屎的，得找个地方说道说道。”

姚丽梅说：“姑娘，你知道踢门的是谁吗？”

姑娘说：“谁呀？就是黑煞鬼，强盗。”

“踢门的是国梦集团总公司总裁汪海洋。”姑娘听了“啊”了一声，茶壶就掉在地上摔碎了。

第二天，汪海洋趁热打铁，把领导班子成员召集到了这个连锁店。汪海洋想解剖一只麻雀，让大家看看肚子里究竟是啥东西，姚丽梅拿出几份材料说：“数字都在上面，你们大家要看仔细。”

汪海洋说："国梦鞋业专卖连锁店，总部要求晚上九点闭店。可是这家店，营业员七点就关上了门，到对面的茶楼去喝茶了。营业时间不能保证，诚信就不能保证，岂不是要砸国梦的牌子吗?"

连锁店经理说："七点以后谁还来买鞋，不关门也是白耗时间。"

这时，摔坏了茶壶的营业员走过来说："经理，店里要串换一双鞋，你说怎么办?"

连锁店经理说："既然汪总要讲诚信，你就打出租车去，打出租车回来，满足这位客户的需要，不怕成本高。"

姚丽梅看到汪海洋就要发火了，说："一座城市有几十家连锁店，管理难度就大，经营不好只是员工奖金受到损失，工资照发，个人不会亏本的，国梦却是承受着亏本的巨大压力。光干部督促，连锁店的经营很难管理好。如何让效益最大化，如何让职工都爱店，是亟待解决的问题。"

程子龙说："现在国梦全国连锁店的经营状况是：三分之一盈利；三分之一持平；三分之一亏损。再坚持吃大锅饭，盈利的店就会感到不公正，磨洋工的磨洋工，该着去挣零花钱的去挣零花钱，亏损的局面就会加大了。"

姚丽梅借题发挥说："程总说得有道理，这就迫使有些连锁店，在经营上会尽量增加费用，就像刚才这位连锁店经理说的，交通费、招待费、生活费等都会成倍增长，最后导致局面失控。"

汪海洋说："马上召开新闻发布会，把连锁店全部承包给员工，有关承包细则下一次会议上下发。"

姚丽梅说："汪总，我建议取消这个新闻发布会。"

"为什么?"

"人家把炮准备好了，你就往里面装填炮弹吧，你不是炮兵营长吗?"

汪海洋瞪着眼睛说："我就是炮兵营长，怎么了?"

新闻发布会如期召开了，几十家媒体纷纷赶来。面对着众多记者，汪海洋说："国梦旗下的连锁店，要一次性地抛售，性质定性为私营企业。抛售后，可以办成夫妻店、兄弟店、姐妹店。"

记者A发问说："汪总，将国有企业变成家族式企业，这样做是不是国有资产流失?"

"请不要曲解我的意思，国梦是国有大型企业，绝对不会变成家族式的企业。国梦的连锁店，其他分公司子公司都可以搞家族式的企业。"

记者B发问说："现在都什么年代了，搞家族式的企业不是倒退吗?"

“不搞家族式企业就亏损，就搞不下去了。国家的财产永远不如自己的财产那样珍惜，这就是我为啥搞家族式企业的理由。鞋业专卖店变成了自己家的店，店就一定会搞好的，搞好了，国家和个人双赢，难道非得到了双败的时候，才能改弦易辙吗?”

外国记者发问说：“总裁先生这样做，作为主人公的工人们能答应吗?”

“我在国企工作了将近二十几年，国有企业的干部存在一个弊病，企业是国家的，财产是国家的，似乎与自己无关，即使企业搞不好，也可以异地做官。这就会造成国有资产的损失，也是国企倒闭的重要原因……”新闻发布会上发布到这里，国梦就剩下汪海洋一个人了，连姚丽梅也走了。汪海洋处于尴尬的境地说，“对不起了，各位记者，新闻发布会就此结束。”

这一招失败了，汪海洋又使出一招，就是把中层领导干部圈到了绿岛海洋大学去听课，主讲是姜托尼。姜托尼拿起教鞭敲敲黑板说：“世界级的大企业多数是家族式的企业，家族式企业的比例高达65%，这说明家族式企业是世界的主流。世界五百强企业，40%是家族式的企业。意大利著名企业基本上都是家族式的企业，还有日本的日立、松下，美国的迪士尼，家族式企业创造了美国70%的就业机会，雇用了劳动力市场上60%的就业者，创造了美国GDP的一半。福特、杜邦、摩托罗拉等公司都为家族所控制。可见，家族制是私营企业经济与生俱来的形态，是市场经济规律下发展的必然现象，是有生命力的……”

课堂上鼾声如雷，刘启明睡着了，是他发出的鼾声。姚丽梅把他推醒了，刘启明揉揉眼睛说：“下课了，好啊!”刘启明起身往外走，大部分听课的跟在屁股后头就走，姜托尼的课就讲不下去了。

姚丽梅、姜托尼相伴着，走在绿岛海洋大学的林荫路上。姜托尼说：“我的课没有讲好，学员们都不爱听，我的脸就没处搁了，我想听听你的意见。”

姚丽梅说：“不是课没有讲好，是这些人的心没长在肝上。”

姜托尼说：“汪总用心良苦，这些人怎么不买账呢?”

姚丽梅说：“假如你和张大元在省城投资500万，1股按100元计算，一共是5万股。你是好心眼，我表哥也是好心眼，赏给我十分之一的股份就是50万。挣到钱好了，假如商场搞赔了，50万是不是得从我的兜里往外掏，是不是倾家荡产也掏不出来?”

姜托尼："投资风险与盈利共存，这是客观存在的事实。"

姚丽梅说："不投资就没有风险了。"

姜托尼就惋惜地说："都想过安逸的日子，不肯冒险去发财，是个愚蠢的想法。"姜托尼说完告诉姚丽梅，"我在海边买下了一套楼中楼，面积300多平方米，有时间你过去看看，出个装修设计方案。"

姚丽梅说："你的产业爱咋装修就咋装修，我去看有啥用?"

姜托尼说："你应该想到，我的良苦用心?"

姚丽梅说："还是来点甜的吧，我这里有两块大白兔奶糖，你一块，我一块。"

正当汪海洋为连锁店的事焦灼不安时，刘昆书记打来了电话。刘昆很谦虚地说："汪海洋，有件事要和你协商，搞家族式店，在社会上颇有微词，是不是应该暂缓?"

汪海洋说："刘书记，你不说我也搞不下去了。我老婆差点拿刀砍了我，是不是我的想法太超前或者是太不现实了。"

"你不要曲解了我的意思，我是说时机还不成熟，成熟了再搞。现在的让步，标志着将来要大踏步地前进。" 刘昆书记的话，让汪海洋心里暖洋洋的。

汪海洋来到了泉水鞋城郑秀兰的办公室，郑秀兰上完茶说："汪总，现在国梦拥有总部，城郊13家联营厂，还有丰盛鞋城和泉水鞋城了，年产值都超过了三十多个亿，发展的脚步不算快也不算慢。"

汪海洋喝着茶说："30个亿太少，100个亿太少……"

"我把我的事做好就行了，几百个亿是你想的事。汪总，有件事我不该问，但老惦记在心上，你闺女的事办得咋样了?"

"还没有头绪，都快愁死了。"

"可不是，汪总都长白头发了。"

大老郭进来，铁锹上端着几个烤地瓜说："汪总来了，大老郭可没啥招待的，就是几个烤地瓜，甜着呢。"

"大老郭，你在厂子里面干啥呢?"

"烧锅炉证考了下来，我是烧锅炉的技师了，跟郑秀兰比就差不多了，省得郑秀兰嫁给我委屈。"

"大老郭，这么说你臭美有道理了？我吃你的烤地瓜，可是我的兜里没有钱，要钱你去找郑秀兰。"汪海洋吃着烤地瓜，办公室主任送来了请柬，

厂子职工小葛明天结婚，请郑秀兰去喝喜酒。汪海洋问，“是不是为了救人，落下残疾的密练车间的那个主任小葛？”

“正是，新媳妇就是他救出来的姑娘。”

“我和你一起去参加婚礼。”

在风雪路上，汪海洋、郑秀兰坐在吉普车里面，吉普车缓慢地行驶着。郑秀兰望着车窗外说：“这里是九龙山最穷的地方，家庭年均收入不足400元，吃饭都成了问题。过去，小伙子们根本就不敢奢望能搞上对象。”

汪海洋问：“光棍车间的小伙都咋样了？”

郑秀兰说：“咋样？全都解决了。小葛是个残疾人，娶妻生子是最后一个了。”

汪海洋又问：“制帮车间的女孩外嫁的还多吗？”

“除了有两个嫁给了军官外，全部都内耗了，家家都过上了幸福的日子。我在这里干，是越干越年轻了。”

汪海洋颇有感触地说：“年轻人是国梦的希望，他们支撑着国梦的事业，作为一级领导，首先要关心职工的家庭生活、爱情生活、业余生活，如果生活不如意，家庭不幸福，爱情不美满，缺少业余生活的乐趣，职工们还能干好吗？”汪海洋的手机铃声响了，他接完了电话说，“婚礼我就不能去参加了，小丫明天就要开庭了。姚总让我马上回去，再找不到证据，小丫可就惨了。”

汪海洋回到市里邀上孙元凯，两个人来到了市中级法院，院长接待了两位。院长说：“两位总裁，就汪小丫故意杀人一案，市人大代表为此事提出了议案，我们也认真地对待了。我们到省高法去了十几次，去汇报案子的进展情况。到市人大专题汇报了三次，该做的我们都做了。办案要讲究证据，二位总裁就不要难为法院了。”

汪海洋斩钉截铁地说：“我现在就敢预言，如果法院这样判决，就是一起冤案错案。”

孙元凯义愤填膺地说：“我们两大企业集团必将倾尽全力，将这起案子抗诉到底，不但要抗诉到省高法，还要抗诉到国家的高法。”

院长说：“我还是说要强调证据，两位总裁都听明白了？”

在英雄岛上，礁石上拴着一艘机动艇。汪海洋坐在最高的礁石上，面对着大海在沉思着，还不时地流下了眼泪。姚丽梅站在身边说：“汪总，你把我带到荒岛上来干什么?”

“我也没有让你来呀?”

“思维混乱了，是该梳理梳理了。汪总，人要面对现实，老是和自己过不去，难道是个聪明人吗?”

“我能够救活一个企业，救活成千上万的人，但我救不下受了冤屈的女儿，活着还有啥实际意义？就是一具行尸走肉。”

“人活着还是有办法的，人死了就啥办法也没有了，因此，我还是劝你，好死不如赖活着。”

“我从来没像现在这样悲观，我特别想哭。”

“这里没有人笑话你，那你就哭吧。”汪海洋是“嚎”而不是“哭”，嚎的声音够瘆人的，迫使姚丽梅捂上了耳朵。海上的夕阳很迷人，碧波荡漾的大海是一片金黄。姚丽梅说，“汪总，你就不要耍赖了。海上的风硬，我的身子冷了，咱们赶紧回去吧。”

“今天晚上就不回去了，咱们住在岛上英雄一回。”

“你想当英雄，我可不想当英雄。我是女流之辈，找个丈夫好好过日子就行了。”

这时一个水鬼从水里突然钻了出来，穿着沉重的潜水衣走了过来，汪海洋立刻跳起来，摆出了一副决斗的架势。姚丽梅吓得躲在汪海洋的身后瑟瑟发抖，汪海洋扑上去就把水鬼抱住了。水鬼摘下了帽子喊:“汪总，我是姜托尼，你千万不要下狠手。”

汪海洋就松开了姜托尼，问:“你怎么知道我们在英雄岛上?”

姜托尼说:“这个，你得问姚总。”

汪海洋看了一眼姚丽梅，姚丽梅就把脸扭了过去。汪海洋又问:“姜托尼，你是怎么来到岛上的?”

姜托尼说:“我花钱雇了艘渔船，让渔船抛锚停在了那儿。”姜托尼指着渔船停泊的地方说，“我就穿着潜水衣潜了过来，想给你们一个惊喜。”

汪海洋说:“万万没有想到，姚丽梅原来是个叛徒。”汪海洋跑到机动艇上发动了机动艇，机动艇向海面上蹿去。

姚丽梅站在沙滩上，望着远去的机动艇心里有些急了，怪怨说:“姜托尼，你个直肠子的东西，我把我的去向告诉了你，你却把朋友给出卖了。这回可好，咱俩咋离开这座孤岛?”

姜托尼说:“汪海洋狡猾的干活，我还不知道，早就防备了他这一手，

我有办法离开这座孤岛。”姜托尼拿出对讲机说，“船长，船长，我是姜托尼，请把船驶到英雄岛。”

国梦集团总公司新建的住宅楼一幢幢拔地而起，汪海洋已搬进了给处级干部配备的住宅，108平方米。新房里饭菜摆在了桌子上，李杏花说：“军娃，你爸怎么没回来吃饭?”

“手机关着，联系不上。”

李小娜进了门说：“姨，连门都不锁，小偷进来怎么办?”李小娜见到李杏花没在厅里，换了双拖鞋就大声喊道，“姨，难道不欢迎我来蹭饭?”

李杏花这才缓过神来说：“娘仨吃饭，不等老东西了。”

吃过了晚饭，汪军娃、李小娜来到了汪军娃的卧室。李小娜从背包里拿出来几本书，是自费为汪军娃买的成人自考教材。李小娜说：“汪军娃，你对不起李小娜没有关系，要对得起这几本书，还有李小娜掏出来的人民币。”

汪军娃摆弄着书说：“这几天，我是寝食不安，哪还有心思去学习。”

李小娜说：“小萝卜头深陷牢狱，还跟着黄先生在学习。”

汪军娃说：“你是将军啊?”

李小娜笑脸相迎说：“为了你这个混球，我是当不上将军了。如果我现在在部队上，再过30年，兴许就是个将军了。”

汪军娃说：“你知道男人的罪过是啥吗?”

李小娜说：“这个命题太广了，我不好回答。”

汪军娃气愤地说：“就是耽误了女人的前途。”

李小娜心里隐隐感觉到，说：“你是不是想汪小丫了？公司里都议论纷纷了，有的说汪海洋怎么养了个杀人女魔头的闺女，有的说挨枪子的滋味可是不好受……”

汪军娃听了心乱如麻说：“不要说了，不要说了。”

李小娜把脸蛋凑过去说：“亲亲脸蛋，你就会心静如水了。”

汪小丫戴着手铐脚镣从狱室里面出来。女看守斜了一眼汪小丫说：“汪小丫，你的面子挺大！连市法院的院长、公安局的局长都来看你了。”

汪小丫迈着沉重的脚步说：“到了这种地步，谁来看也没用?”

女看守说：“就要判刑了，这个地方就不是你待的地方了。”

汪小丫的脚步迈得更加沉重……市公安局的局长、法院的院长把汪小丫从看守所里提了出来，押着来到了九龙山帝豪大酒店分店408号客房，目的是来找证据。

汪小丫望着天花板说：“证据就在电线盒的上面，你们去拿吧。”大个的警察到电线盒上面仔细地搜索，结果是啥也没有发现。汪小丫一见瘫在了地上说，“证据没了，谁也救不了我了。”

法院院长说：“案子还要进一步复查，审判还要延续些日子。”

公安局长说：“一定要把案子弄个水落石出。”

汪海洋接到了市法院院长的电话，院长说：“老汪，还你闺女一个清白谈何容易，得有确凿的证据。史大牛那边盯得很紧，让法院还史大牛一个清白。老汪，我看案子要长期审下去了，你要有长远打算才行。”

第18章　名牌是市场经济的原子弹

程子龙拿着一沓材料来到了马成办公室，马成刚刚摆好最后一张拼图。程子龙说："马书记，好雅兴。"

马成很感慨地说："领导干部怎么样才能当好人民的公仆呢？就是要有耐性，不练出耐性不行。"

程子龙说："发牢骚没有用，一大堆烂事等着汪总定夺，现在连个人影都摸不到了，怎么个定夺法?"马成趴着窗户往外看着，敲敲墙壁意思很明显，没见姚总也没影了吗？汪总的手机还能打开，那才是怪事呢！程子龙说，"让我去办参加世界鞋业博览会的手续，碰到了大麻烦。外贸部门不给开绿灯，公安局不给办出国签证。我是穷途末路了，马书记给想个办法吧。"

马成说："程总，你看看我摆的拼图，里面的规律……"

程子龙说："得，就当我没来过。"

程子龙又来到市公安局护照办理处，办理护照的女警低着头，程子龙就在窗口转磨磨。女警抬起头来说："怎么又来了？在这里转悠到天黑也没用。"

程子龙把国梦鞋递过去说："小同志，喜欢就穿上。"

女警往外推鞋说："公安部门统一着装，统一发鞋。"

程子龙说："小同志，再通融通融……"

女警说："公安部有明文规定，你就是找局长，找市委书记，还得是照章办事。"

程子龙问："这件事在绿岛市还能办不能办?"

女警说："不但在绿岛市，整个中国也办不了。"

程子龙往外走着说："死性东西，按葫芦抠籽啥事办得了?"

程子龙回到了办公室，电话铃声就响了。汪海洋打过来电话问："程总，出国的护照办到哪一步了?"

程子龙说："熟人我都托遍了，材料还是交不上去。"

汪海洋说："你给支个招，我该去怎么办？"

程子龙说："赶紧去找市委刘书记，他办不了，整个绿岛市就没有人能办了。"

汪海洋来到了市委秘书处，碰见了熟悉的秘书说："秘书，通报一声，就说我要见刘书记。"

秘书说："刘书记没在，到公安局视察去了。"

汪海洋就驱车来到了市公安局的门口停下，他刚从车上下来，一位副局长就下了台阶。汪海洋迎了上去说："你好！"

副局长说："汪总，来找局长办事？"

汪海洋说："这次不是找局长，是找刘书记。"

副局长说："刘书记在靶场。"

汪海洋就驱车来到了靶场，公安局长过来说："你来得正好，听部队上的人讲，你在部队就是个神枪手，这次来了露两手。"刘书记正沉稳地射击着，汪海洋要上前说话。公安局长一把拉住他说，"不要搅扰，等刘书记打完了靶再说不迟。"刘昆打完靶过来了，公安局长说："汪海洋，露一手。"

汪海洋说："露一手就露一手。"

公安局长说："5发子弹命中45环，啥事我都为你办了。假如不是这个结果，说句不好听的话，趁早走人。"

汪海洋说："不打中48环，我不找你办事。"

刘昆说："常言说得好，是骡子是马拉出来遛遛，遛完了再说。"

汪海洋操枪在手，站在了靶台上，甩手打出了5发子弹。报靶员晃动着报靶指示标，指示标上是中了39环。汪海洋说："这绝对不可能，我要去验靶。"汪海洋向着靶子跑去，刘昆和公安局长跟在后面。汪海洋验完靶说，"验靶员要是国梦的员工，我是一天都不让他待下去了，就是一个开除。看看弹着点，两颗子弹从一个窟窿穿了过去，不信可以量量窟窿的宽度？"

公安局长看着靶眼说："就算49环。"

汪海洋说："不是就算，就是49环。"

汪海洋、刘昆、公安局长来到了靶场办公室，公安局长喝口水润润嗓子说："汪总的面子可不小，刘书记亲自为国梦跑腿，我这里也就得破例了。国梦要求11个人出国，按照规定一个企业允许出国5人，其余的6个人再找两个厂子顶替，也就符合规定了。刘书记，这可是你逼的呀？"

刘昆说："下不为例。"

汪海洋从靶场回到家里，连外套都没脱，坐在沙发上唉声带叹气。李杏花拎着包进来，问："谁又惹你了？"

汪海洋说："日子不好过了，身边的女人都在算计我。"

"不对，我是你身边的女人，我什么时候算计你了？"

汪海洋说："汪小丫，我的女儿，现在的状况你应该知道。我的亲妈没了，我就认了个妈，让媳妇给气跑了，连个电话都不给我打了。更可气的是那个姚总，竟然成了叛徒，在光天化日之下把我给出卖了。"汪海洋站起来指着李杏花说："下面说你，你是硬贴到身上的女人。"

李杏花说："汪海洋呀汪海洋，我嫁给你时是不是大姑娘，我生的儿子是不是你的种？你怎么能这么说我……"李杏花喘口气说，"汪小丫开庭的那一天，我领回来就是了。这是我儿媳妇跟我说的，她还让我保密，你看我的破嘴，怎么就说了出来。妈的那边好说，你看我买了什么？"李杏花拿出黄桃、山楂、草莓罐头……一股脑地摆在了汪海洋的面前说，"过两天有空了，两口子到丰盛县城去，道歉了不还是亲妈吗？至于那个姚总，工作就谈工作，少跟着她黏糊。"

汪海洋让李杏花数落得没词了，看到罐头说："我的嘴没味儿，开瓶罐头吃。"

"吃啥罐头？"

"山楂罐头。"

李杏花就笑了，说："大老爷们儿，怎么就想这口吃了。唉——说说，你出国得几天才能回来？"

"这个说不准。"

"我要是等不及了，我就先到丰盛县的妈家去了。"李杏花打开罐头，将山楂塞到汪海洋的嘴里，说，"缺心少肺的东西，老婆可从来没有算计过你。"

在德国杜塞尔多夫城老城啤酒馆里面，汪海洋领着10个人围着一张古色古香的大桌子坐着，每个人的面前摆着一个啤酒杯，杯里倒满了老啤，闻着味道就很香甜。汪海洋举起酒杯说："都说咱们东方人爽，到了异国他乡就更得爽，谁也不要说用不着的，先一口把杯里的老啤干了。"11个人齐刷刷举起酒杯，一饮而尽。

姚丽梅饮完了老啤说："汪总，我看了鞋业展览会发的材料，此次有52

个地区和1400余家公司参加，不乏知名的品牌鞋。我是怕……”

汪海洋举起酒杯说：“在与外国人的竞争中，宁可拼死，绝不能被吓死。但姚总的提醒非常重要，我们在战略上要藐视敌人，在战术上要重视敌人。这顿老啤喝过了，谁再喝一口酒误事，老汪不是拿大话吓唬谁，要军法论处。”

李小娜小声说：“企业又不是军队，还军法论处，电视剧看多了吧?”

汪海洋蹾着酒杯问：“李小娜，你叨咕什么，敢违抗军令?”

“老啤很好喝，愿军法论处，多罚几杯。”李小娜的怪模怪样，把满桌子的人都逗笑了。

第二天早晨，8个姑娘在化妆，试穿着旗袍。李小娜描着眼影说：“姐妹们，本姑娘妆化得差不多了，看看，是不是东方大美女?”

姑娘A说：“是。”

姑娘B说：“绝代佳人。”

姑娘C说：“女明星也比不上啊。”

敲门声过后，汪海洋不等姑娘们应答就进来了，吓得两个姑娘钻进了被窝。汪海洋说：“你们都是我的闺女，当爸的来了，没什么可怕的。姑娘们，当爸的就说了，把妆化得漂漂亮亮的，要把女人的美达到极致，穿上旗袍往展台门口一站，肯定会引起各国客商的关注，我们就有好戏可唱了。国梦是中国的国梦，那就要有中国特色，你们的出现就是中国特色，就是中国创造，在各国高人眼中，你们最有魅力，最漂亮，这就是让你们表演的意义。想当初，国梦高薪聘请你们，就是为了演好这场好戏。养兵千日，用兵一时，姑娘们，望你们为国争光，为国梦争光，最后成败就看你们了。说说，有信心没有?”

姑娘们齐声喊：“有!”

汪海洋说：“好。下面我们就在马克思、恩格斯生活过的国度里面，我打拍子，你们齐声高唱《国际歌》。”

起来，饥寒交迫的奴隶。
起来，全世界受苦的人。
满腔的热血已经沸腾，
要为真理而斗争。
……

嘹亮的歌声在旅馆的上空回荡，在旅馆里面住的各国客商都在翘首张望。汪海洋豪迈地说："我们中国人就是这个脾气，宁可在前进中拼死，绝不会被外国人吓死。"

8位东方美女打扮妥当了，身上披挂标有"中国国梦"的英文绶带，在姚丽梅的统一指挥下，两个人一组分别站在展馆四个大门的门口。果然不出所料，来到展会的各国商人，第一次看见了身穿旗袍、脚穿国梦鞋亭亭玉立的中国姑娘，感到惊讶又好奇，都不由自主地停下了脚步。国梦姑娘们笑靥如花，彬彬有礼地将印有多种外文的邀请书分发给了客户，欢迎各国客商前来观摩"中国鞋文化表演"，还要参加幸运抽奖。

当天夜晚，在杜塞尔多夫城旅馆的客房里面，程子龙、姚丽梅在统计着发出去的邀请书。汪海洋说："程总，姚总，你们还统计啥？我的心里就有数了，一共发出去三千多份。"

"3999份也是多，3001份也是多，到底多了多少份？"姚丽梅说，"你知道这是什么区别吗？"

汪海洋笑哈哈地说："是不是又要说了，是知识分子和大老粗的区别？"

姚丽梅眉开眼笑地说："算你有自知之明，我想说的就是这句话，你还不打自招了。"

汪海洋听了高兴地说："我就愿意听姚总犟嘴，犟嘴归犟嘴，发出去的三千多份邀请书，老外都能看得懂，就得来买国梦的鞋。美元、英镑、法郎、卢布……国梦就要一块儿搂了，搂到国梦都是银子，是银子就能当钱花。"

程子龙说："咋看你也不像个国企老总。"

"像什么？"

"像一个樵夫，还扛着搂柴火的耙子。"

汪海洋哈哈大笑说："不管黑猫白猫，抓到耗子就是好猫，只要能够让国梦大发展，我一概不拒。"

姚丽梅回到客房刚想休息，就听到了"砰砰"的敲门声，拉开房门惊喜地发现是姜托尼来了。姚丽梅把姜托尼拉进客房说："你从哪儿钻出来的？"

"我打好了提前量，和章校长请了几天假，先到了汉堡，汉堡就有好多的故事了，你愿意不愿意听？"

"愿意听。"

姜托尼开讲："我在汉堡的报纸上看到了这样的故事，汉堡与中国不仅需要一场恋爱，更需要一生美好的姻缘。”

姚丽梅嘲笑他说：“这是什么破故事？分明就是一句宣传口号。”

“我认为故事就是故事，亲爱的姚丽梅，让我亲上一口吧！”姜托尼紧紧地抱住了姚丽梅，姚丽梅挣扎也没有挣扎出来。

8位东方美女的魔力，使整个博览会掀起了中国热，不同国籍的鞋商拿着邀请书争相拥进了国梦展馆。在一个小舞台上，中国传统乐曲绕梁不绝，8位身穿华贵旗袍的模特儿，气质高雅地款款而行。她们脚上穿着摩登的国梦高跟皮鞋，手里举着华夏民族从古至今的树皮鞋、绣花鞋、宫廷鞋……随着时间推移，老外们将国梦展厅围了个严严实实。小小舞台上，演出了哑剧《嫁新娘》，剧情是新娘临上轿前，找不到一双满意的鞋，就一双一双地试穿，急得伺候的丫鬟团团转，真是妙趣横生，逗人开怀大笑，把老外的眼珠都勾直了。

老外们赞叹说：“东方女性太美了！”

国梦抽奖台前，姜托尼捂着抽奖的箱子喊：“抽奖了，都来当幸运儿，都来当幸运儿了！”

凡是抽奖的都会得到奖品，最不济的是一双印有国梦商标的袜子，一等奖是一件印有国梦商标的文化衫。客商们拿到了袜子和文化衫，到国梦设在展馆内的五个摊位洽谈业务，懂外语的8个姑娘发挥了特长，签单一份接着一份……汪海洋看到这情景高兴地说：“这回国梦鞋出尽了风头，为中国人争了光，为黄皮肤人争了光。国梦就是中国名牌，而名牌就是市场经济中的原子弹。”

8个姑娘穿梭在人群里，许多外国人举起大拇指说：“Made in China!”

一连几天了，一位荷兰的小伙都来缠着李小娜，又是请吃，又是送小礼物。一天还把李小娜叫到一边谈着，这种现象汪海洋看在了眼里，就凑到了姚丽梅身边。汪海洋态度出奇的热情，说：“姚总，李小娜身边的黄毛小子，不像是在谈订单。求你了，过去问问，他们都说什么呢?”

姚丽梅说：“说啥，我不愿意去也不愿意问。你还是自己去吧，总裁大人。”

“你这不是为难我吗，他们说的是鸟语，我听不懂呀。”

“中国人也罢，外国人也罢，是人就有隐私权，侵犯了隐私权就是一种不道德的行为，我不想不道德。”

汪海洋见到姚丽梅不愿去，就态度急转直下了，说：“你要是不愿意去，我就把姜托尼弄走了。”

姚丽梅知道汪海洋是说到做到的主儿，他也有这个能力，那就对姜托尼太不公平了，不得不走过去了。姚丽梅听着荷兰小伙和李小娜的谈话，汪海洋猜得很准，荷兰小伙是把李小娜缠上了。姚丽梅赶紧上前说：“先生，对不起了。这位小姐已经结婚，她的丈夫叫汪军娃。”

荷兰小伙不介意地说：“结婚了没有关系，不会离婚吗？我是诚心诚意的，就等着李小姐回话了。”

荷兰小伙子扭头就走了，汪海洋赶忙过来了。姚丽梅说：“汪总，我可不能胡说。荷兰小伙经营着一家鞋商场、一家农场，在荷兰是很富有的。他希望李小娜能嫁给他，会把一半的产业落在李小娜的名下。至于有关移民的手续，荷兰小伙都能办，就不要李小娜操心了。”

汪海洋急不可待地说：“你说这些都没有用，说说李小娜的态度。”

姚丽梅就把李小娜拉过来说：“我说你不信，让她自己说。”

李小娜说：“说啥？”

姚丽梅眨巴了半天眼睛说出实情。李小娜说：“我和汪军娃还没有结婚，这桩婚事可以考虑。我还邀请了荷兰小伙，希望他来中国做客，最好能到绿岛市来。”

汪海洋听了扭头就走了，边走边说：“嫌贫爱富，两个都不是好东西。”

李小娜就“嘻嘻”地笑。姚丽梅问：“你笑啥？”

李小娜调皮地说：“好玩，咋能不笑。”

到了晚上，姚丽梅被姜托尼邀请到宫廷花园，两个人坐在有靠背的木椅子上，看着身边的景致。湖边被一片绿色笼罩，湖水碧波荡漾，无数只水鸟在湖面上翩跹。

姜托尼拿着一本书说：“姚丽梅，这里是德国大诗人海涅的故乡，望着美丽的景致，我想起了海涅的诗，现在就朗诵给你。”姜托尼站起来，面对着湖水朗诵——

我从不想打动你的心，
我从不祈求你的爱，
我只渴望安安静静地生活，
在轻拂着你的呼吸的所在。

姚丽梅听着就感动了，就拥抱了姜托尼。姜托尼高兴地说：“姚丽梅，今天我很高兴，这是你第一次拥抱我，而且是在德国的宫廷花园，我的心高兴得要跳出来了。”

姚丽梅却大方地说：“这并不代表什么，只是一次意外而已。”

一天的劳累下来，在杜塞尔多夫城旅馆的餐厅里，各国鞋商悠闲地吃着晚餐。姜托尼来了，挤在姚丽梅的身边坐下。

程子龙手指头上穿着面包，边吃边说：“真过瘾呀，连彪马、皮尔·卡丹这样世界有名的大客户，也向国梦投来了橄榄枝。”

姚丽梅往面包上抹着果酱说：“总共签了440万双订货合同，200%完成任务。更可喜的是，这次打开了欧洲市场，欧洲客户签订的合同约占80%。”

汪海洋说：“444，发发发，好啊！我决定独裁一回，晚餐后自由活动。”

在莱茵河上，姚丽梅第二次单独行动了，她和姜托尼坐在游船上，欣赏着杜塞尔多夫多彩的夜景。姜托尼喜滋滋地喝着老啤，眼神频频向姚丽梅放着电。

姚丽梅并没有回应姜托尼暧昧的眼神，说：“再有两天我们就要满载而归了，你是不是跟着回绿岛海洋大学？”

姜托尼说：“不，我的欧洲之旅还没有结束。我要到‘海因里西·海涅大学’去讲学，大约需要一个星期的时间。我要把欧洲之旅的费用挣出来，拿中国人的话说是原汤化原食。”

姚丽梅笑笑说：“我该夸奖你了，你很会算计。”

姜托尼睁着一双漂亮的眼睛说：“不会算计，长个脑袋干什么？”

在飞机场候机大厅里面，汪海洋接受了《欧洲鞋业报》总编辑杜拉斯的采访。杜拉斯说：“我要讲一个蛇与兔子的故事，中国人过去到欧洲做买卖，中国人就像一只兔子，欧洲人就像一条蛇。蛇吓唬兔子，兔子害怕得全身颤抖，就迈不动步了，等着被吃掉。今天却是不同了，国梦人来到这里，让我感到中国人就像是一条蛇，欧洲人倒成为一只兔子了。”

汪海洋说：“杜拉斯先生，我想提醒你一句，难道你就不知道中华民族是条巨龙吗？”

杜拉斯说：“知道，知道的。在远古时代，是一个巨大又很可怕的图腾动物。”

汪海洋得意洋洋地说：“我本人就是属龙的，就沾上了龙光。”

杜拉斯说：“OK，OK！中国的一条龙，真的了不起。”

李小娜过来说：“姨父，你是东方的一条龙，我就是东方的龙女。”

杜拉斯没有听清，问：“东方的龙女,什么意思?”

李小娜说：“龙女，就是东方龙的传人。”

杜拉斯说：“OK，OK!”

李杏花看着地址来到了丰盛县城，找到吕银匀的家。她轻轻地敲门，没有任何回音。李杏花继续敲门，隔壁打开门探出头来说：“不要敲了，人已经搬走了。”

李杏花说：“怎么没打个招呼就搬家了，这是为什么呀？我的娘亲，让我到哪里去找你们?”

李杏花从丰盛县城回到家里，刚想躺下歇息，汪海洋就大呼小叫地进了屋，说：“杏花，你看我给妈买来了什么?”汪海洋把一对电动寿星老放在茶几上，摁动按钮，两个老寿星离开了又返回来，紧紧地抱在一起亲着嘴。

李杏花说：“老汪，你可真逗，从外国回来就买了这么个东西，妈不一定能喜欢。”

汪海洋不以为然地说：“不就是个玩意儿吗？有什么喜欢不喜欢的。”

李杏花长叹一声说：“我去了丰盛县城，也到了妈的家门口，可惜没能进去屋，妈已经搬家了。”

汪海洋拧着眉毛想了想，说：“李秋阳，你这是让我货到地头死，你就等着，看我怎么修理你。”

马成办公桌上的电话铃声响了，电话是办公室的工作人员打来的，说是有位上访的老人非要见领导不可。马成撂下电话从办公室出来，在走廊里见到了这位老人。老人拎着一双国梦老人健身鞋，在办公室工作人员的搀扶下走了过来。他上前把老人搀扶到办公室，倒上一杯热茶，端到了老人面前。

老人说：“我是一位退休的教师，自从买了这双国梦牌健身鞋，心里就一直不舒服。我不是心疼这鞋钱，是考虑到这是民族的品牌，就是要十全十美。此次来上访，我认为是一次爱国的行动。”

马成翻来覆去地看着鞋说：“老人家，请把你的电话号码留下，我们会给您满意的回答，支持老人的这次爱国行动。”

马成扶着老人下楼，派车把老人送回家。汪海洋望着老人的健身鞋震怒了，立即召开了总部班子成员会议，与会的人不时拿起鞋看看，都不住地摇着头。

汪海洋表情严峻地说："老百姓一般说来是冤死不投诉的，八十多岁的老人为什么前来讨个说法呢？说明老人信任国梦，这样可爱的老人，怎么能忍心让他花钱买个不愉快呢？作为一个老年人，已经不太讲究穿戴了，唯有穿得舒服是他们的追求，不舒服等于我们的工作上出现了纰漏，这种纰漏要零容忍。"

姚丽梅算了一笔账说："国梦每天总产量是20万双鞋，如果有万分之一成为不合格，每天20双鞋，每年7300双，就会导致信誉在7300个用户中丧失掉。产品质量是企业的生命，马虎不得。我建议召开职工代表大会，让职工都知道这件事。"

汪海洋说："姚总的提议好，大会由程总安排。"

在职工代表大会上，汪海洋慷慨激昂地说："在市场的面前谁都不能作假，特别是在质量上更不能作假。企业啥都可以改革，唯有质量第一不能改革；企业啥都可以原谅，唯有质量问题不能原谅。一旦出现了质量问题，一定要追究责任，严肃处理。有的人对我说过，中国十几亿人，有几个不满意的很正常。这是什么话？名牌是国梦员工的金饭碗，谁不搞好质量，谁就在砸自己的金饭碗。"

会后，国梦领导到老教师家里去赔礼道歉，汪海洋亲手给老人穿上一只鞋，马成亲手给老人穿上另外的一只鞋。老教师摸摸汪海洋的脸，又摸摸马成的脸，几颗泪珠从脸上流了下来。

这天晚上，汪海洋在家里打开了电视机，播音员甜腻腻地说："因进口原材料的质量问题，请九月份购买国梦牌老人健身鞋的顾客，立即到国梦各部门或代销点换鞋。国梦集团总公司总裁汪海洋，代表国梦集团向广大顾客表示深深的歉意。"

汪小丫的案子就要开庭了，汪海洋从楼上跑了下来，小黄把车早停在了楼门口。汪海洋的手机响了，他接着手机，问："什么！你再说一遍？郑秀兰病危，让我过去？知道了。"

汪海洋忙钻进了轿车，小黄看着汪海洋的脸色，知道事情有变，问："汪总，车往哪儿开？"

汪海洋说："泉水鞋城，开得越快越好。"

法庭正在宣判。主审法官说："如果双方律师没有新证据，法官去合议庭合议，然后宣布判决结果。"汪小丫的辩护律师举起了手，主审法官说，"可以出示证据。"

辩护律师说："作案手枪的持有者，应该有份证实材料，证明为当事人史大牛所持有，法官应该当庭宣读这封证实材料。"

主审法官说："这封证实材料已议过了，鉴于史大牛已亡，死无对证。为了保护当事人，已没有宣读的必要。"

汪军娃说："完了，这回完了。"

吕银勺说："你看还有什么办法?"

汪军娃说："还能有什么办法?"

审判法官合议回来，主审法官宣判："经合议庭的合议，宣判如下：判处罪犯汪小丫死刑，缓期2年执行，负责赔偿死者20万元人民币。"

汪小丫听到宣判，绝望地四处查看着，没有看到汪海洋，立刻就号啕大哭说："爸呀！你为啥不来救我？女儿都要屈死了!"

李杏花相信了李小娜的话，在家里包着三鲜馅的饺子，等着汪小丫的归来。刚刚包好了一盖帘，电话铃声就响了。李杏花拿起了电话，电话里传来陌生男子的声音说："汪小丫被判处了死刑，缓期2年执行，还要判罚金20万，这是你们汪家罪有应得。"李杏花"啊"了一声，电话掉在了地上。她鬼使神差地端起一盖帘饺子，刚走到厨房的门口，腿就不好使了，一下子坐在了地上，一盖帘饺子撒了一地。

法官们就要离开审判台了，李小娜站起来说："法官先生，作为中华人民共和国的公民，我有话当庭要说，是否允许?"

主审法官和陪审法官交头接耳了一阵子，主审法官说："允许。"

李小娜拿出一盘录音带说："我现在要出示重要的证据，但我有个要求，法院要保护当事人的安全。"

主审法官说："现在出示证据来得及，法院将保护你的人身安全。"

李小娜来到审判台上，拿出了录放机，放在主审法官的桌子上说："各位法官，各家新闻媒体，各位参与法庭听证的人员，当我摁下了红色的按钮，就是对当事人汪小丫的公正宣判。"李小娜摁下了按钮，录放机传出了声音，是汪小丫和史大牛的对话——

史大牛说："天底下的女人都爱钱，跟大哥说爱不爱?"

汪小丫说："爱。"

"痛快，这就好办了，一沓够不够？"

"不够。"

"两沓够不够？"

"不够。"

"丫头，胃口不小，三沓够不够？"

"不够。"

史大牛说："事不过三，我看你是给脸不要脸了。加上这把枪够不够？敢说不够，我就崩了你。"

汪小丫说："不够就是不够。我是死过一回的人了，难道还怕你不成？"

史大牛狂怒地喊道："小丫头片子，不知天高地厚了。"

录放机里传出"噼里扑棱"的声音。史大牛喘着粗气说："妈的，还，还敢不，不从我，我一枪，枪，崩，崩了你。"

汪小丫说："你个混蛋，敢把枪对准了我的脑袋。我本来就不想活了，我跟你拼了！"

下面是一阵"噼里扑棱"的声音，紧接着就是一声枪响。随着这声枪响，法庭上静得能听到风吹过窗子的声音。过了一会儿，主审法官说："我把录音机拎出法庭，要去辨别声音的真伪，再到合议庭去合议，请问当事人同意吗？"

李小娜说："我这里还留有一盘，你们尽可以拿去，桌上的录放机不能动，里面的磁带谁也不能动。"

法官很快回来了，法庭上鸦雀无声。主审法官问李小娜说："证人还有什么话要说吗？"

李小娜说："我当然有话要说，证据确凿，汪小丫属于正当防卫，法庭应该作出改判，当庭释放。"

主审法官举起案宗说："几位法官都在案宗上签了字，我现在就宣判，汪小丫当属正当防卫无罪，史大牛罪有应得。汪小丫在案宗上签了字，可以当庭释放，宣判结束。"

法警上前打开了汪小丫的手铐脚镣，汪小丫在案宗上签了字，各路记者就把李小娜、汪小丫都围上了。

第19章　给石狮子穿鞋，年轻人撑起大梁

汪海洋赶到了泉水鞋城，黑压压的职工围着办公楼。职工们见到了汪海洋，自动让开一条路。汪海洋来到郑秀兰的办公室，发现郑秀兰趴在办公桌上，一支铅笔和一份材料散落在地上。汪海洋弯腰要去捡铅笔和材料，大老郭拦住不让捡。

大老郭说："我家的郑秀兰是累死在工作岗位上的。"

汪海洋走到郑秀兰的身边轻声地呼唤说："郑工程师，你醒醒，你醒醒啊！"汪海洋听不到回声，泪水成串成串地落了下来。汪海洋突然大喊，"老天啊！折杀我了。"

汪海洋走出泉水鞋城，后面跟着几个人。小黄上前拦住问："汪总，你要去哪里？"

汪海洋指着前方说："郑秀兰是国梦的功臣，我去给她选块墓地，国梦要厚葬自己的功臣。"汪海洋坐在了一块空地上说，"就在这地儿了，这儿向阳。小黄，打电话把戎县长叫来，就说我在这里等着他。"

戎小川赶到了，听了汪海洋的想法，戎小川犯难了，很无奈地说："汪总，郑秀兰不是革命烈士，有些事不好说。"

汪海洋说："我不难为你，这块废弃地国梦买下来。你是卖也得卖，不卖也得卖。郑秀兰牺牲在了你们泉水县的境内，泉水县不能袖手旁观。"

戎小川几乎要哭了，说："汪总，这件事你就当我不知道，你愿意咋办就咋办吧。你当我的心里好受，郑秀兰作为领头人，是解决了泉水县贫困山区1万多农民工就业的功臣。这一带的农民都富裕起来了，我这个做县长的心里感激却无法用语言形容。郑总经理，你的弟弟戎小川想你呀！"他眼里浸着泪说，"我的好大姐，弟弟得去看看你。"

美丽的海滨，一座现代化的鞋城终于建成了，按照中国人的惯例，要在大门口摆一对石狮子。汪海洋自言自语说："我是干什么的？我是个鞋匠，

做鞋的，既然是做鞋的，给人穿鞋是常理，为何不能给石狮子穿双国梦鞋？”汪海洋让设计人员设计出几张石狮子穿鞋的图纸，拿出手机拨通了孙元凯的电话说，“孙总，你过来，我在大门口等你。”孙元凯坐着奔驰轿车来了，拎着文明棍看完了图纸，两个人就在大门口争辩。

孙元凯说：“汪总，你的创意，绝了！可你让石狮子穿上国梦鞋，我可没有这个本事。”

汪海洋说：“让石狮子踩绣球，看着硌脚，心里不舒服。就给狮子穿上国梦鞋。”

孙元凯说：“这样做有悖常理，我去找石匠，看石匠啥态度？”

孙元凯很快领着小石匠来了，汪海洋对小石匠说明了意图。小石匠很惊讶地说：“给石狮子穿鞋，你们没搞错吧？”

汪海洋说：“没搞错，就是给石狮子穿上国梦鞋。”

小石匠说：“我可不敢做主，得回去问问爷爷和爸爸。”

小石匠回到家里，拿着馒头挑着粉条吃着，爸爸背着石匠家什回来了。小石匠咬口馒头咽下去，说：“爸，国梦门口要竖一对石狮子，老总把我叫去了，说石狮子不能踩绣球，要给石狮子穿上国梦鞋。”

小石匠的父亲说：“混账东西，你吃撑着了？我活了五十多岁，还没有听说给石狮子穿鞋的道理。谁愿意干谁干，我们不能接这个活。”

小石匠心里不服气，就把爷爷搬了来。小石匠爷爷说：“我孙子说的也许有道理，你跟他吼啥？明天你去问个究竟，做石匠的干的是活计，挣的是钱，当然要听东家的吩咐。”

第二天，小石匠的父亲来到汪海洋的办公室。汪海洋拿出一双特大号的国梦鞋，让小石匠的父亲看着说：“这是样品，看看怎么能给石狮子穿上？”

小石匠的父亲说：“这有些不合情理。”

汪海洋说：“做企业要讲究创新，门口的石狮子踩个石球子啥的就不新鲜了，要是那样不如不摆。让石狮子穿上国梦鞋在门口一站，要多威武有多威武，就是一件新鲜事了，就是敢为天下先的人做的事了。”小石匠的父亲就把大鞋紧紧地抱在怀里，深明其意地出去了。

两尊石狮子摆在了国梦鞋城的大门口，身上披着大红绸带，胸前扎着绸带挽成的红花。石狮子的脚上穿着一双超大的国梦鞋，要多吸人眼球就多吸人眼球。

路人A说：“看啊，石狮子穿鞋了，真新鲜。”

路人B说："国梦真能整，整得还有道理。"

"……"

一传十，十传百。报社、电台、电视台的记者都赶来了，采访的、拍照的，轰动一时。绿岛市旅游部门把这里作为一个旅游景点来推介，一辆接一辆的旅游车就过来了。

汪海洋、姚丽梅站在大门口，看着一拨又一拨的旅游者。姚丽梅说："你真能想得出来给狮子穿鞋的花点子。这里哪是国梦的大门口啊，分明成了旅游景点。"

汪海洋说："要的就是这个效果，真的就有了这个效果。南来北往的客人看到了可爱的石狮子，看到国梦的牌子，就爱民族品牌，就要买民族品牌的鞋。创造世界名牌，打响国梦品牌，是最大的爱国！"汪海洋往大门里走着说，"明天是星期天，你又要去见姜托尼吧？"

"我可以告诉你了，姜托尼回美国了，我俩吹灯拔蜡了。"

"那你到哪儿去？"

"去你家，具体事情是去看汪小丫。"

"看汪小丫不急，她再也不会跑了，先陪着我去见孙元凯。"

星期日的早晨，汪海洋、姚丽梅来到了孙元凯的办公室。孙元凯等在办公室，胳膊上依然挂着文明棍，见到了汪海洋抱拳说："汪总，恭喜，恭喜！"

汪海洋说："孙总裁，不要嬉皮笑脸的。国梦刚有人去世，有什么喜可恭的？唉，我找你……"

孙元凯抢过话头说："是你来见我，我是啥事都得答应了。听说你很快就要荣升副市长了，主管整个绿岛市的工业。这人哪，当上官就不一样了，想溜须都找不到门，况且你是上赶着找上门的。"

姚丽梅说："表哥，话说得有点过了，想让汪总高兴，找个什么由头不好，这种事可不能信手拈来。"

孙元凯说："我说的话从来就是有根有蔓，没根没蔓的话我从来就不说。信息来自于省里的一个哥们儿，老叶到届了，绿岛市负责管理工业的副市长人选就是汪海洋。汪海洋走马上任，下面就看表妹的了，能不能当上姚总裁，可就看汪副市长的意思了。"

汪海洋说："你说的事我感到很意外，不管这件事真假，我不想纠缠了。我这次来找你，是想求几个字。"

孙元凯说："汪总能垂青我，是求之不得的事。"

汪海洋说："答应了?"

孙元凯说："哪有不答应的道理。"

汪海洋说："是这样的几个字：'国梦集团总公司功臣郑秀兰永垂不朽!'"

孙元凯就老大不愿意了，说："这样的字你也让我来题，可能要有倒霉的事临头了。"

孙元凯说是说做是做，还是运笔挥毫写了，用吹风机吹干。汪海洋卷好了转身就走，几个穿便衣的人进来了，不由分说给孙元凯戴上了手铐。孙元凯的被捕，汪海洋没有感到意外，就凭孙元凯的所作所为，这在他的预料之中。

这一天，汪海洋叫来了小石匠说："跟我去泉水鞋城，有个活计让你干。"

汪海洋和小石匠来到楼下，就见绿岛市一号车驶了进来。刘昆从车上下来问："汪海洋，你要到哪儿去?"

汪海洋说："去泉水鞋城。"

刘昆说："我也要到泉水县城去，正好一条道。上我的车，我有话要对你说。"两辆车上了路，在前一辆车上，刘昆对汪海洋说，"根据市委的提议，省委组织部就要来考察你了。你要有思想准备，就是在绿岛市挑重担了。"刘昆看着汪海洋继续说："组织上决定让你担任副市长的工作，市里就要开人代会了，还要过人民代表这一关。"

汪海洋诚恳地说："国梦我都管得吃力，全市的工业那么大个盘子，我怕是吃不消，做不好工作没法向市委交代，向市民交代。"

"谦虚什么？一个企业不好管理，那是事无巨细。一个市的工业比一个企业好管理多了，大多都是宏观调控。汪海洋，这件事还处在保密阶段，可不能因此影响了工作。"前面是个三岔路口，司机将车停了下来。刘昆说，"下车吧，我还是嘱咐你，一定要保密。"

汪海洋站在三岔路口，望着远去的轿车说："刘书记，你还让我保密，这件事半个省都知道了。"

汪海洋、小石匠来到了郑秀兰的墓前，墓旁搭个草棚子，大老郭邋遢着从里面走了出来。汪海洋上前说："老郭，有事说事，不必把草棚子搭在这里。"

大老郭说："我是来'丁忧'的，一丁就是3年。"

汪海洋哭笑不得，说："这是你的妻子，不是你的父母，谈不上'丁

忧’。我命令你，赶快把草棚子扒掉，回去好好上班。再耽搁下去，我要扣你的工资。”

“扣我的工资我可不干。以后我咋活？我就是守在这里，不然你把我调回市里去。”

汪海洋望着大老郭说：“我都知道了，你就等着吧。”

刘启明来了倒地便拜，大老郭就把刘启明拽了起来问：“你……你来干啥？”

“你说我来干什么？我想郑秀兰了就过来看看。郑秀兰爱听我的山东快书，我来了就给郑秀兰说一段。”刘启明亮出了家什，带着哭腔说着山东快书——

郑工你要听仔细，
汪总和我不是向你道别离。
国梦职工不忘你的功劳和功绩。
搞改革、搞科研，我们的企业已成林，
可你呀，偏说累，要休息，
要休息不能一睡就不起。
郑工呀，我们还会来看你，
放心吧，你的遗志定完成，
你的大旗我们继续扛，
一定扛到世界有人的地方去。
……

刘启明边说边哭，把汪海洋和大老郭都说哭了。

汪海洋把姚丽梅叫到办公室，是有十二分的热情了，不但沏上了茉莉花茶，还端上了果盘，是招待客人剩下的水果。

姚丽梅实话实说：“姜托尼一走，我还真有些失落。”

汪海洋说：“你是说我该幸灾乐祸了？不是这样的。国梦要在北京设立办事处，我想让你到那里去工作一段时间，主要的目的是让你到京城散散心。不过，工作还是得做，两年之内国梦必须上市，不然再想扩充实力，就心有余而力不足了。”

“这样也好，我会尽力而为的，但是还得说一句，谢谢汪总。”

“你想谢我，还有一件私事，不知道该说不该说。”

“想说就说。”

“郑秀兰去世了，中层干部要进行调整，我就举贤不避亲了，我想提拔汪军娃。至于李小娜，也要任公关处的副处长。”

“这样做不算私心太重，我愿意做代言人。”

“汪小丫洗刷了冤屈，家人要团聚团聚，我想……”

姚丽梅打断了汪海洋的话，说：“在你升官的关口，我最好还是采取回避的态度。”

汪军娃他们的事成了。汪海洋例行公事，在办公室里同汪军娃谈完话，他就出去了，紧接着李小娜就进来了。汪海洋感到口渴说：“小娜，给姨父沏杯茶。”

李小娜摆弄着茶具说：“姨父，你是让我玩日本的茶道，还是玩中国台湾的茶道?”

“什么日本、中国台湾的茶道？我要喝的是碗扣茶。”

李小娜沏上碗扣茶说：“姨父，茶几上这套茶具很地道的，姨父用不上，何不物有所归。”李小娜说完见到立柜上有个纸壳箱子就拿了下来，把茶具装好端着就要走。

“你等等。”

李小娜撂下纸壳箱子说：“不就是想和我谈公关处副处长的事吗？我李小娜并不心甜。”

“不是这事，广州全国鞋帽交易大会就要召开了。姚总到北京去任职了，汪军娃到泉水鞋城去履职了。马书记和程总忙得不可开交，我想让你一个人带队去广州，任务就是要签300万双鞋的订单，你有把握吗?”

“我没有。”

“第一次带队出征，就这样的没有锐气，这可不是你的性格。”

李小娜理直气壮地说：“我现在面临的问题不是这些，我在法庭上救下了汪小丫，是有人要暗算我了。姨父把汪军娃调走，我的贴身保镖没了，哪还有心思干这干那。”

“军娃走了，不是还有姨父在吗?”

“你？姨父？那可是两码事。”李小娜边说边把纸箱子拿走了。

汪海洋在帝豪大酒店摆设家宴，李杏花、汪军娃、汪小丫理所当然参加

了，汪海洋还破例请来了李小娜和吕银勺。汪海洋刚刚举起了酒杯，兰丽中、兰丽华就进来了。兰丽华从背包里面拿出两瓶茅台，还有一条软包中华烟。兰丽中说："我知道这是家宴，我们姐俩算不算家里的人?"

汪海洋反问说："我哥怎么没来?"

兰丽华说："姐夫说什么也不来，拿出两瓶茅台酒和一条中华烟，这不是给带来了吗？你有半年没去看老八路了，他可能是生气了，不来自有不来的道理。"

"说得有道理，晚上我过去看我哥。"

汪小丫举起了酒杯说："吃完了这顿饭，我就要走了，就不是这个家里的人了。我先干了，你们也得都干了。"

汪军娃忙说："我的亲妹子，茅台酒是烈性酒，不能一杯一杯地干。"

汪小丫还是干了，说："我本来就不姓汪，你也不要假心假意地管我叫啥亲妹子了。有谁管的也没有你管的，我还是要喝。"汪小丫又倒上了一杯茅台酒，仰脖喝了下去。

李小娜见到汪军娃不管事，说："小丫，这样喝酒不好。"

汪小丫本来不胜酒力，还是倒上了一杯酒举着说："我的命是你救的，我得感谢你，咱们姐儿俩碰一杯。"汪小丫"晃晃悠悠"地来到了李小娜面前说，"喝，喝。"杯子碰过又喝了下去，回到座位上就倒在了汪军娃的怀里，瞪着酒眼说："汪军娃，我恨死你了!"吕银勺过来扶起汪小丫，汪小丫开始"哇哇"地吐着。

兰丽中嘴上不说心里可是憋着劲儿，看着汪小丫吐的样子，这菜还怎么吃，这酒还怎么喝？兰丽中起身走出了帝豪大酒店，而且走得风快，兰丽华小跑才能跟得上。兰丽华追上说："姐，你这是干啥，慢慢走不行吗?"

兰丽中没有好气地说："妹子，家宴，家宴，一口菜没吃，一口酒没喝，搭上了两瓶茅台酒和一条中华烟不算，还闹了一肚子的气。"

兰丽华说："姐，我可不这样看，不管咋说，看的是汪海洋的脸子，其余的人都无所谓了，心到佛知了。"

兰丽中说："就是那个汪海洋，副市长成与不成还不知道，你就不知道北了。人要知廉耻，国要有礼仪。"

海上没有风，海面上就很平静。汪军娃、李小娜走在海滩上，一直走了很远，谁也没有说一句话。直到走到海湾拐弯的地方，李小娜才说："到滨海公园坐坐。"在滨海公园的咖啡厅里面，汪军娃、李小娜慢慢地喝着咖啡。一个长头发的男琴手，弹着若有若无的琴音，很能磨人的心肠。李小娜很内疚地说："军娃，我这几天是又尴尬又彷徨了，汪小丫执著地爱着你，我怎么就深一脚浅一脚地踩了进来?"

汪军娃很认真地说："我家收留了汪小丫，从小我俩就确立了兄妹之间的关系。我根本就不爱汪小丫，即使没有你出现，我俩也是不可能的。妹子就是妹子，你不要有过多的想法。"

李小娜还是担心地说："汪小丫的热锅里烙着你这块凉饼子，弄不好还有热的时候。"

"我很了解汪小丫，吃一堑长一智，她才不傻。"

"只有你才能说服汪小丫，爸妈不行，越拱火会越大。"

"要想不让她黏糊住，你有啥好主意吗?"

"有，你就说我怀孕了。"

"这哪行?"

"我是个姑娘都不害羞，你怕什么?"

汪海洋正在办公室里面看着一份文件，程子龙进来了，说："汪总，任命中层领导干部的批文就等着你签发了。"

汪海洋从抽屉里拿出一封信说："此事已告到了市里的有关部门，我还怎么签发?"

程子龙看完了匿名信，原来是告汪军娃只有中专学历，不能任命泉水鞋业股份公司的总经理。程子龙说："国梦是企业，不是啥党政机关，任命干部学历用不着掐得这样死，是人才就得用。"

汪海洋拍拍文件说："国梦是企业不假，但是国家的大型企业。当年市委组织部任命我时，也不是因为没有大专文凭审查很长时间吗？最后是市委郭书记特批才发文，竟想不到做官这种事也有遗传基因。"

程子龙见到汪海洋不肯在文件上签字，只好走了出来。他要去找汪军娃谈谈，是否有啥好的补救办法。此时，绿岛海洋大学中型小礼堂里面，学校正在举行成人教育的毕业典礼，章含言校长正在发表致辞。汪军娃、李小娜喜气洋洋地坐在下面，毕业致辞是一句也没有听进去。

李小娜说："这回咱俩肩膀头齐，是弟兄了?"

汪军娃说："你是正式的大学本科毕业，我是成人教育大学本科毕业，两个毕业证不可同日而语。"

李小娜说："'五大'毕业生国家承认学历，那就是说我俩平等了。这

次颁发的还有学士学位，我还没有呢。”

开始颁发毕业证书了，章含言说：“请汪军娃同学前来领取毕业证书和学士学位证书。”

汪军娃来到章含言的面前，规规矩矩地行了个礼，接过毕业证书和学士学位证书，小礼堂立刻响起热烈的掌声。汪军娃、李小娜从绿岛海洋大学回来，一进李小娜的宿舍，两个人就迫不及待地抱在了一起，蹦啊跳啊，是不尽的欢乐。李小娜松开了汪军娃说：“我是个神算子，一会儿准有一个人要来找你。”

汪军娃说：“胡乱猜测啥，我可不信。”

李小娜打开抽屉翻着磁带，翻出了《长征组歌》放进了录放机，刚刚调试好了，门口就传来了脚步声。程子龙就在外面喊：“汪军娃在里面吗？”

李小娜打开门说：“程总请进！”

程子龙进屋见到了汪军娃说：“一猜就准，汪军娃果然在这里。”

李小娜说：“程总，请坐，我和军娃给你唱首歌。”李小娜就和汪军娃面向着程子龙并肩站在一起，随着磁带伴奏唱——

横断山，路难行。
敌重兵，压黔境。
战士双脚走天下，
四渡赤水出奇兵。
乌江天险重飞渡，
兵临贵阳逼昆明。
敌人弃甲丢烟枪，
我军乘胜赶路程。
调虎离山袭金沙，
毛主席用兵真如神。

汪军娃、李小娜唱完了《长征组歌》的选段，李小娜就凑到程子龙的身边说：“程总，告诉你一个好消息。汪军娃同志成人高等教育获得了本科文凭，还有学士学位。程总得到这个消息，还有什么话要问的吗？”

程子龙还能问啥，说：“《长征组歌》真好听，好听。”说着就走出了门。

经过深思熟虑，汪海洋还是把吕银勺叫到了办公室，他给吕银勺倒上一杯水说："这次我找你来，是和刘启明打过招呼了。我想把汪小丫安排到丰盛鞋城工作，就拜托你和刘启明照顾了。"

吕银勺说："汪小丫在我身边谁敢欺负，我就跟他玩命。"

汪海洋说："这样说大哥就放心了。大哥还想问你，丰盛县城的房子是怎么回事？你嫂子去看爸妈，背了许多好吃的东西，连门都没进去，又都背了回来。"

吕银勺刚要说明原因，李秋阳进来了，进屋就抱拳说："恭喜，汪总就要高升了。这些日子我实在是太忙了，不然早就来看汪总了。"

吕银勺见到了李秋阳，横棱着眼睛走出了汪海洋的办公室。汪军娃、汪小丫正在大门口等着吕银勺，见到了吕银勺出来，汪军娃拦下一辆出租车，把汪小丫、吕银勺拉到了肯德基。汪军娃端着肯德基放在了汪小丫、吕银勺面前，汪小丫推开说："有事说事，不然这顿肯德基吃不下去。"

汪军娃说："想想小时候有多好，长大倒成了仇人，何苦呢？"

汪小丫说："我的心里有着你，难道你不知道？"

汪军娃装傻充愣地说："我是你哥，你是我妹子，妹子的心里能没有哥吗，哥的心里能没妹子吗？"

"你到底想说啥？"

"妹子，哥现在犯愁了。李小娜……"

"李小娜怎么了？"

"傻妹子，她怀上了哥的孩子。"

汪小丫"啊"了一声，吕银勺就说："提前量找得好。"汪小丫就狠狠地踢了吕银勺一脚。

汪小丫哪还有吃肯德基的心情，一口气跑回家。李杏花正把海参、鲍鱼放进冰柜，放完李杏花给汪小丫倒上一杯水。汪小丫不敢喝怕炸了肺，说："妈，我和军娃的事怕是不成了。"

"为啥？难道是你起了二心？"

"李小娜怀上了军娃哥的孩子。"

"这咋可能？"

"是军娃哥亲口说的，不会有假。"

李杏花就慌了神，军娃和小丫的婚事不成，汪老爹死都没有闭上眼睛。李杏花说："走，咱娘儿俩去找李小娜，核实这件事是真是假。"李杏花、汪小丫来到了职工食堂的外面。李杏花对汪小丫说，“闺女，你到那边的墙角藏着，妈把李小娜叫出来，妈要和她当面对质，如果真的怀上了军娃的孩子，妈也得低着头走路了。”李杏花来到食堂里面，李小娜刚好吃完饭。李杏花就对李小娜说：“小娜，你出来，姨有话要说。”李小娜跟着李杏花来到墙角，拐个弯就能和汪小丫见面了。李杏花拦住李小娜说，“姨问你，你可不能跟姨隐瞒?”

李小娜望望墙角说：“姨，你就问吧。”

李杏花吞吞吐吐地说：“这，这……姨有点问不出口。”

李小娜四处看看说：“这里很背静的，就姨和我两个人，还有什么问不出口的吗?”

李杏花说：“你和军娃……”

李小娜说：“我从广州来到绿岛市，就是奔着汪军娃来的。我已经是汪军娃的人了，难道这有什么不对吗?”

李杏花问：“听军娃说，你怀上了他的孩子?”

李小娜说：“姨，不瞒你说，都两个多月了。姨要是不要这个孩子，我就把他打掉。”

李杏花忙说：“姨可没说不要孩子，姨这就去买营养品。”

这天晚上，李杏花、汪小丫抱着茅台酒和中华烟进了屋子，汪海洋随后就进来了，看到了高档品问：“有什么喜事，买这么些好东西?”

李杏花说：“送礼总比骂人强，老沈在省里管干部，又是你在部队上的老领导，干啥不去活动活动?”

汪海洋问：“都是什么好东西?”

汪小丫说：“四彩礼，有海参、鲍鱼、中华烟、茅台酒。”

汪海洋说：“如今假货充斥着市场，海参、鲍鱼不能假，烟酒就难说了。给老沈送假烟假酒，还不如不送。”

汪小丫说：“爸，我在九龙山帝豪大酒店分店当过副总经理，专门管接待的事宜，假烟假酒我一眼就能认得出来。”

汪海洋眼睛一亮说：“我闺女当过大酒店的副总经理，这个茬口怎么让我给忘了。爸从来不抽烟，爸今天高兴了，小丫，给爸点上一支。”汪小丫给汪海洋点上了烟，汪海洋拨着刘启明的电话，电话就通了。汪海洋说，“刘启明，你看我都忘了，我家闺女在大酒店当过分管餐饮服务的副总经理，到你那里，是不是应该对口安排?”

刘启明说："汪总，我这里确实缺一位管后勤的副经理。"

汪海洋说："副经理就不要安排了，还得上会，很麻烦的。你给我闺女安排个经理助理，以后表现好再升迁也不晚。"汪海洋撂下电话说，"闺女，爸这样安排，你还有什么意见吗?"

汪小丫想到事已至此，莫不如来个顺水推舟说："爸咋安排，闺女就咋做。"

李小娜预想的事情终于发生了，她下班走在街上，到水果店去买水果，两个男子紧紧地跟上了她。李小娜进了水果店，两位男子在门外守着。李小娜买了草莓、香蕉从水果店出来，两个男子就逼近了李小娜，同时掏出了匕首。

男子A说："小娘儿们，识相点，跟着我们走，否则就没命了。"

男子B就把李小娜的胳膊拽了过去，强行套在自己的胳膊上说："姐们儿，我们不想伤害你，你最好不要反抗。等到了地方，我们有个交代就算完事了，至于你的性命如何，就要看你的运气了。"

两个男子逼着李小娜向海滩走去，又有两个男子迎了上来。男子C掏出证件说："我们是法院的，在保护当事人的权益。放开这个姑娘跟我们走，免得双方都不愉快。"

男子B突然松开了李小娜，一拳打在男子C的脸上，四个男子厮打着。李小娜撒腿就跑了，刚跑出没有几步，就被迎上来的三个男子拧住了胳膊，强行拖到一艘快艇上。快艇离开了海边向前驶去，李小娜趁着他们不注意，飞身跃入了海里。艇上的人忙乱了一会儿，才想起向海水中打了几枪，子弹从李小娜的耳边飞了过去，李小娜躲过了一劫，她奋力向着海岸游去。半个小时过去了，李小娜游上了岸。海风吹了过来，她的身子就在不断地打战。李小娜拿出手机想打，但手机灌进海水不好使了。李小娜走了一段路来到路边，一连拦了几辆出租车，出租车司机见到李小娜身上湿淋淋的，没有一个司机敢拉她这位不速之客。一辆面包车过来停下，下来了一位女司机。她见到李小娜的模样儿，拿出一件雨衣披在她的身上，把李小娜扶上了车。

女司机问："小妹，怎么弄成了这副模样儿?"

李小娜不敢说出实情，说："翻船了，总算捡了一条命。"

"到哪儿去?"

"国梦的集体宿舍。"

“巧了，车正好路过。”

李小娜回到宿舍找到一套干衣服，到集体浴室洗了淋浴，回到宿舍就发现感冒了，找出两片药吃了，然后就钻进了被窝。李小娜发了一身的汗，翻来覆去地睡不着。拿出手机想打，手机不好使了就扔在地上。拿起座机的话筒，拨了一个0后，拨到了汪军娃寝室的号码。李小娜极想听到汪军娃的声音，汪军娃就是不说话。李小娜就急了，说：“汪军娃，你装死呀，怎么不说话?”

电话里传来了刘启明的声音说：“是李小娜吧？我是刘启明，我不是汪军娃，我是前来办事的，住在了汪军娃的宿舍。”

李小娜忙道歉说：“刘经理，我以为你是汪军娃呢。我的态度不好，实在是对不起了!”

刘启明说：“汪军娃到夜班车间去了，我这就去找他回话。”

李小娜说：“不用了，没有要紧的事。”李小娜撂下了电话，望着窗外的繁星，惊恐得还是睡不着觉。

第20章　舌战美国记者，巧答西方敏感问题

大老郭光着膀子，露着大肚囊子，拎着一根胳膊粗的棒子，手中一瓶白酒已经是喝了半瓶，酒气醺天地来到了国梦大门口，抡起棒子打着石狮子喊：“汪海洋，你给我滚出来，你小子嘴里是说话，还是在放屁?”大老郭打完了石狮子，晃晃荡荡往院子里面走，几个保安过来阻拦。大老郭抡圆了棒子，谁也近不得身，还吓得直躲闪。大老郭上了大门台阶，把一扇门的玻璃砸得粉碎。汪海洋听见喊声从楼上下来了，正好和大老郭撞了个满怀。汪海洋站稳脚步看着大老郭，他晃晃膀子说：“我的酒喝到人肚子里面去了，没有喝到狗肚子里面去。你是个口是心非的东西，我今天来就是索取你的命。”

汪海洋说：“说准了，要了我的命，然后呢?”

大老郭举举棒子说：“活着有啥意思，去找我的老婆郑秀兰。”

院子里已经围过来不少人，几个保安要上手擒住大老郭。汪海洋用眼神制止了他们，指着一块大石头说：“大老郭，眼前这块石头硬不硬？我把头垫在石头上，有能耐你一棒子把我的头砸碎。”汪海洋把头垫在石头上，大老郭举起了棒子要砸，人们吓得闭上了眼睛。大老郭举着棒子，见到汪海洋盯着棒子连眼都不眨，他的防线彻底崩溃了，甩手扔掉了棒子，坐在地上号啕大哭，几个保安上前摁住了大老郭。汪海洋站起来说：“不得无礼，松开他。”保安松开了大老郭，汪海洋掏出面巾纸递给大老郭说，“熊样，死了老婆，你就活不起了。到我的办公室来。”大老郭跟在汪海洋的屁股后头，来到了汪海洋的办公室。汪海洋投了手巾递给大老郭，他擦干净了脸上的泪，然后坐在沙发上渐渐地平息下来了。汪海洋说：“大老郭，我这几天很忙，没有腾出手来处理你的事情。我在郑秀兰墓前说的话，在我没下台前还算数。我不是没想过你的事，你说你想干什么工作?”

“我什么工作都能干，最拿手的还是烧锅炉，我有锅炉证。”

“你就不要吹牛了，上50岁的人了，上夜班烧锅炉。我给你安排个活儿，你愿不愿意干?”

“我不挑拣，只要能离开让我伤心的泉水鞋城，哪都行。”

“大老郭，我给你配备一辆专车，但要自己开，到职工食堂去搞采买吧。你到人事处去办手续，就说我说的。”大老郭高兴得蹦了起来，一溜烟地跑了。汪海洋刚处理完大老郭的事情，电话铃声就响了，汪海洋拿起了电话问，“请问哪里?”

女子声音说：“市安全局。”

汪海洋说：“对不起，你打错了。”

汪海洋把电话撂了，电话铃声又响了，汪海洋又拿起了电话，还是那个女子声音说：“电话没有打错，我找汪海洋汪总。”

“我就是。”

女子说：“按理说，我们局长应该前去拜会汪总才对，但国家安全部来人了，局长在接待。国家安全部的领导想见上汪总一面，希望汪总还是屈尊过来为好。”

“知道了，我没有那样大的架子。”

汪海洋走进了市安全局局长室，发现市委宣传部的一位副部长也在。局长见到汪海洋说：“汪总，这位是国家安全部的刘副司长。刘副司长这次来到绿岛市，跟你有着直接的关系。美国《华尔街日报》特派记者卡特莱提出来要采访你，这位记者是位持不同政见者，也是一位资深记者。”

汪海洋微微一笑，说：“在越南战场上我就打过老美，现如今老美想拿刁钻的问题问倒我，那是绝对办不到的。”

刘副司长说：“政治和经济历来就是一对孪生兄弟，汪总，你不要把问题想得如此简单。”

市委宣传部副部长说：“汪总，千万不要粗心大意，要严阵以待才能打胜仗。”

汪海洋大手一挥说：“这么说，你们回绝好了。”

“能回绝就回绝了，不是不能回绝吗。”

“船到桥头自然直，你们就等着瞧好吧。”

汪海洋从市安全局出来坐在车里，海面上就托起了一轮金色的太阳，滨海大道和海面上一片金黄。汪海洋拨李小娜的手机，不通。拨李小娜办公室的号码没人接，就把电话直接打到了李小娜的宿舍。李小娜折腾了一宿，清晨刚眯上了眼睛，正睡得稀里糊涂，电话铃声就把她吵醒了，拿起话机说：“是军娃吧?”

“是军娃他爸。”

李小娜嗓子有些沙哑了，说：“姨父，有事吗？”

“快跟姨父说，听嗓音是不是出了什么事？”

“没什么事，就是小感冒，浑身疼。”

“既然没什么事，姨父就下达任务了。美国记者要来采访，这个记者还很特别，姨父需要一个得心应手的翻译。姚总不在，非你莫属了。”

“好吧，我这就过去。”

到了下午，市委大报告厅里面挤满了记者，汪海洋在接受卡特莱的采访。汪海洋说：“国梦兴办了美国、俄罗斯、中东、南非、阿联酋、波兰、匈牙利等十个海外公司，实施的是全球战略……”

卡特莱摆了摆手说：“NO，NO，我对这些不感兴趣。”

汪海洋立即就转了向说：“我是一个鞋匠，是中国第一代的企业家，有关鞋和企业管理等问题可以敞开问。我是有问必答，至于其他问题，只能是探讨而已。”

卡特莱微笑着点点头，然后突然发问道：“汪总，请问你在国企的待遇如何，满意不满意？心情如何，感到压抑不压抑，所处的环境舒服不舒服？”

汪海洋也不示弱，说：“你来采访我，我们的国家不但让你来采访，还有这么多的人来陪同，你说我的待遇如何？再说身体，我是这么的强壮，你却是那么的瘦弱。中国有句俗语心宽体胖，心情不好的人会生病，生病自然就不会像我这样心宽体胖了，心情和环境要是不好，这个人早就去见马克思了。”

“总裁先生，不知道你与台湾有无生意往来，对台湾的问题你怎么看？”卡特莱避开了汪海洋的回击，又是出其不意。

汪海洋面部表情严肃地说：“国梦在原料和技术上得到了台湾企业的支持，我们合作许多年了，都很成功，谢谢卡特莱先生的关心。至于台湾的问题很简单，这是我们自家的事。据说你是研究亚洲问题的专家，《人民日报》发表的有关台湾问题的‘八条’，就是我们解决台湾问题的根本立场。”

卡莱特说：“这个‘八条’我知道。”

汪海洋表情严肃起来，说：“知道还要问，这是对我本人最起码的不尊重。你不尊重我可以，但我不能不尊重你，因为你是客人。既然你来了，就一定要参观国梦的鞋，穿穿国梦鞋，看看国梦的管理。我们的鞋比美国耐特鞋要便宜，穿起来也很舒服。我可以送给你一双，在我的职权范围内，既不

要人民币也不要美金。”

汪海洋邀请卡特莱参观国梦，盛情难却，卡特莱不好推辞。汪海洋就陪着卡特莱，还有众多的记者，参观了现代化的制鞋车间。卡特莱在车间握住了汪海洋的手说：“汪总，国梦确实管理得好，让我大开眼界，我决定买国梦的股票了。”

卡特莱要买国梦的股票，就给汪海洋提了个醒。汪海洋给姚丽梅打电话说：“姚总，美国《华尔街日报》资深记者卡特莱来到国梦，他要买国梦的股票。”

姚丽梅叫苦连天地说：“上市不像发工资，往存折上一存就完了。要有律师事务所、会计师事务所的评估报告，要和证券公司的保荐人协商……”

汪海洋心里烦了，说：“你说的我听不懂，就说什么时候上市得了？”

“材料准备齐了，要报国家证监会批准，说不准什么时候能批下来。”

汪海洋更烦了，说：“我这里有些乱套，差不多你就回来，你不能在北京常驻下去了，国梦需要你！”

“汪扒皮，人都要累死了，也不说句感谢话，温暖我这颗疲惫的心？”

汪海洋放下电话，送完了美国记者，刚想往大门口走，就被一个小个子年轻人拦住了。年轻人说：“汪总，我是一个温州人，名字叫温海奇，特地前来拜见财神爷，请问爷能否接待我这个孙子？”汪海洋就被逗笑了，把温海奇领进办公室。温海奇自来熟，拿出一盒方便面倒上了热水闷着，然后坐在沙发上感叹说，“见上汪总一面真不容易。”

“不容易不也见了面吗？方便面不要吃了，晌午到职工食堂吃，我请客。”

温海奇狼吞虎咽地吃完了方便面，说：“再不吃就要饿死了，等不到晌午，汪总就得收尸了。”

汪海洋说：“我对你很感兴趣了，说说来找我有什么事？”

温海奇拿出个方匣说：“没大事，就是送来两枚印鉴。”温海奇打开了方匣，拿出两枚印鉴：“鸡血石刻的，一枚篆字，一枚隶书，过了几百年一准是文物。”汪海洋见到温海奇施小恩小惠，心里就不快了。温海奇见风使舵地说：“我这次来，是要买国梦在温州的经营权，起个名词叫‘虚拟经营’，相信汪总没听说过吧？”

汪海洋对“虚拟经营”的确不熟，但他对新鲜事物很感兴趣，说：“温海奇，你把电话和地址留下，不出几天，我就会派人到温州去和你探讨‘虚拟经营’。”

温海奇蹦着高高地说："哎呀，马到就成功了。"

过了几天，程子龙来到温州，走出了火车站口，见温海奇举着牌子站在那里，牌子上面写："国梦的客人请跟我来。"程子龙就这样见到了温海奇。温海奇把程子龙领到一辆板车前说："把车上的草帽戴上凉快，我就拉着你走。"程子龙爬上了板车。温海奇说，"我过去拉板车挣钱，现在不拉了，做刻章的小买卖。"

程子龙奇怪地问："你有没有卖鞋的专营店?"

温海奇愣了一下说："哪里有啥专营店，有专营店叫啥'虚拟经营'。坐好了，我可跑起来给你看了。"温海奇迈着小步匀称地跑着，程子龙看上去很有职业做派。温海奇把板车停在了西瓜摊前，买个西瓜放上了板车，付了钱以后，等在那里不走。

卖西瓜的说："哎，怎么还不走，挡着我的买卖了。"

温海奇说："找钱，还差一角钱。"

卖西瓜的找着钱说："小气样，一辈子你都发不了财。"

温海奇心满意足地揣好了一角钱，回头看看板车上的程子龙，在心里想："我还发不了财？我的车上坐着个财神爷，这回的财算是发定了。"

李小娜率队来到了广州城，在全国鞋帽订货会会场的交易大厅里面，选个显眼的地方挂上了两条横幅，横幅上写："国梦的全体员工向全国广大用户问好，国梦牌产品欢迎商界朋友光临洽谈！"李小娜在交易大楼中考察，各家鞋业公司都亮出了招牌。摊床上写："买1送10，买1000送300，五五折……"李小娜就自言自语地说："面对个体企业，国企的手段不能灵活地运用，这可怎么竞争?"

国梦的营销团队依然住在"九条龙宾馆"，16个人聚集在一起，李小娜说："根据国梦制定的营销方案，大家可以畅所欲言，谈谈想法和看法都行。"

营销人A说："国梦的产品比人家价格高出十分之一，不能暗箱操作塞红包，就得甘拜下风了。"

营销人B说："要想订单突破300万双，只能实施两招儿：第一招是请客送礼，人家送300，我们就送500，看谁腰粗；第二招就是大幅度降价，打一场有把握的价格战。"

"……"

李小娜举棋不定了，就给汪海洋打电话，说："汪总，我这里出现了问题，恐怕是解决不了。希望汪总能够来广州，不能让国梦此次展会上颗粒无收，全军覆没。"

汪海洋说："小娜，这在预料之中，正好我到广州有事要办，你等着姨父吧。"

这天夜里，一辆挂着军队牌号的轿车，从广州白云机场行驶出来，行驶在灯火通明的街道上。车上坐着汪海洋，还有接机的李小娜。

汪海洋说："小娜，目前社会商品销售出现了恶性竞争的状态，造成了经营方式上的混乱。从计划经济走向市场经济，都会出现这种异常现象。企业随波逐流大有人在，如果国梦汇入其中，那就不是市场上的真将军了。是真将军就要百战百胜，要想百战百胜就要出其不意，攻其不备，方能步步取胜。"

"姨父，我不愿意听理论上的东西，现在的关键是我应该怎么做。"

"古人有三十六计，则可用一计取胜，就是反思维。在我们的国家，你只有与众不同，逆流而上，才会吸引人的眼球。"

李小娜睁着疑惑的眼睛说："反思维，怎么反思维？"

"到时候你就知道了。小娜，这次到了你的家门口，就不能错过门槛了，我要去拜会亲家，你不会有意见吧？"

李小娜笑笑说："我已经跟我爸我妈打过招呼了。"

汪海洋来到了"九条龙宾馆"的小会议室，全体营销队员都在翘首以望。汪海洋见面就问："你们觉得国梦的产品，在样式和质量方面与其他厂家相比，到底过硬不过硬？"

大家异口同声地说："过硬。"

"既然是过硬的产品还要降价，就不得不让人深思了。真正的竞争应该正面出击，靠的是质量好、信誉佳，靠的是热情服务和认真工作。搞歪门邪道，不是有作为企业该干的事。要想在这次逆境中取胜，拿到更多的订单，就要反其道而行之。产品不但不降价而且要涨价，绝对不能含糊。"参会人员被汪海洋的分析说愣了，难道还要涨价，汪总是不是吃错药了？

李小娜似劝似拦地说："汪总，是不是再考虑……"

"我举个例子你们就明白了，凡是玩股票的人，都是买涨不买跌，事同此理，我们要善于抓住客商的心理。"

汪海洋开始布置工作说："李小娜，你到《广州日报》联系，要刊登整版的广告。广告词要连夜写出来，我要斟酌。全体营销人员在订货会期间，每人承包两个省、直辖市或者自治区，白天与客户洽谈业务，晚上要去拜访有关的客户，要用真挚的情感、过硬的产品和认真的工作态度来打动客户的心。”

李小娜回到客房给母亲打电话说：“妈，汪海洋汪总汪副市长到了广州，一两天就要到家里去，要做好准备。妈，我不跟你多说了，还有许多事要去做。”

李小娜关上了手机，手机的铃声就响了，是汪军娃打过来的。他说：“老婆，好想你呀。”

李小娜假装生气地说：“谁是你的老婆，不要高兴得太早。”

汪军娃哈哈笑着说：“都怀孕两个月了，还不是我老婆？谁信。你身在广州没见把我妈忙的，给你买这个营养品那个营养品。我就认识小米，还有红皮的鸡蛋。”

“那是当婆婆应该做的。”

“呸，你就装吧，看回来咋办?”

李小娜强硬地说：“我是导演你是演员，戏演砸了，小心我换演员。”

汪军娃说：“砸不了，演员你就甭想换了。我困了，拜拜!”

程子龙从温州回来，正在办公室写报告，温海奇就笑嘻嘻地进来了。温海奇在温州招待程子龙的方式，让他憋了一肚子的气。他见到了温海奇就说：“你这个黏缠鬼，我在温州把话都说绝了，你还来绿岛市干什么?”

“来找汪总，在温州开店卖鞋呀。”

“异想天开，空手套白狼，做你的春秋大梦去吧。”

“梦不梦的无所谓，汪总的门关着，他到哪儿去了?”

“你来得不巧，汪总到广州去了，没有告诉我啥时间回来。”

温海奇左瞧瞧，右看看，一拍脑袋说：“信息不灵，导航失败，活该我费钱。”

大老郭蹬着板车来到职工食堂门口，温海奇在楼台阶上蹲着，看着有活计干了，就帮着大老郭往下卸东西。两个人早就熟识了，就说着俚戏话儿。

大老郭说：“温海奇，你咋长得像个芥菜疙瘩，不长个呀?”

温海奇说：“我知道北方的芥菜疙瘩是什么，我是心眼多坠住了。”

大老郭嘲笑地说：“唉，个头长得小，是不是啥东西都小?”

温海奇挺着胸说：“金刚钻小敢揽瓷器活，糟木头粗做不了顶梁柱。”

大老郭哈哈大笑，拍着温海奇说：“说得好，给你两张饭票。”

广州鞋帽交易会正式开幕的日期到了，国梦的展柜前竖起一块大红招牌，一行大字十分醒目：“不怕价格高，就怕货比货。”营销人员在李小娜的带领下，站在展柜前分发《广州日报》，《广州日报》上刊登了整版国梦的广告，广告上写：“如果国梦鞋不漂亮，你尽管不选择它，如果国梦鞋不舒服，你尽管远离它；如果国梦鞋质量差，你尽管不买它；如果信得过国梦鞋，绝不能错过它。”客商们纷至沓来，拿着国梦鞋与带来的样品鞋进行比照，当场就有许多客商与国梦签订了合同。

汪海洋在客房里拿着遥控器，但是心不在焉，一个台一个台地调换着，哪个台也是看不上几眼。门开着，李小娜拿着统计销售报表进来说：“姨父，全国鞋帽交易会还有半天就要结束了，国梦的订单达到了460万双，已超额完成任务。”

汪海洋关上电视机，说：“小娜，跟姨父到现场，还有半天时间，不突破500万双订单誓不罢休。”

李小娜的手机响了，是营销员打进来的。营销员说：“李副处长，有个美国客商要订购40万双鞋，但是要压低价格，我们都不敢做这个主，你快来吧。”

汪海洋一听，说：“快，姜托尼来了，我们爷儿俩去见见这位来自大洋彼岸的福星。”

汪海洋来到交易现场，为姜托尼戴上了国梦荣誉员工的绶带，汪海洋、李小娜把他扶上了摊床。客商们纷纷围拢过来，李小娜打开香槟酒瓶盖，香槟酒激情四射地喷在姜托尼的身上。

汪海洋面对众多客商说：“作为国梦总裁我现在宣布，美国客商姜托尼永远享受国梦荣誉员工的待遇，凡是订购国梦鞋，每双鞋优惠5%。现在就签订40.1万双鞋的合同，希望各位客商做个见证。”

姜托尼被扶下了摊床，汪海洋郑重地在合同上签了字，姜托尼也郑重地在合同上签了字，引来客商们阵阵的掌声。

在“九条龙宾馆”的小包房里面，汪海洋一个人设宴款待姜托尼，姜托尼闷着头喝酒。汪海洋问：“你为何不在绿岛海洋大学当外教了？”

“我去绿岛海洋大学工作，还不是奔着姚丽梅来的。可姚丽梅是个冰美人，我就不喜欢了，离开了。”

“你这一走，知道谁最高兴吗?”

“谁高兴不高兴跟我没关系。”

汪海洋给姜托尼满上酒说：“今天汪总给足了你的面子，就是因为有姚丽梅的存在。你必须给姚丽梅打个电话，尽管你走了，最高兴的人就在你的面前。”

汪海洋的手机响了，是姚丽梅打过来的，汪海洋接着电话。姚丽梅说：“经过耐心细致的工作，国家证监会同意国梦提前上市了，具体时间就在这几天。大喜事，希望你做好准备。过几天，你要到北京来，证监会的领导要和你见面。”

汪海洋说：“我知道了，不过，有一个人要和你通话。”汪海洋把手机递给了姜托尼，说，“机不可失，时不再来。小子，赶紧通话，说点好听的吧。”

姜托尼接过电话说：“姚总，我是姜托尼。唉，你怎么哭了?”

汪海洋说：“傻小子，不能叫姚总，应该叫姚丽梅，叫丽梅也比叫姚总强。”

姜托尼说：“丽梅，我是姜托尼。唉，你怎么又笑了?”

姚丽梅笑着说：“托尼，你终于来电话了，我就知道你会的，为奖赏你，我给你唱支歌，让汪总也听着。”姜托尼就把手机放在了桌子上，姚丽梅唱——

我还不明白，
为何你离开了我?
没有你的电话，
没有一封信。
我每天晚上在这里，
哪里也不想去。
可是我好爱你，
我觉得我会离不开你，
可惜我丢了你，
慢慢我的眼泪流下来。
回家，回家，我需要你!

姚丽梅唱完了，姜托尼拿起酒瓶“咕嘟，咕嘟”地喝酒，汗就从身上流

了下来，泪就从眼睛里流了出来。

汪海洋说：“姜托尼，冰美人怎么样？一旦热了，连南极的冰块都会被融化掉。”

姜托尼说：“是的，我感受到了。”

营销团队就要返回绿岛市了，汪海洋、李小娜领着营销员开庆功会。汪海洋说：“在这个庆功会上，我给大家讲个故事，讲完了，大家用三个字概括故事的形式内涵，概括对了，我就从桌子底下钻过去。话说一个老妈妈有两个儿子，大儿子开染布作坊，小儿子做雨伞生意。每天，老妈妈都是愁眉苦脸的，天下雨了，怕大儿子染的布没法晒干；天晴了，怕小儿子做的雨伞没人买。邻居见到她愁眉苦脸的，叫她反过来想。雨天，小儿子的伞生意就会做得红红火火；晴天，大儿子染的布很快就能晒干了。果然，老妈妈终于舒展开整日紧锁的眉头，活得十分开心了。”

汪海洋讲完故事，李小娜说：“这是一个反思维的典型例子，就是反思维三个字。汪总，我猜对了吧，请钻桌子吧。”

汪海洋无奈地望着未来的儿媳妇有苦难言，他长得又高又大又胖，怎么能钻过桌子，但话说出去了又不能不钻，就把桌子拱翻了好几次。营销员们乐得直拍巴掌，李小娜却是悄悄地离开了。李小娜来到了保龄球馆，不是玩保龄球，而是来回走着，自言自语：“妈妈要是和姨父顶了牛，架可就不好劝了。怎么办，怎么办呢？汪军娃，你要是在我身边该有多好？”李小娜拿起了保龄球说，“妈妈，你还是不同意我的这门婚事，我们娘儿俩的关系将来就难处了。”李小娜扔出了保龄球，结果是一个都没有撞倒。李小娜看着手说：“汪总，汪军娃，看来李小娜这回手气有点悬了。”

下班了，吕银勺来到汪小丫的办公室，汪小丫在钩着一件沙发罩。吕银勺问：“钩沙发罩哪，给谁钩的？”

汪小丫继续钩着沙发罩说：“我哥，我哥快结婚了。”

吕银勺试探着问：“找你有点事，不知道当说不当说？”

汪小丫说：“吕银勺，是来给汪助理打溜须的吧？”

“可以这样说，也可以不这样说。这样说是你的职位摆在了那儿，不这样说是我妈说家里包了饺子，请你过去吃饺子。”

汪小丫停下手说：“坐着不如倒着，好吃不过饺子，就去吃饺子。”汪小丫还留了个心眼说，“吕银勺，还请了别人没有？”

“包回饺子挺费事的，我妈还让我请刘经理。”

汪小丫又拿起钩活说：“要是请刘经理，我就不好意思去了。”

“刘经理要是不去，你去不去吃饺子?”

“我不是已经说过了吗。”

吕银勺戴着头盔驾驶着摩托车，驮着戴着头盔的汪小丫，行驶在山路上。吕银勺说：“小丫，你说城里的生活好，还是乡下的生活好?”

汪小丫想了想说：“让我说哪里的生活好？我可以告诉你，哪里有钱哪里的生活就好。”

“只是说对了一半，还有一半没有说对。让我说，父母双全，还有另外的一半……”

汪小丫立刻捶着吕银勺的脊梁说：“停车。”吕银勺停下了车，汪小丫下了车，摘下头盔塞进吕银勺手里说，“我是父母双亡的人，就没有幸福的生活可言了，拜拜！我回公司了。”

望着汪小丫远去的身影，吕银勺蹲在地上叹气，说：“小丫，你的脾气怎么这样爆呢?”

汪小丫回到了宿舍，哼着歌儿做着面条，一碗鸡蛋面做熟了，端到桌子上，她拿着筷子挑起鸡蛋说：“汪军娃，你就是这个鸡蛋，看我咋吃了你，还是你咋吃了我。”汪小丫上去咬了一口，烫得吐到碗里说，“汪军娃，你不想让我咬，还想烫死我。让你烫，让你烫!”汪小丫拿着筷子就把鸡蛋弄碎了，然后拿起手机给李杏花打电话，说：“妈，我一个人在这里很孤单，我可想您了，您让我爸把我调回去吧？我不挑啥工作了。”

李杏花心痛地说：“小丫，妈也想你呀。想当年有多好，有你爷、你奶、你妈、军娃、你，有时你爸还会回来，一大家子人该有多乐和。现在可好，你爷、你奶就不用说了。你爸去了广州，你军娃哥在泉水鞋城，该死的你爸又把你弄到了丰盛鞋城，一大家子人分成了八下，过起来还有啥意思。”

汪小丫磨唧说：“妈，我爸回来，让我爸来接我回家。”

“小丫，妈知道了，妈能遂闺女的心愿。”

第21章　爱情需要自己急，校企联合为复转军人转型

在广州机场，汪海洋、李小娜与营销员们告别。李小娜挥着手说："祝大家一路平安！"

营销员们挥着手说："汪总，李副处长，祝你们万事如意！"

李小娜也高兴地挥着手，说："拜拜！"

营销员们走出了汪海洋、李小娜的视线。李小娜说："姨父，跟着我走。"两个人来到了停车场，一辆挂着军用牌照的轿车等在那里。李小娜拉开车门说，"姨父，请上车，我们这就回家。"轿车在繁华的道路上行驶，李小娜说："姨父，你来广州这几天，发现一个怪现象没有？"汪海洋晃晃头。李小娜有些不好意思，说，"昨天晚上，我爸才从北京飞回来，不来探望还说得过去。我妈可就说不过去了，怎么也该过来看看，她不来看就是一个怪现象。"

汪海洋听明白了，说："小娜，爱情没有波折还叫爱情吗？姨父什么都知道，什么都能理解。月下老给你和军娃拴上红绳就是夫妻，没有拴上红绳就不是夫妻了。姨父到了你家会随机应变的，不会让你为难，这个请你放心好了。"

李小娜说："我妈可真是，她都快恨死我了。"

汪海洋半安慰半劝导地说："可不能这样说话，亲妈就是亲妈。在女儿婚姻上有点想法是可以理解的，要慢慢做工作，会有天晴的那一天。"

"姨父手下管着好几万的干部职工，从来没见过有这样的耐心，今天是怎么了？"

"等到小娜做了妈妈，就该知道爸爸妈妈的苦衷了，不这样你说还能怎样？"

轿车驶进了驻广州某部队的大院，停在一幢二层楼前。李小娜从车上下来，跑到门口喊："妈，我回来了，客人也到了。"

李汉生大步流星地走出来，上前握住了汪海洋的手说："在绿岛市，你

说陪我吃顿饭，后来为什么就不肯赏脸了？这回来到广州我的家里，我也不供饭了，你就等着挨饿吧。”

汪海洋握住李汉生的手，说：“不要吓唬我，饿不着，我让小娜去买方便面。我们爷儿俩吃方便面，既实惠又便宜还不反胃。”

李汉生喊：“苗大夫，出来迎接客人呀?”

“腿脚不利索了，不会进屋来说话吗?”一个女高音从屋里蹿出来。

李汉生很无奈地说：“我在家是个二把手，请进!”

汪海洋说：“我在家可是一把手，不信你问问小娜。我儿子可是够呛了，肯定在家也是个二把手。既然亲家母不肯出来见我，我还是舍皮扒脸地进屋看亲家母，谁让我生出来的是儿子，你家生出来的是闺女?”

“生闺女怎么了，生儿子又怎么了?”随着话音，一位中年妇女从屋里走出来，一脸的不高兴。

“你是?”汪海洋望着眼前的中年妇女，突然大叫道：“苗护士!”

中年妇女在惊讶之后也同时喊出了汪海洋的军衔：“你是汪连长?”

“哎呀，真没想到是你呀。”汪海洋与苗玲玲握着手，扭过头对李汉生说：“汉生，我们是战友，当年我是伤员，你夫人是护士。”

李汉生笑着说：“太好了，世界真是太小了，快，咱们进屋聊。”

汪海洋说：“真是不容易，都快30年过去了。”

苗玲玲说：“汪连长，我没想到是你，小娜，把饮料拿来。”

苗玲玲见到了汪海洋是满脸的喜气，两个人聊起了往事，李汉生就开始屋里屋外地忙活了。李小娜坐在苗玲玲的身边发着贱，不时地瞄上汪海洋一眼。

汪海洋说：“苗大夫，从战场上回了国，一想到牺牲了的吕金勺排长，自然就会想到你，想到广州的部队医院来见见你，一直没有机会。”

李小娜听明白了说：“妈，你和汪总，年轻时是恋人?”

“一边去，臭嘴什么都敢讲。我和汪连长只是战友，还没发展到那种地步。”

李小娜叹口气说：“夭折了，太可惜了。”

李汉生过来说：“傻闺女，你妈和汪总不夭折了，咋能有你。”

李小娜说：“有我有什么用？尽让我妈操心。”

这顿饭吃得热闹，两家的感情更近了。

汪海洋住进了部队招待所，李小娜拎着水果来到客房。汪海洋打着电话，示意李小娜坐下说：“姚总，给我邮的信，你邮到哪里去了?”

姚丽梅说："还能邮到哪里，绿岛市国梦集团总公司呀。"

汪海洋说："算是说对了，我现在人在广州，怎么能收得到。我马上就去机场了。"汪海洋关上了手机。

李汉生、李小娜来到白云机场送行。

李汉生一再解释说："苗玲玲最近的身体不太好，老战友一来心情又有些激动，怕她犯病没敢让她前来送行，很抱歉。"

汪海洋拉着李小娜的手说："我把小娜留下了，你们爱怎么处理就怎么处理吧。但我告诉你李汉生，小娜在绿岛市有很硬的后台，一个是汪总，一个是汪军娃，那可是两条北方的狼，有些事情你们夫妻俩要掂量着办，绝对不能为难孩子。"

李小娜显得很平静地说："姨父放心，过两天我就回去了。"

"小娜，你也放心。过几年，我为你爸你妈在绿岛市准备一套房子，一定要超过你家现在住的二层小楼。"汪海洋说话算数。

李小娜送完了汪海洋回到家里，苗玲玲擦完了眼镜戴上，仔细地打量着李小娜说："两座山碰不到一块儿，两个人终究还是碰到了一块儿。好你个汪连长，你的儿子和谁谈恋爱不好，偏偏恋上我的女儿？"

李小娜说："妈！"

苗玲玲摘下眼镜又擦着说："李小娜，说说汪军娃究竟长什么样子，你究竟喜欢上他哪一点？"

李小娜说："跟他爸长得一样，身材是又魁梧又高大，说话带有吸引人的磁音。妈若问我相中了他哪一点，就是像我爸一样听我妈的话，不敢做出格的事。"

苗玲玲还是坚持己见，说："北方有什么好的，一到冬天冻死个人。广州是世界有名的花城，一年四季都是常青绿色，比绿岛市强多了。"

"妈，你咋不说广州的夏天热死个人？"

苗玲玲说："小娜，你就不要说了，妈终于明白了这个道理，儿大不由爸，女大不由妈。"

第二天，苗玲玲刚睁开眼睛，就发现了桌子上放着一封信，打开一看，是李小娜留下的。

妈：

我这次又是不辞而别了，可能又惹您生气了，但我觉得您生我的气也不值得。我和妈也不好说什么，其实爱情赐予万事万物的力量，绝不是人生中最短暂的现象，这一道绚烂的生命的光芒，不应该仅仅照耀着探求和渴慕的时期，这个时期其实只应该相当于一天的黎明，黎明虽然美丽，但是在接踵而至的白天，那光和热却比黎明时分大得多。我不久就要和汪军娃结婚了，到时女儿来接您，希望妈能去，这样女儿才能感到非常幸福。

女儿，李小娜

×年×月×日

苗玲玲读罢女儿的信，流下了眼泪。

皮卡开进了国梦的院子，小石匠从车上下来了，指挥几个人往下搬着石头。大老郭跑过来说："小石匠，你拉错了门吧?"

小石匠说："没有错呀，是汪总让送来的。"

大老郭说："大家伙挺贵吧?"

小石匠显摆说："这是我选了又选、挑了又挑的一块石头。是金钱石、彩云石、冰雪石、蓝天石、红花石、千层石……几种石材共生共长的石材，实属难得。这么大的九龙山上，兴许就这一块。"

大老郭说："我问的不是这个，是问石头值多少钱?"

小石匠说："少10万我不会卖。"

大老郭就跑到办公楼下喊："马书记，程总，你们快下来看呀！汪总买来块大石头，价值十几万呢。"

汪海洋从广州回来正好进了院子，见到几个石匠雕着石头，石头的皮已剥了一块，露出了细腻的石质。小石匠见到汪海洋就说："汪总，这块石头咋样？我跟大老郭说值10万，现在看不止这个价钱，还得商量。"

汪海洋说："你跟大老郭说了价钱，就去朝大老郭要钱。"

说话间大老郭走了过来，拍着大石头喊："一块破石头，能值10万？这不是讹人吗?"

汪海洋说："你到处瞎喊什么？这块石头何止值10万，可能值10个亿、20个亿……"

大老郭数着指头说："10个亿、20个亿、30个亿……屁。"

汪海洋不再理会大老郭了，而是直奔办公室，办公桌上果然放着一封特快专递。他将特快专递打开，里面有一只卡通的小白鸽，小白鸽的爪子上绑着一封信。汪海洋打开信，姚丽梅写道——

汪总：

把无形资产变成有形财富，再用有形财富促进无形资产增值，一个企业这样做很对，千万不能动摇。还有一样大鞋，要马上去做，就是汽车轮胎行业，因为中国的汽车行业就要崛起了，用不了几年，中国必将成为世界上的汽车王国，不给汽车做鞋给谁做鞋？

属下姚丽梅

×年×月×日

汪海洋放下信，把卡通小白鸽挂在了办公室最显眼的地方。他正在欣赏着卡通小白鸽，电话铃声响了，是李杏花打过来的："老汪，听说你回来了，赶紧回家来，有事要商量。"

"能不能在电话里说？"

"一句两句说不清楚，回来再说。"

汪海洋回到家，见李杏花不在屋子里，他就自个儿布着棋局，对着棋谱难为着自己说："你个笨蛋，赢不了老田头还当什么总裁？"

李杏花回来说："小丫又起调调了，不想在丰盛鞋城干下去，说是太寂寞了，让你把她接回来。"

"不能把小丫接回来。不接回来头都疼，接回来头更得疼，我还想多活两天。"

李杏花问："为什么？"

汪海洋说："一天演一出戏，你还没看够？"

"没看够，就是没看够，你必须把小丫接回来，不能再让小丫在乡下受委屈。"

"小丫是丰盛鞋城的经理助理，不干满3年，是不可能调回的，这是国梦干部管理的硬性规定。"

"什么规定，我家小丫不稀罕。过几天，我就把小丫接回来。"

汪海洋掀翻了棋盘，气哼哼地走出了家门。

此时，市纪委何书记把一份打好的文件慢慢地推给了刘昆，文件的标题是：“关于绿岛市国梦集团总公司总裁汪海洋‘双规’的决定”。

刘昆看完了文件说：“何书记，我是这样看的，党培养一个军队转业干部成为一名企业家不容易，损失了是瞬间的事情。我建议还是要仔细地调查，动汪海洋可不是一件小事，他的手下有6万多名职工，一旦闹起来不好收拾。如果真的搞错了，是你辞职还是我辞职?”

何书记手里握着资料说：“刘书记，这次一定不会搞错的。”

新华社驻美分社社长刘中华，在办公室里面和工作人员商议，每个人的脸上都显得很严峻。刘中华说：“为了争取美国的最惠国待遇，国家公职人员和企业领导，在美的一举一动都很敏感。绿岛市国梦集团总公司有个总裁叫汪海洋的，通过美籍华人张大元、姜托尼的关系，要在纽约召开新闻发布会，我想请大家谈谈想法。”

工作人员A说：“一个制鞋企业早不来晚不来，偏偏在这个敏感时期来，稍有不慎就有可能影响中美之间的关系，到时谁负得起这个责任?”

工作人员B说：“可以不负责任地说，多一事不如少一事，我们不接待他，他就来不了。”

“……”

刘中华说：“既然大家都是这种看法，我就下死令了。有关绿岛市国梦集团总公司来美召开新闻发布会的事，拒不接待。”

张大元得到了这个消息，立刻驱车来到了绿岛市。张大元坐在进出口鞋大楼贵宾室里，拿出雪茄烟在茶几上蹾了几下，然后叼在嘴上，点着吐出一口口浓浓的烟。汪海洋进来后推开窗户，说：“张大元，这是无烟的会客室，贴有警示，不能抽烟。”

“再不提提神，恐怕连一点神都没了。”

“托你办的事，你是办不利索了?”

张大元打退堂鼓说：“我和姜托尼商量过了，到纽约召开新闻发布会的事就算到此为止。这不怨我和姜托尼，是因为新华社驻美分社不配合。”

“我想做的事指定能做成。”汪海洋拨着跨洋电话，就要通了刘中华，说，“刘社长，我虽是一个鞋匠，但我知道是企业的利益大，还是国家的利益大。我是一个从军队转业到地方的干部，在战场上我没有怕过美国人，在商场上我依然不怕美国人。我知道，作为代表中国企业到美国召开新闻发布

会的人，什么话该说，什么话不该说。请刘社长放心，我只能给中国人增光，绝不能给中国人丢脸。”

电话一端传来刘中华社长的声音：“国内企业首次在美国召开新闻发布会，成败与否关系非常重大。你毕竟是企业的领导人，不同于政界的人士，外交经验及美国的游戏规则掌握得不多，闹出外交笑话事情就大了。”

汪海洋诚恳地说：“我把话说到家了，何去何从，请刘社长定夺，多说就该烦人了。”

刘中华似乎有了些缓和，问：“是不是等到最惠国谈判尘埃落定……”

“商场如战场，把握不住战机，我再到美国去开新闻发布会，那就等于是画蛇添足了。你查一查我接受美国记者时的采访，我想你会改变主意的。刘社长，我想你的热血应该沸腾了，我的强烈爱国之心，难道就打动不了你吗?”汪海洋的话，起到了作用。

刘中华沉默了一会儿说：“受到你情绪上的感染，我原则上同意你们企业在美国召开新闻发布会。细算算，离新闻发布会还有一段时间，你在国内听候消息。在此期间，要做好赴美的准备。”

在汪海洋的办公室里，程子龙是满脸的不高兴，手中的几页纸揉搓不成样子了。程子龙说：“企业将商标使用权授予外部的企业，实施品牌运作是件好事，可是，温海奇想买断国梦在温州的皮鞋商标经营权，他既没有厂房和生产线，更谈不上员工了，说穿了就是个皮包公司，下面的话还用我说吗?”

汪海洋说：“最重要的是理念，你把它落下了。”

程子龙不解地问：“啥理念?”

“‘虚拟经营’的理念是一个全新的理念，我还是头一次听说过，有了好的理念，比有厂房有员工更为重要。”望着温海奇风尘仆仆地进来，汪海洋说，“温海奇，你来得正好，把‘虚拟经营’的理念当着程总的面讲讲。”

温海奇讲解说：“我用1000万买断国梦鞋在温州六年的经营权，利用4个月的时间，实施蛋生鸡的运营方案，转手找到20多家代理网络，建立16家分支机构，花掉的1000万就可以拿回来了。再利用这1000万，收购当地一家企业的鞋生产线，要卖出50万双国梦鞋。这样做的结果，国梦鞋在短时间内就会出现奇迹了，成为温州市场上的快鱼鞋业。”

汪海洋转向程子龙说：“程总听明白了吗?‘虚拟经营’切实可行。温经理，你准备好了1000万吗？准备好了，明天就可以和国梦签订‘虚拟经营’的合同了。”

温海奇拍拍包说：“现在就可以签订合同了，我已经把1000万带来了。”

汪海洋说：“我与温经理签完了合同，温经理就是国梦的人了。我说句心里话，要说做买卖谁也算计不过温州人，就得让温州人算计温州人了，这叫以己之矛，攻己之盾。我把这种做法归结为‘三借’：一借外部资金；二借外部力量；三借外部人才。‘三借’做法运营好了，会提高国梦品牌在整个市场上的知名度，就不单单是一个温州的问题了。”

温海奇说：“这是周瑜打黄盖，一个愿打，一个愿挨。”

程子龙说：“温海奇，就你那个刻章的小摊，能拿出1000万?”

温海奇拿出支票说：“程总，这是我这辈子省吃俭用节省下来的1000万，不想干事业，足够我家吃一辈子了。现在，我一分不差地交给了国梦。如果现在反悔还可以，一旦落下笔……”

汪海洋说：“废话少说，签了合同就按合同执行。”

温海奇签着合同说：“6年，6年，6年……”

汪海洋说：“但愿6年以后，咱们续签合同。”

温海奇见到有机可乘说：“汪总，咱们再签个附加合同，6年以后，我还愿意交1000万的承包金。”

汪海洋哈哈一笑说：“小子，不用想，到时水涨船高。”

经过小石匠和众石匠的昼夜努力，石雕很快就有了轮廓，是郑秀兰伏案工作的雕像，雕琢得栩栩如生，耐人寻味。汪海洋站在旁边看着，小石匠问：“汪总，再有两天就雕琢完了，是不是还要题字?”

“题上5个字——为人民服务。”

雕像完成的当天就被装上了皮卡，汪海洋、小石匠带着几个职工坐着皮卡赶往北京，汪海洋想把雕像作为礼物送给证监会。当天下午，皮卡开进了证监会大楼的院子，姚丽梅从楼里迎了出来。

汪海洋下了车，说：“姚总，请看雕塑。”

姚丽梅仔细端详着说：“虽说主题比较鲜明，就怕人家相不中。”

“不怕人家相不中，千里之外送来就是表示个心意。”

“我把张主任叫下来，看看她是什么想法?”

“一会儿张主任下来，你千万不要说我是谁，这样事儿就好办多了。”

汪海洋狡猾地一笑。

姚丽梅陪着张主任从楼上下来了。张主任是个女性，张嘴说话还带着乡音说："五彩奇石，雕刻精致，是个好东西，可是放在大厅里面……"

汪海洋不等张主任把话说完，说："领导，千万要把雕像留下来，不然回去就不好交差了。那个汪总，还不得把我整死。"

"不让你们送，你们偏偏要送。"

汪海洋说："心意，就是表个心意。"

"我说让你们拉回去，你们就拉回去。雕塑放在大厅里不合适，我是个女人，我就不好说啥了，你们饶了我吧。"

汪海洋说："张主任实在是不喜欢，就拉回去。"

汪海洋很会安排，他让小石匠、员工、司机坐火车回绿岛市。自己开着皮卡离开了京城，车上坐着姚丽梅。姚丽梅在车上昏沉欲睡，快到绿岛市的境内才清醒。姚丽梅隔着后车窗看看浮雕说："汪总，五彩石雕成小桥流水，莺歌燕舞啥的，张主任不就留下了？我的脸面好看，你的脸面也好看。"

"这么珍贵的雕像，留下我不就赔了吗?"

"你压根就没安啥好心。"

"雕像是郑秀兰，是为泉水鞋城雕的镇石，放在监事会大厅里当然不合适了。"

姚丽梅看着车窗外说："唉唉，光顾说话了，路走错了。"

汪海洋说："北京到绿岛市的路我都没走错，进了绿岛市还能走错路吗？这是通往泉水鞋城最近的一条路。"

泉水鞋城大院里已是鼓乐喧天，职工们穿着崭新的工作服，整整齐齐地站在大院子里。皮卡徐徐地开了进来，来到早已雕琢好的底座前，吊车吊起了雕像稳稳地放在了底座上，严丝合缝。

汪海洋说："姚总，看见了没有？这才是郑秀兰最后的归宿。"

"算计，什么事都算计到骨头里面去了，也不管别人的心情怎么样?"

汪军娃过来说："爸，讲两句不?"

汪海洋黑着脸说："这么不懂规矩。在这种情况下不应该叫爸，应该叫总裁。"

李小娜跑到了汪海洋的身边说："姨父，我回来了。"

汪海洋开玩笑说："料到你能回来，你妈是我手下的败将，你必将是我儿子的手下败将。”

汪军娃不好意思地说：“汪总，说的是啥话?”

姚丽梅说：“我最爱听你爸说大实话，他不这样说他就不是汪海洋了。”

《为人民服务》浮雕安装完了，汪海洋、姚丽梅、汪军娃和李小娜来看望郑秀兰了。一座丰碑巍然屹立在山上，艳阳辉映着，更加显得雄伟壮观。汪军娃、李小娜一人捧着一束怒放的山花，放在了郑秀兰的墓前。

汪海洋坐在墓前叨咕说：“郑秀兰，我告诉你，我想把刘启明调回来，任命为国梦集团总公司的总工程师，协助姚总抓技术工作。我回去还要让姚丽梅到绿岛海洋大学去洽谈，要成立全国第一所鞋业工程学院，这些活儿本来是要你去办的，可是……”汪海洋说不下去了。

姚丽梅说：“汪总，你不是常说要奋斗就会有牺牲吗，这工夫怎么流泪了?”

汪海洋抹着泪说：“说是说，做是做，有时候不是一回事。”

汪军娃说：“等我死了，可就没有这样的待遇了。郑姨不错了，有巍巍青山陪伴。”

李小娜更加前卫，说：“我愿意海葬，大海多么辽阔。”

汪海洋说：“想那么远干什么，还是想想当前吧。”

汪海洋、姚丽梅来到了绿岛海洋大学章含言的办公室。章含言在地上来回地走着，突然停下来说：“汪总、姚总，我支持你们的办学理念，可全国企业办学还没有先例。试想，办学的手续繁杂，要呈报省教育厅，呈报教育部，不然招收学生的指标就批不下来，没有指标学校怎么招收学生，即便招上来了，学生也是黑户，学校没法发毕业证。”

汪海洋有些着急地问：“现在呈报办学手续，省教育厅、教育部什么时候能批下来?”

章含言说：“说不准。”

汪海洋见谈不下去了，站起身来说：“章校长，这件事以后再议吧。”

汪海洋对办学还是不死心，回来给李汉生打电话说：“今年国梦要接收200名官兵来到企业，官兵在政治上过硬，军事技术也没啥说的，就是没有一个通晓制鞋技术，所以，成立国梦职业技术学校迫在眉睫。”

李汉生吃惊地问：“国梦想办学?”

“是的。你们部队能不能与省教育厅沟通，让他们早点批下来。”

“办学不是一蹴而就的事情，你看这样行不行？可以挂总后装备部职业

技术学校的牌子。”

“企业办学还是归地方管理为好。”

“那好吧，我试试。” 李汉生说完挂了电话。

在进出口鞋大楼的贵宾室里面，拥有数亿美金资产的以色列富豪皮埃尔，看着样品鞋说：“汪总，姚女士，合同已经签完了，我就要回国了，国梦还有其他要求没有？”

汪海洋问：“皮埃尔先生，你对办鞋业学校是否感兴趣？”

皮埃尔说：“NO，NO。”

汪海洋说：“别NO，你的公司拿出一部分资金，我们国梦拿出一部分资金，两家联合办一所中外合资的鞋业大学，如何？”

皮埃尔说：“国梦的鞋很好，以色列人喜欢，我就是来签合同买鞋的。谈到办学，肯定要到以色列去办，为什么我们跑到你们中国来办学？这是不可能的，总裁先生。”

汪海洋、姚丽梅送走了皮埃尔，汪海洋就等不及了，说：“姚总，这个皮扯不起了，先在泉水鞋城创办国梦制鞋技术学校。你就是第一任校长了，第一批学生除了部队的干部战士外，要选拔一批职工离岗培训。”

“汪总指示，照办就是。”

汪海洋说：“咱俩到部队基地去，看看给咱们挑选的干部战士的情况。”

在黄海部队某部基地，国梦录取员工在有序地进行，汪海洋、黄部长在门口走来走去。黄部长说：“汪总，我就不理解了，离转业复员还有一段时间，你为啥这样急呀？”

“黄部长就要升职了，在这个节骨眼上，我能不急吗？不给黄部长搞点政绩，我还是汪海洋吗？”

“当着人面你竟然能说出假话。”

“既然黄部长看了出来，就说说真心话。把这些员工接收过来，要对他们进行业务培训，不是一天两天的事。”

几名部队记者围了上来，汪海洋转身想走，却被黄部长一把拉住了。记者A问：“请问汪总，在部队招收员工，你是出于一种什么动机？”

“我的动机很明确，制鞋企业不是什么高科技的行业，需要的是认真和遵守纪律的员工，而军人最具备这些条件。” 汪海洋接着说，“安置转业军人是我们企业的职责，也是为国家解决困难。”

记者B问："有人说你当过兵，要回报部队才这样做的，能谈谈看法吗?"

"我不否认有这方面的情感因素，可我还是得说，我更看重的是军人的素质。"手机铃声响了，汪海洋拿出手机，说，"各位记者对不起了，请允许我接个电话。"

汪小丫说："爸，我很幸福。"

手机就没有下文了，汪海洋看着手机说："猫一阵狗一阵的，这孩子。"

吕银勺拿着国梦的录取通知书来见汪小丫，想不到汪小丫也在看录取通知书。吕银勺问："汪助理，拿到这样的录取通知书有啥感想?"

"我是无所谓的，在丰盛鞋城有饭吃，到泉水鞋城照样有饭吃，就是一个饭桶了。吕银勺，请问你有啥感想?"

"感到是一种耻辱，燕雀安知鸿鹄之志哉。"

"还鸿鹄呢，有能耐你就飞起来。"

"有我哥的财力支持，我坚信这一天不会远了。"

"我对你跟我爸称兄道弟很不满，再在我的面前充大辈，小心找打。"汪小丫拿起了面前的量衣尺。

一个月以后的一个上午。国梦职业技术学校在泉水鞋城举行了开学典礼，五星红旗在放飞的白鸽中、在雄壮的国歌声中徐徐地升了起来。二百多名转业复员干部战士整齐地站在台下。汪小丫左右看了看，只有她和吕银勺是在职的员工，心里就不是滋味了，踢了吕银勺一脚。

姚丽梅主持着开学典礼说："请国梦集团总公司汪海洋总裁讲话。"台下立刻响起了热烈的掌声。

汪海洋面对着麦克风说："一个人在人生中要经历很多次转折，这是毋庸置疑的客观规律。你们怀着美好的愿望到部队当兵，是人生的一大转折，现在来到国梦工作又是一大转折。我也有这样的经历，所以我的体会颇深。在转折点会出现很多的麻烦问题，有些想法也是正常的。是想借着国梦的土壤来成长，还是回到家乡去发展，自己考虑好了再做出选择也不晚。如果有人认为进了国企，只是来收获的而不是来耕耘的，我就劝你尽快离开，任何一个人想混日子都是混不下去的。你们在部队经过几年的锻炼，在国梦能否过关，还要拭目以待。我就说这些了，下面请姚丽梅校长讲话。"

姚丽梅面对着台下两百多名学员说："世界鞋业在看我们中国，中国鞋业在看我们国梦，国梦的骨干就看你们了。现在，泉水鞋城的生活条件还

差点，但环境是可以改变的，就看你们新一代的军人有没有这个志气了。希望在不久的将来，就界定为10年吧。在你们的队伍里，能再出现一个汪海洋，或者是超过汪海洋的人！”姚丽梅讲到这里，汪海洋拍着巴掌大声喊：“好！”

开学典礼结束了，在职工食堂里，汪海洋、姚丽梅、汪军娃、汪小丫和吕银勺围着桌子吃饭。汪小丫噘着嘴，眼睛瞪着汪海洋，筷子是连动都没有动一下。

姚丽梅问：“小丫，瞪着眼睛干什么，怎么不吃饭？”

“我想我爸，可我爸不常来看我，我就瞪他。”

吕银勺说：“干瞪眼没有用，有啥事跟我大哥说呗。”

汪小丫回敬说：“吕银勺，装啥大头，是不是让我收拾你，你才肯闭上嘴。还敢跟我爸攀大辈，以后说话办事有点自知之明。”

吕银勺说：“今天我就郑重声明，汪总是我叔了，姚总是我姨了，汪军娃是我弟了，汪小丫是我妹了。”

汪海洋说：“我没有意见，就各叫各的吧。”

汪小丫磨唧说：“爸，学校就我一个女生，连个说话的人都没有，还是让我回绿岛市吧。”

汪海洋说：“回去可以呀，得等到培训结束。”

第22章　面对美国媒体脱鞋，股票顺势大涨

在美国纽约新华社分社会客厅里面，汪海洋、姚丽梅、姜托尼在等着刘中华，刘中华急匆匆来到了会客厅。姜托尼介绍说：“刘社长，这位是汪海洋汪总，这位是姚丽梅姚总。”

汪海洋站起身来，自我介绍着说：“我是汪海洋，咱俩通过电话。”

姚丽梅上前握手说：“姚丽梅，汪总的随从兼翻译。”

刘中华说：“国梦来美国召开新闻发布会，传过来的材料我看过了。你们不但可以权威地发布，还要往深里讲。但我还是有个顾虑，新闻发布会结束，要有记者提问的阶段，各国记者提问的随意性很强，还是那句话，不能闹出政治上的笑话。”

汪海洋信心十足地说：“我能把握分寸。”

刘中华笑笑说：“把握分寸就好，到时我是有劲儿也使不上。”

汪海洋、姚丽梅、姜托尼从会客厅出来，汪海洋就知趣地一个人回到了华人会馆。姜托尼陪着姚丽梅来到一家鞋专卖店，柜台上摆着清一色的国梦鞋，这是姜托尼一手经营的店。

姜托尼感到很自豪地说：“亲爱的姚总，姜托尼独资。”

姚丽梅问一位女营业员说：“姜托尼是你们的老板，老板对你们各方面好不好？”

女营业员说：“老板是我们的开心果，我们也是老板的开心果。你从店里面买双鞋，开心果们都会很开心。”

姚丽梅开玩笑说：“这样说，看来我是不买也得买了？”

姜托尼接过话茬儿说：“买不买鞋不重要，就是她们见了我高兴，我见到了她们也高兴。”

姚丽梅醋意十足地说：“你们彼此之间很融洽。”

女营业员又补充说：“我们过生日时，老板给我们送蛋糕。圣诞节来临，老板领着我们去看望圣诞老人。碰上了休息日，老板有时还要陪着我们

去酒庄消闲。”

姚丽梅说：“姜托尼，我听说在美国，心灵比较空虚的老板都是这样做的？”

姜托尼笑嘻嘻地说：“你说对了，我们去吃西餐。”

西餐馆建在湖心岛上，四面围着厚厚的玻璃。坐在西餐馆里吃西餐，可以看到碧波荡漾的湖水，还有来往的船只。不用说是吃西餐，就是坐在这里看风景也会心满意足。

姜托尼劝着姚丽梅说：“上次咱俩失之交臂，我觉得很惋惜。这次你就不要走了，先到我的家里看看。可惜的是，我的爸爸妈妈去了挪威。他们喜欢滑雪，那里是滑雪的胜地。”

姚丽梅用纸巾擦擦嘴说：“在我的印象中，虽然身在国企是受雇于人，做好本职工作更为重要，因此我现在很忙。还有你的爸爸妈妈不在，我就没有去的必要了。”

“现在的绿卡比之前不好办了，如果我们早前结婚了，你现在就持有绿卡了，是美国的公民了。” 姜托尼将话题单刀直入。

“我当中国公民还没当够，你让我当美国公民，我还没有想好。姜托尼，有些事你不讲我也明白，拿句中国话说就叫随缘吧。”

姜托尼念叨说：“随缘，随缘……”

第二天上午9时，在纽约华人会馆里面，国梦集团的新闻发布会如期举行。会馆里面坐满各国的记者，还有许多来旁听的华人。汪海洋发布完有关国梦集团总公司的商务活动，就进入了紧张的记者提问阶段。

《星岛日报》记者甄光荣首先提问：“请问中国鞋王，如果美国取消了对中国的最惠国待遇，实施特别的301条款，你们国梦会不会受到影响，你对此持何种态度？”

问题一出，坐在主席台上的人个个精神紧张，严肃之极，只有汪海洋非常淡定，他将身子向前探了探，对准话筒镇定自若地回答说：“作为中国国有大企业的负责人，我的回答是，第一，最惠国待遇本身是对等的，不是哪一方恩赐给哪一方的，贸易是相互之间的事，制裁同样也是相互之间的事。第二，美国如果实施301条款，我们的国梦肯定会受到影响。但东方不亮西方亮，美国有两亿人口，中国有13亿人口，整个世界有50亿人口，市场是巨大的。我们丢了美国市场不算什么，过去几十年，我们不是也没有进入美国市场吗？中国不同于以往了，我们可以再开拓新的市场，有人就要穿鞋嘛！可美国，却会因此而丢掉中国最好的发展潜力最大的市场。第三，国梦高品质的产品已赢得了‘上帝’的信任，同时也得到了市场的认可，包括美国民众的喜爱。即使美国实施了301条款，国梦产品也会继续进入美国市场的，这不是哪一个人的意志所能左右的，而是由市场经济规律所决定。”

台下有些躁动，《纽约美东时报》记者威廉·查理闪动着蓝色的眼睛，一脸的狡黠和不屑，他站起来提出了一个更刁钻的问题：“汪海洋先生，大家都叫你中国鞋王，都讲国梦鞋的品质是一流的。这样我就要冒昧地问上一句，你现在脚上穿的鞋是哪国的名牌?”

这位记者话说一半时，台上的嘉宾几乎都下意识地将脚往回收了收。

汪海洋的脸上始终保持着微笑，他频频点着头说：“感谢这位记者先生，给我提供了一个宣传国梦鞋的机会。中国是礼仪之邦，在公共场合脱鞋是一种不文明的行为，但为了满足这位美国朋友，我就不礼貌一回了，希望大家能够理解……”面对着台下的华人和记者，汪海洋脱下脚上穿着的那双鞋，将鞋高高举起说：“Made in China!”

台下是一片照相机的快门声。汪海洋把鞋放在麦克风的旁边说：“我穿的就是国梦鞋，我不穿国梦鞋，还配称得上是中国的鞋王吗？我不仅一年四季穿国梦牌的鞋，我的员工也都穿国梦牌的鞋。我们的口号是：脚踏国梦鞋，潇洒走世界。”

汪海洋刚刚穿好鞋，一位美籍女华人激动地跑上台，看着汪海洋的鞋说：“你长了中国人的志气，让我们看到了中国人的自信，中国人的自豪，中国人的自尊，同时也看到了祖国民族工业的希望。作为华人，我们一定要买国货，宣传国货。”

汪海洋、姚丽梅回国前来到刘中华的办公室辞谢。刘中华说：“汪总，我在纽约工作5年了，大大小小的新闻发布会参加了不少，看到这样成功的新闻发布会还是第一次。在美国人的面前，显示出强大的中华民族精神，你真是大长了中国人的志气!”刘中华当即向国内发出了电传：“汪海洋其人，百闻不如一见，中国应该多几个汪海洋……”

飞机在北京国际机场降落，国梦北京分公司的轿车前来接机，汪海洋、姚丽梅坐在车上，轿车行驶在机场路上。

汪海洋说：“姚总，你的卡通小白鸽很有意境!”

姚丽梅说：“把它挂在办公室，这样做有所不妥，最好把它摘下来保管。”

“人活着要有一点情趣，要是一点情趣都没有了，活着还有什么意义？”

“你哪是有点情趣呀？你是在时时告诫自己，野心要大，要做一个大大的红色资本家。”

“知我者，姚丽梅也。我这辈子不能娶姚丽梅为妻，是老天对我最大的惩罚。”

面对汪海洋赤裸裸的表白，姚丽梅自有灭火方式，说：“现在这样的状况，双方不是挺好的吗？真的要是凑到一块儿，说不定一天要打八次架，要不人怎么说距离产生美呢。”

轿车驶进了中国轮胎行业协会的院子，汪海洋、姚丽梅来到张处长的办公室。张处长拿出档案袋，把里面的材料看了一遍就交给了姚丽梅。张处长说：“汪总，企业上市是跨越式发展的关键，一个企业如果没有了资金，就等于一个人断了血脉。”

汪海洋说：“虽然国梦有能力兼并几家轮胎大企业，但我的心里还是没有底，这与给人做鞋不一样，一旦陷进去拔不出来，到时哭都没有人给擦眼泪了。”

张处长分析说：“中国轮胎行业和世界轮胎行业相比，总的来说起步比较晚，与近年来中国汽车行业的崛起很不相配。轿车工业的发展和高速公路的建设与轮胎缺失的矛盾十分明显。汪总，您不必多虑，给人做鞋跟给汽车做鞋等同一理，国梦何乐而不为呢？”

姚丽梅感激地说：“张处长，将来国梦有什么难处你可要帮一把呀。”

“请姚总放心，我跟领导汇报过了。如果你们投资轮胎行业，不但轮胎协会，而且还会有更多的部门支持你们。”

国梦兼并大企业的机会说来就来了，汪海洋作为全国胶鞋协会的理事长，在泉州举办的年会上，利用间歇时间翻看从张处长那里拿来的资料，忽然传来了敲门声。一个年岁不大的小伙儿不等汪海洋允许就进来了，说：“汪总，我知道你是行业老大，性格喜欢直来直去，我可就不拐弯了。你要拉小兄弟一把，我们企业现在急需外援，如果得不到你的支持，我们就要垮台了。”

“别没头没脑的，先报家门？”

小伙说：“我叫钟鼎军，是都城市红旗橡胶厂的厂长。”

汪海洋一听就来了兴趣，说：“钟厂长，说说怎么个支持法？”

钟鼎军说：“支持的幅度很宽，任何形式的都可行，只要对都城市红旗橡胶厂有利就可以了。”汪海洋没有了头绪，开始沉默不语。钟鼎军说，“汪总，对于你来讲，这可是绝佳的机会。”

汪海洋说：“先谈谈厂子里的情况。”

汪海洋在泉州开完年会，姚丽梅就从深圳打来了电话，说国梦的股票就要在深圳上市了，请汪海洋到深圳主持上市仪式。汪海洋马不停蹄地来到了深圳。深圳的夜是迷人的，除了光怪陆离的灯光外，街上的少男少女打扮得都很时髦，呈现出了一道亮丽的风景线。汪海洋、姚丽梅走在街上，汪海洋感叹地说：“一个小渔村，几十年的光景就变成了举世闻名的大都市，真是了不起。深圳的速度，我们国梦得学。”

姚丽梅说：“汪总，明天股票就要上市了，就是说全国乃至全世界的钱都要往国梦汇拢。我担心，股民会蜂拥而至……”

“国梦不要怕钱咬手，有钱就好办事。”

“这里每天都有公司上市，都有崩盘的公司。钱多了或许是好事，或许不是好事。企业家也是人，是人就应该讲良心，要对持有股票的股民们负责。如果股票砸进去，莫不如……”

“告诉你姚丽梅，气可鼓不可泄。”

“我也告诉你汪海洋，不是鼓与泄，这叫警钟长鸣。”

“和尚乱敲钟。”

“不是和尚乱敲钟，是知性女人在敲警钟。”

在众多的闪光灯中，汪海洋来到宝钟前，在“深交所”拉响了开市宝钟，国梦股票终于上市了。在姚丽梅的建议下，汪海洋在深圳沉下十几天，观看着股票的行情。这一天，汪海洋拎着背包走进了姚丽梅的客房。姚丽梅接着电话说：“什么？10个亿，来头这么猛？”姚丽梅见到汪海洋来了，说：“没有资金天天盼，盼得眼蓝。这回可好，十几天的工夫就进账10亿，国梦千万不要让钱压吐了血！”

汪海洋说：“这就不要你操心了，深圳的仗打完了，赶紧跟我走，去打一场更漂亮的仗。”

“又要去哪里？”

“到卧龙保护区去看看国宝大熊猫，就算我俩去度蜜月了，这不是一举两得的好事吗？”

姚丽梅侧目而视，瞪着汪海洋：“说着说着就没正经的了。”

当天下午，飞机在都城市机场降落了，等到下飞机的旅客走光了，汪海洋、姚丽梅才出现在旋梯口，几个空姐从飞机上下来，汪海洋见到她们穿的都是国梦牌鞋，就上前说："小姐们，穿着国梦鞋更漂亮了，走路感觉怎样?"

空姐A说："感觉还不错，挺舒服的。"

空姐B说："这位先生，我们穿什么鞋与你有什么关系?"

姚丽梅见到要起摩擦，忙上前解释说："各位空姐，请不要见怪。这位先生是国梦集团总公司的总裁汪海洋，见到你们穿着国梦鞋心里高兴，过来和你们打招呼。"

汪海洋说："我和中国女排合过影，和中国羽毛球女队合过影，就是还没有和空姐合过影。姑娘们，愿意赏脸跟我合个影吗?"空姐们听说是国梦的总裁，就过来同汪海洋、姚丽梅合了影。

轿车向着都城市红旗橡胶厂驶去，车上坐着汪海洋、姚丽梅和前来接机的钟鼎军。钟鼎军小心翼翼地说："汪总，上次我跟你说的，只是一些皮毛。"

汪海洋说："厂子里的情况我都了解，不必多言，只谈谈同新加坡海浪公司合资怎么成了休克鱼?"

钟鼎军说："两年前，上级主管部门为了救活红旗橡胶厂，把海浪公司请到了厂子。海浪公司是新加坡鞋业崛起的一匹黑马，颇有市场经验的老板，看好厂子所处的位置，只要将厂子启动，就能占据国内四分之一的份额。当时，海浪老板曾口出狂言，3个月内救活厂子。可事情远远没有像海浪老板想的那样简单，只是闹腾了几个月，厂子已累计亏损了2000万元，账面上可供支配的资金只剩下几千元。2600名员工已经有几个月没开工资了，厂子随时都有倒闭的危险。"

汪海洋、姚丽梅在钟鼎军的陪同下，对红旗橡胶厂所有的车间进行了认真考察。汪海洋擦着脸上流下来的汗说："这面红旗不能倒。"

第二天早晨，钟鼎军来到宾馆探望汪海洋，客房门没有关，汪海洋却不在，他坐在沙发上等着。汪海洋晨练回来，见到了钟鼎军说："参观完了工厂，我的心里七上八下的，一宿都没有睡踏实。我想好了两个方案，想听听钟厂长的意见：一是国梦采取承包的形式，把厂子承包下来，一切都由国梦人来管理；二是由厂子的人负责管理，国梦只是参股。"

钟鼎军说："不管哪个方案，只要能够救活厂子就行。"

汪海洋说："这样就好办了，我看还是走租赁的方式，以免节外生枝。

一旦时机成熟，再对厂子进行全面改革。钟厂长，晚上到机场去接人。”

钟鼎军诧异地问：“接谁?”

“国梦集团刘启明总工程师，他是丰盛鞋城的创始人。还有，准备好材料，到国梦签订租赁的合同。”

几天后，九龙山国梦度假村刚刚落成，汪海洋在度假村宴请钟鼎军。餐桌上，汪海洋说：“租赁合同签完了，各自承担的责权利都明确了。钟厂长，你是不是感到身上轻松了?”

钟鼎军笑着说：“轻松，表示感谢。”

汪海洋语气突然变了，说：“感谢归感谢，必须在一个月的时间内，将租赁的厂房和设备全部搞好，你有这个把握吗?”

“按照租赁合同的要求，泥地要铺成水磨石，墙壁要粉刷一新，还要安装各种机器设备，浩大的工程才给了我们一个月的时间，我还真的没有把握。”

“钟厂长，你还不知道我汪海洋的脾气……”

钟鼎军硬着头皮说：“汪总，就看我的实际行动吧。”

“要求归要求，你小子有什么困难冲着我这个老大说，完不成任务可轻饶不了你，罚款是轻的，更重要的是2600名职工得吃了你。”宴请结束了，汪海洋说，“钟厂长，明天我要出去办事，就委托姚总代表我送送你了。在座的马书记、程总也有别的事情要去做，就不能前去送你了，希望你能够谅解。”

钟鼎军心事重重地说：“万事俱备，尚欠东风。”

姚丽梅在办公室里面看看表，刚要出门到宾馆去送钟鼎军，却见到钟鼎军进来了。姚丽梅说：“说好了的，我会前去送你的，怎么就顶上门来了?”

钟鼎军红着脸说：“昨天晚上，我想了半夜，还是想不到解决资金的办法。厂子不要说是启动的资金，部分工人上班，都得从个体户手中借钱发工资，如今已是求借无门了。”

姚丽梅说：“想伸手要钱?”

钟鼎军脸更红了，说：“姚总，能不能先把租金付给厂子，利息由厂子出。我提出这个要求，是理不直气不壮。租赁合同上明明白白写着，租金三个月后付款。而双方的租赁合同字迹未干，我却是先变了卦，这都是说不下去的事，可是实在是没钱买米下锅了，不这样做又能咋样做?”

姚丽梅也很为难，说：“虽说我分管财务，但国梦的财务制度规定是一支笔批钱，再急再上火，你也得等着汪总回来再说了。”

汪海洋、李杏花来看汪小丫，汪小丫隔着宿舍的玻璃窗户看见了他们，蹦出来说："妈，我说我的耳朵根子咋热了，就知道妈要来了。哟，我爸咋有空儿来看我了？"

汪海洋进了宿舍，从背包里面拿出一身衣服说："小丫，试试穿着合身不合身？"

汪小丫试穿着衣服，脸上美滋滋的，说："我妈是看着我长大的，买的衣服还能不合身？"

汪海洋问："你哥呢？"

"我哥见天躲着我，我可摸不着他的影儿。今天是休息日，有李小娜魂牵梦绕地勾着，肯定不在厂子里面了。"

"你不愿意在这里学习，可以到都城市红旗橡胶厂去工作了，还是去协助刘启明工作。"

"爸，你听谁说我不愿意在这儿工作了？"汪海洋就往前推推李杏花。汪小丫说，"爸，这都是哪八百辈子的事了？我现在不但愿意在这里学习，还觉得充电很好，今后工作好有老本吃了。"汪小丫的手机在提示，她翻看着信息说："爸，吕银勺发来了信息，让我到他家里去。"

李杏花说："正好我和你爸也过去看看。"

汪海洋、李杏花、汪小丫在吕银勺的家门口下了车，吕银勺妈在院子里拔着鸡毛，只是见到进来了几个人，走到跟前才看清了说："是海洋和小丫呀，咋这么闲着？"李杏花从汪海洋身后闪了出来，吕银勺妈才看到了说，"哟，杏花这样娇嫩的身子骨，还能到我这个破家里来呀？"

汪海洋坐在小板凳上说："妈，我在美国时，你儿媳妇就到丰盛县城去看你了，可惜没有能进家门，要是进了家门，你们娘儿俩就把话说开了。"

李杏花解释说："那天晚上，你儿子让我退职去干个体户，我才和他翻了脸，跟妈住在家里一点关系都没有。"

汪小丫问："姨，吕银勺干啥去了？"

吕银勺妈说："家里没有柴火烧了，捡树枝子去了，在宿舍东头的林子里面。"

汪小丫出了院门，向东面的林子里面走去，在林子的深处见到了吕银勺。汪小丫说："我爸、我妈来看你了，赶紧回家。"

吕银勺望着一棵大树的梢头说："还得整点，看见那根干树枝了吗？"

汪小丫顺着吕银勺的手指看去，树尖上有一根干树枝。汪小丫说："这么高咋样才能弄下来?”吕银勺就在绳子头拴上一块石头，使足劲儿撇了上去，正好挂在了干树枝上，石头却是落在了脚下。汪小丫看明白了，说，“不就是往下拽吗?”汪小丫拽着绳子，使出了吃奶的劲儿，还打了滴溜吊儿，干树枝却纹丝不动。吕银勺将绳子绑在另外一棵树上，用木棍给绳子上着劲儿，干树枝开裂了，随之“咔嚓”一声落了下来。汪小丫看着落下来的干树枝，像个小孩一样蹦蹦跳跳地叫好。

汪海洋从吕银勺的家里回来，见到汪小丫被吕银勺拴住了，一块心病才算除了。早晨，汪海洋打开门要去晨练，发现钟鼎军坐在台阶上。汪海洋已经猜出八九不离十了，说：“钟厂长，有话屋里说。”

钟鼎军说：“不好意思。”

汪海洋说：“不好意思，到了家门口也得进屋呀。”两个人进了屋，钟鼎军坐在了沙发上。汪海洋没有等钟鼎军开口先说道，“你说的事姚总跟我沟通过了，我既然是龙头老大，看在小老弟一心为厂子着想的份上，就先把租金拨过去，利息也就不要了。”

钟鼎军泪就流了下来，说：“我代表厂子2600名职工感谢汪总。”

汪海洋说：“不要说代（戴）表了，钟都挂好了，看着准点干活吧。好了，你到财务处去办款吧。”

钟鼎军在财务处开完了划款单据，到汪海洋的办公室去签字。汪海洋拿起笔正要签字，就进来了几个人。其中一个挺横地说：“汪海洋，我们是市检察院反贪局的，请你到局里说明问题。”汪海洋还是镇定地在划款单上签完了字，将划款单交给了钟鼎军，有力地拍拍钟鼎军的肩膀，然后在几个人的押解下走出了办公室。在走廊里面，姚丽梅也被押解出来了。冯铁山、温海奇正好来办事，就撞见了这个尴尬的场面。

与此同时，丰盛县安居小区停工了。李秋阳在办公室里面，正对着项目经理大发脾气说：“孙元凯进了局子，难道地球就不转了？你们要积极地协调，动迁户国庆节一定要回迁。再这样耽搁下去，回迁不了，怎么向上级交代。”

项目经理沮丧地说：“李县长，就现在的情况而言，不是回迁的事了，安居小区肯定要流产了，成为了烂尾子工程。我铁定是赔了，你愿意骂就骂，愿意打就打，可骂了打了又有啥用？我是干不下去了，你另请高明吧。”

这时进来几个穿着便装的人，其中一个问：“谁是李秋阳?”

李秋阳说：“出去，敲完了门再进来。”

问话的人来到了李秋阳的面前说：“你就是李秋阳，对吧？我们是市检察院的，你是让铐着走还是自己走？”

李秋阳说：“市检察院咋的？都给我出去，等我办完了事再说。”上来了两个检察官就把李秋阳铐上，架着就往外走。李秋阳边走边喊：“你们为什么要抓我？”

第23章　检察院步步紧逼，外企里华人出狠招

冯铁山、温海奇在院子里面说话，钟鼎军凑了上来。冯铁山说：“看情况很麻烦，得去找市委书记刘昆，汪总要是有问题，就把我的头割下来让人当球踢。”

温海奇说：“我也不信汪总有问题，我拿着20万去谢他，他愣是一分钱没收。”

钟鼎军说：“我是都城市红旗橡胶厂的厂长钟鼎军，你们去见市委书记带上我。三个臭皮匠，顶个诸葛亮，我也要去说几句公道话。”

三个人上了冯铁山的汽车，来到大门口就被堵住了，横在面前的是一辆皮卡，上面挂着横幅：“热烈庆祝汪海洋进市检察院认罪服法！”付大勇站在皮卡上，指挥着人放着鞭炮，大门口就响起了震耳欲聋的鞭炮声，后面的一堆人就跟着连跳带喊。大老郭光着膀子，双手握着两把菜刀，冲着放鞭炮的人跑了过去。放鞭炮的知道不要命的来了，吓得撒丫子就跑。皮卡后面的一堆人也是四处逃散，就剩下付大勇光杆司令一个人。大老郭跳上皮卡，扔掉了两把菜刀，把付大勇摁倒就是一顿暴打……冯铁山趁机把车开出了大门，直奔市委疾驰而去，到了市委大门口被武警战士拦住，三个人只好下了车。

武警战士说：“请出示证件。”

冯铁山说：“我没有带啥证件，通融通融行不？我认识市委书记刘昆，是他让我来的，来时没有说出示啥证件。”

武警战士不肯让步，说：“如果你们是来上访的，请到门右边的‘信访办’。”

冯铁山说：“我们没有啥冤屈，是一个朋友被陷害，找刘书记反映情况。”

武警战士问：“你的朋友是谁？”

冯铁山说：“国梦集团总公司的总裁汪海洋。”

武警战士说：“我听说过这个人，就是安置200名转业复员官兵的人？”

冯铁山说：“不错，就是他。”

武警战士说："我刚刚听说他被抓了进去，不知道为了什么。你们等等，我去打个电话就回来。"武警战士进了警卫室，不一会儿就出来说，"刘昆书记不在办公楼里面，你们回吧，改日再来。"

一辆轿车驶了过来，武警战士使了个眼色，冯铁山立刻明白了，就拦在了车前。车被迫停了下来，刘昆从车上下来说："冯铁山，你的胆子不小，敢到市委的大门口来拦车？"

冯铁山说："我们三位企业家，有事跟刘书记汇报。"

"请到信访接待室来吧。"四个人来到了信访接待室，刘昆说，"冯铁山，你有勇气拦车，你就有勇气说实话，什么事，说吧。"

"要不是因为汪海洋汪总，我才不敢拦车呢。"

刘昆问："汪海洋怎么了？"

"刘书记，你是揣着明白装糊涂。汪总让市检察院带走了，我厂几台急需的机械到了，等着付款，没有汪海洋签字付款，我要承担违约的责任。"

温海奇也急着插话说："刘书记，我是国梦在温州的总代理商。温州市工商局发出了'一审一核'制度，第一张企业执照就是'温州国梦集团总公司'的代理营业执照。汪总不签字授权，就啥事也做不了，把人都要急死了。"

钟鼎军说："刘书记，我是都城市红旗橡胶厂的厂长，国梦和我们厂子搞联营，联营到了半道，头雁让人逮去了，我们就不知道往哪儿飞了？厂子2600名职工等饭吃，没有汪总，唉……"

刘昆说："这么说，你们三位都是为了汪海洋的事来的？情况我就算知道了。市检察院不会无缘无故地抓人，我不能干涉公检法独立办案，但过问还是可以的，让市检察院尽快地结案。冯铁山和两位外地客商先回去，市委、市政府的态度很明确，只要是合法经营就是被保护的对象。冯铁山，我办事你还不放心吗？"

冯铁山、温海奇、钟鼎军齐声说："放心！"

马成在办公室里面走来走去，心里很烦躁。程子龙来到了马成的办公室，也是六神无主。马成说："国梦，国梦，群龙无首怎么办？"

程子龙说："让纪委书记去检察院反贪局，摸清情况再对症下药。"

马成摇头说："到检察院反贪局摸情况，人家不但不给好脸，也没有可能得到真实的情况。汪总罪在哪里，怎么连一点迹象都没有呢。说进去就进去了？"

程子龙说："常在海边站，哪有不湿鞋的。"

马成说："我现在最担心的是什么，你知道吗?"

程子龙说："不知道。"

马成说："再有半个月就要召开市人代会了，案子结不了，汪海洋的副市长……"

程子龙说："有姚丽梅在，你有想法也没有用。"

马成说："胡扯，还是按照你说的办吧，让纪委书记去检察院反贪局，死马就得当成活马医了。"

程子龙说："我改变了想法，还是先去汪海洋家，也许李杏花的心里最明白。"

马成、程子龙来到了汪海洋家，汪军娃、李小娜也是刚进家门。李杏花满嘴是泡，仿佛老了好几岁。李杏花见到了马成和程子龙，就像是见到了娘家人，她说："我们家老汪，坏就坏在姚丽梅身上。人都说她是个小狐狸精。我磨破嘴皮子劝他离开这个小狐狸精，不听，这回遭瘪了吧。"

李小娜说："姨，最爱姨父的不是你吗？看看你嘴上起的泡，都是从心底里冒出来的。"

汪军娃说："妈，在这个非常时期，千万不可乱说。我爸的案子我打听过了，是经济上的事。妈，见过我爸往家拿钱了吗?"

李杏花说："我可没见过你爸往家里拿钱，就是每个月把工资交到了家里。"

李小娜说："不用着急了，是福就来了，是祸躲不过。"

汪军娃问："小娜，你说怎么办?"

"稳住阵脚，听信儿。"

几个检察官进来拿出了搜查证，要依法进行搜查。李杏花见状"哇"的一声坐在地上大哭起来。马成、程子龙没法待下去，就一前一后走了。

汪海洋被关在宾馆的客房里，百无聊赖，脱下鞋一遍一遍地揪脚指头。进来了几个检察官，主审官警告说："汪海洋，想狡赖没有用，还是好好坦白交代，争取宽大处理。等到我们出示了证据，到时哭都找不到庙门了。"

汪海洋连头都没抬，继续揪他的脚指头，从牙缝里挤出几个字："拿出证据来。"

主审官见到汪海洋是不见棺材不落泪了，就拿出了一张存款单复印件说："睁大眼睛看看，是应该判无期徒刑，还应该是判死刑？"汪海洋见到存款单上的额度很大，是300万，存款人确实写着他的名字，可以说铁证如山，怪不得检察院对他下了狠手。

几个检察官来到另外一间客房，诊断着案情。主审官的手机铃声响了，他接着电话说："啊，是院长，尽快地结案，知道了。"主审官撂下了电话说，"院长打来电话，让尽快结案，同公安局沟通，尽快拿下孙元凯。"

在市公安局的审讯室里面，孙元凯拎着文明棍，离开文明棍他就不走路，警察拿他也没有办法，只好任由着他拎着。警官A问："孙元凯，提审过你几次了？"

"我这个人从小就不识数，记不得提审几次了，你们查查记录不就知道了？我还是要说，我们集团是大英帝国的独资公司，弄不好会造成国际影响，提醒你们要认真地考虑。你们把我关了这么长的时间，也不说我犯了啥条法，就是一个劲儿地让我交代罪行，我没有罪我交代什么？"

警官A说："不管你是哪国的公司，只要是在中华人民共和国的境内，贿赂公职人员就是犯罪违法行为，我们就有权抓你、审你！"

"我没有贿赂过国家公职人员。"

警官A说："孙元凯，你给汪海洋的300万是怎么回事，你给李秋阳的楼中楼又是怎么回事？"

"你们怎么不早说，我招，我这就招了。"

几个警察押着孙元凯走进了他的办公室，他在玩具电话上拨着数码，墙壁上的一扇小门就"哗啦啦"地开了。孙元凯打开了保险柜，拿出来里面的材料，警官B翻看了一遍，拿出手机拨通了一个号码说："张局，案子搞错了，立刻释放汪海洋、李秋阳。"

司机小黄开车来接汪海洋，车里面坐着马成、程子龙。轿车路过市工人文化宫的门口，汪海洋发现工作人员正在往下拆除"热烈庆祝市第十五届一次人民代表大会胜利召开！"的宣传横幅。这就说明，汪海洋的副市长已经是另有任用了，告他的人目的达到了。

钟鼎军在召开厂子中层领导干部工作会议，进行总动员说："目前东风已经吹了进来，红旗橡胶厂怎么办？汪总说得好，这面红旗不能倒下。既然不能倒下，那就举起来。可我钟鼎军没有权力举了，坐在我身边的是国梦集团总公司总工程师刘启明，今后他就是这个厂子的领导，他有权力举起这面红旗。”

刘启明站了起来说：“我虽是个总工，前来担任汪总的代言人。我现在就说一句话，30天之内必须产出第一双国梦鞋，否则就是失职了。”

钟鼎军撕去了一张日历，上面写着第28天。8000平方米的厂房已经整饬一新，就剩着安装机器的一道工序了。钟鼎军来到厂房说：“刘总，还有两天两夜就到交工期，机器能安装完吗？”

刘启明在水磨石地上做着试验说：“水泥强度已经达到了标准，下面就看工人们的干劲儿了。”

钟鼎军往窗外望着说：“刘总，你看。”

楼前站着黑压压的工人，有的拿着木棍，有的拿着绳索，有的拿着扳手……刘启明却是眼前一黑，腿下一软，瘫在了水磨石地上。

此时的汪海洋，在办公室里面发泄情绪，墙上挂着飞镖的靶子，一天就是练着飞镖玩。程子龙进来说：“汪总，玩物丧志怎么行？外来办事的人排成了一大溜儿，再不接待都排到办公室里面来了。”

汪海洋依然玩着飞镖说：“他奶奶的，郁闷。”

程子龙说：“郁闷都是你自己造成的，你能怨谁？小会议室里面坐着两位警察，我接待不了，你总得接待吧。”

汪海洋说：“我的案子结了，他们又来干什么？你去告诉他们，说我没有空接待。”

程子龙说：“是来了解姚丽梅案子的。”

汪海洋的眼睛一亮说：“为这事我得接待。”

两位警察见到汪海洋走进了会客室，警察A很客气地说：“关于姚丽梅的案子，有些问题你可能知道，需要你协助调查。据姚丽梅供述……”

汪海洋一挥手说：“停！你们不要用这样的口气跟我对话，不是什么‘供述’，应该是‘讲述’。”

警察B问：“姚丽梅有两根金条，你是否知道？

汪海洋说：“知道。”

警察B说：“两根金条是不是帝豪集团总裁孙元凯贿赂给姚丽梅的？借以取得国梦的工程，谋取更高的利益？”

汪海洋说：“国梦工程发包，姚丽梅说了不算，给她金条也没有用。孙元凯比猴都精，他不傻。”

警察B问：“两根金条是孙元凯送给姚丽梅的，这个没错吧？”

汪海洋说："没错。"

警察A说："这就是贿赂公职人员，你知道不知道？"

汪海洋说："姚丽梅跟我提过两根金条的事，还打算上交给组织，是我没有让她交。姚丽梅说过，孙元凯给她两根金条时，她不肯接受。孙元凯就对她说，你不肯要，就算我委托你扶贫了。到后来，丰盛县物资公司一位老职工生病住院开刀缺少资金，姚丽梅得知了消息，就把两根金条捐献给了老职工，救了老职工一命。"

警察A说："明白了，如果没啥可说的，在口供上签字。"

汪海洋签着字说："什么口供，听了就刺耳。"

汪海洋来到九龙山度假村疗养，正在院子里面散步，冯铁山、温海奇、钟鼎军他们来了。汪海洋迎上前去说："三位仁兄仁弟，听说你们为了大哥的事，到市委的门口去拦截刘书记的车了？"

冯铁山撂下东西说："那是一时的冲动，刘书记若是怪罪下来，我当面向刘书记承认错误。"

汪海洋说："送礼来了，我可不敢收。这一次进去没什么事收获可是不小，不义之财不可取。"

温海奇打开了包裹说："汪总，我是来向你报喜的。"他拿出一双皮鞋说，"这种公对公皮鞋，在温州卖到3000元一双了。"

冯铁山打开包裹拿出来两双鞋说："自从上了新设备，这种名人牌的跑鞋重量达到75克，技术水平达到了世界先进水平；这种鞋，是集休闲娱乐健身于一体的实力鞋，成为国内市场上最热的功能鞋，已经卖火了，各专卖店打来电话都说脱销了。"

钟鼎军拿出一双鞋说："汪总，第一双国梦空调皮鞋生产出来了，投入到市场以后，来订购鞋的国内外鞋商不计其数。"

汪海洋看着摆在地上各式各样的鞋就高兴了，蹲下身摸摸每双鞋，然后站起来高声说："你们三个站好，本总裁训话。听好了，国梦带头转攻高端市场，必须做到以下三点：一是要树立民族品牌的意识。国产鞋要尽快改变在国际市场上的低档角色，吹响高端品牌的号角；二是要维护行业合理的利润需要。只有推出高端产品，才能提高利润和扩大市场份额，避免低质产品价格大战等恶性竞争，才能维护市场良性竞争和行业合理的利润；三是市场规律的需要。随着物质文化水平的提高，人们对穿鞋的要求越来越讲究，逐步由原来的适应性转向轻量化、舒适化、卫生化、功能保健化、环保化和时装休闲化的需要，走高端市场是市场发展的需要，是大势所趋。”汪海洋训完了话，温海奇打开录音听着品着。汪海洋同温海奇比量个头说，“我为什么选择了这个矬子温海奇，你们两个现在应该明白，人不在高低，在一个‘精’字。”

面包车开了过来，钟鼎军说：“三位请上车，去参加公司成立的揭牌仪式。”

冯铁山说：“我不够级别，还是请汪总上车吧。”

温海奇说：“家里的事堆积如山，等着我去搬呢。”

冯铁山、温海奇推说有事走了。搞揭牌仪式，汪海洋必须得去，他与钟鼎军上了车。

钟鼎军说：“汪总，我这样安排你可满意？”

汪海洋说：“好，一路上观山看水，可以排泄心中的郁闷。”

面包车昼行夜宿到了红旗橡胶厂，正好赶上揭牌仪式的日子。汪海洋和当地的领导揭完了牌，公司领导陪着汪海洋往办公楼上走。汪海洋边走边说：“都城市的领导走了，我得说说挂两块牌子的用意。一块牌子是都城市国梦鞋业有限责任公司，这就没有啥可说的了，就是打出民族品牌，说明归属的问题。另外依然挂着红旗橡胶厂的牌子，我就是喜欢‘红旗’两个字。我还是要说，这面红旗不能倒下，国梦要让它永远飘扬。”

在会客室里面，钟鼎军讲着刘启明的故事说：“刘总可是个宝贝，以前丁基接头机模口每半个月换一次，一副模口花费240元。经过刘总指点，通过稳定合模压力的方式，降低了对磨口的损坏，一副模口能运行25天。橡胶密炼机，以前每投一次料需要30秒钟，也是经过刘总指点，缩短到了20秒钟，每次节省10秒钟。一台密炼机一天要完成300个料，一共节省3000秒，1台设备1天可以多创造近1个小时的价值。”

汪海洋说：“我要到医院去探视刘总。”

钟鼎军说：“我陪着。”

汪海洋、钟鼎军从办公楼里面出来了，发现一个女工背着大包走进厂子大门。汪海洋上前问：“请问，你背的是什么东西？”

女工回答说：“破衣服，擦机器用的。”

女工过去了。钟鼎军还是讲着刘启明的故事说：“刘总发明的跟踪数字卡，完善了投入产出一条龙的管理法……”

汪海洋截住了钟鼎军的话说：“这不是刘总发明的，是一个叫郑秀兰的

工程师发明并且完善的。刘总只是在运用和推广，功劳不能记在他的头上。”

钟鼎军说：“国梦有这样的能人，我想见见。”

汪海洋说：“可以这样说了，你是一辈子也见不到她了。”

钟鼎军说：“为啥?”

汪海洋说：“她走了，就不肯回来了。”

钟鼎军说：“汪总，我知道了。下面我继续说说刘总，投入产出一条龙的管理方法一出台，过去买擦机器的棉纱布，1年得支出24万，现在1万就解决了。这里节省点，那里节省点，一个点一个点的积累，数字可就惊人了。”

汪海洋说：“这个刘总，要想使唤赶紧使唤。过几天，我要把他抽走。”

警察在前面引路，把姚丽梅引进市公安局的会客室。孙元凯在会客室里，跟一位副局长在说话，看上去脸色很温和。姚丽梅坐好了，副局长说：“孙总、姚总，局长委托我和你们谈话，最终的目的是什么，你们应该听清楚了。两根金条不管咋说，公安部门认定的是贿赂款，案子已经定性。最后结局是款走向了良性，在这里姑且不谈。你们从这里走出去要引以为戒，就不要到这儿申诉那儿申诉去了，申诉也是没有用。”

姚丽梅说：“给我留了条尾巴，跟国外的保释没有什么区别。”

副局长说：“当然有本质上的区别，保释出狱的人要限制人身自由。你们出去了，就有了人身的自由。”

孙元凯说：“表妹，出去啥话都好说，在这里啥都不要说了。”

姚丽梅说：“出了这个门，我就是姚总的称呼了，你就是孙总的称呼了，表妹的称呼取消了。”

姚丽梅、孙元凯出了市公安局的大门，奔驰轿车在恭候孙元凯。孙元凯拉开车门说：“表——啊，姚总，我用车送你。”

李小娜在向姚丽梅招手。姚丽梅婉言谢绝说：“谢谢孙总的好意，已经有人来接我了。”姚丽梅来到了李小娜面前，奔驰轿车恋恋不舍地开走了。

过了几天，汪海洋在度假村宴请姚丽梅、孙元凯、李秋阳和戎小川。汪海洋第一个到场，逗着一只波斯猫玩着，孙元凯拎着文明棍过来，他借题发挥说：“汪总，招猫逗狗的人都不是好东西。”

汪海洋说：“你看看电影，再看看电视剧，拎着文明棍的哪一个是好东西了?”

说话间，李秋阳、戎小川就来了。李秋阳挨着汪海洋身边坐下说："汪总，咱俩可是难兄难弟呀，就差那么一点点，孙总就把咱俩送了进去，不是判20年徒刑就是枪毙的罪。"

孙元凯说："细想想，我做得不算错。帝豪房产这些年发展，没有国梦，没有丰盛县城、泉水县城棚户区的改造将一事无成。在座的三位功不可没，我意思一下算是人情。哪知小蜜把我告了，还把汪总、李县长拐累了进去。小王八崽子，卷走了公司好几百万跑到国外去享受了，早早晚晚得把她抓回来扔进牢房。"

戎小川说："孙总，你们三个成了难兄难弟，这回可看出谁远谁近了。"

孙元凯说："戎县长，早一天晚一天，我给你们论功行赏。"

汪海洋的手机铃声响了，是李小娜打过来的。她说："姨父，我和姚总在洗澡。姚总说了，宴请就不参加了。洗完了澡，她要去见章校长……"没等李小娜把话说完，汪海洋就把手机关了。

章含言办公桌上的电话铃声响了，秘书拿起电话，章含言在电话里问："国梦集团总公司的姚总来了没有?"

秘书说："来了，就在办公室等着。"

章含言说："让她稍等，我处理完事就回来。"秘书给姚丽梅倒上一杯热饮就出去了。姚丽梅无事可做，翻看着一本画报。秘书送来水果又出去了，还没有见到章含言回来。姚丽梅等不及了，刚想和秘书打个招呼回去。章含言急匆匆进来说，"姚总，很抱歉，我在剑桥大学进修时的几个校友来了，我刚把他们送上了飞机。"

"章校长的理由很充足。"

章含言说："国梦提出联合办校，我谈谈感想。我深知中国的传统教育体系，已经满足不了市场经济快速发展的人才需求，大学要想培养受市场欢迎的人才，必须与企业联姻。我亲眼看到，在美国哈佛大学校园周围，是非常壮观的工业园区，大大小小的科技创新型企业，将学子们孵化成科研经营管理的高手。所以，我们上次谈话以后，就没有停止过向主管部门打报告，申请校企联合办学，这回总算批下来了。"

姚丽梅说："章校长，你把上级的批复复印给我一份，我回去向汪总汇报，具体办校事宜过几天再谈。"

姚丽梅从绿岛海洋大学回来，就来到了汪海洋的办公室，汪海洋将一份演讲材料放在她的面前。原来，国资委发展研究中心、北京大学人才研究中

心、中华民族文化研究所主办的“中国文化与企业发展高层论坛”将在北大隆重举行，邀汪海洋为本次高层论坛的嘉宾，到北大去做主旨演讲，希望汪海洋把材料尽快寄过去，审阅后再给回馈的意见。

姚丽梅看了几眼演讲材料说：“到北大去演讲，那可是李大钊、鲁迅、钱钟书演讲的地方。你想想，你和这些泰斗比是不是……”

“我演讲的，李大钊、鲁迅、钱钟书演讲不了。这叫什么，这叫此一时彼一时。”汪海洋显得非常自信。

姚丽梅笑着说：“这是要到北大去卖鞋了？”

汪海洋反问道：“北大的学子就不穿鞋了，都光着脚去上学吗？”

姚丽梅说：“到那么高的学府去演讲，容我好好地润色润色。汪海洋的脸可以丢，国梦的脸不能丢。”

下班了，汪海洋刚走出办公楼，就听见程子龙推开办公室的窗户喊：“汪总，请留步！”程子龙来到楼外汪海洋的身前说，“刚才接到中央电视台的通知，明天上午十点，准时通过国际卫星与美国耐特集团总裁耐特进行对话，主题是‘畅谈全球鞋业发展的大趋势’。汪总，你看领导班子……”

汪海洋说：“不就是和耐特聊天吗？用不着领导班子研究，临场发挥就行了。”

姚丽梅正好走过来，一脸认真地说：“汪总，这可不是闹着玩的，两位鞋业巨头对话，全世界都能听得到……”

汪海洋说：“你们不用担心，耐特集团的提议很好，有竞争才有发展。我早就想和耐特集团的总裁进行对话了，这一天总算等到了。”

汪海洋和耐特在中央电视台对话的消息不胫而走，北京的许多媒体都在跃跃欲试，准备目睹这场鞋王的龙虎斗。中央电视台的卫星转播车出了北京，向着转播点廊坊进发。各大媒体的车也从不同的方向向廊坊会集着。

此时，美国耐特鞋业总部的总裁办公室，总裁耐特在大发雷霆，高管们都低着头，不敢看耐特一眼。耐特咆哮说：“你们都是干什么的，尤其是亚洲区域总代理，还有中国区域总代理。服务的满意度、质量的美誉度、市场的占有率、品牌的知名度、市场的首选权，5项指标被中国国梦一网打尽。以前的8年可都是耐特的，现在就付之东流了，你们要为此付出沉重的代价。好了，我就要通过卫星对话和汪海洋一争高下，看看是我斗得过他，还是他斗得过我。”

散会了，一位高层管理人员没有走，而是向耐特建言说：“耐特总裁，你和中国鞋王汪海洋对话，只能是提升他的知名度，降低你的知名度。我听说汪海洋思维敏捷，妙语连珠。如果强行对话，等于耐特在给国梦做广告，国梦必然在国际上声威大振，而对耐特来说，必将是得不偿失，带来巨大的商业风险。”

面对建言，耐特沉思良久说：“你说的不无道理，给中国中央电视台一个合理的答复，美国人不能在中国人的面前丢脸。但我不明白，你是中国人，为什么要为我提这样的建议呢？这样做对国梦集团很不利呀。”那位高管振振有词地说：“这叫各为其主。这不能说是卖国，充其量是企业行为。”

高层管理人员又献一计说：“这个不难，让公司的副总和汪海洋对话。”

耐特说：“好主意，你立即打电话告诉中国中央电视台，就说我的身体有恙，将委托一位副总和汪海洋对话。”

廊坊的大山上，中央电视台的工作人在接着电话：“什么，你们说什么？耐特病了，要上一位副总对话？”工作人员关上手机说，“耐特，你是不是吃错了药，这也不对等啊？”他打开了手机，拨通了汪海洋的电话说：“汪总，耐特总裁因身体不适，不能参与对话了。他提议一位副总和你对话，你看……”

汪海洋说：“我是中国胶鞋协会理事长，麾下的国梦做的鞋闻名全世界，为何要比耐特低一等。可是这也没有什么，耐特上副总，国梦也上副总。耐特上助理，国梦也上助理。我跟美国人打了二三十年的交道，从来就没有低过头，这次也不例外。”

第24章　企业重组遇阻挠，痛心疾首失大将

在市委书记的办公室里，刘昆闷着头，汪海洋也是一言不发。时钟“滴答，滴答”地走着，刘昆终于沉不住气了，说：“汪海洋，这是我以市委书记的名义，最后一次找你谈话了。这次我平调到了市人大，市委宣传部长出了一个空缺。我和省委组织部门沟通了，他们同意，这个空缺由你补上，就看你个人的态度了。”

“刘书记，容我考虑三天，事不过三，就三天。”

“这是你离开企业的最后一次机会，抓不住，随着年龄增长，从政的可能性越来越渺茫了。”

“刘书记没有别的指示，我就回去了。”

刘昆语气凝重地说：“上次没有任命上副市长，就在我的心里坐下了一块病。这次宣传部长再不就任，我的心里就坐下了两块病。有两块病压着，一辈子不好过。”

姚丽梅已搬到碧海花园小区居住，新家里里外外的欧式装修很打眼，姚丽梅一间又一间地看着，最后她站在落地窗前面向着大海，真是极目楚天舒，心情有说不出来的好，于是嘴里就哼唱着——

小时候妈妈对我讲，
大海就是我故乡，
海边出生，海里成长。
大海呀！大海啊大海！
是我生长的地方。
海风吹，海浪涌，
随我漂流四方。
……

门铃声响了，姚丽梅隔着门镜见是汪海洋，就把门打开了。汪海洋进门就说：“市委刘书记找我谈了，要我就任市委宣传部长一职，谈谈你的看法?”

“好事呀。市委宣传部长是市委常委，应该说是进了绿岛市的决策层。恭喜你。”姚丽梅突然话锋一转说，“汪总，你来得正好，告诉你一件事，我就要到美国去留学了。”

汪海洋愣了一下说：“你走了，我去不去？国梦怎么办?”

姚丽梅说：“听说你在张罗军娃和小娜的婚事，为孩子的新房犯愁。我走了，你就不要为房子的事犯愁了。”

“我不是问你这事，我是问你宣传部长干不干?”

姚丽梅说：“这是你的私事，我最好不要参与，免得若干年后落下埋怨。汪总，有这么好的房子陪伴，我今天的心情很好，我亲自下厨，咱俩吃顿饭吧?”

汪海洋的手机响了，国梦办公室打来了电话，有几位贵宾在进出口鞋大楼贵宾室等候。汪海洋说：“姚总，有贵宾来了，想吃也吃不成了，下次吧。”

汪海洋离开姚丽梅的家，来到了进出口鞋大楼贵宾室，李汉生和几个军人在等他。李汉生介绍说：“汪总，这几位是国防科工委的领导，今天来的主要目的……我就不想多说了，请领导们谈谈吧。”

国防科工委的一位领导说：“我们这次来是同汪总协商，‘航天返回用鞋’的项目想交给国梦研制。这是一种高科技鞋，不知道国梦具备不具备这个实力?”

汪海洋当即就表态说：“我过去是一名军人，军人的职责是什么？在座的都知道。我是部队培养出来的企业家，回报部队理所当然，实质也是在报效国家。为了支持‘神六’登天，国梦不但要研制出‘航天返回用鞋’，而且一分科研费不用部队拿。”

国防科工委的领导走了，李汉生却留下来，一是要看看宝贝女儿，二是要到汪海洋的家里登门拜访。两个人在半路上买了个西瓜，李汉生抱着西瓜就来到了汪海洋家。李杏花打开门，看见李汉生抱着花皮大西瓜满头是汗，忙接过西瓜放在地上，拿过蒲扇递给了李汉生。

李杏花略带埋怨的口气说：“老汪，你可真是，买个西瓜咋能让客人抱着？把客人累得满头大汗。”

汪海洋说："二人行，小弟受苦。"

李汉生说："头一次进亲家的门，还能不急。满头的汗不是累出来的，是急出来的。"李杏花投了两条手巾，汪海洋、李汉生擦着脸。李汉生问："怎么不见军娃和小娜?"

李杏花趴在玻璃窗户往外看着说："你们老哥儿俩过来。"3个人挤在一个窗户前往外看，一辆人力车就停在了花坛边。汪军娃搀扶着李小娜下了车，向着楼梯口走来。姚丽梅来到了人力车前，蹲下仔细地看着。李杏花推开窗户喊："姚总，上楼，那个车有啥看头?"

姚丽梅就来到了楼上，发现汪军娃、李小娜没在客厅，就走进了汪军娃的卧室。李小娜见到姚丽梅往外撵说："姚姨，这是小孩待的地方，大人到客厅里面去说话。"

姚丽梅问："楼底下的人力车是从哪儿弄来的?"

李小娜说："我听我妈说过，人力车是我妈家的传家宝。这辆人力车就传给了我，我就把它带到了绿岛市的汪家。"

姚丽梅说："小娜，姚姨想问问你妈姓什么，叫什么名字?"

李小娜说："我妈姓苗，叫苗玲玲。"

姚丽梅说："小娜，你妈要是到绿岛市来，我一定要和她见上一面。外面那辆人力车没处放，就放到海边的别墅里面去，我对这辆人力车很有兴趣。"

汪海洋正陪着李汉生吃饭，手机铃声就响了。当得知花青橡胶公司的庞大龙经理求见，饭是一口也吃不下去了。汪海洋把筷子撂下说："亲家，我有急事要去处理，上次失信了，这次又不能陪你到底了，真是说不过去了。"

李汉生说："主人一走，我们这帮人无拘无束会更加乐和。"

汪海洋对老婆说："杏花，慢待了客人可不行。"

姚丽梅说："对嫂子的态度多霸道，在国梦就是这样。"

汪海洋边下楼边说："好事又来了。"

汪海洋把庞大龙请到了办公室，倒上一杯茶说："庞经理找上门来了，就得实话实说。国梦刚把都城市红旗橡胶厂接收过来，这跟过日子没两样，家里还能有多少钱？国梦的手头紧巴了。"

庞大龙急了，说："外省市的企业你都肯帮忙，难道本市的企业就不肯帮忙了？这样做有点过分，还想让我把市里的领导请来吗?"

汪海洋说："国梦欠你们公司债吗?"

庞大龙更加急了，说："汪总不要挑我了，我是咨询了数家企业才选中的国梦。如果国梦不是上市公司，请我都不会来。”

“国梦就是一块肥肉，你张嘴就想咬上一口？”

“希望通过‘吸收合并’的方式，解决花青股票上市流通的问题。我知道国梦有这个能力，请汪总看在同行的面子上，高抬贵手。”

“这是大事，要开个班子会通通气，还要进行社会调查。你给我几天时间，都稳妥了咱们再谈。”

庞大龙说：“我了解你，你啥时讲过民主？”

在九龙山度假村，国梦高层管理人员召开了会议，会议只有一个议题，就是要不要和花青轮胎公司“吸收合并”。汪海洋说：“就议题而言，请姚总先说。”

姚丽梅说：“花青生产的低档次斜交胎，在全国很有名气，获准在绿岛市证券交易公司挂牌交易。前些日子，国家证监会发出‘关于清理整顿场外非法股票交易’的规定，花青股份作为‘场外交易’的上柜公司，股票就要停牌了。证监会给这些上柜交易的企业留下一条退路，允许同行业‘吸收合并’，但质量要好，要有发展前途，且是上市挂牌公司。这就意味着花青的前景有两个：要么停牌。要么‘吸收合并’。解决股票流通问题。花青处在生死存亡的关头，庞大龙才被迫找上门来。”

马成说：“我对花青很了解，隶属于山北市，山北市是个县级市。两家一旦谈妥，山北市不会不插手，到那时秀才遇见了兵，有理可就说不清了。”

汪海洋说：“兵怎么了？我就是一个兵，我什么时候不说理了？”

程子龙说：“我建议和市体改委山主任通个电话，让山主任出面协调，国梦才能进退自如。”

汪海洋说：“程总的主意好。”

在绿岛市体改委的会议室里面，国梦和花青进行着谈判。山主任主持会议说：“我现在一手托两家，就谈谈意见。国梦和花青同属于橡胶行业，‘吸收合并’符合国家证监会要求。国梦不仅是上市企业，而且是全国响当当的企业，更重要的一点就是资金雄厚……”

姚丽梅贴在程子龙的耳朵边说：“山主任要给汪总戴高帽了，汪总该表态了，准是一个行字。”

山主任把高帽戴完了，只见汪海洋一拍桌子说：“行。”程子龙、姚丽梅就“扑哧”笑了。

山主任总结说：“山北市主管市长来了，由国梦和山北市政府两家共同向绿岛市政府打个报告，政府批复的事由我去办。”

汪海洋从市体改委回来，一家人围坐在一起，商量汪军娃和李小娜的婚事。汪海洋说：“市电视台、文明办、妇联要举行百对新人新风尚婚礼，军娃、小娜去追求新风尚。婚礼结束后出去旅游，先去广州见见小娜的父母，后到峇厘岛去观赏异国的风情。回来再摆上一桌，答谢亲属们就行了。”

李小娜听了很高兴地说：“在市里举行完盛大的婚礼，我要和军娃坐轮船回广州，去见我爸我妈。至于去峇厘岛旅游，我还没有打算好。”

李杏花说：“小娜，你爸你妈不来参加你的婚礼?”

“我妈说了，不想当dog。”

李杏花听不懂英文，好奇地问：“‘倒搁’是什么意思?”

“英语就是狗的意思。”

李杏花说：“现在哪有那么多的说法。”

汪海洋充满信心地说：“小娜，有爸汪海洋在，不出5年，我就让你们有轿车坐，有大房子住。”

姚丽梅把房子腾出来了，作为汪军娃和李小娜的新房。李小娜没等结婚就前来拜谢姚丽梅了，她拎着水果来到了姚丽梅的家里。姚丽梅见面说：“小娜，屋子里新添置的东西，姚姨全都送给你了，就不要买太多的东西了。”

李小娜说：“太谢谢了!”

姚丽梅说：“跟姚姨聊聊天，姚姨就愿意听你说话。”

李小娜说：“汪军娃可是真够意思，一屁股跑到泉水鞋城去了，再也见不到影儿了，让我一个人在家里挨累。”

姚丽梅说：“军娃忙，你得担当点。小娜，姚姨问你，你妈跟我长得像不像?”

李小娜想了想说：“还别说，身材像，脸盘也像，就是眼睛有点不像。”李小娜把削好的苹果递给了姚丽梅，姚丽梅吃着苹果。李小娜说，“我妈的眼睛长得没有姚姨大，姚姨称得上大美女，我妈算是个二等美女。”李小娜说着惊讶得张大了嘴巴，姚丽梅咋连苹果核都吃了？就指着苹果，又指指嗓子说：“姚姨，苹果核都咽下去了，想抠都抠不出来了。”

姚丽梅看着剩下的半个苹果说：“吃了就吃了，兴许嗓子眼能长出一棵苹果树。”

李小娜说：“姚姨真有想象力。”

姚丽梅说："小娜过来，让姨摸摸嫩脸蛋。我家小娜长得真俊，嫁的人家又好，姚姨就没有这个福分了。"李小娜就紧紧依偎在姚丽梅的怀里了。

尽管李杏花没有给汪小丫打电话，汪小丫还是知道了汪军娃和李小娜结婚的消息。汪小丫一个人悄悄地来到了山上，坐在山头上望着绿岛市的方向流着眼泪。吕银勺悄悄地来了，坐在她身边问："小丫，为啥流泪了，是不是又想我了?"

汪小丫推了一把吕银勺说："胡扯，想你干啥？我现在想，咋样去跟我妈干一仗，跟我哥干一仗。为啥他们要骗我，李小娜根本就没有怀孕。"

吕银勺说："我是个局外人，当然看得清楚了。你妈骗你我不信，你哥骗你我也不信，这一定是李小娜出的主意。你想干一仗，就去找李小娜好了。"

汪小丫趴在吕银勺的身上"呜呜"地哭了，说："那是我嫂子，又是我的救命恩人，我可咋去跟她干一仗?"汪小丫又哭又笑说，"不过这两天我还是要回家说道说道，吕银勺你得陪着我去。"

吕银勺说："你千万不要去，我也不陪着你去。"

汪小丫折了根蒿子说："你不陪着我去，我就打死你。"汪小丫拿着蒿子打着吕银勺，吕银勺抱着脑袋认打，根本就没跑的意思。

绿岛市百对新人新婚庆典，在市工人文化宫正在举行，汪小丫在吕银勺的陪同下来到了庆典的现场。汪小丫来到李杏花的身边坐下说："妈，我哥结婚咋不告诉我？我知道信儿就来了。"

李杏花看着汪小丫，强忍着泪水说："小丫，妈不告诉你是疼你。你不来你爸你妈你哥都不能挑你，来了更好。"

汪小丫左右看看说："我爸呢?"

李杏花说："你爸去了都城市，刘总住院了，他要守在刘总身边，不能来参加你哥的婚礼了。"

台上司仪说："请各单位的代表向新郎新娘献花。"

汪小丫请求说："妈，我去给我哥我嫂子献花。"

李杏花没有拦，说："小丫去吧。"

汪小丫捧着一束献花向台上缓缓地走去，吕银勺在李杏花的示意下跟在身后。汪小丫对吕银勺说："快扶着我点，我的头有点晕。"吕银勺扶着汪小丫来到了汪军娃和李小娜的面前，把鲜花献给了汪军娃说："哥，嫂子，妹子祝福你们！"说着眼泪就流了下来，李小娜赶紧过来紧紧地抱住了汪小丫。

汪军娃和李小娜结婚的第二天，客轮缓缓地离开了港口。李小娜扶着船舷喊："汪小丫，嫂子有了个新点子，回来就跟你说。"汪小丫擦着眼泪，望着渐渐远去的客轮，回身抱着吕银勺，用手捶打他的后背。

刘启明从医院跑了出来，在车间的休息室里面休息。汪海洋、钟鼎军来看他了。汪海洋看着瘦成一根棍似的刘启明说："刘总，钟厂长给我挂了电话，他说你不听，得我说你能听，我就不得不来了。你的脸色不咋好，是留下在这里的医院继续治疗，还是回绿岛市治疗，由你自己选择。"

刘启明晃晃悠悠地站了起来，说："我活过50就明白了，就是说到了知天命之年。人得了该死的病就好不了，阎王爷不叫也得去。人不得该死的病，阎王爷叫也没有用。汪总，这几天，我老想卢家村的卢宝花，老想去看看她，你得陪着我去。"

汪海洋说："卢宝花跟丰盛县城的老经理一样，是国梦的恩人。我这一忙活就忽略了，回去我就陪你去。"

刘启明身子晃了几晃，一头栽倒在了地上，钟鼎军赶忙派车把刘启明送进了医院。当天晚上，医院下了病危通知书。刘启明微微地睁开眼睛，喘气非常困难地说："大，大夫，我，我要跟汪，汪总说，说话。"

汪海洋守在医院的走廊里面，就被大夫叫了进来，他拉住刘启明的手，眼里含着泪花问："启明，你有什么要求就说，我会去办的。"

刘启明眼睛闭上了，断断续续地说："我，我死，死后，把我，我葬在郑，郑，秀兰的身，身边。"

汪海洋流着泪笑了笑，算是答应了。再看刘启明拉住汪海洋的手已经松开了，汪海洋就麻木地站在了那儿，任由手机铃声响个不停。刘启明的灵柩运回了绿岛市，汪海洋就遇见了棘手的事。在圆桌会议室的里面，一面是国梦领导班子的成员，一面是刘启明的家属。

汪海洋有些急了，站起来说："我再说一遍，刘总的遗嘱是，让国梦把他葬在泉水鞋城郑秀兰的墓边。今天刘总的家属都来了，这件事我就做不了主，你们都发表发表意见?"

刘启明儿子说："我已经和我妈商量好了，不同意把我爸葬在泉水鞋城，只能葬在市里的公墓，墓地都定妥了。"

汪海洋就无力地坐在了椅子上说："马书记，我是尽了力了，下面的事你就看着办吧。"

散会后，姚丽梅心里想着刘启明回到了海边别墅，和衣迷迷糊糊地睡了一觉，醒来时天也就黑了下来。空荡荡的别墅里面只有她一个人，刘启明老是在她的眼前晃，她的心里就有些发慌了。姚丽梅就给汪海洋打电话说："汪总，请你到海边别墅来。"

汪海洋问："什么事?"

姚丽梅说："没有什么事，就是我一个人太孤单了。刘总老是离不开眼前，你说害怕不害怕?"姚丽梅打完电话来到阳台上，时间不久，就见到汪海洋的汽车停在了外面，汪海洋从车上下来了。姚丽梅探出头去说，"小黄请回，要是说话太晚了，汪总打出租车回去。"

汪海洋回头说："小黄，你一定要在这里死等死守。"

姚丽梅见到汪海洋没有让小黄走的意思，就较劲儿不给汪海洋开门。汪海洋只得钻进了汽车，姚丽梅看着远去的车流着泪。轿车在路上行驶着，小黄说："汪总，再给你开车，我就要憋疯了。"

汪海洋问："怎么讲?"

小黄说："傻子都能看得出来，姚总对你是一片痴情。"

汪海洋问："怎么办?"

小黄说："拿下。"

汪海洋说："小黄，我今天跟你说实话。国梦的事业离不开姚总，这你能看在眼里。我几次想让她离开国梦，姚总也不是没有好单位接收，甚至可以出国深造。可是姚总一走，我的腿就瘸了，走路就不稳当了。"

小黄还是不死心，说："这几年跟过去不一样了，个体老板养外室的不占少数。"

汪海洋说："个体户能干的事，作为一个国企的领导能干吗?"

小黄说："汪总，你不是'敢为天下先'吗?"

汪海洋说："你小子用在这儿可不对头呀。"

汪小丫从海港回来就上火了，腮帮肿得像发面馒头，整天皱着眉头捂着半面脸。吕银勺妈着急地说："小丫咋了，腮帮肿成了这个样子?"

吕银勺说："上火了。"吕银勺妈从房棚上拿下来一些草药，用药碾子碾碎，架在土罐上熬。熬好了，吕银勺把汤药端到汪小丫的眼前说："我妈熬的药可灵了，喝下去火就撤了。"

汪小丫说："吕银勺，你妈熬的药黑得像墨汁，一点医学道理都没有，

还不把我药死了?”

吕银勺说:“这好办,娘娘怕药死,皇上先品尝。娘娘这几天上火,皇上这几天也上火了。”

汪小丫瞪着眼睛说:“这个比喻不恰当。”吕银勺就喝了一碗草药,又端来了一碗。汪小丫咬着牙端起碗说,“我是疼得没咒念了,我可喝下去了。我俩没法同生,但愿同死。”

汪小丫喝下了草药,只是半天的时间,半边脸就晴了天。汪小丫得到了甜头,拿起碗来还要喝。吕银勺妈拦住说:“药可不是水,得悠着点喝,喝多了身子骨受不了。”

汪小丫喝了一小口,说:“吕银勺,在家里待着太腻歪,我俩去砍柴还是去钓鱼?”

吕银勺说:“当然钓鱼。”

汪小丫扛起鱼竿,吕银勺拎着鱼饵桶来到了水库,很快就钓上来几条小杂鱼。汪小丫又甩出了鱼钩,不错眼珠地盯着水面。鱼漂下沉,赶忙起竿,一条半斤重的鲫鱼就钓了上来。吕银勺摘着鲫鱼说:“鲫鱼熬汤喝,营养最丰富。”

汪小丫把钩甩了出去说:“最有营养咱们也不能吃,这是我平生钓上来的第一条鲫鱼,得留给我妈吃。”

李杏花站在汪小丫的身后,听到汪小丫说鲫鱼留给我妈吃时,眼泪就止不住地流了下来。李杏花坐在汪小丫的身边说:“小丫,妈来看你了。还是我的闺女好,从心里往外惦着妈。”

汪小丫说:“妈,儿子娶媳妇是喜事,你哭啥?”

李杏花擦着眼泪说:“我家小丫没有嫁出去,当妈的心里不好受。”

吕银勺说:“嫂子,汪小丫嫁出去不用愁,学员都是男生,有好几个都跟我说过了,要娶小丫,让我给做个红媒。”

汪小丫说:“他们想娶我,想得倒美。我的丈夫不管家穷家富,本人必须是个大学生。”

吕银勺说:“二百多名学员都是个顶个的好小伙,可惜就是没有一个大学生。汪小丫,我给你介绍一个大学生的对象,到时你可不许耍赖。”

汪小丫说:“妈,你给我作证,我绝不会耍赖。”

李杏花看到汪小丫的乐和样子,一颗悬着的心才落了下来。休息日,汪小丫钓鱼钓上了瘾,吕银勺还是陪着她钓鱼。小黄把车开到了大坝上没有下车，汪海洋下车走到汪小丫的面前。

汪小丫见到汪海洋说：“爸，你来得正好，鱼是纯天然的。泥鳅鱼炖豆腐、鲫鱼炸酱、红焖鲤鱼，准给我爸撑个好歹的。”

汪海洋说：“你俩在这里钓鱼，让我想起了一个人。”

吕银勺问：“谁呀?”

“刘总工，他就喜欢钓鱼。自从当上了总工，再没有见过他钓过一次鱼。”

汪小丫说：“爸，你说这话的意思，是不是说我和吕银勺都在玩物丧志?”

“爸没有那个意思，眼下我闺女高兴就行。”

“这就对了，这才是我的好爸爸。”

“爸给你俩带来了好消息，暑期绿岛海洋大学就要招收制鞋专业的本科生了。你俩要好好复习功课，成绩差点也不怕，但不能差得太多了……到时爸推荐你俩上大学。”

吕银勺很傲气地说：“我就不必要了，若能考上理想的大学就上，考不上就心甘情愿当个好鞋匠。但是有一条，上大学的4年，大哥要出钱养活爸妈。”

“好，好，你有志气。你要是考上大学，我不但要养活爸和妈，还要供你上学，怎么样?”

吕银勺没有全买账，说：“大哥，你掏一半钱就行了，剩下的一半我可以勤工俭学。”

汪小丫承诺说：“吕银勺，你能考上大学，我就答应嫁给你。”

第25章 做客“北大”讲名牌，挫败地方势力

汪海洋到北京大学去演讲，心里没有底，就同姚丽梅一同来到了北京，下榻在“银通大酒店”。李汉生听说汪海洋到了北京，立刻赶了过来，在“银通大酒店”的小包房宴请汪海洋和姚丽梅。3个人在小包房里面坐定，汪海洋和李汉生就开始拼酒。姚丽梅是坐山观虎斗，偶尔也喝上一小盅。

李汉生说：“喝酒偷懒的人，我最看不上。”

姚丽梅说：“看上看不上，你们两个人将来肯定有说道。”

李汉生说：“除非姚总和汪总联了姻，不就是亲家了吗?”

姚丽梅说：“难道回家就不怕苗玲玲掌你的嘴?”

李汉生说：“苗玲玲是个大夫，文化层次比较高，很会掌握文明程度的尺寸，这些年没有给我掌过嘴，但跪搓衣板还是经常性的，这是我们家最严的酷刑了。”

姚丽梅说：“你把我惹了，将来少跪不了搓衣板。”

汪海洋见缝插针说：“亲家，姚总是单身。你们那里有没有合适的爷们儿，大几岁小几岁都没有关系，只要愿意就行了。”

李汉生说：“你是让我做大红媒，这是一定的了。”

姚丽梅见到苗头有点不对，两个亲家要拿她当下酒菜了，就说：“说正事吧。”

李汉生说：“酒桌上说正事，我反对。”

汪海洋说：“军队有的是汽车，是汽车就得用轮胎，国梦下一步要发展的就是轮胎产业。”

李汉生并不回避问题说：“军队轮胎的采购量很大，每年都要召开招标会，要想中标也不难，关键在于轮胎的质量。采购军需品不能看人情的面子，更不能看是不是亲家。”

汪海洋说：“表态不错，下面就是喝酒，谁再提轮胎的事就掌谁的嘴。”

姚丽梅说：“李汉生，看看你的亲家，霸道劲儿又上来了。”

李汉生端起酒杯说："让你霸道，看我如何把你灌醉了。"

姚丽梅虽说喝了几小盅酒，但已经是有了五分醉意。回来已是半夜，洗个热水澡就躺在床上睡了。不知道过了多久，姚丽梅被敲门声惊醒了，来到门前问："谁?"

汪海洋说："还有谁？是我。"

姚丽梅打开门，一把就把汪海洋拽了进来，见着汪海洋捧着一束鲜花，心里就开始旌旗荡漾了。汪海洋很浪漫地把鲜花献给了姚丽梅，姚丽梅接过来放在鼻子底下闻了闻，花儿很香。

汪海洋表情严肃地说："我这是在尊师重教，你是国梦集团总公司职业技术学校的校长，在教师节来临之际，鲜花理所当然要送给你。"姚丽梅双手勾住了汪海洋的脖子，秀美的眼睛流露出一种真挚的爱。汪海洋见状忙说，"姚总，你看，好像是摄像头。"

姚丽梅吓得松开了手，满屋找着摄像头。汪海洋略施小计，姚丽梅就上当了，他趁机就跑了。姚丽梅撕扯着鲜花说："当什么破校长，回去就辞职。"

北京大学宣传栏贴出了一则海报，海报上写："汪海洋是讲故事的高手；汪海洋是创造财富的奇人；汪海洋将成就近百个千万富翁；汪海洋把一个不知名的国梦缔造成了世界名牌……只要你对这些有兴趣，明天下午请到北大图书馆来，国梦集团总公司总裁汪海洋，将向你们讲述成功之术、财富之术、创名牌的不凡之路。"

海报起到了震动作用，在北京大学的图书馆里面，汪海洋还没有到来，学生们就把馆里馆外坐满了。汪海洋进来，拿起话筒就说："同学们，不管是在硝烟弥漫的战场上，还是在琳琅满目的市场上，我们都需要有一种精神，要将这种精神提高到文化层面上来，就会变成了一种信仰，这个信仰就是在新的历史时期，继承产生振奋精神的民族文化。"汪海洋式的典型开场白，赢得了一阵热烈掌声。

学生A跑到台上，递给了汪海洋一张字条，字条上写："你凭借什么法力，带领一个名不见经传的国企，乘上了世界名牌的快车?"

汪海洋看完字条说："一是我将中国传统文化'道、佛、儒'的理念，融入到了现代化的管理之中；二是我们有一个团结的领导班子，一心一意搞改革，搞创新，抓质量。民族强，则国家强；班子强，则企业强。"

学生B跑到台上，递给汪海洋一张字条，字条上写：“我是北方人，咱们是同乡，我想问你，齐鲁特有的文化对企业发展起了哪些作用?”

汪海洋看完字条说：“齐鲁的特有文化不但对国梦的发展起到了决定性作用，对你也起到了决定性的作用，不然你能考上北京大学吗？国梦从一个濒临倒闭，以鞋业为主的企业操作到现在，是眼见着一家又一家制鞋企业倒下去的。为何那么多的鞋厂都垮台了，国梦却是发展了？国梦的发展有各种因素，但很重要的一点就是文化了。我提倡干好产品质量就是最大的积德行善，这就是齐鲁的特有文化，没有一颗积德行善的心，是不可能创造出品牌的。一个没有品牌意识的老板，培养不出来具有品牌意识的员工；没有品牌意识的员工，就创造不出来与品牌相匹配的产品。总之，只有每个人都能够自由地发挥，到无限的空间去发展创造力，中国的企业才能有真正的希望和未来。中国的希望在于新一代的你们，中国的未来在于新一代的你们……”汪海洋演讲到了这里，学生们掌声如雷，姚丽梅的脸上也就露出了笑容。汪海洋演讲完回到了“银通大酒店”，得意洋洋地捧着北大研究员的聘书，在姚丽梅的眼前晃动着。

姚丽梅说：“这回你可得了个宝贝。”

汪海洋高兴地说：“回去可以跟市职称办有个交代了，总裁不需要什么文凭了，北大的研究员够资格了。”

“市职称办要求的是基础学历，这是什么东西？是虚无缥缈的东西，是自己拿着高兴的东西。要说不值钱怕你哭，要说值钱又怕你不知道北了。”

汪海洋把聘书装包里说：“照你这么一说，我还是不要招摇过市了。”

在北京市的人才市场，国梦租了一间招聘室，姚丽梅作为招聘工作人员坐在了里面。招聘简章很简单，“凡是北京大学的学生一律招聘（不分专业），不是北京大学的学生一律不予招聘。”一天过去了，两天过去了……连一个应招的学生也没有。姚丽梅就给汪海洋打电话说：“汪总，几天都没有开盘，咱们是输定了，这就是你在北大的演讲效应。”

汪海洋说：“这在预料之中，你立即回来，这回我是铁了心了，国梦要培养自己的鞋匠。”

汪海洋回到了绿岛市，来到了章含言的办公室，章含言见到他很不满意地说：“姚总在企业熏陶的是一身的铜臭，只认钱而不认事了。经过学校研究，一个学生1年收5万费用不多，可她还是不肯答应。汪总，一个统招生每年的费用没有2万下不来，这里面是有账可算的——房屋折旧费、教工授课费、水电费等等，等等。更可恨的是，姚总还是要拿鞋顶账，大概又是你出的馊主意吧？把大学当成了卖鞋的专卖店，我们不可能这样做，这样做学生是会骂娘的。”

汪海洋大手一挥说：“章校长，不要在钱上打转转了，就依你了。”

“这是汪总在北大演讲的最大收获。”

“章校长说对了，回头国梦奖励你一双鞋。”

章含言听后哈哈大笑说：“我欣然接受，这样吧，每年统招一个班，招收30名制鞋本科生。”

“能不能给两个机动的名额?”

“这个不敢答应你，得请示省教育厅。”

“基础课由绿岛海洋大学的教师承担，专业课由国梦的专业人才来承担。” 汪海洋讨价还价地说。

章含言还是寸步不让地说：“凡是来绿岛海洋大学授课的教师，要有严格的资质，审验合格的教师才能上讲台。”

“国梦还要从韩国、中国台湾邀请著名制鞋专家来授课，这些专家你也要审验吗?”

章含言还是寸步不让地说：“为了学校的荣誉也为了学生们，当然要验明身份。”

“好吧。30名本科生先交150万。”汪海洋说完，不等章含言答应就往外走了。

章含言自言自语说：“办事简直就像个土匪，但这个土匪很可爱。”

李汉生在广州的家里面，东西堆放得乱七八糟。苗玲玲斜卧在沙发上，看着一本眼科杂志，上面刊登了兰丽中的一篇论文，看着看着就听到了李小娜在门外的喊声：“妈，女婿和女儿回家来看你了。”

苗玲玲忙起来了，慌乱中把眼科杂志掉在了地上。汪军娃大步走进来说：“妈，我和小娜回家了。妈，你看女婿够格不够格?”苗玲玲抬头看了看汪军娃，孩子和他爸长得一样高，长得也水灵，眼中就放射出了一种熟悉的光。汪军娃归拢着地上的东西说，“妈，看样子是要搬家了，是不是搬到北京去陪我爸?”

木已成舟了，苗玲玲说话也就随和了许多，说：“你爸分了房子，妈也到了快退休的年龄，不往一块儿凑乎还能怎么的?”

汪军娃捡起眼科杂志，看了一眼说：“妈，这篇论文是我大妈写的。”

苗玲玲问：“你大妈就是全国大名鼎鼎的兰丽中教授？”

李小娜说：“不会错的，兰教授是我大爷老八路汪龙洋的媳妇。”

苗玲玲兴奋地说：“到绿岛市妈去探望兰教授，你俩给引见引见，在兰教授的身上会学到不少东西。”

“妈，外道啥？我和李小娜的家，不就是您的家吗？”

苗玲玲开始喜欢上会说话的汪军娃了，脸上有了满足感，李小娜心里还能不高兴？趁着汪军娃不在屋时，李小娜问：“妈，给你姑爷打多少分？”

“100分。”

李小娜抱着苗玲玲说：“妈，我的好妈妈，您终于认可他了。”

汪军娃、李小娜度蜜月回来了，李杏花正在梳头发，一根白头发落在了地上。李杏花捡起白头发痴呆呆的，李小娜就上前抱住了她。李小娜穿着一身火红的衣服，上面绣着绒团凤。汪军娃穿着一身焦黄的衣服，上面绣着绒团龙。李小娜松开了李杏花说：“妈，我这身衣服好看不？是我俩买的情侣装。”李小娜说完，从皮箱里拿出一件衣服说，“妈，这是我妈给你买的一身衣服，好不好看？”

紫色亚麻布料的衣服，一抖搂在阳光下直闪光。李杏花进屋穿上新衣服出来，心里喜庆地说：“穿上这身衣服，像个老妖精。”

李小娜说：“穿上这身衣服多漂亮，不信妈去照照镜子？我妈可不是成了老妖精，是成了仙女，我爸一看准直眼。”

正好汪海洋进来了，像是不认识地围着李杏花转着说：“小娜说得对了，是直眼了。衣服确实好看，人配衣裳马配鞍，穿这样高档的衣服才像个总裁夫人。”

李小娜吃过了饭，回到新家刚洗了个热水澡，姚丽梅接到汪海洋的电话就过来看李小娜了。姚丽梅进门就问：“小娜，新姑爷到哪儿去了？”

李小娜说：“回到家里，屁股还没坐热就赶回了泉水鞋城，难道鞋城比老婆还重要？”

姚丽梅说：“好，好男儿就应该这样。”

“不好就是不好，我去鼓噪汪总，非把汪军娃鼓捣回来不可。”这时，汪海洋开门进来了。李小娜吐吐舌头，过去关上了门说，“姚姨，你进屋为何不关门？”

姚丽梅说：“关什么门，不是怕夹了尾巴吗？”

汪海洋坐下喝着热茶说："全国6000家连锁店，已经成了国梦的包袱，我痛下决心，必须甩出去了。这样一来，国梦就有了三种机制：连锁店个体经营；市场上的公司实行股份制；工厂国有。三种机制相存依偎发展，相互之间不冲撞不矛盾，下面靠的就是管理模式了。"

李小娜说："爸，你的用意我知道了，是来敲山震虎，是想让我带头辞职下海购买连锁店。"

姚丽梅瞧着李小娜说："咱们娘儿俩又上了一个大当。"

汪海洋品着茶说："我可没有骗你，给你打电话让你来看小娜，小娜不是回来了吗?"

姚丽梅还嘴道："奸诈!"

汪海洋又给李小娜戴着高帽说："你不是跟你姚姨说过，汪家谁最聪明，小娜最聪明，响鼓就不用重槌敲了。"

得到了李小娜的支持，汪海洋底气十足，立刻召开了推销连锁店的会议。会议室里面挂着横幅："迅速把一部分人送上百万富翁、千万富翁的流水线!"

汪海洋在动员大会上说："连锁店由国有民营变成民有民营，前几年我就推销过了，不是什么新鲜的事了，可是没有一个人支持，也就流产了。外教姜托尼让你们赶下了讲台，我差点让老婆拿菜刀剁了，就连市委刘书记也打了我一棒子。不过刘书记当时说，时机还不成熟，一旦成熟了还是要实施的。现在时机成熟了，文件发到了你们的手里，也不是一天两天了，你们应该把文件精神吃透。下面，谁肯带头购买国梦鞋连锁店，也就是专卖店。"

李小娜就站起来说："按照文件上的要求，我一是要辞去公关处副处长职务；二是要辞去国梦公职的身份。请我妈进来……"

李杏花走进会场说："我也自愿辞去公职，出去跟媳妇共同创业。"

李小娜说："文件上规定，一个职工只允许买一个专卖店，我们娘儿俩现场就买下绿岛市闹市区的两家专卖店，手续办在我和我妈个人的名下。筹资渠道的来源是，个人筹资一部分，网点抵押到银行贷款一部分。"

汪海洋像是三堂会审地说："辞去了公职，你们娘儿俩与国梦就没有什么瓜葛了，连'五险'都得自己上了。"

李小娜说："我做通了我妈的工作，这些就不必问了。"

汪海洋激动地说："佘太君扶持，穆桂英挂帅，下面就签合同了。还有签合同的请举手，一同办理。”会场上还是没有一个人举手。李杏花、李小娜签订完了合同。汪海洋举着合同说，“合同上大印小印都盖好了，再有想买专卖店的，请到姚总那里去审核。有一条红线任何人都不能迈过去，购买专卖店的必须是国梦的职工，否则一律不允许办理，我是一个口子都不能开，一张条子都不能批。”

程子龙在花青轮胎厂车间走上一圈，发现职工有的在掷骰子，有的在打扑克，更有甚者躺在机床上“呼呼”睡大觉。程子龙感到管理无从下手，看到一堆下线的废轮胎就来了气，说：“唉，唉，唉，这就是你们干的活儿，得浪费多少原材料，还有脸玩儿呀!”

大叶把扑克扔了说：“哎呀！哪里飞来的物儿，敢到这里来吵嚷。弟兄们，手闲着都痒痒了，揍这小子一顿。”几个职工一窝蜂地扑上来，抓住程子龙就拳脚相加，正所谓老虎经不住群狼，程子龙倒在地上，满脸是血。大叶见到血就害怕了说，“别打了，真他娘的不经打，快去叫120救护车，人死了得摊上官司，就没好日子过了。”

程子龙被送进了医院。

国梦在度假村举办中层领导党员素质培训班，教员是从市委党校请来的。汪海洋坐在后面听得认真，记得认真。姚丽梅在门外向他招手，汪海洋合上本子走出来：“我在听党课，你来搅扰啥?”

姚丽梅说：“事情紧急，不得不前来汇报，一是程总让职工打伤了，住进了医院。二是武警天安门支队回信了。”

姚丽梅汇报完了把信交给了汪海洋，他撕开信封拿出了信瓤，只见上面写：“互帮互学，增进友谊。携手共建，共同发展。”汪海洋看完信说：“装上一车鞋，我要去天安门武警支队。”

“又要去送礼?”

“国家国旗护卫队穿上国梦生产的皮靴，在天安门广场一走，要多带劲儿有多带劲儿。”

“广告效应就出来了。”

“这是你说的，我可没说。”

姚丽梅提醒说：“程总住进了医院，是否去探视?”

汪海洋眼珠一转说：“程总不就是碰破了点皮吗？住在医院摆啥谱。你立刻通知程总，赶紧出院到北京去执行任务。这样，程总的院就住不成了。”汪海洋为自己的一箭双雕之计而哈哈大笑。

姚丽梅听了身上一哆嗦说：“神经病啊，吓人一跳。”

国梦的皮卡驶进了武警天安门支队大院，唐支队长大步迎上来，拉开车门把汪海洋等人从车上请下来。汪海洋握着唐支队长的手说：“老兵又回到了部队，作为新兵，你是欢迎还是不欢迎?”

唐支队长说：“咱们都是当兵的人，你说欢迎不欢迎?”

“这次来了，拉来了国梦牌鞋，都是国内外的尖端产品，我说好不行，得官兵们试穿了说好才行。”

唐支队长试探地问：“汪总，这些鞋都是……”

汪海洋拦住话头说：“我说的是试穿，不是赠送，你们要提出反馈的意见。”汪海洋回头说，“你们还愣着干啥？都下来卸车。”唐支队长陪着汪海洋往会客室走去，说：“汪总，我们去吃小灶?”

汪海洋摆摆手说：“吃就吃大食堂，我要体会重新回到部队大熔炉的滋味儿。”汪海洋、程子龙就在唐支队长的陪同下，来到大食堂吃着配餐。汪海洋拿着包子说，“唐支队长，现在的伙食可比我那时好多了。我走进了军营，一顿就俩苞米面的窝窝头，再就是一碗青柿子汤了。”

唐支队长说：“今非昔比，往事如过眼烟云了。”

汪海洋说：“入伍后穿上解放牌胶鞋，没见把我美的，就差把鞋搂进被窝里睡了。”

唐支队长说：“不要忆苦思甜了，喝酒，喝酒。”

汪海洋说：“我不喝白酒。”

唐支队长叫来战士说：“去搬啤酒。”

汪海洋喝着啤酒说：“国梦有的是高档鞋，武警干部战士要是喜欢就可劲儿地穿，敞开口供应。”

“军地双方要互帮互学，增进友谊。携手共进，共同发展。”唐支队长的话包含得太广泛，汪海洋不知怎么接话茬儿，干了一杯啤酒。

皮卡出了京城，行驶在返回绿岛市的路上，汪海洋、程子龙坐在车上。汪海洋就觉得奇怪，问：“程总，你平时做事谨慎，怎会让职工给打了?”

程子龙可找到了诉苦人，说：“花青这个县级企业，虽有5000名员工，但乌合之众太多，加上管理混乱，车间里面一塌糊涂，看着还能不来气。我只是问了，为啥在生产中出了这么多的废料，就被打成了这个样子。”

汪海洋有些后悔逼着程子龙来北京了，就说："身上还疼吗？"

"哼，疼不是也到北京来了吗？"

"听说你对国梦向花青注入资金有些微词，说说是什么原因？"

程子龙说："国梦已向花青注入了1.5亿元资金，再让那个庞大龙掌权，钱打进水里都不会出响。现在的主要矛盾，是尽快解决产权的归属问题。夜长梦多，山北市政府插上一杠子，事情就不好办了。"

汪海洋听了头有点疼，说："把车开稳点，我困了。"

国梦虽然给花青注入了大笔资金，庞大龙还来找汪海洋要钱。汪海洋不在办公室，他就把姚丽梅堵在了门口。庞大龙说："姚总，资金缺口3000万，这笔钱不及时到账，公司还得垮台。"

"庞经理，你仔细想想，3000万不是小数字，汪总不在，国梦任何人都做不了主。"

庞大龙不依不饶地说："救公司如同救火，给汪海洋打电话，这份家业国梦不能不要了吧？"

姚丽梅黏缠不过庞大龙，只好给汪海洋打电话："汪总，庞经理又来了，张口就要3000万。"

"3000万不多，8000万也行，让他打个资金使用报告，资金去向越详细越好。" 汪海洋如此痛快，让姚丽梅丈二和尚摸不到头脑。

3000万资金还没有落实，国梦和山北市政府关于花青的股权划分起了争议。国梦由姚丽梅带队来到了山北市政府的小会议室，山北市政府分管工业的郭副市长也带队来了。双方面对面地坐着，展开了博弈。郭副市长先声夺人说："公司是市属企业，市政府就有权管理。经过权威部门的资产评估和审计，这里有详细的资料在案可查。市政府在公司中占有492万股，两家公司'吸收合并'，要将这个因素考虑进去。"

姚丽梅说："这不是要趁火打劫吗？"

郭副市长警告姚丽梅说："不要把话说得这样难听，这是在山北市，不是在国梦。"

姚丽梅坚持说："资产评估和审计不是市政府的事，是两家公司的事，市政府参与企业派股本身就是错误的。"

郭副市长说："在这个地面上是你说了算，还是我说了算？"

姚丽梅据理力争说："企业应该有自主的权力，不是谁说了算谁说了不算的问题。市政府这样做要负法律责任，法律会对市政府说话的。庞大龙作为企业的法人，应该出面说话了。”

庞大龙忙推辞说：“两家公司‘吸收合并’，是国梦和山北市政府双方向绿岛市政府打的报告，显而易见，公司没有啥发言权。我现在充当的角色就是个豆饼干部，上挤下压得实在难受，不如告辞。”

庞大龙起身走了，随后郭副市长抬起屁股也走了，把姚丽梅晾在了小会议室。姚丽梅回到了国梦，经过商议，大家都明白了，这哪是啥“吸收合并”，分明是惹上了一场官司，还是企业和政府打官司，在全国尚属首例。国梦决定聘请律师，姚丽梅就给孙元凯打了电话。打完了电话，她就来到了帝豪大酒店的小包房。孙元凯拎着文明棍进来，把风衣脱了下来，服务员把风衣挂在了衣架上。

姚丽梅看不惯了，说：“孙总，谱是越玩越玄了，就那么一步道，风衣不会自己挂上吗?”

“亲爱的姚总，你的朴素感情应该收敛一下了。酒店强调人性化服务，服务员不这样做，我就炒她的鱿鱼。”

“我这次来不是探讨炒鱿鱼的事，也不是来贪吃贪喝的，是来说事的。”

“汪海洋不肯要我的300万，我就有的是招待费，你在这里吃上两年，我也供得起。”

姚丽梅转入正题说：“听说你在英国学的是法律专业，特地前来咨询。”

“我可是有名的国际大律师，没有几千万标的，就不要跟我谈了。”

“说你胖你就喘了，我是说花青……”

姚丽梅的话还没说完，汪海洋就进来说：“国梦决定打这场官司，孙元凯就是特聘的律师了，打赢了这场官司国梦付费。”

孙元凯说：“不能糊涂庙糊涂神，论起掏钱来，汪总说话从来就没有准儿。现在是吃饭喝酒，回去再研究打官司的事。”

第二轮谈判开始了，郭副市长走进了小会议室，孙元凯拿出了律师证说：“贵政府官员，我是国梦聘请的律师，我现在想问两个问题：一是政府向花青注入没注入过资金？如果注入了资金，请出示证据；二是政府和企业的关系如何？请说清楚。”

郭副市长脸一红，竟然没有说出话来。姚丽梅接过话锋说：“事实是，492万股本来属于花青，市政府没有为股份出过一分钱。谈到政府和公司之间的关系，政府应该为公司服务，公司应该为市财政缴纳税金。”

说到这儿，郭副市长有些坐不住了，急忙问：“姚总，我要见见你们

的汪总。”

姚丽梅一口拒绝了：“你不用见他了，我是国梦的全权代表。如果郭副市长想硬扛，国梦只有两条路可走。一条是政府将国梦注入花青的1.5亿元资金归还，国梦将不再管花青的事；二是立即召开新闻发布会，让全国乃至全世界的人都知道事情的真相。”

郭副市长一听，简直是招招见血，他已经无还手之力，蛮横地说：“谈判终止。”说完拽起庞大龙就走，两个人坐在了轿车上，郭副市长说，“庞经理，何去何从，你该有个选择了。”

庞大龙说：“我是市政府任命的干部，当然听命于市政府。”

“那就好，我以市政府的名义请你拿出公章。我要没收企业的公章，看国梦咋办过户手续。”

第三轮谈判开始，郭副市长“啪”地把花青公章拍在桌子上说：“公司的公章没收了，在这里还是我说了算，这回姚副总该明白了？”

姚丽梅据理力争地说：“国家证监会已正式发文，同意公司双方按1：1换股的吸收方案。下面请注意，所有的工作要在30天内转换完毕，45天内将总结报告和有关文件报国家证监会备案。这样来说，国家证监会文件下达注销花青，重新设立新公司迫在眉睫，若是不按要求，将影响到国梦的声誉，在股民中的形象也会大损。这个责任是你负担得起，还是我负担得起？”

郭副市长还是一意孤行地说：“不管怎么说，市政府就是这个意见，按照市政府持股的比例重新注册新公司，然后再注销花青。”

姚丽梅控制不住情绪了，说：“市政府视《吸并协议书》和国家法规为儿戏，纯粹是违约违规违法行为。为此，国梦立即向绿岛市政府递交紧急报告，说明事态的严重性。”

郭副市长摆出一副无所谓的样子，双手一摊说：“随便。”

姚丽梅从山北市回来给汪海洋打了电话，坚持抱病不出。两天过去了，汪海洋、马成、程子龙来探望姚丽梅。姚丽梅也不装病，又是倒水，又是洗水果，又是削果皮。

汪海洋直截了当地说：“姚总，病了，还这样精神？”

姚丽梅说：“人若有病离不开两种，一种是肉体上真的病了，再就是患上了精神病，我当属于第二种。我是不能再去山北市了，再去真的精神就崩溃了。这么好的事他们都不认可，我看是大脑穿了刺。郭副市长胡搅蛮缠，庞大龙跑得无影无踪，你们说我该怎么办？”

“还能怎么办？骡子上不了阵。”汪海洋说完抬起屁股就走了。

姚丽梅的脸色气得铁青，跑到阳台上喊：“汪海洋，你回来把话再重复一遍，让大家都听听。你是个什么总裁？你就是一个混球。”

汪海洋赌气开着车在市里转悠着，就转悠到了李小娜的专卖店。汪海洋走了进去，只见窗明几净，各种档次的鞋摆在货架上。李小娜很会设计，把鞋有的摆成了荷花形，有的摆成了五角形……不用说买，就给人一种艺术上的享受了。

汪海洋问：“小娜，你妈呢？”李小娜朝柜台后面努努嘴，汪海洋就来到了柜台的后面，发现李杏花身上蒙块布躺在简易床上睡了。汪海洋拍着床头说，“早上还活蹦乱跳的，这会儿怎么就死了？”

李杏花掀开被单说：“谁死了，你才死了！”

“不当家不知柴米贵，不养儿不知父母恩，看把我老婆累的。”

李杏花耸耸肩说：“到家了装啥总裁，给我敲敲背。”

汪海洋给老婆敲着背说：“你可真会享受。”

李杏花又耸耸肩说：“这是敲背吗？这是在敲鼓。”

汪海洋干脆不敲了来到前台，李小娜正答对着几个客户。答对完了，汪海洋来到李小娜身边问：“小娜，累不累？”

“爸，早六点，晚九点，您说累不累？债压在身上，没有几年还不利索，您说累不累？我有好几天没见到汪军娃的面了，您说累不累？”

“爸知道你累，将心比心，你也得常去看看姚丽梅，她一个人怪孤单的……”不等汪海洋把话说完了，手机铃声就响了，是市体改委山主任打过来的，汪海洋接着电话。

山主任说：“绿岛市两位副市长要出面调解国梦花青的事，希望你能参加。”

汪海洋说：“好吧。”

结果是两位副市长也没有协调成两家公司合并的事宜，国梦被迫召开了紧急会议。姚丽梅率先发言说：“再不采取果断措施，还有24小时，公司合并不进来，深圳交易所发出公告，花青将取消上市的资格，国梦的信誉将会受到重创，股票大跌还算好的，股民要是大批撤股，局面只有一个就是崩盘了。”

汪海洋铁青着脸说：“这样说是火燎了屁股，得马上灭火了。可恶！中国官员要是都这样腐败，不是亡党就是亡国。”

马成看到汪海洋的脸色不对，说："汪总，千万不能生气，那可是当地的一级政府，得罪了他们事会更麻烦。"

孙辉南出狱了，来到国梦坐在办公室的椅子上，头发刚刚长出一点点，露着青色的头皮，看上去很瘆人。工作人员见到了孙辉南，都"啊"了一声。孙辉南说："啊啥？刚从里面出来，不是这个模样是啥模样？"

工作人员A说："没啊啥，原来是孙主任。"

孙辉南说："我还是啥主任，是让汪海洋整垮的人。"

工作人员B说："这件事根本与汪总无关，自己脚上的泡自己走的，千万不要搞错了。"

孙辉南说："君子报仇，十年不晚。可惜3年不到，这个仇我就得报了。我去找汪海洋讨个说法，出出这口恶气。"

孙辉南往汪海洋的办公室走去，后面跟着一大堆人，有个工作人员就往楼下跑，去找保安了。门虚掩着，孙辉南推门进去了。汪海洋看到愣了一下说："出来了，时间过得可真快，一晃就是3年过去了。"

孙辉南说："没死在里面算便宜了，总算出来了。"

汪海洋说："出来就好，到沙发上坐。"

孙辉南大骂说："汪海洋你个王八蛋，还让我到沙发上坐？我上班时，你啥时说过这样的话？把我当孙子待，孙子小心翼翼地伺候爷爷，你还往死里整我，今天不是你死就是我亡。"

孙辉南往汪海洋的身上扑来，恰好几个保安赶到了，紧紧地抱住了孙辉南。汪海洋说："松开他，看他到底要干什么？自己做事不周，还来这里乱贴膏药。"

孙辉南见占不到便宜便往外走着说："汪海洋你等着，我不抱着你跳楼，就得炸死你。"孙辉南从国梦出来，打出租车来到了鸡鸣山下，躲在一棵树后打电话说，"老花头，我让你办的事，你办完了吗？办完了赶紧下山，我在老地方等你。"

老花头说："事情早就办完了，银子准备好了？"

孙辉南说："阎王爷不欠小鬼钱，少他妈的废话。"

孙辉南蹲在树后等着，就见一辆摩托车从山路上下来了，开到孙辉南的身边停下。老花头原来是个小伙，脸上有几道疤，长长的头发染成几种颜色，看上去很吓人。孙辉南掏出几张票子塞进老花头的手里，老花头拿出绑好了的炸药，然后就和孙辉南拜拜了！

汪军娃从泉水鞋城回到家里，发现李小娜懒惰了，在跳舞毯上也不跳了，劈叉也不劈了……汪军娃说：“小娜，这样下去咋行？身子可就要变形了。”

李小娜抱过一堆书说：“军娃，你看看都是什么书?”

汪军娃看着书，不是产妇须知就是婴幼儿保健……汪军娃高兴地说：“你有了，我就要当爸爸了?”

李小娜喜上眉梢说：“我去看过老中医了，这回可不是唬汪小丫了，是真的怀了孕。军娃，现在我们娘儿俩是重点保护对象，你就是一头猛虎也该隐居山林了，再胡来我就不让了。”汪军娃掏出手机，李小娜说，“你想给谁打电话?”

汪军娃说：“还有谁，咱妈呗。”

李小娜说：“现在千万不能告诉妈，鞋店没有我不行，妈要是一邪乎，我就去不成鞋店了，鞋店里还有几笔大生意要谈。”

汪军娃美得不知说啥好了，说：“生儿子像我，生女儿像你。”

李小娜凑过来说：“军娃，你可说错了。不管是生儿子还是生女儿，都得取咱俩的优点，那才叫优生优育。”

汪军娃刚想抱着李小娜亲亲，电话铃声就响了。李杏花说：“军娃，你大伯来了，和小娜回家陪着大伯吃饭。”在汪海洋的家里面，汪龙洋坐在沙发上不断地看着手表，汪海洋还没回来，他等着有点急了。这时传来了敲门声，李杏花疾步走到门前说：“回来了，回来了。”李杏花打开了房门，汪军娃、李小娜就进来了，小两口向汪龙洋打过招呼，就进了汪军娃在家住的卧室。又传来了敲门声，李杏花打开房门。汪海洋还是没有回来，进来的是兰丽中和兰丽华。李杏花倒着水说：“嫂子，你轻易不来。我去多炒两个菜，这回你们在家里吃完了饭再走。”

兰丽中说：“嫂子岁数大了，腿脚懒了，杏花不要挑嫂子。”李杏花见到兰丽中没有推托的意思，就到厨房里去做饭了。汪海洋终于回来了。兰丽中就照直说：“二，我和你哥来是有事求你。你哥和我这些年积攒俩钱，想盘下一个专卖店。”

汪海洋说：“不行，嫂子和我哥都不是国梦的职工。”

兰丽中早就有了准备说：“嫂子不能不让你张开嘴，我妹子兰丽华也来

了。兰丽华退休了，还算不算国梦职工？”

汪海洋说：“退休了也应该算。”

兰丽中说：“算就好办了，名头落在我妹子的头上，我和你哥相中了市中心三角地的那个……”

汪海洋忙说：“不行，那个专卖店早就有主了。”

兰丽中见到汪海洋这点面子都不给，火气就上来了，拉起汪龙洋就走，说：“我们走，这个门我是一辈子都不想进了。”

兰丽中拽着汪龙洋气急败坏地走了，兰丽华紧跟在屁股后头。李杏花从厨房跑了出来，站在门口想说啥，是啥也没有说出来。汪海洋烦恼地坐在沙发上，电话铃声就响了。汪海洋拿起了电话，说：“喂，请问哪位？”

“亲家，我是李汉生，说话不要那样冲。请问，为宇航员研发的‘航天返回鞋’怎么样了？”

汪海洋说：“国梦研制的‘航天返回鞋’，具有高耐磨、防水、防滑、重量轻、抗压缩变形、鞋帮大小可灵活调整、绿色环保等性能。特制的鞋子进入了太空舱时便于携带，出舱后可以在山地、沼泽地、湿地、灌木林、沙漠等恶劣环境中行走，具有良好的随意性和安全性。”

李汉生说：“我听明白了，就是说研制成功了，我很高兴，那就恭喜国梦了！”

汪海洋喊：“小娜，过来接电话。”

第二天早餐过后，汪军娃说：“小娜，我在市里办点事儿，就回泉水鞋城了。你可悠着点，保护好我的儿子。”汪军娃办完事儿，正好路过李小娜的专卖店，就给李杏花打手机说：“妈，我是军娃，我在对面的体育专卖店等您。”李杏花来到体育专卖店，汪军娃见到了李杏花说，“妈，昨天晚上，小娜说她有了。”

李杏花露出了喜色问：“几个月了？”

汪军娃说：“妈，哪有几个月，我也是刚听小娜说的。”

李杏花就在心里盘算着，可不能让儿媳妇和孙子累着了。回家要跟汪海洋说，给店里找个帮手，爱多少工钱就多少工钱。李小娜突然出现在汪军娃和李杏花的面前，拿起一个篮球照准汪军娃说：“嘴上生疔的东西，不让你说你偏说，看我打你一球。”汪军娃善意地躲闪着，就撞倒了好几个人。李小娜把篮球扔了出去，说，“你们几个都起来，看看伤着了没有，伤着了让这小子赔钱疗伤。”

第26章　恩人喜结良缘，美国总裁签下大单

汪海洋走进市委书记的办公室，新上任的张惠新书记在等他。汪海洋进门就说："张书记，国家证监会留给我们的时间不多了，满打满算还不到一天。国梦因和花青'吸收合并'崩盘了，只要资金链一断，就会产生多米诺骨牌效应。"

"问题真的像你说的那样严重吗？"

汪海洋看出了张惠新的担心，说："国梦正处在扩充阶段，都城市国梦鞋业公司需要钱，花青轮胎公司需要钱，本部这块更需要钱，到处都在需要钱。想想这是个啥局面？再不挽救，国梦在股市上崩盘了，资金供应不上就得停产，将有6万名职工下岗。另外，绿岛市这座开放的城市形象也会大打折扣。"

市体改委的山主任来求见张书记，进门见到了汪海洋就说："正好汪总也在，我也是为了两家公司合并而来的。张书记，再不采取果断措施，我市的两家重点企业损失将不可估量，严重点说就是要有灭顶之灾了。"

张惠新感到了问题的严重性，立刻给山北市市委书记打电话说："你听明白了，这就是命令。你要协助国梦和花青两家公司处理好'吸收合并'的工作，谁再敢干涉阻挠两家企业'吸收合并'，市委将进行严肃处理。"

在绿岛市市委的干预下，国梦和花青两家"吸收合并"的工作还算顺利。国梦轮胎总公司剪彩刚结束，地上还散落着彩色的花瓣。汪海洋对还没有散去的原花青领导班子成员说："我现在宣布口头决定，总部文件然后下发。经国梦党委研究，任命庞大龙同志为国梦轮胎总公司总经理，班子由他提名搭建。下面，请庞大龙总经理讲话。"

"我这个经理过去戴着笼头，现在虽说换了个主子，还是戴着笼头。人家往哪边牵，我就得跟着往哪边走，也就是这么个角色。"

大叶打着口哨说："庞大龙，你成了碾道的驴了？"

刘四夹着嗓子喊："换汤不换药，还是我哥说了算。"

一个中年妇女说："汪海洋，你告了我家老公一状，我家的老公照样在台上坐着，你又能把他咋样？"

"……"

程子龙贴着汪海洋的耳边说："汪总，发现了没有？在剪彩大会上，山北市的主要领导一个也没有来，弄不好还会有大地震。"

汪海洋笑着说："姑娘嫁人了，收回来还是姑娘吗？那就是媳妇了。"

国梦轮胎总公司总算告一个段落，汪海洋在办公室里面很松弛地拿起了电话，拨着姚丽梅家里的电话号码，拨了几次没有人接。他刚撂下电话，姚丽梅就走了进来。姚丽梅看着汪海洋得意洋洋的样子，又想起了"骡子不能上阵"的那句伤人话，本想听他说上几句道歉话，可汪海洋话出口又走了味儿："姚总，这叫老将出马，一个顶俩。"

姚丽梅哭笑不得地说："我是不在其位，不谋其政。假使你把总裁的位置让给我坐，绝对不会比你干得逊色。"

"这个我信，可我副市长没有当上，市委宣传部长又泡了汤，你怕是没有这个机会了。"

姚丽梅真想上前狠狠地揍汪海洋两拳，让这个狂妄之徒清醒清醒。细想自己是一个女流之辈，汪海洋也是没有说错，犯不上耍性子。姚丽梅说："绿岛海洋大学来催款了，是拨还是不拨？"

"你还是坐下来说话，我的心里才踏实。"

"凭汪总的态度，又要有求于人了。"

汪海洋说："款是可以拨的，但……"

"别吞吞吐吐的，这不是你的性格，你到底想说啥？"

"汪小丫是我的啥女儿，你这个当姨的应该知道。还有吕银勺是我的啥兄弟，你也应该明白。我是……"

姚丽梅说："让我去走章校长的后门，让两个孩子上大学。你的脸是脸，我的脸就不是脸了？"

姚丽梅站起来要走，汪海洋忙说："这两天我要出门，你得陪我去。"

"去哪儿？"

"去完成刘总工的夙愿，到卢家村见见卢宝花。"

"去完了卢家村，你要陪着我游九龙山。"

"我当然愿意了，上了九龙山心情一定好。眼下，我的老婆也顾不上我了，成天围着李小娜转。"

“小娜怎么了？”

“还能怎么了，快给我生孙子了。”

姚丽梅从心里替汪海洋高兴：“看把你美的，都不知道姓汪了吧？”

汪海洋一板一眼地说：“我的汪字是三点水加个王字，在我死之前是忘不了。”姚丽梅走出了汪海洋的办公室，他追出来说，“他姚姨，可要给孩子起个吉祥的名字。”

第二天汪海洋起了个大早，开车带着姚丽梅来到了卢家村。两个人见到路边有家国梦牌鞋专卖店，就把车停在了店门口。汪海洋、姚丽梅下车走进店里，意外地看见了张大元坐在里面。姚丽梅惊讶地问：“表哥，不在省城经营商店，怎么跑到这里来悠闲了？”

张大元说：“表妹不买我的账，整天跟着姜托尼的屁股后头拍拖，天地之间这样大，我就不得不另寻空间了。”

姚丽梅说：“天涯何处无芳草，表哥说的是不是这个意思？”

张大元说：“说对了，田间地头的野花味儿香。”汪海洋见到表哥表妹谈得欢气，就拿起鞋来看，手电筒往鞋里照着。张大元也拿起了一双鞋说，“汪总，国梦的产品难道还没看够？”

汪海洋说：“这辈子怕是看不够了。”

姚丽梅问：“表哥，你还没有告诉我，你到这里来干啥？”

张大元说：“我都告诉你明明白白的了，难道还没有听明白，这里就是我的家了。”

姚丽梅越听越糊涂，还想听下去，张大元却不说了。到了晚上，张大元招待汪海洋、姚丽梅吃完了饭，就来到了卢家村的文化站。文化站演着驴皮影，内容是《武松打虎》。驴皮影艺人演得栩栩如生，女艺人、男艺人唱腔非常地道，还掺着山东快书的味道儿——

武松把拳头攥得紧紧的，
“啊——嘿！闷。”
“啊——嘿！闷。”
“啊——嘿！闷。”
打完了三下又摁住，
抬起脚，奔奔奔儿，
直踢老虎的门面上。

汪海洋看得来劲儿拍着巴掌喊：“唱得好，唱得好，武松就是我心中的英雄，已经是美名扬天下。”

张大元陪着姚丽梅说：“表妹，乡野之地没什么好招待的，只能是看一场驴皮影了。”

姚丽梅说：“我是陪着汪总来看卢宝花的，你说你认识卢宝花，明天就能见到，我们就得等一宿了。表哥领着来看驴皮影，再把汪总乐坏就更麻烦了，还得抬到医院去治。”

张大元说：“汪总乐不坏，那小子办事有尺度。”

姚丽梅说：“这下子你可找到知音了。”

张大元说：“表妹，是开一间客房，还是开两间客房？”

姚丽梅探出舌头又缩了回去说：“表哥……”

张大元：“表妹不用说了，表哥明白。”

第二天早上，张大元陪着汪海洋、姚丽梅吃着吊炉饼，喝着鸡蛋羹和豆花。一辆丰田轿车停在了门口，戴着茶色眼镜的卢宝花下了车，紧接着车上就跳下来一条狗，这条狗很大，像狼。卢宝花进了早餐店说：“老公，有客人来了？”

张大元摸着狗脑袋问：“卢宝花，你咋找到这里的？”

卢宝花说：“我是听打更的老头说的。我也没有吃早饭，这不是正好吗？老公，怎么不介绍两位客人？”

张大元说：“男士是国梦集团总公司总裁汪海洋，女士是国梦集团总公司副总经理姚丽梅，都习惯叫她姚总，还是我的表妹。”

卢宝花说：“老公，你不是吹呀！你真的认识他们？唉，还有那个刘……就是山东快书说得很艮的咋没来？”

汪海洋顺嘴说了一个“刘”字，姚丽梅就踩了他一脚。汪海洋这才拐个弯说：“你说的是刘总工，已调到都城市工作了。这次我俩来看你，就是刘总工委托的。你是国梦的救命恩人，是特地前来谢恩的。”

卢宝花满脸笑容地说：“还谢啥恩，要说谢恩也得是我谢。有国梦鞋牵线搭桥，我才找到了美籍华人张大元做了老公。在我老公的指导下，县里的37个乡镇，已经有16个办起了国梦鞋连锁店。不要小看人了，我已经是富甲一方的个体户了，我不感谢国梦鞋，你们说我感谢谁？”

姚丽梅从背包里拿出了绿宝石戒指说：“表嫂，请把手伸过来。”

卢宝花把手伸了过来，姚丽梅把戒指戴在了卢宝花的手指上。卢宝花看着说：“表妹，这样贵重的物品，小嫂子可不能收。”说着往下撸着戒指，姚丽梅摁住了卢宝花的手。

吃过了早饭，四个人回到了国梦牌鞋专卖店。汪海洋想到此次前来的目的，就问卢宝花说：“卢宝花，想让国梦给点什么帮助吗?”

卢宝花说：“现在不说这事了，得说说绿宝石戒指的事。”

汪海洋说：“这件事我知道，张大元跟姚丽梅求婚，姚丽梅没有答应，他就把戒指扔给姚丽梅走了。姚丽梅就替张大元保存起来了，如今是物归原主。”

卢宝花说：“我不把事情弄明白了，戴在手指上也不舒服。老公，你说是不是?”

张大元说：“都是四十多岁的人了，还有啥是不是的？成家也就立了业，表妹，你说是不是?”

汪海洋说：“你们真的很幸福，我的家里可不是。”

卢宝花说：“汪总，说说你家那口子啥样?”

汪海洋说：“我老婆可不这样说话，拿起电话就会说了，死在外面得了，咋还不回家?”

姚丽梅说：“女人为了爱情是多种多样的，嫂子这样说应该是爱的一种方式。”

汪海洋开车从卢家村返回绿岛市，姚丽梅坐在车上说：“我表哥都移情别恋了，我看世上没有什么是永远不变的。”

汪海洋说：“照着做，赶紧移情别恋，青春年华说没就没了。”

“还奢谈什么青春年华，我看我只有两条路可走了。”

“哪两条路?”

“一条路是出家当尼姑，与世无争，清静无为；另外一条路是给人家填房，或者当个情人，这是一种无奈之举。”

“这两条路我都不赞成，姚总既不能出家当尼姑，也不能给人当填房，更不能当什么鸟情人。不但能找到一个小伙，还要找到一个好小伙。”

汪海洋说着手机铃声响了，他伸手刚要去接。姚丽梅制止说：“要想接手机，你把车停在路边好不好？不想接就继续开车，出了事故死了还好，成了残疾人，可就死也死不起了，活也活不成了，还谈找什么好小伙。”

汪海洋说：“说得对，一心一意当司机就是了。”

庞大龙热得敞着怀走进了马成的办公室，马成摘下眼镜，两只手摁住太阳穴说：“庞总难得到总部来，更难得来看大哥。”

庞大龙一只脚踏在沙发上，问：“马总，汪海洋干啥去了？”

“去了卢家村。”

庞大龙把踏在沙发上的脚抽了回来，拿出手绢擦擦沙发坐下，说：“按理说我是土造的山北市人，应该效力于山北市，可国梦对我不薄，按照承包合同兑现了，年薪得上百万。汪海洋也不糊涂，想拿到这上百万也是难事。我所在的烂公司马书记也知道，再砸进去两个亿也是无底洞。在马书记的面前，我就不得不说实话了，我是身在曹营心在汉。”

马成听庞大龙这么说，心里咯噔一下，立即反击道：“自古以来，脚踩两只船的人都没有好下场。恋爱婚姻是这样，搞企业更是这样。”

庞大龙说：“我是个现实主义者，我要的就是现得利。八百辈子的事儿，我从来就不去想。”

庞大龙在总部没有碰到汪海洋就回到了山北市，宴请市政府的有关人员，当然包括郭副市长。郭副市长端起了酒杯说：“因为国梦和花青的事，上边大榔头发怒了，我的屁股就坐不稳了，要回到市发改委就职了。”

庞大龙说：“天庭虽然震怒，还不是把你请回了天庭吗？因祸得福。回到了绿岛市，虽说没有升迁，市发改委也是个要害部门。山北市发展少不了老领导的照顾，你说我不请老领导，我请谁？”

郭副市长说：“汪海洋一状把山北市告了，实际就是针对我下的手。郭副市长的名头说没可就没了，这就是权力场的悲哀。”

庞大龙敬了郭副市长一杯说：“老领导，你走了还有庞大龙。这辈子没有老领导的提拔，哪有庞大龙的今天，这叫知遇之恩。汪海洋在山北市这一亩三分地上，不让老领导好受，我也不会让他好受的。”

隔了一天晚上，在山北市的“鱼宴厅”，国梦轮胎总公司的高管们在这里聚餐，召集人是庞大龙。庞大龙挽起袖子说：“我把你们请来，不知道你们明白不明白我是啥意思？”庞大龙把刀叉扎在鱼头上说，“汪海洋不是省油的灯，我听说是想把我稳住了，然后搞个突然袭击，把我们来个一勺烩。你们看过几部解放战争时期的电影没有，老蒋对嫡系部队咋样，对杂牌军又是咋样？”

嘎蓝就听不明白了说：“小妹听大哥说的话里有话，就明说了，省着让小妹猜谜玩。”

“汪海洋用半拉眼珠子瞧我，给我多少钱，我也不受这个气了。我明天就卷铺盖走人了，你们都好自为之吧。妈的，鱼刺卡在了嗓子眼，我得把它吞下去。”庞大龙夹起鱼狼吞虎咽，鱼刺没有卡住嗓子眼，腮帮子却让鱼刺扎得流血了。

刘四见到了血就表忠心说：“这些年，庞大哥对哥几个、姐几个够意思，谁想拆咱们的帮，我就让他脚不沾地。”

大叶更邪乎，说：“集体辞职，让汪海洋知道知道厉害。”

庞大龙说：“大哥就是走到天涯海角，也支持你们几个人的改革行动，不要让国梦把花青吃掉了，花青一定要把国梦吃掉。”

老三说：“我是啥都明白了，现在花青用不着国梦了。国梦投的那么点钱，就想把花青占为己有，真是他娘的狼子野心。他们咋把牌子翻过去的，我就让他们咋把牌子翻过来。”

庞大龙砸了老三一拳说：“老三才说到了我的心坎上。”

姚丽梅把一份英文资料放在了汪海洋的桌子上转身要走，汪海洋看了一眼说：“停，停，考秀才哪？说说，外文都是什么意思？”

“美国CBI总裁迈考先生要来国梦考察，这是传真过来的资料，请汪总过目。”

对于迈考的到来，汪海洋一方面高兴，一方面要认真对待，他召集技术人员开会。汪海洋拍拍桌子说：“迈考先生要来参观国梦，我就跟你们说6个字，都得给我记住，样品就是订单。你们要认真领会，哪个环节出现问题，美国人笑话是小事，丢了订单可是大事。”

姚丽梅强调说：“按照汪总的指示精神，总部将要抽调精兵强将组成专门的样品打制小组。在技术精益求精的基础上，从材料调拨，半成品组成到制帮和成型，每一道工序都要达到高标准严要求，打制出高质量的样品鞋。”

技术员A说：“姚总，你的担心是多余的。国梦的产品是按照要求去做的，质量没得挑。”

技术员B说：“在生产中作假，出口到美国的鞋再退回来，我们的脸面都好说，民族品牌可就挂不住劲儿了。”

“……”

姚丽梅说："汪总……"

汪海洋抱起资料，什么也没有说就走出了会场。迈考来了，经过3天3夜摩擦式的洽谈，总算尘埃落定。迈考还要参观生产车间，然后才能在订单上签字。汪海洋陪同迈考步出了会议室，迈考发现了职工乒乓球室，就进去拿起了乒乓球拍子，挥了几下说："乒乓球是你们的国球，我要和汪先生切磋切磋球艺。"

汪海洋拿起球拍说："乒乓球是我们国家的国球，切磋球艺有啥不可的。"工作人员立刻拿来国梦鞋和国梦运动衣，迈考高兴地武装好了，得意地站在汪海洋的对面。汪海洋挥挥球拍说："有十多年没打乒乓球了，摸着球拍都感觉生疏了。"

几位工作人员在小声议论："昨天，汪总还……"

汪海洋竟然听到了，说："一帮混球……"

姚丽梅将汪海洋前面的话翻译过去了，后面的话就省略掉了。迈考晃动着胖大的身子说："汪总，这么说我还占了便宜?"两位鞋业巨匠展开了国际乒乓球赛，自恃年龄优势的迈考，只打了几个回合就已经累得气喘吁吁，汪海洋却是气定神闲。迈考歇了一会儿说，"汪总，你我的案头各摆放一瓶啤酒，谁击中了对方的啤酒，被击中的一方就要喝下一瓶。"

汪海洋说："你现在签订单，咱们就摆上两瓶。"

迈考说："NO，NO，NO，摆上两瓶。"

工作人员摆好了啤酒瓶子，迈考瞄准汪海洋案头的啤酒瓶子长传冲吊，连环扣杀，不时地制造险情。汪海洋却是不紧不慢，招招化解，几个回合下来了，汪海洋一个漂亮的扣杀，就击中了迈考案头上的啤酒瓶子。迈考放下球拍竖起大拇指说："好球，好球。"然后咬开瓶盖，一口喝到了底儿。

汪海洋说："迈考先生口渴了，不好说出来，就摆了这么个迷魂阵，这个老外可真鬼。"

姚丽梅照译不误，迈考听了"哈哈"大笑。汪海洋陪着迈考来到厂区，望到路边竖起的文化理念碑，迈考十分好奇地走了过去。看完中英文对照的"产量是钱，质量是命，国梦人要钱更要命。"迈考就指指心脏说："企业要保护好这个地方！Good，说得太Good了，太精彩了。"迈考说完，拿出笔记本电脑打开翻着网页说，"汪总，我要到泉水鞋城去参观。"

一溜儿小轿车开到了泉水鞋城，汪海洋陪着迈考来到裁剪车间，迈考从垃圾筐里抓起一把下脚料翻着找着，竟没有找出一块超过一厘米的。迈考就问：“汪总，一点的余边都没有，这样精细的裁剪，你们是如何做到的?”

汪海洋指指警示牌说：“要用思想和观念组成国梦的理念。”

迈考频频点头说：“我在其他企业从来就没见过这种情况。”

汪海洋陪着迈考从裁剪车间出来，汪军娃就凑到了汪海洋的身边说：“爸，我刚才接到电话，小娜可能出事了，我得赶紧回市里。”

汪海洋一惊说：“军娃，你快回去吧。爸陪完了迈考先生，也就要往回赶了。”

一行人来到了试制车间，数十款样品鞋整齐地摆在案头上。迈考拿起了一双鞋，以专家的眼光进行着认真的检验，不时地用手指细细触摸各个部位，感觉着舒适程度，最后称赞道：“Very Good !（太棒了!）”

汪海洋从车间往外走时流下了眼泪，姚丽梅看见了，说：“汪总，有值得你这样高兴的事吗?”

汪海洋说：“小娜可能是出事了。”

姚丽梅的嘴张得好大，半天都没有合上。李小娜确实是出了事，就出在国梦牌鞋的专卖店。孙辉南喝得醉醺醺地来到了店里，将一摞子钱放在了柜台上说：“他妈的，都说有钱能使鬼推磨，今天老子就让鬼推推磨。买鞋，就买这些钱的鞋。李杏花你过来，你要全身心地为顾客服务，先给顾客脱鞋换鞋。”

李小娜来到李杏花的身边说：“妈，你数钱。既然孙主任有脱鞋换鞋的要求，这种事由我来做好了。”孙辉南不想让李小娜脱鞋换鞋，就是想让李杏花来做这件事，不吃麻花专看劲儿，用手扒拉蹲下来的李小娜，就把她扒拉个跟头，李小娜捧着肚子说，“妈，我的肚子疼了，快叫120救护车。”医院离专卖店很近，李杏花的电话打了过去，转眼工夫120救护车就到了。李小娜被抬上了救护车，救护车鸣叫着开走了。

孙辉南躺在地上说：“救护车来干啥？蒙我呢。”

在医院的走廊里面，李杏花急得来回转悠着，兰丽中、兰丽华来了。兰丽中把李杏花扶到凳子上坐下说：“杏花，你打完了电话，嫂子就赶了过来。小娜怎么样？你哥听到了信儿，我要是不及时赶来，就要跟我玩命。”

李杏花说：“大夫不让进去，我也不知道小娜咋样了。”

兰丽中回到自己的诊室，穿着白大褂回来了，推开急救室的门进去了。兰丽中问主治大夫：“刚才送来的孕妇，现在的病情怎么样?”主治大夫把诊断给了兰丽中，上面写：“流产的征兆不明显，得观察一个晚上，才能做出正确的诊断。”兰丽中说，“这是我的侄儿媳妇，你们要尽全力治疗。”

主治大夫说：“我都安排了，一会儿会诊，院里权威的妇科医生都让我请来了。”

汪军娃急急忙忙来了，见到李杏花就问：“妈，小娜怎样？妈，怎搞的？”李杏花就简明扼要地把事情说了。汪军娃瞪圆了眼睛说，“孙辉南，敢骑在老子的脖颈上拉屎，看我怎么收拾你这个王八蛋！”

汪小丫和吕银勺吃着爆米花，吕银勺的手机响了。吕银勺看着手机号码问：“军娃，你有啥事，不会到汪小丫的宿舍来说吗？”

汪军娃说：“你马上到市里来，孙辉南把李小娜给打伤了。”

吕银勺说：“啊！小娜咋样？”

汪军娃说：“小娜在医院的急救室里面观察，咋样我也不知道。不要说废话了，你赶紧到市里，咱俩去找孙辉南算账。”

吕银勺思考了片刻说：“军娃，你要注意你的身份。你是泉水鞋城的老总，找人斗狠有失水准，要斗智千万不要斗勇。”

汪军娃几乎喊了起来说：“好你个吕银勺，你到底去不去？”

吕银勺说：“不听老人言，吃亏在眼前，我是你叔。”吕银勺把手机掐断了说，“汪小丫，你嫂子让孙辉南给打了，我得赶紧过去。”

汪小丫说：“吕银勺，你不能去，我不会让我哥和你去惹祸，还是我自己去吧。”

兰丽中坐在椅子上打瞌睡，主治大夫过来说：“产妇已经是稳定下来了，都下半夜了，兰教授请回去休息。”

兰丽中说：“给我一张简易床，我就在这里守着。”

在走廊里面，汪海洋、姚丽梅、李杏花、汪小丫坐在椅子上，汪军娃从饭店端来了热乎的饺子。汪海洋抓起来就吃，边吃边说：“吃饱了好有劲儿。”

李杏花说：“有筷子不使用手抓，抓完了别人还吃不吃？”

汪海洋继续抓着饺子吃，说：“这样的环境还讲究啥？”

姚丽梅说：“嫂子，你就吃几个饺子吧。小娜的体格好，能挺得过去。”

李杏花说：“姚总，你没怀过孕，你知道啥？”

姚丽梅让李杏花说没电了，又是到了下半夜，困得连眼皮都抬不起来了。汪军娃见了说：“姚姨，请到汽车里面说话。”姚丽梅跟着汪军娃来到了停车场，汪军娃把她让进了汽车说，“姚姨，你还是回去休息吧。小娜的病情有啥变化，我会及时打手机告诉你的。”

姚丽梅望望漆黑的夜点点头，汪军娃就把她送回到了海边别墅。姚丽梅躺在床上翻来覆去睡不着，就从床上起来，来到楼下的客厅里面。她把人力车推了过来，坐在人力车上一直坐到了天亮。

李小娜有惊无险，但身体极度虚弱，出了院，李杏花就没有让她回新家，而是直接接到了家里照顾。苍白脸色的李小娜躺在床上，望着房顶出神。李杏花在厨房里面熬着小米粥。汪军娃站在一边看着。汪小丫拿着酒瓶子碾着芝麻盐。汪小丫就数落着说：“哥，这事儿不能便宜了孙辉南。”

汪军娃说：“你不要说了，我的心里都要乱死了。”

李小娜在屋子里喊：“军娃你过来，我有话要说。”汪军娃过来坐在了床边，李小娜抚摸着汪军娃的手说，“俗话说得好，家有贤妻男人不做横事，你说我是不是贤妻?”

汪军娃说：“是贤妻。”

汪小丫拎着酒瓶过来了，举着酒瓶说：“嫂子救过我的命就是我的恩人，我恨死了孙辉南，恨不得一瓶子把孙辉南打死。”

汪海洋进来了，李小娜拍拍床沿说：“爸，你坐在我的身边。”汪海洋坐下了，李小娜说，“爸，这件事不能怪怨孙辉南，是我一不小心摔的。爸，冤家宜解不宜结，你跟孙辉南之间的矛盾一定要化解开。”

汪海洋说：“小娜，可惜你离开了国梦，要不然爸让你接班。你一定比爸强，是个好总裁。”

在国梦的圆桌会议室里面，正在召开班子成员会议。汪海洋打开了笔记本说：“今天的议题是国梦轮胎总公司的事。在没有议事之前，庞副总先汇报。虚的就不要讲了，详细地讲讲资金运转的情况和销售情况。”

庞大龙说：“我说不清，得回去拢拢。”

姚丽梅说：“据总部财务部门监测，这个月卖出去的轮胎，有一半的款还没有收回来。”

庞大龙不以为然地说：“这有啥？这个月收不回来，不会下个月收回来吗?”

姚丽梅斩钉截铁地说：“作为国梦的副老总，这样工作能说得过去吗?”

庞大龙说：“你是公司的副总，我也是公司的副总，你有啥权力指责

我？我知道你和汪总是啥关系，别人尿你，我可不尿你。你不比我强，我好说歹说还比你多出了一疙瘩肉。”

程子龙说：“庞总，这是在开班子会，不是耍膘的地方。姚总分管总部财务，你虽然与她平级，也得向她汇报财务方面的情况。”

马成说：“庞总，我听说……”

汪海洋打断了马成的话说：“会就开到这里了，会后，庞副总到我的办公室。稀里糊涂干工作不行，国梦还没有这个先例。”

在汪海洋的办公室里，庞大龙的怒气还没有消，脸阴沉得吓人。汪海洋翻着记录本说：“庞副总，你都四十几岁的人了，怎么还会横推车？几千万销售资金不能回笼，生产所用流动资金怎么保证？姚总问了你几句，你还心烦了？”

庞大龙摆着困难说：“在山北市，你把方方面面都得罪了，他们在里面下着绊子，我不得不一点一点都解开。放下这个暂且不说，购买轮胎的大户都得罪不起。轮胎卖不出去，姚总开训。卖出去收不回来资金，姚总又开训。这些年来，可没有人敢跟我这样。”

汪海洋听他这么说非常生气，说：“回去写个检讨，半个月内资金必须回笼。如果你认为你干不了，可以写出辞职申请，我还不信邪了，地球上缺了谁就不转了。”

庞大龙大喊大叫着说：“卸完了磨，不就是要杀我这头驴吗？那咱们就走着瞧。”

庞大龙早就想走了，这次从总部出来就见不到影了，国梦轮胎总公司随之停产了。消息传到国梦总部，汪海洋、马成和程子龙坐车来到公司的大门口，几个拎着棒子的保安横在面前，只是隔着一道大铁门。

汪海洋“咣当”着铁大门说：“把门打开，我是总裁汪海洋。”

保安A说：“庞经理有令，没有他发话，谁也别想进厂子。”

保安B说：“对，我们不敢打开。”

汪海洋严厉地说：“你们要知道你们的身份。这是国梦轮胎总公司，不是山北市的花青轮胎公司了。庞大龙不会给你们开工资的，给你们开工资的是国梦轮胎总公司。说白了，你们想要养家糊口，得我批，你们才能把工资开出来。”几个保安合计合计，就把大铁门“哗啦啦”地打开了。汪海洋、马成和程子龙来到了庞大龙的办公室，里面已经是空空如也。汪海洋挥手说：“回去召开党委会，国梦轮胎总公司不可一日无主。”

第27章　善心让浪子感动，商标遭美企起诉

孙辉南身上捆绑着炸药，敲响了汪海洋的家门。李杏花透过门镜见是孙辉南说："老汪，孙辉南那个王八蛋来了。"汪海洋就来到了门前，李杏花说，"小娜的事，我都恨死他了。"

汪海洋打开门，孙辉南闯进来，从背篼里拿出两捆钱说："姓汪的，看我伺候你多年的份上，你吃上干饭，总得让我喝口米汤吧?"

汪海洋摸着钱问："孙辉南，你这是什么意思?"

孙辉南说："这是20万，是公司送到我家的钱。我是一分钱也没花，如数地送了回来。你给我打张条，就写收到孙辉南的贿赂款20万。明人不做暗事，我就到市检察院反贪局去告你。我蹲了3年大狱，你得蹲20年大狱。"

汪海洋说："我要是不写呢?"

孙辉南说："对不起了，同归于尽。"

李小娜要吃蘑菇炒白菜片，汪小丫回家来取蘑菇，怎么敲门也不开，就开始用脚踢了。孙辉南开门把汪小丫一把拉了进来，拽到了汪海洋的身边，威逼着汪海洋说："写条子，不写我就要采取行动了。"

汪小丫的炮仗脾气就上来了，说："你个王八蛋，让我爸写啥？我嫂子的事咱们还没完，我一把挠死你。"说着，上前就把孙辉南挠了个满脸花。

汪海洋怕汪小丫吃亏，把她拉到身后说："孙辉南，你有话好像是没有说完，说说吃干饭喝米汤的事。"

孙辉南说："我要购买国梦牌鞋专卖店，你今天必须安排了，否则……"孙辉南拉开了衣服拉链，露出了捆绑的炸药。

汪海洋毫无惧色地说："美国鬼子的飞机没有炸死我，你想炸死我？政府对你的3年教育算是白教育了，还应该教育你几年，再让你出来。这样吧，我先写条，然后领你去安排国梦牌鞋专卖店。但条件是你必须把衣服的拉链拉上，我不想让你再进去了，那样做我也于心不忍。"汪海洋写完了条说，"20万是我收的贿赂款，你就不能拿回去了，既然手续做完了，我就收

下了。走吧，我去给你安排国梦牌鞋的专卖店。”

孙辉南拉开了门说：“李杏花、汪小丫，你们娘儿俩听着，敢到公安局报案，汪海洋必死无疑。”

汪海洋说：“老婆、小丫，事到此为止。你们娘儿俩愿意干啥就去干啥，不要惦记我了，我会把事情办好的。”

汪海洋把车开到了市中心繁华的三角地，眼前的一个专卖店空着。汪海洋说：“孙辉南，这是国梦专门留给你的，看着不合适，可以再给你调换。”

孙辉南说：“你还有此善心，给我留下这样好位置的专卖店？”

汪海洋说：“这回是我喝米汤，你吃干饭，如何？明天到总部去办手续，已交了20万的定金，条子在你的手里。孙辉南，千万不要再做傻事了，你不想想，你是上当受骗当了替罪羊，抛开国梦是怎样对你的，你也要想想，你还有家人和孩子。”

孙辉南还是不信，说：“我已经不是国梦的职工了，专卖店……”

“我是总裁，我很霸道，这个你也知道，还用我过细地给你解释吗？”汪海洋换了口气说，“我知道你是上当受骗，企业会给任何想干活的人出路的。只要本质上不坏，做错了可以改。”

第二天上午，孙辉南喝着矿泉水，走进了姚丽梅办公室，姚丽梅起身让座说：“先坐下，然后再说事。”

孙辉南坐下说：“我是来购买专卖店的，请姚总办手续。”

姚丽梅说：“你不是国梦的职工了，怎么能购买专卖店？我可不敢给你办手续，整出说道来担当不起，不过，我还想问一句废话，你想购买哪个位置的专卖店？”

孙辉南说：“闹市区三角地的那个。”

姚丽梅说：“闹市区三角地的专卖店有多少人在争，为此，汪总的哥哥和兰丽华都跟汪总都闹翻了，汪总都没有吐口。汪总说是留给一个人的，原来是留给你的，真是意想不到。”

孙辉南说：“给汪海洋那犊子贴金我不反对，想贴金就赶快办手续，我也给他去贴金。”

姚丽梅说：“我得跟汪总沟通对证，看你说的话实不实，然后才能办手续。”姚丽梅拨通了汪海洋的电话说，“汪总，孙辉南来办……”姚丽梅故意移开了话筒，让孙辉南能听见汪海洋的回话。

汪海洋说：“姚总，孙辉南对国梦的贡献不算小。他个人倒了霉，咱们国梦不能不管。”

姚丽梅提出了疑问说：“孙辉南已经不是国梦的职工了。”

汪海洋说：“不是国梦的职工好办，马上给他办理招聘手续，购买完专卖店，再办离职手续。姚总，你要吃饭，我要吃饭，孙辉南也要吃饭。谁对我的做法有意见，你就对他说，你去蹲3年的大狱，汪总照样给你办。”

姚丽梅说：“三角地……”

汪海洋说：“姚总，孙辉南在家是个独生子，有两位老人要赡养，老婆又多病，孩子马上就要上大学了，是哪儿哪儿都需要钱，我们还能帮上什么，难道这点事还不应该做吗？我命令你马上给他办手续，不得有误。以后孙辉南提出什么困难，国梦都要千方百计地帮助解决。尽管孙辉南对我有一些误解，但他永远是国梦的职工。他是被冤屈了的，你听清了吗?”

孙辉南听完了泪流满面，两腿一软跪在了地上说：“汪总，你是天底下最有善心的人。”

庞大龙出走了，国梦召开了党委会，研究国梦轮胎总公司总经理人选的问题。汪海洋深有感触地说：“我搞了十几年的成本扩张，从来就不兼并企业的负责人，这次我的立场也没有改变。庞大龙的待遇非常优厚，只要他能完成全年的指标，年薪在上百万，收入高于我几十倍。可庞大龙还是不识抬举，竟然不辞而别。爹死娘要嫁人，我就没有办法了，只能是另选他人了，大家看看谁合适?”

马成说：“这个烂摊子，只有你去收拾了，谁还能有能力去平衡各种关系。”

姚丽梅用笔敲了敲桌子，说：“关于人事安排，我们还是喜欢听汪总一言堂。”

汪海洋看了一眼姚丽梅，说：“既然姚总说了，立即调用两个人到国梦轮胎总公司工作。钟鼎军出任总经理一职，冯铁山出任副总经理一职。党委责成马书记找他俩谈话，一定要强调走群众路线的方针。”

国梦轮胎总公司复工了，汪海洋站在院子里张望，一辆车停在了他的面前。姚丽梅从车上下来，两个人来到了车间，听见机器欢快的响声，都露出了欣喜的微笑。汪海洋说：“姚总，你看，走过来的那个人，穿着油渍麻花修理服的人是谁?”

姚丽梅见是钟鼎军说：“调来当总经理，怎么当上了修理工?”

汪海洋说："这小子南北脑袋没白长，当特务能捞出干东西。"

钟鼎军朝这边会心地笑笑，汪海洋、姚丽梅就从车间里面出来了，向着冯铁山的办公室走去。冯铁山在办公室里面抽着烟，对面坐着大叶、刘四、嘎蓝、老三，四个人嘴上也是叼着烟卷，屋子里面烟气缭绕。姚丽梅进门就把窗户打开了，冯铁山拍拍身边的椅子，汪海洋就坐下了，姚丽梅也捡了个通风的地方坐下。

冯铁山连吹带捧地说："你们知道啥叫上市不？肯定比我知道，花青不是在绿岛市挂了几天牌吗？就是让全国的老百姓都掏出钱来让国梦花，就是让全世界的人掏出钱来让国梦花，这钱可就花搭了，啥美元、法郎……可是好几十个亿呀！钱得用卡车拉，用肩膀扛压都得把咱们几个压吐了血，就是一个死。"

嘎蓝很不屑地说："吹啥牛？汪总说的我信，你说的有水分。"

冯铁山说："嘎蓝，说说，这个月你开多少钱？"

嘎蓝就兴奋了，说："半万挂点零头。"

冯铁山说："妹子，是不是买肉吃在嘴里香，买衣裳穿在身上漂亮。搞经济搞的是啥呀？搞的就是钱。钱大了，连市委的刘书记，就是现在的市人大主任，都成了我的铁哥们儿。不信，我现在就给他打电话，让他请咱们哥们儿姐们儿吃饭。"冯铁山拿出了手机，拨通了刘昆的电话说，"刘书记，错了。现在是人大主任，有任命官的权力。刘主任，你听出来了吧？我是冯铁山，是你请我吃饭，还是我请你吃饭？"冯铁山把手机放在了桌子上，故意让几个人听着。

刘昆说："好家伙冯铁山，我真的是馋了。你到我家里来，还有一瓶茅台够咱哥儿俩喝了。不要让汪海洋来，他来了茅台酒可就不尽兴了。"

冯铁山拿起了电话说："刘主任，还有几个铁哥们儿铁姐们儿要来凑凑热闹。"冯铁山又把电话撂在了桌子上。

刘昆说："都来，都来，我在市人大食堂请你们，不过没有茅台酒了，只有当地的小烧。冯铁山，你可不要食言，这辈子我最恨说话不算数的人。"

冯铁山关上了手机问："人大主任是干啥的？大家都看过电视，相当市长、副市长，没有他签字就不好使了，没有他发委任状行吗？"冯铁山失望地往外轰几个人说，"牛皮不是吹的，罗锅不是煨的，我还有事，你们几个回去吧，咱们回头再谈。"

几个人出去了，屋子里面静了下来。姚丽梅提议说："冯总，咱们找个地方去谈，屋子里的烟味儿呛得受不了。"

汪海洋、姚丽梅、冯铁山走进了会客室，会客室地面铺着新疆手织的纯毛地毯，摆着意大利进口的沙发，挂毯是一只大老虎，上面题跋："我是老虎我怕谁？"一看就是孙元凯的墨宝。

冯铁山在地毯上跳了几圈新疆舞说："汪总，姚总，会客室布置的，跟进出口鞋大楼贵宾室相比怎么样？要我说就是一个亚克西。"

姚丽梅说："环境很舒服。"

"得到姚总的认可，可是不容易。"

"作吧，吹吧，痛快一下嘴也就罢了。"

冯铁山说："姚总，我是个土地佬，跟你这个洋学生没有办法比。可我这不是作，这叫气派，客商一见我的气派就得掏腰包拿钱，做买卖的人就是不怕钱多。"

"冯铁山，你不是跟我说过，人气起来了，还要回去当座山雕吗？汪总来了，说说你的下一步打算。"

"没什么打算，姚总不是说了，回去当座山雕。"

汪海洋说："那可不一定了，兴许另有重用。"

"可别瞎扯了，我懒着费那份脑筋，有空摸上两把，或者去洗洗桑拿，美哉，美哉。唉，两位老总有事谈着，我去预备饭菜了。"冯铁山拍拍屁股就走了。

钟鼎军来总部面见汪海洋，穿的西装革履。他夸冯铁山说："冯铁山是个猛张飞，几矛就把捣乱的哥们儿姐们儿戳乱了套。其实花青的干部和职工都很朴实，就是业务素质太低了。偌大的一个5000人的大公司，竟然找不出来一个能算出成本的。冯铁山去问一个管理人员，我这个机器修理工就在旁边听着。你听这位管理人员说啥，反正是肉烂在了锅里，知道不知道成本一个样。"

汪海洋意味深长地说："县级企业经营管理的模式，还处在小农经济的状态。由于没有一整套的规章制度约束，职工根本没有品牌意识。粗制滥造的现象随处可见，甚至靠弄虚作假，欺骗客户，牺牲质量来赚取利润。这些问题的存在，使企业随时都有倒闭的危险，这就是症结所在。"

钟鼎军说："汪总分析得对。"

"我最关心的还是庞大龙的不辞而别。"

"公司里的人事关系盘根错节，他能管得了谁，他是谁也管不了，不辞而别应该是正确的选择。"

"谈谈你的下一步打算？"

“汪总，我是这样计划的。一是像大叶、刘四、嘎蓝、老三这些中层领导干部，要送到技校去学习，考试不及格不让他们回来，或者说结业了，可以到丰盛鞋城、泉水鞋城去工作；二是向你要政策，谁能收回拖欠的货款奖励10%的提成，这是阶段性的；三是要技术革新，研发新产品，靠单一的产品难以支撑公司的发展了。就是说，要高薪聘请高科技人才，不需要多而在于精。”

汪海洋站起身来说：“你可以拟定个总体规划拿给我看。”

半个月过去了，汪海洋又来到了国梦轮胎总公司。在车间里，冯铁山正指导往墙上挂着横标，横标上写：“国梦人要一个心眼，一个目标，因为我们都是一家人！”“画个句号，从零开始，重树国梦轮胎新形象！”“国梦是国企，是共产党的企业，职工只要心往一处想，劲往一处使，国梦轮胎一定会有更加美好的明天！”

钟鼎军说：“汪总，所有对接的干部都在会客室，你过去给他们讲上几句。”

汪海洋说：“我不想过多地干预你的决策。”

钟鼎军送走了汪海洋，来到了会客室。大叶、刘四、嘎蓝、老三等几十名中层领导干部，国梦技校的几十名学生正在和他们对接。冯铁山红光满面地说：“在这里开个欢送会，实际也是一个迎亲会，两个会就合并在一块儿开了。今天我可不能唱主角了，请钟鼎军总经理闪亮登场，大家都呱唧呱唧。”

冯铁山说完带头鼓掌，钟鼎军就走上前来。嘎蓝一见着他就感觉坏事了。这不是南蛮子修理工吗？干啥要踢他一脚，这一脚可就踢坏了，他一定是要报复的，会做好一双小鞋给她穿在脚上……正在嘎蓝胡思乱想时，钟鼎军自我介绍说：“我原来是国梦集团总公司都城市鞋业责任公司的总经理钟鼎军，这次来受命于总经理一职。现在就发出第一号总经理令，原国梦轮胎总公司的38名中层领导干部到国梦技校去进修，时间是1年，职务由38名技校来的学生接替。”

大叶扯着嗓子问：“这样安排了，我们结业后怎么办？”

钟鼎军说：“视成绩的好坏，有的可能由轮胎总公司安排，但大多数要由总部安排了。你们这些人，要有许多人留在绿岛市工作了。国梦的新宅在等着你们，不知道你们是否领略过那里的风采。头顶上是蓝天白云，面对着的是大海，真是美极了。员工们，明天，就是明天，总公司将用专车送你们启程，现在你们就可以回去准备了。前来交接工作的事由冯副总安排，嘎蓝请随我到办公室去。”

嘎蓝低着头，钟鼎军坐在老板椅上说：“嘎蓝，嘎蓝，名字好听，还能说明一个人的性格，就是桀骜不驯。”

嘎蓝不敢抬头，低声说：“我就是这个嘎脾气，踢了你不要记恨我。”

钟鼎军说：“我不但不记恨你，还有几个问题要提出来，你愿意回答吗?”

嘎蓝微微抬起头说：“愿意。”

“今年多大岁数了?”

“30了。”

“结婚了吗?”

“还没有对象。”

“文化程度?”

“高中文化，没有考上大学。”

“请问愿意不愿意到大学里面去深造?”

“求之不得，可是30冒头的人了，考学又考不上，哪个学校肯要?”

“国梦与绿岛海洋大学校企办学，汪总千辛万苦要了两个推荐名额，经国梦党委会研究，恰好一个名额就落在了你嘎蓝的头上。这是绿岛海洋大学提前发放的录取通知书，是大学本科四年制鞋专业，你拿去准备上学吧。”

钟鼎军把录取通知书递给了嘎蓝，嘎蓝捧着录取通知书，泪水一滴一滴地落了下来说：“钟总，我一辈子要像汪总说的那样，做一个好鞋匠!”

在绿岛市滨海大道上，汪海洋开着车，姚丽梅坐在副驾驶的位置上。汪海洋问：“美国那边的事怎么样了，是不是得派人过去?”

“虽然各方面做了许多的工作，美国康姆斯公司还是不依不饶，已经委托律师发来了信函，要求国梦主动撤销在美国的商标注册，如果不撤销，就以康姆斯在美国注册的全海燕和一只海燕商标为由，向当地法庭起诉国梦商标侵权。”

汪海洋震怒了，拍着方向盘说：“康姆斯公司霸道到这种程度，要打官司国梦奉陪到底。”

“你把车开进停车场，完了再拍方向盘，拍碎了我都不管。我可不坐你开的车了，再坐下去会有生命危险。”汪海洋很听话，就把车开进了路边的停车场，然后两个人来到海滩休闲场所。一张塑料圆桌，一边摆着一个塑料凳，上面是五颜六色的遮阳伞。汪海洋、姚丽梅坐好后，喝着可口可乐。汪

海洋的脑子里还是围绕着商标转悠，全海燕和一只海燕的商标他看过，从商标的设计、颜色、标码上细看，同国梦商标都是不一样的。姚丽梅说：“康姆斯是美国知名的大公司，不光经营鞋业，一年收入达到了几百亿美元，美国人相信经济实力，他们认为国梦不堪一击。”

经姚丽梅提醒，汪海洋说：“面对美国的托拉斯，不认真对待不行。我晚上和姜托尼通个电话，让他在美国请律师。在绿岛市就请孙元凯大律师了，别看他整天拎根文明棍，心里有韬略。姚总，你看如何？”

姚丽梅说：“你都安排好了，我就省心了，喝饮料。”姚丽梅“吱吱”地喝着饮料，漂亮的眼睛在汪海洋的脸上画了个弧。

汪海洋把车停在办公楼前，手机铃声就响了。钟鼎军说：“汪总，国梦轮胎总公司的职工想要见你，连我也想你了。你去美国前，能否抽出时间来？了却职工们的意愿，也了却我的心愿。”

汪海洋大声说：“钟鼎军，你是不是又在绕我？”

钟鼎军连说：“不是，真的不是。”

“不是就好，再忙也得过去。”汪海洋关上手机问姚丽梅说，“我到国梦轮胎总公司去，你去不去？”

“我还要订机票。”说完姚丽梅就上楼了。

汪海洋打电话叫来了司机小黄，轿车向山北市驶去。汪海洋坐在车上，手机又响了，电话是李汉生打过来的，他说：“亲家，我跟国防科工委的领导通过电话了，领导的意思是国梦能不能把‘航天返回用鞋’直接送到大西北试验场，在那里检验鞋的功能。如果不合格，国梦还得返工。”

“亲家，我是没那个能耐，我要是有那个能耐，就是需要把‘航天返回用鞋’送到太空上，我也毫不犹疑地送上去。”

“苗玲玲已经搬到了北京的新家，欢迎你们全家人到京城来做客。”

“什么做客呀？就是串门，一家人不能说外道话。”

汪海洋合上了手机，手机铃声又响了，电话是姚丽梅打过来的：“汪总，飞机票已经在网上购买好了。晚上从绿岛市起飞，到北京机场转乘去纽约的航班。”

汪海洋来到了国梦轮胎总公司，同全体员工见面后，在钟鼎军的陪同下，进行个别家访，首先来到了嘎蓝的家，嘎蓝家只有她和母亲相依为命。钟鼎军说：“嘎蓝，汪总来看你们娘儿俩了。”

嘎蓝说：“汪总不来，过几天，我要专程去谢谢汪总。”

汪海洋关心地说："嘎蓝离家上大学，家里还有什么困难吗?"

嘎蓝望着钟鼎军，笑得很难堪地说："既然汪总问有啥困难，我就代表职工说句话。春夏秋三季的日子好过，到了冬天就不好过了。原来的花青公司没有钱买煤，锅炉停运好几年了。"

汪海洋就明白了，说："钟鼎军，你让我面见全体员工是虚晃一枪，把我绕到这里来解决问题才是真，我是又上当了，不过这个当我愿意上。嘎蓝妈，冬天你们过得是不是很冷呀?"

嘎蓝拽过了妈的手，手皲裂得像老鸹爪子，说："汪总，这都是因为冬天没有暖气造成的。"

汪海洋皱着眉头说："钟鼎军，你就实话实说吧。"

"山北市热电厂要竣工了，全市的热能马上联网。这个小区开栓在即，可资金还没有着落。汪总、姚总要是去了美国，还不知道你们得多少天能回来。"

"涉及职工福利待遇的问题，国梦轮胎总公司总不能一毛不拔吧？余缺的费用由总部一次性拨付。还有什么事赶紧说，我还要去赶飞机。"钟鼎军笑了。嘎蓝笑了。嘎蓝妈笑了。汪海洋笑着往外走说，"群众利益无小事，好你个钟鼎军!"

美国鞋业同行听说汪海洋来到了纽约，出于礼貌都来到了国梦集团总公司美国分公司看望他。其中就有CBI总裁迈考；凯斯公司副总裁埃德尔；布瑞克公司总裁柯特；耐特公司副总裁德克勒和助手小德克勒；在美国的以色列商人皮埃尔……德克勒进门后，半开玩笑说："汪先生一年四季穿国梦鞋，是不是穿上了国梦鞋以后，才与美国人打交道的?"

汪海洋半开玩笑半认真地说："我与美国人打交道时，你恐怕还是个小屁孩，穿着开裆裤。那时，作为一名军人，我与装备精良的美军真枪真炮地较量。只是那会儿我穿的不是国梦鞋，叫解放牌胶鞋，解放牌胶鞋是国梦老一代的产品。说来也巧，我穿着两代鞋，与美国人展开了两次战争，一次是真枪实弹的战争，一次是没有硝烟战火的商战。越战没有输，如今我把商战又烧到了美国的本土，已经是兵临城下了，这场商战我会打得更漂亮。"

孙元凯拎着文明棍进来，说："汪总，美国律师要见你。"

汪海洋双手抱拳，说："各位，我有许多问题请教，等我见过律师再过来陪大家。"

美国律师见到汪海洋后，很客观地说："我和孙律师谈过商标侵权案了。在美国同康姆斯打官司，赢与不赢我不敢说。"

汪海洋听了这话可就不客气了，他说："国梦鞋从1987年就打入了美国市场，为啥当时康姆斯公司不起诉？现在兴师动众来打压国梦鞋，是因为在美国的市场上，国梦鞋的销量已占整个出口鞋的80%。我现在就可以告诉你，这场官司一定要打赢，也一定能打赢。"

美国律师吃惊地望着汪海洋问："汪先生，你就这么自信吗？"

"一是我相信有天理在，二是我相信你们的职业道德和水平，三是在我汪海洋的字典里没有失败二字。我为何不自信?!"

汪海洋送走了美国律师，姜托尼说："汪总，你是否去陪美国客商玩个通宵?"

汪海洋打了个哈欠说："他们不是玩得很高兴吗？那就让他们玩好了。一个个吃得肥粗老胖的，我干啥要去陪着他们玩，我现在就去倒时差了。"

在美国耐特总部，总裁耐特率领着高管们接待汪海洋一行，随行的有姚丽梅、孙元凯和姜托尼。耐特说："很抱歉，上次因为身体的原因没能和汪海洋汪总对话。这次把你们请来了，就是想谈谈真心话。汪先生、姚女士、孙律师，你们都是华人的精英。假如耐特公司出很高的薪水，给你们一片用武之地，三位愿意不愿意加入到美国的鞋业巨头中来?"

"哈哈，耐特先生，你大概有所不知，我汪海洋有三个不变的原则。"

耐特惊讶地问："你有三个不变的原则？愿意洗耳恭听。"

"第一个原则是跟着共产党走不变；第二个原则是做一辈子中国的鞋匠不变；第三个原则是结发的妻子不能变。"汪海洋说到这儿瞄了一眼姚丽梅说，"三个不变的原则，我都坚持了多年，恐怕一辈子改变不了。"

耐特听后哈哈大笑："话说得不要这样绝对嘛!"

"耐特先生，我的根在中国，我们的梦在中国，国梦是纯共产党的血统。我作为一个鞋匠，现在最大乐趣就是跟号称制鞋的强国较量，没有什么比在国际市场上迎战强敌更令我兴奋的了。"

耐特听了不住地摇头，转向姚丽梅问道："姚女士，你是什么态度?"

姚丽梅平静地回答道："我是汪海洋的忠实信徒，你说我能持什么样的态度?"

耐特更是连连摇头，向孙元凯发问道："孙大律师，你不会也跟他们一样吧?"

孙元凯更不买账，说："我是大英帝国在中国独资企业帝豪集团的总裁，这次来美国是受聘于国梦来打官司的大律师。不过，我现在有了想法，如果耐特先生肯让出总裁的位置，我可以考虑辞去大英帝国帝豪集团总裁的职务。"

耐特虽然有些生气，但心里在暗暗地庆幸，这要是和汪海洋在卫星上对话，一定会输得一败涂地。

凯斯公司副总裁埃德尔，布瑞克公司总裁柯特，耐特公司副总裁德克勒和助手小德克勒，还有以色列商人皮埃尔，为了争取国梦的业务，都在和汪海洋死缠烂打，以求得一片蓝天。商务洽谈到了半夜，突然就停电了。汪海洋往窗外一看，外面也是漆黑一片。

德克勒说："小德克勒，去买一支手电筒回来照明。"

小德克勒说："一定要买中国货，质量差，但便宜，用完可以毫不吝啬地扔掉。"

在黑暗中，汪海洋从口袋里掏出一支笔式手电，打开后插在桌子上的小花瓶里面，然后说："不用去买了，这是纯正的中国货，它已经陪伴我好几年了，我都没舍得扔掉，因为它的质量非常过硬。"

埃德尔很奇怪地问："汪总飞越太平洋，为什么还带着手电筒?"

"我知道纽约也不到处是光明，就像你们美国的商品一样，不可能都是高品质的，所以，我从中国给你们送来一点光明，就算是送给纽约的一件礼物吧!"当美国客商赔着笑脸时，汪海洋略带讽刺的口吻说，"是在黑暗中谈下去，还是就此休息，等到明天日出再说。美国人常常把时间看作美金，所以，你们多次到国梦，我都没有一次让你们在黑暗中度过，我说的是不是事实?"

埃德尔说："不好意思了，这是事实。汪总那样对待我们，我们也不好这样对待汪总。"

柯特说："我也困了，今天就到此为止。"商务洽谈就此结束，美国客商们乘车离开了。

孙元凯说："汪总舌战群儒可以说是神算，怎么还能算定纽约停电?"

汪海洋听后哈哈大笑地说："我哪里会算纽约停电，至于这支手电，它的确跟我很久了，是我在考察鞋业市场时，用它里里外外照鞋用的。"

转眼间半个月就过去了，面对着焦虑等待着的汪海洋、姚丽梅、孙元凯，美国律师终于来了，说："康姆斯公司向商标专利局提出了要求，要拖

延国梦商标的公告期，这符合法律的规定。现在已经将30天的公告期延长到了120天。这样，我就无能为力了。”

汪海洋问：“这场官司算不算输?”

美国律师说：“不算，只是时间太长了，得往下等。”

汪海洋问：“究竟得等多长时间?”

美国律师说：“汪先生，这个我可说不准。”

姚丽梅这次到美国纽约来，姜托尼跟她的步调很不一致。临回国的前一天晚上，夜已经很深了，姚丽梅、姜托尼还在闹市散步。姜托尼说：“我希望你能留在美国，耐特总裁已经跟我说过了，他在电脑上调阅了你的资料，对你很感兴趣。有耐特的帮助，一切就都不是问题了。”

“你的耳朵不聋，应该能听到我说的，我可是汪海洋的忠实信徒。”

“你这样的固执，这次你离开了美国，我可以悲伤地说，再见了，我曾经的女朋友！不过，我还要托你办件事，回去把海边别墅卖了，换成美元寄过来。”

姜托尼把姚丽梅送到国梦集团总公司纽约分公司的门口，就走进了各种肤色的人流里去了。姚丽梅望着姜托尼渐渐消失的身影，一串串的泪珠落了下来。第二天，汪海洋、姚丽梅来到美国纽约国际机场候机厅的大门口，汪海洋还是抱着一线希望张望着。

姚丽梅说：“汪总，你就不要张望了，姜托尼不能来送行了。”

汪海洋叹了口气说：“你俩是怎么回事呀?”

休息日，汪小丫、吕银勺坐在水库边上钓鱼，小黄将车停在了大坝上，汪海洋拉开车门下了车。汪海洋在前面走，小黄跟在后面，两个人来到了汪小丫面前。

汪小丫感到很奇怪地说：“这个休息日，爸咋闲着?”

汪海洋捶捶腰说：“我要累死了，各种会议都得一把手去开，各种事得一把手去办……”

“这就对了，一把手在企业说了算，别人去谁也说了不算，去了也是白搭。”

“还是我闺女敢说话。”

“爸，我妈咋没有跟你一起来？乡下的空气好，风景也好，我妈的心情不就好了吗?”

“你妈一天围着你嫂子转，哪还有闲空惦着闺女。”

汪小丫听了眼圈就红了，说：“爸，你不要挑拨我们母女之间的关系，我从小可跟我妈相依为命呢。”

汪海洋赶忙话锋一转说：“吕银勺不要钓鱼了，跟着小黄开车回家，把炕烧得热热的，我这腰眼有点肿胀，躺在热炕上烙烙。我和我闺女一路上走走，欣赏乡下的美景儿。”汪小丫走在田间的小路上也不老实，一会儿踢一脚小草，一会儿踢一脚野花。看见一只田鼠钻出了洞，追了几步追不上又跑了回来。汪海洋满脸堆着笑说：“小丫，爸就愿意看你童真的模样儿，看也看不够。”

汪小丫摘下了一朵花染着指甲说：“我就要到绿岛海洋大学去读书了，再来乡下就是有时有晌的了。”

“我就是为这件事来的，吕银勺要是考上了大学，我的闺女可怎么办?”

“我答应过吕银勺的，他考上了大学我就嫁给他。”

“你考虑过了吗？结婚可不是一件小事。”

“爸，我都想过了。他爸他妈自己过，我和吕银勺住单身，凑合凑合四年就过去了。”

“银勺爸妈身子骨一天不如一天了，在乡下住没有人照顾可不行。”

“爸，你有好办法了?”

“来时我和你妈商量了，我们两口子搬出去住。家里的房子就算是陪送给你做嫁妆了，问题就解决了。”

汪小丫摇着头说：“你和我妈遛房檐，我哥我嫂子又是借用姚姨的房子。爸，亏你还是个总裁，亏你想得出。”

“这些是暂时的，汪家的人气财气马上就要到了。”

“爸说的话我能信，谁让我爸是总裁呢?”

高考的日期说到就到了，根据考试规定，吕银勺户口在丰盛县，就在县高中考点参加高考，汪小丫自始至终陪伴着。高考结束的铃声终于响了，汪小丫踮起脚尖往学校大门里面望去，看着吕银勺往学校大门口这边走。汪小丫跑过去喊：“吕银勺，你过来，过来，我在这里。”吕银勺就过来了。汪小丫把纯净水瓶子递过去说：“先喝口水，有大美女汪小丫在这里陪着你考试，一定考得不错吧?”

吕银勺低着头说：“岁数大了点，头有点晕。”

汪小丫有些急眼，指着吕银勺说：“你要是考不上我可就惨了。”

第28章　APEC会场长国威，重组大虎狮

姚丽梅来到了钟鼎军的办公室，是带着财务人员来检查的，还没和钟鼎军说上几句，庞大龙就叼着烟卷过来，他把烟头扔到了地上，用脚狠狠地蹍了几下。庞大龙说："小南蛮子，金銮殿是猴坐的吗?"

钟鼎军说："我本来不是猴就是个人，为什么不能坐?"

"国梦虽然拆散了我的队伍，但对待我的同事还算地道，我也就不计较了。但智者千虑必有一失，愚者千虑必有一得。我讨回了3000万货款，钱一到账面上，得付给我300万元提成。"

"3000万元到了账面上，我会一分不差地付给你。"

"当着明人不做暗事，我的钱足了，路费就有了，告状也有劲儿。这是国企不是私企，这就是变相的套购资金，是一种商业犯罪行为，犯罪就得进监狱。"

庞大龙甩手走了，钟鼎军气狠狠地说："想当婊子还要立上牌坊，简直就不知道天下还有羞耻二字。"

姚丽梅要通了汪海洋的电话，说："汪总，庞大龙的300万元提成款不能提取，就是说你不能批。"

"为什么?"

"为了消停。"

"国梦就是要讲诚信，不要说300万元，就是3000万元也要给庞大龙支取。"

姚丽梅撂下了电话说："钟鼎军，根据财经纪律，庞大龙的300万元不能支付。"

钟鼎军说："姚总，恕我不能遵命。公司要讲诚信，不讲诚信，一天也过不下去。"

姚丽梅见钟鼎军和汪海洋是一个坯模子脱出来的，气得带着财务检查组返回了绿岛市。姚丽梅一宿也没有睡好，想着汪海洋在美国讲的"三不

变”，尤其是结发的妻子不能改变，是让她又尊重又头疼。姚丽梅对“三不变”还没有理出头绪来，姜托尼又出来捣乱了，这时天也就亮了。姚丽梅梳洗打扮完了，来到海边别墅的外面，来到地摊饭店。早餐是油条、酥烧饼、豆浆、豆腐脑、小咸菜。姚丽梅坐在小饭桌前吃着油条，喝着豆腐脑。她吃饭的动作很慢，脑海里一直寻思，由于心不在焉，就将一勺豆腐脑送到了眼睛处，这才算完全清醒过来。姚丽梅吃过早餐回到了海边别墅，拿出房本，开着车来到了绿岛市房屋交易大厅。姚丽梅来到了交易间，把海边别墅的房本递了过去。姚丽梅说：“此房出售，价格面议。”

女交易员看看房本说：“海边小别墅抢手，回去等着听消息。”

姚丽梅拿出一张字条说：“这是我的手机号码，一旦有了消息，请马上转告我，我急等着钱用。”

女交易员说：“海边小别墅抢手是抢手，但是面积太大，我尽量折腾出去，出售的时间可就说不准了。”

姚丽梅前脚离开交易柜台，盯梢的孙元凯后脚就到了。孙元凯问：“刚才来的女士想卖房?”

女交易员说：“上这儿来能干啥，不是卖房子就是买房子。”

孙元凯问：“卖的是不是海边的小别墅?”

女交易员见是个买主就说：“对，没有错。”

孙元凯说：“咱俩商量商量，10天之内不将这栋海边别墅卖掉，到时我将重奖你。”

女交易员说：“10天不算短，得交押金。”

孙元凯问：“交多少?”

女交易员说：“5000元。”

孙元凯掏出5500元交给了女交易员说：“另外的500元是给你的小费。”

印有国梦鞋业广告的面包车，行驶在去往大西北试验场的路上。西进，西进，再西进……祖国西部的天空越来越辽阔了，西部的大山越来越雄伟了……在一座靠近路边的大山前。汪海洋说：“停车，我好像听见了什么声音。”

小黄把车停在路边。程子龙扒拉扒拉耳朵说：“汪总，我是啥也没有听到，你是不是产生了幻觉?”

汪海洋说：“不是幻觉，我是听到了枪炮声、战马的嘶鸣声、战士们的

拼杀声……”

程子龙附和着说：“我也听到了，我的祖宗，是可歌可泣的西路军将士们。”

“下车，到山顶上去祭奠。”

汪海洋拎着一瓶酒，三个人下了车向山上爬去。祖国大西北的天气格外晴朗，太阳光赤裸裸地照射下来，空气也是甜得让人发腻。三个人爬到了山顶，打开酒，将酒一滴一滴地洒在了大山顶上。汪海洋遥望着远方说：“西路军的战友们，酒香不香，香啊！酒辣不辣，辣啊！你们看到了吗？祖国在一天天地强大起来了，我们的‘神六’就要飞天了。放心吧，我的战友，我们要继续西进，一定不会走错路的。”汪海洋将一瓶酒全洒在了山顶上，借以此告慰西路军的英灵们！

二炮某试验基地，举行着“航天返回用鞋”的交接仪式。李汉生、黄部长、汪海洋、程子龙和基地领导坐在主席台上。李汉生说：“部队的建设离不开地方的支持，国梦集团总公司的总裁汪海洋、副总经理程子龙专程到来，不但送来了高科技产品‘航天返回用鞋’，也送来了民拥军的一片深情厚谊。我代表部队表示热烈的欢迎。下面，请汪海洋总裁讲话。”

汪海洋大步来到了麦克风前，说：“我只说一句话，国梦自主研发的‘航天返回用鞋’，一定能经受得住登天的检验，获得成功！”

交接仪式结束后，汪海洋、程子龙在李汉生、黄部长、基地领导的陪同下，参观了航天载人飞船的试验场地。汪海洋、李汉生落在了参观队伍的后面，两个人在聊着家常。

李汉生问：“小娜怎么样了？”

汪海洋说：“小娜脑袋好使，很前卫，不瞒亲家说，她已经干上了个体户。”

李汉生感到很惋惜，说：“小娜的脾气就是拧，假如不拧，她的舞蹈潜质很深，到外国深造有可能成为最著名的舞蹈家。”

“你的愿望很好，我一定不辜负你的期望，我一定让你的女儿成名成家。”

“不抱希望了，都干上个体户了，还能成哪门子家？”

“著名的私营企业家，这是今后发展的方向。企业家才是国家富强的栋梁，没有企业家的崛起就不会有国家的崛起。你的观念要改改。”

“这个我不否认，只是可惜了我女儿这个人才。”

“亲家，前几个月你新涨的工资，一个月也就是挣1万，小娜挣的可不是这个数了，起码要翻上几十倍。行行出状元，不要守着固有的观念看新一代的年轻人了。”

黄部长在前边大喊：“汪总、首长，加快脚步跟上。”

汪海洋从大西北回来，精神抖擞得像换了一个人。这一天，他来到了章含言的办公室，将一张支票放在桌子上。章含言拨通财务处的号码说：“派个人过来，我这里有张支票拿去入账。”章含言撂下了电话说，“汪总，我到省教育厅去，增加了两个招生名额，难度可想而知。”

“我不想听这个，我想说说制鞋工艺，制鞋工艺看似简单，却包含着橡胶、化工、纺织、机械等多门专业技术，又要涉及生理学、心理学、美学等多种学科。所以，没有一所专门大学培养学生，很难将中国制鞋工业搞上去。绿岛海洋大学和国梦扛起了这面大旗，于国于民于企业都有利。落后就要挨打，伊拉克就是典型的例子，制鞋业也是这样。”

章含言说：“汪总一番话，高瞻远瞩，非一般企业家可比。学生们报到后，请汪总主讲第一课。”

“我是北京大学聘任的客座教授，绿岛海洋大学跟北京大学相比，客气点说还是差点。”

“汪总，你这样比较不妥呀。”

“就不要挑我的毛病了，我问你，姚总你可认识？”

“当然认识，长得端庄就不说了，从谈话中会感到她的知识渊博，是个女才子。如果汪总想把她舍出来，绿岛海洋大学的门永远是敞开的。”

“挖墙脚？章校长就不用想了。可是，姚总还没有婚配，章校长是否在学校……”

“你是想让我当月下老人？这个月下老人值得当。”

汪海洋从绿岛海洋大学出来，开车来到了李小娜的专卖店。他在专卖店里转着圈看李小娜，李小娜问：“爸，我有什么可看的，你转圈看？”

“看什么还用说吗？是在看我孙子何时出来和爷爷见面。”

李小娜就笑了，说：“这个爸真让人哭笑不得。”

“人之常情，谁也逃不过这一关。小娜，多卖钱，多攒钱，到时留着给我孙子娶上好媳妇。”

“理所当然，这是当爸当妈的职责。”

“我孙子娶的媳妇必须漂亮。”

“我儿子娶就娶像姚丽梅那样漂亮的女人。”

“小娜，你可真敢说。”

李小娜小声说：“爸，我妈没在屋，我就说句实话，我要是你就和我妈离婚，把姚总娶到家，那该多完美？”

李小娜的话，使汪海洋处于尴尬的境地，这时店外传来了吵闹声。汪海洋、李小娜来到了门口，发现是隔壁体育用品专卖店的老板娘和顾客在吵架。汪海洋就说：“小娜，爸告诉你，做买卖要厚德载万物，诚信感百人，信誉赢千户。这是商业的经营之道，要时刻记在心上。”

上海APEC会场，大屏幕上打着字样：“与会者发言不许超过10分钟。”第一位中国的企业家在用英语演讲，接着是韩国的外交部长用韩语演讲、日本人用日语演讲、美国人用英语演讲……汪海洋嘟囔说：“中国人不讲中国话，讲什么英语，还超时，真丢人。”

大屏幕上打出字样：“请亚太经济联合会中小企业副主席汪海洋先生做好演讲的准备。”又一位用英语演讲的中国企业家下来，汪海洋就大步走上了演讲台。把手表放在讲台上，气宇轩昂地演讲：“今天不创新，明天就落后，后天就得被淘汰……”汪海洋最后说，“中国是拥有世界四分之一人口的大市场，本身就是一个国际化的大市场。我们有成本优势、资源优势、廉价劳动力优势，与狼共舞我拼不死，更吓不死！”10分钟要到了，大屏幕上打出9分59秒时。汪海洋双手一挥说：“我是老虎我怕谁！”汪海洋演讲结束了，会场响起了雷鸣般的掌声。

会议主办方为了增添会场气氛，别出心裁地给与会代表每个人发了两张牌子，一张绿色，一张红色。主持人说：“每个人有两张不同颜色牌子，同意做世界品牌加工厂的，可以举起绿色牌子，不同意的可以举起红色牌子。”主持人说完了，很多人未假思索就举起了绿色的牌子。主持人环视了一圈，发现只有汪海洋一个人没有举牌子，便好奇地走过来问：“中国鞋王，为何举棋不定了？”

汪海洋就举起了双手说：“两种颜色的牌子对我都不合适，我想举的是民族品牌。”

主持人问：“民族品牌是什么意思？”

汪海洋大声地说：“民族品牌的意思就是坚决不做加工厂。”汪海洋的话音一落，会场立刻响起了雷鸣般的掌声。汪海洋继续说，“大家想想看，哪个名牌是联合国投票选出来的？耐特就是个典型的例子，最开始在美国没有打响，不久就来到了中国，在北京设立了公司，是我们中国人帮助他们搞起来的，成为了世界名牌。耐特利用中国的廉价劳动力，利用中国的优惠政策，在中国的市场上赚得钵盈盆满。巨额的利润他们用来干啥了？拿到美国去打广告，再推广，卖高价，品牌就是这样树起来的。中国人能给耐特推波助澜，为啥就不能给自己的民族品牌推波助澜呢？”汪海洋越说越激动，“国梦不但是中国名牌，还要成为世界名牌，因为商品的名牌是市场经济上的原子弹。”

外国记者A大概没有听清楚，问：“汪先生，你们中国要往美国国土上扔原子弹？”

外国记者B惊讶地说：“还有这事？”

汪海洋说：“记者先生们，我们前几天就在美国扔下了一颗原子弹，只是现在还没有爆炸，相信一定会爆炸的。这原子弹就是国梦的注册商标，在美国一定是坚挺的。”

汪海洋从上海开会回来，给姚丽梅带回来一件礼品。他拎着礼品来到了海边别墅，姚丽梅见着他，气从胆边生：“我嫁不嫁人，不用你满世界给我做广告。”说着将泥人砸碎了用脚狠命地踢着。汪海洋自然知道是给她介绍对象惹的祸，把礼品盒放在了姚丽梅的眼前，望着眼前的惨状心里很懊恼，但还是小心翼翼地说：“我从上海开会回来，特意给你带来了一件礼品，礼轻情义重，希望你能收下。”

姚丽梅踢了一脚碎泥人说：“你到这里来发什么慈悲，请把礼品拿回去，我受用不起。”

汪海洋口气异常温和地说：“打开看看，不喜欢我再拿回去也不晚。”姚丽梅打开盒子一看，是一对泥塑娃娃，造型憨态可掬，色彩运用得当，再看商标，是姥姥家传人的作品。姚丽梅抱起了一对泥娃娃，像是在抱着自己的一对双胞胎。汪海洋说，“姚总，我希望你能幸福。我和章校长说的事，你要过过心。”

姚丽梅把脸贴在泥塑上说：“有了姥姥家的泥娃娃，这是精华，我捏的泥人就不算数了，心气就顺了。你和章校长的安排我没有意见，我就去见那个男人。”

汪海洋从海边别墅出来，一整天都没有食欲，晚上回到家里，李杏花做了一碗鸡蛋面端到了面前。汪海洋看着面说：“杏花，现在我有两件最闹心

的事，还真的就难住了。实际上就是钱闹的，钱不是万能的，但没有钱是万万不可的。”

“你有闹心的事，竟要往钱的身上赖?”

“小丫到绿岛海洋大学读书，你当妈的说说，她是先结婚，还是毕业以后再结婚?”

“当然是先结婚了，以防夜长梦多。”

“结婚得有房子，房子怎么办?”

李杏花想想说：“是他们吕家娶媳妇，汪家把嫁妆都准备好了，房子应该他们准备吧?”

汪海洋看了妻子一眼，无奈地说：“吕银勺有个病爸，有个睁眼看人模糊的妈，现在住的房子是租的。凭他家的财力，买房子钱从哪儿来?”

电话铃声响了，李杏花接着电话，是李小娜打过来的：“妈，我的身子沉了，我不想过去。你和我爸到我家里来，我有事要说。”

李杏花撂下电话说：“快吃，小娜让咱俩过去。”

李小娜一个人在家里，屋里屋外收拾得很干净，李杏花想帮一把手都帮不上。李杏花握住李小娜的手说：“小娜，妈说你不要这样要强，怀上孩子怕着凉，坐了病是一辈子的事。”

“瞎絮叨什么？小娜，找爸妈有什么事?”汪海洋拦住了李杏花。

“听说姚总去卖海边的别墅了，卖完了，她到哪儿去住？我和军娃把房子腾出来让姚总住，我俩要到哪儿去住，爸爸妈妈能给想个办法吗?”

“小娜，爸是过不了这个门槛了。现在实行货币买房了，还能有啥办法可行？刚才我还和你妈商量，小丫结婚的房子还没办法解决。”

“既然这样，我也就不难为爸爸妈妈了，在专卖店里面腾出一间房，我和军娃先将就着住进去。等到将来有了钱，买了房子再搬出来。”

汪海洋劝李小娜说：“先不要着急，车到山前必有路。”

李杏花说：“当上个破总裁，一天咋咋呼呼的，挣一脚踢不倒的钱，想买房子得啥年月?”

汪海洋、李杏花从汪军娃的家里回来，两个人谁也没有睡意了。李杏花皱着眉头想心事，说：“知道住房这样犯难，还不如在老家就不来了，大院套，四间房，住着宽宽敞敞。”

汪海洋翻个身说：“老婆，你看这样行不行？这套房子就算送给闺女了。出去租房子得让人说闲话。我去和大哥说说，大哥、嫂子要到海南孩子那儿去过冬了，我们先借着住，然后再想办法。小娜想在专卖店腾出来一间房住，也不失为上策。”

李杏花说：“从葫芦村搬进了城，住在橡胶公司的房子，都要挤巴死了。搬迁租房，这就搬了两次家了。货币分房把这套房子买了下来，以为能住长久，想不到还要搬家，而且是去遛房檐。你想过没有，你那嫂子能开窍吗？我可不能拿脸当屁股。唉……穷搬家富挪坟，家是越搬越穷了。”

汪海洋还是说：“用不上一二年，准能让你住上小洋楼。”

李杏花满肚子气说：“你就吹吧。闭灯。”

汪龙洋、兰丽中就要到海南去了，去照看外孙女。汪海洋怀着惴惴不安的心情来到了哥哥家，说是送行也行，说是讨房子住也行。兰丽中见到了汪海洋说：“二，你可真二，不是嫂子说你，副市长倒霉没当上就算了，宣传部长你就应该当上，好赖算个市委常委，溜须的人不会少，也不至于混成现在这副模样。看看日子过的，就是个金玉其外，败絮其中。”

汪龙洋说：“你是让二待一会儿，还是让二这就走?”

兰丽中说：“二来一次不容易，不能这就走，我还有要事相托。这栋楼是汪家的产业了，哥嫂走了，二你就不能不管了，可得常过来照看点。”

汪海洋一听就乐了说：“嫂子，有我在，一片瓦都坏不了。”

汪海洋坐在办公室里面，仔细地看着一封信，信是老书记郭凯寄来的。信中写道：

汪海洋同志，甚念！

寄此信有一事相求，我省石堤市境内的东升轮胎厂，现名为东升虎狮有限责任公司。这家合资企业的前身就是我前面说的东升轮胎厂，由国家汽车部于1969年投资2亿元，抽调全国精英组建的骨干企业。经过近30年的风风雨雨，现在的生产能力达到了300万套，是全国轮胎企业的“四大天王”。1993年，东升轮胎厂和马来西亚的虎狮集团合资组建了东升虎狮轮胎有限责任公司，虎狮集团注资2.8亿元。十几年来，由于经营不善，被迫停产，8亿元的资金闲置，4000多名职工下岗回家。这使省里、石堤市的领导十分焦虑。我在绿岛市工作过，就想到了你。我不希望厂子再与国外的公司合资了，希望你能把担子担起来，挺起中国人的腰板。省里、

石堤市的领导坚决支持国梦集团总公司，希望你的到来。

郭凯

×年×月×日

此时，在京郊宾馆的小会议室里面，圆桌两边，一边是德国大陆公司高管马丁率领的谈判代表团，一边是国梦姚丽梅率领的谈判代表团，两家公司在商谈轮胎厂的合资事宜。马丁睁大湖蓝色的眼睛说：“我们的忍耐力有限，你们应该明白。两家公司合作生产半钢子午胎，对于你们有好处，对于我们也有好处。我们在资金上、技术上都很雄厚，合作中应该占51%的股份，否则就不要谈了。”

姚丽梅毫不相让地说：“我们也不愿意再僵持下去了，至于双方持股的偏重问题，我们还是坚持持股60%。”

马丁不肯相让说：“这不可以，希望贵公司慎重考虑。”

谈判休会期间，姚丽梅给汪海洋打电话说：“大陆公司不肯退让，坚持合资要51%的股份。”

汪海洋说：“这无疑是把民族品牌让了出去，是个原则性很强的问题，坚决不能妥协。”他停顿一会儿说，“干脆，你可以告诉那位马丁先生，面对他们的要求，作为一个中国民族企业家是不可能容忍的，谈判就此休止了。你火速赶回总部，参加国梦高管的工作会议。”

谈判在继续，马丁气得拿着烟灰缸拍着桌子，满脸不高兴地说：“你们国梦这样做，有失绅士风度。”

姚丽梅巴不得马丁发脾气，说：“你是大陆公司的高管，秉承该公司的利益而来。我是国梦的高管，秉承我们的利益而来。既然两家谈不拢了，互相都不要失去风度。这样分手很好，谁也别伤着谁，希望马丁先生能够谅解。”

马丁问：“咱们还能有机会见面吗？”

“两座山碰不到一起，两个人总有可能碰到一起，我们时刻欢迎马丁先生去国梦参观。”

姚丽梅从京城赶了回来，汪海洋正在主持召开高管的紧急会议，研究郭凯副书记来信的内容。汪海洋说：“同志们，不到迫不得已，郭书记是不会亲手给我写信的，他说出了心里的期待。”

马成有些犹豫地说：“一口吞下个胖子，会不会噎死？”

程子龙提议说：“国梦不能打无准备之仗，应该先到东升轮胎厂去考察，掌握了第一手资料，然后再回复郭书记不迟。”

汪海洋坚定地说：“不管你们有何种想法，有多么大的疑虑，我是又有事可干了。姚总，你说两句吧?”

姚丽梅不温不火地说：“这会开不开没有什么用，凭我多年的经验，只要汪总的脸上光彩照人，这件事是做也得做不做也得做了。”

钟鼎军说：“这是下的一场及时雨呀，用不了几年，国梦轮胎就要在行业内火爆了。”

“国梦轮胎就要火爆了？对，要不惜血本拿下东升轮胎厂。散会。姚总，你到我的办公室来。” 汪海洋大步流星地跨出会议室。

汪海洋同姚丽梅谈完了谈判的事，从楼上下来，就被闻讯赶来的几十个记者包围了。记者A劈头就问：“汪总，为什么终止了和德国大陆公司的谈判?”

“很简单，咱们国企绝不能让外国人牵着鼻子走。”

记者B问：“汪总，选择了休克的东升轮胎厂，是不是一次特冒险的重组?”

“企业经营没有一次不是冒险的，但冒险要讲究实际，讲究策略，要知己知彼。我们能够搞多元化的经营，基础是什么？就是发展民族品牌，对外走向世界，对内抗衡外国品牌的瓜分。国梦要与同属国企的东升轮胎厂联手，必将成为橡胶行业拯救国企的先例。这不为别的，就是为了把轮胎制造行业发展好，做大做强，做成世界知名的民族品牌。”

“汪总能否谈谈，现在企业十分注重外国资本的注入，你们为什么偏要逆水行舟，做出丢西瓜捡芝麻的事?”记者A追着问。

汪海洋钻进汽车，探出头来说：“不管是西瓜还是芝麻，我的信念就是要‘敢为天下先’。”

第29章　领先半步大显身手，国梦鞋走进非洲

汪海洋惦着姚丽梅的婚事，就把她叫到了办公室，问："姚总，你到绿岛海洋大学去了没有?"

"实不相瞒，还没有。"

"姚总，你可真行！我这就给章校长打电话，陪着你去选女婿。"汪海洋拨通了章校长的电话，"章校长，你说那位副教授去了美国，现在回来了没有？姚总不着急，我可等不及了。什么？刚下的飞机。好，好了，我们这就过去。"汪海洋撂下电话说："好了，姚总有了寄托，我也就踏实了。"

姚丽梅准备往外走，说："在你的监押下去相亲，怎么有一种上刑场的感觉?"

汪海洋说："有心插花花不活，无心栽柳柳成荫。"

姚丽梅走到了门口，说："你想把我尽快地推销掉，是不是寻到了一个比我年岁小的，比我更合适的人选了?"

"说对了，长江后浪推前浪。"

汪海洋开着车，姚丽梅坐在副驾驶的位置上，车行驶在滨海大道上。姚丽梅向汪海洋透露着一个重要信息，她说："经国务院批准，财政部、证监会和国家经贸委联合发布了《关于向外商转让上市公司国有股和法人股有关问题的通知》，第一个有关外资并购的出台，表明外资并购国企的大闸已经开启。"姚丽梅本想停下来解释解释，让汪海洋咀嚼咀嚼，见到汪海洋听得入迷了，继续灌输说，"在并购重组国际高峰论坛上，国资委领导表了态，中央企业是参与并购重组的重要力量，要充分发挥国有大企业在并购重组中的作用，与外资抗衡。由此可见，在国资委的支持和主导下，并购重组即将成为国有企业改革的一个转折点。"

"这样说，并购重组东升轮胎厂国梦是做对了？还是做错了?"

"听话听声，锣鼓听音，还用我点破吗?"

汪海洋一拍大腿说："又做对了，合上拍子了。这就叫领先半步，叼在嘴里面的肉就不能吐出来了。"汪海洋看着后视镜，突然一个紧急刹车，车停在了路边。他说，"下去，看看后边便道上推车的人是谁？"

汪小丫在便道上蹬着三轮车，蹬得正起劲儿。刚才汪小丫回到了家里，发现李杏花的头上缠着围巾，正在打扫房子。她就把行李扔在了沙发上，接了一杯水喝，问："妈，不年不节的，打扫房子干啥？"

李杏花说："小丫，你回来得正好。妈把房子打扫得干干净净，房子就归你所有了。"

"这咋行？爸和妈到哪儿去住？"

"你不要问，问也没有用。"

汪小丫高兴地说："妈，我爸是谁？我爸是汪总，管着6万名职工，是不是又有大房子要住了？我又是谁，我是汪总的女儿，我也就借光了。"

汪小丫想到了这儿，脚蹬着三轮车更有劲儿了。车上装着破乱东西，破乱东西上面坐着李杏花。李杏花说："小丫，这车东西妈拉走了，屋子里面剩下的东西就不想动了。你和吕银勺结完婚，过小日子就不蹩手了。"

汪小丫说："挚爱，挚爱，当女儿的就应该擎爱妈的家产。"

汪海洋望着李杏花、汪小丫渐行渐远的身影，深有感触地说："你嫂子虽然说没有多少文化，可她懂事理。这要是搁在别的女人身上，丈夫是总裁，到总部嚷嚷着搬家，得有多少捧臭脚的。可是你嫂子她不，勤勤恳恳地操持着这个家，算是把我拿住了。"

姚丽梅望着远去的李杏花深有感触地说："嫂子让我懂得了一个大道理，女人大愚才是最大的聪明。"

汪小丫把三轮车蹬到了汪龙洋的家，李杏花往屋子里面搬着东西，汪小丫就觉得不是滋味了，她把东西扔到床上说："妈，当我不知道，这是我大伯的家。"

李杏花说："你大伯姓汪，你爸也姓汪，姓汪就是一家子，妈和你爸不应该搬到这里来住吗？"

"妈说得不对，树大分枝了。"说完，汪小丫就要往回搬东西。

"小丫，你这是要干啥？"李杏花把汪小丫抱起的东西摁住了。

"妈，我一分钱都没有孝敬过你，净让你操心了。我和吕银勺连房子都没有，还结什么婚呀。"

汪小丫和李杏花还在争执中，汪海洋和姚丽梅就来到了章含言的办公

室。章含言给姚丽梅介绍的对象甄副教授正在套间里等着，就把姚丽梅让进去。姚丽梅看着甄副教授的长相，同汪海洋进行着比较。

甄副教授说：“像你这样的官职，只有凭着漂亮的脸蛋顺竿才能爬上去，我这样说不知道为过不为过?”

姚丽梅很愿意听，说：“我喜欢你这样直来直去说话的人，今后你就这样跟我说话。”

甄副教授说：“像你这样的清华学子，在绿岛市的企业里面可是不多见。我同意和你见面，还有探索的意味在里面。”

姚丽梅听了更顺耳，说：“你是个副教授，说话自行矛盾这很好。我认为学生有死学的，就是所谓的学习型，还有一种是实践型的了，我就是属于这种类型的。至于我怎么当上副总经理的，我就可以告诉你了，不是凭啥漂亮的脸蛋，是靠年头熬上去的。如今是干也得干了，不干也得干了。”

甄副教授说：“到了咱们这般的年龄，谈情说爱好像不太合适了。我就是想讨上一房媳妇，你就应该找一个老公，双方成个家，也就是先结婚后谈恋爱那种类型的。见面都应该说痛快话，行就是行，不行就是不行。”

姚丽梅说：“遇见了你这样如此痛快的人，我很愉悦。今天谈到此就算结束，几天后我给你回话。”

汪海洋坐在章含言的办公室里面刚刚喝上两口水，姚丽梅就回来了。汪海洋急问：“姚总，触电了没有?”

章含言趁机说：“姚总，我可是在学校挑了又挑，选了又选，才选中了甄副教授。甄副教授是美国麻省理工学院毕业的研究生，在绿岛海洋大学也是凤毛麟角。省城里有几所大学都在挖他，你想他的前程该如何?”

汪海洋见到姚丽梅缄口不言，就敲着边鼓说：“章校长的一番美意，姚总总该表个态吧!”

“我和甄副教授之间的事情，你俩最好……”

章含言就笑了，说：“姚总说得对，咱俩应该靠边站了。”

姚丽梅从绿岛海洋大学回到了海边别墅，孙元凯随后就敲门了，他进门时一脸兴奋，坐在沙发上俨然成了主人。孙元凯说：“表妹，这个称呼你不愿意让我叫，我也叫。因为这里面有着另外的一层含义了。我这次来的主要目的，就是来说另外一层含义的。我先告诉你一个很不幸的消息，我和你在英国的嫂子已经离了婚。凭我在绿岛市的身份、文化程度、造诣，在绿岛市找个年龄相仿、志同道合的女人为妻，想想也不是一件容易的事。这次来见表妹，含义也就更加深远了。”

姚丽梅说：“你和嫂子没有离婚前，不也是家里的米字旗不倒，外面的彩旗飘飘吗?”

孙元凯有些气恼地说：“想不到你是这样看我的，我无话可说了。不过，这栋海边别墅我买了下来，你不介意，可以继续住下去。”

“我明白了，你这是前来催我搬家的吧?”

“度君子之腹了吧。本人绝对没有这个意思，我现在就告辞。”

外面传来了汽车的喇叭声，姚丽梅往外送着孙元凯，张大元、卢宝花就从车上下来了。孙元凯见到张大元和卢宝花弯弯腰，说：“二位前来拜见姚总，我还有事就先行一步了，晚上为二位在帝豪大酒店接风，有什么话在接风宴上再说。”

姚丽梅、张大元、卢宝花进了门刚刚落座，姚丽梅的手机铃声就响了，电话是甄副教授打过来的，姚丽梅摁了手机问：“请问二位，是从卢家村来的，还是从省城来的?”

卢宝花说：“都不是。”

“那是从哪里来的?”

卢宝花说：“我们两口子到西藏旅游了一圈，过境去了巴基斯坦，回来给姚总带来一件礼品，是藏羚羊毛的围巾。”

姚丽梅有些不高兴地说：“猎杀藏羚羊可是犯罪，藏羚羊多可爱呀！是国家一级保护动物。”

卢宝花说：“我们是在巴基斯坦境内买的，过海关时，在巴基斯坦人的帮助下，使了一点小动作，否则是入不了关的。姚总，这么大个绿岛市，我除了你谁都不会送的。想想啊，还有几个比姚总长得俊的，她们都不配戴这种围巾，只有姚总配戴。”

三个人天南地北地聊着，时间就过得很快。张大元的手机铃声响了，是孙元凯打过来的，邀请三个人过去吃晚饭。张大元看看天色已晚，到了吃晚饭的时间，而且他和卢宝花就住在帝豪大酒店。张大元就起身说：“表妹，咱们前去赴孙元凯的约。”

姚丽梅说：“表哥、表嫂，你们在外面等着，我到里面收拾一下就走。”

孙元凯在帝豪大酒店招待着姚丽梅、张大元、卢宝花，他看了几眼卢宝花说：“张大元，你现在是花好月圆了，我可是缺了半个月亮的人了，我和英国的夫人离了。”

张大元说："你在英国的媳妇我是见过的，腰比水缸还粗。搁在我的身上，将就不到现在，早就蹬了。"

卢宝花说："你们男人都是这山望着那山高，到了山前使性子，女人们就该遭殃了。"

姚丽梅在一旁敲着边锣说："女人都是人家的好，孩子都是自己家的好。"

张大元接连喝了几盅酒说："我娶上了老婆，就没有啥非分之想了。孙元凯，你是个光棍了，和我表妹……"

姚丽梅见到张大元聊到了自己，说："喝酒就是喝酒，不要拿我当垫嘴的。我已经是名花有主了，未婚夫是绿岛海洋大学的教授，毕业于美国麻省理工学院的研究生，条件还不错，我很满意。在酒桌上，这件事就算通报了二位，你们该满意了？还有，我现在住的海边别墅孙总裁执意要买下，就赶紧办过户的手续，我把款汇给了姜托尼，也就算对得起他了。"

张大元说："我这个人真是没出息，酒水喝多了，得去趟卫生间。抱歉，抱歉。"其实不然，张大元躲在卫生间里面打着手机说，"姜托尼，你再不来中国，姚丽梅真的就要飞了。"

可能是信号不好，姜托尼听不清楚说："张大元，我听不清楚，赶紧调整你的手机方向，把话说清楚了。"

张大元调整手机的方向说："姚丽梅名花有了主，这是她亲口对我说的，我可一个字都没有骗你。我还听说了，你的那栋海边别墅孙元凯就要买下了，过两天就要办过户的手续了。"

姜托尼说："这回都清楚了，谢谢你了！"

嘎蓝背着行李走进了绿岛海洋大学女学生宿舍，屋子里面有两张上下床，容纳四个学生。两张底床和一张挨着窗户的床上都有人了，只有一张挨着门口的上床还没有人住，这是给嘎蓝留的，嘎蓝就没有任何的选择了。她把行李扔到汪小丫的底床上说："唉唉唉，小妮子，我和学校早就打好招呼了，这张底床应该是我住的，你怎么占先了？搬到上面去。"

汪小丫连头都没抬说："你这个人咋这样的霸道，连先来后到的道理都不懂？"

嘎蓝说："抬头看看姐们儿，你就得到上床去住了。"

汪小丫抬起头来说："看你长得挺清秀的，不像一个母夜叉。我告诉你，不要说是学校说的，就是联合国官员说的也不好使，本姑娘就是这个犟脾气，还就住在下铺了。”

吕银勺进来了，把脸盆、饭盒“稀里哗啦”地扔到了汪小丫的床上，然后看了一眼嘎蓝，套着近乎说：“姑娘，看你的一身行头，是国梦的职工吧？”

嘎蓝说：“小子，国梦职工咋了？那可是个大集团。汪总你们认识不，钟鼎军总经理你们认识不？在国梦这两个人算得上是大人物，你们不认识我可认识，两位老总还到我的家里去过。”

吕银勺说：“姑娘，你不要拣大个的扔行吗？”

吕银勺把嘎蓝的行李扔到了上床，把她扔翻了，两手叉着腰说：“我就住下床，这个村妞必须到上床去住，否则咱们就没完。”

到了就寝的时间，嘎蓝咋说也不到上床上去住，汪小丫拿她就没有办法了，只得采取折中的办法说：“既然谁也不愿意到上床去住，咱姐俩就挤在下床一块儿睡吧。”

嘎蓝来了犟脾气说：“睡就睡，我就愿意有人陪着睡。”

吕银勺还没有接到录取通知书，嘎蓝又和她挤在一块儿睡，汪小丫是翻来覆去地睡不着，不断地唉声叹气。嘎蓝也是睡不着，汪小丫在床上翻来覆去的，她的心里就烦了，就使劲儿地挤着汪小丫，不让汪小丫翻身。汪小丫被挤到了床边说：“你睡不着，我也睡不着，咱俩说说话咋样？”

嘎蓝说：“我就想找个活人说说话，活着一宿一宿地睡觉，白扔了时间。”

汪小丫说：“你这个观点好，我还是头一次听到。”

嘎蓝说：“白天来的老小伙是你的未婚夫吧？长得憨头憨脑的，我只能给他打上五分。姐们儿，看你的小白脸长的，拿现在的话说就是一个酷。姐们儿，上大学前在哪儿挣钱？”

汪小丫说：“当着真人就不能说假话了，咱俩又都是同窗了。我没有上大学前，是国梦丰盛鞋城的总经理助理。”

嘎蓝“啊”了一声说：“你也是国梦的职工？还是啥经理助理，咱姐俩算是一家人不认一家了。姐们儿，我有几个好朋友，都是车间主任、工段长。你听听他们的名字，就知道分量有多重。大叶、刘四、老三，还有我嘎蓝。过些日子，我领着你去认识认识这些朋友。既然是一个单位的职工，今后又是同学加朋友了，两个女人睡在一起很麻烦，我也不是不通情达理的人，搞成了同性恋会更加的麻烦，我还是到上床去睡吧。”

汪小丫一听就推让起来说：“还是我上去吧。”话刚说完，嘎蓝已经是蹦

到了上床。

吕银勺来看望汪小丫，两个人走在校园的小路上。路旁是高大的松树，还有围绕在身边的鲜花，她感到十分惬意。但汪小丫想到吕银勺还没收到录取通知书，担心地说："你会不会是落榜了。"

吕银勺很自信地说："北大、清华考不上，考上其他一本大学没有问题的，入学通知早应该寄来了呀。"

"再不能傻老婆等茶汉子了，啥事都有可能发生，明天你去省招办，把问题搞清楚。"

"小丫，咱俩一起去行不?"

汪小丫不肯，说："刚上学几天就请假，不好。"

在省委副书记的办公室里面，郭凯在接着电话。汪海洋在秘书的引领下走了进来。郭凯连连说："好了，好了，你说的事我都知道了。我这里来了一位尊贵的客人，你明后天再把电话打过来，好吧?"郭凯撂下了电话说，"汪海洋，我给你邮的信……"

"报告郭书记，详细地拜读过了。"

"说说你的想法，但要简单一些。我一会儿还要到北京去，有个重要的会议要参加。"

"国梦同东升轮胎厂合并，马上就要进行输血，倒下去的巨狮不仅会迅速复活，还会加快提升国梦轮胎的生产实力和市场规模。更重要的是，能解决几千名职工就业问题，是一举三赢的好棋!"

"说得好。"

汪海洋接着说："我得先派人进驻厂子考察，才能有的放矢地拿出具体方案。"

"我这就通知石堤市市委，让他们全力支持你们的工作。"郭凯拨通了电话说，"喂，石堤市吗?我是郭凯……"

钟鼎军风尘仆仆来到了汪海洋的办公室，汪海洋沏上一杯热茶说："从东升虎狮回来了，我就要问你了，因为你最有发言权。"

"汪总不用问了，我不会看走眼的，东升虎狮就是东升虎狮，底子不错。"

"下一步你打算怎么办?"

"我向汪总要4个人，大叶、刘四、老三，还有在绿岛海洋大学念书的嘎蓝。"

汪海洋不无担心地说："这四个怪物，管理好能唱一出好戏，管理不好也能演砸一出戏。"

"那就演一出好戏。"

钟鼎军带着4个人来到了东升虎狮轮胎厂，立刻走进了车间，进行了全面的考察。休息时，嘎蓝对大叶、刘四、老三说："我到大学的第一天，就碰到了一个犟丫头。"

刘四说："还有谁比你嘎蓝横呀，够犟丫头呛？"

嘎蓝"捅咕"了一下刘四的腰说："可不是咋的，我跟她共同睡在了下床，要不是怕搞同性恋，我就不到上床上去住，看她能把我咋样？"

钟鼎军过来插话问："嘎蓝，说说那个犟丫头叫啥名字？"

嘎蓝就踢了一脚身边的大叶说："犟丫头有个土里土气的名字，叫汪小丫，还是国梦丰盛鞋城的总经理助理。"

钟鼎军就问嘎蓝："你知道不知道，汪小丫是谁的女儿？"

"是谁的女儿能怎么的，我算是跟她杠上了。"

"嘎蓝，听清了，汪小丫是总裁汪海洋的女儿。"

嘎蓝听了"啊"一声，大叶就报复说："啊啥，没电了吧？"

钟鼎军再一次从东升虎狮轮胎厂回来，汪海洋就打电话，让姚丽梅到他的办公室。这时，姚丽梅的手机铃声响了，是甄副教授打过来的。姚丽梅轻声说："我就是一个顺竿爬上来的副总经理，你对这个副总经理的态度……"

甄副教授说："不要扯远了，你推开窗户往下看。"

姚丽梅来到窗前，见到了甄副教授就喊："上来，快上来，到我的办公室来。"

甄副教授来到姚丽梅的办公室，把一束百合花插在花瓶里，还未开口，办公室的工作人员就进来说："姚总，请到圆桌会议室开会。"

"马上就去吗？"

工作人员说："立刻。"

姚丽梅就不好意思了，说："甄副教授，稍等，我去去就回。"

在圆桌会议室里面，汪海洋还没到，马成正在发表议论说："东升虎狮轮胎厂有国外的大公司输血都没能救活，肯定是无药可治了。职工也早已经没有了斗志，'四大天王'的光辉落幕了。如果盲目地走进这个无底洞，后果将是不堪设想的，我还是这个想法，没变。"

程子龙说："刚接收完了花青，还没有站稳脚跟，再把东升虎狮轮胎厂

接收过来，一旦有了闪失，会连累全局的。”

汪海洋来到了圆桌会议室，钟鼎军刚想做汇报，办公室的工作人员进来贴在汪海洋的耳边说：“汪总，有两位非洲客商到了九龙山上的度假村，希望能尽快和你见面。你看……”

汪海洋说：“大家请下楼，坐车都去度假村，会议移师到那里去开。”

甄副教授蛮有兴趣地观赏着温馨的办公室，窗外就传来了汽车的喇叭声。他来到窗前一看，见到姚丽梅正弯腰钻进了轿车。轿车门关上，一溜儿轿车开出了大门。甄副教授自言自语说：“这人可是真忙，连恋人都给忘了。”

在度假村的小会议室里面，钟鼎军眼睛闪着亮光说：“花青和东升虎狮相比，一个在天上，一个在地下。为啥这样说，是因为它有配套整齐的生产线，在全国主要城市里有16家销售分公司，其他中小城市还有60家销售代理机构。用一句话概括，东升虎狮轮胎厂是可以重新打磨发光的钻石。”

汪海洋一听就兴奋了，站起来说：“如果我们不去救，让谁去救？这次重组，表面上看是救活了一个国企，实际上是一个市场化和非市场化理念的博弈。无论国企、外企，不走市场化，不按市场规律办事，一样会败下阵来。国梦下决心进入东升虎狮，就是要尽快地抢占中国的轮胎市场，为咱们中国人争气。通过国梦与东升虎狮的共同努力，使国梦轮胎这个民族品牌，在市场上占有半壁江山，必将阻止发达的国家，随意抢占侵吞或者瓜分我们的市场，这是对一个国家负责，对一个民族负责。马书记、程总、姚总，你们都说说，我老汪这种看法对不对?”

马成说：“对是对，我在考虑怎么注入资金。”

姚丽梅坚定地说：“不留尾巴，一次性切割。”

程子龙说：“我还有一个设想，但和现实有一定的差距。”

汪海洋说：“程总，你到底想说啥?”

姚丽梅“哎哟”了一声说：“坏了！甄副教授还在我的办公室里面等我，我得赶紧回去了。”

汪海洋说：“甄副教授如果还在办公室等你，在座的几位都听我的统一指挥，今天晚上就送姚丽梅入洞房。”

姚丽梅说：“你说的当真?”

汪海洋仰着脖说：“当真。”姚丽梅拨着办公室的电话，结果真是无人接听，大家都看着姚丽梅笑了。汪海洋说，“会就开到这儿了，具体的事宜由钟鼎军去做了。姚总，你陪着我去见非洲客人，要做好翻译工作。”

非洲客商阿波罗、祖玛在客房里面喝着咖啡，汪海洋、姚丽梅走了进来。姚丽梅介绍说：“二位非洲客人，这位是国梦集团总公司的总裁汪海洋。我叫姚丽梅，是副总经理兼翻译，你们就叫我姚总好了。请问二位是……”

个子高的商人说：“我叫阿波罗，是非洲的商人。”

胖一些的商人笑笑说：“我叫祖玛，也是非洲的商人。”

汪海洋说：“阿波罗先生、祖玛先生，我给你俩放一部片子，你们一定很喜欢。”姚丽梅把光盘放进了播放机，播放的是中央电视台录制的《走进非洲》。片子出现了非洲广袤的大草原，草原上奔跑着非洲象、犀牛、猎豹、狮子、水牛、长颈鹿……汪海洋边看边说，“非洲，美丽动人的非洲。”阿波罗看着片子高兴地跳起了非洲狂放的舞蹈，祖玛亮开了肚皮拍着鼓点，客房里是一派欢乐的景象。

姚丽梅说：“阿波罗、祖玛二位先生，假如有一天，我到了非洲大草原上，你们欢迎我吗?”

阿波罗停止了跳动说：“到了非洲，我带着姚总站在赤道上，你的一只脚就踩在了北半球，另外一只脚就踩在南半球上了。”

祖玛不拍肚皮了，说：“姚总，到了非洲，我要领着你住树上的旅馆，什么凶猛的野兽都不怕了。”

“两只脚站在南北半球上，夜晚宿在树上，该是多么浪漫的事啊！汪总，非洲我是去定了。”

汪海洋说：“好，非洲也是我向往的地方。一会儿看完片子，我请两位尊贵的非洲客人吃夜餐，干豆腐卷大葱好吃极了。”

祖玛说：“我就是愿意吃中国美食，还没有吃过干豆腐卷大葱这种美食呢。”

姚丽梅说：“老抠。”

祖玛说：“老抠是什么意思?”阿波罗听完就拽了祖玛一下。

一轮圆月挂在空中，皎洁的月光倾泻下来，整个度假村笼罩在诗情画意里。圆桌上摆着大酱和大葱，还有干豆腐。姚丽梅卷好的一卷递给了阿波罗，阿波罗上去就是一口，嚼着嚼着辣得鼻涕眼泪落了下来。

姚丽梅就问：“汪总准备的中国美食好吃不好吃?”

阿波罗擦着眼泪说：“不好吃，要辣死人了。”

第二天，汪海洋、程子龙、姚丽梅陪着阿波罗、祖玛来到了国梦轮胎总

公司，在钟鼎军的陪同下参观了成品车间。阿波罗比画说：“不对的，我们需要的是40英尺超高柜的轮胎，你们这里没有的。”

汪海洋问：“阿波罗说的型号，国梦能生产吗?”

钟鼎军说：“现在这里还不能生产，但东升虎狮能生产。”

汪海洋说：“阿波罗、祖玛先生，再过几个月，我们就可以敞开供应了。”

阿波罗还是比画说：“汪总，照你这么说，我们还要在中国逗留几个月。买卖要讲究诚意，如果你们有诚意，我们还会来的。”

汪海洋就把程子龙叫到了一边说：“你陪着阿波罗、祖玛去北京，一定要拿出国梦的诚意，让阿波罗、祖玛再次返回来。这是打开非洲市场的机遇，机不可失，时不再来。”

在北京太和府餐饮木廊厅里面，木廊上挂着一盆一盆吊兰，旁边是高大的夹竹桃，还有凤尾竹，再就是点缀在其中的杜鹃花了，还有典雅的兰花。程子龙和翻译陪着阿波罗、祖玛吃着药膳，虽吃得满嘴是中药味儿，阿波罗、祖玛还是吃得津津乐道。

程子龙问：“药膳跟干豆腐卷大葱相比，哪个更好吃?”

想不到阿波罗还是个中国通，说：“干豆腐卷大葱虽然吃得爽，那是平民的食品。药膳可就不同了，不同的药膳能治不同的病，是宫廷的佳肴，平民百姓吃不到这些东西。”

程子龙说：“陪着你们吃完这顿饭，我就要回去了，双方谈妥的事情，千万不能食言。”

阿波罗说：“这几天的招待，情谊我们领了。但做买卖得有个前提，就是物有所值，物有所用。只要国梦轮胎质量能过关，型号是我们需要的，我们可以在非洲做国梦的代理人。我们不出面，非洲的轮胎市场你们是很难打开的。”

吕银匀坐着大巴来到了省教育厅招生办公室，省招生办的工作人员就查阅了档案，向吕银匀解释说：“吕银匀同学，你的录取通知书寄错了地方，那是一个偏远山区的乡政府，没有及时地反馈回来，就错过了今年的录取时间。录取你的那所院校已经补录了，这就铸成了无可挽回的事实。”

吕银匀急了问：“能否告诉我，是哪所学校录取了我?”

工作人员说：“无可奉告。”

吕银勺问："求求你了，还有啥补救的措施吗？"

工作人员说："如果省内的院校招生掉了头，还可以补录进去，这是外省的学校，没办法了。"

吕银勺更急了说："我要找招生办的主任对话，对你们的错误行为进行申诉。申诉不成，你们就不怕我去告你们吗？"

工作人员耐心地说："像你这样的情况年年都有，就是人们常说的，哪个庙里没有屈死鬼。我看你的岁数也不小了，就跟你说实话了，上告也没用，耍脾气更没有用，往年也有告的，最后还不都是维持原状。"

吕银勺从省招办出来了，就感到了一种无可奈何的失落。他来到了长途客运站，躲在楼柱子旁边给汪小丫拨通了电话，好长时间才说："哥们儿这下子可惨了，上大学的希望破灭了。"

汪小丫问："到底怎么回事？"

"录取通知书寄错了地方，已错过了录取的时间，看来是无法挽救了。"

汪小丫急得跳脚说："哪个学校录取你的，你不会去找他们算账吗？这帮瞎眼的犊子。"

吕银勺吭哧着说："省招办不肯提供录取的学校。"

汪小丫更加不讲究了，说："熊包蛋，窝囊废，赶紧回丰盛鞋城去当你的销售员吧。"

吕银勺几乎要哭了，说："我还要上……"手机里已经是忙音了。

吕银勺回到了家里，爸的病情是一天比一天重了，躺在炕上已经起不来了。吕银勺妈盘腿坐在炕上，模模糊糊的眼睛不知道在看着哪儿。吕银勺妈看着说："银勺，有个饭碗端就不错了。婚姻随缘，娶不上汪小丫也没啥大不了的。守家在地找一个好的，跟你过日子也能一条心。你看看你爸你妈，一个瞎眼模糊，一个一天离不开人了。娶个儿媳妇能伺候老人就行了。"

吕银勺说："妈，我和汪小丫的事要不就吹了吧。"

吕银勺妈淌着眼泪说："都是爸妈拖累了你。"

第30章　演讲振民心，民族利益是刚性纽带

汪海洋带着一行人从北京直接飞到石堤市，由峰巅一下子就陷入到了谷底。石堤市火车站，“国梦滚回去！汪海洋滚回去！”的大型标语赫然而立，阵势让人感到非常震惊。汪海洋抵达东升虎狮轮胎厂的招待所，上千名职工将招待所团团围住了。郭凯闻讯从省城赶了过来，职工自动让开一条路。郭凯见到汪海洋说：“汪总，这里很不安全了。我前来接你，请到市里的迎宾馆去住吧。”

汪海洋说：“只要省委、省政府、市委、市政府支持国梦，我还就不走了。这里就是我的家了，那些不相信国梦的人，我明天就会告诉他们，国梦的汪海洋到这里是来干什么的。”

汪海洋在招待所里面煎熬了一个夜晚，外面的喊声一刻都没有停止过。到了第二天，他带着几十名业务骨干、几十名记者来到了东升虎狮轮胎厂礼堂的大门口。突然围上来了几百名职工，他们高呼着口号：“我们要上岗！我们要发工资……”把礼堂的正门围个水泄不通，不肯放汪海洋的车队过去。

职工A喊：“谁是汪海洋，让他站出来和我们对话!”

职工B喊：“我们都要看看，这个胆大妄为的汪海洋到底长成什么熊样?”

职工C喊：“想收编我们，汪海洋是白日做梦。”

职工B喊：“我们要做国企的主人，不能做汪海洋的奴隶。”

“……”

郭凯从车上下来说：“职工同志们，我是省委副书记郭凯，汪海洋是我请来的客人。他就是一个普通的人，没有长三头六臂。他这次来的主要目的就是要救活东升虎狮轮胎厂，就是要让职工们上岗，就是要还给职工们一个安宁的生活环境。希望大家让开一条路，一起到大礼堂里面去说话。”

职工A喊：“不行，让汪海洋滚回去!”

职工B喊：“虎狮都办不了的事，汪海洋就能办得了？不要来祸害人了。”

职工C喊：“我们自己的事，我们自己办，不需要外人来干涉。”

职工B喊："起来，不愿意做奴隶的人们!"

"……"

职工们是越聚越多了，达到了3000人之多。临时抽调来的200名保安，200名警察维持着秩序。郭凯上了车说："汪总，前门进不去了，只能走后门了。"

汪海洋说："回家不走正门走后门，真的让人不能理解了。"从后门进来的汪海洋坐在了主席台上，面对着挤满礼堂的职工，他镇定一下情绪开始演讲："今天，国梦只是招收了几百个职工在检修设备，只要一切准备好了，国梦会让更多的职工上岗。"汪海洋望了望台下的人，说，"60年代，老一辈们来到了大三线，他们为的是民族的利益。今天，国梦来了，为的还是民族的利益。厂子能不能搞好？关系到党在世界面前的威信。国梦的鞋在美国卖得很好，现在平均3个美国人里就有1个穿国梦鞋的，这是中国人的骄傲，是国梦人的骄傲。"台下渐渐地安静下来。汪海洋的演讲越来越精彩："无论是在战争年代、计划经济年代、市场经济年代，民族精神、民族文化、民族利益总是一致的，民族感情的凝聚力永远不会改变。我们为什么来虎狮？因为民族感情和民族利益，外国与咱们是资本家和工人的关系，国梦与虎狮是亲人兄弟的关系!"掌声第一次响起来了。汪海洋渐渐地控制住了会场，按照自己的思路继续演讲："国梦重组东升虎狮主要基于以下几个方面的考虑：第一，从名牌发展的规律来看，一个品牌成为真正的名牌后，必然呈现出跨地区、跨行业、跨国界、跨所有制发展的趋势，世界上一些著名的品牌和大的跨国公司，都是在母体做大做强后，逐步向接近和相关的行业发展，最终形成以母体为依托，多元化经营发展，共同做大做强的局面，这就是名牌发展总的规律。国梦托管东升虎狮，就是要完成做大做强的使命；同时也是在完成让虎狮脱离贫困重新焕发威力的使命。第二，世界十大轮胎品牌中，已有九家在中国建有合资工厂了，还都在拼命地扩大生产规模，市场竞争已经进入了白热化的阶段。国梦下定决心进入东升虎狮，就是要加快民族品牌的发展步伐，联合东升虎狮一道同国际品牌对抗，尽快抢占中国的轮胎市场，为中国轮胎工业干点实事；第三，国梦进入了轮胎行业后，改造了一个管理差、质量低，在全国轮胎业让人看不起的小企业，而今的国梦轮胎，在全国国有企业已是排名前10。这说明了什么？主要是发挥了名牌的效应。国梦轮胎在大跨越大发展时进入东升虎狮，是东升虎狮轮胎借名牌之力重振雄风的最

佳时机！”掌声第二次长时间响了起来。汪海洋喝了口水，语重心长地说道，“现在，很多人对国有企业的发展担忧，这是一种主人翁的精神。东升虎狮所处的停产局面，自然会让一部分职工失去了信心，这是必然，绝不是偶然。我现在告诉大家，国梦也是国有企业，而且是知名的国有企业。国梦用二十几年的成功证明，只要干部不贪、职工们不懒，大家一起努力，国有企业完全可以搞好。东升虎狮是国有企业，拥有很多民营企业没有的优势，只要发挥好了这个优势，把国有企业的劣势去掉，国有企业的发展速度同样可以超越民营企业。所有破产企业都是垮在管理上，败在市场上。我们端的是市场的饭碗，吃的是市场的饭，因此，我们的工作一定要务实，不能务虚。国梦不是救世主，真正的救世主是你们、是东升虎狮的员工！”掌声长达一分钟之久。汪海洋打着手势继续说道：“春节前，国家领导人到绿岛市视察工作时，我就汇报说，一个企业是否能搞好，关键取决于企业的管理模式，以及企业文化是否在这个企业生根开花。我们已经把花青轮胎企业搞好了，这是因为国梦文化注入了花青，而且生根开花了。我们一定会用国梦的文化把东升虎狮救活，搞好。今天我还是要说，光有好的领导还不行，还要有好的职工队伍，你们就是一支非常好的职工队伍……”掌声和喝彩声把汪海洋的演讲打断了。

当天下午，汪海洋来到了车间，面对着第一批穿上国梦工作服的职工说：“现在谁赶我我也不走了，因为我相信东升虎狮人的能力、智慧和人格。国梦、东升虎狮轮胎一定会威震华夏，享誉全球的。”

国梦集团总公司和东升虎狮轮胎厂清算组签订了《资产转让合同书》，以4亿元的价格，受让于东升虎狮轮胎厂厂区的有关资产。国梦轮胎开始向规模化集约化的方向发展，实现了打造中国综合制造加工业特大集团化的目标。

汪海洋躺在老板椅上叹了口气说：“法国哲学家伏尔泰曾经说过：‘使人疲惫的不是远方的一座高山，而是鞋里的一粒沙子。’”

恰好被兴冲冲进来的姚丽梅听到了，姚丽梅说：“说得不错，汪海洋有个哲学家的头了。我来是要告诉你一个好消息，美国商标局发布了公告，准予国梦商标在美国拥有商标的注册权了。”

汪海洋几乎从老板椅上蹦了起来说：“国梦的官司在美国打赢了？”

“打赢了。”

汪海洋兴奋地说：“姜托尼是个好小伙。”

汪海洋楼上楼下地走着，屋里屋外地走着。李杏花过来问：“老汪，你又让啥迷上了，心里这样不静?”

汪海洋说：“不怪嫂子看不上我，老说我是二，原来是这座小洋楼在作怪。我现在也觉得住上小洋楼气质就是不一般了，为何这样说呢？小洋楼里面住着宽绰，心里就不憋屈了。”

李杏花说：“空嘴说白话不行，啥时才能住上自己的小洋楼?”

汪海洋说：“还是那句话，一年或者两年准能住上。”

“没有几百万，吹牛吹不出小洋楼。我不想说小洋楼的事了，说说汪小丫的事。昨天汪小丫回家了，话里话外说出来了。吕银勺考不上大学，两个人就吹灯拔蜡。家里的那套房子……”

“那套房子，你当是给汪小丫腾出来的，那是大错特错了。那是给我爸我妈腾出来的，汪小丫夹在中间就是个因由，说起话来四面都好听。”

“不管咋说，你这样做就是有点过了。”

“不管过不过了，去了心病就行。过几天去车把老人接过来住，我就没有后顾之忧了。”

李杏花只得认命了，说：“接就接吧，摊上个老混球没治了。”

汪小丫在绿岛海洋大学宿舍里面，一只手掐着腰接着吕银勺的电话说：“你就不要磨唧了，我知道今天是星期日。钓鱼，钓啥鱼？那是失恋了，没啥事才出去消遣。如今，失恋的劲头过去了，现实生活充实了，哪里还有闲心钓鱼?”

吕银勺说：“我听我大哥说了，过几天把我爸我妈接到市里去住了。到时……”

“那是你的福分，与我有啥关系吗?”

汪小丫关上了手机，手机的铃声又响了，电话是孙元凯打过来的。汪小丫就调皮地说：“孙总，你还想让我到九龙山上帝豪大酒店去当啥副总经理吗？那种活儿本小姐说啥都不能干了。”

“不是的，不是的，打电话就是两件事，一件是国家交响乐团来绿岛市演出了，邀请汪女士去观赏，还是甲等票。一件是到海边钓鱼，钓上钓不上来鱼好说，图的就是个好心情。”

汪小丫很痛快地应了说：“白天去钓鱼，晚上去听交响乐。”

在大海边，汪小丫穿着短袖布衫和短裤，戴着墨镜和大草帽。孙元凯也

是穿着短裤，戴着墨镜戴着大草帽。两个人坐在海边钓鱼，孙元凯嚼着口香糖说："汪总你这个爸对你算是够意思了，煞费苦心送你上了大学。可惜是制鞋专业，出来还不是照样当个鞋匠吗？能有什么出息？"

"我的强项不是啥鞋匠，是酒店管理专业，我在业余时间在专修这个专业。"

"这样好啊，帝豪可以给你提供舞台。现在学校提倡勤工俭学，以后到了休息日或者晚上，到帝豪大酒店来打工，给你最高的工资待遇，在校期间过不上白领的生活，也能过上蓝领的生活。"

汪小丫突然问道："孙总，听说你同英国的夫人离婚了？"

"消息准确，我现在就是个钻石王老五了。"

"听说你在追求老姑娘姚丽梅，不知道是现在进行时，还是过去进行时？"

"我跟她不合适。"

"为啥？"

孙元凯吐出了口香糖说："这件事说起来很简单，就是那个女人她不知道好歹。"

到了晚上，汪小丫没有跟孙元凯去听交响乐，原因是跟汪海洋通了电话，就气呼呼地回到了家。李杏花见到汪小丫回来了，张罗包饺子问："闺女，想吃啥馅的饺子？"

汪小丫脸色铁青说："妈，还吃啥饺子？我让我爸快气死了。吕银勺要往市里搬我不同意，我爸就和我拧着干，不但把吕银勺调到了总部的销售处，还把家里的房子白送给了吕银勺。我跟我爸多说了两句，我爸还就跟我翻了脸。"

"闺女，能跟妈学学嘛，你跟你爸都说了些啥？"

汪小丫掰着指头说："我说吕银勺不讲诚信，没有考上大学食言了，我嫁给他就没有实际意义了。我还说，我爸把房子给了吕银勺，跟我可没有一点的关系。我还说了，吕银勺的瞎妈和瘸爸，将来负担得有多重，作为一个女人不能往火坑里面跳……"

李杏花听到这里说："你就不要说了，说说你爸说了些啥？"

汪小丫毫不忌讳地说："不怪军娃不娶你，这都是你娘教育出来的好女儿。"

李杏花就咬着牙说："这个老东西，竟敢出口损我，我们娘儿俩绝不能轻饶了他。你跟着妈走，拉着你爸到你爷的坟上去说道说道。"

汪小丫说：“妈，人家汪总已经去了北京。现在正在天上飞，我们娘儿俩想够也够不着了。”

汪小丫没有在家里住，吃完了饺子回到学生宿舍。嘎蓝在上床探出头来和汪小丫说：“凭你是汪总的女儿，又是个大学生，又长得这样漂亮，男生都把你评为校花了，跟着吕银勺有点委屈了。”

汪小丫正在气头上，警告嘎蓝说：“今后在我的面前不要再提吕银勺的名字，我跟吕银勺不可能了。你愿意嫁给吕银勺，我愿意从中牵线。”

嘎蓝把头缩了回去说：“吃别人嚼过的大饼子没有意思。”

汪海洋得知李小娜顺产喜得一大孙子，一心惦念着要看孙子，从北京回来直奔李小娜的专卖店。汪海洋走进了专卖店，李小娜迎上前说：“爸，我和军娃商量好了，要买套房，是家里的五口人住在一块儿，还是老的和小的分开住？买多大面积的房子，当老人的总得有个说法吧？”

汪海洋说：“你们买多大的房子，你们自己说了算。”

李小娜说：“我和军娃已经去看了楼花，还是楼中楼，带电梯。爸，您猜猜多少平方米？”

“有个百八十平方米的，够住就行。”

“还是个总裁，百八十平方米的房子买了，用不上两年就得后悔。我和军娃买的房子是，是288.8平方米。”

汪海洋不得不问：“小娜，你们俩哪来的这么多钱？”

“爸，我告诉您吧。我和军娃有钱了，一不是偷来的，二不是抢来的，广州那么大个市场，是我一分一分挣来的。爸，您手头要是缺钱，请不要客气了。我挣的钱就是老汪家的钱，爸还是说了算的。”

汪海洋四处转悠找着孙子，心里合计着说：“有朝一日，说不定得找我儿媳妇借钱花。”

李小娜购买的新楼坐落在大海边，李小娜坐在阳台上，望着眼前浪花翻涌的大海，抱着孩子喂着奶。敲门声传来了，李小娜抱着孩子来到门前打开门，汪海洋、姚丽梅进来。

“爸，姚姨好。”

姚丽梅抱过孩子说：“胖小子，坐门墩，哭着喊着要媳妇。胖乖乖，让姨姥亲亲。”姚丽梅亲着孩子，孩子“哇哇”地就哭了，姚丽梅就束手无策了。

李小娜接过孩子说：“孩子哭了找他妈。”

汪海洋抢过了孩子说：“孙子哭了不找他妈找他爷。”胡子扎着孩子的小嫩脸，孩子哭得更凶了。汪海洋就把孩子举过了头顶，在客厅里面转着圈儿，孩子就“咯咯”地笑了。

李小娜倒上一杯杨梅汁说：“姚总，跟甄副教授的感觉怎么样？”

“甄副教授说了，到了我们这样的年龄，哪里还谈得上啥爱情，就是想成个家，省得让人笑话。”

“说的什么话呀，我得找甄副教授谈谈。”

“你去不合适，最好让汪总去，两个人一定会掐起来，咱们娘儿俩好看热闹。”

汪海洋脑袋顶着孙子的肚皮说：“小娜，可不要小看了你爸，你爸可是个正经人。”

“正经人都是正经人堆里扒拉出来的，我也就不知道汪总是不是正经人了。”

汪海洋手机的铃声响了，他把孩子交给了李小娜，接着电话说：“怎么了？我听不见，你大声点行吗？”

李小娜说：“爸，通讯信号正在调试，你打座机。”

汪海洋拿起了话筒，把电话号码拨了过去说：“唉，好了，好了。是程总，你说吧。”

程子龙说：“阿比让买的轮胎已经装上了货轮，可是出了点岔头，我现在也说不清楚是怎么回事，如果手续办不全，损失可就大了，一笔就是好几千万。”

汪海洋撂下了电话说：“你们娘儿俩先聊着吧，我得赶紧救火去了，出口阿比让的轮胎出事儿了。”

汪海洋、程子龙坐车来到了港口，车停在一艘货轮前。程子龙说：“轮胎都装完了，货轮马上就要起航了。这是一艘意大利籍的货轮，一旦起航，轮胎的手续不全，说不定货物要卸在了哪个港口。”

汪海洋问：“说这些有什么用，错究竟在哪儿？”

“阿波罗、祖玛作为中介人，他们也不知道阿比让需要COTECNA的检验，客户们也是第一次来提货，提交的单据太晚，导致这批轮胎无法通过检验。”

“还站在这里干什么？咱俩兵分两路，你想招儿拖延货轮起航，我想招儿拿到商检的手续。”说着，汪海洋急匆匆地走了。

马成拎着背包来到了货轮船长室，掏出名片递给了意大利的船长。意大利船长看了看名片，马成就坐下说：“船长先生，受汪总委托前来办两件事：一件是来递交商检的手续，再就是来送一包鞋，以示谢意。”马成把包交给了意大利船长，船长打开了一看眼睛就亮了。马成趁机说，“国梦名牌鞋，漂亮不漂亮?”

船长说：“太漂亮了，试穿可以吗?”

马成说：“慢慢试，试穿合适了就送给你。”

船员进来说：“船长，起航的时间到了。”

船长试穿着鞋说：“没看见吗？我在试鞋。”

小货车行驶到绿岛市商检局的大楼前停下，汪海洋回头说：“阿波罗，你就不要下车了，我和程总去办手续。”汪海洋、程子龙背着国梦鞋来到了主管出口业务的科室，汪海洋进门就说：“同志们，都火烧眉毛了，请高抬贵手，不就是盖上几个戳吗?”汪海洋看着程子龙往外拿着鞋说，“你们盖完了戳，包里面的鞋，还有外面车上的鞋，都归你们商检局了。”

新调来的吴局长出现了，经办人员忙站起来说：“吴局长，你看……”

吴局长轻轻地踢了一脚程子龙说：“起来，卖鞋咋卖到机关来了？这里不是卖鞋的地方，你赶紧走吧。”程子龙挨了一脚，站起来刚想发火，汪海洋就拦在了他的前面，掏出一张名片递给了吴局长。吴局长看着名片说，“汪总，不是商检局想卡你们，是你们的单据送来得太晚了。你还有了理了，把商检局告到了市委，张书记刚才打来了电话，我们就被动了。”

汪海洋说：“请问什么叫晚，什么叫早？三四千万的货物一旦在国外出现了差错，是你担当得起还是我担当得起。事情挤在了这儿，你就快吩咐盖戳吧，感谢的事以后咱们再说。”

在货轮船长室里面，意大利船长试穿了十几双鞋，不是大了就是小了，没有一双是合适的。意大利船长继续试穿着说：“这脚是怎么长的，怎么就没有一双穿着合适的?”

马成看看表说：“船长先生，你就不要太死性了，回到家里妻儿老小穿着合适就行了。请不要试穿了，这些鞋归你了，怎么样?”

船长说：“国梦这样的大方，我也不能小气。大副，过来磨几杯咖啡，让马书记品尝品尝。”

船员过来磨好了咖啡，大副沏上了咖啡，就和船长陪着马成喝咖啡。马

成的手机铃声就响了，打开手机盖见是程子龙的号码，知道事情已经办妥了。马上站起来喝完剩下的咖啡说：“可爱的船长先生和大副先生，大家都很忙的，就不耽搁你们起航了，祝你们一帆风顺！”

马成走下了货轮，船长站在船舷上喊：“马书记，我们的船还要到中国来的，你还来给我们送鞋，但号码要齐全。我穿着得合适，不要给我大鞋小鞋穿了。”

马成挥着手声音很小地说：“鞋号码齐全，你早就起航了。”

第31章　做世界名厂，ABW理论折服日本企业家

李小娜在人群中望着，苗玲玲随着人流走出了机场的通道，李小娜忙迎上前去说："我的妈呀，你这尊佛总算到了。"

苗玲玲横着眼睛挑礼说："小娜，老汪家一大家子人，怎么就你一个人来接机了？"

李小娜接过了旅行箱说："你的女婿汪军娃很忙，那么大个厂子，一把手哪都得照看到。我让他请假来接你，他不肯。"

"亲家怎么不来接机？"

"汪总更忙了，出口非洲的轮胎出了事，他在和有关部门协调。我婆婆在家带孩子，成了一个全职保姆。妈，你说你奔谁来的，还不是奔闺女来的吗？下了飞机，有闺女来接，就不要挑三拣四了，应该感到幸福才是。"

李小娜驾驶着轿车奔驰在滨海大道上，苗玲玲望着车窗外一幢幢的摩天大楼，再看看一边碧波荡漾的大海，不由得赞叹说："这座城市真有点香港的味道，不身临其境可是想不到。"

"妈，我相信你一定会爱上这座城市的，这座城市也一定会爱上你的。"

苗玲玲看着宽绰的车说："这就是你在电话里跟妈说的，买的那辆私家商务车吗？可比你爸的军用车宽绰多了。"

"妈，你现在坐的车，无论是油还是折旧费，都是私家的不是公家的，就是坐到天涯海角，也没有人敢说我妈腐败。妈坐在这样的车里是不是心里踏实，比坐我爸的车还要踏实？"

"自家的车，当然踏实了。"

"妈，在这里多住上几天，让女儿孝敬孝敬你。先游九龙山，再游凤凰山，最后去游九龙湖，那里的咸野鸭蛋可是一绝，香极了。"

"跟妈说，小日子过得挺惬意吧？"

"幸福就像花儿一样。妈，你看见前面那辆奔驰车了没有？那是帝豪总裁孙元凯的座驾，看我超过去。"李小娜踩住了油门，鸣着响笛超了过去，

发现汪小丫坐在车内，就自言自语地说，“汪小丫怎么能坐在这车上，这个王八蛋是不是起了歹心?”

李小娜没有先回家，而是将车开到了专卖店，弯着腰很有礼貌地把苗玲玲请进了专卖店。李小娜每到一处，就有弯下腰的店员说：“李经理好！李经理好……”

苗玲玲看了就不顺眼，问：“这么多的店员都向你献媚，跟妈说说是怎么回事?”

李小娜把妈让进办公室说：“家里开的店，工商执照上的法人就是你的女儿李小娜，店员不向法人献媚向谁献媚。妈，你的女儿现在成了新一代的个体户，面对新生事物，你和我爸两位老军人的心里一定不会舒服的。”

“我这一辈子都是为人民服务了，从来没有想过为自己服务。你把妈领到这个地方是错了，怎么说我也是看不惯。”

“妈，一会儿就让你看得惯了。女儿生的胖小子，是汪家的传人，也是李家的传人，更是妈的功劳。”

苗玲玲这才有了笑模样，说：“来看看小外孙子，才是妈这次来的主要目的，隔代人亲哪。”

苗玲玲一进家门，见到李杏花拿着奶瓶子喂着孩子，忙过去问：“这是亲家吧，孩子的奶不够吃？母乳才是绿色食品。”

李杏花继续喂着孩子说：“亲家母，小娜接你去了这么长的时间，我的孙子还能不饿急了？孙子，奶奶的小老虎，快让姥姥抱抱，亲亲。”李杏花把孩子塞给了苗玲玲说，“我把孩子带得这样大了，你当姥姥也该带上几天了。”

苗玲玲抱过孩子，孩子就把苗玲玲的衣襟尿了。苗玲玲抖搂着衣襟说：“孩子可真会尿，只尿姥姥不尿奶奶?”

李小娜接过了孩子说：“小宝贝归我了，你们老姐俩聊吧!”

苗玲玲脱下外套说：“亲家，你知道我为什么不愿意到这儿来吗?”

李杏花看着亲家回答说：“不知道。”

“我说出来，请你不要感到意外，我是不愿意看老汪的那张脸。”

李杏花听着大笑，忙说：“你不愿意看老汪的脸，老汪也不愿意看我的脸。”

苗玲玲脸上有了笑模样，问：“为什么?”

李杏花回答说：“这个亲家还不清楚？是因为亲家的脸蛋比我的脸蛋长

得好看。”

苗玲玲过去照着穿衣镜说：“我还比你长得好看？亲家……”说完自己笑了，李杏花也跟着笑了。

吕银勺孤零零的一个人在钓鱼，嘎蓝把“帕萨特”停在了大坝上，下车来到吕银勺面前。嘎蓝手里摇着车钥匙问：“哎，你还认识我吗?”

吕银勺连头都没有抬，说：“我现在谁都不认识。”

嘎蓝坐在了吕银勺的身边说：“把沉重的头抬起来，我可是汪小丫上床睡着的嘎蓝。”

吕银勺抬起头说：“大老远的，你来到这里干啥?”

嘎蓝磨磨蹭蹭地说：“我找你是想说，你和汪小丫的婚事不合适。”

吕银勺把鱼竿一放，有些不高兴地说：“狗拿耗子多管闲事。”

“不是狗拿耗子多管闲事，是老猫来了，就有事管了。你和汪小丫门不当户不对，人家是大总裁的女儿，你爸你妈是乡下搂柴火的，这样的婚事咋能成?”

吕银勺说：“你来了，是来笑话我——打一辈子光棍呗。”

嘎蓝说：“凭吕银勺的小模样，还不至于。”

吕银勺问：“咋讲?”

嘎蓝起着鱼竿说：“咋讲，找个门当户对的。”

此时的汪小丫走进了帝豪大酒店的小包房，她戴着金耳环，猫眼钻石戒指，一对铂金镯子戴在腕子上显得很沉。衣着华丽，称得上珠光宝气。李秋阳已调到市里的发改委任职了，孙元凯在为他接风，邀请汪小丫专门来作陪。李秋阳看着汪小丫说：“孙总，这哪里是凡间的女子，分明是天上飘下来的仙女。”

孙元凯拎起文明棍说：“恭喜李秋阳荣升。”

李秋阳淡淡地说：“不是荣升，而是平调。”

汪小丫的指甲涂成了紫红色，在灯光下闪着光，她扒着毛豆说：“李主任可真会说话，世上哪里有啥仙女，所谓仙女，不是纸上画的，就是人演的。我是个实实在在的女人，是个有血有肉的女人。”

孙元凯说：“我这个钻石王老五，就要娶眼前的女人为妻了。汪小丫做了我的女人，就不敢同汪海洋称兄道弟了。”

李秋阳问：“为啥?”

“你面前的仙女是汪海洋的女儿。”

李秋阳就愣住了，结结巴巴地说：“不能吧？”

到了休息日，嘎蓝开着“帕萨特”进了吕银勺的家门。吕银勺和妈迎了出来，嘎蓝打开后备箱拿出礼品说：“我的文化层次低，欣赏的层次也低，试试这套银色休闲服，穿在身上酷不酷？”吕银勺试穿着银色的休闲服，穿着合身，就去照镜子。嘎蓝欣赏说，“够派头，说多大的官都有人信了。”说着替吕银勺瘫在炕上的爸换衣服，吕银勺妈也换上了嘎蓝拿来的衣服，全家三口全让嘎蓝武装起来。嘎蓝很勤快，许是在家做家务做惯了，扎着围裙到厨房里面去做饭了。

吕银勺说：“爸，妈，姑娘咋样？”

吕银勺爸说：“银勺，你妈看不清楚，爸虽瘫在了炕上，但爸的眼睛好使。姑娘不懒，看那脸庞胖乎乎的就有福气。”

吕银勺妈掉下泪来，说：“孩子成了家，我和老头子死了也能闭上眼了。”

吕银勺来到了厨房，嘎蓝正做着倭瓜炖蟹子。吕银勺很腼腆地说：“嘎蓝，我评上了国梦的劳动模范，就要到北京去了。”

嘎蓝剁着蟹子问：“到北京去做啥？”

吕银勺大胆地摸了嘎蓝的脸蛋说：“国梦劳动模范有100人，要到北京天安门同国旗护卫队一齐去升国旗。主题是：‘感恩的我，感恩的你，感恩的团队。’汪总说过了，这是一种民族感情。”

嘎蓝说：“我也要去。”

吕银勺说：“你不是劳动模范，去北京不够条件。”

“自费，兜里不是有钱吗？”嘎蓝说完了，吕银勺开始做一些小动作了。嘎蓝心里就痒痒，就瘫在了吕银勺的怀里，让吕银勺亲了个够。

在绿岛市的“嘉禾餐厅”里面，姚丽梅、甄副教授面对面地坐着，桌子上摆着两个菜：一个素炒荷兰豆；一个笋片鱼。一个人面前摆着一杯红酒，看上去谁也没动过一口。甄副教授有些兴奋地说：“姚丽梅，学校扩建了，房子就要下来了，副教授是120平方米的住宅。明天你去看看怎么装修，家里的事今后你说了算。”

姚丽梅说：“我去看不看没有用，这些年在工作岗位上，对家里的活心粗了。你爱怎么装修就怎么装修，我都会满意。”

甄副教授说：“今年副教授聘为正教授下来了几个指标，我看你和章校长的关系不错。我是说这种事也得走走后门，走前门还是要撞脸的。”姚丽梅刚要说话，只见姜托尼背着旅行包进来了，二话没说坐在了姚丽梅的斜对面，要了一瓶红酒“咕噜咕噜”喝着。

姚丽梅望着姜托尼喝酒的模样儿，眼泪就下来了，冲过去抢过了酒瓶子。甄副教授就过来问：“姚丽梅，这个外国人是你啥人？”姚丽梅只是流泪不肯回话，到了晚上，姚丽梅眼睛哭红了，还是在不停地哭，哭得姜托尼没着没落。

姜托尼说：“你看你这个人，为什么不说话总是哭？”

姚丽梅哭着说：“早不出现，晚不出现，偏偏在这个时候出现。我和甄副教授认识这么久了，说不干就不干了也太不人性了。”姚丽梅说完来到了洗漱间，洗完脸一边化妆一边流眼泪。等她从洗漱间出来，化了妆的脸就成了花道道脸。

姜托尼说：“你想哭就大声地哭，我就愿意听你哭。”

姚丽梅上前就是一拳说：“姜托尼，你快要气死我了，一拳把你打死得了。”说完“扑哧”笑了。

姜托尼说：“这种笑比哭还要难看。”

电话铃声响了，姚丽梅拿起了电话。李小娜说：“姚总，我妈来了，就住在我家里，你啥时有空过来看看？”

姚丽梅说：“你妈来了？我……”她静了一会儿说，“小娜，挑个适当的时机，陪着你妈到我的家里来，我有很多很多话要跟你妈说。”

李小娜说：“那就听姚总的信儿了。”

姚丽梅撂下了电话说：“姜托尼，五日之内，不许你来骚扰我，我有重要的事情要办。”姚丽梅来到了办公室，就给汪海洋打电话说，“汪总，请到我的办公室来。”姚丽梅见到汪海洋进了办公室，来到门口看看，然后就将门反锁上了，说：“今天把你请来，就当成大哥待了。”

汪海洋先是一怔，觉得姚丽梅有些反常，说：“你曾经说过这样的话，认识我是你一生最大的幸福，也是一生最大的痛苦。反过来说，认识你是我一生最大的幸福，也是我一生最大的痛苦。但事实摆在了这儿，你提出了大哥的理论叫法，我的心里就稳当多了。”

“我的大哥，快帮我出出主意，姜托尼又从美国回来了，我可怎么办好呢？”

汪海洋毫不犹豫地说：“好办了，这应该说是好事。你还记得我跟你说过，姜托尼人好学识也好，是个难得的人才。现在是二者必选其一，你让我

选，我就选择姜托尼了。”

姚丽梅犹豫一下说：“姜托尼说了，他这次回来就不想走了。但是工作的事，他说好马不吃回头草。”

“你的意思我明白，姜托尼不想去绿岛海洋大学任外教了，这就更好办了，到国梦来呀。”

“不愧是当总裁的，姜托尼是这个意思，可是他来国梦能干什么？”

汪海洋掂量掂量说：“既然是人才国梦就不能亏待了，要学有所用，我就内定了，到人教处任副处长。老处长快要退休了，顺理成章就是个处长了。”

姚丽梅脸上像开了一朵花似的绚丽，说：“大哥，你可真好。”

这天傍晚，李小娜开车把苗玲玲送到了海边别墅。她有事开车要走。姚丽梅站在阳台上说：“小娜，你不能走，快进屋里来吧。”

李小娜喊：“姚总，我还有急事要去办，就不进屋了，办完了事就来接我妈。”

姚丽梅说：“好的。不要来接你妈了，你妈今晚就住在这里了。”苗玲玲进了别墅，姚丽梅不是端茶倒水摆上水果，而是把人力车推了出来，摆在了苗玲玲的面前说，“你想知道这辆人力车的来历吗？”

苗玲玲睁着一双丹凤眼说：“这是我家的东西，还用得着你姚总说来历吗？”

姚丽梅就蹲下说：“过来看看，这上面刻的是什么字？”苗玲玲也蹲了下来，看见车架上刻着“姚记人力车行”的字样。姚丽梅叫了一声：“姐姐，我真的就把你找到了。”话音未落就已泪流满面。

汪海洋在办公室里面看着图纸，姚丽梅站在他的身边。汪海洋揉揉疲惫的眼睛说：“姚总，你看如何处理？”

姚丽梅说：“我也保证不了能修好，还是给冈正泽打个电话，先讨个公道吧。”

汪海洋要通了冈正泽的电话说：“冈正泽先生，通过你的关系买来的两台裁断机，安装调试后就一直不能使用，经常出现接错线、稀线、并线等问题，造成了原材料的浪费，严重地影响了产品的质量，你说你该负什么责任？”

冈正泽说：“我们的机械师能力很强的，一定能修好。”

汪海洋说："不提还罢，一提我就生气，你们的机械师来了几次了，还能力强，狗屁不是。"

冈正泽说："如果实在修不好，按照合同执行，我就带着赔偿金过去。日本人讲究诚信，在国际上的知名度很高的。"

汪海洋放下了电话说："纯属放屁！"

在车间里面，电器工程师大叶、机械工程师刘四，守着日本的设备观察分析，先后设计出了几十种改进方案。汪海洋把板凳也搬过来了，坐在设备旁边盯着。姚丽梅过来说："叶师傅，把你们的改进方案拿来我看看。"大叶把改进方案递给了姚丽梅，姚丽梅看着改进方案，掏出小本子仔细地对照着。

刘四凑到了汪海洋的面前说："你往这儿一坐，姚总又拿出了一本变天账，我的心里开始发毛了。"

汪海洋说："一会儿请你吃牛排，再喝上两盅，相信你的心里就不发毛了。"

姚丽梅测算完了说："刘师傅，按照我的测算方法，你把几个对接头工序的零件再调整一下间距，看看能出来什么样的效果？"

刘四拿着工具和姚丽梅一齐调整着零件，冈正泽、日本某机械厂的厂长龟田、工程师渡边一郎来到了裁断机旁。汪海洋说："冈正泽先生，我问你一句，你们这次来干什么来了？"

冈正泽摸着裁断机，然后拿出了索赔单说："我和龟田是来送赔偿金的，顺便让渡边一郎工程师检查机械，再一次帮助调试，看看能用不能用。"

大叶问："汪总，开机不？"

"还问什么？开机呀。"

机械开始作业，合格的产品源源不断地生产出来了。渡边一郎围前围后看着说："真的是不可思议了，我们生产的设备我们都调试不好，你们却把它调试好了，国梦人的技术让人敬佩，龟田厂长，你看……"

龟田说："我们要邀请国梦的工程师到日本，互相交流经验，取长补短。"

汪海洋说："大叶、刘四，你们可都听清了？日本人发出了邀请，你们就要东渡扶桑去日本了。"

在国梦集团的大礼堂里面，挤满了想听汪海洋演讲的人，包括日本人冈正泽、龟田、渡边一郎。汪海洋走上了演讲台，激情洋溢地说："我这次演讲得很短，就是ABW理论。A是所有字母的开头，形指老大。第一，塔尖的

意思，寓意是看得更高，看得更远、更全面。中国的企业家要敢为天下先，要勇于争一流，这个A就是最有代表性的符号；B是由两部分组成的，拆开了就是1和3，就是代表13亿人口的泱泱大国——中国。有13亿人口的大市场，是国梦的坚强后盾，国梦还能怕谁？1顶着天立着地，代表企业一种精神，就是进取创新去拼搏的精神。3还形似一个人俯首弯腰，寓意着企业家要脚踏实地，认认真真地去干工作，才能弘扬国梦的民族品牌；W形似雄鹰展翅，寓意着市场上的企业家要有鹰的气质、鹰的风骨、鹰的精神。鹰击长空，无所畏惧。有了ABW理论指导，企业的好与坏要注意下面四个问题，企业垮在市场上；成在管理上；死在决策上；赢在创新上。”

汪海洋演讲完，龟田登上演讲台说：“汪总，我热情地邀请你到我们公司去演讲，但要注意一个问题。”

汪海洋问：“啥问题？”

龟田说：“不枉飞过日本海一次，演讲再长点。”

当第一缕阳光刺破了云层，国旗护卫队从天安门城楼正步走过来了。雄壮的国歌声奏响，鲜艳的五星红旗冉冉升起。一百名身穿“国梦红色文化衫”的劳动模范一字儿排开，在观看升旗仪式。升旗仪式结束了，在天安门武警支队小会议室里面，汪海洋与唐支队长签订了军民共建的协议，接着双方召开了座谈会。

汪海洋说：“国梦这一次和天安门武警支队搞军民共建，是为了继续进行爱国主义教育，激发员工们的爱国热情，增强民族精神，把国梦品牌打造得更好更强。同时，要学习军人严格的纪律和艰苦朴素的工作作风，把企业管理得更好，把产品质量做得更好，真正为中国民族品牌增光添彩。”

武警干部A说：“我对汪总不但怀有一种崇敬感，觉得还有一种神秘感，就不知道该怎么说？”

汪海洋笑哈哈地说：“我没有什么神秘的，我曾经是一名战士，在战场上打过仗，所以，我对牺牲了的战友有着深厚的感情，就不用说活着的了。后来我来到了国梦，把国梦的每一天都作为新的战场，在打一场民族品牌之战，才就有了今天的战果。”

武警战士B说：“在不同的场合，我都听到汪总多次提到民族品牌，能谈谈对民族品牌的看法吗？”

汪海洋说：“社会各界都在支持民族品牌，专家们都在研究民族品牌，商家们竭尽全力在推销民族品牌，新闻媒介在大力地宣传民族品牌，消费者都在热爱民族品牌。因为，民族品牌，是国家经济建设的脊梁。这样一来，国梦就要感恩我们的国家，感恩我们的民族大家庭。国梦怎样做才算感恩呢？就是爱祖国，爱国梦的民族品牌，打造出国梦更新的天地。”

座谈会期间，吕银勺偷偷地溜了出来。汪海洋虽看在了眼里，从心里往外还是怂恿的。嘎蓝站在天安门的金水桥上在等他，两个人手拉着手来到了北京烤鸭店。桌子上摆着薄饼，各式各样的小菜。吕银勺、嘎蓝薄饼卷着烤鸭肉吃着，两人从心里到脸上都香喷喷的。

嘎蓝说：“北京的烤鸭真的好吃，看着挺肥的，吃着却不腻。”

吕银勺说：“我想的可不是吃烤鸭的事。”

嘎蓝说：“我知道了，又在想和汪小丫的事了？”

吕银勺说：“不是，不是的。我可不能再等了，再等就耽误了两代人，回去我们就结婚。”

嘎蓝说：“你不说这事儿，我也想说这事儿。一切都依老公的，回去老公咋说我就咋办。”

汪海洋从北京回来，好事是接踵而来。国梦轮胎获得了“中国名牌”的荣誉称号，6万多名员工群情振奋。人们都在相互猜测，国梦会用什么形式庆祝来之不易的成果？汪海洋叫来马成说：“马书记，你去安排，国梦副总以上的领导到国梦轮胎总公司，庆祝会在那里召开。”

马成说：“是否通知钟鼎军？”

汪海洋说：“不要通知他了，通知就没有实际意义了。”

汪海洋带着一行人来到了钟鼎军的办公室，钟鼎军已经拟定好了奖励的额度，汪海洋看了一眼，沉下脸说：“钟鼎军，你跟在我的身后，要一个车间一个车间从头到尾地检查。检查出问题，就不是奖励了，我要如何处理你应该知道。”

天渐渐地黑了下来，整个公司在灯光的辉映下是一片通明。检查完了所有的车间，已是晚上九点多钟。钟鼎军进言说：“人是铁，饭是钢，一顿不吃饿得慌，还是把肚子对付饱了再说。”

汪海洋问：“冯铁山出去干什么，我怎么没有见到他？”

钟鼎军说：“冯铁山谁管得了，回到13家联合厂当山寨王了。”

汪海洋说：“这个冯铁山跟当年的李自成没有什么两样，就是流寇主义，目无组织纪律还能打胜仗吗？你给他打电话，让他马上回来，我有重任委任他。”

钟鼎军说：“能否透露……”

汪海洋说：“保密。”

在国梦轮胎总公司的小会议室里面，每位与会人员的面前摆着一碗方便面，都在“稀里呼噜”地吃着，吃完了收拾下去。一些人私下议论，都在围着人和奖金打着转转。

大叶说：“都成了‘中国名牌’了，咱们这些人功不可没，汪总是不是该封神了？”

刘四说：“臭脑子，封神不当饭吃，也不能当酒喝，还是来点实惠的，大家铆铆劲儿，让汪总给大伙发奖金。”

老三说：“看汪总的脸色儿，封神、发奖金，给支好烟抽就不错了。”

果然不出老三所料，汪海洋说：“名牌无终身，管理无句号，越是在荣耀的时刻，越是要保持清醒的头脑，越是要看到成绩背后隐藏的危机，越是要关起门来查找问题。钟鼎军，我刚才在车间走了一圈，你说说有啥问题没有？”

汪海洋点了将，钟鼎军就一时慌了神，说：“没有啊。”

汪海洋说：“不要创了名牌，就是一切都好了，一切没有问题了。市场不认可，一切都等于零。我希望从今天晚上起，每个人都要对照名牌找差距，对照市场找不足。”

大叶见没戏了，说：“汪总，我让你馈赠的一碗方便面给撑着了，我得上卫生间抖搂抖搂。”

老三说：“我也是。”

汪海洋说：“好了，给大家十分钟的时间，抖搂干净了回来找差距。找完了差距，我还有重要的事情要跟你们说。”

孩子睡着了，汪军娃没有在家过夜，李小娜、苗玲玲娘儿俩躺在床上说着悄悄话。苗玲玲说：“小娜，你应该到北京去发展，这里有什么前途而言。”

李小娜说：“妈，舞蹈是女孩青春时的梦想，吃的是青春饭，过了青春期怎么办？再说了，我在广州去了几家专业团体，因为一个重要的角色都得争破了头，到头来怎么样？前面唱歌的人火了，有人请吃西餐，住高级宾馆，高薪签约，开始走穴，风光得不可一世。伴舞的呢？照样是端着盒饭吃。”

苗玲玲还是不死心地说：“就这样下去了，甘心做个小买卖人了？”

“小买卖终有做大的时候，每年都有几位数的增长……”

“什么叫几位数的增长?”

“我的妈呀，几位数增长都不知道，你可就落伍了呀。那是挣的钱在几何状地增长，没有钱什么事都办不了。”

苗玲玲叹了口气说：“这是一个当妈的悲哀：妈的女儿钻进了钱眼里了。”

“这能怪谁，应该怪我爸。我在家时我爸总是讲，马克思最基础的理论是经济基础决定上层建筑，上层建筑对经济基础有反作用力。我爸是这样说的，马克思老先生也是这样说的。妈，你们三个究竟谁说得对，我现在想问出个究竟。”

“不要跟妈耍贫嘴了，妈也说不过你，什么时候去看看你老姨?”

李小娜突然坐起身来，似有所悟地说：“现在不能去打扰我老姨，我老姨和那个美国人姜托尼逐步在升温，和那个绿岛海洋大学的甄副教授逐步在降温。我老姨看样子要有麻烦了，我得去找甄副教授谈谈，让他赶紧撤出来，不要做出鲁莽的事。”

姚丽梅躺在床上，脸上很憔悴。李小娜坐在她的身边说：“老姨，我想问你两件事：一、你怎么知道我妈就是你姐？二、这样消沉下去，是不是甄副教授在里面搞鬼?”

姚丽梅回答说：“你姥爷姓姚，那就是我爸。你姥爷一辈子娶了两房夫人，一房姓冯，就是我妈。一房姓苗，就是你妈的妈。在兵荒马乱的年代里，你姥姥和你妈就不知道去向了。你姥爷过世的时候跟我说，我还有一个姐姐，不是姓苗就是姓姚，只能凭一辆姚记车行的人力车找到她们。当我见到了这辆人力车，又听说你的母亲姓苗，就断定你妈就是我的亲姐姐了。至于第二个问题，我觉得太累。小娜，老姨就不说了，好吗?”

“老姨，你说说到底相中了哪一个，另外的一个，我帮你解决掉。”

姚丽梅有气无力地说：“我对哪一个都丧失了信心。”

“老姨，这可就不好办了。”

李小娜从姚丽梅的家里出来，来到了绿岛海洋大学，走进了章含言的办公室，从背包里拿出一摞信说：“章校长，姚丽梅是我老姨。她在和甄副教授谈恋爱，听说是章校长从中穿针引的线。如今二人出现了裂痕，甄副教授竟然写信恫吓我老姨，信件都在这里。我为什么把这件事跟章校长说，因为信中多次提到了章校长，一旦出事，章校长吃不了可就要兜着走了。”

章含言问：“信能不能让我看看?”

“还是不看为好，因为里面涉及很多个人隐私。”

“你来找我还有别的事吧?”

“听说省里有许多院校相中了甄副教授，章校长何不把副教授聘为正教授输送出去，不就万事皆休了。”

章含言无可奈何地说：“这叫什么呀，这叫搬起石头砸了自己的脚。”

在市纪委书记办公室里面，何书记的头发已经花白了。她为汪海洋倒着白开水说：“不知为什么？这几天老是想你，就打电话把你叫了过来。”

汪海洋也动了感情说：“人之常情，因为人是情感动物。”

何书记说：“再有一个月我就要退休了，有几个问题不同你谈谈，退休了心里也不踏实。”

汪海洋说：“何书记你问，我实事求是地回答组织的问话。”

何书记说：“你说说，姚丽梅得到的奖励房，是不是你俩从中做了扣，姚丽梅才肯让你的儿子住?”

汪海洋坚定地说：“不是的，房子确实是国梦分给姚总的。货币分房时，姚总就掏钱把它买下了。我儿子结婚时没有房住，是借姚总的房子结婚的。现在，我儿子买了房子，就把房子腾了出来，如今姚丽梅又搬了进去，产权在姚丽梅的名下，何书记一查便知。”

何书记接着盘问道：“回收货款实行提成制度，听说是你定的，你从中拿了多少钱?”

“制度是在我主导下定的，我有不可推卸的责任，但当时的经济状况何书记可能知道，就是何书记收回了货款，国梦也要支付提成款。也可以叫作劳务费或者中介费。这种现象是阶段性的，国梦早就把它废除了。这次获益最大的是庞大龙，究竟提成多少我也没有过问，我也懒得问，反正都是按照财务制度办的。我以党性原则做保证，我从来没有拿过一分的钱。”

何书记仰天长叹道：“这些年来，贼喊捉贼的事多了，我就不往下过多地问了。”

汪海洋拿出鞋说：“何书记，这是两双鞋，是我个人拿钱购买的，你和你爱人一人一双，就算我贿赂市纪委书记了。穿着不合适，绿岛市每一家专卖店都可以包换。何书记，世界反法西斯胜利纪念日就要到了，我现在很忙，我就告辞了。”

何书记拿出了1000元说：“你拿着，这鞋算我买的。”汪海洋推让着，何书记说，“你再推让，这鞋我就不要了。”

汪海洋只得收下了钱，回到了国梦总部大院，指挥工人将“立足北方，面向全国，冲出亚洲，走向世界！”的牌匾换掉。安装上了“创国际名牌，做世界名厂，当世界名人！”的牌匾。牌匾刚刚安装好，汪海洋的手机铃声就响了，电话是李小娜打过来的。李小娜问：“爸，你说请我妈吃上一顿，到现在怎么还没有安排？我妈的意见可大了，天天在跟我磨唧这件事。”

汪海洋说：“告诉你妈，这两天汪连长忙，没有空。小娜，你知道明天是什么日子吗?”

李小娜想想说：“真的不知道。”

“爸告诉你，是世界反法西斯胜利纪念日。”

李小娜就“哈哈”大笑了说：“爸，不好好制你的鞋，又去反什么法西斯?”

汪海洋严肃地说：“小娜，你必须抽出时间来，参加由我组织的反法西斯胜利纪念日的活动。你若是敢不听，我就冻结你进鞋的渠道。”

李小娜说：“爸，我现在终于知道啥是法西斯了。”

汪海洋气得关上了手机，指着安装好的牌匾说：“歪了！歪了都看不出来，笨蛋。”

工人说：“汪总，没有歪呀?”

九龙山国梦度假村的中型会议室里面，挂着的会标是：“世界反法西斯胜利纪念日，全国著名企业家和经济学家研讨会。”参加研讨会的人面前摆着一本材料，上面写：“国梦集团总公司召开‘名厂、名牌、名店’研讨会，主题是：‘创名牌，壮国力，打击法西斯，长中国人的志气，树中华民族的雄风。’”

汪海洋做着主旨演讲说：“在地球上，无论经济如何实现一体化，民族利益永远是国家不可放弃的底线，事实就证明了这一点。在经济一体化进程中，不同国家站在不同的起跑线上，能去享受一体化的成果和利益吗？显然不可能。在世界上，永远是强权的经济、强权的军事支撑着强权政治，掌握了话语权的国家可以横行霸道，为所欲为。国外企业已经把中国古典文化的精华《西游记》《三国演义》抢先去注册了，就敢说是他们的知识产权，这不是强权是什么？因此说，在地球上，只要存在国家、民族、政府，不可能实现我们理想中的经济一体化。在地球上，没有孤立的经济，也没有孤立的政治。我们应该奋发图强，创造自己的民族品牌，做大做强自己的民族品

牌，因为民族品牌就是民族经济的生死牌。”

仓库材料员拿着单据来找程子龙签字，程子龙见要付出2800万材料款就问：“生产原料谁采购的，数额这样大?”

仓库材料员说：“我不知道，是主任让我来报批的。”

程了龙问：“原材料质量有问题吗?”

仓库材料员说：“都验过了，没有问题。”

程子龙把材料单扔回去说：“没有问题，你亲自去验收过这批原材料吗？我告诉你，这是付大勇搞来的原材料，早有人来通报过。你去告诉付大勇，这批原材料国梦拒收。”

程子龙断了付大勇财路，付大勇就发狠了。在一个夜晚，派人把程子龙劫持到海港12号仓库，程子龙被五花大绑绑在了柱子上。付大勇拎着大砍刀说：“程子龙，你死心塌地跟着汪海洋卖命，今天就是你的下场。因为我破产了，我活不起了，临死前抓个垫背的，你得陪着我死，我就觉得值了。人活在世上就是这么回事，冤有头，债有主，我现在就得报了。”

付大勇恶狠狠地举起大砍刀，合作伙伴忙上前说：“放下刀，请息怒。把他的脑袋砍下来，你得死我也得死，这样做不划算。原材料不吃草不吃料，放几天也无妨。你去通知汪海洋到这里领人，不过说话要客气，条件很简单，国梦必须收购这批原材料。”

付大勇问：“程子龙咋办?”

合作伙伴说：“程子龙咋了？他咋的也没有的地，把他松开让弟兄们看紧，陪着他好好玩玩。这是他自己来的，就怨不得咱们了。”

第32章　去大西北送军需，一代鞋王倒在风雪中

汪海洋、姚丽梅、钟鼎军来到了北京，住在总后宾馆，是前来参加轮胎招标会的。李汉生听到了消息，会同黄部长来看望汪海洋。汪海洋见到李汉生说："亲家，近水楼台先得月，能否透露点消息？"

李汉生说："总后装备部轮胎招标会邀请的单位，算国梦一共是18家，真是棋逢对手，将遇良才，一场厮杀就在所难免了。"

黄部长说："为了国梦中标，李将军是尽力了。"

李汉生问汪海洋："能谈谈国梦中标的把握吗？"

汪海洋信心十足地说："国梦中标有三点把握，一是投标文件的编制，国梦派出了强有力的技术人员，在绿岛海洋大学有关部门的协助下编制，不能不引起发标人的注意；二是国梦轮胎是国家的'四大天王'，具有王者风范。国家权威部门曾经评估过，质量位列前三甲；三是民族品牌，蝎子尼尼毒（独）一份，总后总应该考虑吧？"

李汉生说："权威部门已经看过你们编制的投标文件，我就不好过问得太深了。"

汪海洋说："我在部队待过，部队的规矩严。轮胎质量不过关，一切免谈。"

汪海洋、姚丽梅、钟鼎军在宾馆吃着早餐，马成打来了电话。汪海洋接起电话，脸色变得非常凝重。马成说："汪总，我再重复一遍，程总已失踪3天了。歹徒打来了电话，说程总就在他们的手上。我要和他们见面，歹徒说我不是大头领不够资格，我就不得不给你打电话。"

汪海洋关上了手机说："家里出了事，我得赶紧回去。"

钟鼎军问："这里咋办？"

"你有事多和姚总商量，姚总是李汉生的小姨子，这种关系不能不利用。"

姚丽梅说："溜走前，还是豁牙子啃西瓜没有好道。要不是个人的隐私，说说家里出了什么事？"

“程子龙得罪了人，让人家绑了票，绑票的人胃口挺高的，非要见我不可。人命关天的大事，我就不能不回去了。”

姚丽梅说：“汪总，可要多加小心！”

苗玲玲抱着孩子“颠哒”着，李小娜给李汉生打电话说：“爸，见到姚总了吗？那是我老姨。”

李汉生说：“胡扯，又是汪海洋在设套圈。你妈是独生女，哪里来的老姨？”

李小娜像是下命令似地说：“爸，一定请我老姨吃顿饭，吃完了饭，你就知道姚总是我老姨了。”

苗玲玲把孩子交给了李小娜，接过电话说：“汉生，小娜说得没有错。姚丽梅是我同父异母的妹妹，就是你的小姨子了。小姨子到了北京，当姐夫的要尽地主之谊。”

李汉生笑笑说：“知道，正想找个说笑话的人，这个人还就来了。”

苗玲玲认真地说：“我的亲妹妹，可不能随意说笑话。”

妻子、女儿发了话，李汉生可不敢当儿戏了。当天晚上，就把姚丽梅请进了宾馆的小包房。李汉生在没有挑明关系前说：“汪海洋不愧能当上总裁，就是很会利用各种关系，并且把各种关系利用得如鱼得水。”

姚丽梅说：“这样说话有失公允，不会利用关系的人，那是没长脑子。”

李汉生打开了文件袋，拿出一份文件递给了姚丽梅，挑明了身份说：“你姐和小娜都给我打来了电话，想不到半道捡了个小姨子，还是汪海洋的忠实信徒。恭喜国梦轮胎中标，成功地进入了军用轮胎采购体系，正式成为总装备部军用轮胎定点采购单位。”姚丽梅拿到了文件，抽冷子过来亲了一口李汉生的脸蛋。李汉生摸着脸蛋说，“姚丽梅，你没喝多吧？”

姚丽梅说：“什么酒都没喝，小姨子高兴了，都是这样亲姐夫的。”

马成、纪委书记、工会主席齐聚在汪海洋的办公室里面，眼睛盯着电话机，一副剑拔弩张的样子。马成建议说：“汪总，绑票的事，还是通过公安局解决为妥。”

汪海洋说：“我不是不信任公安局，他们一旦插手，把绑票的人逼急了，狗急跳墙怎么办？首先要保证老程的生命安全，我先去摸清情况，实在解决不了，再请求公安局出面解救。”

马成说：“歹徒把你绑票了咋办？”

“我都调查过了，这个人不会绑我的票。为了不打无准备之仗，我去单刀赴会，你们在外围协助我就行了。”电话铃声终于响了，汪海洋拿起电话说，“我是汪海洋，你们指定好地点，我就过去。好，海港12号仓库。”小黄把车开到海港12号仓库门口，汪海洋下了车，说：“小黄，我半个小时不出来，你就可以报警了。”

小黄说：“汪总，我年轻，我跟你一起去，关键时帮上一把？”

汪海洋说：“没有必要，我是当兵的出身，什么阵势没见过。”

汪海洋从小门进了仓库，立刻上来两个人，一个人拿着匕首锁住他的喉咙，一个人把小门插上了。汪海洋在匕首的逼迫下来到了货物的后面，发现付大勇和程子龙下着棋。汪海洋踢一脚付大勇说：“付大勇，你把程总绑来又把我逼来，你到底想干什么？”

付大勇摸摸被踢疼的屁股说：“下去，你们下去，我跟汪总有话说。”拿着匕首威逼的人下去了，付大勇说，“你俩断了我的财路，我就活不成了。你不来见我，程子龙又不肯就范，你说咋办？我可要倾家荡产了。”

程子龙说：“你是要好来路，货也没问题，谁能挡你的财路。”

大老郭从货堆上突然跳了下来，手里拎着镐把横在汪海洋的前面说：“谁敢动汪总一根毫毛，我的镐把就要动荤了。”

汪海洋说：“大老郭，千万不要胡来。”

大老郭说：“我不胡来，他们就得胡来，啥人啥对付法。”

汪海洋说：“我到材料处去过了，情况也都了解了。付大勇，你是停薪留职的职工，就是说还是国梦的职工，作为总裁，还是应该照顾你的。程总，如果原材料合格，材料处又跟人家签了合同，就没有不收的道理了。”

程子龙说：“不收，就是不收。”

汪海洋指着付大勇说：“你该想想了。你爸你妈是干什么的，你舅舅是干什么的？这种苟且偷生的事都能干得出来，我真的替你羞愧。这件事国梦要是披露出去，你说你这辈子是不是彻底地毁了？程总不愿意给你办，情有可原，是因为你绑架了他，侮辱了他的人格。明天你到总部去，只要原材料合格，我给你办。咱们走吧。”付大勇“扑通”一声跪在了地上。

汪海洋全家在帝豪大酒店包房里面吃着团圆饭。李小娜把孩子放在了桌当心说：“看看啊，人参娃娃长得怎么样？”

李杏花说：“眉眼像军娃，小嘴像小娜，身段像头大皮子猪。”

苗玲玲和小外孙子有了感情，说：“姥姥一抱就尿尿，一天姥姥得换几身的衣服。昨天晚上姥姥做梦，还梦见小外孙子露出秃牙床啃姥姥的脸呢。”

李杏花说：“十指连着心，亲家还想走吗？”

苗玲玲说：“还在考虑。”

李小娜说：“爸，前几天，小丫到我的专卖店去了，说是想侄子了。正好孩子在店里，亲了几下孩子，扔下一沓钱就走了。江小丫可不比从前……”汪军娃“捅咕”李小娜，她打了一下汪军娃说，“瞎‘捅咕’什么？家里的事，有些话就不能跟爸妈说说吗？小丫穿得珠光宝气，可不是一般的姑娘了。”

汪海洋说：“小娜提到了小丫，我谈谈我的看法。我是她爸，她妈也在。小丫的做法没有错，为什么要这样说呢？孙元凯离了婚，就是个单身汉了。那他和小丫结婚有什么不可以的吗？我认为可以。穿得好点，戴得好点，一个姑娘家不追求这些追求什么？我昨天到绿岛海洋大学去了，我闺女穿着一身学生装，朝气蓬勃的，我是真的高兴呀。我问过指导教师了，小丫门门功课90分以上，这在60分万岁的学生堆里，算得上凤毛麟角了。我闺女出门子那天，我要高高兴兴去送她，让拎着文明棍的孙元凯孙总裁管我叫声爸。”

国梦总部办公室打来了电话，通知汪海洋明早八点到市工人文化宫参加市劳模表彰大会，奖品是滨海别墅的一栋小楼。汪海洋抱起孙子说：“喜逢盛世精神爽，我孙子就要有小独楼住了。”

绿岛市在市工人文化宫隆重举行表彰劳动模范大会，汪海洋作为全国特等劳动模范披红戴花坐在前排。市委书记张惠新宣读表彰决定：“经市委、市政府决定，奖励全国特等劳动模范国梦集团总公司总裁汪海洋同志人民币100万元。”台下立刻响起了热烈掌声。张惠新继续宣读说，“奖励滨海别墅一栋。”台下响起了更加热烈的掌声。张惠新摆摆手说：“请汪海洋同志上台领奖。”汪海洋大步走上了主席台，接受颁奖。记者的各种长枪短炮同时发威，闪光灯不断地闪烁。张惠新说，“欢迎全国特等劳动模范汪海洋同志讲话。”

汪海洋举着房证和支票说：“在这里我就说两件事，一件是100万奖金捐给故乡修养老院。一件是海滨别墅我自己买，但是要占点小便宜，交个成本价。要问我有钱没有钱，我可以告诉大家，我老汪没有钱，但我的儿媳妇有钱，她是个体户。她曾经跟我说过，爸，用钱从我这儿拿。我儿媳妇的钱是勤劳致富挣来的，我老汪花着心里舒坦。”台下立刻响起了热烈掌声，如同潮水一般。

汪海洋受表彰回来，同李杏花来到奖励的海边小别墅，面对着李杏花汪海洋就有牛吹了，他说：“我说一二年能住上小别墅，没食言吧。”

李杏花说：“皮有了，可是瓤……”

汪海洋说：“一年置办一件，慢慢来，你总不能把我逼死了，逼死了老东西还有什么？再从孩子们的手里拿钱，我这老脸就没有处搁了。”

别墅外面响起了鞭炮声，汪海洋、李杏花出来一看，李小娜领着员工们在放鞭炮。李小娜见到汪海洋跑过来说：“爸，平板电视、空调、冰箱、沙发、微波炉……都置办齐了。”

汪海洋摸着沙发说：“皮质不错，意大利的纯皮沙发，可是我不怎么喜欢。”

李小娜看透了汪海洋的心思说：“爸，我知道了。你们几个过来把沙发送回去，要换民族品牌的真皮沙发。”

傍晚，汪海洋坐在民族品牌真皮沙发上接着电话说：“啊，冯铁山，丰盛鞋城的老总了。我把牛吹了出去，安排你的职务算是一件重大的事，你还逃跑不逃跑了？”

冯铁山说：“汪总，不要砢碜我了，逃跑的事不要再提了。汪总，我正式邀请你来丰盛鞋城。吕银勺明天结婚，他不好意思通知你，托我通知你，你看规模……”

汪海洋说：“拿出丰盛鞋城的气魄，响动越大越好。”

冯铁山说：“总裁令旗一挥，就等着瞧好吧。”

汪海洋撂下电话说：“杏花，双喜临门呀。刚刚乔迁了新居，我的亲兄弟就要结婚了。明天，就是有天大的事都放下，咱俩去参加吕银勺的婚礼。”

李杏花说：“是不是让小丫也跟着去？”汪海洋“挤咕”眼睛，李杏花来到电话机前，拨通了汪小丫的手机说，“小丫，吕银勺明天就要结婚了，你是参加还是不参加？”

汪小丫说：“妈，姑娘正在组织重走长征路，现在已经到了甘孜。我把新娘给他留下了，就算是最大的馈赠了。妈，你告诉吕银勺，我这辈子欠他的，下一辈子也不想还他了。”

李杏花撂下电话说：“我闺女疯了，重走什么长征路去了。还到了什么甘，甘……”

汪海洋说："甘孜，他们就要爬雪山过草地了。"

李杏花说："冰天雪地，我闺女可别出危险。"

轿车在九龙山上的柏油路上行驶着，汪海洋、李杏花坐在车里。李杏花望着车窗外说："春秋季节结婚该有多好，偏偏选择了寒冷的冬天，山坡上光秃秃的一片。"

"我就是喜欢冬天，那风那雪吹在脸上多爽。"

"你就跟我拧着干仗吧，看啥时干到头。"

汪海洋说："我真的就不想再跟你干仗了，我有一件事想得老长时间了。我的启蒙老师赵先生反复教导过我一段话，'《左传》里说，太上立德，其次立功，其次立言。知道这是什么意思呢？也许你们现在太小了，不能够理解，但一定要牢记在心。立德是讲做人，立功是讲做事，立言是讲做学问。'现在我才明白了，做人要做好人，什么是好人？忠孝两全，拥有仁慈、厚爱、谦恭、诚信的高尚人格就是好人；做事要为民族，为人民不惜生命去抗击外敌的侵略；做学问要孜孜不倦，人要成为国家的栋梁，民族的英雄，党的好干部，都要从这三个方面做起才是。"

"你跟我说这些话是什么意思?"

"咱俩去参加吕银勺的婚礼，就是去做一件立德的事。"

"参加婚礼就是参加婚礼，我可没想得那样多。"

"所以你就当不上总裁。"

手机铃声响了，汪海洋拿起了手机。李汉生说："亲家，国梦轮胎要马上送到大西北的军营，部队有急用。我还要正式地邀请你，给指战员们做一场精彩的演讲。"

汪海洋说："好，我就着手安排。停车，停车。杏花，我有件急事要回市里。这两样东西你要亲手交给吕银勺，还要把我的话捎到了。"

汪海洋坐着出租车返回了市里，吕银勺婚礼的车队就在大山上出现了。前面21辆摩托车开路，中间是吕银勺驮着新娘嘎蓝超高大的摩托车，三百辆摩托车紧随其后，轰鸣声震响了整个九龙山。吕银勺、嘎蓝的婚礼正在进行着，李杏花来到两个人的面前说："兄弟、兄弟媳妇，你大哥临时有事赶回了市里。托我送给你们两件新婚礼物，一件是房本，名头已改在了兄弟的名下；一件是烈士证书，你哥说叫完璧归赵。"

冯铁山过来举起了烈士证书说："兄弟，汪总曾经对我说过，这是赠送给你们的最神圣的婚礼礼物。希望你们夫妻要像你哥哥一样，无论走到哪里，都要为祖国的荣誉一马当先!”

吕银勺、嘎蓝入了洞房。三辆大卡车拉着轮胎昼夜不停地行驶在去往大西北军营的路上。汪海洋坐在驾驶室里面，狂风卷着沙尘扑来，狂风卷着暴雪压来……卡车在暴风雪中艰难地行驶。渐渐地，大雪封住了路，卡车被迫停了下来。狂风越刮越大，大雪越下越猛，驾驶室里面越来越冷。

汪海洋抱着双肩说：“司机师傅，打着火再烘一会儿?”

司机说：“不能再烘了，油表在低位上徘徊了。”

汪海洋说：“咱们下车去活动活动，不能在车里冻死了。”

司机不让，说：“再等等，风小一些，雪小一些就下去。现在下去，照样得冻死了。”

4天后，风停了，雪住了。司机们围着汪海洋，汪海洋呼吸困难地说：“我告诉你们，粮食断了能坚持7天，只要水不断就能坚持15天。雪水，雪水……”

司机A掉下眼泪说：“我们还年轻，还能坚持。汪总……”

汪海洋说：“孩子们不要哭，美国鬼子的炸弹炸不死我，寒冷依然冻不死我。是战士就要死在沙场上。我们现在是企业，企业要守信，无论发生什么事情，一定要将轮胎送到。”

6天后，汪海洋已经有些支持不住了。司机们围着他喊：“汪总，汪总。你醒醒，你醒醒……”

苗玲玲来到了姚丽梅的办公室，看着姚丽梅做的鞋和泥人。姚丽梅就不好意思红了脸说：“姐，看什么呢？这都是我的业余爱好。”

苗玲玲说：“妹子，你不说姐的心里也明白了。汪海洋究竟好在哪儿呢，事实还就是这样的残酷，不得不劳燕分飞。”

姚丽梅说：“我什么都不怨，是天时、地利、人和所为。姐，小娜嫁给了军娃，可是千里迢迢的姻缘，你能说出是怎么回事吗?”

苗玲玲说：“是缘分。但我还是要说，这门婚事姐压根就是不同意，是你姐夫和小娜瞒着我做成这门亲事的。如果小娜不和军娃结婚，这辈子我们姐俩还能相认吗？妹子，这是上一辈子的老人积德了，这是天意呀。”姚丽梅的手机铃声响了，姚丽梅接着手机，当手机从耳边挪开时，她的脸色就不对劲儿了。苗玲玲说：“妹子，怎么了，身子哪儿不舒服?”

姚丽梅说：“姐，甄副教授邀请我和他见面，选择的地点很怪，是市电视塔的旋转餐厅里面。”

苗玲玲一听就惊了，说：“这是要抱着妹子跳塔殉情呀，快把小娜叫来寻求解决的办法，她的鬼点子多。”

李小娜陪着姚丽梅走进了市电视塔的旋转餐厅，甄副教授已占好座位，是观赏整个绿岛市的最佳位置。甄副教授见到了两个美丽的女人，很谦和地站起来说：“来了，我在这里等很久了。”姚丽梅和李小娜坐下了，甄副教授不能容忍两个女人说，“其实姚丽梅一个人来就更好了，就是说说话，也没有啥大事。”

甄副教授善意的提醒，李小娜就不好意思了，说：“老姨，我自己一个人去吃热饮，你和甄副教授在这里吃冷饮，吃完了，咱们娘儿俩一起回去。”李小娜说着离开了，坐在不远的位置上要了一杯热饮。

甄副教授说：“姚丽梅，这座海滨城市是越来越美了，你也是越长越美了。我真的不想离开这座城市，可又不能不离开了。我在省城大学里谋到了一个职位，还是个系主任。再说了，章校长很够意思，临走前给我评聘上了正教授。”

姚丽梅说：“买卖不成人情在，还是要恭喜甄教授的迁升。”

甄教授拿出了名片说：“这是我在省城大学的地址，欢迎姚总有时间前去做客。”

姚丽梅喝口冷饮：“甄教授，谢谢，谢谢了！”

姚丽梅从电视塔上下来，步伐就加快了。李小娜紧走几步追上姚丽梅，发现姚丽梅哭了，李小娜问：“老姨，你怎么哭了，怎么回事？”

“甄教授一反常态，这是预料不到的结局。”

“这不新奇，是失恋男人惯用的伎俩，就是说老姨不和他结婚，将来肯定会后悔一辈子。”

“小娜，这可说不准，老姨兴许会后悔一辈子。”

“老姨，现在有想法还不晚，再晚了，后悔药就没处买去了。”

“我要是后悔了，姜托尼怎么办？”

“爱怎么办就怎么办，怎么办也不是我的老姨父了，管这么多干啥？老姨，军娃给我打来了电话，我大妈从海南岛回来了。我妈一定要去见我大妈，你陪着去好吗？”

姚丽梅说：“好的，一定去。”

一架直升机飞了过来，司机们哭着喊："解放军的直升机来救我们了！解放军的直升机来救我们了……"救生索缓缓地垂落……李汉生跑了过来，紧紧地抱住汪海洋，呼唤着："亲家，亲家，你可要挺住。"救生索捆绑着李汉生和汪海洋缓缓地升了起来，汪海洋此时睁开双眼，用微弱的声音说："我就知道你会来……"

2014年11月2日三稿于三境轩

代后记　为中国创造者而歌

《中国创造》是我出版的第一部长篇小说。

我从1985年开始发表文学作品，各种题材均有涉猎，唯长篇小说迟迟未能动笔。

2008年的秋天，在我的长篇报告文学作品研讨会上，北京作协秘书长王升山说："咱们北京作家写工业题材的长篇小说不多，晏彪在化工行业干了十几年，有生活基础，我建议你写一部工业题材小说。"正是因了升山的这番鼓励，我开始收集素材，构思大纲。从2009年开始创作，至2014年三稿完成，历时五载寒暑，甘苦共尝。在这项浩大的艺术工程中，我之身体、心志、毅力、品格和文学修为，皆于磨砺中得到了提升。应该说不仅是对石油和化工行业的一种回报，更是我文学创作生涯30年的一个总结。于作家而言，写作是出于真心的感动和热爱，出于一种欲罢不能的创作心理，如同面前有一座山，不攀登不足为快。

在写作的过程中，曾有好心人劝说，长篇小说不好出版，特别是工业题材的小说，费力不讨好。友人之言不无道理，然我以为，现阶段中国整体上已经从一个农业经济大国转变为工业经济大国，中国的工业化进程，已经完成从中国制造到中国创造的蜕变。可以说，中国工业的发展彻底改变了现代人的生活、思想和情感。在中国的GDP构成中，工业占了近一半，全国有近千万的石化工人。他们为国家做出了巨大贡献，这个领域需要作家给予更多的关注。

写工业需要有诸多的专业知识，因为工业题材无法像农村题材、都市言情题材那样写。工业生产是很讲究流程化的，有严格的规章制度，所以难度更大。尽管如此，在这样的历史大变革中，能为中国工业正名、为中国创造正名、为中国现代化做出贡献的企业家们正名，是一个作家的责任。大国之文学，若缺少工业题材的小说出现，无疑是种缺憾。

我曾在石油和化工行业工作十余载，在《中国化工报·文化周刊》任主编多年，对石油和化工企业的熟悉以及工作经验的积累和认知，是我创作这部工业题材小说的基石。我经常对青年作者提到一个概念，要写你熟悉的并且感动至深的生活。这好比一个出生在平原地区的人，某一天到了海滨城市工作，突然改变了他的生活习惯，从天天吃白面，换成了天天吃海鲜，他的肠胃自然会感到不适。写作亦然，写你熟悉的生活会得心应手，写刻骨铭心的人物会让读者铭记。反之，费力不讨好。

一个作家，就自身的创作而言，最重要的是在写作方法上不断创新，找到自己熟悉的那块土壤持之耕耘，找到那些能够触动自己心灵的故事倾心讲述。

《中国创造》这部长篇小说作为中国作协重点扶持作品，能否得到读者、评论界人士的认可，不是我追求的唯一目标。当今恰逢我国工业化推进的关键时期，工业化浪潮气象万千。我期待着越来越多的作家投入到工业题材的创作中，把那些受工业生活影响和塑造的鲜活人物形象以最美的文学样式呈现出来，为中国创造者而讴歌，为中国文坛留下一部抒写中国创造者奋斗历程的工业题材作品，为中国改革开放近40年的历程留下一部工业企业改革史，作为耕耘多年的作家，则心满意足。

真诚感谢中国作协副主席、著名评论家李敬泽先生，著名作家、蒋子龙先生，著名评论家白烨先生，著名学者、北大教授张颐武先生，著名编辑家张守仁先生联袂推荐，令本书增添光彩。真诚感谢杨再春先生、孟继祥先生、于海军先生、田帅先生、华小克女士以及我的夫人张建平，为本书所做出的贡献。

感谢中国改革开放，感谢石油和化工行业为我提供了丰厚的创作素材。

2015年10月24日于三境轩

图书在版编目（CIP）数据

中国创造 / 赵晏彪 著. -- 北京：作家出版社，2015. 12
ISBN 978-7-5063-8637-1

Ⅰ. ①中… Ⅱ. ①赵… Ⅲ. ①长篇小说 - 中国 - 当代
Ⅳ. ①I247. 5

中国版本图书馆CIP数据核字（2015）第317260号

中国创造

作　　者：赵晏彪
责任编辑：兴　安
装帧设计：原本广告
出版发行：作家出版社
社　　址：北京农展馆南里10号　　**邮　　编**：100125
电话传真：86-10-65930756（出版发行部）
86-10-65004079（总编室）
86-10-65015116（邮购部）
E-mail:zuojia@zuojia.net.cn
http://www.haozuojia.com（作家在线）
印　　刷：三河市紫恒印装有限公司
成品尺寸：152×230
字　　数：300千字
印　　张：25.25
版　　次：2015年12月第1版
印　　次：2015年12月第1次印刷
ISBN 978-7-5063-8637-1
定　　价：39. 00元